死囚的优雅
Time's Witness

（美）迈克尔·马隆 著

王春 张蕾 译

新星出版社 NEW STAR PRESS

纪念我的母亲费莱妮·琼斯·马隆，一位南方教师，她教会我：公正是每个人的权利，也是每个人的责任。

　　首先，我要感谢北卡罗来纳州奥林奇县的检察官卡尔·福克斯，还有丹·里德和玛丽亚·曼加诺律师，以及位于沙佩尔希尔的北卡罗来纳大学法学院的丹尼尔·波利特，他们不厌其烦地回答我关于犯罪学上的疑问，对此我深表感谢。

　　同时，还要特别感谢弗吉尼亚·希尔和希拉·沃勒，他们帮助我搜集资料，还耐心地开车载我穿梭于皮德蒙特警察局和高等法院之间。还有马萨诸塞州波士顿的法庭辩护律师帕特里夏·康纳斯，以专业的眼光对这本小说进行了全书审校，尤其是不嫌麻烦地阅读草稿，我对此无限感激。除此之外，南部贫民法律援助中心的三K党警戒处提供给我非常宝贵的资料，以及凯瑟琳·沃特森在《监狱中的女人们》和《不是宝剑的罪过》两本小说中对死刑犯生活的描写，都给了本书有价值的借鉴，在此一并致谢。

目 录

序

仁慈的，请问你我之间有什么亲戚关系？

——《第十二夜》

关于威尔·罗杰斯，我一无所知。但是在我慢慢成长的过程中，逐渐认识到这个世界不过是个悲惨而又危险丛生的垃圾堆，里面充斥着粗鄙不堪、毫无价值的破烂儿，以及卖力兜售破烂儿的强盗，还有就是那些谨守规矩、一成不变的疯子。然而，当某些善良的人出现在我的生活中时，我逐渐地改变了自己的这种偏见。我开始乐于接受他们喋喋不休讲述的事实：我们是一群麻木的生灵，坐在汽车的后座上，感受莽撞行驶和徒劳的惊恐，这时的上帝仍然醒着呢，他在注视着我们。

我的名字叫卡迪·曼格姆，是卡特伯斯的简写形式。我并不喜欢这个名字，我猜我母亲原本是中意卡斯特伯这个名字的，当然，我从来没为这个跟她计较过。人人都叫我卡迪，或者干脆叫卡特，因为卡特伯斯叫起来可能更难听。

几年前，我被任命为北卡罗来纳州希尔斯顿地方警察局局长。如果你读过贾斯廷·萨维尔的故事，就会知道我的事儿，当然对于我到底是谁，你的了解只能算是皮毛而已。几年来，贾斯廷对我关爱有加，

1

我对此不置一问。他办案的模式是将案件的调查局限在此人此事上，而我则不同，我更注重罪犯的前科和从前的档案记录。贾斯廷将我描述成"一个介于薄饼王国中的小亚伯拉罕·林肯"或是 Hee Haw^①节目中专职肃反的那类人。来自卡罗来纳州的威尔·罗杰斯，这个不懂玩线索把戏的家伙，则不断地更新着对我的刻画。他是个死抠书本的人，对书中每一个人物的细枝末节都不肯放过。他没有多长时间就发现我梦想着像"大人物盖茨比"那样，有朝一日能让穿着道德伪装的纳蒂·邦普尾随在后。他的观点并非没有一点吹捧的成分，但我果真如贾斯廷所说的那样有本事，我大可在州立大学过着游刃有余的生活，打打篮球，而不至于四年来靠为新运动场抹水泥来维持生活。

和我一样，贾斯廷来自北卡罗来纳州的皮德蒙特，一个盛产烟草和丝绸的小镇。但是他的家人很早就将他带出了希尔斯顿，将他送进了新英格兰的一所预备学校学习。后来，他又进了哈佛大学，在那里他一度精神失常，家人只好把他送进了阿什维尔的一所疗养院。我曾经去过那里一次，有点像蒙特卡罗。后来他们又把他偷偷地送进了弗吉尼亚州的一所法律学校，不过他自己却跑回了希尔斯顿的老家，令人大跌眼镜地成了警察局的一员。我曾经听他讲述过的林林总总，全部归结于他的个人原因。

我高中毕业后的最初阶段，离开了家到处游荡，并未心存什么远大理想和宏大抱负。很长的一段时间里，我都在湄公河三角洲的稻田里游荡，后来，在心态尚能允许的情形之下，赶快爬回了希尔斯顿。我想要一个大学学位，同时也想窥视我妻子谢丽尔的情况。结果发现她和一个曾与我很要好的家伙有点私情。不过她是我仅存的家庭成员了——如果你想那样叫她的话——我的家人全都死光了。很久以前，我姐姐维维安的男友在二十八号公路上酒后驾车，在以每小时八十公里的速度转弯时，撞上了钢轨而车毁人亡，不过他侥幸活了下来，然

---

①美国电视节目中的杂耍类节目，通常以农村题材为主题，以乡村音乐为背景，幽默风趣，引人发笑。

而在做完牵引手术的三个月后，到底死于一场摩托车车祸。他的父母至今仍亏欠海文医院一万二千多美金的医药费。在希尔斯顿中学的年鉴里，这个男孩子曾写下过这样的箴言："我想高效地活，热烈地爱，早早地死，留下一段美好的回忆。"那一年，来自东希尔斯顿的六个家伙都写下了同样的话。维维安的男友是第二个实现这个梦想的人。

我父亲是光着脚走进希尔斯顿的。他看见的第一座高楼就是卡德米恩纺织厂，所以就在那里找了份拖地板的活。他的家人都在镇子外十五公里的一个农场里做工。农场不归他们所有，自然也就供养不起他。在卡德米恩纺织厂一直工作了四十二年，最后他死在了仍然不属于自己的房子里。他倒是有过几辆廉价的大车，在星期天的午后总是载满了用鹿皮布擦得锃亮的铬黄。我不知道除了这个他还能喜欢什么别的东西，他的梦想也只有他自己知道。妈妈从来不会开车，她的牙齿不好，而且右边脸上长着一块浅紫色的胎记，所以她总是用手捂着脸。除了去东希尔斯顿的农牧业协会和基督浸礼教堂，她很少涉足其他地方。我到了三年级就不再让她帮我写作业了。每当她试图解释那些大大的印刷体字母时，舌头就会打结，嘴唇上渗出一层汗，脸上的胎记也涨成了紫红色。

我从来不曾拥有过称之为"极好"的东西。在南方，极好的东西意味着一棵古老的家族大树，在遥远的过去将粗壮的根深深扎入土壤中。我也没有"次好"的东西，事实就这样残酷，那些东西看起来如同亚伯拉罕·林肯少年时的草鞋。但是我拥有"再次好"的东西，那就是头脑。所以我幸运地学会了如何寻找灯光，或到哪里去寻找开关。我不是说要搬离东希尔斯顿，尽管这样想过。我得到了一份能够充分运用头脑并能为其他人服务的工作。我有了八面墙的书籍，也拥有了爸爸一直羡慕的一辆崭新的老式白色奥兹莫比尔汽车。在镇子的西郊，我拥有河畔山庄的一半产权。它实在太大了，我总是腾不出足够的时间来好好装修一番。它为我的爱情生活提供了足够的空间，我得告诉你，爱情是需要足够空间的，本来美好的东西一旦被限制起来，可能就不是那么回事了。我以前的邻居们大多证明了这个事实，我也曾经历过

3

伤心不已的惨境。

贾斯廷·巴塞洛缪·萨维尔五世是个自由民主党人，那是只有上层社会不肯抛弃的组织。他的爸爸（贾斯廷·巴塞洛缪·萨维尔四世）是一个典型的弗吉尼亚人，才这样命名他的儿子。他的兴趣所在就是管理海文大学附属医院。贾斯廷的母亲是多拉德家族的人——现在叫多拉德斯。有几个世纪的时光，在卡罗来纳州的皮德蒙特镇里，他们一直在撕开一块块馅饼，互相递给对方并礼貌地微微点头说："为什么我这样做，你毫不介意？非常感谢你。"贾斯廷的曾曾外祖父厄斯塔什·多拉德——他父亲曾顽强抗压，并掀起了一场颇有声势的抵抗雅皮士运动——是这个州最为人称道的州长之一，当然这也与他将自己的名字凿刻在了上百座大型公共建筑上有关，州立监狱就有此殊荣。在州长的诸多事迹中，多拉德州立监狱是个可以纪念他的地方。

我提过贾斯廷对我关爱有加，他曾经一跃而起，为我挡了子弹，自己却被子弹击中差点丧了命。他一直否认，跳起时大脑是不受控制的。那天的情景仍历历在目：他展开身体护住了我，鲜血洒在我的头发上。而当我到医院探望他，告诉他希尔斯顿市政府任命我为警察局长，也就是他的上司时，他当时的表情我至今难以忘记。他眨了眨眼后，微笑起来，那一定不是嫉妒，也不像是厌恶，那是一种纯粹的、未加掩饰的惊讶表情，仿佛说，您看啊，我贾斯廷从来没想过，万万没有想到，在东希尔斯顿的一堆白色垃圾里，那个由于妈妈无知、连名字都起错的卡特伯斯，居然爬得如此之快，都能代表法律的权威了呢。不过上帝知道，对亚伯拉罕·林肯的政治头脑，贾斯廷可是顶礼膜拜，毫无半点不干净的想法。目前据我看来，他是为我高兴，甚至为我骄傲的。看到我在办公桌后面墙上粘贴了猫王的海报，他欣然接受了。我想，如果我提一下他的那个眨眼表情里的惊讶，他是不会顺着我的思路说下去的。所以我判断得不错：贾斯廷·萨维尔是我所遇到过的最善良的人。

我的朋友贾斯廷的那个眨眼，也是我重视犯罪前科和档案记录这个多年来养成的习惯的悲哀证明。如果州长不改变主意，星期六走进多拉德州立监狱毒气室的那个叫乔治·霍尔的黑人也可算是这个习惯带来后果的最好诠释。对我而言，就任局长之职不过是个新的任务，任命一个新的州长意义也不过如此。对待像乔治·霍尔这样的人，可不是只有点慈悲心就行了的。

第一部分

一种大众的休闲娱乐

第一章

那是在一九六七年，死刑已经被历史所淘汰，在越南历经百战得以幸存下来的乔治·霍尔回到了家乡。那时候善良的人们认为我们正在倡导的是所谓的道德革命，于是他们走上街头游行庆祝这一盛事，将战争、种族主义和性别歧视通通扔出窗外，遗弃如路边的垃圾。这些兴奋中的美国人怎么也没有想到事情还会有倒退复辟的一天，就如同在那个所谓"黑暗时代"中的罗马人没想到他们的圣坛将会毁掉他们的奶牛牧场那样；他们也没有想到那些大垃圾桶会有一天急剧增多，蹑手蹑脚的流浪猫经常会穿梭于避孕套与烟屁之间。

所以，初到希尔斯顿警察局工作的每个人都相信死刑就像当初的刑讯台和拇指夹那样永远地消失了。但结果是，它仅仅离开了九年七个月零十四天，就有一个死囚吵嚷着要求犹他州政府给他施以枪决，犹他州政府不得不费力地击退那些死刑志愿者。为此，不得已的美国又捡起了那个"以暴制暴"的严惩手段。

州长没有听到什么反对的声音，于是州政府决定仍在星期六晚上九点对乔治·霍尔执行死刑。过去的情形是这样，如果没有缓刑命令下达，多拉德州立监狱的死刑就在清晨执行。然而，最高法院改变了主意并通告州政府说，某些在罗利司法局的人认为死刑本来是平常之事，没有想象的那么残忍，但让死囚熬过一夜等待翌日的执行却不人道，研究证明多数死囚在临刑前的夜里都无法正常入睡。因此建议把执行的时间改到了午夜。我们海文县的死刑执行官米切尔·贝兹莫尔，目前仍然保持着执行死刑的国家记录（四十四例并且还在继续）。不久前，在多拉德监狱执行死刑的工作人员又对晚间行刑起了争议，因为毒气室里的值班医生白天要在海文的动力与光源诊所坐诊。最后争论的结果是，双方把行刑的时间确定为晚上九点，或者依照他们能够排开的时间来作调整。

乔治·霍尔是我调到重案组后抓捕的第一个犯人。他是个失业的黑人，在东希尔斯顿的一个酒吧外面，开枪打死了一个刚下班的警察，用的是那个警察的枪。我正巧开车经过现场，他当时就坐在人行道上，枪搁在一旁。"别开枪，我不跑。"他跟我说了第一句话。他的鼻子一直在流血，看上去是被那个警察用手枪敲的。时任警察局长的是范·富尔彻。他很快赶到现场，并迅速接管了案子——不是因为他要秉公执法或为死掉的警察博比·皮姆①出头，而是每当一个案子吸引了太多闪光灯时——你完全可以想象，在北卡罗来纳州的皮德蒙特，一个黑人开枪打死白人警察的影响会怎样——富尔彻上尉就会紧急地履行他的个人嗜好——用他的话说就是：从速处理。富尔彻习惯于在简短的调查之后从速处理案件，也就很快确定了这次的审判。法庭指定了一位律师为乔治做辩护，律师劝他不要做无罪抗辩，因为陪审团根本不会给他自我辩护的机会。这个公派的辩护律师虽然不是个很聪明的家伙，但是算准了陪审团的决定。法庭上的六位证人证明当时乔治看上去更像是自卫，对抗致命或致残的暴力而进行自卫显然是合理的行为。证人中没有一个是白人。陪审团离席都没有订餐时间长，就敲定了结果。正如我说的那样，当时我们都认为除了伊朗和南非，死刑已经在这个

---

① 博比·皮姆，真实姓名是罗伯特·皮姆。

世界上的其他国度永远地取消了。此后在历经了三次上诉失败和七年的死囚生活后，乔治·霍尔即将把米切尔·贝兹莫尔所创造的国家记录再次刷新。星期五的早上，我跟乔治的弟弟解释说，我从来没想到事情会发展成这样，而他对我则充满敌意，让我滚远一点儿。当天晚上我去跳了一场舞。

那是圣诞节前的星期六，经营了九十六年的希尔斯顿俱乐部举办了一年一度的联欢舞会。每年，镇里的核心层——他们称自己为"我们成员"或者就叫"我们"——让俱乐部的委员会将他们这些"成员"列成表，然后按名单一一发送豪华的、镶着金边的请柬。那些获得邀请的人开车穿过希尔斯顿北部小路来到了俱乐部，然后在发了霉的舞池里跳上几个小时的双步舞，那情景就像时间回到了一八六一年，他们即将打仗一样。男人们都蓄着胡子，腰间挎着祖传的佩剑。女人们穿着缀满亮环的裙子，头上别着栀子花样的头饰从宝马车里鱼贯而出。我是从贾斯廷那里知道这个俱乐部的，他喜欢随便找个什么理由来个上古的服装打扮，穿上那套他每年都为之雀跃的手工缝制的灰黄色的缀着金色流苏的衣服。

今年不同。今年的娱乐委员会不仅从请柬上把联欢两字去掉了，而且把日期从星期六改到了星期五。他们不得不考虑公众对多拉德州立监狱的一个即将被执行死刑的黑人的关注。何况乔治的弟弟库柏·霍尔，现在是个颇为出名的政治活动家，并有着如他的政敌们——大部分来自希尔斯顿——所说的媒体操控力。我不是说库柏·霍尔因为他哥哥将被执行死刑使得希尔斯顿俱乐部为之担心并限制了舞会，事实是俱乐部想要注意影响，因为这毕竟是个敏感时刻。我从佩吉·萨维尔，也就是贾斯廷的妈妈那里得到消息，她曾提议彻底取消这次舞会，但是后来，经过了一轮"无情"的讨论，她的建议以五对四的秘密投票方式被否决了，当然用意明显。退了休的检察长亨利·蒂格斯法官经历过黑人团体嘲讽咆哮法庭，他曾慢吞吞地说："把那个黑鬼赶出我的法庭。"这次即便是蒂格斯法官也觉得在即将处死死囚之际，大跳华尔兹舞有些不合时宜。犯人要从一个装满氰化钠的袋子里吸入三四分钟毒气——最多是六分钟，像卡罗尔·切斯曼，他原打定主意不吸那么多——这些气体被吸入后变成硫酸而使犯人致命，罪犯以此为他犯下的错误向社会赎罪。

就这样，舞会时间改到了星期五，而且大家一致同意舞会的统一着装为南北战争以前的服装，代替过去的黑领带正装，这无疑是对以前那个奴隶制时代给予怀旧式的抨击，在那些不在邀请之列的普通人心中留下深刻印象。我当然不在受邀之列，但是当我从租来的黑色礼服里拽出那份贾斯廷的请柬，展开放在侍者的白色手套上的时候，他还真是没注意到。我慢慢踱进大门，却低头撞到了点着白色蜡烛的灯架。

来这之前，在河上区局办公室的镜子前，我曾练习以不同姿势把手放到口袋里，使自己看上去有那种漠不关心的效果。玛莎·米切尔对我的样子十分反感，玛莎这小东西，多少有点儿贵宾狗血统，是我从越南战场回家途中在机场路上捡到的，它被遗弃时还是个小不点儿，有着跟她死去的狗妈妈一模一样的鼻子和刘海儿，而且看上去没太得到主人们的善待。那种感觉我知道，就好似尼克松那帮人对待我们一样差劲。我把它带回了希尔斯顿，到现在为止，我们已经几年没吃过巨无霸汉堡了。玛莎躺在我那张国王规格的水床上，当看到我不断地练习故作姿态和漠不关心表情的时候，它就不断地叹着气，它可是位骄傲的小姐。像我现在这样，在整个南方都不算小的城市里当最年轻的领导，并且把公寓用一些超现代的新玩意儿，如电脑、女人和黑人这些东西装饰着。我到这里工作的第一年，犯罪率就下降了百分之十一点七五，更别说我们系统内部的那些诸如受贿、偏执，还有温和逼供之类的老把戏了。就连《新闻周刊》也用半个版面和大幅照片介绍我，我把它们剪裁下来，用个小菠萝吸铁石粘到了冰箱门上。这份头版报道的标题是"学者型的警察"，我要慢慢攻读历史学博士。

就在我不断地把一只手或两只手交替插进租来的那件湿滑的礼服裤兜里，试图找到合适的姿势时，玛莎在水床上扭来扭去，它是在为我尴尬。我对它说："亲爱的，别给我来那种马克思主义者的叹气样子，我还有很多你不知道的事儿呢，所以，如果我发现你还没有光顾过厕所，你最好还是把你的脚趾从我的水床上拿开。"玛莎听我说话的时间比我的前妻谢丽尔还要长，它倒不跟我拐弯抹角，就那么干脆，直来直去。

我决定参加舞会。我怎样走进希尔斯顿俱乐部舞厅的呢？我朝着华尔兹的乐曲中鼎沸的人群直奔过去了。我穿过那棵差不多有天棚那么高的圣诞树，树上点着白色的蜡烛；接着，我经过一个喝醉了的漂亮金发女孩，她身穿一件红色无带的缎子长袍，躺在靠墙的长椅上，胳膊横放在眼睛上；我还经过戴尔·范肖先生身旁，他正帮妻子解下钩在项链上的披肩。

"喂，哈，曼格姆局长，在这里见到你可真是令人惊讶。"A．R．兰道夫，一个貌似精明、实质无知得像只公猪的矮胖子,迎着我走过来，一只手插在口袋里，短裤松松垮垮地挂在屁股上。这些人已经习惯于穿着租来的衣服，像白瑞德和斯嘉丽[①]似的参加晚宴了，连自己的衣服都穿不好。"妈的。"他扭头看了一眼穿红缎子衣服的女孩。"那是我那该死的孙女，还不到十点就他妈的醉倒在长椅上了。"

"她不醉的时候看上去还真是个很漂亮的女孩。"他整理完短裤后跟我握了握手。"见到我很奇怪？为什么啊，阿特沃特？"我曾批准了他的莱恩斯俱乐部在希尔斯顿警察局停车场举行过十月狂欢节，还曾经跟他圈子里的人胡侃过，所以我叫他阿特沃特。他那次可是得了一大笔佣金的。他的年龄大我一倍，月收入是我的百倍，这家伙还继承了一个建筑公司，正是这个公司承建了海文大学和希尔斯顿市内几乎所有的建筑，包括河上区综合办公楼和州基金资助的首口河上的四车道跨河大桥。那个大桥宽得可以让你尽情打垒球比赛而不必担心交通问题。

他走近我，悄悄地跟我说："我原来想，他们一定会留你在州立监

---

① 美国小说《飘》中的男女主人公。

狱坐镇的。我可听说，三K党他们今晚会去闹事，就是针对'营救乔治·霍尔'的那帮人。这可是我听说的。"

"到现在为止，一切都是谣言。谣言就像感冒病菌，你也不知道它从哪来，也不希望它四处蔓延。"我给了他一个职业性的微笑，"那些三K党的人已经不像当年那样血气方刚了。他们会回家看电影频道①的。现在这个时候谈政治未免太煞风景，而且也太吵闹听不清。"

"我可听说你有内线，说营救者们今晚要跟那些支持判刑者论辩一番。"

幸亏我一直在微笑，所以看起来我的笑倒是蛮友好的。"你最好别瞎用词，阿特沃特。支持判刑者指的是支持处死成年人而反对处死婴儿的那些人。然而，库柏·霍尔他们那帮人是反对死刑的人，他们大多也是反对判刑的人。你懂我的意思吗？"

"哦，不管他们怎么称呼自己，这么做一定是在浪费时间。"

"很可能。"

"卡迪，历史事实证明，人类有权利保护自己免受玷污。但是却总有那样的人咎由自取。"

"嗯，可能吧。我能马上想起来历史上的三位智者，苏格拉底、圣女贞德和基督耶稣，他们也都讨论过这个问题，呜呼！"

他胖胖的脸上堆起皱纹。"现在，你要坚持住啊，局长先生，如果当初耶稣没有被杀死，今天我们哪个人会得到救赎呢。"

"哦，看来你懂我的意思了，阿特沃特。"

在旁边有一个人，我们俩闲聊的时候都没有注意到。他始终盯着他的朋友戴尔·范肖，而后者一直在帮妻子解着披肩，那女人跟每个走近的人拥抱一下却不太在意他。我从兰道夫的头顶上方望过去，一边在舞池里搜寻着，一边暗自寻思，我自己要么去见一个男的，要么去见一个见不见全无所谓的女的。男的就是朱利安·刘易斯，前检察长，目前是副州长，正努力再向上攀爬一步。女的就是安德鲁·布鲁克塞

---

① 原文中 HBO(Home Box Office) 是总部位于纽约的有线电视网络媒体公司。

8

德夫人，是刘易斯竞争对手的老婆。当年与她相识之时，她正待字闺中，不过十多岁，芳名叫李·海文。

舞池的一面墙上安装着玻璃门，每扇门上都装饰着花环。门前，摆着一溜铺着白色亚麻布的桌子，桌上堆满了水晶的五味酒钵、带壳的牡蛎，浅盘子里装着火腿和饼干。每四张桌子旁边站着一个侍者，他们等着随时把一勺五味香槟酒倒进附近的空杯子里——一些人已经明显等不及了，他们把手里的小水晶杯换成了大玻璃杯。除了为市长夫妇、东南生命保险公司的老总提供服务的侍者外，管弦乐队一半的演职人员是这屋子仅有的黑人。乐队人员都坐在一个小讲台上，后面用一块闪闪发光的红色幕布映衬着，幕布上缀着圣洁的花环，上面写着"吉米·道格拉斯管弦乐队"。乐队正在演奏"周年纪念华尔兹"（可能是为了庆祝快到一百年了的缘故），但是只有大约五十对夫妇在跳舞，或者是四十九对，我不清楚老法官蒂格斯和夫人是在做什么，可能在跳探戈，又可能是一个人想要离开舞池而另一个人又不想走生拉硬扯着。剩下的客人看上去就像是走错了舞步的队伍。

"你认识戴尔·范肖吧？"兰道夫朝着那对夫妇的方向推了我一下。

"让我瞎猜一下啊。他拥有范肖造纸公司？"

"局长啊，你简直要气死我。戴尔，你可不可以先离开那位女士一下，到这里跟我们的警察局长打个招呼？你上个月没在《新闻周刊》上看到他？"

"我是卡迪·曼格姆。"我说，正好范肖夫人跳出队形，跟我匆匆地打了个招呼，又一头扎进派对里去了。

"一切可顺利？"范肖跟我握了握手，问道。

"你指私事还是公事？"

"曼格姆要开杀戒了，"兰道夫解释道，"他指的是乔治·霍尔的案子，局长。你是这个意思吧，范肖？"

戴尔提到了这件事，我们也就借题发挥地聊起州长是否会坚持对霍尔的死刑进行判决——他们都认为州长不会这么做——警卫人员反对行刑，而热衷死刑者坚决要求行刑，在这两股势力之间，多拉德监狱是否会发生暴乱，我道出了我的隐忧。"首先，这简直就是冰封之后的暴雨，这场哲学辩论会化解的。其次，"我往里挪了挪，"一小时之前我跟沃登·卡彭特也谈过，他那里像个鸦片馆一样静悄悄的。联邦调查局的人表示他们也不想在领导层引起什么骚乱，这些人可是提供着三分之二的票子来供养我们这里的三K党骑士们呢。看守乔治·霍尔的同事说他们不希望《新闻法案》被通过，因为一通过，那些不大可能的枪击事件，甚至那些一拳打在眼睛上的芝麻小事，也会突变为流血事件的。"

我的顶头上司们虽然卸下了压力，但对整件事没得出什么结果也蛮失望。随后大家又聊了一会儿沃斯通州长连任竞选的事儿，不知这件事能否让他心满意足。安迪·布鲁克塞德辞去了海文大学校长，就为了去拉民主党的选票。他这样做，到底是对是错？因为即便他像战斗英雄娶了百万富婆那样成功，他的选票也会大市不利的，谁让他的竞选事务助理杰克·莫利纳是个铁杆的死刑抗议者呢。这并非说他们共和党人多想看到民主党人搬起石头砸自己的脚。我问布鲁克塞德是否也来参加舞会了，大家众口一词道，他怎么会不来？他会出入那些人数超过半打的所有场合。

过不了一会儿，那个圈子里几个矮胖的财大气粗的人围了过来。这帮人里的大多数，我都能叫出名字，当然也不是那种高尔夫球友式的相识。其中的一个是银行家，一个是毛巾厂的老板，一个是高帽子烧烤店的老板——就是那个屋顶饰满红色霓虹灯的小猪，轻敲着屋檐的那家店——还有很多房地产商人。这些人的典型特征就是领结扎得很紧。那个银行家——仍然蓄着胡子，尽管联欢舞会的基调已经重新定位——对乔治·霍尔案子持有极其风趣的见解，他认为现代的死刑根本不够残忍。"听我说，这根本不痛嘛！不过是让你换到地狱去睡觉而已，没关系！这要在以前，要把你脱光了烧死，掂量掂量吧。"

"死了就是死了。"毛巾厂的老板把围巾转到颈后说道。

"你可不能这么说，特里，站在火堆里的不是你。"

不得不承认，那个银行家说得很在理。在毒气处死、切腹、火药塞进嘴里后引爆，或者让印度大象碾碎头等种种死法中，我还是比较接受美国的这种方式的。我跟他们说："现在的人们哪里还有什么想象力。你知道在古罗马，子弑父会怎么样？他们会把人和猴子、毒蛇、斗鸡、野狗等装进一个大布袋子里，让它们把人撕得粉碎。"

这番话让大家静默了一会儿，银行家接着点了点头："这就是我想说的，惩罚。我实际想表达的是，这些惩罚在过去是示众的，或在电视上公布的，目的是警示，防止更多的人犯罪，是不是？让大家都看个清楚。"

我说："先生，你说话的口气仿佛是和平护卫者。事实上，让我头疼不已是那些围观的群众。上次当众绞死犯人，还要上溯到三十年代，在肯塔基州的欧文斯伯勒。那次啊，去看行刑的有两万多人，有三分之一的人甚至支起摊子卖开了饮料。让老百姓观看行刑是正确的，可问题是看看他们都干了什么，他们为抢好位子还大打出手啊。"

我的这番话倒是提醒了那个房地产商人，他突然想起当时的超级杯比赛，如何打破头地买到六张票，还有那个大家都抱怨的卡德米恩体育馆，还有"可怜的老布里格斯"备受关注的病情，也就是老布里格斯·卡德米恩——卡德米恩和惠茨通纺织厂的老板。这个狗娘养的当时大约八十五岁，秃顶又狡猾，他会告诉你希尔斯顿非他莫属。我现在每天都经过卡德米恩的大幅画像才能到局里，他出资盖了市政府大楼，他希望人们记住他。挂在走廊里的这幅八角油画里，老布里格斯一只手拿着卷成卷儿的蓝图，另一只手指向通往厕所的走廊。他曾经私下指着我的脸告诉我，我有今天，当这个警察局长，他功不可没。那时我正和他女儿约会。他就这一个女孩儿，其他的孩子都是男孩，且有的死了。而这个女儿——他用自己的名字给她命名布里格斯，叫她宝贝儿——是最得宠的，不过，她讨厌见自己的父亲大人，结果他认为我不过是利用他们父女俩，为了使仕途更顺畅。我怕是让他失望了。我没感觉到小布里格斯对我比对她爸爸好多少。可能我对她的感觉不那么确信而已。她是个天文学教授，所以我有理由认为她更喜欢那些星星。贾斯廷也说过，她很冷漠。有关她的最新消息是，她去西部谋了份职业，那个地方，在天空与她之间不会有那么多的人。我去交纳签证费之前，她退还了我的戒指，她走后一个月，卡德米恩在他的那辆停在缅因大街上的豪华轿车里召见了我，不断地指责我背信弃义出乎他的意料。他有着大灰熊的是非准则。贾斯廷倒是看好他这一点。

"可怜的老布里格斯。"范肖一边说话，一边瞄着长椅上醉得不省人事的女孩，好像只要深呼一口气，她就能从裸肩的红缎裙子里滑出来。"唉，上帝知道，卡德米恩已经很长寿了，他正以自己的方式等待着死神的降临。"

"他怎么了？"我说，"要不行了吗？"

"他没懂我的意思？"兰道夫推了范肖一下，指着我说。稍后，四个商业巨头表示要在妻子们跳舞回来之前，洗个澡，休息一下。我是唯一对此不能理解、感到莫名其妙的人。

兰道夫说他一会儿下去，然后转身冲着我说："戴尔是说老布里格斯不打算住院。小道消息传言他曾经说，'妈的，我得给那该死的医院付钱，才肯让那些吸血虫离我远点，我干吗让他们折腾呢'。"

范肖一副不胜烦恼的样子，抽了下鼻子，眨眨眼睛。"卡德米恩这样一个油嘴滑舌的人，怕也是很费劲地解释，才不使自己像光着屁股似的那么难堪。"

众人抿嘴笑着，彼此附和。这时我看见了李·海文·布鲁克塞德。事实上，我先看见贾斯廷他们正摇晃地穿过人群迈上了舞台。贾斯廷看起来很扎眼，他是舞会上唯一穿燕尾服、扎白色领带的人。那是英国人出门打猎、烧烤野餐常穿的行头。眼下他跟布鲁克塞德夫人正缓慢地跳着圆圈舞，从后面能看见他的手放在她黑褶层绸子裙上，转头的一瞬，看得见她雪白的脖子和肩膀。她盘起的金发上，一颗钻石像点燃的火柴一样闪闪发光。

我这时说想来点五味酒。"很高兴在这里见到你，范肖先生。"

"我很高兴见到你。"他说着冲兰道夫点了点头，好像我刚刚通过了考试。"叫我戴尔就行了。真正的好东西在楼下的休息室里。那里的酒不会让你难受。"

"范肖先生，我可是花钱弄到的这身行头，可不想把它浪费在厕所里。白天我看见那么多人排队等着去喝酒呢。"

范肖抿嘴一笑。兰道夫说："啊？"我提起一只脚在裤腿后面蹭了一下，左手插到裤兜里，走进了联欢会。

大体上，俱乐部的风格是舞伴不分性别的，然后分开来聊天。在小桌前坐下，女人们的长裙熠熠生辉，在蒸腾的烟雾里若隐若现。她们彼此讲着什么极其有趣的事儿。男人们则围在一圈儿讲得起劲儿，或者为别人的话频频点头。托马斯·坎贝尔神父（高个的老派长老教会员，穿着西服）和保罗·麦迪逊神父（矮个的年轻新教圣公会会员，戴着护肩）正跟新上任的黑人市长的夫人聊天，他们那种职业性的微笑不知会不会让下颌疼痛。

"曼格姆局长。"教区长叫我，他的脸上挤出酒窝。他现在看上去一点不比大学时显老，他那时看起来也就是七岁吧。"您来买张三一教堂的圣诞彩票吧。亚伯勒也买啦。"

"哦，保罗，"我说着挤了进去，"我可得给你提个醒，公共场合拉票可是犯法的啊。再说了，我们的'第一夫人'可是个受洗的人，对吧，迪娜？最近怎么样？"

迪娜·亚伯勒是个苗条的黑人，肤色较浅，虽然不十分漂亮但还挺耐看的，一头浅色波浪式的头发，幽绿的眼睛，嗓音清秀圆润。"很好，谢谢你。见到你很高兴，卡迪。这是个相当不错的晚会，是吧？"她实在应该去牙医那里做个根管治疗①，不过从她的眼里，倒一点也看不出来。

"我这还是第一次来呢。"我说。

"我也是啊，"她点着头，"这是每年都举行一次的舞会吧？"我没听出一点讽刺的意味，但这着实令人难以置信，她居然不知道这个尽人皆知的星光灿烂酒吧，那些缀满饰环的裙子和黄色肩带已经飘动了

———————————
①一种牙科治疗方法。

九十六年了。

两位神父闻言迅速地跳着离开，坎贝尔像咳嗽似的点着头，麦迪逊则向我脸前摇着一张厚卡片，谄媚道："这绝对是顶有价值的事业，您援援手就当是往我们这杯羹汤里加点安抚的调料了。"

我说，好吧，我买五张。他说我可以用支票，我说我钱包里有钱。他问："有五百元？"

老坎贝尔——他的教堂是镇里最富有的——看我惊讶地喘气，忍不住笑了。

"一百元一张吗？！你们怎么不抽签售卖？"

"我们只要卖出去两千张，就可以抽得一辆保时捷。"保罗·麦迪逊把手放在心脏的位置。"你可逮到了好机会，卡迪。"

"你们准备了一辆保时捷就为了一碗汤？"

麦迪逊咧嘴笑得像个一无所知的粉嫩婴儿。"吉姆·斯科特已经捐资了。其实是这么个事，你抽签获得了个便宜货，哦，如一块木头，有谁想要？但一辆保时捷，那可就是个巨大的诱惑。"

"坦白地说，"坎贝尔这个瘦骨嶙峋的老人，咳嗽着说道，"我们长老教派的人最初是远离这种俗事的。"

麦迪逊已经掏出钢笔并把我的名字写在了那张该死的彩票上。"如果三一教堂获得了需要的捐助，我们也会远离俗事的。卡迪，你说你要多少来着？"我直瞪着他的酒窝，又收回目光。

"一张。"我小声说。

"一张？"

我从他手里一把抢过一张。"谢谢了，麦迪逊神父。市长夫人，可以和我跳支舞吗？"

"啊，那当然。"上一曲还有三十秒钟结束，所以我们在旁边等候，我问她："卡尔藏到哪去了？不想让公众看到他抽烟吧？我一直跟你丈夫说，是烟草造就了希尔斯顿。在这个地方，抽烟的市长可是具有爱国主义的表现呢。"

"那烟草不是古巴烟吧。"她的面部皮肤有些松弛，看上去好像有些歪斜，这么看她那关于舞会是否一年一次的问题倒像是不知道特洛伊的木马一样，同样地天真无邪。

我笑了。"上帝啊，迪娜，去跟市长说升我的职吧，否则我就向《星报》透露他跟卡斯特罗的交易哦。走吧，让我们去喝上一杯。"我们还不曾挤出跳舞的人群，迪娜的哥哥、东南人寿保险公司的老板过来跟她预约一支踢踏舞。我们俩跳舞的情形是这样：她的手摸索着，好像不知道该放在我肩膀的哪里，那样子就像在寻找是哪根神经搭错了似的。这位哥哥说"下支舞我妹妹答应跟我跳了"，那语气好像是我拿着枪逼着她，硬扯到舞台上似的，我拉着她的手也仿佛是我硬拽着她。上帝啊，南方啊。谁也没办法抹去南方那种固执的愚蠢。

在我准备去取点食物的当儿，我向每个向我微笑的人还以微笑。好容易这样一路走过来，一个看上去老态龙钟却身穿花边罩衫的女士拦住了我，她伸出两根又直又硬的手指攫住我的西服翻领，强迫我转向她。"你上了那个《人物》杂志吧。"

"对不起，您说什么？"

"我见过你。但是忘了那上面写些什么了。"

我告诉她："夫人，我没看过那个杂志，但《新闻周刊》上写了我，个子高大、有创造力、不屈不挠。"

"我看的就是那篇文章。"她用颇为怀疑的眼神瞟了瞟我，"那上面说你叫什么名字来着？"

"《新闻周刊》上吗？好像是叫我曼格姆局长。"

"那就对了。"再次确信后，她拍了拍我的胳膊肘。她手上价值几千美元的钻戒险些滑落。"我是马里恩·森德兰夫人。"

"拥有《希尔斯顿星报》和第七频道的马里恩·森德兰夫人吗？那您听好，克伦威尔一家的重播有什么问题吗？您知道雷蒙德·伯尔在哪里被害得坐了轮椅，之后还不得不去抓那些流氓吗？我希望您能把这个节目重新播放一遍。"

森德兰夫人像挨了一击似的，但瞬间后，她让我惊讶。"我记得那篇文章描述你总有奇思妙想。看来他们是用错了词。你有一点古怪，但也不至于让我感觉很有创意。"

"哦，我想他们原本想要用这个词取悦人的。"我倾斜了一下身子，模仿她刚才的样子拍了拍她的胳膊。"森德兰夫人，我想给您点专业建议。下次您再出席这种场合时，应该把这些戒指放在家中的地窖里。"

"曼格姆……先生，我出现的公共场合时，都是只和朋友们在一起。"

"我打赌，这句话是裴力斯·恺撒说过的。"她爆出爽朗大笑，那声音之大对一个像她那样身材的女性来说实在让我惊讶不已。然后她邀请我去拜访她，接着把我介绍给她旁边的两个朋友，一位是拥有一家百货商店、上下打扮一新的八十多岁的寡妇，她跟我说，自己听不见我们说话，当她不存在就行了；另一位是森德兰先生的侄孙子，他仿佛以滑雪来谋生。我看见保罗·麦迪逊正在舞者之间往来穿梭，自由得如同丘比特穿云驾雾，我没来得及警告什么，他就在瞬间溜走了。这回没有人拦我的道，我径直走到自助餐台前，看见蒂格斯法官正对那辣烤鸡蛋运气下手，却被他妻子拦住。

"嗨！"有人拉了一下我的胳膊肘，并吻了我的面颊。"你能来可真令我惊讶。"是艾丽斯，贾斯廷的夫人。她来自北卡罗来纳州的山区，是个娇小美丽有着亮铜色头发的女子。当时，我们为一起案子去调查一些人，那些人在卡德米恩纺织厂里工作，她那时居住在那层楼里。就这样，贾斯廷结识了她。迄今为止，贾斯廷的惊人大动作，就是以最快的速度跟她结了婚。艾丽斯有着你能见到的最蓝的眼睛，清澈如天空，清晰得足以用来形容事实真相。艾丽斯相信真理，热衷政治，并坚称她最有办法解决两人之间的争端。他们俩总是争论不已。贾斯廷认为这给了他每周邀请我去他家吃两次饭的想法，这样他就不用独自面对艾丽斯而跟她争论不休。"你能相信这个人？"艾丽斯常会这么问，"聪明，智慧，坐在那里说他对理论问题不感兴趣，那意味着什么。"

贾斯廷就会捣捣他的酒汁，说："这意味着，看在耶稣的分上，我才不在乎为什么禁令实行时人们会拥护。我们就弄明白比利·吉尔克里斯特是不是个酒鬼，值不值得信任就行了。"随后的时间，贾斯廷就会讲他手头案子中的那些当事人，直至你烦不胜烦，还要再分析前因后果，直至你无聊至极。

我放下餐盘，回吻艾丽斯。"哦，看看你啊。"我把她转了一圈。"你就像一个联盟的组织者，喜欢跟人斗智斗勇，却又吃着小孩子才吃的茶杯蛋糕，你不用否认，我都看见那个包装纸了。"侍者这时递给我一杯五味酒，半生的草莓漂在酒上，搞得我失去了喝酒的欲望。"现在，主啊，主啊，艾丽斯。贾斯廷五世让你怀孕，却还是允许你穿上时髦的衣服，打扮得漂漂亮亮的样子，看上去像是上次你们一块儿从杰吉·奥纳西斯那儿借来的。"

"我看起来怎么样？"

"像圣诞节的打扮。"她的长袍是墨绿色天鹅绒的，红色卷发像飘带一样。"你看上去就像每个人得到过的最漂亮的圣诞礼物，当然抱歉地说那不包括我。"我吻了她一下。"恭喜你，红姑娘。但请你不要给孩子起名叫卡特伯斯，尤其如果是个女孩儿。是苏格兰人？你们在哪里怀上的，卫生间？

"在女士休息室。"她递给我一杯酒。"我要杀了贾斯廷。"

"请你注意，你这是在跟警察局长说话呢。不过，我什么也没听见。"

"我没怀孕。我们一直在努力的。我不知道他为什么要那么跟你说。"

"你知道他的，他藏不住事。相信我，尽管他是个出色的侦探。他给别人讲他的秘密，别人也把秘密讲给他听。我们就这样抓捕罪犯。"我准备去拿一块火腿饼干，侍者闪开一步，帮我夹了一块放在一个标有"希尔斯顿俱乐部"的盘子上。我举起四个手指，他抬了一下眉毛，只得迁就我，并把四块饼干摆好。"艾丽斯，跟我讲讲森德兰夫人的事。关于造纸厂她有多大的发言权？"

"她有么？可能几乎没有。她应该有么？可能应该有很大的发言权。"

"你认识她？难道《希尔斯顿星报》有什么前科？"

"她可是贾斯廷的教母之一哦。"

"所以碰不得是吧。"

她大笑起来。"卡迪，我也从来没否认啊。"

艾丽斯为州立法机关工作，当然如果不是靠着贾斯廷，以及老布里格斯·卡德米恩向她的活动投了一大笔款子，她也调不进去。她的那个活动还真是有点与众不同，但跟最近兴起的女权运动关系不大。听说她正忙着把安迪·布鲁克塞德拉进州长大厦，但这不是我要跟她讨论的问题。

我们看着贾斯廷拥着布鲁克塞德夫人正在舞池里一群呆板的舞者之中跳华尔兹。吉米·道格拉斯的乐队正在演奏《劳拉的主题》，努力跟人群中嗡嗡的聊天声抗衡着。"我丈夫够帅吧？"艾丽斯笑道，幸福得像只猫。

"母性的荷尔蒙正在吞噬你的大脑，红姑娘。"

"哦，但他真是帅啊，像保罗·纽曼当年一样的帅。"

"当年的他什么样？"我们看着他们俩——当他们旋转时，贾斯廷的黑色燕尾服和李的黑色长裙飘了起来。那女人的肩膀和他的衬衫形成了亮晃晃的一片白雾。"你嫁他是因为他的外貌俊美吗？我还以为是他烧得一手好饭菜呢。"

"你去分开他们，这样我才能和她跳舞。你认识安迪的夫人吗？"

"认识她很久了。"艾丽斯目不转睛地直盯着我，弄得我只好转身舀了些腰果，弄了一勺塞进嘴里吃。李注意到我盯着她看，微微一笑。那只是礼貌的浅笑，但当她认出是我的一刹那，笑容收了回去，瞬间绷紧了身子，一把推开了贾斯廷。

艾丽斯还在喋喋不休。"不管怎么说，我觉得应该有人去守卫，不过杰克·莫利纳同意我给安迪施加一点压力，或者今晚去找刘易斯，总胜过在监狱里贴个布告吧。都这时候了，他甚至都不在这里。"

"谁不在这里？你说布鲁克塞德？"

艾丽斯也有趣地看着我，我不得不越来越敏感了。她说："不，是朱利安·刘易斯不在这里，再怎么说他也是贾斯廷的表兄，是个副州长啊。"

"他现在不在这儿？真他妈的。"我跟乔治·霍尔的辩护律师——我的老朋友承诺过，在舞会上把朱利安·刘易斯逼入困境，跟他讲明事由，请他说服州长命令明天如期执行死刑。多年来，大家一直向州长强调执行死刑的重要性，甚至就是死缓对政治家的影响也是关系重大。他们这些骗人的把戏深得媒体的青睐。但是刘易斯十分在意艾丽斯心头的难题，所以我就不能理解他何以认为副州长会偏听偏信地去拆自己老板的台，尽管艾丽斯的婆婆是刘易斯的姑姑。再者说，刘易斯又哪里会烦恼连州长都不上心的劳什子呢。至于她对布鲁克塞德的影响——在公共场合，他可不敢表现出对霍尔案子的急切心情，他得安抚他的自由派民众，还得拉拢杰克·莫利纳——霍尔委员会的合作者之一——参与他的运动呢。我往舞池四下里看了看。

"布鲁克塞德在哪里？

"去问他夫人。"艾丽斯接过我手里的盘子。

"我不会跳舞。"

"屁话，你可是个跳舞高手。"

"我说，亲爱的，你可是个要当妈妈的人了，要注意你的用词。"

她拉着我走上台阶，嘴里一边咕哝着什么，不过内容不难从嘴形上判断出来。我们穿过一群跳舞的年轻人，他们正围成圆圈，一对一对的依次讲着笑话。甚至有一对干脆闭目来回地慢慢摇摆着。

我刚刚碰到贾斯廷的肩膀，他就停了下来，冲我笑的样子就像是我给了他一百万美金，或是帮他找回了那条流浪在外的爱犬，要不就是我告诉他医院说他得癌症是误诊了。我笑着调侃他，弄不明白他在那年成功鼓动了疯人院的神经质选民之后，怎么会从此远离政治了。然后我说："对不起，请问能跟我跳个舞吗？"他回应道："嗨，卡迪，太好了，你也来了！"

"为什么每个人看见我都那么惊讶？"

"你们两个见过没有？这位女士是李·布鲁克塞德，这位是卡迪·曼格姆，我的上司。"贾斯廷微微弯了下腰，让我马上联想到小时候舞蹈课养成的习惯。这家伙对李说了声"谢谢"，又对我们说一声"请原谅"，然后就溜冰似的穿过人群径直离开了。待我转身面对着李时，她的手已摆成跳舞的姿势放在了我肩膀上。"嗨！"我说。她的金发拨在身后松松地打了个结，泛着灰白色的光，衬着她白皙的脸庞，她的眼睛在我的记忆中是蓝色的，今天凝神一看，竟然是灰色的，如同猫头鹰的羽毛一般斑驳而温暖。我从来没有这么长时间近距离地看过她的眼睛，上次，是六月的一个星期六早晨，我看到她的眼睛，我们俩都突然大叫了起来。十八岁是很容易大喊大叫的年纪。我们站在她家后院——就是一块旁边没有花园、大树和草地，你可能都不能称之为院子的空地——里一个日式的木头小桥上，她告诉我她妈妈不许她再见我，不只是在夏天，也不只是她去上大学的秋天，事实上，是永远不要再见我。我不停地问："为什么？"但是我们都知道为什么，可是直到现在，我也不埋怨她当天没有被我逼迫说出为什么来。在那之后，当我再见到她时，已经是大约一年以后了，她来到我位于东希尔斯顿的家，扇了我一耳光，大骂我是懦夫。从此以后，我们就成了陌生人。

我从裤兜里抽出手来。"你怎么还那么疯疯癫癫的？"

她说："我的上帝啊，我们有多长时间没见面了？"

"还是别费那个事儿去数数了。你感觉那个法国大学怎么样？"

她微笑，这一分钟像几年那么久。"哦，我的天，我也曾经在年轻的时候上过大学的？"

"嘿，我现在还在念大学呢。"

"你么？你现在可是警察局长了。"

"那也是事实。"

她的手仍在张着，碰了下我的肩膀，又缩了回去。我于是主动上前，揽住了她的腰，我们开始跳舞。之前跟她在一起的感觉已经模糊一片记不清了。我们曾经在体育馆里一起被压在降落的飘带和气球底下，还曾经在某个朋友的阴暗而闷热的起居室里一动不动地坐着，这种姿势一直持续到最后。现在的她，漂亮时尚、充满自信，习惯了与陌生人跳舞。虽然她的眼底还是有一抹悲伤的暗痕，但却很难想象她还会轻易地哭泣出来了。起初，我们俩都沉默着，还一度跟贾斯廷、艾丽斯夫妇擦肩飘过。贾斯廷抿着嘴哼唱着什么，艾丽斯微笑地看着我，交握着的手带动着贾斯廷轻轻地晃动着。

过了些时候，李直面向我问："那么你会一直待在希尔斯顿了。你可是不喜欢在一个地方久待的。"

　　"我游历过一些地方。"我简短地向她讲述了我困在东南亚的两年，停留在欧洲的六个月——我想用军人的储蓄账户给我和谢丽尔买个房子——在哥斯达黎加教书的十七个月，浪荡在纽约的一个夏天。在那之后我确定了自己想当警探的远大理想。我说，我仍然喜欢在旅途之中的生活。每次休假的时候，都会有一个陌生的地名添加到我自己特制的旅行地图中去。去年游览了新斯科舍，之前一年则光顾过海地。我说："但大多数的时候我在希尔斯顿，因为我得在警局工作。"

　　"干吗要当警察呢？我是说我原想，我一直以为你能……　我不知道怎么说好，你好像是在写关于美国历史的东西吧。"一对疯狂旋转的舞伴把她挤进我的怀里紧紧贴住了我。

　　我们向后让开了一些。"噢，也许历史读得越多，越感觉法律被扭曲得不成样子，历史这东西来得更直接，就跟用私刑处死暴民一样，但历史也可以把松散的东西捏合起来，是吧？我可是个死刑法典的坚决拥护者。况且，希尔斯顿是我的家。所以我回来了，在希尔斯顿维护法律的尊严。"

　　"希尔斯顿变得越来越大了。"她把手抽出来，指了指房间的方向，"我曾经想象过坐在你身边用餐的样子，但是我从来没这机会。"

　　"我也曾经那么想象过。"我没有告诉她，我第一次去巴黎的时候，冥冥中像有一股力量拉着我去某个公园或者博物馆，因为我确定在那里我会和她或巧遇或擦肩而过。

　　大学毕业后李在国外定居，她首任丈夫爱好爬山。我在报纸上读到他在一家宾馆的火灾事故中丧生，年仅二十七岁。我不断地想：李的丈夫能征服埃佛勒斯峰（即珠穆朗玛峰），却没能跑出里维埃拉的一个房间。他死后，她回了国，嫁给了布鲁克塞德。她一直没有孩子。

　　"那个时候安迪也在那里，"她说，她转过脖子看着我，"我是说在越南。你们两个见过么？"

　　"在越南么？没有，我们从来没有碰见过。"见到安迪，这倒是一个很有意思的、毫无想象力的假设，这和人人都认识她的第二任丈夫是谁不一样。那句"你们两个见过么"，大概指的是在当地的政治活动里的碰面吧，我猜想她是否怀疑过布鲁克塞德少校曾经驾驶飞机在空中翻转，与男孩们一起向海滨沼泽里盲目扫射。是啊，长时间以来，她都生活在一个由熟人组成的世界里，或许世界理所当然就是这样的。我指的是世界。如今，兰道夫和范肖在希尔斯顿是数得着的两大家族，卡德米恩和多拉德家族甚至拥有整个皮德蒙特，并且在州里还拥有长期的租约，而海文家族已经富裕了好几代人，这些人可都是上了富人榜的。只要有中国人、肯尼亚人或丹麦人抽着你生产的香烟，你就有钱来建所大学，你甚至可以指望自己的女儿嫁给某个大英雄，而你也不需要用钱的多少来衡量她们的未来对象了。这样的观念传到了那座日式小桥……哦，你大概能明白什么意思了。我的办公室里挂着全美护卫队纪念匾和精致的战斗获胜者奖牌，我把那张足有三英寸大小的《新闻周刊》贴在了冰箱门上。而安迪·布鲁克塞德的壁橱里满是足球奖杯，一块国会荣誉奖牌和一张总统委员会颁发的研究那场悲惨战争的委任状，一个书籍类的国家奖——那是一篇读后感似的评论，但他因此而获奖——还有一张《时代》杂志的封面，再有就是李·海文的照片。再没有比这更抢眼的大英雄了。他们请众神来保护自己，你懂我的意思吗？众神把他们包裹在喜悦的光环里，当他们走进屋的时候就会看见那微微发出的光亮。

我说："现在这里倒成了个相当不错的地方了。我以前可从没来过。你回来后和家人来参加过这里的圣诞节晚会吗？"

她沉默着没有回答。她戴着钻石项链的脖颈周围，有一条蓝色的毛细血管紧紧绷着。她沉默了一阵儿，脸上没一丝笑容，然后才说："你知道，我恨了你有很长时间。"

一种久违了的亲切感袭上心头。我侧过头来看着她；那感觉就像是你在椅子上打盹，突然头一沉，一下子惊醒了一样。

她直视着我的眼睛，很久，才说："我拿着一大盒子信去你家那天，你还记得吗？就在我马上要去法国之前？你甚至都没跟我说话。你看都不愿意看看我。你妈妈把我们俩留在你们的起居室里，关上了卧室到厨房的门。我想她一定也在哭。她问我是否想喝茶，你愤怒地打断她说，'不，她不需要'。"

我说："我到现在还记得非常清楚呢。你把那些信件扔向我，然后扇了我一记耳光。"

在她抽出手的瞬间，掌心滑过我的手掌。我们就那么伫立在了舞池中央。

"你是我唯一打过的男人。"她说。

她把手放回我的手掌里。我觉得其他人好像都在我们俩的周围旋转着，转来转去，但离得很远，仿佛影子似的，又仿佛这屋子的空间突然扩大到了两倍。而我们一起不停地旋转着。直到我听到远处传来一阵掌声，才意识到一曲已经结束了。

我正打算问她是否想喝杯茶，这时，透过一群鼓掌的跳舞者，我看见安迪·布鲁克塞德正朝着我们俩走过来，他高高的个子，头发光亮，浑身充满活力，那帅气的脑袋边不停地左顾右盼边点头，好像他觉得人们不是在为乐队鼓掌，而是在为他鼓掌似的。他碰了下李的胳膊，抓住她。"非常抱歉，亲爱的，我被谈话缠住了。"这是这个晚上我第一次看见他，我在想他是不是一直在那个有"真正的饮料"的男士休息室里。

她平静地说："我知道你在哪里。"

他扶住她的胳膊，转身向我做了个友好的、期望的笑容，而后说："可以吗？"我仔细地打量着他，却没有分析出一点虚伪的成分。

李从他身边稍退开一步，介绍我们认识。"你见过我的丈夫安迪吗？卡迪——"这时候，报警器在我胸前的口袋里响了起来，这意味着在总部值班的戴维斯中士有事情需要我来定夺：可能是汤普森夫人又打电话来了，因为那位"克拉克·盖博"[1]又回到了她潮湿的阁楼了；也可能是警员珀利·纽瑟姆又在搞恶作剧，在南希·怀特的柜子里放了

---

①克拉克·盖博（Clark Gable，1901-1960）：著名的男影星，他为美国电影塑造了经典的花花公子形象。

死猫；还可能的就是一群恐怖分子手握防御者冲锋枪把希尔斯顿市中心的市民抓起来当人质了。

我把报警器关掉。"对不起，我得回个电话。"

"您是个博士？"布鲁克塞德微微一笑，接着向我显示他是如何获得邀请的。"别，请等一等……卡迪，卡迪……当然，曼格姆！我们的警察局长先生。去年春天在杰伊丝的早餐会上，您演讲了'促进了城镇居民与大学师生之间的睦邻友好关系'，是吧？"他的握手很职业化却不失大家风范。"见到您很高兴。跟我说说，您怎么看乔治·霍尔的案子？"

"对乔治·霍尔来说是糟糕透了。"我回答。

"那可不。当然，我指的是州长，克莱门西。"

我说："我不十分清楚。我和上层联系得也不是很紧密。"

李一直亭亭玉立地站在那里，手指头摩挲着项链上的珠宝，看到我们沉默下来，她突然插言："安迪昨天给州长打过电话，请他手下留情。"说完她仰起头望着布鲁克塞德，好像要确认一下告诉我这件事是不是合适。他们之间好像有点貌合神离，这在这对身份如此显贵的夫妇身上，看上去稍显怪异。我是说，我知道自己的不安感觉了，仿佛又回到了十八岁的那年，不过，我现在可不想打扰布鲁克塞德夫妇的生活。

"嗯……"我看了看他们俩，"当然，一边是仁慈，另一边是正义。"

"绝对正确。"他的眼里充满真诚。

"霍尔的支持者们想争取的不只是宽大，还有饶恕。基于这一点，他们正努力地争取缓刑。但假如你谈的是'仁慈'这一公共属性，你似乎得等一等为好，因为此事还悬而未决。"

他看了我一眼说："我知道。"

离我们不远，戴尔·范肖夫妇变换着姿势跳着无聊的狐步舞。范肖夫人冲着李灿然地一笑，拍了拍自己颈上成串的钻石。在希尔斯顿这个地方，任何人，包括教师、税务官、捡破烂儿的，还有我，如果想填个表格、上个厕所或者是签张支票，都得用范肖的纸品。现在，这个家族的势力已经扩张到了钻石行业。待范肖夫人转到离她很近的时候，她轻轻地说："你的裙子真是太漂亮了，李。"

李也是嫣然回笑。"哦，谢谢，贝蒂。你的也很漂亮。圣诞快乐。"

我想出去打个电话，再次跟大家说抱歉，但被李拽住了我的胳膊。"卡迪，走之前跟你说两句行吗？听说乔治·霍尔弟弟那伙人遭到威胁了，这是真的吗？安迪的同事杰克·莫利纳这么说的。他一直跟一个是叫'库柏'的人一起工作的。"

我点了点头。"那些行事公开张扬，以此吸引大众眼球的人大多会受到威胁。"

她转头看了看她的丈夫。"但是你在保护他们，不是吗？"

"库柏·霍尔吗？我没有保护他们。我不能不扣押他，不这么做怎么行？任何人犯案，我都会抓他，如果大家都无所顾忌地惹是生非，不在乎进监狱，那么这个国家人人都可以为所欲为地杀他们想杀的人了。"

"李？"布鲁克塞德再次伸手抓住她的胳膊。

我后退一步。"谢谢你跟我跳舞，布鲁克塞德夫人。"她的手伸向我，我接住。她的手指冰冷，比我曾经握着的时候冰冷了很多。

在外边的走廊里，我看见保罗·麦迪逊神父，他个子矮小却充满活力，正在向森德兰夫人的侄儿拼命兜售可能拥有一辆保时捷的千载难逢的机会。我跟他挥手道别，但他举手示意留住了我，所以我只好在一旁等他。

"卡迪，"他说，伸手拨了拨额前挡住视线的金黄色头发，"别把这事想歪了啊，但你可不可以告诉我哪些人可以捐款呢？乔治·霍尔的基金会还有七千元的漏洞呢。"

"你指的是，像我这样的人？我怎么会把这事想歪了呢？"

他的脸刷地红了。"好吧，最初抓乔治是你，我知道你是艾萨克·罗斯索恩的朋友。"

"艾萨克让你们募集七千元去为霍尔出头？"

"哦，不，事情不是你想的那样。是一些文字工作和接接电话的事情，并且我们需要雇一个调查人员去了解整件事情——"

我的后背仍因在回忆着李的旧事而紧绷着。他突然停顿，瞥一眼我的脸，低下头说："你认为我们不能争取到暂缓行刑，是吧？"

我说："我想你们不能。你觉得呢？"

"我祈祷我们能成功。"

"你吗？你现在的样子就像在跟我推销保时捷。"

他的脸都红到耳朵和脖根了。"卡迪，很抱歉让你为难了。"他说。我一愣的工夫，他碰了我一下。"你还在为三一教堂那件事难过吗？"

我说："有时候想起来会有点。"他指的是那年十月份拯救乔治·霍尔委员会在圣公会三一教堂台阶上的抗议集会。当时，他们邀请了一个恰巧来访的北卡罗来纳州的左翼电影明星；如大家预料的那样，他们事先放出了很多消息，但忽视了警方，也就是我。我也怀疑，那天在场的三K党被辱骂得非常狼狈。总的说来，当天有十来个穿罩袍的，几个穿军服的白人，外加百十来个游手好闲的小混混儿，场面十分混乱。我当时找不到足够人手去控制现场。他们开始扔土块，警方上前逮捕了四个人，逮捕人的几个场景在晚间新闻里播放了。我当时非常恼火，亲自上前逮捕了保罗和库柏·霍尔他们。之后，艾萨克·罗斯索恩接手了这个案子。之后，《新闻周刊》找上了我。

保罗一直在说："你看，这是从厨房里丢掉的东西。我们弄了一个新烤箱。八个煤气头和一个内置烤架。克里皮尼先生的饭店新进了一套新厨具，把旧的淘汰给我们了。"

"他是天主教徒吗？"

"当然了。你听好，这个烤箱可由一位主教祝福过的哦。"

"是麦迪逊神父，"我咧嘴冲他回笑，"别跟我谈罪犯，这简直是在捉弄我。关于你的霍尔基金，为什么不去请安德鲁·布鲁克塞德夫人帮忙呢？"

"你觉得行？"

"我觉得她很有同情心的。但是你得告诉她你不会用她的名字。"

麦迪逊困惑地看着我，点了点头。"哦，好吧，安迪·布鲁克塞德。

政治家。"他举起手掌，以证明那个世界之小，又伴随一声口哨，将之挥去。

我等候着衣帽间的服务员——那个年老的黑人带着谨慎的微笑，外衣上刺绣着"希尔斯顿俱乐部"的字样——我瞄了一眼树旁的长椅，那个穿红缎衣服的女孩已经消失了踪影。舞池里，贾斯廷和艾丽斯正跟市长和亚伯勒夫人聊天。当吉米·道格拉斯乐队奏起了《上帝停在了快乐人的面前》的时候，众人齐转回身，一队浑身缀满铜纽扣的侍者推门而入，手里端着一个锃亮的大托盘，里面盛着油光诱人的烤火鸡，火鸡腿上系着红丝带，旁边围着一圈白色的蜡烛，在小苹果似的杯子里明亮地燃烧着。众人一起鼓起掌来。

第二章

七年前一个潮湿闷热的夏夜。乔治·霍尔坐在东希尔斯顿的斯摩克斯酒吧里喝酒；酒吧开在一个黑人社区里面，是座老房子，破旧不堪，却人声鼎沸。过去曾经有个叫做迦南的非洲卫理圣公会大教堂，掌管着周围所有的简易工棚和房屋，社区因此得名并广为人知。乔治的傍晚时间大多在这里打发，他妈妈不许他在家里喝酒。他皮肤黝黑，粗壮结实，肩膀宽阔，四方脸盘上蓄着胡须。他是个退伍军人，由于在战斗中左脚失去了两个脚趾，州政府每月支付给他一笔小额的补助。当时，他还是个未婚且失业的年轻人。检察长米切尔·贝兹莫尔曾提醒陪审团说，打他二十岁退伍算起，乔治·霍尔已经失业有一年多了。他打过很多零工——在烟草仓库当搬运工、屋顶刷漆工、气锤操作员，为甜饼供应商送货，在范肖造纸公司开车。但是，正如法庭心理咨询师向陪审团所解释的那样，尽管工作机会多多，但一次又一次的失业，要么被解雇，要么就是他自己离职。他仇视权威，在军队里就是个个性反叛的逃兵，回到希尔斯顿家里也是接二连三地失业，根由无不是他的"反抗社会，蔑视常规"。此外，如富尔彻上尉所声明的那样（这

28

一点他的公派辩护人没有反驳）乔治是有案底的，自他回家之后，曾三次被捕：一次是在棒球场打架，一次是在警察抓捕盗窃嫌疑犯时他妨碍公务，还有一次是闯红灯。其中第二次他就是被博比·皮姆探员抓捕的，即那个炎热八月的星期六，在斯摩克斯酒吧外面被他开枪打死的那个警员。

斯摩克斯酒吧不只卖酒，还可以在电视上玩足球游戏，另有一张投币球桌，听说在后屋里还可以打牌，而楼上则有三个服务小姐，还有一个赌注经纪人似的服务生帮助客人投钱到其中一个激烈的游戏中玩一把。每逢周末，还会有布鲁斯乐队和舞会，时不时地有打架斗殴发生。偶尔，救护车会出动，再就是警车了。所以说，乔治有前科，斯摩克斯酒吧也是麻烦百出的地儿，可是关于这次事件让人百思不得其解的是，一个像博比·皮姆这样下了班的白人警员，去光顾一个满是黑人的迦南社区里的酒吧，而他住的地方却远在西希尔斯顿，去那里要穿过大半个镇子，他老婆却认为，那个时候他一定是在I-28以南的保龄球大会上呢。这个问题有人提出来过，但没人特别重视，也没人回应。那天夜里在斯摩克斯酒吧里的所有顾客都说，他们之前没见过皮姆警官，直到打斗发生了，他们才注意到他——这简直令人难以置信，不管那天酒吧里有多拥挤，灯光如何黑暗，也不至于看不清楚一个警官。那天富尔彻上尉一见他那血淋淋的身体，就破口而出朝我喊道："见鬼，博比来这干吗？！"他可以作证说，那天皮姆是穿着便衣去执行任务的。法庭上这个问题又提了出来，但被亨利·蒂格斯法官驳回了。根据法官所解释的法律条款，皮姆作为警官有权随心所欲地选择公共酒吧，尽管别人认为他的选择"令人不可思议，而且很糟糕"；其他人弹吉他唱歌——这个人是布鲁斯乐队的歌手——时，他有权投币使用自动点唱机；他有权携带有许可证的手枪，这指的是皮姆保龄球服下腰带里别着的那把九点五毫米口径的手枪；在被乔治·霍尔用侮辱性的语言中伤，并扬言赶他到酒吧外面时，他有权"抗拒"，可能这里法官指的是皮姆把枪管戳进乔治的鼻孔。并且，就像米切尔·贝兹莫尔向陪审团做出的总结陈词所说，可以肯定的是，基于一个人、一名警官、一位丈夫和父亲，以及陪审团成员亲耳听到的弥留之际的痛苦呻吟，当时在救护车里录下来的，作为警察他有这些权利。一个公务人员被追打，直至遭受枪击而鲜血横流，是不能令人接受的，而这个肇事者又恰恰是由政府资助的制造麻烦的黑鬼，且有着三次案底、不光彩的从军记录和一颗遗弃社会的邪恶心灵。

乔治拒绝辩服，这使法庭大为恼火；在证人席上他一声不吭，也使陪审团气愤莫名。他只说明了几点，自从他在皮姆逮捕盗窃嫌疑犯的事件里作梗后，皮姆就一直不放过他。他打赌，皮姆那天晚上来斯摩克斯酒吧不过是想骚扰他罢了。辩护律师当庭反对这些结论和猜测，得到法庭支持。乔治还宣称，当皮姆用手枪袭击他时，他确信自己的生命受到了威胁。辩护律师辩称，即便皮姆对霍尔的辱骂采取了什么"过激行为"——当然辩护律师并不相信——这种过激行为本身发生在一个有理性的正常人身上，也是不至于伤人致命的。第三点，他承认当时在气头之上追赶皮姆到酒吧外——乔治辩称，他看见警察皮姆跑向街尾的一辆蓝色福特车，从里面拿出了什么，又转回身冲向他。他确信皮姆从车里拿出了第二把手枪，因此迫于自卫他开了枪。当然，辩护律师对此不置一词，陪审团更不会相信这个缺乏逻辑关系的故事。这听起来简直一派胡言！从乔治拼力抢下皮姆手里的九点五毫米口径的手枪，到将他射杀在人行道上的整个过程中，乔治有"足够的时间"做选择：要么冷静自己，要么蓄意犯罪而预谋杀人。他是如何做出的选择呢？他怎么能预测皮姆警官是跑去拿第二把枪呢？当时周围根本就没有什么蓝色的福特车，更何况手枪了！皮姆开的是一辆道奇车，当时车就停在斯摩克斯酒吧的街对面，而不是在街尾。这样看来，皮姆不是跑去拿手枪，而是为了逃命！辩护律师清楚陪审团对此不会质疑。

事实上，陪审团附和了这一观点。他们裁定乔治为一级谋杀罪。陪审团退庭去研究给乔治的量刑，看是否够判死刑的标准。回到法庭上时他们表明，乔治应该判处死刑。法官蒂格斯感谢他们履行了自己的职责，并派人送他们出庭。

乔治的公派辩护律师在法庭上不断地被蒂格斯法官驳回陈述，只有几次例外；但他趁机为乔治提起了上诉，也被驳回了。在完成了他应尽职责离开前，他宽慰乔治：多少年来，很多被判了死刑的人，没有一个真的被处死了。乔治自己也提起上诉，要求确认无行为能力，以此进行的辩护，又被驳回。此后多次请愿，多次提交，都被一一驳回。几年时间倏然而逝。尽管乔治的辩护人很乐观，但是事实上有三男和一女在多拉德州立监狱被执行了死刑。乔治的母亲另外聘请了一位律师。乔治的小弟弟则组织起一个拯救乔治·霍尔委员会，用公益活动来吸引公众对这个案子的关注。在死囚牢房里，乔治每天做三百个俯卧撑，还在硬纸箱里养大了一棵非洲紫罗兰幼苗。时间一点一点过去了，一晃距离子弹射进博比·皮姆头颅里的那天已经过去了七年。希尔斯顿市里每个人都从那一刻起坚信乔治·霍尔会走进毒气室的。对于州政府在这么长的时间里尚未把他送进毒气室的渎职行为，很多人已经十分愤怒了。

只有发现自己跟在农夫的拖拉机后，而他异常愤怒地不让你超越他时；或者有小青年皮肉痒了，想别着你一起撞向大树时，你才会觉得从希尔斯顿到多拉德监狱还是走老机场公路最为快捷，就是沿着我所在的镇与州首府的边界线行驶，只需大约二十分钟的车程。这个星期五的后半夜，除了雪之外，我没有什么要躲避的。雨夹着雪重重地打在挡风玻璃上，雨刷吃力地来回摆动，把半化的泥雪刷得到处都是。我一会儿听着洛蕾塔·林恩的歌，一会儿又放着帕蒂·克莱恩的歌，都是些迷失爱的主题。

出了希尔斯顿俱乐部，我用车里的电台跟市中心值夜班的海勒姆·戴维斯中士联系，他是个浸礼会的执事，任何时候他的汗衫都浆洗得异常整洁。他从来不回家，虽然早就过了退休年龄，但他总是担心一旦离开，我们就不再让他回来工作。在巡视完之后，他告诉了我一个消息。消息来源于我认识多年的熟人，这消息令我坐立不安，在这样一个下着暴雨的深夜，冒险开着我的那辆奥兹莫比尔上了去机场的公路。"或许我应该给您派个车去，局长，打扰了您的社交活动实在过意不去——"

"得了，去跳舞吧，海勒姆。我来你这儿，就是想让你知道，那些人都在跳舞、喝酒；或者一边诅咒，一边打牌呢。简直让人恨不能跪下来祈祷。"

"我希望如此，局长。"就像罐头顶挂不了栗子，戴维斯不是开得起玩笑的。"但是，罗斯索恩先生执意要亲自告诉你这件事，所以我想——"

"要跟我说什么？"

我听见他翻弄便条的声音。"一辆牌照为 AX41579 的轻型货车曾经两次经过多拉德监狱的大门，在警卫部队附近减速；车上那些高加索男人们乱喊乱叫，不断辱骂、威胁人。"

"谁告诉艾萨克·罗斯索恩这些的？是谁，什么时候？"

"他就在监狱那里。"

"艾萨克？"

"不是他，是谁？您不记得了，他现在是霍尔的辩护律师了。至少那是——"

"基督耶稣啊，怎么一个到了这个岁数的人了，还在这种鬼天气的深夜里玩游行示威的把戏？！"

戴维斯拿捏了一下腔调，一字一句地说："我也拿不准，先生。那辆卡车的车主是威利斯·塔特，住在罗利，有前科，犯有故意破坏财产罪。"

我发动了引擎。"你简直是坐镇中心啊，海勒姆，别到现场去。呼叫罗利警方，让他们查一查那个浑蛋。我马上出发。"

海勒姆说已经给我派车了，我说不用麻烦了，他接下去说这里没有他争论的余地，以前没有，这次也一样。最后，他汇报了那个来自艾萨克的消息的后半部分。"艾萨克说，你想要——"

"该死的！"我狠狠地拍了下大腿，"他妈的，他们拦下了。"

"我拿不准，先生。"我诅咒的话里夹杂着一丝微弱的嘶鼻声。"曼格姆局长，我该怎么办？牢房都已经满了，我却抓了一个醉酒、精神还不正常的人进来了，他一来，所有的人都精神了。另外还有四个偷车的，两个入室抢劫的。诺姆·布朗又跟他老婆打架了。"戴维斯喜欢事无巨细，一一向我汇报，尽管他是用请示的口气，但从来不需要我回答，所以我边开车边听着就行。"梅普尔伍德·波恩肖普，蓄谋入室盗窃，被当场抓获。在河上区购物中心抓了三个偷包贼，珀利·纽瑟姆抓住了其中的一个。"

"他没杀了他，是吧？"珀利·纽瑟姆警官是旧体制下的元老，他哥哥在市委供职。

"今晚这么多扒手，可忙死我们了。"

"啊，离圣诞节只有四天购物时间了。人人都急着赶着置办过节的东西呢。"我开大暖风，拐上了机场公路。

"有人攀爬在'播放进行时电影院'的房顶,怀特警官说服他下来,送他到医院接受检察。"戴维斯否认，自己对于我们警队里的像南希·怀特之类女性，不管使用名字还是代号，都会产生句法上的歧义。他就像个老和尚，十分震惊地发现在他的庙里居然有尼姑在睡觉。"警官报告说，他现在情绪正常。"

"告诉南希，她是好样的女孩儿，嗯，是好样的人，海勒姆。这会儿上帝哪里去了，居然忘了他的传话筒。是谁喝醉了在那里大喊大叫呢？"

戴维斯压低声音，像用了假声说:"上帝会回答一切有求于他的问题。那个喝醉的人是比利·吉尔克里斯特。"

"把他关进审讯室里，他都能趴在桌子上睡着。"

"我已经这么做了。"

戴维斯中士生气地下了线。我播放了帕蒂·克莱恩的歌。我仍然很讨厌这个女人的那种平滑的破裂音。"为什么我无法忘记过去，再爱上其他人……"她的嗓音甜蜜中带着忧伤，又将我带回到怀念李·海文的绵绵情思之中，如同我前几次心碎的经历一样——一会儿是我妻子，一会儿是布里格斯，仿佛若干年前的事此时就在我的身边一样。

二十分钟后，老联邦监狱的黑色砖楼矗立在我的面前，明晃晃的探照灯光笼罩住监狱四周。这所监狱坐落在平坦的草地和一排排破烂不堪的烟草梗之间，占地几平方公里，像一个有幻想症的三等男爵设计的隐蔽城堡，拙劣得甭指望有国王驾到。在夏季，你会看见囚犯们在枯草中间无精打采地挥动他们沉重的木头柄镰刀。而一路之隔的公园里，野餐的家庭会对他们指指点点，大概他们希望能看见某个穿蓝衬衫的收割者一刀将警卫劈成两半，然后机会渺茫地逃向着他们心目中所想象的自由之乡；又或者想警示给孩子们，告诉他们如果跟大人顶嘴，这就是下场。夏季里，囚犯们在草坪上打棒球，靠着栅栏种西红柿。不过冬季他们都会像南方人一样闲居室内，除非大队人马被拉出去平整公路的凹陷。死囚牢里有在押犯人六十三个，没人见他们出来过。

现在，这监狱看起来是完全清醒着的，这么多灯都亮着，你甚至能看见角楼上的螺旋形倒钩，上面冰光闪闪。大墙外面，横七竖八地停着很多车和十多个人，都穿着塑料披风挤在墙根儿底下站着。在水汽笼罩着的小隔间里，警卫们正边吃着甜饼边津津有味地读着杂志。门外的另外四个人弯腰躲在雨伞底下，他们围在一个四十加仑大的圆桶旁边，桶里有木块燃烧着，雨滴在上面哗哗作响。事态尚未进一步扩大，也没有人受伤，只是有点令人不快。很明显，那台轻型货车还没有开回来。眼下只有一台加长型车和一台黑色林肯车停在大门边。

我慢慢地减速，身后一辆"野马"刷地超了过去，向左拐进了监狱专用车道，从一侧沿着高高的铁门滑行。我急速停车，几乎与那辆车的司机一起跳出车门。我们俩穿过宽阔的广场，朝着守卫队的方向跑去，雪水溅得满身都是。跑到半途，我认出他是巴布·珀西，《希尔斯顿星报》的记者，据他自己说是个明星记者，一个三十多岁，有点发福的老帅哥，对新闻的灵敏可比得上豺狗发现了多蛆的肥肉。他紧夹住我的肩膀，大喊道："曼格姆！那台轻型货车回来没有？我错过什么了吗？"

我咔嚓一声打开放在雨衣兜里的伞。"你是从扫描仪上知道这事的，是吧，巴布？星期五的晚上你无事可做真是令我揪心。快像女孩子那样使劲眨巴两下眼睛，要不冰水落在上面，就把你那鼬鼠一样的眼睛冻上啦。"我一边说着，一边走向火边的那个看着我的四人组。

"哦，闭嘴，曼格姆。"他追上来，躲过水坑。"你知道几年前，有个叫 W.Y. 塔特的人，在罗利的扬西大街上，向一个犹太教堂的窗口扔臭气弹被就地逮捕的事吗？你知道这事，是不是？"他的头发挂在了我雨伞的辐条上，我一把把他拽到伞底下。

"巴布，你就等等吧，这几天《纽约时报》一定会找你的。"

我不能分辨出挤在大门边的人来——他们多数是黑人，还有一些女人，都跟猫似的穿着脏乱。半融的雪水将支在他们身旁的牌子上的字迹淋得模糊不清："释放乔治·霍尔。停止杀戮。还大众正义。"同时，我认出了在木桶旁边伞下的四个人。那个高个子、瘦削、肌肉结实，穿一件可能属于乔治的老军装夹克的，应该是库柏·霍尔，他是这个被判有罪犯人的小弟弟，他上大学那年乔治入狱，如今他在一个民权组织机构工作，这机构管理着一个法律援助社团，提供法律咨询和接待事务，还公开出版了一本杂志，叫《与自由和正义同行》，库柏是负责人。他比乔治长得周正些，有一张骨架匀称、颇为傲慢的脸。

他身旁穿黄色雨衣的女子是他的未婚妻，乔丹·韦斯特，是民政部门的社会工作者；我常看见她出入市政府调查和核实诸如福利侵害和儿童监护等问题。她二十出头的样子，长了一副连女人孩子都会频频回头观望的俏模样。巴布·珀西却看不上她的样子，小声嘟囔："妈的，这个该死的黄糖娘儿们！这是我见过的最好种族通婚的借口了。嗨！干掉她！"我使劲拧了一下他的手腕。"我这是在赞美呢，曼格姆！"

"是吗？我也来一句赞美。那你妈妈肯定是历史上第一个被鬣狗强暴后生下孩子的吧。"

他对我神来之笔的污秽至极的辱骂好像一点儿也不介意。

"有什么事让你心烦吗？今晚这里发生什么事了吗？告诉我嘛，什么事？"

"耶稣啊！"我一直不停地往前走。

火炉边的是布鲁克塞德的竞选事务助理杰克·莫利纳，一个瘦削的白人，海文大学的交际学教授，也是《与自由和正义同行》杂志的创刊编辑。在他旁边有个稍显老成、体态魁梧的白人。他正在雨里抽着烟，多皱褶的俄式帽子放在一边，身上脏兮兮的驼毛大衣在纽扣的地方扯了开来，他就是给我吐露消息的人，艾萨克·罗斯索恩——一个月前成为乔治·霍尔的代理律师，我们是多年的老朋友。他可能是希尔斯顿仅有的土生土长的犹太人了，也可能是本土唯一的法律天才，毫无疑问他也是最倔强的市民之一。他问："你走了三十五分钟？"

我说道："路可真滑。嗨，艾萨克。大家晚上好，你们都在这儿干什么？很高兴见到你们，库柏，莫利纳博士，乔丹。"乔丹给我让出了位置。

罗斯索恩扔掉他手上已经湿透了的烟蒂，问："你能追踪那辆卡车？这儿还有一辆，都是小型货运汽车，车窗外有几面大大的联邦旗子，我们仅仅是被这辆车上的盘子给砸了。"

我说："罗利警方已经查到线索了，是个叫威利斯·塔特的人。"

"啊？塔特？那个犹太教徒？"

巴布·珀西抓住我说："我可没告诉你啊！"

"巴布，你他妈的，能不能不踩我的脚？你们都知道这位巴布·珀西吧，他是自由媒体《星报》的跛足猎犬！"我说话的工夫，库柏·霍尔和我一直对视着；如果眼神有结冰神力的话，你都可以把我的胳膊像排水管上的冰柱一样咔嚓卸掉。在我们身后，十来个年轻力壮的示威者紧张地成半圆形将他围住。我冲他们点了点头问："卡彭特典狱长那有什么消息吗？"

他们中的几个人摇了摇头，其中的一个年轻人说："没有什么消息。"

我说："真是抱歉。"

库柏·霍尔朝珀西走过去；他的脸看上去远不如目光透露出来的老成。他没带帽子，似乎对天气无动于衷；他浓密的胡子和头发在雨中反着亮光。他冲我缓慢地点着头，眼睛逡巡着我那件弄皱的礼服衬衫。"你不该来这里。"

乔丹说："库柏，别这样。"

他猛地从她怀里抽出胳膊。"你想怎么样，曼格姆？这算是警方保

36

护吗？我们不需要这个。你为什么不肯为我哥哥办儿点实事？你为什么不去调查怎么——"

罗斯索恩制止他道："库柏！"

我说："艾萨克在叫我，好吧，听着，我理解你现在的感觉——"

库柏回应以一笑"哈"，那怎么听也算不上是笑。

我冲他点了点头。"我的意思是，我知道你怎么看我。好吧，我只是在履行我的职责……有关这些货车，县治安官没有派人过来吗？"

艾萨克往空中狠狠地一挥手。"他派了两个笨蛋时不时地开车来过，但事实上，我们的到访者来之后，他们还没有开回过来。"

"他们这些人没做什么？有人看见武器了吗？"

杰克·莫利纳想插话，库柏拦下他，冷冷道："嗯，他们来过两次，但没有停车，只是扔过来一个玻璃瓶子——"

"你认出是谁没有？那伙人里有谁在三一教堂那次大会上纠缠过你？"

莫利纳走上前来说："他们溜得太快了。他们大喊着什么'毒死黑鬼'——"

"还有操他的黑鬼情人。"乔丹补充道，眼光明亮而深幽。

库柏不耐烦的颤抖了一下。"那又怎样？难道你还以为从车窗里伸出来的红脖子们呕吐几下我就满腹牢骚不成？"他又指着我们面前的监狱。"朱利安·刘易斯跟典狱长在里面呢！我到现在还不知道他们讨论的是否和我哥哥有关呢。而你知道什么，警察局长先生？"

"不，我也不比你知道得多。"我看了看艾萨克·罗斯索恩。他从我们身边走开，向着大门的方向走去。其他的警卫马上跟了过去，巴布·珀西抓住了莫利纳，把他拉到身边。

艾萨克最后改变主意，看着我和库柏说："这是他们扔过来的瓶子。他们用它来攻击我们。罗恩·里科朗姆酒的瓶子，一品脱装的，真是恶心人。"他从肥大的上衣口袋里掏出一个弯了的麦当劳奶昔杯子递给我，那里面装满了玻璃碎片。

"我告诉你什么叫恶心，艾萨克。这种破天气，你居然还出来喝奶昔。"我和他走回到我的车旁，他钻了进去，用手拽了下右边的坏腿。

艾萨克·罗斯索恩是个肥胖的老单身汉，他从来没做过什么能让他继续活下去的有意义的事。他的家住在南部，种族里那些健康的生活习惯统统被遗弃了。艾萨克不是吃排骨和炸鸡翅膀，就是在喝波旁威士忌酒；他不是在那张破长椅上小睡，就是在抽切斯特菲尔德烟，烟圈从他那张大嘴里喷出来就像火车吞吐白烟似的。我从来不敢断定他行为古怪是否正常，他从课本上学来的这些乌七八糟的行为是否是为了避免自己变成一个南方可怜的、肥胖的却聪明的孩子，其实这些行为早就过时了。这家伙早餐吃宽面条，晚餐吃谷物食品。七月里穿着羊毛粗花呢的套装，二月里睡觉还开着窗子。他的事业是建立在他的聪颖和众所周知的怪异之上的，何况他白色大波浪头发如此惹眼，糖浆般的嗓音那么低沉，他还有双斯班尼犬似的眼睛——所有的这些特点都让他在法庭上受用不已。我年轻那阵儿曾给他建议说："把你那肥大的屁股减掉，你马上会名噪四方，富可敌国！"他敷衍我道："很可能啊。"然后又回去继续辨别烟草和鸟叫，或者读罗马尼亚诗歌，或者寻找一些那个年代能淘弄到的稀奇古怪的东西。

"啊哈，上帝啊。"他一坐下就像老式电梯似的呼呼地喘气。"那可怜的库柏恨你，还是那么恨你。"

"不要开玩笑。这不是一个让别人信服你的好办法。"

"你以为你是谁啊，戴尔·卡耐基？这个'自动翻转'什么意思？"他问道，对着我的仪表板打了个喷嚏。

"是磁带，它先播放一面，结束后自动播放另一面。艾萨克，你完全过时了，先不说那胖劲儿，你在烂泥里都躲避不了猎枪了。还出来混什么？"

"谁说躲不过猎枪了？"他看了看表，然后在湿透的裤兜里翻来翻去，把揉皱了的纸和文件卡片掏出来扔在坐椅上找他的香烟。"我们的副州长已经进去四十二分钟了。那个加长车里坐着的是他的司机。"

"我想是。你知道为什么？"

他浑圆的肩膀在大衣里一耸。竖起一支香烟，指向监狱的大门。

"你知道是谁在大门上刻下那些字的？"我瞥了眼在突起石壁上的那些深深嵌入的哥特式雕刻：厄斯塔什·P·多拉德州立监狱。他微笑道："W.O.沃尔夫，托马斯·沃尔夫的父亲，就是他，有点儿意思，哈。"

"是啊，有点儿意思。"我们回到火炉旁边，巴布还在跟杰克·莫利纳谈话。我说："好了，艾萨克，除了贵族和建筑珍品，你还对什么有兴趣？昨天你说你得重新给某个地区法庭的法官递个诉状。"

"霍尔夫人已经把它送到格林斯伯勒了。"

"就在这种天气里送去？这冰天雪地的，她这把年纪真不该如此颠簸。库柏怎么搞的，他自己干吗不去？"

"万能的上帝啊，卡迪，你是怎么回事？现在主要问题不是你和库柏。是乔治。"他拉下帽子，挠了下邋遢的白头发。"不管怎么说，圣·斯蒂芬神父收留了她。我想，从个人角度说，她可能是有意选择这样的夜晚亲自开车送过去的。那个罗斯科法官多愁善感，年老无知。"他找到了火柴盒。"瘦子，我也有坏消息要告诉你。"

"州长已经说'不行'了吗？难道你不是这个意思？"

但他摇摇头。"不，与那些没关系。老布里格斯·卡德米恩几个小时前去世了。"

"卡德米恩死啦？"我猜他是在吓唬我，或是因为我总跟这个老坏蛋开他女儿的玩笑，要知道卡德米恩就是希尔斯顿啊。对于生于斯长于斯的我，他家厂里的烟囱和锯齿形的厂房就是我记忆中的家乡轮廓。大人们的支票都来自那些厂房，而卡德米恩是厂房的主人。我想知道，在西部满天繁星笼罩下的高山上，当他们电话通知卡德米恩女儿这个噩耗的时候，作为他的女儿，会有什么感觉啊；也许回到希尔斯顿，她守着他的床榻，对过去的一切都不计较了吧。

艾萨克心不在焉地拍拍我的膝盖。"好了，好了，好了。他是在睡眠中过世的，他从不相信自己会长生不老，这说明，他是智慧的。"

"呜呼。"我快速地抹了一下眼睛，"真是难以置信这次他不能处理这件事了。你是从哪儿听说的？"

"职业习惯。他床边守着一群律师。这么些人还有什么能藏住的

39

秘密？"

我说："说那些没用。就是这些可恶的香烟杀死了卡德米恩。"

"他都已经九十一岁高寿了，关香烟什么事啊？"罗斯索恩用肥肥的手指摸了摸我礼服上衣的褶皱。"瘦子，但愿他这个令人讨厌的家伙也能安息吧。那么，联欢舞会怎么样？你该不是也留下了一只玻璃鞋吧？"

"就算我留下一只，又有谁会把它穿在脚上了呢，它现在肯定被遗弃在台阶上。我的上帝啊，卡德米恩居然死了。"我转头望着多拉德监狱黑色砖墙上的方形灯。雨夹雪现在转为毛毛细雨了。乔丹给库柏拿了一杯热咖啡，但他对此视而不见。我说："朱利安·刘易斯今晚没去舞会，我猜你们肯定也想到这一点了。要不是霍尔的案子，他干吗来这里？"

"可能吧。"他把烟头扔出窗外。"我们得等等看了。"

"可能，等等看？老天啊！你给我转移话题就是为了让我忘了正事啊。七年了，我没让你插手，倒是让一个种族主义法官和陪审团如此草率地将乔治·霍尔判决为——"

"不全是种族主义的问题，瘦子，一个白人警察被一个黑人凶手击中了眼睛，这本身一定会遭到人们的强烈反感。并不只是种族主义的问题。人们总是对眼睛有特别的保护意识。"

"我打赌，那可以说成是自卫啊。"

"跟那种陪审团去说吗？那管什么用。"

"至少可以判成二级谋杀啊，艾萨克，也就是过失杀人，总不至于是一级谋杀吧。但是，好吧，你对这也不感兴趣。但这个人行刑前的五个星期，你却突然自愿当起了他的代理律师——"

"霍尔委员会给了我一大笔钱请我干的——"

"别跟我提钱的事，艾萨克。钱对你来说根本不是问题。也别跟我说是霍尔找你的，更别说什么死刑啊、公理啊什么的。就跟我说说你的出发点吧，这是我比较感兴趣的。"

他假装听不懂地笑了笑。这几十年来，艾萨克·罗斯索恩不仅浸没在烟草、酒精和动物脂肪的混合物之中，也渐渐远离了人类的喜怒哀乐，唯有强烈的猎奇心理尚存。所以，每当我想从他那双深邃的圆眼睛里探究出点什么愤怒、嫉妒或者悲伤的情绪时，他外表平静的脸总掩盖住了它们。他接手法律案子是出于兴趣，那些形形色色的左翼的或右翼的极端主义者，无不视他为自己人。就乔治·霍尔这个案子来看，艾萨克要的不是简单的赦免，而是重新审判。目前的阻止行刑示威只是第一步而已。我说："有'可能'什么？告诉我。"

他那略带忧伤的漂亮眼睛下的眼袋皱了皱。"告诉我，告诉我，告诉我，自从你还只是个竖着耳朵的小破孩儿的时候，你就这样。他们在那种花哨的舞会上都吃些什么？"

"呜……该死的。"

"你遇到一见钟情的人没有？"

"艾萨克，自从我认识你的那天起，你就这么挖空心思地帮我找女朋友。"

"别那么夸张。那时候你才五岁。"

"你错了，我九岁。"

与艾萨克的初识是这样的：在一家药店里，他轻轻拍了一下我的肩膀，雇我去图书馆帮他搜寻一本自从一九四八年以来就没人借过的书，这使得我像个除尘器似的跟那些灰尘搏斗。那以后的十年里，我就替他跑法院大楼打探消息，到街角帮他买报纸什么的。艾萨克·罗斯索恩自己从来不跑，连走路都很少。他的右腿有点拖曳——据他说是小儿麻痹症造成的。有时候他走路很正常，有时候就得可怜地一直拖着走，这完全取决于法庭上面对的陪审团是什么样儿。这么多年来他一直住在皮德蒙特宾馆，如果他什么时候想走远一点，他就会驾驶着那辆自动挡的飞鹰牌老爷车出去。每个星期六他会去看看他的嫂子，每个星期日会去墓地拜祭一个叫伊迪丝·基恩的家伙，这个人二十岁就"去了一个更好的地方"了，起初我还以为他的意思是说此人离开了希尔斯顿，因为我父亲也一直想去一个更好的地方，就是走出希尔斯顿这个"腋窝"。

艾萨克说:"我可不打算听你说你多么成功地钓到了女朋友。"

我说:"不会,我没打算跟你说这事儿。"

车外,雾蒙蒙的细雨下得稀稀拉拉,几乎要停了。在我们身后,乔丹·韦斯特掌心向上检验着雨是否停了,然后从帆布包里掏出了粗粗的白蜡烛,在火炉里点上了火,传递给每一个示威者,他们从大门口飞檐下排成一队,每人手擎一个。然后和着手击的拍节,开始唱歌。"绝不让任何人打败我,打败我,打败我。"小隔间里,警卫舔了舔手指上的油,用弯着前臂擦了擦玻璃上的水汽,站在窗前注视着他们。"在自由之路上一直走下去。"歌声在这个空旷的夜空里听起来十分恐怖和空灵。

巴布·珀西摆脱了莫利纳,快步走到我的车前,那件崭新的巴宝莉风衣来回摆动,他看起来兴奋异常。我摇下了车窗,他把头整个探了进来。"有个家伙说布里格斯·卡德米恩死了!今天晚上!"我们冲他点了点头。"妈的,我们还像个傻瓜似的在这里等!"

"你的声音太大,也太实在了,"我说,"你少偷听警局的事,就不会误入歧途啦。"透过珀西大背头上赤褐色的大波浪,我看见第二个警卫打开了宽宽的大门。一个男人走出来,手里高举着伞,又赶紧放低。紧随其后的是朱利安·刘易斯,边走边整理着紫领大衣里的围巾。库柏的人一看见他出来,马上举起标语蜂拥上去,大声高喊:"释放乔治·霍尔!释放乔治·霍尔!"

"巴布,"我接着说,"另一方面,偷听倒是成就了你今天的本事。副州长会给你独家报道的。"我食指滑过他粉嫩的面颊。珀西确信真的是刘易斯来了,才转过头,将头探出了车窗。"下车吧。"我对艾萨克说。但这老头反其道而行之,大屁股一下子坐在我的坐垫上,还从兜里掏出一大袋开心果。我跟在珀西后面下了车,他已经很快地挤进了刘易斯和他的助理之间了。

贾斯廷的多数亲戚都姓多拉德,朱利安·多拉德·刘易斯外形英俊潇洒,颇具风度,只是不很精明,当然也不笨,寒冬腊月他也像在炎热的八月一样晒成了黄褐色,大概是因为他代表州政府去了太多的热带高尔夫场地吧。他彬彬有礼，若能一举击败安迪·布鲁克塞德成为正州长就更不得了，所以当一个有十一万份发行量的杂志社记者采访他半夜来多拉德监狱的原因时，他居然停了下来接受采访，我肯定这么多人围在身边他一定很紧张：他背对着那辆豪华轿车，眼睛却盯着大门边上的警卫。

"释放乔治·霍尔！"示威者们大喊着。刘易斯看起来异常庄重，他举起古铜色的手，轻快地梳理一下头发，仿佛要发动一辆摩托车似的。"我代表州长到这里来……是要通知卡彭特典狱长……州长决定给予……犯人乔治·霍尔暂缓行刑。"

一秒钟的寂静之后，乔丹尖叫了起来，在库柏面前手舞足蹈，但是库柏还像石头一样站着，仿佛没感觉到她的存在，手上的蜡烛滑落到地上。

在他们身后，莫利纳高举起双手，静静地摇晃着。乔丹跑向那些年轻的示威者们，他们已经扔掉了标语牌，彼此击掌和撞着后背地大声欢呼喝彩。刘易斯挤出个笑容，但是至少他没有挥手致意。我往前凑了凑以便能够听见他们说话。

巴布·珀西，踮着脚，拽出一个螺旋式活页笔记本。"你的意思是，州长赦免乔治·霍尔了？"

刘易斯摇摇头。"不是的。沃斯通州长鉴于这个案子有这么次申诉，签署同意缓刑四周时间。"

"有什么新证据出现吗？"

刘易斯的助理，穿着和他老板一样的衣服，倾身跟他小声说了什么。他的司机已经打开了林肯车的后门，刘易斯冲他点了下头。然后回答说："我来这里只负责传达州长的决定，就是这些。"库柏·霍尔把手伸进了夹克口袋里，冲着乔丹的方向挤过欢呼的人群，我站在乔丹身旁，向他伸出手去，但是他没看见。

他的嗓音有些嘶哑。"找个电话，告诉妈妈这个消息。"他正说着，乔丹高兴地抱住了他的胳膊。他不得不大声喊着好盖过人群的欢呼声："好啦，大家。嗨！行啦！收拾收拾回家睡觉去吧。好吗？我说，听着！按计划明天去罗利！"

众人分散开去收拾自己的东西。库柏跟乔丹往车的方向走去。"我得继续。如果妈妈没接电话，你就开车回家等她从格林斯伯勒回来。我跟罗斯索恩谈完就回家。"乔丹轻轻摩挲着他的后背，他转过身，对她点点头。

巴布仍然在边说边做笔记。"刘易斯先生，七年前，当霍尔枪杀了博比·皮姆的时候，您是此州首席检察长。那么您认为那个审判公正吗？我是说，很自然的，州政府会采取——"

我没时间听他的演讲了，径直走回我的奥兹莫比尔车，艾萨克在车里把开心果的壳都扔在我的烟灰缸里了。我打开车门,冲他喊道:"见鬼！"他说:"暂缓执行，多长时间？"

"四周。拿着，你怎么听到他说'暂缓'的？"

他舔了下嘴唇，看起来很郁闷。"太差劲了。我还希望是十二周，或者是八周。说八周不跟说四周一样简单嘛，这个吝啬鬼。"他一边把所有的条子都塞进兜里，一边说，"我想起以前加利福尼亚州的那个叫帕特·布朗的州长了。那时候，政府有关部门让他给卡罗尔·切斯曼判个缓刑。我满心欢喜地踏上了去往南美的路，一路上有好多人为切斯曼求情。最终获六十天缓行。然而，那并没有起什么作用。后来，我记得布朗说，他很遗憾没有赦免切斯曼。看看，现在我退休了，就要回家了。"

我一把抓住他的衣领。"好啦，艾萨克，谁要去南美啊？我突然有个奇怪的念头，就是你早就知道缓刑这个结果,是吧？所以你搞恶作剧,总拉着我跟那些上层名流们喝酒，天知道我竟然特意花大价钱去租了这套衣服。好吧，你坦白，是不是有人给你暗中通风报信了？"

就像我年幼的时候那样，他轻轻地摸了摸我的头，笑着叹口气。"我是用脑子的。"

巴布又敲打我的车窗。加长林肯车已经离开，那些保镖们也都拥进自己的车里。"曼格姆 ，"他上气不接下气地说，"给点评论吧，我好发个稿子。沃斯通给了个缓刑！"我说:"我刚接到报告说有人威胁要扰乱和平会议。我要去看看怎么回事。这就是评论。现在，你能不能别往我的车里爬？罗斯索恩把这里弄得乱糟糟的，已经够挤啦。"

巴布倾身越过我说："罗斯索恩先生，你的当事人获得到了缓刑。你怎么看？"

艾萨克说："还应该比这更好。"

"什么意思？"

罗斯索恩叹口气说："要是州最高法院能给我的当事人重新审判，我觉得更为适合。"

巴布回头看着我。"看吧，曼格姆，你从一开始就陷进霍尔这个案子里了。只不过那时候你只是个值勤兵。"

"中士，"我拍拍他的螺旋活页笔记本，"是我抓捕的嫌疑人，但是我并没有被指派去调查这个案子，也没有以其他任何方式参与到案子中来。"

但是巴布已经为这个案子定了方向。"你们卖力地抓捕嫌疑犯归案，可是法院却延迟了七年。这会不会打击警察的积极性啊？"

"警察是守护和平，打击犯罪，维护法律权威的；他们不是要审判人民，也不是要处置人民。你别烦我了。"

"但法律已经在七年前对乔治·霍尔做出审判了，如今搞成这样真令人泄气，是不是？"

"不是的，巴布，是陪审团和法官判的。"

"好吧，好吧。你和萨维尔的妻子艾丽斯·麦克劳德——是这个名字吧——是好朋友，而对方却致力于将废除死刑的提案提交到立法会去，说死刑是强加在少数民族身上的不平等待遇。那你怎么看呢，或者总体来说，你对死刑有什么看法？"

很长时间来，我都一直担心会被问到这个问题，这也是我一直苦恼地不断反问我自己的问题。我只能摇摇头。

不能否认避躲巴布的精明。他咧嘴看着我。"说几句，卡迪。难道一个懂伦理道德的人接受一项工作去执行州的法律，而他本人有没有可能认为这法律在道德上是不正确？这就是我想问的问题。

没有评论吗？"

"巴布，你赶紧回家去写你的报道吧，要不就错过头条啦。"

珀西用羊毛手套擦擦脸，冲我扮个鬼脸。"妈的，你都知道那鬼《星报》的头条能写些什么，一定会写那个老不死的狗屁卡德米恩蹬腿了。黑框、大照片。刘易斯刚刚告诉我，州长宣布明天是他妈的官方默哀日。降半旗，工厂鸣笛，全体默哀。好吧。明天在城里篮球馆跟你们这些笨蛋回见吧。"他踮脚绕过水坑，以便那双意大利靴子不至于进了水。

我和艾萨克·罗斯索恩彼此看了对方一会儿，我说："在官方默哀日搞反对死刑和种族主义的示威有点过分吧？"他用小手指抹掉嘴边的果壳。"哦，上帝"，我摇摇头说，"他们那边一抹上卡德米恩的眼睛，你就追出希尔斯顿，他的灵魂准是飞往南美了。你根本就没机会亲手杀了这个老不死的，是吧，艾萨克？你没有机会拔掉插管，绊倒氧气瓶，或干点其他类似的把戏了吧？"

"你知道，我不相信是谋杀。"

"好吧，我估计你已经找到手段对付'默哀日'了。跟谁一起弄？"

又像过去那样，他竖起肥肥的手指对我摇摇，模仿丘吉尔自鸣得意的模样。"是预测而不是对付，是总结而不是归因。四周只有二十八天。"他戴上手套，一只是黑色的，另一只却是棕色的。"我得跟库柏一起回去。星期天跟我一起去中餐馆吧，除非你今晚有希望在舞会邂逅个把女孩，或者搞个其他什么约会。"

我叹口气说："七点半在阿弥陀佛花园吧。"

"珀西先生的问题有点意思。在谨守道德的法律执行者和法律伦理之间，这显然是个问题。"他跨过我的膝盖钻出了车，走了——右腿在烂泥里拖出一条线——穿过空旷的停车场走向那辆飞鹰老爷车，库柏眼睛向上盯着那些高高的角楼，已经站在那里等他了。

老监狱总算可以安心入夜了。黑色砖墙上的探照灯一个接一个熄灭了，只剩下二楼的一盏灯还亮着。那是死囚牢房，它永远不会处在黑暗中，在黑暗中犯人会欺骗州政府，用衣服编出个绳套或者在警卫

46

打呵欠时，从那些严加看管的刮脸工具上弄到脱落的刀片，然后制成剃须刀。这类事常会发生。犯人们不是手腕就是喉咙缠着绷带坐在椅子上。但现在好多了，此类事情再没发生过；现在不备有被单、皮带、鞋子，也不备有金属器皿，每隔几个小时还要点名，警卫可以在任何时候突击检查，他们必须裸体受检，有托管员专门负责看着犯人们吃饭，以保证他们不致被呛死；在单间里也没有什么隐私可言，即便在这个冬至的夜晚，这个一年里最长的夜晚，也从不关灯。

我以为所有人都离开了，却看见杰克·莫利纳还站在火炉边，他扔了些泥土灭了火，弄出了很多的烟。我在他身边停下车。"你自己来的，教授？"

"什么？"他看着我，好像在使劲回想我叫什么名字；然后他走了过来。莫利纳的脑袋又斜又窄，戴一副约翰·列侬式的圆边眼镜，眼睛大而深邃，不管从哪个角度看，都像极了一个拜占庭的圣使。如今他蓄着短发，还系着领带。在六十年代时，他看起来则特别像晚宴上的基督。不过他可是六十年代的明星大学生。他曾从学生方阵中挤出来，跳上食堂的桌子或者站在图书馆的台阶上给大家讲演，无论他讲什么，都能让学生们为之疯狂。六十年代以后，他开始建立学生论坛，谈论魔鬼政治，教授学生"大众交际的雄辩术"，还为安迪·布鲁克塞德写讲演稿。

他过来是问我今天晚上希尔斯顿俱乐部舞会的情况，还问我是否看到布鲁克塞德也在那儿。我说我看见他了。

"你是否也碰巧看见我的妻子黛比了？"他往我车里扫视了一圈，好像我能把他老婆带来似的。

"在舞会上，我想我没有碰到她，我不能说碰到。她在那里吗？"他没费心思来回答我，所以我问了他另外一个问题。"你不知道布里格斯·卡德米恩去世了吗？"

"罗斯索恩开车去给我们买咖啡的时候顺便提了一句，"他的眼神有点心不在焉，"罗斯索恩的确有性格。"

"的确是。"

莫利纳又往火炉里扔了些土，并用手把土拨散开。我不明白那火怎么没烧到他手掌上。"好啦，"他点点头，"罗斯索恩在一九七三年的时候，曾穿着随意地出现在法庭上，给皮德蒙特化学公司做辩护。在那个案子里我负责巡查他的客户。他帮助他们无罪获释了。你知道那些倡导乌托邦世界的人们所持的一个观点吗？那就是没有律师。"

"那是不可能的。"我又问他一次，"你自己来的？"

"是啊。"他指指在大门下倚着的一辆中型摩托；这让我很是吃惊，他根本不适合这种风格；再说他居然还穿着斜纹布裤和平底休闲鞋。

"呵，我说教授，你们这些人应该为擅用脑袋防冻剂而受到处罚。"我善意地开个玩笑，但是他很生气，僵直着后背走开了，在这么个夜里也没给我这个累得够呛的警察局长一个临别吻，以感谢我驱车二十公里穿过雨丝来制止那些红脖子有可能再往他头上扔石头。我打赌，要是倒退到六十年代，警察肯定喜欢杰克·莫利纳那样的人。

我刚要摇上车窗，就突然听见一声奇怪的号叫，声音在深夜里显得尖厉，以致莫利纳往回猛跳了一步，鞋跟撞在火炉上就像枪响。那叫声仿佛是山里狮子发出的，大概它不知道怎么走出了烟雾，来到了皮德蒙特认领自己的领地了。我叫住莫利纳说："如果你再看见那些卡车，请联系我。"他转过身，点点头，扬起手跟我说再见。

我开车回家的半途中才猛然想到，那一声叫喊会不会是乔治·霍尔知道再过九个小时自己不会被处死而喊出来的。他们告诉他这个消息，恐怕二十八天对他来说也算很长时间了。

第三章

乌云渐渐散去，让出了天空，月亮和几颗星星露了出来。半融的雪也被清出了公路，因此返回希尔斯顿就很顺畅了。公路两边，冬天的树枝歪歪扭扭如同珊瑚礁，我独自驾车犹如在海底潜行一般。帕齐·克莱恩唱罢《疯狂》，洛蕾塔·林恩唱起了《你还不够格抢走我的男人》，音乐里似有打斗和号叫之声。

机场公路从北面进入城镇，我想了想，应该先到希尔斯顿俱乐部去，向贾斯廷和艾丽斯夫妇转述在多拉德监狱听到的消息。开车到达热闹的门口时，已经是凌晨一点钟了。梅赛德斯和卡迪拉克等车陆续驰离了停车位，但仍有一些萨博和宝马车停留在那里。我没见到贾斯廷的那辆老奥斯汀，大概他是搭别人车一起来的，也或许艾丽斯把车开走了。在漆黑的车道上，我听见高尔夫小推车叮叮当当的响声，有女孩子们尖叫"快点！"也有人嚷着"前面让开！"白木栅栏的球场，因圣诞节彩灯闪烁而通明透亮，吉米·道格拉斯管弦乐队仿佛要颠覆历史一般，唱起了摩城时代初期的歌曲。我还没进去，就听见"至高无上"组合的《宝贝，我的爱》被他们拆唱得一塌糊涂。

显然，过时的老歌已没多少人听得进去了，那些歌星的老唱片早被年轻人遗忘在地下室了。A.R.兰道夫的那个穿着红缎子长裙、沉睡在长椅上的孙女，早没了踪影，取而代之的是一对发式凌乱的情人，他们热吻着对方，就像再没有机会了似的。他们不时地分开，喘几口气，再继续热吻，那样子像是在救助溺水人。高大的圣诞树旁，两个年轻的小伙子穿着皱巴巴的衬衫，拿着铜制的拨火棍，在比画着学击剑。当圣诞树边的烛火燃得只剩下蜡油时，有些眼尖的人就吹灭了这些小蜡烛。今晚希尔斯顿的整个上流社会狂热犹如亚特兰大的狂欢节。两个女人在正厅的地板上赤脚席地而坐，长裙铺开如同颜色亮丽的降落伞，她二人一边看着年轻人比剑，一边喝着香槟酒。"他们是不是很傻？"其中一个问另一个，"我觉着我一生中见过的最蠢的就是男人了。真的，你懂我的意思吧？斯蒂菲，难道你不认为男人，嗯，我不知道该怎么说，很笨吗？或者之类的评价？"

　　斯蒂菲张张嘴，然后缓慢地摇摇头，好像她认为这个问题的答案很复杂似的。舞池里站着的客人们——还有一些转移到桌旁和椅子上去了——螺旋似的转着圈圈，仿佛手触到电源似的。我漫不经心地寻找着贾斯廷，也知道可能找不到他；他可不是爱赶时髦的人，大概早早就回家了，在那架他钟爱的竖琴上弹奏科尔·波特曲子呢。我也没看见市长大人、亚伯勒夫人，或麦迪逊·布鲁克塞德等我比较熟悉的人。也许那些老人家在得知了卡德米恩的死讯后，现在都在家悼念这一个时代的终结呢。即便在场的这些人知道这件事，他们的兴致也不会被打扰。三个长相甜美的女孩子——一个正是兰道夫的孙女——站在乐队一旁模仿着"至高无上"组合。她们唱错的时候，或打闹的时候，不时会爆出咯咯的笑声。

　　我穿着淋湿的雨衣在门边上又站了一会儿。我身边的桌旁，一位穿着蓝色无肩带晚装的年轻女士正独自孤坐，百无聊赖地从火鸡骨架上剔着肉。她带着醉意，悲伤地看着台上的女演员，睫毛膏好像弄脏了眼睛。她问："知道你长得像谁吗？"

　　"我吗？"我摇摇头，"不知道。像谁？"

"你知道是谁，他去火车站了，外面下雨所以她没有出现，后来她走进他的夜总会，你知道那个人了吧。"

"《卡萨布兰卡》里面的人？"

"我从妈妈租的影碟里看的。你看起来像他。我是说你的雨衣很像。"

"他比我矮点儿。"我坐在桌子旁边，吃了几块火鸡。我说："乔治·霍尔刚刚得到缓刑了。"

"行刑？"

"乔治·霍尔。州长给予他缓刑了。他原本是要明天早上被处死的。"

她点点头。"哦，那个黑人？"

"是啊。"我们看着兰道夫的孙女，她正在那里扮演着戴安娜·罗斯。然后她说道："嗨，等一下。我以前见过你。好像是在电视上？你上过电视吗？"

"有时候会在新闻里出现。"

"不是！好像是本杂志之类的。"

我说："是的。我是希尔斯顿的警察局局长。"

她重重地拍拍我的手，好像我在说谎。"别这样！给我个机会。"

"好吧。我是个投资银行家。我叫卡迪·曼格姆。"

她点点头，但告诉我她的名字，好像在表示她根本对我没兴趣，她掀开桌布，我看见一个红发的年轻男子醉醺醺地蜷缩在地板上，头枕在她的大腿上。"我不想弄醒他。"

我说："亲爱的，你可以把他的头放在那张椅子上，即便你开车到夏洛特再返回来，他还会待在那儿，一动不动的。"

她问为什么她应该开车去夏洛特，我承认是随口说说的，没什么特别的原因。

在走廊里，那对玩击剑的青年约定，谁拿掉对方手里的拨火棍谁就胜，很明显，他们的火气越来越大：一个家伙的鼻血都流到衬衫上了。至此我才认出他是森德兰夫人的侄子，一个职业滑冰手。认为男人都很愚蠢的那个女孩在高声喝彩。

* * *

希尔斯顿市中心就这样又过去了一天，人们关掉了圣诞树上和自家商店里的彩灯，市里六个街区的雪橇霓虹灯仍在空中闪烁，却没有什么驯鹿穿过大街，也没有紧紧搂着玩具的圣诞老人出现。在《希尔斯顿星报》杂志社，有人一夜无眠，很可能是巴布·珀西；有人一直坐在汽车站的咖啡馆里，百无聊赖地候着车来；图森酒吧的服务员正在倾倒昨夜的垃圾。我把车开到市政府的宽敞石阶上，也许这时，希尔斯顿大多数人还在睡觉吧。市政府的侧面摆放着两门联盟时期的大＋炮，是卡德米恩命人从县城的老法院拉过来摆放在这里的。据我所知，这两门炮从来没发射过。谢尔曼①带着他的队伍绕过了希尔斯顿直接向西去了，错过了等在首口河岸边为他准备的受降晚会。据记载，他手下一些掉队走散的人在松山湖附近的农舍里，曾将马拴在厕棚里过一整夜，如今那里成了城里最好的饭店，也成了希尔斯顿上流社会人物留恋的地方。

在黑暗的大理石前厅里的法庭大门上方，画上的老卡德米恩摇着手里画好的蓝图，默默无声地看着我。楼上，拘留室里悄无声息。我办公室墙上的招贴画里，猫王埃尔维斯看上去像是过于沉溺声色犬马，变得肥胖、疾病缠身以致要死的样子。在我跟戴维斯中士交接工作时，听见审讯室里传出高声喊叫和啜泣声。海勒姆说："是比利·吉尔克里斯特，正在号啕大哭呢。可能是以为乔治·霍尔已经被处死，他正在为他祷告呢。"

吉尔克里斯特是当地的一个穷困的酒鬼，大约一年前皈依基督教了；但基督教也没有让他改掉毛病，倒是经常让他产生后悔的情绪。我说："别这样，海勒姆，醉酒的祈祷者也可以算祈祷，不是吗？我们全当耶稣出门时自己也带了几个酒徒吧。"戴维斯转过身去，把纸塞进老旧制服里去打字了。

打开审讯室的门，我发现吉尔克里斯特就那么跪着，在地毯上磕头，醉醺醺地大叫着。他正在跟上帝解释为什么戴维斯没有同情心。"上

---

① 谢尔曼（William Tecumseh sherman，1820–1891）：美国南北战争时北方的著名将领。

帝啊，救救我，该死的！你这个该死的，你在哪儿？"他大概有六十岁了，身材清瘦，有一双蒙眬的蓝色眼睛，浅黄花白的头发向前盖住了有些谢顶的头。他总是跟上帝大吵大闹，才不管他的祈祷说到哪里去了呢。看见我时，他啜泣着，鼻子、嘴和眼睛都是泪水。"他把我关禁闭吗？让我出去！这不是我的错。我无法忍受自己独自一人待着。我要喝一杯。"

我拉了他一把，他身子轻得像纸玩偶。"比利，你需要冷静下来。不要这样大喊大叫。"我走到他蜷缩的角落，他正拽着一条戴维斯给他的床垫，我扶他躺在床垫上，给他盖了条毯子。"警官跟我说，你以为他们今晚处死了乔治·霍尔？那我告诉你，没有。事实是，霍尔从州长那里得到了缓刑。是缓刑啊。"

他猛地收住眼泪。"缓刑？他没死吗？"

"没死。现在，比利，你回去躺着吧。我们不能因为你而总让其他的客人睡不着吧。你早上就离开这里吧。是乔治·霍尔让你如此不安吗？你以前跟他相熟还是怎样？"

但是吉尔克里斯特一下子昏睡过去了，还打起了呼噜，因为醉酒而睡得安然而又香甜。

回到河上区的家里，月亮咧嘴朝着横跨首口河的A.R.兰道夫大桥微笑着。我的公寓里冷得刺骨，吊篮里那棵小云杉树上的彩灯已经不亮了，损坏的花盆朝向风景窗摆着。玛莎·米切尔在厨房里紧靠磁铁转门的地方排泄，那个转门是我特意为它安装的，这样它能够独立的生活了。现在它正在楼上我的床上，钻进了艾丽斯·麦克劳德给我做的被子底下。"我知道你在哪里，玛莎，"我说，"你这个小母狗。"它厌恶地看了我一眼，我也这么瞥了它一下。

我一边打着呵欠，一边脱下西装，解下腰带、领带和衬衫，顺手放进租衣服的盒子里。这套衣服连挂件都是配套的。从镜子里看过去，一个瘦高的男人，一头浓密的烟色头发，脸颊瘦削，眼睛湛蓝。很久以前的某一天，李·海文拿着一个知更鸟蛋来到学校。她捧着蛋走近我说："卡迪·曼格姆，你的眼睛就像这只蛋一样蓝。"从那时开始，我视自己的眼睛为最有特点的地方，对此，我前妻谢丽尔否认它们有什么特别。谢丽尔和我在床上可度过了很多美好的时光呢，但当我不得不常独自睡在危险、潮湿的雷区时，她记忆里的那段美好时光就迅速地消退了。很显然，有回忆价值可不是谢丽尔的强项。

我是专攻历史的。琼森曾经用时间证人的说法，给沃尔特·雷利先生的《世界历史》做宣传广告。世界历史，尽情地穷尽你所有的想象吧。当然，雷利被砍头前在死囚牢里待了十二年，也没能写完故事。他曾用手指在斧刃上试了试，开着玩笑说："一剂良方，包治百病。"我听这个故事时感觉有些好笑，可见我绝对没有他的那种魄力。

我都是把历史分成小块来学习的。尽管这样，我仍然想，如果上帝正在尽全力做他能做的事，那他一定入错了行。

我掀开被单，米切尔小姐在睡梦中叫了几声。我告诉它："因为老卡德米恩死了，所以乔治·霍尔获得了缓刑。现在，你假设一下，上帝会认为这很滑稽吗，玛莎？"她没应声，我从床边的书架上拿了本最上面的书。

第四章

每次梦醒,我总是长吐出一口气,知道是梦不是事实。我总是做同一个梦,在梦里我拼命地向乔治·霍尔道歉,却频频被他们误会,我被锁进了毒气室。听到氰化物的袋子碰到酸性物质发出的咝咝声,我无助地满屋子乱窜,东一下西一下地撞到绿色的金属墙和玻璃窗上,而那两排证人就那么眼睁睁地看着我,除了眼睛在不断地转动外,他们好像都无动于衷。这些人我大都认识。乔治·霍尔在拼命挣脱椅子上的绳子,他要摆脱死亡,对于我而言,他的伤心太真实了。

星期六早上,电话响得异常早。睁开眼睛的时候,我确认自己没有被毒死,今天乔治·霍尔也不会死。凯来布警士问我些什么,我都没有仔细听,只一个劲儿地回应:是,是。

"你是要去市中心还是要给她回电话,局长?"

"对,当然了。现在几点了,齐克?给谁回电话?"

"李·海文·布鲁克塞德啊。现在是十点。我不会是把你吵醒了吧?"

"当然没有。我去散步了。"

"外面还有很多冰吧，局长？天啊，市内气温得降到十五六度^①了。"

"齐克，干活去吧。布鲁克塞德夫人打过电话来？"

李找我，说想很正式地和我讨论一件很重要的事。得知今天我放假，就询问她能否打电话到我家里，无论如何得安排我们俩见个面。我有点好奇，想知道是什么事，但奇怪地感到有点儿烦躁不安。"给布鲁克塞德夫人回个电话，告诉她，如果她想见我，我最早能安排见她的时间是下午三点钟，我的办公室。"

我的电话号码没有编入公共电话簿。干我们这行的，自从你把人抓进了监狱，一直到被放出来那天，他们都会记恨着你。曾经有人按我的门铃，把一块卡罗来纳薄煎饼朝着我的脸就扔过来。幸亏我及时抬手，否则，我未来的爱情生活就给毁了，那块卡罗来纳薄煎饼是用碱液和起酥油调和，在一小块煤油火上烤制而成的。它顺着我的浴衣袖子滑落下去，在我的前臂上留下了一块难看的伤疤。

"还有，曼格姆局长，珀利·纽瑟姆在二十号地区抓到一个超速行驶的大学生，速度接近七十英里，无证驾驶而且拒捕。那个男孩告诉纽瑟姆说，他的速度没有超过三十英里，而且说纽瑟姆把他的驾驶执照强行收走，还当着他的面给吃了。"齐克·凯来布警士负责日常接待，他年轻，身材瘦削，我估计他从来没到过阿巴拉契亚山以西，或者梅森－迪克逊线以北的地区；他有印度血统和印度人特有的骄傲，即使你拿着烧红的烙铁对准他的脖子，他也绝对不会撒谎。

"你相信这个孩子是吧，齐克？"

"他……唔……是啊，长官。"

我从被窝里爬出来，扯过毯子包住脚，拉了窗帘。冬季的阳光异常刺眼。"让他走吧。他是从别的州过来的吗？"

"不是，长官。是个金斯敦来的黑人男孩。"

"好吧，通知他星期一去机动车管理部门，他们会给他重新办理一

①此处原为华氏温度，为了方便阅读翻译时换算成摄氏温度，全书都如此处理，不再一一注释。——译者注

个驾驶执照。让达琳去办这件事。"

"那这个超速的罚单怎么办？"

"珀利会吃了它的。让他下午两点半到值班室，再邀请一个观众过去。你能找到谁去都行。"

齐克大笑起来。"哦哦，他一定会对此大惑不解的。我可以告诉南希吗？她不上班，但我想她一定不愿意错过这个事的。"

"我们也不要抱着为女士复仇的心理嘛，齐克。"我一直怀疑齐克对南希·怀特警官有特别的好感，但好像他们俩谁也没有注意到这件事。纽瑟姆曾经把贴着性别歧视标签的死猫挂在南希的柜子里，从那之后，我不得不把齐克调离珀利·纽瑟姆身边。一周以后，有人在齐克那辆雪佛兰"开拓者"的暖气机导管里喷入了鹿发情期的激素，珀利否认是他干的，但是我确信是他。珀利·纽瑟姆只可能跟一个人承认错误，那人就是他哥哥奥蒂斯，一个审计官。

我每天早上要做的第一件事，就是陪着胖胖的玛莎去河边散步，然后牵它回来。它比较讨厌运动，而我讨厌在大冷天里运动。也许是因为我们家以前总是在腊月中旬就用光了暖炉油，我因此异常痛恨冻得青紫的嘴唇和僵硬的脚趾。但是我们还是努力坚持下来了，回来之后玛莎又钻回被窝，我则打开收音机。

吃过早点——香蕉上加点蛋黄酱，再烤一下——洗洗衣服，擦擦玻璃，整理账单，电台里播放着"银色的圣诞节"节目，给人们送去一些祝福。在"放眼世界"栏目里，则上演着不同剧情：有人按照常规生活着，有人则刚刚从地震中逃生，有飞机坠毁，有枪击事件，还有圣徒在圣周到耶路撒冷去朝拜。在"国内要闻"中：突发的冷空气席卷了佛罗里达的橘子园，城市的基础设施还不够完善，总统在自己的私人农场里亲手为妻子砍下了一棵她挑中的圣诞树。在"环视全州"节目中：所有的公共场所都将降半旗，以悼念一位伟大的北卡罗来纳人，布里格斯·蒙默思·卡德米恩；星期一，安迪·布鲁克塞德将在温斯顿塞勒姆召开的黑人商界领袖大会上发表讲话；沃斯通州长在最后时刻批准了乔治·霍尔缓刑。关于最后这条新闻，在"我的观点"栏目里，当地的福音传播者布罗迪·奇克神父认为，沃斯通州长是个懦夫，他的就任一定是某个犹太人集团资助促成的阴谋。这个集团都是些黑人煽动者、自由主义倾向的多愁善感女人，再就是身居高位的世俗人道主义者，像那个安德鲁·布鲁克塞德，曾在海文大学当过校长，那个大学可是个专门培育无神论者的大农场。电台说了，这不代表他们的观点，而背景音乐则选用了埃尔维斯的《圣诞老人啊，请把我的宝贝带回来》。

我把床单围在装着圣诞树的吊桶上，并弄出褶皱让它看起来像一片雪原，再把妈妈那个旧的石膏马槽模型摆在上方。这时候贾斯廷出现了。床单再怎么摆都不像雪原，用个马槽来纪念耶稣也太寒酸，那就只剩下我这个聪明人了，外加上约瑟夫的无头雕像，但家族的传统还是很难继承下去。

门铃刚响，玛莎就像《光团突击图》^①说的那样，一下子窜出卧室，贾斯廷问它："你这是跟谁开玩笑呢？"它碰了一鼻子灰，又返回去接着睡觉了。

贾斯廷问我是不是听说了霍尔获得缓刑的消息——从凌晨两点他就一直往我这里打电话，却始终无人接听——我解释了一下，说明了昨晚我去了哪里以及原因。"艾丽斯简直在胡闹！"他边说，边脱下他的宾恩户外套装。"她跟乔丹·韦斯特那伙人跑到罗利去了，说看见有人从高等法庭出来直接去了州长官邸，于是一路沿途派发传单了。这树可真漂亮。"他往我那丁尼布躺椅里一坐，拿出面包和一壶法式咖啡放在大腿上。在他看来，我的冰箱里只可能有草莓烘饼和打折的啤酒。我倒给他一大杯"焦油脚人"（北卡罗纳州人的别称）饮料。他把大杯子放在玻璃桌上，走到圣诞树边，摇了摇上面的小灯。"卡迪，你知道昨晚卡德米恩去世的事儿吧？"

"艾萨克·罗斯索恩告诉我了。说实话，老布里格斯不该那么早

---

① 《光团突击图》(The Charge of the Light Brigade)：又译成《轻骑旅的攻击》，是一八五四年，英国桂冠诗人阿尔弗雷德·洛德·坦尼森写的一首叙事诗。诗的主题是记叙在克里米亚战争中，英国与俄国在巴拉克拉瓦的一场战斗。

死的。"

他点点头，并没有转过身来。彩灯顶上的丝线来回摆动。"想听点怪异的事不？他把那匹黑色纯种马留给我。叫做马纳萨斯。伙计，这让我非常惊讶。"

我说："上帝，你就像你那台维多利亚时代的老冰箱里的小雪人一样敏感多疑——"

"那是安妮女王——"

"我想象不出你该怎么处理那匹没训练过的种马，我就没见你住过什么特大号的房子，该不会把它放在你的会客室吧。不过他的初衷还是好的嘛。我帮你把面包卷加热一下？"我早就知道他不愿意吃微波炉里加热的东西。

他说："面包放在你这屋里就够热了。天啊，你这得有三十二度。"

我说："好眼力。我这儿就是'舒服地带'里的小渔舟。卡德米恩先生没把他的厂房留给我吧？那么我能一直支撑到退休。"

"对不起。"他脱下他的阿盖尔毛衫，"你不敢相信这事儿吧。"

"让我适应一下。"我拿出一听百事可乐和一块凉的比萨饼，顺势躺在毯子上。

"嗯，是我表兄布坎南起草的遗嘱，所以他早上打电话给我妈妈，那个可怜的老不死的——"

"你不是在骂我亲爱的佩吉·萨维尔吧？"

"卡德米恩取消了他儿子们的继承权，把所有的财产都留给他女儿布里格斯了！但是，但是，卡迪，还有个附属条件，那就是，她必须放弃教授天文学，搬回希尔斯顿。否则，他的儿子们就可以分割他所有的财产。还有，他留给海文大学几百万元，以筹建一个纺织技术实验室。"

"天啊！天啊！天啊！"我紧抱住膝盖，"哦，主啊，我多希望人能有来世啊，这样卡德米恩先生就能看见他女儿小布里格斯是怎么答复你表兄布坎南的，他还在那里坚持他的遗嘱呢，这个老浑蛋。"

贾斯廷吃面包卷的时候，拿了块餐巾布放在膝盖上。"你在开玩笑吗？你觉得布里格斯会拒绝那一千零五十万美金？！为什么？她完全可以不在乎那些附属条件啊。"

"别把面包渣弄得满地都是。你听好，贾斯廷，我当兵那年，有一次'沃巴克斯老爹'打算给小布里格斯买一辆别克车，条件是她来参加董事会的晚宴，哪怕是给客人倒杯咖啡也好。要是这事儿发生在我身上，让我跟伯德海军司令奔赴南极我都干。可她直接回绝了。到目前为止，她回不回来参加葬礼都难说呢。"我从壁柜里拿出皮大衣，"见鬼，她把我都给甩掉了，才不会在乎那一千万美金。把那个袋子扔到垃圾桶里压紧。走吧，我们去法庭看看。我可以把你举到我肩头，那你偶尔也能把球投进篮筐了。"

只要有时间，我们局里就会组织个球队，跟一些当地商会资助的怀旧型球队赛上一场篮球。我们给自己的队取名为"警员五队"，到目前为止就只打败过"排骨屋激励者"和"雄鹿五金店"两个队。如果我能游说伊桑·福斯特中尉（闻名于全国大学体育协会球迷的"灌篮大夫"）参加比赛，那我们就能横扫联赛了，但这家伙却说不喜欢比赛，只想学习，所以，我们大多时候都输掉了。贾斯廷只有五尺十一寸高，南希·怀特从我胳膊下经过都不用弯腰。但是今天早上我们的对手是"卡佩尼宇宙意大利餐馆"队的话，那我们还是有可能胜出的，因为他们的队长是保罗·麦迪逊神父，比南希还要矮呢，前锋是巴布·珀西，他最怕的就是被别人弄乱头发。

在路上，我打开播放器。洛蕾塔·林恩的嗓音急速而高亢。"……如果你不想去拳市，就放了我的男人吧。"

"拳市？"贾斯廷摆弄着耳朵，嘟囔着。他腾出手来向我求助：他们的业余剧团——一群来自希尔斯顿的戏剧爱好者们，要在市中心一个破旧倒闭的电影院里上演古典剧目，还得招一大帮朋友去观看——"这个周末要上演的是《第十二夜》，缺一个人扮演马尔瓦里。"贾斯廷说，"我们的男演员伤了腿。"

我说："要是缺了个人可不好办了。那他怎么办，滑稽地拖着腿上？"

他关掉音乐。"你不觉得这歌忒俗？"

"有一点儿。听好啊，我就是个粗俗的人，粗俗，对，我就是这样，尤其对你来说。"

"那是粗俗，很粗俗，对你来说。"贾斯廷说着，很自然地拿出古典专业的派头。"来吧，这是个重头戏。我需要一个利落的人，我的意思是得上手快。"

"算了吧，我这辈子从来没演过什么角色。"

"你在开玩笑吗？一定要这么虚伪么？你的长相够周正，又高又瘦。你看啊，马尔瓦里是一位服侍伯爵夫人的清教徒，但却自认为比谁都强，还不断地训诫别人要拒绝享乐，所以大家就捉弄他，让他相信伯爵夫人爱上他了，结果伯爵夫人把他当成疯子锁起来了。"

我对着贾斯廷使劲挑了挑眉头，这是从希尔斯顿俱乐部侍者那里学来的。"你是说，我很适合这个角色？"

"你的台词最棒了。'一些人天生就伟大，一些人因勤奋变得伟大，而一些人则将伟大强加给自己。'"

"你别来这一套啊，把我捧得多么高尚，听起来都不好意思。"

"你看你！"他使劲拽了一下我的胳膊，"这就是马尔瓦里的台词。布卢·兰道夫扮演伯爵夫人，我演她那个醉酒的叔叔。"

"哦，我看你倒挺适合。谁是布卢·兰道夫？"

"啊，你认识她的。阿特沃特的孙女。在舞会上穿着亮红色的那个。"他比画出个沙漏的样子。

"我好像想起来了。"我们俩拐进基督教青年会，看见州旗降下了一半。一群女人缓慢地走过我们身边，看起来似乎在庆幸她们没有签约，不至于跟着倒霉。"你怎么不让保罗·麦迪逊出演这个角色？"

"他扮演公爵。答应我好好考虑一下。"

"我会考虑的。"

贾斯廷告诉我，保罗今天心情特别好。贾斯廷打电话给他，对他透露说，布里格斯·卡德米恩决定把他那所外观丑陋的阴森森的哥特式大屋留给三一教堂作休息室。此举也挺出乎人们的预料，因为这个强盗似的老男爵原先可是一等长老，但他才不巴望能从哪里听到什么赞誉之辞呢。也许托马斯·坎贝尔神父会在讲坛上对这个富有的教民咬牙切齿，大放厥词，但我确信保罗·麦迪逊神父是无论如何不沾会对"疑似"罪人们说"不"的，更别说当这些人面对着他那张不沾染俗事的脸肆无忌惮地微笑时候了。

我对贾斯廷说："上帝，你这张毫米无遮拦的大嘴啊。你让你表兄布坎南怎么办？在凌晨五点拿着遗嘱的复印件来这里吗？"

"哦，你知道人家都怎么说？那儿都快成了康复院啦，因为按照约定，凡是在卡德米恩纺织厂工作超过三十年的人，都可以免费在那儿住到去世。"

"我老爸没等到这个时候，真是遗憾。"

在衣帽间里，贾斯廷说："你知道，艾丽斯告诉我说，你可以就你爸爸的死起诉纺织厂。他是死于棉肺病吧？"

"是啊，然后把他迁到大点的墓地去。或者我还可以起诉海文烟草公司，因为他们生产出了我爸爸每天要抽四包的非过滤嘴香烟。或者我干脆起诉亚当吧，他太爱他老婆了，才有了这么多的子民。"

"伙计，你好像心情不爽啊。"

"我吗？"

"你知道吗？有时候我认为你纯粹是照章办事。"

"哦，唉，贾斯廷，必须得有人这么做。"

保罗·麦迪逊确实心情大好。他一边唧唧喳喳地说着他的新康复院，一边把球传给巴布·珀西，而后者看起来好像是在篮筐下补觉似的，这样我们的"警员五队"就稳稳地告别最后一名了。南希·怀特——东希尔斯顿的一个坚强的孩子，曾经是一帮女孩的领袖，她们能挠破你的脸，也能毁了你的膝盖骨——在比赛中跑了有四十英里，得了八分，每次得分后还高喊着："女子加油！"

回到衣帽间，我对保罗神父说，你应该跟你天上的老板老卡德米恩——现在一定在地狱里了，那里就跟他工厂的烟囱里一样热——说几句好话，因为这个老工业者垂死之时，还以嘶哑之声给你的三一教堂提供了更多的床铺，否则你还得卖了保时捷车去买这些东西，而且他的死还延长了乔治·霍尔的命。保罗告诉我说，明天的弥撒上，他会给卡德米恩读圣诗、做祈祷，还会把圣坛上的花献给他，以求得他灵魂的安息。

我说："你认为这些举动会让那个老浑蛋挪到稍微凉快点儿的地方去吗？"

教区长高兴地把毛巾扔进箱子里。"不管那可怜的老家伙在哪个地狱里，他死的时候上帝都会离开的。上帝都祈祷他早点儿死。"他抓了个白领套在黑衬衫上，笑着走出了更衣室。"哦，主的行事方法总是很特别的啊。"

"怎么个特别法？"我在他身后大喊，他从门缝里伸回脑袋，咧嘴一笑。"你知道的。"他说。

贾斯廷和我把巴布一个人留在了镜子前，他在那里已梳了半个小时的头了，还饶有兴致地欣赏着自己的裸体形象。他说："你查查报纸的头版。我引用了你的话，曼格姆，你可是欠我人情了啊。"

我说："我希望是那句关于你妈妈和鬣狗的。"

"伙计，你太暴躁啦，打起精神嘛。"他摆弄着手里的木梳，转出杂褐色的波浪。"生命太短暂了，根本经不起太沉重的投资。要寻找点儿小快乐，这才是出路。"

"巴布，生命是太短暂了，那你就别再浪费一半的生命在你那狗屎头发上啦。"

"你总是抓不住重点问题，曼格姆。浅薄才是幸福的秘密。那才是重点。"

贾斯廷说："那你一定是这些人中活得最幸福的了。"

"你要相信我，朋友。"珀西回头从他那裸露的粉红色的毛茸茸肩膀上告诫我们。

* * *

在市政大楼楼前，卡德米恩的遗像下方摆放着一大篮百合花。贾斯廷中途把我放下车，他要继续前驶去东希尔斯顿跟普雷斯顿·波普谈谈。普雷斯顿·波普是当地的一个小偷，我的前任富尔彻曾经以凶杀罪起诉过他。最近我发现走私枪支的现象有上升的势头，他们中可能还有暗斗，所以我让贾斯廷暗中调查这方面的事情。两个月前，我们发现一辆"萨博"车在二十八号支路出口，拐进了树林深处，卡车里装满了枪支，司机被人塞进了一个大塑料袋里挤在前排座位上，看样子已经死了很久。但贾斯廷还是从他所穿的平跟船鞋认出是属于瑞士的百丽品牌。假如普雷斯顿·波普知道点儿走私的情况——不牵涉他的家人的——贾斯廷则能让他透露点内幕消息。

在楼下的接待大厅，喝过酒的人都已经睡醒离开了。比利·吉尔克里斯特给齐克留下了一张五元的借据。楼上，乔治·霍尔得到缓刑的消息，使得大家议论纷纷，四周弥漫着一种紧张空气。两个年老的警官坐在咖啡桌边上，跟每一个走到桌边的人抱怨说政府的体制如何糟糕至极，让杀人凶手逍遥法外：对他们来说，乔治·霍尔纯粹是个杀害警察的凶手，就这么简单，他们希望他尽快被处死。一个新进警局的黑人警员约翰·埃默里开始跟他们辩论起来，他认为对霍尔的审判是不公正的。争吵的声音越来越大，气氛也愈加紧张。最后齐克把三个人都打发到楼下擦车去了。

我的办公桌上攒下了太多的文字活了；每天里里外外忙活这些东西就是我工作的重心。休息的时候，我不是去处理什么持枪案件，或者超速行车之类的事情，而是调和家庭纠纷，要么就和疲惫不堪的工人谈心。我的工作越是无聊至极，我越觉得自己是在从事有意义的工作。我常说，我是一个和平护卫者。在战区的两年经历让我坚定一种信念：和平是一个党派最应该维护的。在很长一段时间里，我甚至拒绝配枪。因为如果你带着枪，就有可能由于惊吓过度或者疯狂失控而开枪。没有什么比扣动扳机更容易了。甚至都不用动脑，比奋力追捕可省事多了。曾有一次，有人从他的起居室拿出螺丝刀扑向我，当时我差一点儿就开了枪，为此我总是噩梦连连。自一九二五年起，希尔斯顿警局

64

有十四起相关记录，记载着犯罪嫌疑人在被抓捕过程中因为"逃跑"和"拒捕"而被开枪打死。其中黑人十二个，而这些仅是记录下来的数字而已。自从我当了警察局长之后，再没发生嫌疑人在逃脱时被打伤的事件，死亡人数也在减少，这是我一直引以为豪的成绩。我的警队不欢迎那些自以为有男子汉气概的苏格兰佬似的队员；也不要那些喜欢飙车的西部牛仔，他们满脑子的想法就是加入警队合理合法地开快车扬鞭子，那绝对不行。除了珀利·纽瑟姆，队里这样的人所剩无几。我用过的最好的方法就是说服他们辞职。有一个在波尔克初级学校附近值勤的警员，三个月后就辞职了；另一个，因为让他重新填写部门的表格，这家伙费了九牛二虎之力也拼写不出"理解"这个词，却憋出了溃疡病。

还有一个更糟糕的，他是乔治·霍尔枪杀的那个警察的好朋友，在我提升为局长之前就离职了。他叫温斯顿·拉塞尔。有个妓女在医院向我投诉，说他用警棍殴打她，我盛怒之下踢了他的屁股。他大骂我是"妈的病态理想主义者"。事实上是他误会我了。为了他的案子，我甚至事先跟那个妓女对好词，才使他避免进监狱的厄运。十八个月后，他获假释，带着那块卡罗来纳薄煎饼来按我的门铃了。如果我真是个理想主义者，那我开门的时候一定对他的来临感到惊讶。这次，他被判处五年监禁，分两次服刑。原定他几个月后就可以出来。我一直想他大概会再来"拜会"我，并要求复职的。温斯顿·拉塞尔是个施虐狂，尽管我不了解博比·皮姆，但我猜两人一定有诸多共同之处。说他们在职业上都持"黑豹"风格听起来一点都不夸张。珀利·纽瑟姆的性格由此可见一斑：他刚加入警队，就非常崇拜这俩暴徒，为了巴结他们俩，他常拿他辖区的奇闻笑料以博他们俩的欢心。

下午两点半，我到队部的值班室，齐克在珀利·纽瑟姆摆放在前排的凳子上坐正。我例行常规地先讲了几点，要求人人都要关注三 K 党事件的谣言，以及公众对霍尔缓刑事件的看法。"我们不希望三一教堂的事件重演是吧？希尔斯顿名声受损，我们也颜面尽失啊。这是我派你们继续追查罪犯、检查圣诞节商铺之前最后要交代的事。"

室内，三十个警官，有八位是女性，都坐在塑料凳子上，神情严肃地看着我在黑板上写下"A，B，C"。"男生们、女生们，这是个很流行的考题。问题是这样的：假设你向一些人无端地发起攻击，就因为他们是有色人种，或者是人家比你学业优秀，这种行为可能是：A.警察所为？B．浑蛋所为？C．这个屋里的各位不会这样作为？我让纽瑟姆警官站起来公布一下他的所选答案。珀利，我给你一点儿提示：别选A哦。"

珀利·纽瑟姆——假如你喜欢那种块头大、傻乎乎的金发碧眼类型的话，那么他长得还算不错——正颓然地坐在凳子上，耷拉着一张宽大的脸。

我说："珀利，你刚刚处罚了一个海文大学的学生，显然，你把他的驾驶执照当烟草给嚼了，他爸爸碰巧是个法官，因为你错误地抓捕他的儿子，他将向你提起百万美金的赔偿。我与他商谈过后，他给出如下条件，比先前要你一只眼球合算了许多，也能直截了当地解决问题。条件只有一个：你必须把这张罚单像饭后甜点似的也给嚼了。齐克，把罚单递给他。"

纽瑟姆大笑起来，但是见没人附和他，就赶紧停了下来。"你简直是疯了吧，你居然这么想。"他气急败坏地狠狠地坐回凳子上。

"那么，你的另一个选择是辞职。我会对此予以理解，也愿意接受你的辞呈。"

他就那么盯着我看，像头公牛似的挑衅地摇着头。我默默数了十个数，然后高声喝道："那么，你给我滚出去。滚'浑蛋'！"

这句话让他猛地站了起来，欺人者往往自欺，他使劲地为自己开脱，提高嗓门说："我不跟你们一般见识。"

"你想证明一下吗，珀利？"

"请注意你的用词。"

我微笑一下。"'浑蛋'警官——不如这样说吧，你能来这里我感到非常荣幸。然后我会扯掉你肥大衬衫上的徽章，照着你的肥屁股一脚踢过去，把你他妈的从窗户里踢出去。"

他耷拉着脑袋从我身边向齐克走过去,只嘟囔着一句"你会后悔的"之类的话。

"这句话很刺耳啊,"我说,"我很高兴你能提前警告我一声。"

珀利把那张超速罚单胡乱地揉作一团,塞进嘴里,拖着脚回到座位上,腮帮子鼓得像条河豚,没有人敢笑出声来。他离开时,我发现他把纸条吐进了垃圾桶,但是我也没再追究,至少是吐在垃圾桶里而不是别的地方。

我解散了值班人员,齐克摇了摇头。"那个从金斯敦来的黑人男孩的爸爸,尽管气愤至极,但从没提过要珀利吃了罚单否则就起诉我们一百万美金的事儿啊。"

"对啊。市政审计官奥蒂斯·纽瑟姆的宝贝弟弟珀利曾跟一个十七岁的女孩说,如果她能够满足他的'个人要求',就不记交通违规的事儿。奥蒂斯一直帮他掩盖。假如他气急败坏地到我们这里,责备我们怠慢了他的宝贝弟弟,你就跟他说,这事儿能这么轻而易举地解决已经很庆幸了,起码希尔斯顿没经历珀利上次那样的风波。要提醒奥蒂斯谨记这件事。"

"是,长官。"齐克不安地皱皱眉,"你的意思是,如纽瑟姆审计官要起诉我们吓唬珀利,我们就如此回击?"

"真理就像一座大山,警士先生。但有时候你必须绕路上山才行。"

"我想是吧。"他一时之间没弄明白我的意思,难怪南希·怀特问他是否觉得她胖了点儿时,他回答"好像胖了十一磅吧"。

几分钟之后,齐克敲响我办公室的门,弯腰站在门廊下。"布鲁克塞德夫人要见您,局长。"李走了进来,他退了出去,眼睛却留恋地看着李,就像在欣赏一朵从来没见过的花儿。李穿着一身浅紫色的套装,带着蓝金二色混合的项链,那是种卡罗来纳的浅蓝色,跟我的衬衫和新领带差不多的色彩。

我说:"嗨,李。"

她说:"嗨,哦,别站起来。"在我起身给她让座之前,她赶紧找个凳子坐下。"你看你,"她点点头,"你想错了吧,沃斯通州长到底还是

67

给了乔治·霍尔缓刑。"

"哦，大概每隔十年，我都会犯点儿错误。"

我们盯着对方，我想我们俩都试图穿过眼前这个看起来陌生的人，找回多年以前的那个熟悉的身影。她斜过身，瞥了一眼我身后的海报，笑了起来。"猫王！我记得你喜欢猫王。哦，那个女歌手是谁？"

"帕齐·克莱恩。"

"对啊，帕齐·克莱恩，一个乡村歌手。"

"他们唱着《当乡村还没那么冷的时候》，好像你喜欢的是约翰尼·马西斯。"

"我喜欢过吗？"

"嗯，我告诉过你，他红不了多久的。"

我看着她浏览着我办公室里的一切，我真恨自己没能把毛绒衫收好了，把泡沫聚苯乙烯的咖啡杯和细碎的糖纸扔进垃圾桶，把一切都打扫干净了。我一紧张，就会滔滔不绝地说话。她在我屋里来回走动，查看着，我感觉自己就像个急着去吃午饭的导游一样，变得焦躁不安起来。"那套象棋装备来自哥斯达黎加，你看，那些兵都是农民模样。我离开那里的时候，用我的车换来的。当然，你也从来没见过那辆车。据巴黎的街头小贩说，那个半身的塑像绝对是罗丹的真品，他十美金卖给了我。"

"哦，卡迪。"李的笑脸看起来有些陌生，我搞不清楚是自己忘记了她的旧时模样，还是她变化太大。"我在使劲联想，"她放下一个漆得光亮的兵说，"一个警察局长的办公室会是什么样。这里很像你的风格啊，还有书和黑板。"

"你是说这里没人被拴在墙上，也没有一个装满了二十一点牌的大碗？"

"显然，你还是那么爱吃那些可怕的大块糖啊。"

"我不愿意放弃任何东西。"

一时间，我们俩都不笑了，屋里突然安静了下来。她走回凳子那里。我一边忖度着是否有什么特别的话题，一边说："给你来点咖啡，或者来杯茶？"

她好像没明白我的暗示，还是偏着头看着她的耳环，好像生怕它丢了似的。"不，谢谢。我今天来是有重要事情要说的。"

"那我大致猜得出来，布鲁克塞德夫人。这十几年来，你还没改掉吹牛的毛病啊。"

"你还不是一样。"她双唇紧闭，分明是生气了的样子，雀斑爬满了粉红色的面颊。

"对啊。"我在笔记本上画起了三角。"警士告诉我说，你有一些'官方问题'要谈。你一直没能从农牧协会偷出掉下来的葡萄，是吗？"

她抬起头，笑了笑，又皱着眉头把玩笑忽略过去。"昨晚……"她停顿时我点点头，很想知道她到底想要说点儿什么。我也确实猜不出她能说点什么。"昨晚在俱乐部，你能感觉到安迪因在公共场合不赞成霍尔执行死刑所承受的压力吧。"

"我听说了一点儿。"

"事实并不只是霍尔的案子，实际上是针对死刑本身。比如说，杰克·莫利纳……"她停了下来，我看到她右手在抚弄结婚戒指。

"杰克·莫利纳……"我提醒她说，"我认识他。"

"你能想象杰克对此事的立场。无论安迪是支持，或是反对，压力都是很大的，不管选择什么立场：因为在这个州，民意测验的结果就是这么显示的，这样会让安迪输掉竞选的。这可不是在纽约。"

"是啊。不过你也知道，要是州长没有否决死刑的话，纽约州的电椅仍然会放出火花的，如同在暴雨里处决弗兰肯斯坦的时候一样。坚持原则的人们偶尔也能改变事件的发展方向，这让人很是惊讶啊。"她沉默着，没做声。我感觉坐在办公桌后面有些别扭，就站起来走到窗口，倚窗而立。鸽子在我几步远的地方摇摇摆摆地踱着步，没有要飞走的意思。最后，我问李："那你感觉压力来自哪一方面呢？"

她转过椅子面向我。"哪边都不是。我是个政治家的妻子……就是这样。"

我说："我不大明白你这么说到底是什么意思。"

"我的意思是，两边都不相干，我站在我丈夫的立场上。"窗户玻璃将光反射到她的脸上，她皱皱眉，努力地看着我。"支持他，在他身边。"

好像情景又回到了昨天晚上。布鲁克塞德轻触她的胳膊，暗示了一句"我可以吗？"这倒是透出了一点信息，多年的待人接物已经把他的短处磨平了。

"好吧，"我说，"那么你丈夫到底在承受着哪一边的压力呢？"

"有个研究证明，说死刑并没有什么威慑力，安迪个人认为这个研究很有道理，也坚信死刑应该区别对待。"她说话的口气听起来可一点儿都没带个人的意见。

"唔，嗯。这是他说的？"

她的回答就像是个演讲的开场白。在星期一温斯顿塞勒姆的欢迎宴会上，布鲁克塞德将向黑人工商界发表演讲。他会说全美国人在法律面前人人平等，不管他们纳税能力如何，只要有需要，都应该得到法律援助服务。事实是，如今的州政府只需第一轮上诉就可以立案。通常，法庭指定的律师很快就甩手不干了，因为接手贫穷犯人的案子，既讨不到名，也收不到利，没人愿意干。为了支持这个观点，布鲁克塞德将引用乔治·霍尔的案例：他在一审中已经败诉，失去了义务辩护律师，并白白浪费了重审之前的宝贵时光。接着，布鲁克塞德会说，他非常拥护州长对乔治·霍尔案子做出的缓刑决定，并会向州长提请法外施恩。

我不禁好奇，昨天布鲁克塞德依据什么准备的宴会演讲呢，因为直到昨天午夜，没人能准确知道乔治·霍尔会逃离死亡厄运而不是在星期一早上被葬掉的，当然也无从预测沃斯通州长或者其他什么人能在关键时刻决定缓刑。我很想这么问问，但没说出口。

给我的感觉是，布鲁克塞德简直是在栅栏上跳狐步舞，也许是为了维持政治平衡。他关于死刑的评论大概也仅限于霍尔的案子，很明显这有悖于莫利纳的强烈提议。

"那些人整个早上都在争论不休，"李说，"甚至还有人说安迪的竞选会受到影响的。"

我想，这都不是真实，布鲁克塞德就像一个撑竿跳高的瞎子一样，根本就没有胜出机会的，他根本不可能赢。不过这话我没说出来。李说话的时候，光线在她头发上跳跃，她低下头躲避阳光，看她的样子，她好像觉得，她丈夫即将要做的演讲是继肯尼迪总统就职演说之后最棒的讲演了。这也许是政治上的自杀，也许是普通杂烩。我猛然意识到自己曾在一长段时间里，每天夜里通好几个小时的电话，以致因长时间躺在冰冷的厨房里，使骨头酸疼难忍，居然就是为了结识这位女性，现在看来真是蠢不可及。在年轻的那段时光里，我总是能最快掌握她的情绪细节：成绩不好时会苦恼，丢了奶奶遗留的戒指会哭泣，继父鲜见的赞美会让她兴奋。现在，眼前的这位女士衣着华丽却眼里尽显悲哀，是一位典型上镜政治家的富有、得体的妻子，一个对我而言完全陌生的女人。我不知道她在想什么、或者说想要什么、不想要什么；甚至可以说，我只知道她先是嫁给了一个早已逝世的业余登山队员，现在的丈夫是一位削尖了脑袋想要竞选州长的大学校长，此外一无所知。

我走过去，坐在桌子的一角上，这个角落摆放着我重新整理过的老照片：妈妈和爸爸的结婚照片；姐姐维维安年报上的肖像；一张摄于哥斯达黎加的快照，是我与我教过的学生们站在学校前新修葺的树荫下照的；还有我在威廉斯堡给贾斯廷和艾丽斯拍摄的合影。

李挥去忧郁的情绪，继续说："他会是个好州长的。如果你认为安迪是因为我的原因而当上海文大学校长的，那你就错了。事实上，他还得到过来自华盛顿的邀请，但是他拒绝了。"

"我丝毫不怀疑这些。但如果你认为你家族的名气无论在这里还是在华盛顿，不能为他积累人气的话，那么你也错了，因为，我来告诉你——"

"并非那样——"

"就是那样，并且——"

我们俩同时停下来，一起大笑起来。"天啊，卡迪，你能相信吗，我们俩又像以前那样地争论起来了？"

"嗨，那你以为老朋友是什么样子的啊？"

71

她走到桌子前面，打量着我父母的照片。"老朋友就是要提出好建议的……像从前那样？我希望是那样。"

"好吧。你是想征求我对讲演的建议，还是别的什么？"

她的回答出乎我的意料。"有人威胁说要杀了安迪。"她抬起手阻止我的回答，伸手拿出一个小皮钱包，从里面掏出一封信。"我知道，我知道。公众人物总是脆弱的，但是……"

"谁威胁他？"

"就是这封信。我感觉有点儿，唔，有点严重，安迪不知道我来你这儿。他认为对这件事大惊小怪就太愚蠢了。"她递给我一个揉皱了的，从廉价商店买来的信封，上面用铅笔写着"布鲁克塞德"。"是在校园里，有人把这封信别在他的车前雨刷器上了。安迪想把它撕掉，但是我要求看看。这信让我打寒战。"

我把信抽出来，从一角展开。在螺旋式笔记本撕下来的一张纸上，有一段用铅字打印的大写字母，没有署名。我大声念了出来，信倒是写得简洁明了。

布鲁克塞德：

我们不希望一个信仰无神论的美国蠢货来参加我们的州长竞选。我们也知道以何种手段来关照你的善举。别忘了达拉斯的下场。11/22/63。这只是一个警告。

我说："这最后一句似乎有点多余，不是吗？"

李从桌子上方向我斜身靠过来。"这是个明目张胆的威胁，那句话对你来说是多余的么？难道和肯尼迪事件有什么不同吗？我让他向警方和联邦调查局求助，但他一直说，这只是疯子的举动，说明他们害怕了。"她双手紧紧地交叉抱着胳膊，手指摩挲着紫色的羊毛大衣。"他说，自从他宣布参加竞选开始，这类事件就不断出现，都是告诫他们，让他们滚出州长竞选。我放心不下了，就给杰克打了电话……我来这儿的目的是问你能去见见安迪吗？提醒他不能忽视这件事。"她向我抬起手来，又垂了下来。"这就像跳伞和跳伞前后的注意事项。"

"对不起？你说什么？"

"他参加的快艇比赛。"

"你在说什么呢，李？"

"就像冒险，需要危险。"她坐回到凳子上。"他怀念战争，这不奇怪吗？"

我用手往后捋了下头发。"亲爱的，这是有点儿奇怪。不过即便战争结束，也会有人怀念它的，否则就不会有那么多战争了。"

我想起了她的第一任丈夫，那个丧生于宾馆大火中的年轻的法国登山队员。她一定是渐渐相信命运，如除爱情和荣誉外，死亡也是如影随形地跟在英雄后面，在他们还很年轻的时候夺走他们的生命。多可笑，我一直为她挚爱着布鲁克塞德的想法而耿耿于怀。

我拿出一个塑料文件夹把信塞了进去。"你打电话给杰克·莫利纳了？他是什么态度？"

"他跟安迪一样，对此事毫不在乎。我想他一定很不愉快，因为我总想把安迪从他所希望达到的那个位置上往回拉。我还告诉他，我非常担心星期一在温斯顿塞勒姆的那场讲演。杰克跟我不是……很亲近。"

"好吧。"我从盛满铅笔的切诺基酒杯里拿出支笔来。"给我留个电话号码，我打给你丈夫。"我记下了她背出来的三个不同的电话号码。"李，这很可能是哪个卑鄙小人的伎俩，其实没有什么具体行动，不过是想让你丈夫闭嘴而已。但是，在这个国家，不管是谁想要参加竞选，就一定不要忘了前车之鉴。要记住，有时那些卑鄙的人可能会如他们警告的那样下手。我会调查此事的。"

"谢谢你，卡迪。"她的手按在我手上，停了几秒种，可是我却被自己瞬间的反应吓坏了。

我的电话响了。齐克说，他很抱歉打断我们，有一辆车在穿过二十八号地区并线时，与一辆半挂货车发生剧碰，看上去是场意外事故，但韦斯·彭德格拉夫呼叫说，他认为有点问题，认为我应该去现场看看。

李迅速地站起来。"非常抱歉占用了你的休息时间。"

"别傻了。"我跟她一起往门口走，问道，"你丈夫的车上有什么明显的标志可以辨认吗？"

"哦，你的意思是，那封信被别在挡风玻璃上？停车场上是有个标志：'预留，布鲁克塞德校长。'他的车是辆灰色的保时捷。"

我冲她咧嘴笑笑。"那不会是他在教堂的抽签中赢来的吧？"

她微笑着，一脸迷惑。"我想不是。"她抬头看着我。"但是，我确实对安迪的生活有诸多不解。"她边说话，边触触我的胳膊，"卡迪，再次见到你我非常高兴。"她又笑了笑。

在走廊里，一个年轻的身穿海军蓝套装的黑人坐在那儿，他旁边的凳子上放着一件闪闪发光的皮大衣。他看见李后，赶紧捧着大衣站起来。"非常抱歉，布鲁克塞德夫人。他们让我挪挪车。我就把衣服拿过来了。"她对他笑笑，仿佛首肯他干了件好事，不过李没有介绍我们两个认识。

这场车祸发生在 I-28 号地区，希尔斯顿南部，首口河稍偏西的地方。我拐上了卡德米恩大街，这街是布里格斯的祖父在美国内战刚刚结束后修建的，因此以他的名字命名。这街沿着河流往上，可以一直通到铁路。铁路也是卡德米恩修建的，好像这样，他在弗吉尼亚沿线运输商品就免费了。几乎在每一个街区，我都能看见半降的旗帜在悼念这个工厂主。人行道上站满了圣诞节的店主，听着警笛，愣愣地看着我们。

最后的半英里路，我沿着损坏的车道向前开；州际公路的交通还算通畅。等到达事故现场时，我看见一副担架被送进了停在山肩的救护车里，而《新闻现场》已经录下了这一幕。一个衣袋上印着"海文大学医院"字样的护士正面对着摄像机。在低沉、灰暗的阳光下，闪烁的红蓝警灯使现场看起来像有幽灵出没，过往的行车都不敢减速。

在破碎的卡车附近，公路巡警举旗示意，让车辆保持单线行驶，对来自车窗的诸如"出什么事了"的大声询问，一概不予回答。

韦斯·彭德格拉夫警官倚在一辆翻倒的、摔得不成样子的日本斯巴鲁汽车旁边，用胳膊拄着头。他的制服浸透了那个死去了的年轻人的血和尿。那人从车窗里狠狠地被甩了出来，摔进了阴沟，韦斯坐在那里，抱着他，直到他死去。韦斯不过才二十三岁。他总是询问我，是否他该退出警队："有人说我做事太认真了。"我告诉他，这正是我留下他的原因。现在，我伸手抱住他的肩膀，跟他一起走出来，沿着公路默默地走，直到我被领到尸体停放的地方。在山坡下灌木丛里的坚硬红土上，静静地躺着死者，身上盖着医院的毯子。跟随救护车的护士站在尸体旁边打着哈欠，双手向上，张开十指。

韦斯说："你来之前我没让他们搬动尸体。很难说，这么多血，所有的东西都一团糟。但是，我做得对吧，局长？你来这边看看。"

死者暗黑的脸摔得一团糟，沾满了血和泥土，但我辨认出了他是谁。我费了很大劲儿才使喉咙能正常工作，我说道："是的，你做得很对。他是库柏·霍尔。"

显然，韦斯·彭德格拉夫说的不是这个。他以前从没见过库柏·霍尔，除非看过电视新闻，否则他不可能认识他。韦斯跪下，朝我转过头来，指给我他的发现，那是他要我来的原因。在死者的耳朵下有一个小圆洞。他说："我一开始没注意到这里。但曼格姆局长，我发誓，这是个子弹洞。"

第五章

工厂的汽笛仍然响彻在希尔斯顿的上空，以示纪念那位创办了这些工厂的老工业者。这些汽笛十几年如一日地每天早上准时响起，召唤镇里的人们上班，通知人们吃午饭，人们也会踏着汽笛声下班回家休息。现在汽笛却是为卡德米恩的死亡而哀悼，在工厂所在地的东希尔斯顿上空低声哭泣。这汽笛和我一样，简直就是个死亡通信员。我从诺米·霍尔家门口拐上了米尔大街，沿途经过了一辆彻夜值班的巡警车，一个乌黑的烟囱和一个斑痕点点的水塔，下降一半的旗子被夜晚的灯光照得通明。霓虹灯镶嵌在天窗屋顶锈迹斑斑的房檐上，在向人们致意："节日快乐！"霍尔夫人住在距离卡惠纺织厂大门的几个街区远的地方；那儿离我从小长大所住的那个灰泥复式房子也有几个街区。霍尔家是一所平房，院子里面有带柏油的过道，长着一棵疤痕累累的老枫树。几年前加了一个门廊，但没刷成跟房子一致的黄蓝相间的颜色，现在已经退色，不大成样子了。

我亲自通知了库柏母亲关于她儿子的噩耗。乔丹·韦斯特和那些示威者们还在罗利的什么地方，我也找不到艾萨克。我和霍尔夫人就

76

站在她家的大门里面，其实我想让她坐到我们身后的沙发上，但她只往后退了一小步。这是个身材瘦小的女士，头发黑硬而松脆，五官平平地长在那张黑色的面庞上，看起来和她儿子乔治一样，脸都像亚洲人。她从厨房里走出来的，手上和围裙上沾满了面粉。我的到来通常意味着有不好的事情发生，否则还能有什么别的说法？自然，她想到的只是乔治。在她的儿子接受审判的几年里，经历了四次死刑宣判，我的出现还能使她想到乔治以外的什么人么？我刚要说话，她说："州长已经拦下了死刑。他是昨天晚上十点三十分的时候宣布的。还有什么问题吗？"

起初，她压根没理会公路车祸的事，而是一直问个不停："乔治出什么事了吗？"然而，随着我说出库柏这个词，就像一记重拳，使她的呼吸变得困难起来。

她不断地重复着这个名字："库柏？……库柏？"

"是的，我十分抱歉。"

"但是他没走吧？他还活着吧？"她很小心地摘下眼镜，眼睛睁得大大的，试图从我的话里找出事实的真相。

"我非常抱歉，霍尔夫人，事实是，他已经死了。"

"死了？"她死死地盯着我的眼睛，想找出一丝渺茫的机会来读出相反的含义。她终于不再盯着我，大声哭喊出来："我的上帝啊，不！耶稣啊，不，不是我儿子。"我想抓住她的手，但是她拎起围裙遮住了脸。

后来，她拿下了围裙，湿湿的白面沾在她面颊上。她摇着头，仍然不相信这个事实，说："我要见他。他在哪里？"

我说："他现在在医院。霍尔夫人，我们要进行验尸。有证据显示，他中了枪，因而从车上摔了下来。"

她退了一步。"中枪？我不明白你的意思。你说车里并没有人跟库柏在一起。"

"我们认为，有人开车从他身边经过，开枪击中了他。"

她突然向前晃了一下，我赶紧上前扶住她。"夫人，请你赶紧坐下来。"

但是她的手指只在我胳膊上停了一下，就马上站了起来，用手背抹了一下脸。"现在，请让我自己待一会儿吧。"

"可是你——"

她的胳膊绕过我，伸了出去。"请你再往前走两个门，把我的妹妹维娜叫过来吧。"她的肩膀紧绷着，不等我答复，就转过身去。在电视机上面摆放的相框里装着一组彩色照片，乔治穿着军装，库柏穿着毕业生的礼服，女儿手里抱着两个穿着复活节装束服装的女孩，是在照相馆拍的照片。她的目光停在那里，然后拿起了库柏的照片走向黑漆漆的后屋。

半小时之后，我坐在她家门廊的一个铝合金沙滩椅上，脖子缩到大衣里，我身后的房子里，一大家子亲戚、邻居和牧师在里面一阵阵地号啕大哭。他们急匆匆地走过过道，看见我时都会停下来，紧张地冲我点点头，再快速地冲进屋里。我不想进去，霍尔夫人已经请我离开了，但我还不想走，我总有一种不好的感觉，好像我一离开，就会有什么可怕的事情发生。我已经派了韦斯·彭德格拉夫去了乔丹的公寓。三个年轻的示威者跟她一起坐着韦斯的警车回来了，并搀着她上了台阶。她现在像盲人一样地迈着步子。韦斯说，他告诉她这件事后，她就没再说过话。我也不打算尝试跟她说话。那三个示威者没提供出任何有价值的信息，他们坚称一定是库柏离开罗利后，有人暗中跟着他，不过他们也没有注意到有什么可疑人在附近出现过。当时他们就站在政府大楼前的人行道上，散发了一些有关自由和正义的宣传单。当高等法院大法官的车开出大门时，他们还冲车里的人挥了挥标语。库柏离开后，他们开车去饭店吃饭，然后就返回希尔斯顿了。他们说，艾丽斯很可能还在罗利，因为她要去一趟图书馆。我就没有再问下去，只是表达了我的慰问。可是没人愿意接受。

十分钟后，艾萨克·罗斯索恩的飞鹰车一溜烟地穿过街道，停下来。他跟跟跄跄地下车，极不耐烦地拽了一把他那条坏腿。我看见韦斯坐在马路边的警车里听着收音机，等待着收听来自市中心的新消息。

艾萨克说："我刚刚从法院一个家伙那里知道这件事。他在大学医院的时候，看见他们把库柏抬了进来。"他猛地把黑色领带拉直。"可怜的女人，可怜的女人啊。"他深邃的眼睛像冒火一样。"确定了吗？他是被枪杀的？"

"是的。这简直是他妈的一场噩梦。你最好还是赶紧去趟监狱，跟乔治交代一下，总得赶在像巴布·珀西这样的人之前到那里啊。"

"我已经给沃登·卡彭特打过电话了，他允许我今天晚上跟乔治待上几分钟。"

"你想开车去那儿？"

"不用了。"他扯下手套，包了支散烟，然后把手套塞进松垮的大衣口袋里。"我说瘦子，我想跟你说的是，别觉得这事你有责任。"

"我必须负责。"我气愤地说，从人行道上，捡起一只他掉在那儿的手套塞在他手里。"我是这个城市的警察局长，这个城市的公民在开车回家途中被他妈的枪杀了，我就得负责任。"

"好吧，我们以后再讨论这事吧。"他漫不经心地拿手套擦擦牛津鞋。"诺米，她知道库柏是怎么死的吗？"

"我跟她说了，她已经知道了。"

"上帝保佑我们。"老人抬头望着在初冬里这个没有星星的夜空。"笨蛋，没完没了的愚蠢的罪恶……"他转过身看看屋里。"你还在这里待着干什么？"

"我也不知道。我想，可能就是为了等你来吧。"

他的胳膊挽着我的胳膊。"那现在我来了，这事到底是怎么发生的？"

我们一起往门廊那儿走，我给他讲了我所知道的一点信息。"这样看来，库柏很早就从罗利的示威活动中离开了。好像是说要回希尔斯顿见什么人。这帮孩子中没人知道那是谁。他刚刚拐到I-28公路上就被击中了，你知道，就在首口大桥以西一英里的地方。他冲出了隔栏，一头撞上了一辆卡车。司机还没有苏醒，医院方面表示不抱什么希望了。"

艾萨克望着霍尔家前窗户上面移动的一个个身影问："有目击证

79

人吗？"

我说有两个司机当时停下车了，还有一个用他的市民无线电报了警。但他们看到的都是事故发生时，库柏的斯巴鲁车径直撞上了对面驾驶来的卡车。二十八号地区是一片茂密的树林，无人居住，对这地区的搜查也没有什么有价值的东西。根据我们的法医迪克·科恩的检查，子弹是从附近树林里射出的，也有可能是从中间的隔离带。他推测，有一辆车与库柏一起驶向州际公路，有人从车里向库柏开了枪。子弹从库柏的左耳下面打进去，穿过大脑，从右边太阳穴滑出。我们没发现子弹，根据现场呈现出来的样子，不能确定子弹是不是还在斯巴鲁车里。

艾萨克碰了下我的胳膊。"听我说。那些目击证人中一定有人看见了向他射击的那辆车。一定的。车不会从人间蒸发的。那辆车必须一直跟着库柏，还得超过他，才能向他开枪，可能只是没看见什么时候开的枪，是在那之前或之后。"艾萨克在我面前摇着他泛着黄渍的手指。"你一定得跟紧那些目击证人，卡迪，跟紧他们。"

我跟他讲，也许是个有精神障碍的神经病患者随意从车窗里向外射击的，这个可能性还没有被排除掉。

"哦，别给我灌输那些大理论！"艾萨克厌恶地扯掉皮帽子。"就因为乔治得到缓刑了。一个叫霍尔的黑人本来今天是该死掉的，有人因此觉得被欺骗了！我今天早上听到一群无知的蠢货在得知乔治获得缓刑后，简直为此抓狂了。就是那个三K党，那个隐身的帝国，声明专门抓害虫的那个。"

"我们已经整理了名单，核实他们不在场的证明，但是，艾萨克，人太多了，这个城里、这个州里有太多仇视库柏·霍尔勇气的人。我也不能仅凭他们是种族主义者就把他们都关起来吧。"我把大衣领往上拽了拽。"所以，你听好，我想让霍尔夫人暂时离开这里，好吗？她，还有乔丹都得离开。现在我没有警力来保护她们。"

他宽大的手掌拦在我胸前。"你担心再出什么事吗？"

"妈的，我可不希望有类似的事再发生！况且，现在媒体也会一刻不停地包围那个地方。如果你已经从法院听到了什么——"我看见韦斯·彭德格拉夫冲我招手让我回巡逻车里去。"进去吧，好吗，艾萨克，我很快到那儿。"

韦斯已经换掉了沾着血的制服，但很显然，库柏·霍尔的死还在他心中挥之不去。他挂着电台的话筒，斜靠在敞开的车门上。"局长，坏消息。大约五分钟之前，卡车司机死在了手术室里。你知道，他刚刚从山区开过来，就……死了。他在佐治亚州的雅典城家里，还有妻子和三个孩子。他妻子正搭飞机赶往医院，却还不知道这已太迟了。"

我踹了一脚轮胎。"好吧，韦斯，找南希·怀特，让她去机场接这个女人。"

"你想让南希告诉她，还是让医生通知她？"

"哦，基督都得哭泣……可能我们都得离开警队……看看，让南希自己看着办。谁告诉都行。"我准备离开，但是韦斯又叫住我。

"局长，麦金尼斯从罗利打来电话。他看见那个威利斯·塔特了。他说，那些人已经被带出来，就等着我们问话了。昨天夜里监狱里的那场烦人的事把事情给耽搁了，他们昨天中午就已经把他和他的三个朋友带来了，不过现在还没有办理保释手续。"韦斯上下查看着他翻开的笔记本。"这些名字都是你想核查的从三一教堂逮捕人员名单；他们一个在布雷格堡，其他两个被老板一直关着禁闭。"

"好，已经有七个狂热分子被排除了，可他们还有上百的伙伴在前仆后继。迪克·科恩的验尸有什么进展吗？"

"没有，长官，他那边还没结束呢，但可以确定的是，库柏·霍尔是被击中头部，一枪毙命。"

"来复枪还是手枪，他现在能鉴定出来吗？"

"他没说。福斯特中尉还在检查那辆斯巴鲁车。他认为至少还应该有一颗子弹是没打到死者的，从挡风玻璃穿了出去。搜查小组已经撤离了，但是他又回去了。"

"伊桑还在树林里？天已经漆黑一片了。"

"我想是吧。"

我想用电台连接伊桑·福斯特，但是他没回答。一般他在实验室里时也不愿意回答，你不得不走下楼去把他挖出来，即便那个时候，他还在显微镜前转来转去呢。他那六点五英尺高的大块头呈 S 形，窝在高脚凳上；那细长的黑色手指，篮球在他手里显得像橘子似的，可能正在精确耐心地从一只鞋子里挑出一丝纤维，或者采集从大衣袖子上找到的一块血迹。我让韦斯继续呼叫他，让他赶紧回总部。"再四处看看这里，赶紧点，看看能找点什么吃的。"但是，他说他不饿，我可不是在关心他肚子的感觉如何。

　　到七点了，艾萨克还跟霍尔夫人和亲戚们在一块儿，到目前为止，那些新来的记者，不管是职业的还是业余的，都在霍尔家的门廊里想刺探一些最新情报。没受到任何邀请，县警长就派了两个大个子副手站在那里，将记者拦在台阶之外。《晚报》和《新闻现场》的大车几乎同时到达，有可能是同时得到了消息，因为这两个版的主刑《新闻周刊》和《时代周刊》封面，往往信息相同。在他们之后，从罗利来的哥伦比亚广播公司分部和美联社的一个特约记者，坐着出租车来到这里。卡罗尔·卡西·凯茵认出了我，赶紧推了一把大胡子摄影师，越过巴布·珀西朝我奔过来。卡罗尔把麦克伸到我的下巴上，这个年轻的高个女孩子总把自己比做简·方达①，风风火火的性格就像返校比赛上的大学拉拉队队长。她好像从来都不用歇一口气的。"这里是《新闻现场》，我是卡罗尔·卡西·凯茵。我们现在正跟警察局长卡迪·曼格姆先生一起，在被谋杀的民权活动家库柏·霍尔的家里，他也是那个被指控犯谋杀罪的乔治·霍尔的弟弟，他的行刑——"

　　《晚报》和哥伦比亚公司的记者跟她争相推挤着麦克，这时巴布·珀西大喊着："卡迪，已经确认是谋杀了吗？不是交通事故吗？他是被枪杀的？"

　　我说："霍尔先生是在 I-28 号地区遭遇子弹射击，被击中头部而当场死亡。被霍尔车子撞翻的卡车司机，也已在海文大学医院死亡。目

---

①简·方达（Jane Fonda，1937－　），美国著名女影星，曾主演过《太空英雄》、《柳苍芳草》、《回家》等多部影片。

前有证据显示——"

从一个兴奋的拉拉队队长到一个主打进攻策略的记者,卡罗尔·凯茵一直跟《晚报》展开着竞争。"据我们从大学医院得到的消息说,霍尔确实是中枪身亡!"

"有证据显示尸体上有弹孔。我们还在等待法医的进一步验尸结果,稍后会给出正式报告。"

特约记者将他的麦克靠在凯茵的麦克上问道:"这次谋杀是种族主义者的预谋吗?您认为这次事件与昨天州长先生出人意料地特赦乔治·霍尔缓刑有什么联系吗?"

我还没得及回答他的问题,就又有一大堆问题抛过来。"昨天晚上多拉德州立监狱外,是发生了三K党一伙人侮辱霍尔了吗?""霍尔的家人也在里面吗?""两个月前,库柏·霍尔曾经在第七频道指出,种族主义的威胁已经严重干扰了他的生活。警方有没有派警力去调查那些干扰者?"

"卡罗尔,我们一定会采取措施调查那些向库柏·霍尔发出种族威胁的人,已经有一些人在调查当中,或者说,对任何在希尔斯顿鼓吹种族主义的人都将被绳之以法。"我听见一辆摩托车开了过来。我抬起头想穿过众多的照相机看看情况,结果被一个麦克碰到了嘴。我这边正说着,看见杰克·莫利纳锁好摩托车,在韦斯·彭德格拉夫停车的马路边站住了。"我现在非常需要有关这场惨剧发生时的信息,哪,它也许对你们来说毫无价值,特别是在今天下午,由罗利开往希尔斯顿方向,途经I-28号地区的车主,请站出来支持我们。"

"今天在这里,有两条生命悲惨、可怕地结束了。你们大家要相信,天网恢恢,疏而不漏。这就是我要跟大家说的。除此之外,我想请媒体的朋友暂时让霍尔夫人清静一下;她正跟她的家人和牧师在一起。我知道大家完全可以理解她现在的心情。"

巴布·珀西溜到我身后,往后屋跑去,结果被县警长派来的警官伊莱·约翰逊,一个两百八十磅的大块头给拦下了,他把他斜压在走廊的栏杆上,双手反剪在穿着巴宝莉风衣的背上。我示意韦斯让莫利纳进去，还用肩挡开一条道让他走上台阶。现在外面大约有零下一度，莫利纳的呼吸使他的无边眼镜蒙上了一层雾，但是他只穿着一件运动衫，外面没再加一件大衣，所以我猜他是因为冷才颤抖不已的；可看了他的眼睛，我才知道那颤抖应该出自愤怒。他气得好像脸上都燃起了火苗，甚至头发都起了电。他说："我刚刚听说这事。简直是他妈的纳粹！"

卡罗尔·凯茵和她的摄影师对着我们。"你是杰克·莫利纳，对吧？"他点点头，她给了个手势，示意开始录像。"这里是杰克·莫利纳教授，安德鲁·布鲁克塞德的竞选事务助理——"

"我不是他的竞选事务助理——"莫利纳首先声明。

"那么，我这样说对吧，莫利纳博士，你是由库柏·霍尔所发起的拯救乔治·霍尔委员会的成员之一，对吧？你对今天所发生的悲剧怎么看？"

我原以为莫利纳会推开她，但是相反的是，他炯炯有神的大眼睛直直地盯着年轻的摄影师肩膀上方的镜头。"是的，这的确是一场悲剧。"他的嗓音尖厉而缓慢，一点也不像他平常说话时的样子，所以他的声音让几乎每个人都回过头来往这边看。"这对霍尔家是个悲剧，也是整个希尔斯顿的悲剧。在这个国家里，若干年来已经发生了无数次这样的悲剧，牺牲了太多的生命。这些生命都成了三K党或布罗迪·奇克那类白人所组织的仇视黑人的俱乐部的无辜牺牲品。他们是这个国家在强大的政治利益下，对仇视黑人行为姑息养奸而成为政策的牺牲品的。"

哥伦比亚公司也开始录音了，莫利纳转过脸来对着镜头。"今天，库柏·霍尔被枪杀，是因为他站起来反对种族歧视和不公正待遇，是因为他为他的哥哥乔治·霍尔而战，也是为在这个充斥着种族主义的社会里所有的黑人受害者而战。乔治·霍尔之所以被判死刑，就因为他是黑人。库柏·霍尔之所以被枪杀也因为他是黑人！"

下面的人行道上，群情激昂的人群里，一小撮人嘟囔起来，声音越来越大。

他现在已经成了人们关注的焦点。就像我说的，有点像时光倒退回到了他的大学时代，他在给大家讲演。他简直太棒了，可处境也十分危险，很可能对他自己来说大部分时间他都是这样的毫无顾忌。右翼的电台传教士布罗迪·奇科与宪法俱乐部相勾结，而保守派的募款协会的成员多为州内政治名人，二者都等同于三 K 党，安迪·布鲁克塞德之类的左派激进言论简直就是走切·格瓦拉（他曾为投身古巴革命，后来作为要统一南美大陆的旗帜人物而被暗杀）和约翰·肯尼迪的老路。精明的巴布·珀西从底下浮了上来。他问莫利纳："你这是在为安迪·布鲁克塞德说话吗？"

莫利纳对着镜头。"我今天来这里是代表布鲁克塞德校长，向霍尔夫人表达个人的慰问，校长本人也对今天晚上我们所经历的恐怖事件深感愤怒。他也是此类事件的受害者之一，因为自从他宣布参加竞选开始，霍尔家的悲剧制造者们就在反对、污蔑甚至威胁他的人身安全。"

巴布似乎已经听糊涂了，他那张踌躇满志的脸上带着一种不太常见的表情。"请等一下，你刚才所说的话是否在暗示，你所支持的候选人的对手与今天库柏·霍尔的枪杀案有关联？"

莫利纳摇摇头，但是他停顿的时间太长了，让所有人都确信他就是这个意思。接着，他举起胳膊，高过摄像机的镜头，向院子里和街道上越聚越多的黑人大喊起来："我是说，那些胆小、可恨的种族主义者不想让安迪·布鲁克塞德当州长，那些胆小、可恨的种族主义者杀死了库柏·霍尔！"

"太对啦！"人群中传来一声大喊，接着又是一声，"好！"

美联社的特约记者跟巴布·珀西嘟囔着："这人想干什么，是为竞选拉票还是什么？"

"我他妈的怎么知道，"巴布说，"看起来他能从这院子里搞到十张选票。"

在我们身后，一道影子在前门移动，新闻记者都跳起来去看是谁。艾萨克·罗斯索恩挤上了台阶，向我示意。卡罗尔·凯茵把她的麦克凑得更近了。"律师，请问霍尔夫人在里面吗？可以给点评论吗？我可以跟霍尔夫人说几句话吗？"

艾萨克肥大的手掌拢住麦克，将它从卡罗尔手里拽出来，好像他认为那麦克是接在扩音装置上的。他隆隆响的男中音震得《新闻现场》的摄影师猛地扯下罩耳朵上的耳机。"乡亲们，我叫艾萨克·罗斯索恩，是霍尔的代理律师。"他捋了一下头上的白发。"霍尔夫人非常感谢大家对他们一家遭遇的巨大悲痛所给予的同情和关心。现在，她已经在私人医生的照顾下睡了。今天晚上，除了我刚才的这番话，没有人会对此事发表任何评论。没有人能够恐吓我们，我们会继续为乔治·霍尔争取重新审判机会，以告慰他被谋杀弟弟的在天之灵。"

特约记者问道："乔治·霍尔得知他弟弟被谋杀后说了些什么？"

艾萨克叹口气："如果你想知道答案，那么，你得自己去多拉德监狱问了。"

一声恐怖的尖叫划过，卡德米恩工厂的汽笛穿过夜空响了起来。我一边跟那两个警官示意，一边拨开人群挤上顶层台阶喊话："好了，可以了，大家都回去吧！你们很快会得到有关此事的进一步报道。别再问问题了。"伊莱·约翰逊和他的搭档开始帮我们往院子外疏散那些新闻记者，五分钟之后，他们都走光了，大概他们得到了想要的情况了，抑或是，也知道再待下去没有意义了，再者就是受不了卡惠纺织工厂的笛声了。人群慢慢散开，消失在米尔大街的黑暗中。

艾萨克·罗斯索恩像个熊似的摇摇摆摆走上霍尔家门廊的顶层台阶，经过站在下一层的莫利纳时，他拽住他的夹克衫一把将他拉上来。"你刚才那样做想干什么，杰克？"他那温柔的语气跟他死死拽住这个小个子男人的动作有点不太配套。"这不是政治论坛，是个老太太的家。她刚刚失去了儿子。"

莫利纳扭了几下，挣开了他的手。"我就是说出了他儿子想让我说的话。"

罗斯索恩的手耷拉到一侧，又插进兜里。"可能吧。但是我可不认为库柏会让你利用这个机会为安迪·布鲁克塞德拉选票。"

莫利纳背对着这个老律师，没吭一声。

"就一秒钟，"我对他说，"有几个问题想请教你一下，教授。"他那张苍白的长脸上表现出非常不耐烦的样子。"第一个问题，你知道今天下午库柏·霍尔要回希尔斯顿见谁吗？"

"不知道，你问乔丹吧。"

我说，她告诉我们她也不知道，莫利纳说如果乔丹也不知道的话，就没有人能知道了。他一直想往屋里走，显得极度兴奋，我感觉自己好像在跟空气说话。我问他是否知道有谁给库柏·霍尔书发过书面威胁。

他说没有。"但是，我倒是有很多第一手的材料，比如，扔泥块和瓶子，打到我们的脸上；在我们办公室里放火；还有就是骚扰我们的示威者，这些行吗？诅咒、辱骂、吐痰，这些算不？我有很多被威胁的经历！妈的，我说，库柏·霍尔还曾被卑鄙的电台威胁过！"

我倚在他想打开的前门上。"但是没有书面的恐吓吧？我之所以问你，你看啊，我想你知道有关威胁安迪·布鲁克塞德的书面恐吓信，所以我想知道这其中会不会有什么关联。"

我的问题使他大为惊讶；他一边摸着他圆边眼镜的镜架，一边用手压着耳朵后面的圆环，眼睛慢慢地睁得越来越大。"安迪告诉你的？"

我说："不是。但是他应该告诉我。你也应该告诉我一声。是他妻子告诉我的。你有没有看过这些信？你和安迪谁还有这样的信？"

"是的。安迪给我看过一些。但我不知道他是否还留着那些信。"

"死亡威胁？"

"是的。典型的红脖子的胡言乱语。"

我歪过脑袋看着他。"那好，现在你能不能给我讲清楚一点儿？我自己现在就是个红脖子。"

莫利纳攥起拳头。"让我走，可以吗？我现在只关注三K党那类型的逃离工厂的垃圾，那些疯狂的右翼种族主义分子。看，政客们开始玩心理战了。你不能每次收到恐吓信都愤怒不已吧。不管怎样，安迪的安全没有问题。"

"好吧。库柏·霍尔就在今天下午四点由州际公路往下行驶时被枪杀了。没有人是处于绝对安全之中的。我想跟你和布鲁克塞德先生讨论一下这件事。请你们找一找那几封信。我们再联系。"我朝大门走去。"最后一个问题。你知道有没有谁因为私人原因要杀死库柏·霍尔，怨恨、对抗，以及诸如此类的？有没有仇视他的，或者被他所仇视的人存在？"

"你的意思是，除了你？"莫利纳的两片薄嘴唇咧开，露出了窄长的牙齿。那看上去应该是个微笑。

"我是说，私人原因。"我直直地盯着他的眼睛，他也丝毫没有要眨眼的意思，所以最后我们俩算是打了个平手。"我得给这个私人动机做个注释——嫉妒或爱情。大多数人都会因私人原因而恨一个人，你知道的。"

"库柏不属于大多数人里的。他仇视的是整个制度。他在跟整个制度作斗争，在跟两百年来的历史作斗争。他都不屑于有什么个人的东西吧。"莫利纳推开我，没敲门就径直打开门，然后回过头从肩膀上看了我一眼。"你去问乔丹·韦斯特吧。"

第六章

　　贾斯廷·萨维尔一直崇尚传统的生活方式，喜欢陈旧的老古董，这些后来成为雅皮士们奉为时尚而争相追捧的时髦玩意儿。他们教会孩子给父母送花，请他们到古典名著剧院欣赏爱德华时期的风情，以此来展望一种更美好的生活追求。贾斯廷一直带着一块怀表，缀着领结，穿着吊带的裤子，骑马小跑，要么就是往奶昔上抹斯提耳顿干酪，因为他扮演的是个小孩。当年他刚刚买了这个维多利亚女王的——抱歉，是安娜女王——在缅因大街南部、弗朗斯·布什女子学院对面的联排式住房时，城镇其他居民早就搬到北希尔斯顿树林和草地里去了，就像那些淘金者，出于敬畏而逃跑，丢弃了整个城镇一样。他们刚一离开，那些原先被赶进树林和草地里的农民和黑人们，又重新回到了原有的社区，城市的限制变得苍白无力。贾斯廷的亲戚们都认为，他购买一所寒酸的、废弃的"老希尔斯顿"破房子，足以证明他确实有"问题"，他们以前一提到他酗酒或者精神崩溃时，就会用这个字眼。当然，现在那些老烟草仓库已经变成了时尚精品店了，老作坊也成了综合性办公楼，一对从马萨诸塞州来的夫妇把他们的旧房子卖出了高于

89

以前二十倍的价格，州立人民艺术博物馆出价五千美元要买下贾斯廷用来当鞋架的松木柜子，所有人都在祝贺贾斯廷，把他说成一个将破旧市区改造为中产阶级居住区的先锋，说他是个懂得传统投资的精明人。事实上，贾斯廷一点也不在意什么狗屁房产，也懒得费事再去优化什么，他骨子里就是一个贵族。

说到我，我喜欢现代的东西。我喜欢墙挨着墙，喜欢垃圾压实机、旋转躺椅、光盘、自动翻唱机，还有六十秒内能解冻并用微波搞定的速食美食。我弄了一些好玩意儿，比如，睡醒来之前就开始煮咖啡的机器，车里有自动提醒换油的装置。现代的东西还真他妈的好用。我打赌，连汤姆·杰斐逊都想伸手碰碰我那台电脑。听我说，我可是在那种锡铁皮的厨房洗涤盆、带牵引链的厕所、碎呢地毯、放着刺耳音乐的点唱机和成排的洗衣房组成的环境里长大成人的。在我这儿豪华吸尘器已经不仅仅是扫帚的功用了。我喜欢进步，喜欢热量。对我来说，只有两个原因能解释为什么我说艾丽斯·麦克劳德是目前贾斯廷·巴塞洛缪·萨维尔生活里发生的最好的事了。当她搬进了他那套通风良好的有滴水嘴的房子里，就把彩色电视机搬到了他的橱柜上，把爆米花机放进他的碗柜里，她把杰西·杰克逊宣传海报贴在墙上，又把自动调温器开得很大，在寒冷的一月份能在家里穿T恤衫。

但是现在，我离开霍尔家五个小时了，艾丽斯给我开门时穿着一件肥大的毛衫，外面还裹了床大毯子。应该不是怕冷，而是想舒服点吧。我根本不需要问她是不是已经知道了库柏·霍尔的事。我迈进门，她一言不发就倒进我怀里。我轻轻地抚摩着她亮铜色的卷发，我们就那样静静地站在过道里，直到她推开我，长长地出了口气。

"哦，卡迪。该死，该死，不能再发生这样的事了。"

我说："你怎么知道的？"

"贾斯廷打电话告诉我的。"

"红，我记得在你婚礼那天，你曾经跟我说过，你要成为这个州的州长，然后把那些讨厌的守旧派都轰出去。现在我得跟你说，你还是搬家吧。我实在对那些家伙无能为力了。"

"我本想坐库柏的车回来的，卡迪。我的车留给了乔丹。后来我想开车去趟图书馆，趁休息时间勤奋一点多学点东西。我一直在想，如果我跟库柏在一起，也许就不会发生这件事了。"

"哦，妈的。谢天谢地。那些狗娘养的会连你一起干掉的。"我搂住她的肩膀，跟在她身后沿着高高的、狭窄的过道来到客厅，那里摆放着贾斯廷的钢琴，以及艾丽斯从山区运下来的一架织布机，这些好像都是摆设而已，不见他们用过。

她抹着眼角问："喝点啤酒吗？"

她走出去的工夫，我展开身子躺进那张有木头扶手的宽大的长椅上，两腿悬空悠荡着。电视无声地播放着七频道的《新闻现场》节目，曼哈顿的人冒着风雪正在抗议圣诞节的商家。艾丽斯披着大毛毯、趿拉着鞋从厨房里走回来，手里拎着六罐啤酒和一大袋烤干酪辣味薯片。我说："贾斯廷呢？我四个小时都守在总部，在市长办公室里，试图打断卡尔·亚伯勒一直絮叨说的'行动吧'，其实早就该做点什么了。你丈夫打个电话回来都嫌麻烦。伊桑·福斯特也不在实验室里。我现在手上有五百个嫌疑犯，没一个是目击证人，从枪的弹道方面也没有什么线索，我——"

"给，喝这个吧。贾斯廷对我说，如果你问起他了，就说他正跟普雷斯顿·波普在一个叫'南部爱国白人派对'上。那人是普雷斯顿的一个姻亲，好像是个当地的两栖装备突击队队长。"她砰地打开一罐啤酒，"他一个小时前从图森酒吧里打了一个电话回来。"

"山寨音乐和一壶尿。"我向她举起酒罐，"可怜的李将军，你不知道他有多喜欢那个图森酒吧。"

跟艾丽斯开贾斯廷的玩笑，也仅限到这个程度了，否则她会扑向你，尽管她也知道那是出于对她的爱护。"好啊，你要永远记得啊，贾斯廷那次跳下去差点被打死，可都是为了你。"

"亲爱的，"我看着她，"我从来没否认过这件事。"

她告诉我另一个消息，我意识到，她担心给我带来麻烦，因为这已经给她带来了麻烦。"他在棚子里看见了四个这种爱国者，他们今天晚上要在那里开会，贾斯廷准备也跟过去，看能不能探到口风，"她把啤酒罐贴在前额上来回滚动，"是谁杀了库柏。"

"我告诉他多少次了，行动之前一定要跟我商量一下！他去能干什么，那个像三K党预科生般的俱乐部，能找几个极品男巫吗？我发誓，这次一定解雇他。在哪儿开会？噢，他没说是吧。"我迅速地翻开手摇拨号式电话号码簿，大概是希尔斯顿城里最后一本记录黑人号码的本子了，接通了罗利的戴夫·舒尔曼，他是联邦调查局的一个地方负责人，手里有三K党的联系方式。我今晚为库柏·霍尔的案子跟他通过了一次电话。他也说过，关于乔治得到缓刑的事，三K党方面好像都没有什么要挑事的迹象，更别说打算枪杀乔治的弟弟了，总之他没听说。他说，现在当地的爱国白人派对已经奄奄一息了，不过他听到一些小道消息说，有个小团体做梦似的想要脱离三K党的管束。他说，他已经着手调查这方面的事了。我挂上电话，艾丽斯正紧张地用牙撕着薯片的袋子。

我说："看，不用太担心的。如果这些匪徒们肯让一个陌生人跟着去派对，就不大可能在会议上讨论什么重要的事情。他们也就是在谁家寒酸的客厅里，抽抽烟喝喝酒，看看什么《深喉》和《国家的诞生》之类的碟片吧。"她笑了起来。"对，"我也咧嘴笑笑，"贾斯廷回来后会指手画脚地讲那些无聊的细节的。"

突然，我看见自己出现在电视屏幕上，站在霍尔家正对着人们喊话。我转身去找电视遥控器，毫无疑问，他们家根本没有。等我把声音调大了，镜头已经换成杰克·莫利纳了。卡罗尔·卡西·凯茵的声音在旁白说："一方面，到目前为止，警方否认了杀害库柏·霍尔的野蛮枪击事件与星期五晚上的州长最后一分钟允许他哥哥缓刑之间有任何关联；另一方面，州长候选人安德鲁·布鲁克塞德对昨天显而易见的种族仇视枪击事件表示了强烈愤慨。下面是布鲁克塞德的发言人，他的竞选事务助理，杰克·莫利纳博士。"

镜头把莫利纳那张清瘦却充满激情的脸放大了。"今天，库柏·霍尔被枪杀了，原因在于他反对种族歧视和不公正待遇的态度，因为他……”他继续喊着，镜头下面人们的声音似乎要盖过他了，艾丽斯跳了起来，站在距离屏幕几英寸的地方，听着莫利纳的演讲，她的嘴越张越大。“库柏·霍尔之所以被枪杀就因为他是黑人！……我是说，那些胆小、可恨的种族主义者不想让安迪·布鲁克塞德当州长！是那些胆小、可恨的种族主义者杀死了库柏·霍尔！”

艾丽斯转向我。“安迪让他那么说的？！”

“这可问倒我了。但是我肯定——如果安迪在现场，他会毫不犹豫地把马蹄铁塞进莫利纳嘴里的。”

“天啊，我还以为我已经够直言不讳的了！”

我说：“连著名主持人卡罗尔·卡西·凯茵都知道，得剪掉莫利纳宣称布罗迪·奇克在经营宪法俱乐部的那段录像，可三K党却把这看成了三人竞赛。妈的！”

凯茵已经到了《新闻现场》的总部，通常只有在周末的时候，她才会以主播的身份参与节目，所以她必须要抓住每一个上镜的机会。今天她有三个嘉宾，全是黑人。一个是市长卡尔·亚伯勒；一个是心理学家朱迪·坦普尔敦，还有一个叫富兰克林·史密斯，号称"非洲革命者"，正是这个家伙警告警官约翰·埃默里说，如果埃默里胆敢胡说八道，他很可能从我们的武器库里搬走枪支，给白人来个种族灭绝，而不是他妈的尽找像史密斯这样的兄弟来出气，还要威胁一个煤气收费员要打掉他的脑袋，就因为他看了他的计量器。“为什么她选择给这个疯子开公开论坛啊？耶稣啊！可怜的卡尔，惹祸上身了。他可是无比憎恨富兰克林·史密斯的。”

亚伯勒市长看起来可不是太高兴。他说，霍尔的死亡是一个令人震惊的损失，而且一想到是种族歧视引起的悲剧，我们就更加悲痛不已，尤其是近几年来，希尔斯顿，尽管还有很长的路要走，但内内外外都是改革和进步的典型。对他和其他人来说，到目前为止，得出任何结论都为时过早。相信我们在国内备受赞誉的警官们，会在曼格姆局长的带领下，对此次事件迅速展开细致入微的调查。

我冲着他举起了酒罐。“谢谢你，卡尔。你是这个城市有史以来最好的市长，当然，我这么说可不是拍马屁哦。"

朱迪·坦普尔敦只简短地讲了几句，因为凯茵打断了她，她说了几句关于本性固执的心理学因素分析，以及导致三K党暴力活动回潮的目前社会经济因素。

凯茵甚至更快地打断了语速急促的富兰克林·史密斯，她得想方设法缓和一下卡尔和坦普尔敦博士充满惊讶表情的脸，就像"白人配角"、"制定蠢人"，和"奶油夹心巧克力饼干"那样。被打断之前，富兰克林四处去煽动黑人，要点燃一把革命的圣火，把那些白人消灭于哗哗的烟灰声里，彻底埋葬进大海。一个商业广告很快出现在屏幕上，这是个保险广告，奇特怪异（或者说，是由一个品位低级的制片人监制的）展示了一个典型的中产阶级白人家庭正穿着浴衣站在院子里，眼睁睁地看着他们的房子在大火中慢慢倒塌下去。六个广告过后，《新闻现场》栏目又回到现场，卡罗尔·卡西·凯茵和她的客人们被替换成一行行的篮球赛成绩数字。十五分钟后，节目的最后播出的是库柏·霍尔在三一教堂的那场示威活动的剪辑片子，随后是他中枪倒地的现场画面，他的尸体被从公路边沟里抬到救护车上，血迹斑斑的毯子甚至都没有盖住他裸露的身子。

"哦，上帝啊！"我嘟囔道，伸手关了电视。

艾丽斯说："舆论自由。"

"是啊。我原来对此也是深信不疑的；可是为什么他们非要展示那种画面呢？"

"我倒希望人们不介意这样的事实播放。"

"这举动真是让我倍感担心。帮我个忙吧？你打个电话给艾萨克，问问他是否劝动了霍尔夫人和乔丹，让她们暂时离开这里。"

艾丽斯上楼打电话去了；去了很长时间。等她再下来时说，她刚刚跟示威队里的一个朋友通过电话，他告诉她说，乔丹在里士满，跟她的父母在一起。

"太好了，这倒是个好消息。"

"而且桑迪说，已经有人开车把霍尔夫人和她妹妹送到她乡下哥哥那里了。"

"太好了。"

"桑迪说，库柏的葬礼定在星期二。"

我们静静地坐了一会儿，都没出声。后来我索性躺在紧靠长椅的一块薄薄的东方地毯上。"你们为什么不弄条像样点儿的毯子？"

她没回答。

壁炉上的瓷制闹钟滴滴答答地走着，像龙头漏水。

最后我说："库柏举行葬礼的那个星期二是平安夜。那天是二十四号。我听说卡德米恩也在二十四号下葬。

钟还在响着。

"艾丽斯？"

"还要啤酒吗？"

"不要。跟我讲点儿有关安迪·布鲁克塞德的事吧。你喜欢他吗？"

"是啊。不喜欢他很难。他是个聪明、善良的政治家，富有情趣，令人着迷的帅气、性感，他愿意倾听，有着超乎寻常的精力——"

"好吧，好吧。你这是帮他拉选票呢吧？"我从长椅上拽下一个靠垫，垫到脑袋底下。

她伸出一根手指指着我。"我一直想知道，你要多久才肯承认你不喜欢他。我第一次跟你说起竞选的事时，你就开始打岔，说什么该死的天气。好吧，告诉我为什么这样。你觉得他太狡猾？是个虚伪的自由党？为人肤浅？"

我转过头看着她。"这可是你说的哦，亲爱的。我可没有这么说。"

"我听到过别人这么说。"她再次摇了摇手指，"我还听到过很多谣言，说他玩女人，你可别把我扯进来。说实话，你可以这么嘲弄富兰克林·德拉诺·罗斯福和约翰·肯尼迪总统，不过我仍然认为，他们再差都比尼克松和里根强。"

"嘿，慢慢说，红。我也没说什么啊。这可是我第一次听到的什么'玩女人'的谣言。即便如此，也没什么好大惊小怪的。"

艾丽斯甩下被子，红着脸站在那里。"这些人什么都敢说！耶稣啊，去年秋天，一个立法会的人告诉我，我从来没跟你说过这事，他说希尔斯顿警察局长，也就是你，伙计，在卡陶巴山区，向一群乡下妓女收取佣金，还说你跟那个组织的老鸨睡过觉呢。"

"真的吗？"

"当然！他说是千真万确的。"

我大笑起来。"万能的上帝大人啊。我还以为自己对女人很了解呢，因为我一向挺谨慎的。"我笑得停不下来了，后来艾丽斯也跟着我咯咯笑起来。"他说，是卡陶巴山区的一群乡下妓女？"

"是啊，你还能相信这个？！比如马里恩·森德兰夫人！再不就是戴尔·范肖夫人！"她大笑着，从长椅上滚到地上，啤酒洒到了手腕上。"他告诉我这些的时候，表情一脸严肃。他是从桑德顿来的，叫埃德·布莱克曼。"

我抹了下眼睛。"那么，我应该调查一下。"

"上帝啊，卡迪，现在这个时候我们还能这样大笑？"

"我想，这应该是哭的另一种表达方式吧。"我伸伸胳膊，拉了下她的脚。"紧张、歇斯底里、生活压力。"

"哦，闭嘴。"她揉揉眼睛，"当然，埃德是对的。一定是你跟那个团体的头儿睡过觉。至少有一点点是真的。"

我用胳膊肘撑起身子。"你怎么知道我是否跟谁睡过觉？"

"我不知道。"她站起来走出房间。"但是我确实有我的理论。还来点薯片吗？"

我也站起来。"你不能拿出点儿真正能吃的东西吗？我一紧张就想吃东西。"

"你总是在吃东西的。"

"我总得吃点儿啊。这是什么理论啊？"

"来厨房吧。上帝啊，你到底有什么秘诀，为啥怎么吃都不长肉呢？"

我跟在她后面穿过这个屋架蛮高的卧室。"我想，人类的堕落简直是个悲哀。"

我正跟艾丽斯用油煎着土豆和洋葱，身上的呼叫器突然在这午夜响了起来。在总部的海勒姆·戴维斯中士刚刚从三十二号巡逻警车那儿得到消息：那辆警车正在东希尔斯顿的迦南地区巡逻，一辆卡车起火了，火烧得很快，现在两名警员正在呼叫支援。街上大概有二三十个黑人在闹事。他们在往商店的橱窗投石头，把车推翻，在垃圾桶里放火。还有一些在大声喊着："库柏·霍尔！库柏·霍尔！"

　　艾丽斯飞快地跑过来，拿给我外套，我跟海勒姆交代："让三十二号车拉警笛，命令所有在该地区内的人远离玻璃窗，尽快把该地区封锁起来，东大街沿线从皮特到枫树林，除了我们的人外，其他人一律不准入内。不许让媒体介入！呼叫州巡逻队的雷，让他派一些骑警过来，然后迅速增派些人手，越快越好，明白吗？听好，海勒姆，一定要找些黑人警员过去。像费希尔、埃默里、迈克·琼斯。在萨默斯集合。"

　　"局长，需不需要卡奈因小组？"

　　"耶稣啊，不需要。不要带警犬和催泪弹，你听好！所有那些该死的消息，我们都得他妈的封锁掉！"

　　他挂了电话。

　　我一边快步跑向屋外，并回头大声喊，让艾丽斯给卡尔·亚伯勒打电话；一边想，如果巴布·珀西带着他的扫描仪，他一定可以阻止《新闻现场》的直播车去迦南，我也寄希望于我们设置的路障能将他们都截住。一路想着其他的可能，我打开警笛飞速向东，沿路追赶其他的警笛声。途经卡惠纺织厂废弃的纺织厂房老砖楼时，我首先想到的是，如果沃斯通州长感觉有些讽刺，我估计，他一定会为最近上帝的反复无常所吸引。现如今，沃斯通被他的副手朱利安·刘易斯强加了来自家乡的压力，在最关键的时刻选择暂缓了乔治·霍尔的死刑。不料，这次突发的种族骚乱却给布里格斯·卡德米恩的死亡抹了黑。他打开《周日》报纸的时候，看到的怕是这场种族骚乱的大照片，而不是他站在新闻媒体发布会上宣布这一天要沉痛悼念南方工业领航人陨落的大幅照片了。再者，乔治·霍尔倒是还活着，而他的弟弟却成了牺牲品。对此到底是缓行还是彻底废弃，沃斯通仍旧举棋未定，但风险在不断攀升，只怕在未来的四周之内，州政府和海文大学不得不因此召开会议讨论，因为即使十个学生中只有一个诅咒乔治·霍尔，那么这个地区将比原定死刑执行时猛增四千两百多个抗议者。

我敢说，州长副手刘易斯因这最后一刻的暂缓行刑，使他老板在人情上大打折扣——他大概因此被从假日宴会的客人名单中除名了。米切尔·贝兹莫尔，一个地方检察长，我听说，他对霍尔获得缓刑极为愤怒，估计会像杂技演员站在马戏团的跳板上那样，不顾一切地跳进这次骚乱里。在卡陶巴高速路边的那个黄色石头的城堡式家里，兰道夫一定在跟他的妻子大吼大叫，说要是她如果没有改变了那个该死的投票，这个俱乐部就会一切进展顺利，就不会遭遇九十六年来他妈的倒霉日，在那个令人诅咒的联欢会上，以那种方式引起这起破事。"迦南种族狂欢会"，是《希尔斯顿星报》给这个骚乱取的绰号，并非真是一场狂欢会，它在凌晨两点就结束了。然而在我们的警察的心中，仍然心有余悸：到处充斥着陌生人、火焰、烟雾、喷火管，在漆黑的街道上，不绝于耳的咒骂声隆隆而过，没人受伤简直是个奇迹。当时最冷静的要数州骑警的那三匹马了。我上了一辆消防车去查看骚乱的场面，用扩音器调度两队巡警，指挥他们到外围的街区去拦阻侧翼的示威者。幸运的是，在冷风中这伙人都靠得很近。"看上去他们好像没带杀伤性武器。"拉尔夫·费希尔中士冲我大喊道。

我大声喊着，想压过人群的嘈杂声："大家听着，我们来这里是来维护秩序，所以要证明给他们看！现在，把枪放回枪套里，把护罩举起来，别摇晃警棍，除非一会儿你必须使用它！"

我们做的比想象得要好很多；没用多长时间就劝阻了示威的人群，让他们朝斯摩克斯酒吧方向去的一条死胡同退去。只有一个《星报》所谓的"暴民"——这些人大约有两打，都是男性黑人，年龄在十四到二十二岁之间——得需要些疗伤措施，他跌下来的时候扭伤了脚踝恰巧倒在我们身边。泰特斯·贝克警官当时已经摘下了面罩，被围在台阶上的什么人扔出的石头打中，不得不马上进行急救，结果在眼眉的地方缝了九针。那个迦南非洲卫理圣公会教堂仅剩的台阶，早已面目

98

全非。哦，还有就是，巴布·珀西手下的摄影师被喷火管撞倒了，伤了手腕。财产损失不大，只有一些浮雕、汽车和商店的橱窗受到破坏。一辆崭新的带有阿拉巴马挡风板的雷鸟车由于大风的缘故，被掀翻了。一辆车上的待卖的圣诞树被大火烧得噼啪作响，火熏黑了临近的希腊杂货店的墙壁，店里的货品有的还在冒着滚滚浓烟，有的被水淋湿。但消防员还是抢救下了这家商店，也救了这个街区。他们的主管和我（尽管我不喜欢他，他也不喜欢我）互相道谢。待《新闻现场》偷偷溜进路障时，消防车已经缠好了消防带。凌晨三点，我们的大车载着最后几个被拘讯的人员返回市中心。

这场暴动的发起者是四个年龄稍大的男孩，当时他们在斯摩克斯酒吧喝酒，看见了电视新闻报道有关库柏·霍尔死亡的消息，其中的一个勃然大怒，不停用脚跺着木板。酒吧侍者把他们撵到人行道上——后来他否认卖酒给他们喝。在街上，几个人很快窜进一伙"闲逛"的人中，向他们讲起了公路上的暗杀事件，还造谣说是三K党在后面撑腰。这伙人中有几个人喝着酒，另一些人喝着可乐，于是积攒起来的怒气使他们举起杂货店的小车，砸进阿珂姆抵押公司的玻璃大门里。公司的老板威斯特兄弟当时不在，他们两人在这个街区一直饱受诟病，因为他们总是掉包作假。又有人开始扔砖头，砸碎了雷鸟车的挡风玻璃，瞬间，破坏带来的快感迅速感染了每个人，这些人情绪高涨起来。兴奋、怒气混合着年轻人的轻狂，其毁坏性简直无法用语言来形容。我在越南工作的时候见过这种场面，破坏的程度就是圣母在世，也无法原谅的。

到凌晨五点的时候，大部分年轻人的父母都来这里交了保释金，把男孩子领回了家里。海勒姆·戴维斯对那些父母极为耐心，他安慰异常心痛的父母，也会开导那些勃然大怒的父母。有个父亲甚至跟我们保证说，等他把儿子弄到家，就把他打个半死，让他以后再不能出来惹祸。

关在审讯室里的这些闹事者们性格各异、千差万别。有的极其傲慢、目中无人，有的举止粗鲁，有一个泪眼婆娑，不过大部分都惊恐万分。

一个十七岁的男孩子，在试图把雷鸟车挡风玻璃的洞弄大到长宽分别为二英寸和四英寸的大洞时被抓获，被抓进默库里奥队里时他还一直虚张声势。费希尔中士拿掉他的墨镜，检查了他的瞳孔，轻轻敲着他的鼻子冲我点点头说："野心勃勃的家伙。"

"才不是呢！"这孩子一脸郑重地宣布，奇怪的神情酷似海勒姆·戴维斯脸上的表情。"让我来告诉你，好吧。"他说着，在房间里蹦来跳去，又在皱巴巴的裤裆上捏了一把，然后告诉我们说，他可是个被弄错身份的人。

"你的意思是你不应该在那儿？"

"我的意思是我不该来这儿的，对吗？你可以调查一下啊，长官，听听我到底发生了什么事。我正往枫树林走呢，你知道，正在干我的事呢，你知道。呵，我现在在兰博！我的意思是，有一堆破烂在我脑袋周围来回飞，长官，就这么听着，我就在四处看，很好奇的，你知道我的意思，我和你一样有人类的好奇心，好吧，我在盯着看那雷鸟车，也许有人在里面，他们需要帮助，对吗？"他停下来，看看海勒姆·戴维斯，后者一脸的怀疑，然后又转过脸来全神贯注地看着我。

"我在听呢！"我向他保证道。

"呵，突然警察像从空中降落的怪物，抓到了我屁股！听听他都说了什么，他告诉我，反抗是没有用的。别想骗我，我可不会跟着那些火鸡跑，也别往我身上扣屎盆子，抗议不是我要做的事儿。"

"你叫什么名字？"

"沃克，G.G.沃克。你可以查一下。你肯定查不到。随便查。"

"好吧，G.G.跟你的火鸡转回身去站着吧，我的孩子。好好想清楚：对我来说，误入歧途的抗议总比那些偷偷摸摸好些，如从雷鸟车里偷东西。考虑一下吧。"

"你看见商人了吗？嘿，没门儿的。"他像个走在 T 台上的模特，打开不太合身的粗呢外套，好像是想请我们搜查他是不是偷了什么东西，还补了一句："我就是喜欢收集墨镜。"

那个在斯摩克斯酒吧一直踢配电板的年轻人，瘦削得像黑煤一样，长着一对漂亮的大眼睛，我问他话时他一直盯着墙。他的夹克衫一边已经扯破了。手指关节上的伤口还在流血。"他们告诉我是你起的头，是吗？"

他耸耸肩，在长凳子的一端蜷缩着，远离其他的男孩。

我用鞋头碰碰他的脚。"现在感觉好点了吗？听好啊，你认为谁是那辆车的主人？是谁在卖那些圣诞树？你认为那些都是枪杀了库柏·霍尔的人，还是你认为那些东西都归白人拥有？"

他又耸耸肩膀。

"你们这些蠢蛋还能明白谁是被谋杀的？"

他抬眼看看我，又低了下去。

"你叫什么名字？"我拽过一把椅子，"快点儿，我在问你的名字。"

他冲着地板挤出两个字："马丁。"

"马丁。马丁什么？"

他狠狠地瞪着我，眼睛一眨不眨，我已经从他愤怒的眼神里看出他与某人的相似之处。"马丁·霍尔。"

大约到早上七点了，黎明也有点不那么真实，仅仅露出一点空泛的蓝色，我开车上了卡德米恩大街，驶往回家的路。事实上是，这个还没有被大火毁掉的城市，似乎赢得了一场小小的胜利，尽管没多少人在意这些。在刚刚过去的几个小时里，我不断地被指责为残忍、冷血动物。卡尔·亚伯勒把西装穿在睡衣外面就直直地闯进了我的办公室，他提醒我说，他可是希尔斯顿有史以来的第一任黑人市长，而且他还想顺利地继续任职，如果我还想顺利地当我这个警察局长的话，最好是赶紧高调处理好霍尔这个案子。我发现邮箱里有一封安迪·布鲁克塞德校长的行政助理发给我的信，他告诉我说，他的老板最早星期二能有点时间跟我谈谈他受到的人身威胁。我还收到一条来自伊桑·福斯特夫人的信息，想问问她丈夫去哪里了。第七频道的执行经理给我打电话说，有个法西斯主义者正阻挠第一修正案的通过。艾丽斯也打电话给我，因为贾斯廷到现在还没回来。当我嘟囔着老掉牙的话"你今晚所说的一切都是答非所问"时，库柏·霍尔那个十几岁的堂弟瞪着和他死去的堂哥一样的眼睛，接过我的话说："这就是答案。只是这些不是你们他妈的这些人想听到的罢了。"

我边开着车，边情不自禁地想起不愉快的烦心事，现在看来，唯一值得庆幸的事就是多拉德监狱那个十乘五英尺的小单间里的乔治·霍尔还活着。

早上七点钟了，我像一直躺在沙子上一样，眼睛也像进了沙子，这一宿的咖啡和黏糊糊的肉卷在我的胃里根本没存多久。现在，距离圣诞节还有两天，在回家的路上，我要赶回去看我那九年的老友——一条脾气暴躁的老鬈毛狗。我伸手去摸磁带，看都懒得看一眼。是琳达·罗恩斯塔特的碟片，她高唱着："有人说，人心就像个车轮；一旦你折了它，就无法修补了。"

我想告诉她，这是个很悲观的看法。

到了该拐弯的岔道口我没拐，而是一直开过首口大桥，直往 I-28 号地区开了下去，就好像我想一直这么开下去，直到没油了为止。我感觉到露水里的硫黄气味，在前方的警用支架里，黄色的光标指示出斯巴鲁和卡车相撞的地方。现在，两辆肇事车都已经不在现场了，但是在汽车残骸和混着血迹的红土附近，另有两辆车停在了半山腰。我知道他们是谁。他们俩都是我手下的中尉探员。在货车后面的帆布篷里，摆放着一排排整齐的工具。我猛地刹车，来了个 U 形的大转弯。

伊桑·福斯特正用一根尖尖的棍子往土里猛戳，在汽车的滑行距离以内安插栅栏。他瘦瘦高高的，穿着牛仔裤和羊毛夹克，看上去像个早起干活的黑牛仔。贾斯廷·萨维尔在三十英尺以外，拿着卷尺的一端在测量，他弄了一身乡下人的打扮，一定是昨天晚上为了乔装成贫民的样子从廉价商店买来的。他冲我挥挥手，就像我们俩在鸡尾酒会上不期而遇似的。像往常一样，伊桑·福斯特还是懒得抬头看一眼。

我在他们俩中间停下车，钻出来斜靠在车门上。"你们俩的夫人都在考虑跟你们离婚呢。我也在考虑应该解雇你们俩，但是现在看来，你们俩好像准备主动离队了，去州里找个研究公路的差使干干。贾斯廷，我很喜欢你这身行头，它很适合你。侦探医生，你一整晚都在这儿？"

福斯特说："差不多吧。"他在笔记本上写了什么，然后慢慢地削着铅笔，留下螺旋的笔屑，又慢慢地卷起尺子，像个不熟悉收网的笨拙渔夫。

我单腿侧身站着，挠挠下巴上的胡子碴儿。"我不是派韦斯·彭德格拉夫呼你回总部了吗，伊桑？"

"他告诉我了。"

"哦，不错。"

福斯特用青紫的下嘴唇舔舔胡子，颇有成果地补充道："他去修车厂折腾他的斯巴鲁去了。"

"唔。东希尔斯顿发生了一场小骚乱，我出警去了。召集了很多的巡警车，贾斯廷。我知道你总喜欢一个人出马。所以，你们没听说骚乱的事吧，是不？我猜你们都不知道。我想，你们俩一定都很忙。"我从兜里掏出零散的几粒巧克力豆吃着。"你在白人爱国者的乡间音乐会上碰见过萨维尔吗？"福斯特没回答。我看着贾斯廷从橙色商标的聚酯紧身裤的膝盖处往下掸着泥土。我舔舔手指，叹了口气。"中尉们，我现在真的是心情不好。我感觉自己好像遗忘了过去的时光和革命情谊。限你们俩在五分钟之内给我讲点高兴的事。"

贾斯廷想了一会儿，不过确实是个好消息。他随普雷斯顿·波普的亲戚参加的并不是一个重要的会议：这个组织称自己为"卡罗来纳爱国者"。他们仅仅念了血十字上的一篇文章。还从"火辣烤肉店"预定了烤排骨。又集体聆听了一个前敢死队的中士的生存技巧讲座：什么样的草根能吃，怎么在坡屋顶房子下埋地雷，怎么隐藏军火；还有就是白人不得不钻进树林，才能不让自己与那些败坏的种族混杂。在中场休息时，有人提到了库柏·霍尔的死，他们为这个消息高兴，但是没有人有确切的内幕消息，对谁是杀手也含含糊糊。但是有一个人引起了贾斯廷的兴趣，而且在场的人都认为他最有权利发表看法：并不是因为他对这件事颇有微词，而是因为他跟所有姓霍尔的人都有不共戴天的私人恩怨。他叫威利·斯莱德尔，有人恰好提及，他姐姐就是博比·皮姆的妻子，而博比·皮姆就是被乔治·霍尔打死的那个警察。因此贾斯廷决定先不跟我联系，也不花工夫给艾丽斯打电话，等这些人酒足饭饱解散之后，就尾随着威利·斯莱德尔回趟家。这趟旅行还是蛮有收获的。斯莱德尔的家是州际公路九号出口附近的一户农舍，而九号出口离我们现在所处的位置相距不到半英里。

这些就是贾斯廷的汇报。伊桑还是缄默着。他打开那个漂亮的公文包，我知道那是他妻子去年送给他的生日礼物，那天我也去了生日宴会，但是他自己却迟到了半个小时。他的动作十分小心谨慎，令人加速了呼吸，他拿出了一个塑料袋。里面装的是一个几乎碾碎了的铜圆柱体的东西——一个子弹壳。他伸伸腰，站起身来，在初升太阳的照耀中，与身后的烟草一般高。"九点五毫米子弹，"他说，"跟我预计的一样。"

第七章

星期天早上我睡着了，窗帘歪扯着，枕头压在了头上，玛莎跑出去玩了。时间刚过下午，我恍恍惚惚地坐在早餐台边的凳子上，盯着光滑的白漆表面看，再转头从阳台看出去，盯着首口河后面那些大树，冬天里它们的轮廓呈毛茸茸的暗黑色。咖啡最终让我清醒地回忆起了昨天发生的事。在法律公文纸上，我画了一幅地图，上面是 I-28 号地区沿线至库柏·霍尔被枪杀的地方，该路线又可延伸到威利·斯莱德尔农舍所在的九号出口的岔道。在贾斯廷的疑问之处画了个问号：库柏·霍尔怎么可能没有发现一路从罗利到希尔斯顿被沿途跟踪呢，贾斯廷说，即便事实如此，难道是斯莱德尔或其他什么人，等在九号出口处，直到他的斯巴鲁汽车经过，这些人便拔出枪来向他射击了？贾斯廷的分析没能回答"如何做的"和"为什么要做"的问题。就是说这个（些）人是想要库柏·霍尔命的。为什么？七年前，库柏的哥哥枪了斯莱德尔的姐夫，我想这可能是原因之一，尤其是假设斯莱德尔参加了宣扬白人至高无上的聚会，但仍然解答不了他们到底是怎么操作的。这个杀手必须事先了解库柏会开车在那个时候经过这条公路才行。我打电话吩咐严密搜查库柏的公寓和楼下的办公室，有关自由和平等的宣传单散落得满地都是。我猜想，那人该是库柏开车回去想见的人，因为只有那个人才会知道库柏什么时间、什么原因开车回希尔斯顿。

我的电话留言机上，绿灯闪个不停，提示我有留言。有几条是来自报纸，其中一条留言显然是来自艾萨克·罗斯索恩的。提示音一响，他就开始说话，好像是取消我们俩今晚在阿弥陀佛花园的晚餐。第二条留言来自南希·怀特，语气听起来很是不安。另两条来自保罗·麦迪逊神父。还有三条则来自我们海文地区的检察长：

"曼格姆，我是米切尔·贝兹莫尔。给我回个电话，现在是九点零六分。"

"曼格姆，我是贝兹莫尔。现在是十点三十八分。我现在赶往教堂。我下午一点会回办公室。"

"曼格姆，马上给我回电话。"

"局长吗？我是齐克·凯来布。地方检察长一直跟在我身后问我你在哪里。你回来了吗？"

下面两条信息是我始料未及的，我真想知道，是谁把我的这个在电话簿上都查不到的号码给了这个打电话的女人。

"曼格姆先生，我是埃德温娜·森德兰，或马里恩·森德兰夫人。很高兴星期五在希尔斯顿俱乐部遇见你，我相信你也不会介意我们迅速建立起来的友谊，这个简短的通知是说我十分想邀请你——"森德兰夫人庄重的速度让现代的高科技也不耐烦了，留言机自动截掉了她的后半截话。她好像没意识到自己是在对着机器说话，因为她马上又打电话过来，说："曼格姆先生，我想应该是掉线了。你在节礼日那天能否接受我的邀请来我家共进晚餐呢？也就是二十六号，晚上八点钟。我期待你的回复，再见。"但她忘了留下她的电话号码。

下一个也是最后一个留言，却是我最急于回复的。

"我是李，卡迪。我刚刚听了广播，你还好吗？如果有空的话，给我回个电话好吗？我七点之前都在家。"

电话中女仆说她很愿意去看看布鲁克塞德夫人是否还在家。当年，李的妈妈禁止我见她女儿，女仆就不肯传话。房子还是那座房子，石南山庄，不一样的是仆人变了。房子在北希尔斯顿的海文大学附近。听起来好像是李给这房子起的名字。李的父母去世之后，布鲁克塞德夫妇就搬离了校园回到了这个故居。大概大学分给校长的房子，只跟工作有一定的关系，不能成为空降成为州长的场所吧。女仆回话说布鲁克塞德夫人马上过来。

我跟李聊了半个小时。我想我们俩都没料到一下聊这么久。我们聊库柏·霍尔和迦南的那场骚乱。她并不清楚布鲁克塞德对杰克·莫利纳在电视上的突然失控持什么态度，甚至不知道他是否听说了这事：他昨天飞去阿什维尔，回来之后她还没有看见他。星期六那天，她提到过布鲁克塞德跟杰克·莫利纳交情没有那么深厚。我有一种感觉，这会不会是在说她和安迪之间的关系。人们都说和谐的婚姻生活只是中产阶级的生活理念，上层人就只能望尘莫及了。

关于安迪我们只说了这么多。我们又聊了有关卡德米恩的葬礼和贾斯廷·萨维尔。李问我对他妻子艾丽斯怎么看？我说，她就是贾斯廷的整个世界。我们还聊了森德兰夫人，李应该是唯一能把我的电话号码给她的人，因为她是从齐克·凯来布中士那里要来了我的电话号码。

我听见自己大声笑了起来。"所以你就缠着齐克了。哦，他可无法拒绝一个伤心女士的请求。"

"一个伤心女士。"她的笑声比年轻时沙哑了一些，"我的上帝，我就是那样的？"

"你听起来——"但是我马上戛然而止了，慌乱起来，因为我差点儿说出"孤独"两个字。那会暗示着什么？我改口说："你的声音听起来是有点让人担心，就这些。"她没出声，我又补充道："一切都会好的。你丈夫什么事都不会有的。"

"埃德温娜邀请你去赴晚宴了吗？"她这样问道，仿佛一点儿也不觉得突然转变话题有些突兀。

"你说什么？"

"她跟我说，她想邀请你参加她在节礼日上的晚宴。她说，'我喜欢一个男人有安稳的眼神。他能让我高兴起来，我发现他很有魅力'。"

"有魅力？我可不知道有人用'魅力'来形容过我。你说她是个寡妇？那么我在平生的第一个节礼日晚宴上向她求婚怎么样，什么是节礼日？对一个像她那样岁数的人来说，这听起来有些暴力。"

"哦，你知道，那是英国人的节日。埃德温娜是州英语联盟的主席。那些痴迷的亲英者都宣称自己是十字远征军的金雀花王朝、或斯图亚特王朝的囚犯后裔。我继父也参加了。但是他确实是个子爵的孙子……也是个婊子养的。"

"我非常高兴你最终承认这点了。"

"你答应她了吗？"

"森德兰夫人吗？为什么要答应？你不是提醒过我，说她总用坚定的眼神在派对上勾引有魅力的单身汉吗，还让他们疯狂地喝伦敦杜松子酒、大吃朴茨茅斯牡蛎？"

"不是啊，"她说，"我想说的是我希望你能来，因为我会去。"

我于是马上给森德兰夫人打了电话，告诉她，我很高兴接受她的邀请。

开往市中心的路上，我在思考，李的意思是不是说她会单独前去赴宴呢。我随即告诫自己别胡思乱想。但事与愿违，想得更多了。我后悔说了那些关于牡蛎的蠢话，又想起了她的笑声。我真想问问她，她提到要去参加卡德米恩的葬礼，是不是因为有可能在那遇见我的缘故。市政府的大理石走廊里摆了一圈塑料的圣诞树，我能感觉到布里格斯·蒙默思·卡德米恩像熊一样的眼睛，正从油画里死盯着我，仿佛对我打算在他葬礼上约会一位已婚女士的想法，毫不惊讶。

等我走到齐克·凯来布的桌边时，他握着电话的宽大手掌朝我挥了挥，大喊道："局长，保罗·麦迪逊神父找你。局长！"

我跟他说："中士，不用大吼。我听见了。"

"哦，听个电话吧。"齐克·凯来布还没学会下属应该对上司恭谦的那一套。这不属于印第安人的生活理念。这也就是为什么今天美国白人养这么多看门犬，而在印第安人家里却很少见这种情况的原因。"你看起来不太好啊。"他随意地补充道，把电话递给我。

保罗·麦迪逊对库柏·霍尔的死表示了悲痛，也对迦南的暴乱表示了担心，他想让我知道，他正在帮助希尔斯顿最大的黑人浸礼教堂的牧师埃尔默尔·格林伍德，为在押的五个年轻案犯筹集保释金。并问我是不是又一次抓了比利·吉尔克里斯特。

我说："怎么叫又一次？我们星期六的早上才刚刚释放他。等一下。"我把听筒放在胸前。"齐克，吉尔克里斯特又进来了？"齐克摇摇头，转回打字机旁。"对不起，保罗，没有。出什么事了？"

"他昨天晚上没回来啊。今天早上也没来我这里，他的活也没干完，但是他知道今天十一点的弥撒，我们要列队唱赞美诗。他从来不会错过任何一场唱赞美诗的，唱的时候他总是举着圣米迦勒的旗子，也从来不在这之前喝酒。"

齐克说，吉尔克里斯特原本在当地招摇撞骗，因为嗜酒成习，毁掉了他的协调能力，他没法集中精神思考，而且他的容貌也因此受到了损坏。大约两年前，有一个判定送他去一个设在三一教会房子里的无名戒酒协会。他后来没跟着戒酒协会走，而是归到保罗·麦迪逊的门下，并且宣称要皈依宗教——他可能觉得这是个有利可图的行当，能让他有更多的时间去骗人了。不管怎么说，他取得了保罗的信任，允许他在教堂里打些零工，以换取免费食宿，这其中包括要为弥撒准备摆放镀金的餐盘和银质的圣杯。大约一月一次，他会跳下大篷车，到酒吧喝一两杯，跟朋友们叙叙旧。

保罗说："没一个人看见他。他就是失踪了。他房间里也没丢失什么——"

"那法衣储藏室呢？那有什么东西丢了吗？盘子储藏室呢？"

"卡迪，我是认真的！比利这一年来从没缺席过唱赞美诗，除非他在监狱里。他很喜欢举着旗子这个工作。"

"他该不会是出现信仰危机了吧？好吧，好吧，我会为你的这位迷途羔羊贴个告示的。你听好，如果你跟埃尔默尔·格林伍德取得了联系，就告诉他，我想要尽快知道有关库柏·霍尔葬礼的细节安排。顺便问一句，库柏昨天准备回希尔斯顿的霍尔委员会，去见你或其他什么人，是吧？他从罗利回来一定要见某个人，但显然他没说要见谁。"

"乔丹和艾萨克都不知道这事儿吗？"

"不知道。为什么艾萨克会知道呢？"

保罗说："哦，我知道从上个星期开始，库柏每天晚上都会去艾萨克住的宾馆，你知道的，乔丹甚至开玩笑说以后不要见他了。我今天早上跟她聊了几句。她情绪非常差。但愿主能保佑她。"

我说："对啊。上帝总是会出人意料，麦迪逊神父。我打赌，要是再有个该死的抽彩票的人，即使他枪杀了库柏，他也会说自己笃信基督的。"

"你一直都因为基督教而怪罪基督徒们，卡迪。有时间再跟你聊吧。帮我找找比利，好吗？再见。"

我回到办公室刚坐了有十分钟，地方检察长就进来了。估计是走廊里有了他的间谍，这么快就追过来了。市政府楼上的人都知道我跟米切尔·贝兹莫尔算是朋友。他说话像架机关枪似的，我本来说话也够快的，这么多年来，我们俩就站在走廊里你来我往地比到底谁更快。我们俩在关于犯罪和惩罚的问题上有着词源学上的不同理解：他主张设立监狱，而我则提倡感化。他毕生致力于判处罪犯死刑，越严越好，规模要大。就像我说的，我所追求的是当这个悲哀的、贪婪的种族能够用欺骗、教化甚至恐吓的手段达到宽容、忍让的时候，能够多一些和谐，少一些不公正。

贝兹莫尔跟我年龄相仿，是土生土长的本地人。雕塑般的脸颊上，中间有个酒窝，就像谁在上面使劲地插了支铅笔似的，我倒习以为常了。他的隐形眼镜太绿了，头发黑得让人怀疑是染过的，但是没有证据能证明。有些女人认为他很帅，他是个天生瘦骨嶙峋的人，诺德士跑步机的狂热支持者，典型的人造体育型体质者，与他的头和手相比较来说，身上的肌肉可显得太发达了。他的胸部跟头发一样，看起来也像假的。他好像总有使不完的劲，有点大男子主义，像一个基督教大学里大运动项目的资深招募者。"为它而努力吧"，这句话装在塑料框里，放在桌子的上方，作为他行动的箴言——把犯人送进毒气室就好像拿奥运会金牌似的，一样需要努力。

"我可给你留了好多次言。"他就以这个开头算是打招呼了。

哦，他实际上就留了三次而已，但是跟他多争无益，因此我说："哎呀，我非常抱歉，米切尔，那个电话留言又不太好用了。出什么事了？"

"拉把椅子过来。"我甚至亲自给他拉过来了一把，又把上面的书拿掉。"不是？哦，好吧，抓着门梁做几个引体向上吧，然后我们聊聊。今天有什么生气的事吗，米切尔？"我只是开个玩笑。贝兹莫尔可是个超级运动家，他一直致力于建立一个无毒的社会，你会认为他是个高速运转的怪人，他从不嗜烟好酒，但作为一个北卡罗来纳州当选的官员，他也从来不在公共场合公开反对烟草。

"不是，我没有生气。我只是，该死的，有些烦躁。"

"哦？为什么？"

"为什么？我为什么烦躁？"就像那些嘴比大脑反应得快的人一样，他愿意重复说话。"我离开城里，带了二十个孩子去布恩参加教堂的静修——"

"那确实是挺烦人的——"

我看他绕着我的办公桌走来走去，好像这桌子是个珠宝箱似的。米切尔穿了件白色衬衫，袖子紧紧地上卷到二头肌的地方，领口开着，好像脖子太粗壮不得不敞开似的，灰暗的裤子紧绷着屁股，背心也箍在身上。他手上带着婚戒和大学纪念戒指，领带别针是一枚小小的美国国旗，金质的皮带扣上刻着他名字的首字母，用穗装饰着能照出他的脸。他一边走，一边轻轻敲着大学优等生荣誉学会的钥匙。"我出去又回来，就在这期间，沃斯通拦下了乔治·霍尔的死刑。那么直接的，我的意思是导致的直接后果就是，现在又有了一个杀人犯，又一个杀人犯产生了，竟还引起了种族暴乱。一场种族暴乱啊！"

"那么你带孩子们去静修也是这次事件所直接导致的后果吗？别总这么为难自己嘛。来点奶酪饼干？"当他大步过来的时候，我伸出了

111

一块。

"我没有吃零食的习惯。"他告诉我。

"啊，好吧。肚子空空，脑子就空空。"

"我没空跟你开玩笑。"

"米切尔，你也太小瞧自己了吧。我可是认为你特别幽默的。"

"你认为我特别幽默。哦，可我一点也不这么看你。"

我认为一点儿都不幽默的是他列的单子，他计划询问陪审团，提议控告昨天晚上在迦南被捕的黑人小伙子们。我罗列了理由：在垃圾车里纵火是违法行为，且极为危险，尤其是在大风的天气里，周围还堆着砍伐的树木，但是这不属于故意纵火；往人群里随意扔水泥块是危险的违法行为，但并不是蓄意谋杀。我在政治层面解释理由：陷入昨天那场骚乱的大多是青少年，我们也不太可能将他们的罪名定得很重；深陷其中的大多数是黑人，他们是为了抗议一个曝光率极高的民权活动家，被种族仇杀，而他的哥哥——

"他的哥哥在数年前就应该进毒气室了！曼格姆，求求你。别再跟我说有关霍尔兄弟的任何事了。"

我说："我也不想说。可是你随意拿起一张报纸，都能找到他们的消息。如果你在我们抓到杀害库柏·霍尔的杀人犯之前，想把迦南的事捅出来，我可告诉你，米切尔，你的消息也会上报纸的。当然，选民也会喜欢的。这个县的居民并不都是白人，而且并非每个白人都那么心胸狭窄。你明白我的意思吗？"

他用手指关节敲敲桌面，又猛地扯了一下二头肌。"你听我说，曼格姆。在这次公路枪击案里，你得给我弄个嫌疑人出来，还得快点，我不管是个白的、黑的、紫的，还是什么绿的。我说得够明白了吧？"

我说："你说的是彩虹。"我站起来，拍拍他的肩膀，感觉有些炽热、颤抖。"米切尔，你正好验证了我的观点。那些自由意志主义支持者都站在你身后呢，他们正要奋力推翻你的控诉，我跟他们解释说他们误会你了。我告诉他们，对于我们的地方检察长来说，皮肤的颜色可不是问题。"

他怀疑地看看我说:"我不在乎肤色。我在乎的是犯罪。"

"对。这就是我想告诉你的。"

约翰·埃默里警官在门口候着时,我们的地方检察长迈着大步经过他身旁,带着一种向黑人威力致敬的方式,但是他走得太快,拳头没来得及松开。埃默里在旁边的桌上放下了一个大纸盒箱,仔细地跟桌沿对齐。他是个小个黑人,但装束整齐,姿势优雅,短发看上去十分淳朴,他的衬衫和裤子熨痕分明,就像刚从干洗店里拿回来的一样。他曾在军队里当过宪兵,所以到现在也改不掉军人的习惯。

"长官,这些是留在斯巴鲁车里的私人物品。"

"约翰,放松些吧。有什么有价值的吗?"

埃默里不太喜欢擅自给出任何评论,所以他把库柏·霍尔车上能搬来的东西,都分项列好送过来,包括照明灯、绳子、阅读手册、装满了脏袜子和毛巾的运动包、一顶棒球帽、两打过期的《与自由和正义同行》、一只网球鞋、一件雨衣——揉成了一团还湿着——一张还未付款的停车卡、三本从图书馆借来的有关刑法的书、一本平装本的托妮·莫里森[①]的小说;一只打开的皮箱,把手的地方缀着一个扭弯的纸夹,皮箱里有一部稿子的打印校样;一份《全国有色人种》法律援助》编辑的有关种族和死刑的报道;还有一份艾萨克·罗斯索恩呈给罗斯科法官的请愿书复印件,上面罗列着亨利·蒂格斯法官在乔治·霍尔这个案子初审时所提出的一些反对意见;一张记录着那场审判的剪报,大标题是刺杀警察的凶手正在受审;一本磨损了的电话簿里夹着几张活页纸。我翻开看了看,书写得非常规范——"乔丹"是在字母"J"下面列的第一个名字,艾萨克·罗斯索恩是在字母"R"下面列的名字——都用铅笔添加上去的,还有一些名字被划掉,又在旁边的空白处加了一些。库柏·霍尔生前一定偶尔用这方式联络约会,因为在后面的空白页上,留有一些记录,如"星期二,五点半,银色彗星酒吧","布鲁克塞德,W-S,马里特,二十三号"——是指安迪·布鲁克塞德

在温斯顿塞勒姆给黑人工商界领袖讲演的日期和地点。我一边翻了翻那本厚厚的书，一边跟埃默里说话，他还保持着军人稍息的姿势，手放在身后。"好吧，约翰。所有的名字都在这吗？我想知道霍尔是怎么认识这些人的，还有就是，这些人昨天下午都在做什么。"

他说："是，长官。"

"等等。"我已经看见一些令我感兴趣的名字了。一个是"吉尔克里斯特"，在字母"G"这页的角落里，下面还标有一个号码。我拨了过去。等了好长一阵儿，一个年轻女孩上气不接下气地接起了电话说："三一教堂施粥厨房，不好意思让你等这么长时间。"

"今天很忙吗？我是警察局长卡迪·曼格姆。我想跟比利·吉尔克里斯特说话。"

"哦！您好。麦迪逊神父一整天都在找他呢。"

"他还没有回来吗？"

"没有，而且他都没有清理咖啡机。但是您能相信吗，我在冰箱里找到一张两磅奶酪的借据。"

"这听起来可不像是老鼠干的，是吧？"

她咯咯地笑起来："嗨，您说您是警察局长？您也不像哦。"

"亲爱的，现在可是一个美丽的新世界。要时刻牢记哦。"

与此同时，在库柏的书里夹着一张旧的商品销售卡，它属于"克拉克·孔茨，高级销售代表，范肖纸业公司"。库柏认识一个纸类推销员倒是不足为奇，因为他自己在编杂志；但是令人奇怪的是，在这张卡片的背面，有模模糊糊的字迹，写着"纽瑟姆，星期六，三点"。是这个星期六吗？和珀利·纽瑟姆？但是他绝不可能是嫌疑犯的，星期六下午稍晚些的时候，他正在值班室里，吃着那张超速罚单。难道是珀利的哥哥，奥蒂斯·纽瑟姆，我们的市政府审计官？

我往奥蒂斯·纽瑟姆家里打了个电话。他妻子说他正在邻居家里看电视呢。"他们这一伙人愿意在一起看比赛。"她厌烦地解释道。

"莱昂内尔·泰格会告诉你为什么。"我说。

"我不认识他。"她说话的口气好像她根本也不想知道。我电话打到了邻居家里。很显然，奥蒂斯讨厌被打扰。是的，他曾经认识孔茨，那又怎样？他曾经给他提供纸品货源。不，他可不认识库柏·霍尔，他也不会费心思去猜为什么霍尔会有一张自己的名片，上面还写着"纽瑟姆"。奥蒂斯告诉我："他已经死了。"

电话收线后，我抬起头，发现埃默里还在原地一动不动。"去忙吧，约翰。你可以把这箱东西里剩下的那些拿回去了。"

但是他没动。"长官？"

"什么事？"

埃默里盯着我的脑袋，他说话的时候收拢下巴。"这有点不符合规定，但是，但是，问题是，我们刚刚看到新的单子，大家都轮流交换了搭档。"他停了好长一段时间，我不得不从笔记本上抬起脑袋。突然，他脸上呈现出令人震惊的悲伤。"我被分到和南希·怀特一组了！"

我靠进转椅。"所以呢？"

"我知道我有些出格了，"他全身都充满了真诚，"但是，那么，但，但……"

"但是我能不能帮你换换？我不会的。"我把椅子往前挪了些。现在我知道为什么我家里的留言机上会有南希的留言了。"你说清楚，到底什么使你反感怀特警官？是她的名字吗？"

埃默里使劲摇摇头。

"她的性别？"

他又摇摇头，但是慢了许多，而且似乎不那么确定。"我跟你实话实说——"

"请讲，约翰。"

"我对那件事感觉不太好。"确实，他看起来有点可怜，帅气的前额上开始冒汗。

"你坐下好吧？"我绕过桌子，推着他坐到扶手椅上。他僵硬地坐姿像个法老在看管着金字塔。"现在你听好，南希是个出色的警察。但是她有一点儿，当然了，个性张扬。"他快速点点头。"你也是个好警察。但是你有点儿……我该怎么说呢？"我朝他侧过头去，笑笑。"有点儿……爱大惊小怪。"

他的脸一紧。"长官?"

"同心协力地合作吧。我的意思是,约翰,你也曾因为吐痰就抓过人。"

"这是违法的!"

"就因为这个,你就把他们带到市中心去了,我们可哪有地方装他们啊。你还抓了一对在人行道上大声吵架的夫妻。"

他离开椅子。"那可是当街吵架,曼格姆局长。在法律条文里——"

"我知道,我知道。问题是,我相信如果你能和南希相互弥补,你们会成为好搭档的。"

"我可不这么认为,长官,那——"

电话响了起来。"好吧,约翰。等你们俩先磨合一段时间后,我们再讨论这个问题,两周之后吧。开始调查那个电话簿吧。"我冲他行了个礼。

齐克·凯来布告诉我,韦斯·彭德格拉夫从《与自由和正义同行》杂志社查出了些消息。大概是昨晚的下半夜,有人潜入了杂志社的办公室。屋里一片狼藉,一个文件柜被盗。

"韦斯他妈的到底什么意思,一只文件柜,还是一只柜子或一些文件?"

"他只说了文件柜,局长。他说,那个肥胖的老律师清点了一下物品,宣称一个柜子被盗了。"

"你说的那个'肥胖的老律师'是指我的朋友艾萨克·罗斯索恩?"

"别错误理解我的意思啊,局长。我还是蛮喜欢那个老律师的。还有,如果你有空,可以和萨维尔去实验室。"

我把饼干的包装纸扔向我从香港带回来的罗丹雕塑,它弹到巴尔扎克的脑袋上,才掉进下面的垃圾桶里。

从主屋里出来,布伦达·默尔警官正在整理门边和栏杆处的红绿色条幅上的圆环。齐克站在他的桌子上,把一盆槲寄生系在天花板的铁丝上。我说:"齐克,你要养槲寄生?你想让一群假的酒鬼整天跟着你垂涎三尺？"他的脸刷地红了。

"这不是我想要养的。"他嘟囔道，跳下桌子，好像刚刚想要在屋子里飞行似的。

"齐克，昨天的吹风会结束之后，珀利·纽瑟姆干什么去了？那是什么时候，两点四十五吗？"

"珀利吗？他在衣物柜那地方转了一阵，嘴巴像条脏兮兮的河流，骂尽难听的话。很可能是在骂你吧。"

"一直到什么时候？"

"直到四点我出来的时候。好像跟麦金尼斯玩牌呢。"

"麦金尼斯是他的新搭档？"

"是啊，他不值得有这么个好搭档。"

我说，明天早上我首先要见见麦金尼斯。

"你明天早上首先要做的是跟金融董事团开会。"

"是的。我想问问他们，在预算之内能不能给我们提供一些乐队服装，再要几套鼓手的服饰。难道你没迷恋过鼓手的服装吗？哎呀，我可是很着迷呢。"

"乐队服装？可我们还没有乐队呢啊。"

"哦，嗨，纽约分部都有一个了，为什么我们不弄一个？"

"一个乐队？"

"齐克，你到底什么时候才能适应我说话的方式？"我转向布伦达·默尔，一个年轻的黑人警官，丰满，脾气温和。"嗨，布伦达不再请我吃晚饭了？"

像往常一样，她快速转过身来，双手放在她那条肥大的裤子上。"只要你升我的职，我马上就请。上次复活节你过来，我拿了一整篮子的彩蛋，你都给吃了。还把兔子也吃了。"

齐克说："要是有个乐队可真好。你知道，南希会吹长号吗？"

我冲布伦达眨眨眼。"那我倒是不太感到惊讶。"

事实上，贾斯廷根本不在实验室，而是在那外面的走廊里，因为伊桑·福斯特不允许任何人在他的设备旁边抽烟。他穿着那双登喜路牌子的皮鞋，站在外面抽着烟，鼻子几乎伸进那个简装本的大杂烩菜谱里，一枚"真理"盾形勋章别在海文大学颁发的汗衫外面——那件上好的箭牌衬衫被他一阵咳嗽绷得紧紧的。"别跟我说话。"他一能说话，马上就跟我说道。

"如果你不想听外科主任建议的话，为什么不听听一个警察局长的建议呢？别把烟屁股扔在我的楼层上。"

"这可不是你的楼层，卡特伯斯，它属于整个希尔斯顿市的。'人民的幸福是最高法则'，马库斯·图利乌斯·西塞罗说的。"

我拿下他的烟，在走廊另一端的沙桶里把它掐灭。"你不是非得这样吧。乔治和艾拉·格什温。"

他干咳起来，趁这当儿，我从他身边的布告板上扯下过时的通知，上面是布伦达·默尔画的蜡笔画。我叹口气。"布伦达现在结婚了。所以她现在不大可能跟更多的女人混在一个公寓里了。有人看过这些板报吗？今天早上，艾丽斯叫你回去呢，我可以代替你争取她的好感吗？告诉我，贾斯廷·巴塞洛缪·萨维尔，我一直想努力做的事你是怎么能做到的？"

"她吗，"他说，他把书塞到毛衫的兜里，"加上外表，才干，和家族关系——"

"我注意到你可没提头脑的事。"

"你和艾丽斯会厌烦死对方的。你们俩太像了。还有，你们俩都会在一年之内死于油腻、糖、防腐剂和盐。昨天晚上，你们俩为了炸土豆，都已经毁了我家的一个煎锅了。让我给你看点东西。"他打开门走进实验室。

"你把煎锅拿来做分析了？"

实验室里没别人，干净整洁。显微镜被盖好了，水槽擦得锃亮，还有一大堆照片，都用图钉整齐地钉在一块软木板上：有轮胎的凸起纹路，有汽车的刹车痕，有子弹壳，还有粉碎的挡风玻璃。除了一个长条台子上散满了垃圾外，其他地方都很干净。那些真是垃圾：啃剩的排骨骨头、咖啡粉末、坏掉的灯泡、满是色拉酱的揉皱报纸、烟蒂，

118

还有各种各样令人作呕的东西从塑料垃圾袋里发出难闻的气味。贾斯廷跳起来坐到台子边，笑着说："首先，我得带你适应一下。"

"我希望这不是你的午饭。"

"听着。今天下午我把帕克派出去跟威利·斯莱德尔谈了谈，你知道——我说：'我们在调查一起发生在州际公路上的枪击案件。你有没有碰巧看见了什么，还有，顺便问一句，昨天你在哪里。'斯莱德尔说，他整个下午都在他姐姐家里。然后，帕克问他，这个农场里还有没有别人跟他住在一起，他说他自己住。他表现得很紧张。同时——"

"贾斯廷，伊桑实验室里的这些垃圾到底是怎么回事？"

"——与此同时，我就在路边的加油站一直等着。帕克刚刚离开，他也走了。"

"让我猜一猜。你跟踪他了？"

"没有，帕克跟着了。他直接就去了西希尔斯顿去看他姐姐拉娜了。是博比·皮姆的遗孀？我发现这很有趣。"

"耶稣啊，贾斯廷，我知道那些能够去看姐姐的人不会是凶手。"我拿出一支铅笔，把那些油腻腻的纸巾拢到一起。"同时，回农场去吧，我不希望你告诉我说，你未经批准就进了别人的屋子。"

"谁，我吗？"他给我来了个老式的童子军式的宣誓，举起三根手指，咧嘴一笑。"没有，我就从窗户看了看。卧室里有人在睡觉，但是我看得不是很清楚。"

"男的还是女的？"

"不知道，但是块头挺大。问题是，他说他自己住。"

"可能他有个大块头的女朋友。这不会是斯莱德尔的垃圾吧？"

他颇感兴趣地看了看。"是的。我出来的路上，从路边他家的垃圾桶里捡出来的。你从垃圾里能看出这个人的很多情况来。"

"嗯。"我挠了下头发，"你可是从阿什维尔的疯人院被释放的吧？我的意思是说，你或许是从窗户逃出来的？"

"可笑，那可是十年前的事了；并且我根本就没疯，只是嗜酒而已。这几天你可能伤害人家的感情。"他排除这种可能性，跳下台子，伸手碰了下我胳膊。"我给你看点东西，这些垃圾里有门道。"他绕过我，捡起了个鼓鼓的小纸袋。根据表面看来，它应该装过两打九点五毫米口径的子弹。

"看到了吗？"他问道。

"看到了。"我点头回道。

贾斯廷两手并拢，搓了搓，就像我以前经常看到的那样子，一遇到凶杀案子，或者在三点广场准备粗暴打断什么闲言碎语的时候，都会那样搓搓手。"我们怎么抓威利·斯莱德尔回来都有借口。因为他从工厂偷东西了！我没进他的屋里，但我到仓库转了转。你猜我看到什么了，在一辆破车后面，有八个巨大的圆柱形纸筒。"

我突然把铅笔掰成了两半，吓了他一跳。"斯莱德尔在范肖纸业公司工作。"

"耶稣啊，你怎么知道？他在那儿是货运员。而且他还偷了纸。我就是不明白为什么。我的意思是说，不过是普通的纸而已。它又不能用来伪装或者干点什么，能吗？用来打印？"

我递给贾斯廷一张范肖纸业公司的名片，让他查一查那个已经死了的销售员孔茨。再去把奥蒂斯·纽瑟姆的人事档案调出来看看。

我的大脑不停地转动着，有一件事总是挥之不去。我想，贾斯廷可以再派帕克到斯莱德尔家，就说我们想做个广泛搜查，调查凶手在开枪杀人之后，可能开车前往此处藏身。以此为借口，坚持要求去搜查仓库，然后询问斯莱德尔关于这些纸筒的来历。我同意贾斯廷进行暗中调查。"但是你最好先跟戴夫·舒尔曼谈谈，联邦调查局关于这些白人爱国者的资料比我们多。在斯莱德尔正式邀请你们进他家之前，你都要在房子的远处暗中盯着，明白吗？"

贾斯廷郑重地答应了。"我考虑一下，"他补充道，"哦，这些卡罗来纳州的爱国者们正在收听那个前绿色蓓蕾组织的中士演讲，你知道的，他宣讲要为世界末日的那场善恶决战而积蓄武器和弹药。所以我在想，也许我能找到那一大批枪支。"

"在哪儿？在西尔斯和罗巴克那里吗？"

"不是。应该是在贝尼维尔附近的罗布和克劳福德兄弟的仓库里。你听说过那个可以邮购武器的地方吗？他们卖M－16、M－22口径之类的机枪。我已经想出了个无风险的查探办法。"

他的眼睛闪亮了起来，就像艺术家用一把蘸了色彩的小刷子刷了眼睛一笔那样。我大声叹口气。"贾斯廷，那些家伙一定不会怀疑你不属于他们中的一员。"

"尽管你的话别有用意，我还是愿意把这当做恭维话来听。"他穿上一件带有杂志广告的夹克。"那么，马尔瓦里怎么办？"

"你说谁？"

"《第十二夜》啊。看来我们得延期了。布卢不能演了。"

"你现在越来越不重视了。先失去了一个男演员。现在，兰道夫小姐又不能演了。在我的记忆里，她身上有好多赘肉。"

"她突然跟那个傻瓜奇普·森德兰飞到维尔去了。"

我一边说着"天啊"，一边思考着是不是马里恩·森德兰夫人的餐桌边因此空了一个位置，所以才邀请我去填充一下。我打开实验室的门。"现在你看看，贾斯廷，我已经没有时间休闲，甚至没有时间工作了。"

"卡迪，你需要有一些私人时间。就像艾丽斯说的，你把你自己封闭起来太久了，像个厌世者似的。嗨，要不我们来演莫里哀的剧本吧。"

"排剧可不算是私人生活。"

"当然算了。这就是私人生活。这就是人类生活。一起来表演。"我往楼下走去，他在我身后跟着一路小跑追过来。"你想知道我的理论吗？我想把过去那些盛大的日子都重新找回来，如收获节啊，马上长枪赛啊，盛装游行庆典啊。举行庆典，而不是战争。社会就是人们在一起玩、在一起住。"

"这不是什么理论，这是广告活动了。而且我认为往腿上十字交叉地绑上黄丝带肯定流行。你还是赶紧找人来演那个一心想往上爬的管家吧。"

他抓住我胳膊。"哈哈，你一定是读过《第十二夜》了！你昨天晚上读的！"

121

我用两个指头拨开他的手。"我在高中就读过了。昨天晚上，我去制止了一场种族暴乱。看出区别来了吧？你也别告诉我说，要是那些孩子们有机会演莎士比亚的剧本，就不会去迦南闹事的。"

"绝对正确！"关于老贾斯廷，有一点就是你绝对不能用理性去压制他。"《科利奥兰纳斯》，《亨利四世》，多棒的剧本啊！"

我告诉他，楼下大厅里有一个说话很快的年轻人，戴着太阳镜，穿的长大衣一直拖至厚底的锐步运动鞋脚面，简直就是个天生的演员，正在要求保释呢。"'政治可绝对不是他的抱负'，你真该听听他怎么说的，去吧，让我独自待一会儿。"

"他叫什么名字？"贾斯廷问道。

我没理他，在走出大楼的途中碰到费希尔中士，他当胸抱着一大箱逮捕记录。"有什么新发现，中士？"

他挠了一把黑黑脸上的灰色胡子碴儿。"犯罪现场除了一元的硬币外什么也没有，其他的一无所获。这些三K党人似乎都在星期六出来活动。"

"那么，就从常规嫌疑犯开始查起吧。就像电影里那样的。我遇见的一个女孩，说我长得像汉弗莱·博加特[①]。"

他继续向前走着。"那我帮不了你。那些白人在我眼里都长得一个样。"

当看到通告栏里有乔治·霍尔照片的时候，我在萦绕心头的事中豁然有了新发现。贝兹莫尔在法庭上，给陪审团罗列了乔治曾经的工作经历，以此证明被告是个不折不扣的麻烦制造者——其中是不是有一个工作是在范肖纸业公司当司机的？我不知道这个发现能与什么挂上钩，只是突然非常生气起来：保罗·麦迪逊多次告诉我关于艾萨克

---

①汉弗莱·博加特（Humphrey Bogort，1899–1957）：美国著名男影星，在影片中常扮演刚强、沉默、火热心肠式的英雄人物。代表影片有《卡萨布兰卡》(1942) 和《非洲女王》(1951)。

和库柏晚上碰头的事儿，但他们都忽略了这个事实而浪费了时间，而且还不屑跟我沟通一下。

　　海报里说，拯救乔治·霍尔委员会的办公地点就在《与自由和正义同行》杂志社的办公室。这本杂志的主创人员都是志愿者——大多是学生——资金由库柏·霍尔工作的民权组织提供。他们的办公室坐落在朱庇特大街的一个黑暗角落里，被夹在两个已经歇业的服装店中间，那附近原来有个火车站，现在改成了商业街，叫南站，据开发商说，是以米兰的交易所为模型建造起来的。但是，《与自由和正义同行》杂志可远没有发展成德波特湾那么地富饶，而且，我今天下午派韦斯·彭德格拉夫去他们办公室看了看，结果是除了几台新添置的电脑外，一切都跟十五年前一样没有什么变化，还是一屋子的二手桌椅，毫不相衬地摆放着，此外还有的就是塞得满满的金属书架。除此之外，韦斯发现后窗大开着，打印着清除黑人和ＫＫＫ黑字的传单堆在墙角，书和传单散落一地。

　　星期五晚上，我在多拉德监狱里见过的，后来又在诺米·霍尔家里碰面了的那三个大学生，正在角落里挤站在一起，看着跪在地上的伊桑·福斯特借着小手电筒的微光表情厌恶地观察窗台。韦斯告诉我说，艾萨克·罗斯索恩过来后只匆匆地看了一眼，他没解释他如何知道文件丢失的，而且他转瞬就离开了。这三个学生跟我说，我们没撤离之前他们也不会走。他们看起来惊愕不已又充满敌意。星期五那天，他们得到了一直争取的缓刑；星期六，整个世界——它有足够多的责任需要承担——却对这突如其来的惨祸表现得无动于衷，让人感觉到一种背叛。

　　墙上贴着写满标语的小海报。现在海报上面却分布着黑色的斑点。在写有清除黑人的那张海报上面，有人写道：

　　你若不是解铃者，便是系铃人——埃尔里奇·克利弗
　　无神论者请看这个：
　　每个赞成死刑的人一定酷爱杀戮，而他们笃信死刑的唯一原

因就是以此为乐。——克拉伦斯·达罗

我问道:"达罗博士?" 福斯特站了起来,我赶紧再问:"在霍尔公寓的楼上有什么发现?"

"昨天我们到那之前,都没有任何痕迹留下。"他在笔记本上记下了什么,又放进羊皮兜里。"这三个人说,除了知道文件丢失之外,他们实在不知道什么别的情况了。霍尔习惯于自己打理这里的一切。"他指着墙上的招贴。"很有可能,抢劫只是捎带。此人来去都是走窗户,还把墙给画花了。"

"把那个文件柜给搬走了?"

韦斯上前一步:"罗斯索恩先生说是个'柜子',但是听起来好像就是那个霍尔锁在办公桌里的金属盒子。"

"艾萨克总喜欢夸大,"我说,"韦斯,往他在皮德蒙特的住处打个电话吧。告诉他,在我到达之前,请他待在那里别动。再看看你能否找到杰克或者约翰·莫利纳的电话号码。"

那三个学生——两个男孩,一个女孩,其中一个男孩是黑人,穿着肥大的夹克,上臂系着一条黑布——静静地等在那里,脸上却呈现出在战场上才有的那种呆滞的悲伤和愤怒。他们说,中午时分,他们就已经离开了州长官邸,那是他们最后看见库柏·霍尔,但看起来,他们似乎觉得我们对此怀有疑问。他们说,霍尔看起来似乎很开心,甚至有些兴高采烈。当我问到他们是否确定他是中午时分离开的时,他们看我的眼神,仿佛我在控告是他们杀了库柏·霍尔似的。

中午?那段路的车程只需要二十五分钟就足够了,而霍尔是在下午两点四十五分进入希尔斯顿时被枪杀的。这中间的两个多小时他到哪里去了?我问他们,霍尔是否赶回了办公室。他们不知道。逼问急了,三个学生就悻悻地说他们对文件盒里东西也一无所知,那个黑人男孩还补充说,他认为那里只装有霍尔的私人文件。到目前为止,他们最后一次到这个办公室来是星期六的早上。那时霍尔正在自己的桌上打印一些材料。那个女孩这时插嘴道,他告诉他们说自己在等一个电话,让他们先开车去接乔丹，然后去罗利。我问："在打印什么东西？"女孩说不知道，可能是一份《与自由和正义同行》吧。他自己还抄写了很多份。我问她他最近在研究什么问题。

"我想应该是参议院的事吧。"她不太情愿地说道。

"你指的是英国议会？"

显然，女孩十分气愤我对他们杂志的一无所知，愤愤地递给我最新一期的复印本。我扫了一眼大标题。"从校园到国会：网络协作，南方风格，第一版，库柏·霍尔。我快速地看完首段，说的是"上议院"是二十世纪二十年代成立的一个秘密团体，当时只为从海文大学里选拔一些本科男生，而该团体中的会员都有机会在未来的州政坛或工业领域崭露头角。我没有理由怀疑这些，尽管我从来都没有听说过什么"上议院"的组织，但我猜想，我本身擢升为警察局长的过程不也是令人惊讶不已的吗。上面的名单列到二十世纪四十年代为止，在那之后的详细信息都收录在第二部分里。我简单地翻了下这张薄薄的杂志，然后折起来放进了我衣服的口袋里。

等我坐到库柏·霍尔的办公桌前，那个女孩发起怒来。他的打印机是空的。干净整洁的一摞白纸没提供出任何新线索。这里没有照片，没有烟灰，没有镇纸，也没有什么装饰性的小玩具。只有一个还在滴答作响的闹钟、一个台历、一部电话和另外一个镶在框子里的手书箴言。

"如果一个人还没有找到可以为之献身的事业，那么他就不适合生存——小马丁·路德·金。"

手拿着镜框，我看看那几个大学生。泪水正在那女孩的脸庞上滑落，年轻的黑人男孩搂着她，她紧抿着嘴，不让自己哭出来。哦，他们这几年来辛苦工作就为了制止这个死刑——现如今也成功了。这些年来，一直致力于彻底废除死刑的他们，好像坚信自己能够把死刑这个名词从字典里永远挖掉。所以库柏的突然死亡就好像是个活板门，一个擦边球，或像一个怪物在穿越防御工事时突然倒下，而这些工事还在防卫越来越多的敌人。

福斯特在搜查卧室时转过脖子来说："案子应该发生在早上五点

后，因为那时下了一个小时的雨，非常大。可是窗台下面没有水。也许与迦南的那场暴乱有关？"

女孩从安慰她的男孩怀中挣脱出来，满脸怒容。"一定是三 K 党人干的！"她指着被涂抹得一塌糊涂的墙说，"还能有谁！就是他们。"她的声音颤抖着。"谋杀了他，居然还——"两个男孩走近她，把她拉走。她对那个黑人男孩说："他们根本干不了什么！瞧他们那样！"

福斯特继续搜查着，好像她的话对他起不了什么作用，他继续说："或者在更早的时候发生的。这里的一切都冰冷至极，连暖气都冻得梆硬。"

韦斯·彭德格拉夫说罗斯索恩没接听他的电话，但是并不代表他不在。莫利纳家里带孩子的保姆告诉韦斯，她认为莫利纳博士现在应该在温斯顿塞勒姆，莫利纳夫人"出去"了。事实上，莫利纳博士刚刚往家里打了电话，他以为他妻子会在家。跟布鲁克塞德一样，莫利纳也不常在火炉边上跟家人待在一块儿。看来我对婚姻下的定义早已经过时了。

奥古斯丁·萨默斯，伊桑亲自挑选的助理，带着伊桑交代他带过来的文件夹来到现场。里面装的是李曾经交给我的那封匿名信放大后的复印件，那封信我早就交到了实验室。他们一起研究了复印件，又看看墙面。萨默斯开始拍摄墙上的涂鸦。"看见了吗？"福斯特跟我说，拿着给布鲁克塞德的信的放大版——"信仰无神论的蠢货"——比对着墙上涂抹的字迹"无神论者"。"你看看在'无神论'这个单词里的横杠部分，字母H?"

"是，我注意到了，"我告诉他，"我也早就想到这个了。看起来他的拼写有进步了啊，不是吗？"

打开的窗口刮进了一阵风，吹乱了库柏·霍尔放在桌上的台历。那个黑人学生好像在跟自己较劲，我看着他，他主动说道："我认为在昨天事发之前，库柏根本没有回来过这里。大概是下午两点左右，我返回了希尔斯顿，往这里打过好几个电话，但只是留言机在工作。最后一次，磁带都到头了，所以我推测他根本没来查收过信息。不管怎样，"

126

他指着杂物室，"一直都这样，都没有什么变化。十月的时候，有人从窗口往屋里扔过一块石头。"

我冲他点点头。"没错，是没有什么新变化。有些东西比你和我大四千多年。但是你们仍然要尽力地废除它。我与你们的想法一样，你相信吗？"

女孩说道："埃里克，别听他胡说。"

我说："库柏·霍尔是昨天死的。今天是星期日。我们的警探已经调查了三十多个跟三K党有关联的，和那些有破坏民权案底的嫌疑人，这其中包括在三一教堂的示威中遭到逮捕的人，我们都一一查问过了。警员们昨天熬了一整夜，阻止暴乱，今天一大早又调查杀害库柏·霍尔的凶手。这些人中也包括我。所以，请注意你的用词，年轻的小姐。"她转过身，背对着我。

埃里克一直盯着我："你昨天晚上在迦南抓的那些孩子怎么样了？那其中的一个与霍尔有关。我不知道你们是否知道这件事。"

"我知道。他已经被保释了。"

"马丁以前没惹过任何麻烦。"

我又点点头。"那我也知道。我可以告诉你我希望发生什么：判他们缓刑，给他们时间去迦南街道修缮他们所破坏的一切。我不希望类似的事件再次发生。"

那个白人男孩厉声说道："当然了，我相信那些三K党人也一定会好好补偿他们造成的损失。但是他们给库柏·霍尔带来的损失要怎么偿还？！"他的前臂伸向我，手指头指着胳膊上绑着的黑丝带。"库柏·霍尔的账怎么算？"

我看着他血红眼睛里充满着怒气。"哦，我从来都希望，不管是谁干了那样的事，都应该被关进监狱。"

他撅起嘴。"有一件事是肯定的，不管是谁，这人肯定不会被判死刑的，因为他是个白人。你他妈的肯定知道这个。"

"你该不是想说出你最心底的想法吧？"我解开大衣，找我的手套。"是想给那个杀了库柏·霍尔的人判死刑？"我带好手套，碰了碰福斯特，弯着腰用他的手电筒和放大镜检查窗台。"去找找罗斯索恩。"他的后脑勺抬高了一寸，点点头。

就在我身旁，一声响亮、尖厉、短促的警笛突然响起，把我们这一群走在人行道上的人惊得相互撞到一起。在一辆巡警车里，南希·怀特警官正沿着朱庇特大街巡逻，她挥着胳膊想引起我的注意。她自己在前面开着车，车后座上有个精神病人被铐在钢丝网上，他胡子拉碴，眼神狂野，长相丑陋，一直不停地挣扎。我跳上车前座的当儿，路人不禁都挤过来看热闹。那个男人咆哮着，不断地踢打着后座。"你的朋友又回来了，南希？"我说，"送我去皮德蒙特宾馆，我们正召集群众呢。你那个搭档迪马娄哪儿去了？"

"我已经把他送回家了。"她用左手的食指开着车，"然后就碰上这只松鼠了，听着啊，他当时正在贝尔克大街前的圣诞救援队的水壶里撒尿呢。人们都调过头来大喊大叫。我准备把他送进大学医院里。"

"耶稣啊，可别把他带回我们那里！"

我估计他得有一百九十磅重。南希大约一百三十磅。她有五英尺三英寸高，留着蓬松的小平头，皮肤有些过分苍白，你能看见她脸上曾长粉刺的痕迹，但是她的眼睛褐色而明亮，总是微笑的样子。在她继父去世前，南希是天不怕地不怕的。她加入警队的第一个星期，就平息了一场发生在图森酒吧外的两个乡下人的争斗。当时的情形，我要是没拿着大锤子，都不敢贸然上前。其中的一个人恨不得把她扔进垃圾箱。麦金尼斯当时跟她在一起，但据他所说，他当时所能做的，只有帮她把两人从地上拎起来，铐上手铐就可以了。后来我跟她说，她应该小心防范抓捕的这两人，我不希望她受到伤害。而她说："曼格姆局长，如果谁打我了，或者把我的脸弄花了，你应该提醒他们从此要活得小心了。因为，听好啊，没有一个活人能把我推进垃圾箱里。"就像我说的，她曾经组织过一个"女生帮"，是个天生的领袖。现在我问她："是你自己把这个迷人的家伙搞定的？"他正在我脑袋后面使劲地摇着窗玻璃。

"不能强取。"她吐掉了口香糖，"这种类型的松鼠，你知道他们的

128

肌肉有多发达？他们绝对能伤了你。我就只能用棒子了。"

"但看上去好像棒子对他也不起什么作用。"那人像念咒语似的说："妈的，我就知道，他妈的，我知道……"并边喊边踢。"事实上南希，我觉得你到现在好像也没获得他的注意。"

到了简陋的皮德蒙特宾馆前，她停下车，转过头来看着我。她的领口敞开着，一个心形的金坠子挂在金链上——挂在身上会显得年轻些的那种。她说："听着，局长——"

"南希警官，你的领带哪去了？"

"哦，别这样，我现在是在车里嘛。我已经下班了。为什么在车里还得系领带啊？"

"因为你总是为了民主而跳下车去维护大街上的安全。把领带系上。"

她说 ："屁话。"从太阳帽里拽出了已经松散的领带，套在脖子上。在窗户后面，那只"松鼠"好像是到了唱歌的中场休息阶段。"局长，"她又开始说，语速很快，"我知道你在办大案子呢，但是你说过的，如果遇到什么事情特别烦人的，要来告诉你。"她声音慢慢大了起来。"他们刚刚给我安排了跟那个有痔疮的埃默里做搭档。我无法跟他好好合作。我的意思是，我们合不来。那是个搬块石头去蹭亮徽章的人。我愿意接受值夜班、假期班，但是请你——"

我用脚帮她捡起掉在地上的帽子。"南希，不行。没商量。我跟埃默里也这么说的——"

"他说什么了。"

"哦，他可没说你蹭亮徽章的事儿。你看，我们现在采取轮换制度，这样大家可以相互认识，可以从其他人那里学到很多东西，这样看起来大家才像一家人——"

"狗屁，当我没说！"

"——两周后，你来找我，告诉我你喜欢约翰·埃默里的五件事，然后我们再谈。"

"我怎么可能喜欢那只火鸡？"

"我并不这么认为，你去找吧。把帽子戴好。"我递给她帽子问道，"真的吗？你会吹长号？"

她仍然在摇着头。"是啊，我上高中的时候在一个傻乎乎的乐队里吹过，这样我才可以从家里逃出来，就是这样。"

"哦，埃默里会弹钢琴。"

"戴着手套弹？哦，你也不能怨我想调换啊。不过非常抱歉打扰你了。我指的是骚扰你家的留言机了。"

"那——"我突然拍了下大腿。"往回转，带我回克罗韦尔。然后你再带着这家伙去大学医院，快，快点儿。"

"出什么事了？"她边调转车头边问。

我冲她摇摇一根手指。"我可没听见你在留言机里说什么。警察不应该说，南希，而应该听。"

留言机。学生埃里克告诉我说，他往《与自由和正义同行》杂志的办公室打过几次电话，但是都是库柏的留言机接听的。而且在埃里克说完之前，磁带就已经到头了。这说明磁带一定能提供许多信息，那些都是库柏·霍尔最后听到的，或者是永远听不到的消息。不管怎么说，打电话的人还是值得排查一番的。

很显然，有人跟我想到了一块，因为当我打开他桌上的小型留言机时，那个新录的留言磁带都已经被拿走了。

我爬上散发着霉味的皮德蒙特宾馆顶楼，艾萨克·罗斯索恩在这里有个两室的套间，但总是烟味十足，拥挤不堪，混乱至极。我今天发现他家里摆放的有些东西好像也不见了。在壁橱架子上的那个艾萨克用来做鸟巢的鞋盒下面的铝合金手提箱子不见了。在还有他的电动剃须刀、浴衣，一直摆在床头柜子上的伊迪丝·基恩的老照片也都不见了。垃圾桶里满是烟蒂，大桌子上装着中国菜的饭盒已经腐臭不堪，我以前绝对没见过那样的，地上堆满了法律用书和报纸，窗玻璃上满是污垢，大床四处散放着脏衣服和公文纸，还有翻得卷了边的档案记录。事实上，所有的一切看起来也算正常，只是艾萨克此刻没有躺在那个下陷的、咯吱咯吱响的睡椅上了，也没有一屁股坐在八脚工作台后面的转椅上了，或躲进迷你型的卫生间里坐在马桶上开着门跟我聊天了——据他宣称，这是跟路易十四和贾斯廷·萨维尔一样的非正式接待来访者的方式。艾萨克不喜欢旅行——当然他会神游，但是他的家太小了，而他太大，很明显，此刻他已经不在这儿了。

我打电话给楼下的总台服务员，他说没看见罗斯索恩离开，但是他说，他整个下午一直"很忙"。我估计，肯定不是为了迎接新客人或者打扫皮德蒙特宾馆的大厅，因为那里现在还非常脏乱，根本没人打扫。我请他帮我查一下艾萨克的飞鹰车是不是还在宾馆后面的停车场里。他说，他现在还很忙。我只好说我是警察局长，他才说他会马上查查通知我的。一边等待着，我毫无愧色地撬开他的抽屉，艾萨克原来在里面放着的一打应急现金，一般是一摞二十元的钞票，一共一千块。可现在，抽屉空了。上一次这种情形的发生时——已经是几年前的事了——他离开了两个月。后来他跟一个女的一起回来了，她被控谋杀而找他做代理律师。

那个前台的服务员肯定是一路小跑着去查看的，他说那辆飞鹰车还在停车场。"罗斯索恩发生什么事了？很严重吗？"他满怀希望地问。

"是图书馆罚款的事。"我说完，挂了电话。

布伦达·默尔调查了几个小时，终于给我回信说，艾萨克没有乘飞机或者租车出城，至少他肯定没用自己的名字登记；他也没搭乘出租车或者公共汽车，因为他那张面孔几乎人人都认得——相信我，在这里，他那张脸在人群中是很明显的。我走之前，顺便看了一眼桌子上那摞文件的上面几页，其中有一份是最近州最高法院驳回的一份不公正使用死刑处罚黑人的上诉请求。上面还有艾萨克用粗体字写的评论，他对这种高压政策显然深恶痛绝。我知道他是希望——不太期望——这次上诉会有个好结果的，这样他就可以利用这件事，帮乔治·霍尔辩护。其实他一直什么都知道，他曾说："听我说，瘦子，你根本不可能期望像启蒙运动时期的样子，让他们一下子就批准你的请求。你得给他们时间，一点一点地慢慢来。法律就像拉屎一样。这是它的美德也是它的罪恶。法律就像《黑暗的中心》那部小说中劳工营里的那个英国职员一样。他得穿着皱巴巴的西服和领带穿越丛林。而他的公司却在往死里奴役着那些贫穷的非洲人。你读过《黑暗的中心》吗？非常棒的故事。"

我告诉他："我的体验比那本书里的更真实。当兵时我曾经被派往那里。"

现在，我回忆起了我们关于法律程序错乱的讨论，因为我注意到，他把一份近期《希尔斯顿星报》的剪报，装进了他书桌上一个标有"霍尔上诉"的文件档案里。那是一则篇幅很短的文章：一个当地人控告一个医生治疗不当，官司胜诉了，那个医生八年前给他做过手术，造成他永久地丧失了听力。两年之后，医生被解雇，而接下来的那个夏天，那个医生毫无防备地被一辆急驰而来的摩托车撞死。他的名字叫达尔文·惠尔赖特，被艾萨克用粗体的黑笔重重地画上圈。这个名字听起来好像有点耳熟，但是想不起来是在哪里听到过。这就是我的大脑跟艾萨克·罗斯索恩不一样的地方。要是他，就一定能马上想起来。每当太阳已经无法从窗口射进一缕阳光的时候，我打开灯，对面那堵墙上的大黑板总是映入我的眼帘。他管那个叫"思考板"。自从我认识他开始，他的板子上就一直胡乱地记录着一些表格和秘密要点。现在，我注意到在上面的空白处潦草地写着我的名字。

"卡迪，我会回来的。顺便说一下，乔治·霍尔案子中的九号陪审员是个邮筒似的聋子。"

第八章

　　星期二的早上，圣诞前夜。卡尔·亚伯勒市长告诉我："你送我个礼物吧，卡迪。找出库柏·霍尔案子的嫌疑犯，好吗？"我只怕是要在他失望的心上划上几刀了。公路上的目击证人的证词毫无用处；一个十几岁的女孩说看见"一辆破旧的白车"急速地超过她，几秒钟之后，她才赶到了出事地点，只剩下一堆废铁，仅此而已。到目前为止，没有任何人带来任何有用的线索，事实上，我们大部分的案子都是依赖举报电话来侦破的。有人报告某人有嫌疑，我们就派侦探去调查他的作案过程。可到现在也没有那么个人出现啊。贾斯廷怀疑威利·斯莱德尔，因为布鲁斯·帕克重新回到农庄后，发现大门紧锁，仓库被清空——那些范肖纸业公司的巨大圆柱形纸筒消失了，就连停在街口的那辆白色福特车也没了踪迹。而且威利·斯莱德尔也不见了，他的经理说他请病假回家了，他姐姐说他星期天晚上开车去了肯塔基州，想做点事补救和妻子日渐疏远的感情。贾斯廷往他在肯塔基的妻子打了电话，对方说她从没见到斯莱德尔，也不希望再见到他，他想做补救也无济于事，因为她已经"跟别人好了三年了"，实在是对"懦弱的

133

威利"失去了耐心。

　　据他姐姐说，威利没有白色福特车，也没人跟他一起住在农庄里，他从来没从公司里偷过东西，也没参加过什么"白人至上"的聚会。总之，贾斯廷问她的那些问题她都给了否定回答。只有一个回答是肯定的，就是从星期六的中午一直到晚上，威利都在她家里，所以他根本不可能是杀害库柏·霍尔的凶手。贾斯廷感觉她在撒谎。

　　我们发出通告，寻找斯莱德尔，也发了寻找比利·吉尔克里斯特的通告。不完全是因为保罗·麦迪逊一天打两次电话催我，倒是我自己十分好奇比利出现在库柏·霍尔的通讯录上到底意味着什么。我把奥蒂斯·纽瑟姆和他弟弟珀利堵在市政府大楼的走廊里，又询问了一遍。奥蒂斯告诉我，他不知道为什么库柏·霍尔的克拉克·孔茨名片上会有纽瑟姆的名字。珀利·纽瑟姆冷笑说了句"天知道"，就转身走开了。克拉克·孔茨死于癌症，看不出跟他们俩能扯上什么关系。

　　奥蒂斯是个金发的矮胖子，就像是把他的弟弟珀利扔进垃圾箱里后的那个模样。他对弟弟珀利的感情很深（也许是被他误导）他认为，我应该被解雇，卡尔·亚伯勒（曾与他竞争过市长）应该被弹劾，那些"左翼分子"像艾丽斯·麦克劳德那样的都应该被烧死。他是朱利安·刘易斯的虔诚追随者，也是北希尔斯顿市民茶余饭后的谈资。他负责这个城市的纸张购买权，城市里需要成吨的纸张供应，都来自范肖纸业公司。我问他是否认识范肖纸业公司一个叫威利·斯莱德尔的职员，他说不认识，他怎么会认识他呢？

　　"你常跟范肖纸业公司里的哪些人打交道？"

　　他说："我直接跟戴尔·范肖谈生意。"

　　"你们俩是海文的同学吗？"

　　"那又能说明什么问题？"

　　我说："哦，奥蒂斯，我替你惋惜，你真应该花点时间体会一把与成功商人谈纸业合同的快感啊。"

　　他的拳头在那件马德拉斯棉布裤子的口袋里攥了起来，好像他挣扎着想挥拳出击，却又在控制。他说："我可以肯定一点，那就是我不

134

想浪费一分钟与你交谈。而且我也听说了是你让珀利在他的朋友面前吃了罚单。"我说:"他的什么朋友?"但他没理会我的话。"难道你以为我会忘记?我们这里没多少人希望你来当警察局长。"

我说:"显然你们的力量不够。"

奥蒂斯干眨了两下眼睛,他的笑容像他的头发一样油腻,每当他以最刻薄的语言打击我的时候,我都情不自禁舔自己的牙齿。"我们人不少。不过你却有卡德米恩在后面撑腰。"

我真想告诉他滚一边去,但还是冲他回笑了一下说:"是啊,据说是这样。"

"哦,可惜你很快就没法再依靠他了。这个州就要改朝换代了,等刘易斯当上州长,你们这种人就没什么出路了。"

"你什么意思,奥蒂斯?你是说,我们这种聪明的大高个以后就没有容身之地啦?"

他沉下脸,重重地踏着走廊上的大理石地面离开了。报纸上说,平安夜的希尔斯顿城里举行了五个葬礼。我参加了两个。第一个是在长老会举行的布里格斯·卡德米恩的葬礼,当时聚集了大批的群众。现场的座位相当拥挤,皮大衣又那么厚,装饰的花篮摆得很高,当阿特沃特·兰道夫夫人唱起了《留住我》时,我忍不住走到外面,尽管室外天气寒冷,但室内更像个潮湿的温室。来自北希尔斯顿的"我们的成员"俱乐部参加了弥撒——在我看来,这些人好像星期五还在俱乐部里跳舞,这时匆忙换掉晚礼服马上赶到了教堂。他们中间还有几个从城外来的贵宾;他们雇用的司机都在外面等候着,像拉车的马一样冻得不断地跺着脚;还有一些人准备葬礼结束后当晚马上飞回在亚特兰大、里士满或者伯明翰的家,以便赶得上跟家人唱圣诞歌。看着这群人,我脑子里不断闪过某种念头,说不定哪个人就是扰乱分子,会第一个摔掉长老会的玻璃盘子,引起炸弹爆炸,他们会从支撑着东南地区经济、政治和社会生活的上层圈子里捞取一大笔好处的。

两位州长候选人,由他们的妻子陪同出席。朱利安·刘易斯在右边走廊里,站在现任州长和戴尔·范肖之间;在左边走廊里,安迪·布鲁克塞德跟市长亚伯勒夫妇站在一起，旁边还有一位国会议员，祈祷的时候，他夸张地行着礼。李没有合上眼睛，但是看起来很庄重。她穿着黑色的羊毛大衣，带着一顶灰色小帽，帽子四周环绕着黑色羽毛。有两次，布鲁克塞德歪过脑袋来跟她小声说着什么，羽毛刷过他的脸；还有一次，卡尔·亚伯勒跟他窃窃私语着什么，他禁不住笑了起来。对于希尔斯顿人来说，市长坐在布鲁克塞德身边，这个行为本身就足以引起注意了，这与他在星期一温斯顿塞勒姆的那场黑人商界领袖集会上所受到的夹道欢迎一样。看起来，杰克·莫利纳关于库柏·霍尔的那场即席演讲使布鲁克塞德得到了黑人选民的支持，又或者可能布鲁克塞德最终计算出，他还需要那百分之二十的黑人选民中的百分之三十一的选票才能够数。

托马斯·坎贝尔站在高高的白木讲坛上，大声哀悼着曾经为三一圣公会做出了巨大贡献的卡德米恩，为他祈祷着，唱着悲伤、虔诚的挽歌，以纪念上帝的这个顺从的仆人：这是个多才多艺之人，在神的信徒中慢慢成长壮大，最终将带着民族的无限祝福离开人世——他将超出了七倍的祝福奉献给了这个城市、这个国家、他的人民和他深爱的家人。就在圣子耶稣伟大诞辰的前一天，耶稣将亲自在天堂门口欢迎他。那里将是他的圣诞之家、永恒之家。老布里格斯在这最初的十分钟也许会放声大笑，而在以后的二十年里他将长眠不起。坐在一起的有他深爱的家人们，他撒手丢下的那几个儿子；步行前来为他送行的还有一群孙子、曾孙们、外孙、远亲们。还有一个带着黑色面纱哭泣的老妇人，后来听说是他第十五个前妻——是他三十五年前抛弃的小布里格斯的亲生母亲——她大老远从萨拉索塔赶过来，准备在财产分割中得到一匙羹的。她一到就吵吵闹闹，而更为抢眼的是小布里格斯——最有可能的继承人——居然缺席，这些都成了人们议论纷纷的焦点。在人们的一片嘘唏声中，我无意中听到了脚步声，老卡德米恩银质的棺材由他一个颤颤巍巍的儿子，是个银行家，和毛巾公司的A.R.兰道夫，以及参议员基普·多拉德和贾斯廷·萨维尔抬着，经过媒体的摄像机。很显然，希尔斯顿人因为小布里格斯缺席她父亲的葬礼而愤怒不已，尤其是还得到了一千万美金的遗产，其实她只要请个假就可以回来的。我准确预测了小布里格斯对待她父亲遗嘱的态度，稍稍感觉有些得意。在灵车旁边等待贾斯廷来取车的艾丽斯，承认了我的这个预测。

"好吧，卡迪，你说对了。"

"我最喜欢听到这话了，亲爱的。"

"谢天谢地你没跟那个婊子结婚。"

我非常震惊，只好这么说："艾丽斯·麦克劳德，一个像您这样的女权主义者，难道就没看出来她不过是被那个狗娘养的遗嘱给愚弄了吗？"

刺骨的寒风穿透大衣直吹到腿上，艾丽斯打了个寒战。"当然，我清楚布里格斯被愚弄的原因。我是说她真该拒绝他说，去他妈的。我的意思是她应该回来参加这个卑劣之人的葬礼的。"艾丽斯转过身热情地跟法官蒂格斯夫妇握手道别。他们俩正在那讨论：天气太冷了，就不想去墓地了，可是不去又觉得很失礼。这时，贾斯廷停下车，我扶她上了贾斯廷的车，她问道："有艾萨克的消息吗？"

"两天了，一点消息也没有。彻底失踪。你不会相信六十年后，这老人突然决定来个圣诞旅行，飞去百慕大或者女人峡谷吧？"

贾斯廷说："他正忙着霍尔的案子呢。"

"让我们一起祈祷吧，让我们得到更多的帮助。小心开车，贾斯廷这个准妈妈可是怀着我未来的教子呢。咱们墓地见吧，我想那一定很壮观啊。我估算大概有拉美西斯二世①的规模呢。"

顺着教堂的台阶走出来，我伸手拦住了戴尔·范肖，请他给我讲讲他手下销售员克拉克·孔茨的情况。"关于哪方面的情况？他已经死了，"他说，气恼我将他和州长、副州长分开，因为罗利的记者正给他们俩拍照。"你最好跟我的销售经理去谈这个问题，"他补充道，又接着承认，"我实在不知道下层员工的情况。对不起。"

_____

①拉美西斯二世(Romes Ⅱ)：古埃及历史上最著名的法老，公元前一二七九年至一二一二年统治第十九王朝。

我拽住他呢子大衣的袖口。"哦，范肖，那恐怕是个错误。我们有足够的理由相信，你的员工，一个叫威利·斯莱德尔的，可能偷了你厂里的东西，那种巨型的纸筒。"

　　范肖的脸马上变得像颜色，耳朵变得像面颊那么红，嘴唇却像头发那么白。"你在说什么？"他问道，很显然他的问话并不期待答案，他手指着由我的两个摩托骑警护驾的灵车，不胜其烦地看着我，他大概认为在葬礼上谈论什么抢劫，是选错了地方，也错过了他与州长合影的机会，他很快恼怒地走开了。

　　我注意到安迪·布鲁克塞德油亮的头发在风中卷起波浪，他站在教堂台阶的最顶层上跟亚伯勒聊着天，直到沃斯通州长和刘易斯上了那台加长车。他挽着李的胳膊准备上车，表情轻快却略带悲伤。他总能保持着公共场合的优雅姿态，像那天在俱乐部的舞会上一样。我同时注意到，与其他人相比，那些记者更多时间在给他拍照片。让我内心惊讶的是，看见了他，我才清楚了"磁性"这个词的深刻含义。人们排着队向他那里倾斜，仿佛要倒过去似的。

　　"你好，卡迪，最近还好吗？"李走过我身边时停了下来，布鲁克塞德已经走了过去，又转回来。

　　"嗨，李。没有比今年的平安夜更快乐的了，对吗？"

　　我跟李谈论着这场葬礼时，布鲁克塞德跟将手伸向他的几个人握手，又回过头冲我真诚地咧嘴笑笑。"再次向你问好。我得向你道歉。星期五那天我还不知道你跟李是老朋友呢。她说你们在孩提时代就认识了。"他把她的手套拿在手里。"这在南方小城里算是高兴事了。好像又回到了从前的时光。"

　　"到底是高兴，还是可怕的事啊。"李说，笑了笑。

　　"难道在新英格兰不是这样吗？"我问他。

　　他笑了起来。"我不知道。因为我不希望真的时光倒流。我现在已经是'焦油脚'人了，一个南方领养的儿子了。"这时一辆美洲虎私家轿车停在我们身旁，那个年轻司机我办公室外见过，曾拿着李的皮大衣等在门口。李侧身坐进车里跟我说了声再见。

布鲁克塞德从敞开的车门边跟我打招呼。"我们坐车一起去墓地？"

"哦，不用，谢谢。我的车就在那边。"

他看看她，又看看我，突然拽住我的胳膊，把我从马路沿上拉下来。他的眼睛碧绿无比，好像那些圣女岛旅游海报似的。"杰克·莫利纳说，你想跟我谈谈那些，我们怎么称呼他们的，匿名恐吓的人？"

"是啊。我向你办公室打过两次电话。"

"对不起，我没能给你回电话，局长。事太多，我都快被逼疯了。"

"能理解。"

他摇摇头。"上帝，这也是你自己的事情。发生在迦南的谋杀案的附带问题！你也有一半的责任哪。"

"有什么明显的问题吗？"

我得承认，他的笑容确实很迷人。"看起来很不值当啊，甚至——"他挥手跟三个人道别，他们是来自这个州西部城镇的官员。"对不起，不管怎么说，我在整理海文大学办公室的那点垃圾时，才看见那个便条，它大概早就在那里了，上面写着'你的日子要到了'。这可怎么办，我们去往北希尔斯顿的墓地时会经过海文大学。不如你捎我一程，我们可以迅速进去，我把便条拿给你看。"

"哦，事实上，我的狗还放在了——"

"一会儿就好的。我跟李说一声。"

他动作太快了，我对他的建议还没反应过来，我甚至没意识到，我是多么不愿意让他上我的车。而且，我也不愿意想其中的根由：我想我是不愿意奥兹莫比尔车让自己感到寒酸，虽然它曾是我父亲一生的梦想；我也不愿意且不能忍受安迪·布鲁克塞德在我身边，因为我十分嫉妒他。

我没听见他跟李说了什么，但见她冲我点点头，感激地看着我。哦，毕竟，我已经答应了要帮忙。

和布鲁克塞德生命中的所有人一样，玛莎·米切尔一看见他就为之倾倒。它坐在他大腿上折腾不已，他一边轻轻拍着它，一边告诉我，他已经把前三张条子都扔掉了。"恐怕我把它们团成团，像其他垃圾一样扔掉了。你不能立刻出击啊。你还得像开车那样，慢慢加油，然后才能进展迅速。而后遗忘它。"

"我不敢说一定会杜绝威胁你生命的所有恐吓信，布鲁克塞德先生。枪很廉价，而智慧却是无价。"我从后视镜里，看到由摩托车护驾的灵车已经离开了，我调转车头开上了一条旁街。"顺便说一句，你总是让你的发言人强调神父布罗迪·奇克神父是三K党，如果他与这次凶案无关，那么除了写匿名信给你的人外，你还指不定会惹恼多少不知内情的人呢。奇克的邮件名单上可有二十五万天生的右翼反对分子呢。那可是不少的选票啊。"

他挺直了脑袋看着我。"是啊，杰克在霍尔家里发表的那些话引起了一些骚动，这事我也听说了。"他的表情好像没受到多大影响。很显然，他把杰克·莫利纳看做是一匹昂首阔步的老马，完全有能力集合那些还在左翼领域踯躅不前、等待实现古老梦想的迷途羊羔们。他说："可是，他说的都是实话。"

"哦，确实，布罗迪·奇克是个不折不扣的反对者。但是我不认为他会跟三K党混在一起，更别说什么宪法俱乐部了，而且那个俱乐部的成员，包括参议员基普·多拉德和朱利安·刘易斯，还有在葬礼上出现的那五位客人，他们可没谁想听杰克·莫利纳的长篇大论，更没人会关注电视节目里的库柏·霍尔如何成了'他们种族仇恨的牺牲品'的。"

布鲁克塞德从窗口望着交通灯处站着的两个年轻女人，她们拎着购物袋倾斜着身子大笑着，仿佛一阵风要将她的袋子吹走。"杰克眼中闪烁着'学生民主社会组织'的光芒吗？那真是个漂亮的女孩子，穿蓝色大衣的。"他挠了一下脖子，那上面露出一条浅浅的疤痕，由发际线处延伸到领口。"哦，他一直心存一把圣火，要去点燃六十年代的激情。"

我点点头。"我听说在大学期间，莫利纳召集了许多次集会。那时候他可是狂野奔放的。有一次他还被校园的保安打伤过脑袋，伤口流血不止，浸透了整件衬衫，但他仍撑着爬上了查尔斯·R. 海文塑像的肩膀,挥动着带血的衬衫狂喊:'这不是我的国家,不管如何! 我的国家,一定消灭邪恶!'"

我说着说着,布鲁克塞德禁不住笑了。"听起来像他的做派。"此时,一个女人的围巾被大风吹掉了,她们俩跑下人行道追赶着。"杰克对库柏·霍尔的评价很高。"

"那你呢? 以前见过库柏吗? "

他弯下腰,把黑色的丝质短袜拉稳妥了。"从我对这整件事的了解,我对他的去世感到可惜,至少和他活着的哥哥乔治·霍尔相比,他去世委实可惜了。在他哥哥的死刑问题上,我并非不想援手,只是我实在不想打扰杰克对此事的热衷。"

这显然是谦虚了。他颇有耐心的语调激起我说话的欲望。"但据我所知,莫利纳正竭力把你拉进与死刑有关的争论议题里,但你双脚似乎被牢牢地绑在栏杆上。"

他一脸困惑地看着我。"谁告诉你那些——艾丽斯? 你跟她很熟吗? "

"哦。"他很随便地就提到了艾丽斯的名字,也让我不知如何应对。但我看见玛莎·米切尔尖着脑袋往布鲁克塞德的手里钻,令我突然狂怒不已。我说:"不是艾丽斯,是李告诉我的。"

这回,他的脸色由迷惑转为惊讶了。"李? 真的么? 那可有意思了。"他马上又换回了迷人的笑容。他那双优雅的长腿打了个交叉,轻轻拍我一下。"是啊,我觉得,你是可以这么理解的。"他的笑容堆出了一脸的真诚。"但是在理论上我确实认为,死刑是很残酷的。"他用手指列举了几点。"死刑也充满了歧视,却没起到什么威慑的作用,而且我认为,都是些无辜的人被处以死刑了,如此而已。"他用另一只手发表了下面的论断。"但事实上,这又如何能显示我们的优先地位? 现在这个国家里到底有多少人在死囚牢里? "

"大约有一千九百人吧。"

他伸出一只手来,做了一个"好了,通过证明了"的手势。"我们以小范围为例来谈论事物整体原则,当然我们承认,他们大多犯了罪,要么这种,要么那种。"

对他的这种看法，我举双手赞成，并立刻清楚地表达了我的意思。"是的，判死刑的多数人都杀害了别人，或者至少当朋友杀人时，他们冲上去抢劫了钱柜。"

他没弄明白我说这番话的用意，就只是稍稍挑了下眉毛。"大多数的谋杀都是发生在抢劫案里么？"

"不是，大多数发生在嫉妒的冲动或夫妻矛盾里。曾经有一个罪犯，是个屡禁屡犯的罪犯。但是州法院却挑选了一个几乎判不成死刑的罪，他们都倾向于他犯的是抢劫罪，这样就可以保护财产——尤其是白人的财产。"我又提了一句，只有看到有人犯了重罪，我们的地方检察长米切尔·贝兹莫尔才会心花怒放；他把自己弄得像他的白人同事一样，大声疾呼，高举资本主义的大旗，然后把犯案之人送进一个专门判绞刑的陪审团里，速度快得让你来不及骂娘。布鲁克塞德津津有味地听着，他的眉毛舒展开来，摆了个舒服的姿势，我不用看也知道他在想什么。我说："所以人们都以为死刑能打击强盗和流氓。事实上根本不可能。"

"你看上去不太喜欢米切尔·贝兹莫尔。"

"是不太喜欢。"

"作为检察官，他可是办过许多让人印象深刻的案子啊。"

"审讯过程也很精彩啊。"我突然觉醒过来，自己可能是在跟下一届的州长谈话，他口袋里的工作、职务像零钱那样叮当作响。他现在有可能是在面试我呢。他肯定也知道，当我按要求描述对米切尔·贝兹莫尔的印象时，他如日中天的未来就是我职业生涯的末落。我于是告诉他："米切尔很诚实，乐于奉献，工作十分努力，只是有些卑鄙和小心眼，总是一副训人的口吻，并且顽固执拗，像和尚一样死板。"

他笑了。"他的名声——"

"他为死刑犯定罪的名声——他管这叫做'得胜瘾'——他赢得越多，就越想赢。陪审员们都跟我们剩下的人一样，只是为了博得一些名气罢了。自从我当了警察局长，他先后把九个人送进了海文地区的死囚牢。"

"其中之一就是乔治·霍尔。"

"不，霍尔在那之前已在里面待了很久了。我曾经亲眼目睹一个案犯被执行死刑，那场面，相信我，那些法官和陪审员们真应该看看。"他的脖子都僵硬了。"有三个人上诉成功后出狱了，另有五个还在等待之中，其中四个是黑人，都雇不起私人律师，没受过教育，没有钱，没有社会关系——如果你想帮助他们，有千分之九百九十九的机会，不是在死囚房里进行的。"

布鲁克塞德认真地点点头。"我同意你所说的事实和观点。看起来，我们还有比抵制死刑更有价值的战斗去打啊。社会福利也可能被利用成为种族歧视的工具，而且往往更深入人心。贫穷本身——"他停顿了一下，捋了下头发。"但是，显然杰克不大同意这种说法。"

这毫无疑问，但我不禁想知道，是什么原因使他邀请莫利纳来帮他处理竞选事务呢。

看起来他很擅长倾听，也愿意琢磨人的表情，因为他反应迅速地问我："你想知道我雇杰克的原因？是因为他写得出超级棒的讲演材料？而实质性的问题在于，他为什么会接受这个工作？"玛莎仰躺着身子，他一边抚摩它的肚子，一边微笑地看着我。"杰克发现我是个不可救药的实用主义者，说我是不合时宜的杂种，很酷。事实上他不太喜欢我。但是，他拼死也要帮我竞选，因为他认为这个不够纯粹的布鲁克塞德，也胜过其他几个候选人，那些家伙大多自以为是，蠢不可及。"

漫天雪花飞舞，好似圣诞老人的飘飞华盖。我驱车拐上了缅因大街，又经过邮政局，那里的旗子还在为卡德米恩的死致哀。我咧嘴笑着问："那么你是那样的人吗？"

"你是说很酷的杂种？"

我眼角余光注视到，他交叉着双手伸进大衣里，好像要好好考虑一下这个问题；他习惯于言出必行——据我所知，这是标准演说词中的有关股市的句子。"在政治活动中要保持纯洁，多半不会成功。也毫无用处。是的，我也根本不打算那么做。很多大事都需要投入精力和时间。"

车停下来等待交通信号灯，我转过脸看着他说："那么，先是纯洁，然后是纯粹。我不太喜欢自己是这种类型的人。"

"哪种类型？"

"那种终将走向火刑柱的人。通常来说，就是那种纯化论者，他们只要在自己被烧死之前，能将别人先弄在死刑柱上，就会觉得骄傲。比如，萨沃纳罗拉①、托马斯·莫尔②。他们都是纯化论者。但你可不像是那种人，是吧？"

布鲁克塞德转过身，伸手圈住椅背，慢慢地看向我，仿佛我的问题比他刚才所想的要有趣得多。过去的多少年里，像他这样身世背景的人，大多会用这种眼神注视我。他问道："那你为何加入警局？难道警察不属于我们的审讯者吗？"

"混乱的社会总是让我感觉很不安。服役结束后，我变得更加不安。所以我给自己铺设了一条通向法律和行政命令的小路，大家都可以沿着这条路走，而不必担心错迈出的哪一步会崴了脚。"

看他点头的样子，我知道他应该是同意我的说法的，我所指的是像我这类人——是吃苦卖力的，蚊子不叮臭虫不咬的，他们每前进一步，内心就极度恐惧，他们或者宁愿守在原地一动不动——即便听到天空中有闪亮的飞机冲进云层，也只是抬头看看而已。

信号灯指示放行，我们俩都陷入了沉默，这样开过了几个街区。他拿起了我放在座位上的刚买的两本政治人物传记，事实上也是刚刚出版的，他问我哪一本"更棒些"，哪一本"令人失望"，尤其是与同一作家的前期著作相比。我提到他自己的那本书，一本战争日记。他把书放在一边说："还可以吧，但是我读过更好的。"他谦虚地说他获得的那个国家奖励有点"侥幸"，不过是媒体不断宣传他曾经得过"这样和那样的奖励"——荣誉奖章、白宫的工作的结果。然后他开始征求我

①萨沃纳罗拉 (Fra'Girolamo Savonarola, 1452—1498)：佛罗伦萨宗教改革家，一四九八年作为异端者被捕，并被烧死。
②托马斯·莫尔 (St.Thomas More, 1478—1535)：英国空想社会主义者，著有《乌托邦》一书，一五三五年，因反对享利八世兼任教会首领而被处死。

对国家法律执行和监狱管理系统方面的建议；他问了很多精彩的问题，我也一一地做了回答。

情形属实。正如艾丽斯所言，布鲁克塞德脑子快，学识渊博，富有个性魅力，兴趣广泛，是个令人着迷的家伙。当我们的车开进那将海文大学跟希尔斯顿隔开的高大石头校门时，我已经决定要投他一票了。虽然我内心隐隐充满憎恨。

校园里，绿树成行，车道整齐划一，由阿巴拉契亚山的石头仿制而成的哥特式建筑完美地矗立在那里。尽管现在是冬季，校园里的草还是比外面长得更为茂盛。布鲁克塞德指点着介绍那些他一手建起的学生公寓和预留出来的住宅基地，还有即将出资兴建的卡德米恩纺织工业实验室。校园里没有学生的身影，看起来就像个私家花园一样静谧美好；如果没有车辆通行，时间都好像凝固在此刻，仿佛有一位中世纪的公爵在引领我们参观他古老的私人领地。

我问他，会不会怀念当海文大学校长的美好时光。

他从车窗望出去，注视着那些仿佛与世隔绝的建筑物。"也不至于有多怀念。我不过是清理掉了一些蜘蛛网，扫除了些灰尘，但是学术界，你也知道是什么样的哦。它是，嗯，像小小池塘里的大青蛙，呱呱地对着每个经过小池塘的人叫；它是贵夫人手里的一杯浓汤，她们如果不想把钱留给瓦萨，就会把艾略特的钱留给你。"他伸伸腰，好像是在小树林待的三年里都没有好好舒展一下自己的筋骨似的。"也不尽然，我只是觉得时间过得有点慢而已。"他百无聊赖地看了一眼厄斯塔什·多拉德纪念图书馆，而在那里，为了通过口试，我曾经花费了不知道多少个夜晚，疯狂地补习历史。

我说："即使是一万零二十年的东奔西跑的放纵？你认为什么是你最快能找到的东西呢？"

他笑了笑。简直难以相信，他真该给自己的牙齿买保险。"上尉——非常抱歉，那是你的等级，是吧，作为局长，是上尉吗？"

我耸了下肩膀，点头道："上尉是到了地方后的等级，少校。"

这句话不但没使他听出讽刺意味，反倒是吸引了他。对于他欣赏我的这个事实，我是比较反感的，但他就带给我这样的感觉。当然，那是他的职业，就是使人们有被欣赏的感觉。他说："什么是足够快？哦，你的工作。当你一进入那个领域，并深入其中，就知道我所说的够快的意思了。"他在座位上又转过了身子，脸上闪烁着光芒。"如果我们已经透支了自己，可以想象，到那时我们该怎么办？所有的东西，全部都滚开！还有谁会去做？这就是我所期待的结果。调动我身体里的每一个细胞，就像罗斯福刚刚就任总统的一百天里那样。波拿巴的领事任期——"

"希特勒的闪电战？"

他看着我，与其说烦躁还不如说是失望了。"不是，是莫扎特的音乐，是济慈的颂诗，是爱因斯坦的相对论。"

"哦，现在，你确信爱因斯坦是上过大学的，是吗？"

布鲁克塞德重重地点点头。"他曾在这里学习生活过。他发挥了自己的才能。我们都应该这么做。但人是有惰性的。"

我说："是啊，谢天谢地。我们还没有沦落到那个地步。"我拍拍自己的脑袋。"在工作中我遇到了很多人，我就不愿意看着他们端着脏兮兮的茶杯晃来晃去。相信我，让我堕落一回吧。"

他不耐烦地把玩着一缕头发。"别这样，我也没说你是普通人啊。我说的是像你我这样的人。"

"哦。"我打开车窗，这个贵宾级的人物对生活的见解，总让我感到心里堵得慌。我问道："我们这样的人又是什么样的？"

"如果你被授予权力，你愿意改变这个州里的某些东西吗？你已经知道存在着隐患了，那你想要这样的权力吗？"他冲我晃晃手里的一本传记。"当然。我会那么做的。当然大多数的人都只会想象要一台更大的电视机而已。他们没有什么想象力，缺少精力，丧失了灵魂；没有什么能够超越自我的东西，也无法依仗自己。当然他们也会不满足，想要更多的东西。这就是为什么人们都会牢牢记住肯尼迪一生的唯一信条'别问'，是吧？'问问自己能为这个国家做些什么'。"

"跟你说实话吧，我自己就想要一台更大的电视机。"

"我是认真的。"他很严肃地告诉我。

"我知道。我们朝这边开吗？"

他皱皱眉，指向入口处。很显然，我让这个未来的州长很不开心。毫无疑问，我怕是要跟州行政长官申请辞去警察局长职务了。但至少现在，我想把他往坏处想，我确定原因不仅仅是因为李。"看，"他告诉我，"我就像那个人一样是个讲小民主的人，绝对的。'因为我不是奴隶，所以也不会成为奴隶主。'但人的能力存在着巨大的差异性，如果否认这种想法，实在不过是伤感的狗屁而已。"

我说："嗯，请允许我将你所谓的'小小民主'解释成一个太过老实厚道的亚伯。我不大可能成为明星，所以也就不会成为明星的仇人。"

他皱了皱眉头。但是他很快又接着说："这取决于那个明星，是不是？难道那些笨蛋不比其他人更有欲望的吗？"他把玛莎拎起来放到后面座位上，就结束了我们两个男人的谈话。

校长的办公室设在罗厄尔大楼里，我在大楼后面停了车，却看见停车场的另一头停着一辆灰色的保时捷，于是我问那是不是他的车。他轻拍了一下帅气的额头。"我差点儿忘了！司机准备在这里接我去参加葬礼的。"他跳出我的车，又走回来倚在车门上。"你怎么知道那是我的车？"

"是李告诉我的，你就是从这辆车的挡风玻璃上发现了那张字条。当时也是停在这里么？"

"是的。等我一下，我马上回来。"

他没有邀请我跟他一道进去，所以我就围着保时捷转了起来。像李说的一样，这里有个小牌子："预留：布鲁克塞德校长"。但是我仍旧觉得，往挡风玻璃上塞死亡恐吓信，简直太奇怪了。为什么不邮寄过来，或者从门缝里塞进办公室？我看了看罗厄尔大楼的那些常青藤缠绕的灰色石头。就在我琢磨的时候，在二楼，一扇拱形玻璃窗后面，有人拉开窗帘往下看。那是个年轻的女子，身材苗条，头发乌黑，她好像也盯着我的方向看。她用手紧压着玻璃，往另一边拉着窗帘。看到我时，她就转身离开了窗口。我回到自己的车里。五分钟后，布鲁克塞德大步穿过停车场向我走来。他绕过我的车门，递给我两个马尼拉麻制的文件袋。

"给你，曼格姆上尉。看起来你不太明白为什么杰克·莫利纳会选择我，我们可以这么说吗？他非要把自己这辆大车套在我这颗小星星上。你看看这个。"他居高临下地看着我，脑袋稍稍偏斜着，就像他在倾听某人的讲话，或者拍照片时的样子。"另一个文件袋里装的都是些奇怪的来信。如果我再接到类似的东西，我发誓一定马上通知你。这封信是一个月前夹在挡风玻璃上的。"

我打开装满了信的文件袋，与李曾经给我看的那封大同小异。一样的强劲有力的黑色粗体字："现在退出还为时未晚。"

那个稍大一点儿的文件袋里装着一封打印的报告。首页十分清楚地告诉我那是杰克·莫利纳有关布罗迪·奇克的"宪法俱乐部"的评论的相关资料。一个简洁明了的表格指示出其中的人物关系：A.属于俱乐部的政府官员——包括贾斯廷的舅舅参议员基普·多拉德。B.一些属于那个俱乐部的私人业主，包括戴尔·范肖和刚刚离世的布里格斯·卡德米恩。C.一些管理企业、托拉斯、各种组织各种同盟，并通过官员、投资人组成的各种董事会、委托人、顾问或荣誉会员，左右这个州运行的人。箭头都往下指向D：小商业主等等。有关商业的，都列入C格里。从C开始，箭头清晰地直接指向一列"基督之家"的支持者名单（布罗迪·奇克神父是主席）。所以，如果你把这页从头看到尾，一定会有这样的印象，那些奇怪的人——他们确信从来都没有邀请过像奇克那样的垃圾去他们的舞会——却往往可能还会给他的电台秀节目捐点钱，他的节目大肆地向普通白人民众鼓吹，说什么虽然有可能穷困潦倒，但是，在上帝的书中，他们比黑人、同性恋、犹太人和像安迪·布鲁克塞德那样的自由主义北方佬强。没有线条把"基督之家有限公司"与任何一个贴有"KKK"标志的小盒子连起来，但是，那确实是一条难画的线。如果"基督之家"出钱资助三K党，他们可能就不用费劲地去国内税务局里填写申请减免税额的单子了。

我告诉布鲁克塞德："这人真是在很努力地为你工作啊。他是谁，帮你打听得这么详细？"

他朝周围打了个手势，好像在大学做讲演的时候一样。"我可拥有一支智慧超群、乐于奉献、富于激情的团队哦。"

"像杰克·莫利纳那样的人？"

"还有很多别的人。"他指着文件袋，"事实上，没有什么我办不到的。只是到目前为止，从来没有人按那个号码打过去而已。"

"现在也没有那么多不合法的事情存在……但我还是给你讲一件有意思的事吧。我怀疑刘易斯可能更愿意把它公之于众。"我把文件袋塞到座位底下。"好了，我们可以出发吗？"

他突然把手伸进大衣口袋里，掏出一大串钥匙。"你瞧，既然我的车在这里了，为什么我不自己开车呢，这样在葬礼之后李就不用再送我到飞机场了。我的飞机是两点半起飞。谢谢你。"他轻轻关上我的车门，站在那里，手攥着钥匙。

我再一次被他突然改变的行程计划和更改我决定的果断，弄得气短。不过随后我想，只有当你"全身心地最快地决定你身边的每一件事情"时，你才算得上真正的做事快。快，就容易健忘，如果他真的如我确信的那样，忘记了把保时捷停在哪里了，那么他在一小时之内将无法赶上飞机。

我开车驶出了停车场，又回头看了看罗厄尔大楼。那个深色头发的女人还站在窗口。即使在距离这么远的地方，我都能断定，用布鲁克塞德的话说就是，"真是个漂亮的女孩儿"。

站在北希尔斯顿公墓，能够俯瞰整个希尔斯顿，我猜想这就是为什么第一代卡德米恩和海文家族的人肯花大价钱把自己埋葬在这里，这样他们就可以世世代代看守着他们的财产。伊诺斯·卡德米恩和爱娃·阿特克·维尔被埋葬在一座像小万神殿似的墓里，那座墓上装饰着一个极度悲伤的女天使，她高举着双臂，就好像刚跑完痛苦的四分之一英里比赛，跨过底线时那样。在他们墓右边老布里格斯，也就是伊诺斯的儿子，如今也来这里安息了。他的棺椁披着一条有黑色玫瑰花纹的毯子被安放到墓道深处，而四周的每个人却都在起劲地谈论着小布里格斯。所谓"每个人"，加在一起大约是刚才到教堂参加葬礼人数的十分之一吧。他们交谈着，说在教堂里的温度怎么也要比这儿高出十五度，要暖和得多，且没有寒风来袭。站在墓碑旁边的默哀人，脸上的泪水也像悲痛一样的寒冷。事实上，里维伦德·坎贝尔的祈祷已经在加快了，我到达后不到五分钟祈祷就结束了。布鲁克塞德根本没能赶上。

　　棺椁刚刚放入墓穴，人群就很快地散开，都钻进停在一旁的各自温暖的车里。我跟贾斯廷和艾丽斯打了招呼，说一会儿再跟他们谈，就直接走向李，她正站在那里跟范肖一家道别，深色的皮衣围到了耳朵下面。她身后星星点点分布着柏树的小山丘上，竖立着一块三十英尺高的大理石碑，正下方刻着粗体字"海文"。周围是大大小小的墓碑、神庙和地穴，都是为了纪念那些逝世后没能葬在大学陵墓里的海文人。我想，她的父母是不是也葬在了这里。可能有她在朝鲜遇刺的父亲戈登·海文；或者她的继父布朗特博士，我曾经三次在布里亚希尔吃饭时，他总问我同样的问题：你不是希尔斯顿俱乐部的男招待吧——我当然不是。在她继父的墓地一边可能躺着李的妈妈，她也曾多次因为记不住我的名字而向我道歉（脸上明显地，不带歉意的表情）。

　　李并没有惊讶于我在十五分钟的车程中把她丈夫弄丢了。我咕哝着说布鲁克塞德回去取了自己的车，这样他就能直接去飞机场了；她也咕哝了几句，哦，那么她就不用等他了。她的司机靠在美洲虎车旁，抽着烟——可能是海文工厂自己生产的。她说："跟我到我的车里去？"我拉着她的胳膊，跟她一起慢慢地往回走，走过坚硬的土地，走过仍然沉睡着的过去，走过那些"被深爱"的妻子、"受祝福"的孩子，走过那些已经被遗忘的正派绅士和粗俗人们。

　　我说："你不介意吧，就一会儿？"我带着她小心地走过兰道夫家的墓地，来到一棵光秃秃的桵木树旁边。树下立有一个小石碑，上面刻着"伊迪丝·基恩，去了一个更好的地方"。这么多年，每逢星期日我都陪着艾萨克·罗斯索恩来这里，尽管他从来没有正面回答我的问题：伊迪丝·基恩到底是谁，或者为什么每周他都要给她带来一束黄玫瑰。她二十多岁就去世了，我把这想象成一个充满悲剧色彩的爱情故事，而这个老光棍还没有从哀思中走出来。我加入希尔斯顿警察局后，还曾经专门查过城镇户口档案，以期找到她的死亡证明。到现在，我仍记得，我看到伊迪丝·基恩名字那天，感觉屋子里寒彻心肺，她是州立疯人院的病人，未婚，死于"意外事故"。我从来没有告诉过艾萨克我已经知道了这个女人是谁。今天，玫瑰花蕊都枯萎了，花瓣散落在冬季干硬的土地上。显然，艾萨克这个星期没有来过。

李说："我记得你告诉过我有关伊迪丝·基恩的事。你还常能见到那个奇怪的律师艾萨克吗？"

"是艾萨克·罗斯索恩。他现在仍是莫名其妙。"

"这听起来真够浪漫的，到她的墓地献上玫瑰花，他一定一直在做呢！"她把手停在弧形的石头上面。

我说："和你分手以后，我也想过，如果你去世了，我也会为你做同样的事。我无数次地幻想过，一个白发苍苍的老光棍站在你的墓前，手捧玫瑰，那些年轻人围在四周，窃窃私语，'看，那才是真正的爱情'。"我开了个玩笑，然而一种莫名的尴尬油然而生。我突然连牵动嘴角微笑都做不到了——幸好她没有死死盯着我的眼睛看。

最后，李笑了起来，解救了我们俩的尴尬。"看来你当时很生气啊，很可能，我死去的信息是你最想要的了。"我终于笑了出来，她挽住我胳膊，我们一起往前走去。

到了美洲虎车旁，年轻的司机为她打开了车门。她说："谢谢，阿诺德。"他从另一旁钻进了车里。站在车旁，李拉着我的手。"星期四会在埃德温娜家里见到你吗？"我点点头。她说："安迪得去趟纽约。"

"哦，就是他今天要飞去的地方？在圣诞前夕？"

"今天？哦，飞机场。不，他的意思是自己驾驶飞机。他有个小型的赛斯纳。你知道，在去罗利的路上有个私人领地。"

"哦，我很高兴听到这些。我不愿意想象在圣诞前夕你会一个人度过。"我仍然拉着她带着手套的手，但此时不得不松开了。

她抬起头，看着我的眼睛，看了很长时间，我甚至都听到自己的心跳，估计她也是这样。我说："圣诞快乐，李。"

她说："你的手套哪儿去了？你的手都冻青了。"

我从这件第一次穿的新大衣口袋里，掏出了手套。我说："你的耳朵也冻青了。"

"是吗？"她用手捂住耳朵。

一阵大风将车门推向她，我赶紧跳上前一步，挡在她前面抓住车门。她闪在一边，抓住我的胳膊。我看见她的脸红了。我突然明白了这其中隐含的意义，不禁膝盖酥软。

她上了车，司机发动了车子。我走近车门，她说："圣诞快乐，卡迪。"然后就离开了。

在布里格斯·蒙默思·卡德米恩下葬后的一个小时，库柏·霍尔也入土为安了。他的墓地不在山上，而在松柏环绕的圣锡昂浸礼教堂的后面。除了我之外，我只看见六个人参加了这两场葬礼：亚伯勒夫妇、贾斯廷和艾丽斯、巴布·珀西，还有保罗·麦迪逊神父。在准备阶段，我和巴布站在院子里。锡昂浸礼教堂位于迦南的郊区，在东希尔斯顿的最东边，是希尔斯顿最边缘的部分，在内战结束后的一百一十年间这儿被习惯地称之为"黑城"了。库柏的政治盟友们计划在一月上旬举行一场纪念活动。今天只是比较私人的场合，他们邀请了他想见的家人和朋友。我在这间小小的教堂门口安排了五个警察，以确保不被媒体和外界打扰。但仍有许多人在那天下午赶到教堂陪伴诺米·霍尔和乔丹·韦斯特。我盯着每个从我面前经过进入教堂的人；约翰·埃默里警官也谨慎地看守着，并要求跟他一起站在后面角落里的教堂执事认真核对来者的姓名。这大概是人性中最悲哀的事实：凶手们总会出现在被他杀掉的死者的葬礼上。两辆来自多拉德监狱里的车开进了停车场，小小的锡昂教堂就要人满为患了。两辆车，四个带枪警卫，押送着乔治·霍尔来参加他弟弟的安葬仪式。政府形象、政治因素和竞选压力授予了他这种特权。

当乔治·霍尔走出警车，镜片后面的双眼紧闭着，他歪着头躲避着寒冷冬日的刺眼阳光。他的头发已经灰白了。监狱提供给他一套蓝色西装和一条领带,对他那肌肉发达的身躯来说,这套衣服显得有些紧绷。他的双手仍被铐在一起。他走在警卫的中间,脸上带着一种奇怪的神色……仿佛仔细检查着自己迈上教堂台阶的每一步,好像在被关押的七年里,他已经丧失了方位感和距离感。我跟保罗和巴布一起站在门口,巴布围着一条羊绒围巾,都裹到了鼻子上,好像他准备抢劫这个集会似的。我推了他们俩一下,让他们往后站,让出大厅的入口。我感觉到巴布的反抗,因此我用手压住他肩膀,但他拨开我的手,朝我大声叫道:"妈的,曼格姆,你以为我是什么人?"我根本不屑于回答他这个问题。保罗悄悄地溜到我身边,抓住了犯人的手,嘟囔着:"乔治,节哀顺变,主与你同在。"其中的一个警卫,估计身形有保罗的两倍大,一步跨到他们中间,礼貌地说:"对不起,先生。"

"这个世界上根本没有任何理由,"保罗厉声说,"在这个时候非要铐住这个人。"

他们都对他的话置若罔闻。

乔治不断地舔着嘴唇。他清清嗓子开始说话,仿佛他已经失掉了这个习惯了似的。"好吧,"他对保罗说,"你知道艾萨克·罗斯索恩吗?他来了吗?"

保罗看着我,我摇摇头,回答说:"没来,我们也不知道他去了哪里,从上个星期六开始就失去了踪影。说实话,我非常担心。"

乔治用手腕往上推了一下他的眼镜,他认出我后冲我点点头:"我想见他。请你转告他,好吗?"

"好的。"

乔治转向保罗说:"妈妈说你帮了很多忙,谢谢你。"

第一个警卫嘟囔说:"好啦,可以啦。"他推开门,人群让出道来让他们走进去。突然,一个女高音尤如长矛般划破长空,从教堂深处传了出来。"深深的河流,主啊……我要穿过你走向完美的营地。"仪式还没有结束。我看见有个女人站在墓地旁边,跟其他人一起歌唱着"尊贵的主啊,拉住我的手",我这才意识到,那声音来自布伦达·默尔警官。

还有令我更吃惊的事。当这一小圈人都围在敞开的墓地旁边时，在诺米·霍尔和牧师的后面，我发现了一对夫妇。我刚才到达的时候，他们一定已在教堂里了，否则，我觉着自己应该是能看见他们走进教堂的。首先，因为这儿没有多少白人会出席。其次，因为七月四日当天，在贡尼岛上，我应该能很轻易地辨别出杰克·莫利纳那双拜占庭式的眼睛。其三，在莫利纳旁边拉着他的胳膊站着的人是个苗条的黑发女人，就是那个两个小时前，在罗厄尔大楼的窗户旁仔细注视我和布鲁克塞德的人。我挪到保罗旁边，低声问道："跟莫利纳在一起的女人是谁？"

保罗伸伸脖子转身看了一圈。"他妻子黛比。"

"她也在大学工作吗？"

他摇头说不是，然后又低下头，闭上了眼睛。

一个七十岁的膀大腰圆的老者，格林伍德神父，他那浑厚的男低音，在墓地上空升起，盖过了哭泣的声音。

"亲爱的主啊，我们给您送去我们深爱的人，库柏·大卫·霍尔。他的生命是短暂的，但是他会长眠于您的真理之光中，长眠于您战斗的盔甲中，也会长眠于那片希望的乐土中。是的，他的生命如此短暂，但他是一位优秀的领袖，一名优秀的士兵。生命虽然短暂，但库柏·大卫·霍尔却摒弃了孩童的稚气，像一个真正的男人一样讲演……"

铲子在每个人的手里传递着，大家都用冰冷的红土来掩埋他的棺木。当传到乔丹·韦斯特时，她往后退到乔治身边上，后者的脸上流淌着泪水，站在警卫中间。乔丹抱住他，把他带到墓穴的边上，把他铐住的双手放在铲子的木头把上。当乔治把铲子递给了他的堂弟时，警卫们都低下头看着地面，那是个清瘦的年轻人，我曾经在市中心的审讯室里见过他，马丁·霍尔，他带着黑色的袖标，跟埃里克站在一起，在《与自由和正义同行》杂志社办公室被盗案件中，这个大学生曾经提供了一些情况。马丁迅速地把铲子狠狠地插入泥土中。

格林伍德神父唱了祈祷辞，然后他告诉我们："库柏现在不在这里，我的朋友。他没有变得冰冷，也没有感到寂寞。至高无上的主会保护他的安全，会用胸膛去温暖他。我们回家吧。"

乔治绕过那片已经翻起了的红土，走向一排金属折叠椅，他妈妈坐在那里，一动不动，她妹妹挽着她。乔治双膝跪地，努力张开着腕部被铐着的双手，捧住诺米·霍尔的脸，把她抱在怀里。她终于大声哭出来，当他来回地摇晃着她身体的时候，她叫道："哦，我的儿子，儿子。主啊。库柏，库柏·霍尔！"

在我身后，我听见了巴布·珀西照相机的咔嚓声。这张照片后来出现在各大报纸上，甚至还上了《纽约时报》。

第九章

圣诞日凌晨两点,钟敲响了。当马里奥·兰扎高声大喊"让欢乐充满世界"的时候,我正坐在某个陌生人的旅行毛毯上,周围摆着两百多辆未组装好的粉白相间的十速自行车。我原先的计划可不是这样,但一路上障碍重重,耽搁了下来。比方说,保罗·麦迪逊邀请我吃大餐,却直接带我去了三一教堂的救济处:在那里,我跟十八个人吃了意大利面条和海绵蛋糕——这些人中有六七个我曾与他们因犯罪打过交道,从卖淫,到抡包,再到盗窃。那个给大家分咖啡的年轻人,就是迦南那场暴乱的参与者之一。他们现在都获得了保释,而且法律辩护协会的人还在跟米切尔·贝兹莫尔商讨着要给他们减轻处罚。

吃过饭,保罗带我到教堂的法衣储藏室,那里的几个人,从六岁到七十岁不等,在仔细搜索阁楼间的每个角落,找出自己的法衣,以免绊倒他人。保罗试图威逼我举起那面在圣诞前夜唱圣歌时用的该死的旗子;甚至要求我大喊什么圣·麦克尔是天国的警察局长。

我拒绝了。"我连在《第十二夜》里演主角都拒绝了,还能在这儿演个跑龙套的?"保罗是个逮住机会就想"教诲大家"的人。我说:"教区长大人，我根本不来这个教堂作祈祷。"

"那又怎样？你从不去教堂。"他从留有巴斯特·布朗发型的头上脱下那件刺绣鲜花的行头。

"你难道没什么特别的感觉？我的意思是，考虑加入个会什么的？"

"对啊。"屋里其他几个牧师眨眨眼，他们正一把抓住那几个唱诗班孩子的裙子，防止他们偷偷地在雪白的衣服袖子上擤鼻子。

我说："哦，保罗，我可不成。我的时间都奉献在办公室了。"

"典型的工作狂。你需要私人生活，卡迪。"

"是啊，你不也一样吗？你生活在这儿，工作在这儿，睡觉在这儿，不客气地说，你也吃在这儿。我厌烦了人们跟我说我需要什么私人生活啦。"

"这不正说明点什么问题了吗？"他咧开嘴冲我笑道，"我们都看出什么来了。"他把一个银竿上的十字递给一个矮胖的女孩，看那女孩的身形，假如她从你头顶上方摔下来，那体重一定会把你砸趴下的。然后他往自己脖子上围了一个薄薄的圣带，又整理排成一行的蜡烛、旗子、不停冒烟的坛子和破旧的法衣。"上帝的光辉笼罩着弥撒，表演时间到！"唱诗班开始高声地唱了起来，我在教区长的屋子里也听得真切："让忠诚、欢乐和胜利走向我们。"离开救济处的大厅，我来到比利·吉尔克里斯特的阁楼里。如果麦迪逊神父所言属实，这间屋子里一样东西没少，那么比利就不是小偷了。办公桌的抽屉里，放着几件廉价的破旧衣服，门后的钩子上挂的也是。床下的破烂箱子里装着一瓶未开封的加拿大五号威士忌酒、十包口香糖、一本《圣经》——算是新生活的指南？——埃尔默尔·莱纳德的一本有关赌徒和诈骗者的简装书——是对旧生活的怀念？——和半副扑克。在他的夹克兜里，发现了一个银色彗星酒吧的火柴盒，这使我颇感兴趣，因为库柏·霍尔的通讯录上也记载了这个酒吧的名字。我把办公桌抽屉的支撑板条卸了下来，发现了一串编了号码的公共柜子的钥匙，这引起了我的兴趣，这是吉尔克里斯特唯一费心想要隐藏的东西。

银色彗星酒吧原本是辆长途客车，从罗利通往亚特兰大的，常停靠在老火车站后以北的几个街区，如今的火车站已经发展成了购物中心，叫南站。彗星酒吧卖廉价食物给住在皮德蒙特宾馆的流浪者，特价一块九毛九的鸡汁牛排、土豆泥、羽衣甘蓝，那个叫鲁贝特的肥胖女招待会把这些食物重重地丢在油腻的案板上。禁酒令废除之后，它又取得了卖酒的执照，从淡咖啡到卖酒水，经营项目发生了转化。一直以来，它作为一个低级酒吧，是挂了号的。它一时半会儿也不可能蜕变成为一个高档场所，但它正在朝这个方向改进。皮特·扎斯洛——酒吧的主人，一把年纪了，脏旧如同一块破布，他告诉我说："开发商正找我谈价，如果价格合理，你可以直接把我这老头儿的信送到佛罗里达去，就眼下。"

　　你稍稍发挥点想象力就会发现，变化很快来临：霍克尼的作品将取代退了色的炸鸡蛋图片，倒挂的盆栽植物会取代巴布斯特钟，漂白的橡树会取代福米加塑料贴画，金属绳子和硬纸铃铛会从天花板上垂下，角落里，婴儿蓝的塑料树上将闪烁耀眼的灯光，老式的电唱机将传出猫王磁性的嗓音，"圣诞节我要回家"。当然，悲哀之事也会超出你的想象：平安夜里，一群穷汉围坐在廉价的酒吧里，播放着催促人们节日回家的歌曲，但是他们偏偏早已忘了回家的路，或者也不想就这么惨兮兮地回去。我走进彗星酒吧，看见这些人透过污浊镜片的目光，呆呆傻傻的；他们不会四处交游，也不会彼此鼓励、振作，说一句"上帝会赐福给欢乐的人们，甩开悲伤吧"；他们看起来不仅沮丧，而是很紧张。一个女人静静地坐在我旁边的凳子上，她看起来有五十多岁了，像接二连三地经历过痛苦岁月仍满怀信心的人那样，她跟我说："我一刻都忘不了猫王。"

　　"如果你还能坚持，就不要放弃，"我告诉她，"我也十分想念他。你喝的是什么？"这酒叫特奎拉日出，她说她喜欢这酒的发音，我买了两杯给她。日出，说明人们还心存希望。

　　彗星酒吧老板说，他当然知道库柏·霍尔是谁，从电视上看到过，但不记得他是不是来过这里。比利·吉尔克里斯特倒是经常来。"你们早点把他逮进去吧，只有那个好管闲事的矮个牧师整天盯着这个蠢货，不让他沾酒。"他朝烟雾缭绕的吧台看了一眼，"有一阵子没看见比利了。但他会回来的。这些人离不开这里。"

"哦，你这里的确有吸引力，皮特，你知道我为什么这么说。"

"别开玩笑，曼格姆。"

"我倒是想开开玩笑……你有没有注意比利总喜欢和谁在一块儿？"

扎斯洛搔了搔他灰白的胡须。"倒没谁是固定的。他喜欢跟人家瞎扯，你知道的，他周围总聚着一圈人。他每次来，似乎都愿意招呼那个叫巴特勒的黑人……性格有点怪异的巴特勒。

"那个登月脚巴特勒？"

"是啊。也好长时间没见他来了。"

我喝光了啤酒。"恐怕得五年之后他才可能再来你这里吧。登月脚巴特勒被引渡到北方的特拉华州去了。他拉着满满一卡车的违法光碟，犯了小案子。"

"就这些？……再来一杯啤酒？送你的，不收钱。"

"皮特，我从纳税人的手里收受礼物可是违法的。"

我跟皮特·扎斯洛开了这么多年的玩笑，这回他第一次大笑了。不仅大笑，而且相比以前的简短提问，这次他主动跟我多说了很多话。"曼格姆，今天是圣诞节，我应该问候你。你当了多少年警察局长了，三年还是四年？希尔斯顿城里像我这样开个小酒馆的人，都在等啊，等啊，等着银根紧缩的时候。谁也不知道这物价会怎么变化。你知道吗？我们几乎都绝望了，认为那一天永远不会来了。永远不会出现银根紧缩的那一天了，更别提免费啤酒了，你们这些新人啊，真他妈的干净。这就是我给你的圣诞祝福。"他走到酒吧的尽头，把一个看起来精神恍惚的人手里的酒杯拿掉，那家伙可能被佩里·科莫《第一夜》的调子哄着睡了。

皮特走回来，说道："就像那位女士喝的特奎拉酒，永远都卖八美元七十五美分。"

我给了他十块钱。"皮特，我得为你给我的祝福谢谢你。现在你告诉我，哪些人是你所谓的不干净的老古董？我懒得去猜，但他们会涨我薪水的。"

"有人要除掉他们,是不？皮姆和拉塞尔？是那帮黑人做的。是啊，他叫什么名字,那个州长刚刚给了缓刑的？"

我直接略过了皮特关于乔治·霍尔的量刑分析，问道："你是说博比·皮姆和温斯顿·拉塞尔从你这里敲诈过钱吗？"

就好像我在奚落他似的，他看起来表情痛苦。接着，他今天晚上第二次笑了起来，声音甚至更大。"曼格姆，现在事情变得有趣了。从我这里？你是这么说的吧。那两个狗娘养的是在敲诈他们老祖宗牙齿缝里省下来的东西呢。他们就像钟表发条，两个都像。"

我听到过一些谣言，自从范·富尔彻掌管希尔斯顿警察局后，就有警员收受贿赂，为行贿之人大开绿灯，净是些不大的案子，数量也有限。现在我突然意识到拉塞尔和皮姆就是穿着法律外衣的暴徒，但从没人举报过他们俩的行为。我抬起胳膊肘，皮特用一块抹布擦擦我胳膊下的柜台，那抹布好像自从他买下酒吧就一直用着。"那么，告诉我，他们曾经是不是像风一样窜进来说，'嗨，波普，我来这里拿这周的慰问金'是吗？"

"哦，别这样，曼格姆，你知道的。我们不得不以他们的价格买下这些东西，他们定的价格，无论多少，总之一直都在涨价。"

"你什么意思？"

"你怎么理解都行。酒啊，磁带，还有一大摞你抱都抱不动的香烟。我告诉你，我是个白人，即便我们都知道那个黑孩子举枪向两个警察射击，该死的，我们还是照样举杯。"

我提醒扎斯洛说，乔治只打死了一个警察——博比·皮姆，那个温斯顿·拉塞尔是因为侮辱妓女而进了监狱，出来后又侮辱了我。但是，据我所知，到目前为止他还没死呢。

"瞧我这猪脑子。"皮特承认他的脑瓜塞满了咒人的想法，不大灵光了。"哦，你知道，他们两个总在一块儿，皮姆和拉塞尔，这两个人都扎根在我的脑袋里了。"

我脑子里盘旋着皮姆和拉塞尔这些"老客户"的名字，当半小时后我离开了彗星酒吧时，宾·克劳斯比的华尔兹圆舞曲滑出了收音机，飘向了冬季的仙境。我旁边的女士感谢我送给了她一杯特奎拉日出酒，她叹了口气说："我也特别怀念宾。那些美好的东西流逝得太快了。"

我说："可不是吗。但是你看，像佩吉·李和洛蕾塔啊，我们身边到底还是有很棒的歌手的。"

出乎我意料的，她优雅地擦擦嘴角说："女人的名气维持得更长些。"这种想法倒是让她高兴了点儿。

没有什么爆炸性的新闻从市中心传过来。商店都打烊了，货架也都清空了。人们要么拖着东西，要么雇人搬运着东西，都满载而归。我的这笔买卖好像也使圣诞夜放慢了脚步。在槲寄生下面的长椅上，坐着海勒姆·戴维斯，他正翻看着他的《圣经》，使得这空着的大半个屋子里填满了上帝的精神。

"好吧，海勒姆，就像歌中唱的那样，为什么我们不能像歌里唱的那样每天都过圣诞节呢？你难道不认为这是上帝为了摒弃其他的那三百六十四天而采取的放任自流的方式吗？他为我工作，我才能给他点烟。"

戴维斯细长的脖子在挺括的领口里转动着，他正认真地捋着《圣经》上的丝带，以便它少占点空间。接着，他合上书看着我，那副老式的金边眼镜后面的眼睛睁得老大，充满热切地叫："卡迪·曼格姆……"

哈，这真令人惊讶；自从我当上上尉走上局座的岗位后，他这还是第一次叫我的名字。"啊，什么事？"

他深吸一口气说："你是个聪明的人，比我聪明多了，我知道的……"然后又深吸了口气："但是，如果你想要拿上帝来开玩笑显示你的聪明，那我得告诉你，据我看来就是捉弄你自己。"他无所畏惧地摘掉眼镜，使劲眨了眨眼睛。"这是我的观点，你可以开除我，随你的便。"

他的脸红了，事实上，我的脸也一样涨红了起来。我们都盯着对方，接着我冲他点点头，走到桌子旁边。他退后了一步——我不清楚他认为我会如何处理他，可能认为要摘掉他的肩章吧——但是我拍拍他的肩膀，他在颤抖。我说："海勒姆，在我看来，你说得很对。"我退后几步，拿起一张便笺纸，写下几个字。"请你帮我找找旧的值班表好吗？博比·皮姆和温斯顿·拉塞尔的。外加上比利·吉尔克里斯特的逮捕记录，还有那个，你还记得不，去特拉华州的时候遇见的，那个叫登月脚巴特勒的人？"

戴维斯还沉浸在刚才对我的挑战中，他重新把眼镜戴回到长长的耳朵上，谨慎地将将花白的头发。他轻轻地抚了一下纸面问："巴特勒？"

"对，登月脚。有一双长腿的家伙。他们都那么叫他，因为他走起路来总是迈着高高的、轻快的步子，好像走在月亮上一样。"

老海勒姆回来的时候，肩膀还僵硬着，下巴紧绷。"阿瑟·巴特勒。因为大肆盗劫而两次被起诉，一次是四年前，另一次是七年，要么就是八年前。"

"海勒姆，我太爱你了。"

他忽略了我的咧嘴一笑。"还真是蛮有意思。他现在怎么样呢？"戴维斯轻轻地推了下架在鼻梁上的眼镜框，才点点头说："他抢劫了海文烟草公司的仓库，就是那样。我们因此和他有了接触。但对方放弃了那个案子。当时负责的警官说他们看见嫌疑犯已经逃脱，但没办法查出疑犯的身份，证实不了那人是不是巴特勒。"

我重重地敲了下桌面上摆着的小鼓。"戴维斯中士，我不仅永远不会解雇你，不仅永远不会让你退休，我简直就想在这盆槲寄生下面向你献吻呢！如果你能说出那个警官是谁，我发誓我一定吻你。"

他紧紧地抿着嘴唇，好像试图忘记这个事实。"不记得了。"

"你该不是怕我吻你而隐瞒事实真相吧？"

"曼格姆上尉，我这个人可能有很多缺点，但是我从来不撒谎，从来不——"

"哦，海勒姆，冷静冷静。请你帮我把海文抢劫案的档案拿过来。我跟你赌十块钱，那个警官是博比·皮姆或者温斯顿·拉塞尔。好吧，

162

你从来也不打赌。这次赌一把怎么样？如果我对了，你得当面叫怀特警官南希。如果我错了，哦，怎么说呢，下个星期天我会去教堂。怎么样？成交不？"

他想了一会儿，衡量了一下这个赌局，如果这个赌博罪恶能拯救我这样人的灵魂，带来的必是大善，我真是为他骄傲。他说，好吧。

我猜想，下周看来我得去教堂了。因为那个警官的名字叫珀利·纽瑟姆，是拉塞尔和皮姆的小跟班。

回到家里，玛莎感到非常高兴。我是说，它终于又可以在公寓里为所欲为了，尽管它的私家衣装和小床都在我的奥兹莫比尔车后座里放着，但是家里有它享用不尽的小点心啊。听着维瓦尔第的一张新碟——我喜欢的可不仅仅只有乡村音乐——我换上去年圣诞节贾斯廷送给我的工装裤和汗衫。汗衫前襟上印着如下同义词：

    警察，治安官，和平的护卫者

    侦探，法律的臂膀，督察

    警察，宪兵，宪警

    法警，执行员，密探，差役

    镇长官，法警，警察

    巡警，警察，警察，便衣

    骑警，执法官，大力士，巡警

    刑警，私人侦探，迪克，狱警，值勤警

    法律

米切尔吃了一些炸鸡，我用微波炉热了一点冷冻的玉米卷饼，然后我们躺在毯子上，仰头望着家里圣诞树上的彩灯，还有那个破旧的无头约瑟夫塑像，以及他身后盯着他看的智者，他们俩都错过了"东方三博士"。他们好像从流沙中的骆驼背上滑落下来，或在穿越撒哈拉沙漠去追逐星星时丧失了信心，不得不踏上归途。事实上，我现在最想做的事是搞搞清楚海勒姆·戴维斯找出来的档案记录，还有安迪·布鲁克塞德的文件袋，他在关上我的车门前塞进来的。不过我把它们通通搁置在玻璃茶桌上，桌子上方悬挂着我从本顿维尔战场赢来的一个小铅球。大家都说我是个工作狂，但今晚是平安夜，我想，我无论如何该弄个哪怕冷了的火鸡——至少为了今夜。我翻了翻酒吧招待手册里的"节日酒类"，给自己弄了一壶蛋酒，然后走下楼去看电视，我的电视机放在一个壁橱里，里面还堆放着光盘、调频收音机、摄像机、大学时代开始收集的啤酒瓶子，以及两千七百六十五本按字母顺序编号的书——那可是我在无比沮丧之时，用了一夜时间整理出来的。安迪·布鲁克塞德也知道这些，这使我觉得有点难受。我在卧房里另外放置了一台电视机，对面墙的架子上摆了点书，还有我那些称为石头家族的东西——什么石头啊、沙砾啊、砖头啊，都是我在旅途中从历史遗迹里捡回来的，比如在雅典卫城和基奥普斯陵墓的沙堆里。

我在靠近圣诞树旁边的地毯上躺了一个小时，手里拿着遥控器不停地转换着频道。罗马教皇在圣彼得堡，比利·格雷厄姆牧师在柏林，夜间剧在反复重播。今晚没演《得州链锯杀人狂》。电影频道已经走向了精神领域——《伯纳黛特之歌》《长袍》之类；还有些经典的老剧——《怎样嫁给一个百万富翁》《歌王卡罗素》；再有就是季节性节目。我呷了口蛋酒，其实我不是很喜欢这口味。我换着频道，从一个正播放着的一个老吝啬鬼，往自己墓碑上偷窥一眼，却把自己吓了一跳的频道，调到另一个正在上演着在一个郊区的地方，小纳塔利·伍德把克瑞斯·克瑞格从一所房子摇晃下来的频道；再调到，格雷·库柏从一栋大楼的顶层正打算跳下来，他倒是没让约翰·多伊俱乐部的人失望——他们都笃信他自杀的誓言；最后我调到《这是一种精彩的生活》，吉米·斯图尔特从他的天使那里得到了消息——就是那些，如脆弱、破产和他感到的浪费，不过，没有他，那个美好的小镇就会成为城市争斗的中心。我觉得这片子跟我个人的梦想有些雷同，我一直认为这就好比希尔斯顿不能没有我一样。

还有一些事情，我从来没有透露过：比如我是个天使类电影的影迷，《未知世界里的天使》、《我娶了一位天使》、《主教的妻子》、《天堂可以等待》等等，这些片子我都看过。我喜欢看到克劳德·雷恩斯、加利·格兰特和詹姆斯·梅森这些天使来到人间，对凡人出手相救。《这是一种精彩的生活》也是我最爱看的之一。当我看到圣诞前夜,吉米·斯图尔特的邻居们拿着钱出现在他面前援助他,不让他因为失掉大厦和贷款而进监狱时,我禁不住地哽咽了。门铃骤响的时候,我正在擤鼻子。关了电视,我穿着袜子走了出去,边走边想谁会大半夜地来骚扰我呢。我承认,潜意识里我热切地盼望着有谁来访。比如,安迪·布鲁克塞德乘着他的赛斯纳失踪了,而李,驱车来通知我。你要是总看电影,相信你也会联想翩翩的。

但生活毕竟不是电影,来访者不是李。我斜着眼睛从门镜看出去,是个陌生人——一个跟我年龄相仿的漂亮女人,也穿着工装裤和汗衫——只不过她那件衣服上没有三十个"警察"的同义词,也在哽咽着,连睫毛都湿湿的呢。这是我见过的最绿的一双眼睛,眼角有些上扬。黑色的头发高高地束成马尾辫子,双手各拿着一把螺丝改锥——不是开饮料的那种。我说："你能不能把那个东西放下? 有人曾经用那玩意儿想杀我。"

"是吗? "她看看手里的工具,然后把它们塞进裤兜里。她看着我的门牌。"你是C.R. 曼格姆吗?"

"是的。"

"我是诺拉·霍华德。很抱歉这么晚打扰你,我是你的邻居,住在2-B房间——"

"我的电视声音吵到你了?"

"哦,不是的。事情是这样:我几个星期前才搬过来的,我站在阳台上看见只有你家的灯亮着。我想借一把小号的菲利普螺丝刀。你家里有么? 如果你不介意的话,我想进去喝一听啤酒,等着你找工具给我。"

尽管她的要求听起来有些过分,我还是觉得她不像是来袭击我的,所以我打开锁链邀请她进来。

我从门厅往外迅速地瞥了一眼,她的房门开着,一顶颜色鲜艳的印第安圆锥形帐篷几乎占据了整个起居室。"亨利和丹尼丝搬哪里去了？2-B 房间原来的那两个园艺设计师呢？"

"我是转租来的，他们破产了。你不知道他们搬走了？"

"我最近太忙了。"哦，我倒不是很想念他们擅长的朦胧音乐，而是他们厨房里的时时飘漫着的饭菜香味。

诺拉·霍华德解释说，在刚才的三个小时里，她一直忙着给她女儿组装自行车。"今年是我第一次独自扮演圣诞老人，跟你说吧，这本六十八页的组装说明书实在是令人讨厌。"她向我皱皱眉头说，"哦，你还好吗？可能我打扰你了，实在抱歉。"

"在看《这是一种精彩的生活》。"我指指电视。

"哦。"她咧嘴笑了，她指着湿润的眼睫毛跟我示意。"我也爱看。"

我从厨房里给她找了一把小号菲利普螺丝刀。"上帝保佑你，C.R. 曼格姆。"

"大家都叫我卡迪。"

"你喜欢别人这么叫你？"

"无所谓，但总比叫卡特伯斯好。"

她点头。"那倒是。我家人原来总叫我安吉，我不喜欢那个名字。那是我的中间名字，安吉拉。诺拉·安吉拉·卡里佩尼。"

"啊哈，那家饭店的名字？"

"那是我大哥开的。"她又皱皱眉，"你们都穿这种汗衫吗？"

"你说什么？"

"希尔斯顿的警察们？法利韦尔夫人——住在 A-3 号的那个，她给我讲了你的事。说你是警察局长。我原以为你得有六十岁了。"

"有时候我还真以为自己到那岁数了。"

她笑起来。"哦，男孩！我知道那种感觉。"

我打开冰箱问："来杯蛋酒吗？"

她扬起脸说："说实话，我很讨厌那东西。"

我点头附和："是挺难喝的，对吧？"

她越过我的肩膀看着冰箱。"你看，我女儿劳拉会说：'妈妈，你又让我尴尬了,天啊!'但那是肯德基的全家桶吗?如果你能告诉我组装说明书里的'数字30-b'是什么意思,我可以用一杯红勤酒跟你换个鸡翅膀。"她盯着我的脸好一会儿。"你是不是后悔开门了?"

哦,说实话,我有一点后悔了。我原打算洗个澡,再看会儿书。但自信总带给我最大的思想压力。我看了眼那个有两百多个自行车零部件的说明书,猜想她为此忙碌了一整夜,而对我而言,只要看完了说明书,组装不过是片刻的工夫了,我看书向来速度很快。

结果是,在马里奥·兰扎的《让欢乐充满世界》的歌声响起来的时候,我把反射镜的螺丝拧在了粉色的防护板上结束了组装工作。诺拉的女儿劳拉十岁。她的儿子布赖恩五岁,那顶帐篷是给他准备的。两个孩子都上楼睡觉去了,也许在装睡,等待黎明早点到来。诺拉夫妇原来住在得克萨斯州,她丈夫沃伦在航空航天局工作,一年前死于脑膜炎。诺拉的哥哥嫂子在希尔斯顿开了饭店,而且认为这里很适合孩子成长,因此她就决定搬到这里来。她很喜欢希尔斯顿。唯一的问题是她在北卡罗来纳州没有营业执照。

我问:"什么方面的营业执照?"

"律师执照。就是你汗衫上的那些词。"

贾斯廷和艾丽斯总是邀请我去他们家吃圣诞早餐。我们坐在桌边开始吃饭,等到艾丽斯打开所有贾斯廷送给她的礼物时,已快到午饭的时间了。她每次都唠叨说不要给她买这么多礼物,贾斯廷就说,我们俩就看你一个人一趟趟在圣诞树边拆礼物、摞盒子了,暗示她应该多送他点儿礼物。我呢,送贾斯廷一盘磁带,送艾丽斯一本书。我这人一到送礼物的时候,就显得十分缺乏想象力。艾丽斯送给我一件毛衫。而贾斯廷送了我一个用石头刻成的山形墙,原本陈列在州议会大厦里的;还有一双粉红色菱形花纹的短裤,再就是《马耳他之鹰》的碟片和帕齐·克莱恩的一张敬献上帝的签名照。真不知道他从哪里搞来的这些东西,这一定花掉他很多钱。

我们喝着血马利酒，欣赏着爱尔兰松树——上面没有装饰俗气的彩灯，只有零星的维多利亚风格的小装饰品——聆听着我送给他们的爵士乐队的典藏版唱片。艾丽斯还在嘟囔着："哦，亲爱的，又是一件连衣裙！"这时，我兜里的呼叫器响了起来。

贾斯廷说："如果一定要做警察，一定要的话，他所有的开心都会变了味，变了味。"

艾丽斯说："真他妈的。"

齐克·凯来布跟我说圣诞快乐，他非常抱歉请我按如下号码马上联系伊桑·福斯特。伊桑没跟我说抱歉，只说他们现在在某加油站里，刚从那附近的首口河里打捞上来了一具尸体。

我说："灌篮大夫，我实在不知道跟你说点儿什么好，你和我一样看过太多的尸体了，我们以前又不是没见过从首口河里打捞上来的尸体。你今天放假就该跟家人待在一起，否则鲁丝又要怪我啦。"

他说："卡迪，赶紧过来。I-28地区，在九号出口左边，经过那个农庄，大约一点六英里的地方有条通往河边的路，你就能看见我们。尸体现在在车里。"

"斯莱德尔的农庄？"

"对。"

"又有人开车冲下堤岸了？"

"不是。是被推下去的。"

贾斯廷说："好了，这是又一起了，同样的地方！我跟你说过的！"

"你想怎么样，贾斯廷·巴塞洛缪·萨维尔，想升职？想赚到去年两倍的薪水？"

艾丽斯送我们到门口。"你们别管我了，这些包装盒子足够我拆两个小时的。"

"我回来之后你再拆开吧，"贾斯廷告诉她，他愿意看着别人拆礼物，"一个小时就好。"

遗憾的是，等我把"杰伊（贾斯延的乳名），这个慷慨的家伙"送回家时，都快凌晨三点了。

那正是库柏的斯巴鲁车撞上卡车的地方。滑过的印痕看起来很刺眼，路栏杆被撞得破烂不堪。我们沿着杂草丛生的小路颠簸着，经过一片开阔地，估计曾栽种过烟草、玉米或大豆，现在只剩下杂草和小松树了。大自然就是这样的，如果你不努力去战胜它，它会很快收回它的恩赐的。斯莱德尔家院子里的拖拉机好些年都没用过了，旁边的小卡车连轮胎都不齐全。我们经过那里的时候停留了一会儿。门锁着，家里没有人。贾斯廷示意我看仓库，如帕克报告的那样，除了垃圾，原来堆挤在那里的巨型纸筒都不见了。

"这里原来还停着一辆破旧的白色福特车的。"贾斯廷指出，"看见油滴没有？"

"可能是斯莱德尔开出去度假了。"

后来证明根本不是那样。从公路望过去一英里的地方，三辆巡警车都闪着警灯。我们从空地走向河边；那里或许可以开车过去，但我可不舍得我那辆崭新的奥兹莫比尔。很显然，车子曾碾过枯死的野葛漆树和枫树苗，并冲过已损坏的陡峭堤岸后冲进河里的。我们的人已经找来了拖车，那辆车的半个车身已经脱离了浑浊的河水。尽管车上沾满了草根和湿泥，但仍然可以准确地辨认出就是那辆白色福特车，贾斯廷在斯莱德尔家仓库里见过的那辆。我们从毁坏的河沿斜着望过去，能看见车从车道上冲进首口河时，在红土上剐下的深痕和撞坏的树根。

"是菲尔兰 68 型。"伊桑·福斯特令人恐怖地出现在我身后说道。在他的羊皮大衣里面，是一件崭新的红色毛衫，毫无疑问那是圣诞礼物。"已经在这里几天了。"

"圣诞快乐，灌篮大夫。尸体捞出来了么？"

他指指河边的一个塑料袋。迪克·科恩——我们的法医，跟我年纪相仿——坐在一根残木杆上，忧郁地抽着烟。

贾斯廷问道："伊桑，车是被推下去的？"

"是慢速开到河沿上，加速冲越，它就翻过去了。你看。"他走向拖车前只给我们这样一个答案。我问他能否辨认尸体，他没听见。这也没关系，因为贾斯廷一拉开塑料袋子拉链，就说道：“是威利·斯莱德尔。我认识他。”

我叹口气。“如果你还坚持认为是这个家伙开枪打死了霍尔，那你得另谋出路了。我才不相信一个人冲下二十英尺高的河沿溺水赴死之前还要往自己身上揽麻烦——不管他有多么悔恨。”我根本不需要科恩医生的结果，就知道他不是死于头部重创或肺部呛水。

“中了三枪，很可能他是死后被放进车里的，”科恩说道，“我们的救护车呢？我得离开这里，我觉得难受。”迪克·科恩是因为“天气”才从布鲁克林移居此地的，他为此一直抱怨不休。跟很多纽约人一样，他对哈得逊以外的地方总感到陌生，而且固执地认为所谓“南方”就是南部的某个地方，应该像迈阿密一样地温暖。他把滑雪帽拉过他那窄窄的秃头。“哼，我的孩子还想要一辆车当做圣诞礼物呢。真该把他带到这里来，让他看看开车的下场。”

我说：“为了圣诞节？你们不是上周才庆祝的‘光明节’吗？”

他笑了。“是啊，如果我的孩子们听说他们在佛的生日里被派发礼物，一定要跟着庆祝的。”

贾斯廷翻着斯莱德尔的口袋，蹲在那里像个后街胡同里的孤儿似的。我留他在那里继续翻找。现场大约有半打的警察，包括一个潜水员和摄影师在内。约翰·埃默里，全身湿透到领带结，围着毯子瑟瑟发抖，是他和南希·怀特发现的尸体，并报了警——他们的合作关系开始得真不容易。我看见几步以外的南希也围着毯子，依着一棵大橡树站着。她的胳膊搂着一个大约十一二岁的小男孩，他很瘦，穿着廉价的改短的衣服，运动鞋，刚刚理过的棕色头发——大概为了灭掉头发里的虱子——南希在跟他说话的时候不断地点头。“嗨，局长，到这里来，”她冲我喊道，“跟沃利谈谈。”

沃利住在顺着公路、距此两英里远的出租农场——一个现代叫法：佃户住在窝棚里，有几亩已开垦的土地和一群肮脏的小鸡。他在圣诞节得到了一把戴西气枪，在这里玩时，无意间发现了那辆车。因为他不能离开院子，就到这片树林里射击那些能碰到的东西，但遇到的东

170

西不多，所以他沿着河一直走，直到来到这块破坏了的灌木空地。他顺着空地来到沙边，就在那里躲藏着，假装自己是人们喜欢兰博①，向河里的东西射击。他并不是从坍塌河岸的车痕判断出那是辆车的，车完全沉没水中，所以他也没看见车。当时他的伏击处有点倾斜，边沿倒塌了，以至于他滑下了河岸，新买的气枪掉在了泥水里。他这才不管不顾地跳到了河里。他撞到了福特车上。好在不是跳下去就撞上的，否则没准儿还搭上了小命儿呢。

他会潜水。但把这事告诉给他爸爸就需要勇气了，南希后来告诉我，"他那该死的爸爸会狠狠地抽他一顿的"——大概是孩子弄丢了夏天要用的一把枪。沃利的乡亲们看过车道痕迹，又掂量了一下地方保护主义和市民权力之间的赞成和反对意见后，最终决定报警。南希已经跟他们谈过了，这才带着沃利回到了现场。

我斜俯下身子，握住孩子冰冷的、皮包骨头的手。他带着一块廉价的电子表，对他的手腕来说就像个大闹钟。"谢谢你，"我说，"你做得很对。我是卡迪·曼格姆。圣诞快乐。"

很显然他吓得已经说不出话来，但还是冲我点点头，接着又回头看着南希。

她说："局长，我许诺沃利说我们会给他一把新枪的，可以吗？"

"那是很合理的，南希警官。"她不仅没系领带，而且卡其布的衬衫外面还套了件笨重的紫色条纹的乌龟领毛衫，就是人人圣诞节都穿的那种。

我挨着他们在冰冷的草地上坐下。"你在这附近住很久了吗，沃利？"他点头。"你们熟悉威利·斯莱德尔这个人吗？"

他小小的喉结像吞了东西。"有些吧。不是很熟，我想。"他瞧着贾斯廷跪着的空地上那个塑料袋。"那是他吗？斯莱德尔先生？"

"是的。"我给他时间让他来判断。"沃利？那是斯莱德尔先生的车吗？它拖上来后你能辨认出来吗？"

---

① 兰博（Rambo）：美国大片《第一滴血》中由史泰龙扮演的英雄。

"不是的，长官。他的车是一辆黄色的旅行车。"

"那这辆白色福特呢？"

他睁着蓝色的眼睛勇敢地看着我。"我从来不知道他开过那辆车。但是我想，我在哪里见过一两次。"

"在仓库里吗？"他没有回答。我拿出两包奶酪饼干，把一包扔在他膝盖上，打开另外一包。"沃利，你上几年级了，八年级？"

"不是的，长官，我六年级。"

"是吗？你看起来很老成啊。"

"我现在十一岁半。"他小心地打开饼干，拿出一块。

"校车会把你们送到家还是让你们在路口下车？"

"在路边停下。"

"那你们经过斯莱德尔家时往院子里看过吗？四下看看，你懂我的意思吗？比如最近是不是有人时常来拜访他？"沃利看着地上，而我嚼着饼干。"你知道吗？老师曾经告诉我，'卡迪，好奇害死猫'。其实那些老师是错的。"我往嘴里又塞了块饼干，接着开始吃他手里拿着的饼干。"没有好奇心，我还当不上希尔斯顿有史以来最年轻的警察局长呢。"

他怀疑地看看我。哦，可惜我现在穿着工装裤、运动鞋和羊毛夹克衫。我说："南希，你没有告诉他，我是警察局长。"

南希证明了我的身份。

沃利想了一会儿，吃完饼干，又拿出一块。"我想，他一直是自己住在这里。"

"嗯，仓库里没有什么新东西出现？"

"我想，我就是在那里见过那辆福特车的。"

"很好。你看见过那里的大纸筒吗？"

"那应该是纸吧。是高大的圆形纸筒。"

"对，非常好。看见斯莱德尔在他家附近转悠吗？我过去常常这样，因为总是有人打听我。"

沃利没有抬头就慢慢点点头。"但是我从来没拿过他的东西，甚至都没碰过。"他嘟囔着。他又咬了几口饼干。"我记得上周好像有人待在他那里。我看见他走出过院子几次。"

"你能描述他的模样吗？"

沃利描述出一个膀大腰圆的男子，既不年轻也不是年老，不是黑发，也不是金发。"就是一般人吧。"一次，沃利从窗户看见他没穿衬衫，后背一边有一道红色的疤痕。还有一次，他在院子里用手枪打咖啡罐子。

我问他："这个人枪法好吗？"

"是的，长官。"他庄重地点点头。

"你没有去捡子弹壳？如果我是你，我就会捡。"他慢慢地眨眨眼，又一次点头承认，那个人进屋后，他偷偷捡了点。我告诉南希把他送回家，并向他借捡来的子弹壳，明天我们要让他来我办公室指认照片，然后会给他一把新的球弹枪。我还答应带他去一趟监狱，他又一口吃下半块饼干。"还有一件事，沃利，你记得星期六在 I-28 号地区发生的那场严重车祸吗，有两人丧生的？"

他抱歉地看看我。"我是从电视上知道的。"

"糟糕。我真希望你能看见些什么。因为你是个很棒的观察者，非常棒。"

沃利显得非常失望，说他当时在离车祸现场很远的地方。事发当天，他骑车去了西边五英里以外的地方，在沿湖路的飞机场附近，那是一块私家飞机的着陆场地，有人在教授飞行技术，还可以花二十五美元体验一回风笛手小飞机的感受。他要是有二十五元，也一定要试一次的。

"我有时在星期六会去看他们飞行的。我隐蔽起来，没人能看见我。"他承认道，躲起来时必须小心呼吸——很显然，机场的管理者不允许有人随便进入。我跟他说沿着公路骑车要小心，他脸上顿时显得非常骄傲。"我总是很小心的。我在飞机场看到了一些事儿。"他补充道。

"什么事儿，沃利？"

"你是说星期六吗？那个驾驶飞机的人总是和另一个人一道来。"

"哪个人？"我猜是在斯莱德尔家里的那个人。

但他说的不是这个人。"他的照片出现在电视上时，我才认了出来。

173

就是那个黑人，那则新闻说有人枪杀了他的。"

"库柏·霍尔吗？"

"我爸爸不相信那新闻。他说你们就是想让人们相信他是被枪杀的，因为这跟小马丁·路德·金的遭遇很相像。"

我跟南希对望了一下。我说："这些情况你都确定吗，沃利？你曾经在飞机场见过库柏·霍尔。你十分确定？"

他想了想。"是的，长官。"

沃利不知道那个人是谁，但是他认为沿湖路飞机场的人会告诉我们的，因为那是个有私人飞机的名人。"我想，他们把他当做一个大人物来对待。就是那个被杀的黑人，而另一个人看起来像是个有钱人。"

他甚至还记住了那个星期六，库柏·霍尔和那个人一起上飞机的时间，以及降落的时间。他一边看，还一边在手表上记下了航班的轨道，那块手表是用卖鸡蛋的钱买的，而且"很好用"。他们在空中飞行了一个小时，大约在"两点三十分"的时候着陆。

"他们一起离开了吗？"

"没有，那个黑人自己先走了。他自己开的车，一种很震撼的车。"沃利把没吃完的饼干封好，揣到兜里。他看看我们俩。"这些对你们有用吗？"

我说："沃利，非常有用。这些会帮我们很大的忙。作为圣诞礼物，过几天怀特警官会再来这里，带你去感受那二十五美元一次的飞行。"

南希说："算了吧。我这辈子从来没坐过飞机。"

沃利表情很郑重地看着她说："我也是。所以我想去。"

第十章

圣诞夜，我在办公室加班，审阅一些记录和报告，在黑板陈列的名单上画着圈，就像有人曾经说过的那样"用粉笔思考"，我已经养成了这种习惯。事实上，说这话的人的名字也在我眼前的黑板上。"艾萨克"的后面画着问号，他现在在哪里？关于库柏·霍尔文件柜里丢失的东西他到底知道些什么？

我的办公室位于市政府大楼的高层，从窗口望出去，能看见缅因大街上的天空中，有冻成冰的圣诞老人彩灯在飞舞着，唱诗班的天使图案在新开张的摩西百货商店房顶上闪烁，映照着《希尔斯顿星报》大楼上面的圣诞树。几乎每一家商店、办公楼和饭店，都能看见花环和喷在雪地上、或喷在缀满花环的灯上的祝福语。这些东西带来的麻烦就是年年的圣诞节，人们都得费心准备。今晚的希尔斯顿能够这样和平、安宁，是民众共同努力的结果。今晚，在夜色中，所有的一切都那么美好。当然，这儿并不像你在意大利乘着列车呼啸而过某个无名的纯朴小镇时，所看到的风景那样迷人那样长久。这儿也没有竞选时用的狡猾装作的教养与智慧。这不过是个无足轻重的、体面绅士的、在凡世中不断地拒绝着混乱的、有着二百零五年历史的美国小城。

然而，这个叫做希尔斯顿的小城从一开始，就逐渐发展起它的文化来，现如今，早就跟美国建国初期的幼稚誓言分道扬镳了——比如说，这里没有政治联盟，没有参议院什么的。我几乎是几眼就掠过库柏·霍尔的那篇评论，一篇关于海文秘密社会团体的文章，标题看起来有些偏激，又迅速翻阅了布鲁克塞德搜集的有关"宪法俱乐部"的资料。我推断，在两份材料中所提到的组织和俱乐部的成员名单中，很大一部分是重复的。这只要看看那些同僚和党派领导人就知道了，他们可是在任何时间、任何地点都可能出现的。希尔斯顿的名人就跟小偷一样多、一样地生命力旺盛。他们大都是一群贪婪者，这些老爷大人们吃剩下的面包渣可以养活大批骨瘦如柴的穷人呢。

革命不关我什么事。在文化层面上，我可不负责治理堕落。国家付我工资只是让我去抓偷机器的盗贼。我属于工作在底层的、要保证国家这艘大船底层甲板干净无污染的群体中的一个。我的工作就是，完成那些贵族们上船来吩咐我做的事，那些事他们可不愿意做。有人在我的领地上犯事，就在我的职责范围了。这也就解释了为什么在圣诞夜，我还拿着粉笔在思考，在黑板上的名单中不断地画着圆圈。

现在，我必须在我的——准确地说是这个城镇的——仿真皮长椅上睡一觉了，玛莎·米切尔就蹲在我脚边，仿佛蹲在公爵的坟墓前。我睡着了，在梦中又重现了那短短的几分钟,这种情形大概有上千次了。事实上，那可是十分关键的几分钟，我好像回到了那天夜里，乔治·霍尔枪杀博比·皮姆的现场，他就因这个被送进死因房，还连累他那个政治活动家的小弟弟库柏也被一颗子弹打穿了脑袋。

在记忆里，听到乔治开枪的地方，是在离那儿几个街区的地方吧，不过现在不那么确定了。那是个炎热的夏季星期六，喧闹的音乐声从开着的窗子里传出来，整条东街满是汽车和路人的嘈杂声。我刚刚值完班，沿着米尔大街开着车去看我父亲。母亲去世后他一直独居，他也快不行了，但当时我还不知道这个情况。我拐上皮特大街时，发现斯摩克斯酒吧门口停着几辆巡警车，很多人围在那里，不停地挤进挤出。我记得，当时乔治坐在人行道上，另一群人远远地在街道另一端，蹲在一个躺在马路边不断抽搐的身体旁，我仍记得那人的腿在抽搐。那些从门口出来的或透过窗口眺望的脸孔都是黑黑的，默不作声。我呼叫救援，又一辆警车飞快地赶到现场——大约三分钟吧，救护车很快也到了——我知道已经有人在我之前打过了救援电话。后来人们告诉我，当时在酒吧内，皮姆和霍尔因为枪的问题起了争执，就已经有人匿名打电话报了警。案发时，范·富尔彻上尉与两位警官开着巡警车在枫树林附近巡逻，准备找波普做个阶段性的谈话——他生活在一个世代经商、还兼做小偷的大家庭里——想看看如果骚扰这家伙一下，他会有什么反应。富尔彻就喜欢抓捕波普这类人，他们是他做了标记的白人，以此来保持他抓捕种族主义罪犯的记录。

乔治独自坐在马路沿上，穿着 T 恤衫和牛仔裤，两条胳膊垂在腿间。看见他身旁的人行道上放着把枪，我马上掏出手枪。这时，他举起双手说道："我不跑，请别开枪。"他的鼻子在流血，他在不断地擦拭着已经流到胡子上的血。他问皮姆的情况，但没问太多，只是直盯着大街的远处。在法庭上，他也没说太多话，只说他以为皮姆跑回蓝色福特车去取另一支枪，所以他不得以才开枪自卫。当然，在庭审中，谁也没法证明有哪辆车停在那个黑暗的、拥挤的街口。

第一眼看上去的时候，我没认出博比·皮姆；他没穿制服，而且满脸是血。眼睛成了一个红红的圆洞，但不可思议的是他竟然还活着。一大群人都在围观——大都是黑人——摩肩接踵的，喊声不断，现场十分混乱。刺耳的警笛声呼啸而来，我高声发问："发生什么事了？！"但是我得到的回答仅仅是摇头、耸肩、小声嘟囔"没看见"或者"大概是打架了"之类的反应，再有就是人们迅速返回酒吧时给我留下的模糊背影。现在已经很难分辨出我亲眼看到的，和当天庭审所听到的——虽然我没听到多少——到底哪一个是真实的，因为笔录时我不是当值警官。就像我说的，我不过比值勤的富尔彻上尉早到现场五分钟而已，况且他马上接管了案子。而我被派去跟随救护车前往大学医院的急救室。一个小时之后，富尔彻上尉跟博比的妻子、父亲，以及十几个警官一起来到医院——据我回忆，还有他的搭档温斯顿·拉塞尔。他们刚到，手术室里就传出消息，博比死了。我离开的时候，博比夫人——看起来就像十八岁那么年轻——歇斯底里地坚持说杀害博比的人先抢劫了他的钱包，因为护士拿给她的博比的遗物里没有了钱包。从那以后，没有人看见过那钱包。乔治肯定是没拿。

我当时的任务就仅限于此了。抓捕乔治的警官是范·多恩·富尔彻，当时他是上尉，还肩负着这个城里最艰难的工作。当然，我当时只是碰巧开车经过了现场，而不是接到了报案。那时我甚至还没有被调到重案组——调入是在我升职为中尉之后。这些年，我接手的案子越来越多，麻烦也越积越多，乔治·霍尔的名字对我来说已经慢慢模糊起来，成了"霍尔案子"部门内部的闲谈话题，再就是说我可能因此错过了一个能快速升迁的绝好机会。然而，在几乎所有人都确信乔治会被裁定为二级谋杀时，他却出人意料地为自己做无罪辩护。米切尔·贝兹莫尔向陪审团要求判处乔治死刑，且得到同意，直到那时，我才慢慢地回忆起我第一次见到乔治的场面，他无力地坐在迦南的人行道的边缘上，胳膊垂在两腿中间。从那时起，这个场景总在奇怪的时候侵入我的脑海，在每一个糟糕的夜里，乔治会出现在我的梦里。

现在，我躺在长椅上，梦见我与乔治身处湄公河那受到攻击的弹药基地里。夜，一片漆黑，充满湿气，我们俩在河岸边上的草丛里挤做一团；笛音由远及近，大块的泥土随之而来，天空布满了红红绿绿的信号弹。我冲乔治大喊："这是从哪里来的？他们的还是我们的？"他嘴贴近我的耳朵，一阵轻笑。他说："你应该知道，伙计，这难道有什么区别吗？"接着，鲜血从他嘴里涌了出来，喷到我脸上，感到一阵湿热黏稠。我惊醒了，出了一身汗。

我睡了不久，海勒姆·戴维斯一定是进过我的办公室，还打开了灯，帮我盖上了大衣。黎明时分，鸽子在窗台上的啾啾叫声把我唤醒。我一边听着广播里布罗迪·奇克卖力地推销着他拯救课程的录音带，一边做几个屈膝动作来舒展筋骨。我的办公桌上放着一份海勒姆打印得工工整整的报告，他总是固守自己古老的一成不变的缓慢套路，而不喜欢电脑的高效，所以只有在不得不向我汇报时，才将材料做成这样。

转给：C.R. 曼格姆上尉，希尔斯顿警察局长
来自：海勒姆·戴维斯中士
内容：有关嫌疑犯使用希尔斯顿警察局保管物品的问题

"希尔斯顿警察局保管物品"指的是城西紧挨着封闭停车场的一栋水泥小楼。到目前为止，我们在停车场保存着无人认领的、丢弃的、缴获的、被偷的汽车、摩托车和自行车，还有一些废弃的警车。在大楼里储存着充公的物品——我指的是放置手枪、来复枪和大量刀具的架子，放置子弹、弹药和各类烟草的架子，以及装满各种各样淫秽物品的架子，摆放着大量他人财产的各类东西。我脑海里的"疑犯"指的是罗伯特·厄尔·皮姆和温斯顿·M.拉塞尔。根据海勒姆的调查，就在皮姆死亡前不久的一段时间里，他们"确实没受到任何阻碍"地"接触"过这些"物品"。换句话说，畅通无阻。原因有三：一、那段时间里有大量的物品存放，但记录混乱；二、看守是个拿退休金的老警察，他在德累斯顿的轰炸声里都能睡得十分安稳；三、温斯顿·M.拉塞尔曾经负责管理那里——自然对情况十分熟悉。

现在，一想到银色彗星酒吧的皮特·扎斯洛给我讲述我任前的那段贪污猖獗的日子，我的看法是，拉塞尔和皮姆一直在贩卖希尔斯顿警察局的保管物品，将它们卖给那些根本没有资格讨价还价的人。在他们违反规定和其他事件——如卖淫和赌博上，他们俩的买卖据说在斯摩克斯酒吧的楼上一度十分兴旺。被鸽子叫声吵醒后，我第一个电话就打给了贾斯廷，他上来就是一连串的咒骂，我让他依据我的想法开始深入调查，他则嚷着要我好好看看这才几点钟。

我说："现在是早上六点零九分，中尉。打开广播，布罗迪·奇克在空中告诉我们，基督憎恨堕胎，而卡尔·亚伯勒市长宽恕了那场暴乱事件。而我，已经坐在办公桌前了。这就是为什么我已经升职，而你却还在灌木丛里手握配给券打滚；我已经攀上成功的阶梯，打破了

彼特原则①，而你却还在下面跟你的彼特打斗不停；我怎样最大限度地——"

"哦，老天，我受不了啦，"他哀求道，"好，我起来，我马上起来，一会儿见。"

第二个电话我打给了多拉德监狱的沃登·卡彭特。他希望我能带给他关于艾萨克·罗斯索恩的消息，因为乔治·霍尔一直不断要求立刻跟罗斯索恩谈话。我说，至今也没有那个老家伙的一点儿消息，但是我会告诉他这事。同时我说，问问乔治，他是否还想跟其他人谈谈。卡彭特说乔治态度很明确，其他人都不见，他只想见到罗斯索恩。

沃登·卡彭特是个大块头、大骨架的粗犷汉子，他曾经当过警察局长，左脸上留下了一条烧伤的疤痕。他说话语速缓慢，我听他说话的时候，几乎可以将书桌整理干净。"最近这几天里，乔治有点反常。一直这样，你知道的，在我们准备按计划对他执行死刑的前几天里，我想乔治好像……放弃了。他把自己深深地封闭起来，不反抗，对任何事情都不感兴趣，好像已经是个死人了。接着，州长就下达了缓刑——"

"你知道刘易斯来访的那天晚上我一直在外面吗？"

他沉默了很长时间，接着说："不知道……哦，可能是缓刑带来的震惊，还有他弟弟的不幸去世，总之乔治现在确实跟以前不一样了。他十分烦躁，冲看守大喊大叫，绝食，不听管教。这严重干扰了其他人。被关押了这么多年，我想象不出乔治是否能顺利地离开这里。"

我说："哦，长官，你知道如果霍尔真的疯了，死刑就更不能执行了，必须等我们把他医治好到神志清醒才行刑。现在，有谁能证明说，死刑的实施是为了制止犯罪，而不纯粹是为了报复？"

卡彭特在电话里叹了口气。"年轻人，待在这里这么长时间还没疯的人，才令我奇怪呢。我们在死囚房里都等待了八年啦。有点像俄罗斯点线机一样，玩到了死局。仅剩下的那些人，虽还没疯掉，但大多

①彼特原则 (Peter Principle)：就是指在一个等级制度中，每一个员工趋向于上升到他所不能胜任的地位。

180

是精神病患者、智障人士，以及试图自我毁灭的人。哦，天啊，我不能再说了，你知道，这就是总体情况。当然，你还得个别问题个别分析。等你深入进去调查，会发现每次都有一种与众不同的情形。"

十年前，沃登·卡彭特走进多拉德监狱的时候，是一个死守专制的人，一个考虑不周全的种族主义者，一个犯罪分子的克星。从某种程度上说，这十年的狱警生涯也教会了他走向你可能预计的反面——没有更加偏执，而是朝宽恕努力奋进。现在，他是监狱体制中一名公正的典狱长，工作在那种拥挤的、过时的、人员配备落后且有人横行霸道的地方。公正为他赢得了良好的名声，却也导致了他严重的胃溃疡。

他说："那么，我能帮你什么，卡迪？该不是又想往我这里送人吧，是吗？这里已经满啦，没有空位啦。"

我说："给点儿信息就成。还记不记得你那儿一个叫温斯顿·拉塞尔的警察？犯有严重诽谤罪的那个。"

电话那边又沉默了一阵。回答说："哦，记得。那可真是个狗娘养的，我一直想跟局里请示，取消他的巡逻权，但是，妈的，谁让他这么干的？"

"他出门在外，是不？"

"说他去了北佐治亚州的一个亲戚家，说是一个与什么安全问题有关的案子。出什么事了？"

"这就对上号了。据说他伙同博比·皮姆巧取豪夺呢，迦南的那个酒吧应该是个临时落脚点，是叫斯摩克斯酒吧的那个，乔治·霍尔在那里打死了博比。我们正准备深入调查——"

"你正在说什么，是说乔治知道皮姆和拉塞尔在干什么吗？"

"我没说乔治知道。"

"哦，可我刚把这个贪婪鬼放到佐治亚州去了。我看早晚有人会在大街上把他也打死。这里已经有人这么做过了，否则温斯顿也不会几个月待在外面不敢回来。我们让他在医疗室里待了七个星期。"

"等一下。他什么时候被释放的？我以为他几个月前就被放了呢。"

"哦，本应该是那样。我想想啊，哦，大概一个星期之前。"

181

"一个星期！上个星期四的事？他上个星期四出狱的？"

"我想想看，没错，是上个星期四。那天，在厨房里，一个犯人向他挥了刀。"

这时，齐克·凯来布带着玛莎走进来，手里拿着一包油炸面包圈和一杯咖啡。他刚刚带着它到女士休息室——停车场那边——方便了一下。齐克惊讶地看着我，我猜那是因为我一拳砸到了墙上，事实上，是砸到贴在墙上的猫王的脸上。我冲着电话喊道："你是说有人用刀了？拉塞尔受伤了吗？在背上划过去的？"

"是啊。你也听说了？从后背到体侧，缝了五十八针呢。"

卡彭特说他将派人去佐治亚州调查情况。而我还想知道的是拉塞尔在多拉德监狱里服刑时的来访者记录，他答应找找看。我说："扎里克，让我问你一些不在记录之中的事，行吗？为什么沃斯通州长要暂缓乔治·霍尔的死刑？这可是街谈巷议的事，都说他以后也不会被执行死刑了。你认为州长是三思之后的举措，还是纯粹为了向去世的卡德米恩表示尊敬？他一定不想这个时候引起什么骚乱。"

卡彭特说："我听说这事还是引起了骚乱。因为他的弟弟被谋杀了——那案子有什么线索了吗？真是个棘手的问题。是种族矛盾？"

"可能吧。那么沃斯通州长是怎么看的？刘易斯都跟你说什么了？"

"他只告诉我说，州长批准了缓刑。州长办公室第二天上午打电话来给予确认。这些都不在记录里，卡迪，我很高兴能帮你这些。"

"那么，整件事沃斯通打个电话就可以了，干吗还要刘易斯在大雨天里去你那里一趟？"

"我想，那就不是我能考虑的问题了。"

"他在你那里逗留了近一个小时，都干什么了？"这个问题卡彭特没给我答复。"或者你认为这与我无关？"

"我认为，与你无关。"

我们围绕这个话题又聊了一会儿，然后我祝他新年快乐就收了线。

齐克把我的口香糖纸团起来，扔进垃圾桶里，盯着我的脸仔细看。"局长，我认为您应该洗一个澡。"他红着脸说，"您看起来不是太好。"

果酱从我的油炸面包圈里喷溅出来，流到我还没有刮洗的下巴上。"好看不代表一切，中士。你和珀利还有联系吗？"

"没有。奥蒂斯·纽瑟姆跟他妻子孩子一家人去了费耶特维尔，但是珀利没跟他们去。"

"找到他。打电话给南希，告诉他把那个叫沃利的孩子带到这儿来。"齐克的大块头往屋里一站，显得这里十分窄小，家具看起来也不够结实了，他几步就迈过了地毯。"齐克，等一下。你还没跟南希说圣诞快乐吧？"他脸又红了，说："你是想说我该邀请南希共进晚餐吧？"

"就是那意思。"他扭着门把手说，"我们在保龄球馆吃过了。"

"带她去过保龄球馆？哦，那很浪漫啊。你送给她礼物了吗？"

他神色一振。"我送给她一套土耳其牙具。她实在不懂得怎么保护好牙齿。"

我说："我打赌你以前跟她说过这事。切罗基，我看你得学一学白人绅士说谎的方法了。"

他疑惑地看着我。"哦，她真是厉害，打出了两个六十四。在保龄球馆将我打得上上下下如同块破抹布。"

"不会真的在走安妮·奥克利的路线吧，她这是——"

"南希吗？哦，她真是个可怕的对手。"

"我不是这个意思。我是说安妮·奥克利，在比赛中故意横扫她的男朋友，因为你不能靠一支枪赢得一个男人啊！"

这回齐克刷地脸红了。"南希好像没打算找个男人，你应该这么说，局长。"

"一个印第安人给安妮·奥克利一个忠告。在电影里是这么说的。"

他皱皱眉，一脸迷惑的样子，挠挠头，又摇摇头，大步走出房间，给他那个生命中的爱人打电话去了。我去冲了个澡。

马里恩·森德兰夫人喜欢把十二月二十六日叫做什么节礼日。这天一清早，我听了专案小组的汇报，他们负责搜集有关库柏和乔治·霍

183

尔案子的材料。首先是约翰·埃默里,去调查库柏通讯录里记录的名字。库柏认识很多人,但大多数是一个人所必须认识的亲戚、校友以及皮德蒙特地区年轻的左翼社团负责人,他们是些民权活动家、社会工作者、教师、工会领袖、为公众利益服务的律师和前学生民权社会组织成员,如莫利纳,还有自由民主党人,像艾丽斯。"这其中有三个人——"埃默里简洁地说道,他身穿洁白的卡其布衬衫,领口高束,黑色的领带紧绷,剃得干净的黑下巴高高翘起。"至少三个是有名的共产主义者。是这三个。"他指着名单,"这个女的,长官,有被捕记录。她跟我谈话时态度蛮横。"

我看看那些名字。"是,他们是信仰共产主义的人,是些很稀少的人物了。事实上,珍妮特·马利还曾四次作为共产主义代表参加市议会的选举呢,而且每次都是满票通过。我跟你说,她可能有点态度强硬,但在议会上,她简直棒极了。"

埃默里的鼻孔向上一抽,好像我在他鼻子下面点了氨水。"是的,长官。在霍尔被杀的时候,他们三人都有不在现场的证明。"

"知道了,约翰。我还没有把这三个人列为顶级疑犯。"

"我估计,他们可能想搞成一种受难者的架势。"

"这个想法挺有意思,但对于珍妮特这种风格的人来说,有这想法是可能的。注意,约翰,你打算什么时候参加晋升中士的考试?这样我就能把你提升到一个多用脑子少跑腿的岗位了。"

"我还在学习。我感觉自己还没准备好。"

"哦。我希望你能跟你的搭档一起学习。南希已经有一次不及格了,我猜她没好好看书。你们最近合作得怎么样?"

他深深吸了口气,承认道:"她是……可以信任的,而且非常敬业,而且我认为她……很聪明。"

"但是你们合作得如何?……嗯?还是不好,嗯?"他帅气的脸扭曲着,费力地想憋出个合适的词汇来。我解救了他。"哦,好吧,你们俩都得学着适应对方。现在,我们暂且把珍妮特·马利热衷菲德尔·卡斯特罗的事儿放到一边。其他名字呢?"

库柏通讯录里的名字能给我们提供很多种情况，它的辐射四通八达，程度不亚于一个反核武器集会上的代表名单。其中的两个人我已经开始注意了：比利·吉尔克里斯特，这是一个醉鬼小偷、失踪的浸礼教皈依者；还有一个是已经去世的纸品销售员克拉克·孔茨，他的名片背面还写着"纽瑟姆"的字样。这些人都跟库柏能搭上边，看起来蛮有意思。尤其据我们所知，《与自由和正义同行》这本杂志从来没跟范肖纸业公司打过交道。本子上另外还有几个奇怪的名字，像汉密尔顿·沃克，我跟他还有些私交。十年来，他在东希尔斯顿一直是那些皮条客的头头，他的前任是伍德罗·克兰尼，有一段很长的辉煌，最后被一个嫉妒成性的妓女用刀子刺死。他的继任者，汉密尔顿·沃克把生意逐渐做大。如果库柏是他的顾客，那简直无法想象。

另一个名字，班尼·兰道夫，我只是听说过这个名字。他是阿特沃特的儿子，可能还是大胸脯的布卢·兰道夫的爸爸。据贾斯廷所说——能够鉴别——班尼是他们家的一个败家子，很明显是因为他的醉酒表现。贾斯廷似乎提到过，阿特沃特把班尼解雇了，把他唯一的儿子，从他唯一的工作中开除，流放到偏远的地方供养着，支付给他生活费。

我抬头看看埃默里，他正在研究我的黑板。"你是否询问过，库柏·霍尔是怎么可能、又为什么有这两个人的电话号码的？"

"是的，长官。汉密尔顿·沃克说——"埃默里拿出他的笔记本，"我记下了沃克的原话：'平白无故的我怎么会知道？这个破镇上一般的烂人都有我的电话号码。'他一直这么说的。"

"我知道了。"

"是这样的，长官。班尼·兰道夫确实就是阿特沃特·兰道夫三世。他现在住在派恩斯岛南部。他承认给乔治·霍尔辩护基金捐过款，库柏·霍尔曾经给他打电话表示感谢。"

"哦。很难令人信服。"我冲着埃默里挥挥名单，"现在，约翰，你告诉我，这名单里的哪个名字你觉得最有意思？"

他的下巴前后蠕动着。"卡德米恩？"

"对。就是这个现如今仍挂在走廊里的、鼎鼎大名的布里格斯·蒙默思·卡德米恩先生。为什么你感兴趣？"

埃默里笑笑。"因为这上面是他家的号码。而他家的号码是没有注册过的。"

"非常正确。"

"你怎么知道，长官？"他尽量使自己看起来不那么惊讶。

"我以前是他家的朋友。有那么一段时间。"桌上的电话响了起来，是楼下实验室里的伊桑打来的，我说一会儿就回电话给他。"好吧，约翰。现在我想让你做的是——你在东希尔斯顿有熟人吧，是吗？"

他皱皱眉。"这很容易猜出来，长官。"

"嗨，别这样。东希尔斯顿不是人人都是黑人，不过人人都很穷倒是真的。我是在那里长大的，在米尔大街。南希在枫树林长大。"

自打来了希尔斯顿警察局，埃默里第一次说出了真实的想法。"东希尔斯顿几乎都是黑人。他们安于贫穷的生活。"

我扔下铅笔，靠回椅子里。"你说得对。情形是那样。"

他大声喘了口气。"我的家在迦南，就那样。"

"有没有人认识马丁·霍尔那孩子？我们曾经带到这里的那个——"

"我知道那孩子。"

"跟他谈谈。换上便装去。问话随意一些。我希望马丁能提供出与库柏·霍尔有关的全部信息帮助我们。比如，关于汉密尔顿·沃克，或斯摩克斯酒吧的情况。"

埃默里点点头，手指头摸了一下擦得锃亮的装备，好像没有这些家伙就很难完成任务似的。"到底是谁杀了库柏·霍尔呢？"

"事后一定有隐情。库柏的哥哥枪杀博比·皮姆的那晚，到底发生了什么事情，现在我们可以说，库柏·霍尔和乔治·霍尔的案子可以合二为一了。"

然后，我给实验室的伊桑·福斯特回了电话，并立刻确定了库柏和乔治·霍尔的案子也可以和斯莱德尔的案子合并起来，因为从威利·斯莱德尔胸腔里取出来的子弹，跟杀死库柏·霍尔的子弹是从同一把九点五毫米口径的手枪里射击出来的。而且，男孩沃利在农庄里练习射击时用过的装在咖啡罐里的子弹也出自那把枪。我清楚地告诉每个人，如果我们想按照这个思路走下去，那么这个消息要绝对保密。目前我们尚未对昨天打捞上来的爬满了水蛭的尸体发表任何看法，更不要说那些特别的案情了。

下一个是迪克·科恩，感冒导致他鼻塞。他说，沃利发现斯莱德尔尸体时，他至少死了三天了。最有可能案发在星期六或者星期天。如果沃利不是那么拼命地要找回他的球弹枪，可能没有什么人会去河里，斯莱德尔的尸体大概要在水下的车里一直坐下去，鱼会把他撕成碎片的。那个把尸体放到车里的人，一定是算好了这种可能性，因为斯莱德尔的衣兜明显地被仔细清空了。在机动车管理部门的达琳报告说，要查出白色福特车的车主恐怕很困难，不仅没了车牌，而且还刮掉了金属的出厂号码。

"斯莱德尔？不是近距遭射击致死的，"科恩补充道，他正拉着拉链，一件很厚的衣服，足够帮他穿过北极的了。"这可是绝佳的安排。呜，呜，呜，严密得像靶心。"

"他死在库柏·霍尔之前还是之后？"

他耸耸肩。"我是个医生，不是灵应盘。"

"说说嘛，迪克，帮帮我。你最有把握预测的时间是什么时候？"

"他们的死相距不超过三十六小时。"

"非常感谢。"

"愿意随时为你服务。"他从窗口望望天空，"你认为他们会在迈阿密雇用一个好法医？现在可是八十年代了。"

"他们能用一个好的法医，将使许多地方受益。你觉得埃尔·萨尔瓦多，洪都拉斯怎么样？他们那边有成堆成堆的尸体等着检验呢。"

"别跟我说西班牙语。顺便说一句，斯莱德尔吸食可卡因。"

"在南部地区，可卡因是指可口可乐，但是我敢肯定你说的是另一种意思。"

"当然了。"他掏出一副肥大的滑雪手套，跟我挥手道别，那样子

187

不像去停车场，倒像是要去加拿大度假。

科恩走了之后，南希·怀特带着那个叫沃利的孩子走了进来。她把他带到了值班室，我在那里准备了几张照片让孩子指认。照片是联邦调查局的戴夫·舒尔曼提供给我们的；有我们知道的或者怀疑是三K党的；有白人至上极端组织兄弟会的；再有就是卡罗来纳州爱国者聚会上辨认出的那两个白人，就是贾斯廷遇到威利·斯莱德尔的那次；还有警局存档的温斯顿·拉塞尔的照片。一个小时后，南希报告说，沃利——齐克已经带着他离开了——很仔细地辨认了所有的照片，最后他承认说，因为时间太长了，他实在没有把握从这些目标中准确认出那个人，除非他看见真人。

我问南希："他在看拉塞尔的照片时有没有特别留神？"

她把金项链绷到下巴上，咬住。"那孩子看每张照片都用了五分钟！等他都看完了，我指给他看拉塞尔的照片，并且直接询问他，但是他还是无法确认他的身份。然后他又从头到尾地看了一遍！他只是让我留神埃默里是如何的不好相处。"

"谨慎是一种美德。"如果沃利能从一堆照片中将拉塞尔十岁的照片挑出来当然再好不过。但我不需要沃利证实那天在斯莱德尔家门外的人就是温斯顿·拉塞尔。因为我连夜开始了对拉塞尔的全面调查，甚至在扎克里·卡彭特证实他身上有刀伤之前。

但是，沃利这一趟还是认出了一个有价值的身份。一个"大人物"在库柏·霍尔被杀之前，曾带着后者开了差不多一个小时的飞机。沃利在竞选海报上认出了这个人，海报在值班室的外面，是布伦达·默尔贴在布告板上的。在宣传海报上，安迪·布鲁克塞德看上去像智商极高的圣乔治。我已经得到报告，说嵌在库柏的那辆斯巴鲁汽车轮胎里的红土，与沿湖路到飞机场一线的红土一致，尽管那里没人注意到库柏·霍尔上了飞机。我手里的另一份报告指出，那个星期六有九架私人飞机进行过飞行，而其中的一架，叫"赛斯纳"的，属于安迪·布鲁克塞德。我早有思想准备，但还是对这个事实十分惊讶。

据总机接线员说——很可能是唯一在校园里的人——海文大学"在

假期里是关闭的"，我于是往布鲁克塞德的家打电话。"布里亚希尔？"接电话的是女佣，在家的只有李太太，经常出差的安迪现在纽约，要在一个全国教师会议上做主要发言。李正在等他的电话，我让她打给我。"你的声音听起来有些怪。出了什么事吗？是有关我给你的信吗？"

我说："不是你，是关于库柏·霍尔。你丈夫跟他有密切的联系吗？他们之间很友好？"

"库柏·霍尔？不是这样的吧……不是的。我从来没见过他们在一起。安迪也从来没提到过这个人。怎么了？"

"只是想澄清某些细节，仅此而已。"

"细节？那么杰克·莫利纳能帮忙吗？他倒是跟库柏·霍尔很好。"

我说："他奶奶说，莫利纳一家带着孩子出门了，好像也去了纽约。"

"哦。"

"这些大学里的人都愿意在圣诞节的时候溜出去，是吧？"如果说我提到莫利纳一家在纽约毫无动机，那绝对是个谎言；我知道自己要干什么，只是不愿意承认。看起来葬礼那天我从罗厄尔大楼看见的情况属实，如人们传言那样，布鲁克塞德和黛比·莫利纳有染。不知道杰克是否怀疑这事——表面看起来他确实很在意他妻子在哪里。对这事我想确定一下李的态度，不知她是否也在怀疑。我有些搞不懂自己是否真有此想法。

她只是说："我知道杰克会帮他弄好这个发言。他全身心投入到安迪的竞选里了。"

我说："你怎么看这事？你丈夫辞去海文大学的工作，参加这场旷日持久的竞选，你怎么看？哦，他们都说是一场持久战。"

"安迪热衷于这场持久战。他希望会胜出。"

"我现在问的是你的看法。你想成为'第一夫人'？"

她说："与之相反的是什么？"

"哦，主啊，我也不知道。脑科医生？夜总会女歌手？上次我听你说想当个新闻记者，因为那会把你带回中学时代。"

她笑了。"哦，天啊，确实是那样啊？大概我得跟埃德温娜·森德兰打招呼，让她雇用我。那么我们今晚在她家见了，在埃德温娜家？"

"好啊。我们的女主人说是晚上'七点三十'，我们可别错当成七点三十五了。"我抓着听筒的手渗出了汗。"李，我开车接你吧，告诉我在枫树林的1516号的卡陶巴高速车道的准确位置，那里离你家很近，是吧？我可以到那里，载你一起去。"

她说："哦，我已经跟范肖他们说好一起走了。"

"哦，好的。那也好。"

"但是他们一家总是很早就起身告辞。而埃德温娜却喜欢大家坐在那里一直聊天……"

我一直盯着墙上的猫王海报。很久以前，那里挂的是我和李第一次约会的照片——当时我们俩谁也不知道该做点什么，谁都不敢相信在她家里那个我们经常藏身的温室的玻璃墙外，还有这样一片广阔的天地；也没谁知道那个四月的夜晚……我用了很长一段时间才把她忘掉。

现在她说："那么，可能你得送我回家了，卡迪。"

我说："好的。"

我们挂机之后，我推开电话，转过身来告诉猫王，他已经彻底打乱了自己的生活，他没资格嘲笑我了，尽管我现在的情况也是一团糟。

两点半，我正式通知森德兰夫人的报纸《希尔斯顿星报》，说重案组探长贾斯廷·萨维尔中尉将全权负责霍尔凶杀案的侦破工作，有情况请直接向我汇报。《星报》的代表是巴布·珀西，这个把我家的长椅当做他自家的人，打了个哈欠说道："那好，我们就抓住萨维尔的屁股为你工作，自从他妈的印第安人被灭绝之后，这个荒野小镇的人们还在努力地经营着，他们正大批量地买进、卖出你这类人。"

我说："巴布，问题很深刻了，你现在说的每一句短句，都在讽刺我，什么萨维尔中尉，什么上流社会，什么普通民众，什么土生土长的美国人，还有这个充满自豪的北卡罗来纳州。你没事该去哪去。我现在很忙。"我猜想，关于斯莱德尔已死的传言，他是不是已经嗅出点味道来了，他正等着我证明一下。

巴布拍拍他的巴宝莉雨衣，大概想向我展示一下那个商标，要么就是刺激自己清醒过来。接着，他掏出指甲刀开始剪指甲。"你觉得今天社论写得怎么样？"他一定是认定我业余时间都在读他的报纸。"我们赞助朱利安·刘易斯竞选州长了。那不过是打个呼噜、打个盹儿的事儿。"

"快有结果了，是吗？"

"人人都知道这次竞选主要是他和布鲁克塞德。但现在看，这次竞选越来越有风险了。布鲁克塞德的已经来了。"他拍拍裤裆。"安迪将不得不把他裤子的拉链拉好。布罗迪·奇克，道德上的白璧德，他们会利用他不安分的球球，将我们的战斗英雄钉死。妈的，如果我有他拥有美女数的十分之一，我都能快乐得死去。"

我一直没抬头地签署着齐克留在我桌子上的文件。"你那些恶心消息都是怎么来的，巴布？"

"哦，"他笑笑，"一条来源是他自己说的，算是一手消息吧。"他往前倾身，把剪下来的指甲扫到地毯上。"嗨，是个大买卖，是吧？我根本不在乎那个狗娘养的布鲁克塞德是谁，更别提他妈的朱利安·刘易斯那个傻子了。如果他们能对死刑这个垃圾问题闭嘴的话，也许一切会顺利得多。那些资助刘易斯的人可能已经有些担心了。"

"很可能。"

"我刚刚还跟米切尔·贝兹莫尔谈到这件事；他暗示说刘易斯会提拔他当州检察长。是真的吗？"

"很可能。"

"真恶心。贝兹莫尔还说，关于霍尔的案子你们要开始抓捕了。是吗？"

"暂时没有评论。"我从"流行饰物"的篮子里挑出一条领带系上。"跟市长的约定我要迟到了。如果你打算在椅子上小睡的话，就得跟玛莎一起挤着睡了。"

他谄媚地笑笑，那张胖嘟嘟的脸很真诚，我知道他肯定又有什么事求我了："我一会儿就离开，但是你得帮我个忙。"

我说:"我还需要帮忙呢。"

"你告诉我,目前关于霍尔的案子,你们都得到什么消息了。我从罗利警方那边得知,他们逮捕了几个跟威利斯·塔特一起闹事的暴徒,但这事百分之百跟霍尔被枪杀有关。"

"给我详细说说,巴布。"

"你告诉我。你们已经调查得很深入了?透露点儿,好吧?这对我来说可是非常大的收获。我想,我要是在霍尔的案子上报道一条真实的消息,就能走向全国了。我是认真的。"

"走向全国?"我走过去,把他那双意大利靴子从我椅子的扶手上拨了下来。"我想,平凡的小事才是幸福的源泉。听起来似乎你已经被传染上'最后一种贵族病'了。除了看报纸你要是再看点别的东西,就明白那是什么意思了。"

巴布转了下椅子,把高领羊毛衫塞进裤子里。"这是理想抱负——一个叫弥尔顿的瞎子说的。"他笑笑。"你总是低估我,卡迪。不过是因为我很显眼罢了,但并不能说明我愚蠢。有时候浅水也能深流。好吧,好吧,我走了。要保持平和哦,猪猡^①上尉。"

我接住他从门口扔过来的报纸。"等一下,巴布。"我给他扔回去一本《与自由和正义同行》,那上面有库柏写的"参议院"那篇文章。"读读这个。帮我个忙。帮我想想为什么库柏的通讯录上会有班尼·兰道夫的电话号码。"

珀西眨眨长睫毛的大眼睛,发出讨厌的喷嘴声,然后走开了。《星报》仍然把霍尔枪击案放在了头条。附有一条小小的标题,"布罗迪·奇克转向电视界"。根据时下流行的福音传统,奇克丢掉了广播的辛迪加,而转向了大有钱赚的有线电视,假如布鲁克塞德的消息准确,那么奇克的不动产中,大部分来自天上掉下的这个实业公司,再有就是"宪法俱乐部"的盈利。我思考着布鲁克塞德转交给我这份报告的动机,不料,他自己打电话来了。

---

① Pig,在英语口语中有"警察"的意思,此处有双关之意。

我搞不懂自己为什么，当齐克将电话转进来时，我竟然从椅子上站起来，走到桌边去接电话。我一边等着布鲁克塞德说话，一边摆弄着木头材质的象棋棋子，棋子随意地摆在黑板上，李对这副象棋十分着迷。漆得油亮的棋子中有哥斯达黎加的农民，城堡种植园移民，有骑在马背上的堂吉诃德式的骑士。自从第一次见到这副棋，我就沉迷其中，不惜用我那辆绝版的汽车将它换了回来，棋子的国王和王后怎么看都有点像富有的现代美国人。

"你好，我是安迪·布鲁克塞德。是卡迪·曼格姆上尉吗？"

听起来他很开心，而且没有一句废话。"我现在纽约。刚跟李通过电话，她好像觉得此事非常紧急。我现在有一点儿空闲时间。"

我吸了口气。"这事只需一会儿。上次我们俩开车途中，你曾经告诉我说你不认识库柏·霍尔吧。"

他的反应真快，一定是李跟他提到了我想问他的问题。"不是的。我记得是你要我回忆一下，而我当时没有回答你。"

"那你的意思是——"

电话里传来一阵咯咯的笑声。"记得一个叫托马斯·莫尔的纯粹主义者说，对于审问者而言，沉默意味着同意，而不是否认。"他的声音并没有那种为自己辩护的急切。"事实上，我……在几次场合中碰见过霍尔。杰克·莫利纳介绍我们相互认识。为什么问这个问题？"

我决定不再跟他兜圈子。"其中的一个场合包不包括霍尔被杀的前一个小时呢？你当时在天空中的赛斯纳飞机里，飞机场离他被杀的地点又如此之近？"

哦，这个问题让他停顿了四秒钟，但是他马上简洁地回答："是的。"

"你承认你跟他——"

"我为什么要否认呢？不管你是用了什么方法，你肯定是确定这件事的。是谁告诉你的？"

我想回击说他没有权利问这个问题，但毕竟不值当为这事儿结束谈话。我说："在各种调查中碰巧得到了这个消息。一个喜欢看飞机飞行的男孩碰巧看见你们俩在一起，而他从电视新闻里认出了霍尔。"

"耶稣基督啊。"他厌烦地说道。

"是的,侥幸。那么请你告诉我,为什么他会在你的飞机里吧。"

"当然是为了跟我说点事情。这是很正当的理由。"

我拿起一个"骑士"从一堆"兵"中跳来跳去,显然,布鲁克塞德以冷静的声音正式地撇清了关系,而他的口气惹怒了我。我拨倒了骑士的长矛,努力克制着声音,并斟酌自己的用词。"那么,布鲁克塞德先生,为什么你在获知霍尔被杀的时候不告诉我这一细节呢?在谋杀案中隐匿物证可是不合法的。你非常清楚,受害者死前和谁度过最后的一个小时是十分重要的物证。至少是物证。为此我可以逮捕你。"

他并没有显出慌乱。"为什么?你怀疑我枪杀了这个人?"

"你有没有?"

"没有。"

我相信他。并不是出于信念。我已经掌握了他不在现场的证据。我问道:"你知道谁有可能干这事吗?"

"不知道。你看,霍尔想跟我私下里见个面。而我正打算出发去阿什维尔。于是我们商定在沿湖路飞机场见面。他一直对我的飞机有兴趣,所以我们就上了飞机。大约飞行了半个小时。然后我把他放下后又马上起飞了。时间大约是两点半左右。有记录的。他自己开车来的,我估计也是开车回去的。我十五分钟后飞到罗利,之前——我估计——他是被枪杀的。我给发射塔发出信号询问天气,他们提供了飞往阿什维尔的消息。你可以调查我抵达阿什维尔的时间。"

"我已经调查过了。还包括你跟罗利空中指挥中心的对话。"

"耶稣基督啊。"他强迫自己保持耐心,"这回我明白自己的角色了。"

"那你告诉我吧。"

我知道他打算说什么。他说道:"我希望自己能够成为这个州的州长。很多人也希望我能够当选。他们都在不遗余力地帮助我竞选。但是,与霍尔的这次见面简直可以称之为后果严重的可怕巧合。"

"拒交物证确实会带来可怕的后果。"

"你也知道了,当时我在阿什维尔,直到星期天早上我才知道霍尔

194

被杀这件事。几天之后，我才了解他被枪杀事件的具体细节。我只知道我们俩的会面绝对与他的死没有任何关系。事实上，我可能是他生前见过的最后一个人了。现在看来，从某种程度上说，我卷入了一起凶杀案了——"布鲁克塞德轻轻地叹口气说，"我错了，我犯了个错误。"

"因为我们碰巧发现了这件事？"

"不是，对于整件事情我都觉得沮丧。我原打算从纽约回来再跟你讲的。"

我不知道该不该相信他。从某种程度来说，我确信他一回来就会马上跟我讨论此事的。尽管"很多人在另一个屋子里等着他接见"，我还是坚持要他讲完再见他们。他也这样做了，这听起来好像在紧急新闻发布会上回答记者提问一样。

那么，霍尔是独自一人去的飞机场吗？是的——据布鲁克塞德所言，是的。那附近会不会有人一直在观察着霍尔而他没有注意到呢？进出机场的路上好像也没有人出现过。那后来霍尔有没有说过要去哪里呢？没有。有没有其他人知道他们的这次会面？他说他那边的人都不知道。连杰克也不知道吗？星期六的约会不是莫利纳安排的吗？不是，应该是霍尔要求见面的。提前多长时间约定的？大概没提前多长时间，也许就在当天早上定下的。怎么定的？通过电话。

我说："星期五晚上，在希尔斯顿酒吧，你好像对库柏·霍尔并不很感兴趣。那天晚些时候他哥哥获得了缓刑。那么第二天早上库柏给你打了电话，你就同意跟他见面了？"

"如果你认为我对此事毫不在意，那你错了。他展现出来的强大的政治潜能令我刮目相看。还有别的事吗？"

我边跟他聊着，边在棋盘上摆出当前的局势：在棋盘中间，库柏这个黑子骑士面对着布鲁克塞德这个微笑着的白子国王，那我在哪里呢？在这盘棋里我似乎找不到自己的位置。

布鲁克塞德说，在库柏·霍尔所进行的政治活动中，自然会与他有一些接触，但也仅限于公共场合。最近也是因为杰克·莫利纳的一直要求，他才同意见霍尔的。霍尔要求布鲁克塞德在他哥哥乔治·霍尔死刑的问题上能够支持他们这边。这就是你们俩星期六在飞机上的谈话内容——乔治的缓刑问题？部分是吧。那么其他部分是什么？州长竞选。能说得再具体一些吗？不行。为什么？讨论的问题与这个案子不相关。

"我觉得有必要再搞清楚一个问题，布鲁克塞德先生。你们的谈话是私人话题，还是政治话题？"

"不是私人话题。"

"为什么这次约会要搞得这么神秘呢？"

布鲁克塞德认为，我自己应该能想明白其中的原因：他的大多数支持者，甚至是助选的助理们，都强烈反对他与乔治·霍尔的案子有关联；他们认为总体上他应该保持自己的中立性，远离那些左翼分子，尤其要远离那些像库柏·霍尔曝光率极高的左翼分子代表。

我说："听上去好像是库柏要求这次约会要隐秘点？"

他轻笑起来。"我猜他那边的人也这么想的，不愿意他与我这种极端保守派的人有任何瓜葛。我们的讨论都是初步的，纯理论性的。有些想法还很不成熟。"

"你们探讨了让库柏·霍尔加入你的竞选吗？"

"现在这个问题已经没有什么意义了，是不是？上尉，有五十个来访者在等待着我。我三十号返回希尔斯顿。我用不用带个律师？"他以友好的口气问我这个问题，就好像我跟他是一伙的，其实，他只是走个形式而已。

我说："那就取决于你了。我们已经发了正式的声明。"

"哦。天鹅绒手套里的铁拳头啊。好吧。现在我想问你点事。你看了'宪法俱乐部'那个文件了吗？"

"看过了。你把它给我是什么目的？"

"什么目的，不过是想把你拉到我的阵营里来吧。"我能听到他声音中带着的笑意，像他站在纽约的会议厅里，绅士的做派，考究的服饰，健康的棕褐肤色，而门的后面，有教师组成的粉丝团端着酒杯和饼干在穿梭着。

我说："是不是因为你的数据不值得推敲，它还不够成熟，需要有人拿着纳税人的钱帮你跑腿，——核实后，才敢公开吗？"

"当然不是了。"布鲁克塞德的嗓音温暖得像柔软的围巾。"是因为我认为你很关注钱财的滥用问题和操控人们的狂热偏执所产生的影响；是因为我认为你关注萎缩的体制，它们通过保持贫穷的白人痛恨黑人和节育，而不是痛恨自身的贫穷来抓住权力——哦，我想你站在我这边，卡迪……我一回来马上见你。顺便说一句，我听说今晚你要去埃德温娜家。告诉她，好吗，我对《星报》资助朱利安·刘易斯感到非常失望。她本人可能还蒙在鼓里呢。她拥有那份报纸，怕是从来也没有读过。再见。"

窗外，月亮无聊地悬挂在空中，天空还是灰蒙蒙的，我无法看到大楼西侧的海文烟草公司的楼顶和东侧的卡德米恩纺织厂。我也没听到齐克的敲门声，或者他根本就没敲门。

"局长？局长？你怎么不开灯啊？我要下班了。你明早还要刚才那本电话记录吗？"

我说不用了，但还是留下了磁带。

他打开我办公桌上的台灯。"你怎么把这黑板转过去了？"

我回答说不想让巴布·珀西看见上面的内容。齐克大笑起来，又把黑板转向前方。他对着一黑板的名字、箭头和问号直摇头。"局长，看起来你好像要把全希尔斯顿的人都抓起来。"他轻轻地在屋里转了一圈，把一些东西摆放好，不住地摇头。"你知道吗，我一点都不羡慕你的工作。简直太劳神了。我敢说你脑海里的这个黑板不停地在转动。你打算今晚还在这过夜？"

"不。一会儿我出去参加一个晚宴。"

"袋子里的礼服就为这个准备的？在中学的时候，我也曾租过一套。是蓝色的。"

"这套是黑的。"

"但后来我还是胆怯了，最终也没去参加舞会。我从不知道人们会穿成那样子吃饭。你们吃完饭还要跳舞吗？"

我说:"齐克,明天我才能告诉你。"

齐克又转到我的办公桌旁。"别把这些薯条留给蚂蚁啊。该死,你把口香糖粘到桌上了。"他拿起电话旁边的一颗棋子。"这位'女士'是不是那套棋里的?把她放到哪里?"

我说:"王后要挨着国王。"

"局长,等有时间你能教我下棋吗?看起来像某种检验器吧?是个可爱的很古老的游戏,不是吗?"

"很古老了。这是个皇家游戏。我想它起源于印度。"

他咧嘴笑了。"跟我似的,啊?哦,是那种规则很难学的游戏吗,如果规则太多,我就学不会了。"

我看着窗外,希尔斯顿城的轮廓在夜幕下越来越模糊。"是的,这是那种很难记住规则的游戏。"

离开办公室,我把大衣罩在西服外面,这样就没有人会看清我,但是我忘了一个简单的道理——有人从心底了解。我一直觉得黑暗空旷的地下停车库是不安全的——即便是警局的停车库,甚至弯腰系鞋带都得首先确认一下有没有其他人在身后。我的奥兹莫比尔车停在电梯的另一侧,在一个偏僻的角落里,我要防止它的侧翼不被剐碰。此刻我没有听见、看见什么,也没有感觉到什么。突然看到所有的灯同时熄灭,我脑子里倒是闪过一丝不好的念头,但是我猜是保险丝又出故障了,我们真应该进去把整个盒子都换掉。我一边往车旁边走,一边想着心事,也许贾斯廷说得对,森德兰的节礼日晚宴"确实是条黑色领带"。我踩住了鞋带,便弯下腰去系,这时我好像感觉到空气中有一阵咝咝声,在那之后,我的脑袋就像弹药库被北越军的火箭弹击中一样,突然爆炸开来。

接下来的是,我在鞋后边,看到了伊桑·福斯特的脸,事实上还有两三张脸。明亮的光圈照着我。我躺在垫在水泥地上伊桑的大羊皮夹克上,他蹲在我旁边。他用一只手固定住我的脑袋,另一只手伸入我头发里。我说——哦,我想是我的声音,但听起来却像马龙·白兰度在《教父》里的声音——我说:"灌篮大夫,我脑袋有没有流血?会不会是脑震荡？"

"躺回去。"他摁在我胸前的手就像棒球手戴的手套一样大。"你受伤了。"

"我感觉到发生了点儿什么事。"我想咧嘴笑笑。但我错了。我摸摸后脑，发现是个更糟的错误。

"没有破皮。"他安慰我说。

"我的颅骨怎么样？"

"太狠了。到底发生什么事了？我只看见你躺在这里，哪里还有什么人影了。那人是开车出去的，还是跑出去的。你看见是谁干的了吗？"

我嘟囔着。"哦，我怀疑是你干的，中尉，但是我只能给你提供这些情况。我真不该把玛莎扔给海勒姆，它至少会咬那个人的脚踝的。好了，好了，我能起来了，现在好多了。"伊桑没有理会我大言不惭的谎言，只慢慢地扶我站了起来。在经历中，我清楚地记得那次，当战地卫生员用担架抬着我躲避着子弹往直升飞机跑过去时，那情景令我比受伤还难过。

韦斯·彭德格拉夫和其他几个人也下来了，四处搜查停车场。没有任何人和遗留物。他们发现电流保险盒被关闭，大约是刚刚烧坏的。没有一辆车被破坏，包括我的车在内。当然，我的车有一整套先进的警报系统，你就是闹着玩儿靠上去它都会鸣叫，更别说撬开车锁了。我夹克中的钱包还在。难道我是被鞋带绊到，弯下腰时不慎摔倒才失去知觉的？

"不可能，"伊桑嘟囔道，"都流血了。"

"别擦掉。"我的头仿佛又缩小了，跟药球那么大小了，但我的视觉还很清晰，能看见手表指的是七点二十二分四十八秒。看来我在这冷冰冰的地上躺了有十五分钟。"妈的，我得走了。我得去参加一个晚会。"我走向我的车。"叮嘱韦斯继续调查，好吧，可能是哪个孩子干的。妈的，瞧瞧我的裤子！"我掸掸裤子上的泥土——准确地说是一条马裤式的时尚裤子。"我现在没事了，灌篮大夫，我真的很好。"

"走，去检查一下你的头。"

我朝他转过身去，他宽宽的黑脸皱起了一堆褶子。突然，我发现他头上的银丝竟然与黑发平分江山。"伊桑，"我说道，"我们都老了，你和我。你感觉到了吗？好像几天前我们还代表大学队参赛呢——"

"是我代表大学参赛，你可是经常坐在板凳上的。"

"——现在你我都老了。我不能去检查头部了，来不及了。我得马上去参加一个晚宴。"我含糊不清地跟他说话，手伸到大衣兜里找车钥匙。它不在原来的兜里，我的意思是右边的兜里，它可是一直在那里。我是个非常遵守习惯的人——有些是坏习惯，如饮食习惯，是些令人厌烦的毛病，还有一些是着装上的——非常固执。我的藏书总是按字母罗列，账单也要按日期排序，牙刷一定是摆在水槽的右边，而洗发水要放在浴缸的右边，收音机放在床的右边，车钥匙也从来没有放错过。可现在我却从大衣的左边口袋里找到了它。我说："奇怪，我居然把钥匙放错了兜。"

我刚要打开车门，伊桑一把抓住磨破的兔子脚钥匙扣，从我手中抢过钥匙。"赶紧离开这里！"他急促地说，"彭德格拉夫！你去看看奥古斯丁还在不在实验室。让他下来一趟。"他把手电筒紧贴着车窗照了进去，接着又趴到车篷下面仔细搜查。

"伊桑，赶紧的！我没有时间坐在这里等你这么多疑地检查。把钥匙给我。"

我听见他从车底下说："开警车去吧。这台车现在绝对不能离开这里。我感觉有些怪异。得花点儿时间搞清楚。"

我扯着他那双看起来好像是十五号的网球鞋。"那种臭气很可能是玛莎身上的。它总放屁。赶紧从车底下出来吧。嗨，我是上尉，而你只是个中尉。听到我的命令了吗？"没有回答。"你是说有人打开车门重置了我的警报系统？而这个人认识我的车，知道里面的警报系统和保险盒，并在十分钟之内在车里安装了炸弹？"

"是的。我们不正在逐步缩小范围吗？我没说是炸弹，但也不排除这种可能性。也许不是。"

我可不想按伊桑说的待在原地，但我向他保证过后一定会调查此事，也决定按他说的开警车去赴约。一路上我打开了警报器，居然准时到达了。哦，大概上天可怜我耽误了这么长时间，脑袋后面还肿着大包，委实觉得该给我点恩惠。

在几辆泊好的梅赛德斯车中间，我停车，猜想森德兰夫人的邻居们会不会趴在窗口往外看，他们的社区里居然有人开着警车来参加晚宴了。接着我想起来，在这条卡陶巴高速上，大家怕是都得忍受邻居的行为，如果不太过分的话。

我向女主人表达了歉意，这是个大理石地面、门厅装饰着花环的两层小楼，首先映入眼帘是与女主人蓝色头发相映衬的漂亮珠帘。"森德兰夫人，请原谅我迟到了八分三十二秒。我在停车场遭人袭击，被打晕了过去，我们警局的人还怀疑有人在我车里安放了炸弹。"

女主人说道："你真是个幸运的人啊。以我七十二年的人生经历，我可以告诉你，没有比无聊生活更糟糕的事了。看起来你是永远不会生活得无聊了。叫我埃德温娜就行了。大家都在客厅里品尝鸡尾酒呢。我正在跟阿特沃特·兰道夫通电话。他那个蠢货孙女布卢，跟我的浑蛋侄亲私奔到阿斯彭去了。你还记得他吗，奇普，我的侄亲，侄孙子？哦，布卢刚给阿特沃特打电话通知他，说她和奇普今天结婚了。"

"那么这是好呢，还是坏呢？"我把大衣脱下来，交给旁边站着的侍女，她一直站在那里，似乎就是等着拿我的衣服。

森德兰夫人迈着端庄的步子领着我走进客厅。"我相信几个月的生活，就会让他们了解好坏的。他们可能会非常开心。但无知是最悲惨的。当然，阿特沃特肯定十分气愤，而且威胁她说取消她的继承权。他的继承者几乎都要灭光了。他已经取消了布卢爸爸的继承权。"

"你是说班尼·兰道夫？为什么啊？"

"原因很多，但几乎没有一个是真实的，所以我就不说了吧。我一直都蛮喜欢班尼的，尽管他的脊椎骨像个湿扫帚。你认识阿特沃特吗？他可是对你们顶礼膜拜的哟。"

"这听起来真让人开心。我们期盼着他能在首口河上留下一座桥。我从自家厨房的阳台就能看见那里，虽然很少有人会走那座桥，但我想可以在上面开些商店然后租出去，就像市场交易所那样。"

她使劲拉了下我的胳膊，上溯的力正好碰到我头部的大包。"卡斯伯特，我们没有在五十年前相识真是遗憾。不，三十年前吧。我那时已经拿到了可怜的马里恩的钱。"她笑起来，笑声中仿佛带着吼叫。"那样我们就可以建造我们自己的大桥了。"她推开双层大门，我看见了满屋子的人。看见男士们都穿着礼服这让我很高兴。更令我开心的是，森德兰夫人介绍了李·海文·布鲁克塞德给我。

"卡迪跟我是老朋友了。"

"可能是吧。"埃德温娜递给我一杯加水的苏格兰威士忌了，看起来那更像是一杯加了儿滴露水的威士忌。她笑了，尖尖的老门牙插入低陷的嘴唇里。"虽然是这样，但是你已经结婚了，亲爱的李。而我可是单身哦。"

我突然感觉到马里恩·森德兰夫人比我头上挨的一击更危险。一点儿都不会含蓄。

第十一章

在大得足够容纳更多人的客厅里，我们大家端着鸡尾酒都站起来，在节礼日这一天，围在高大的、大理石壁炉前，这时森德兰夫人宣布："今天晚上，所有人不得谈论时政。"她又补充道："所有人都不得谈论今天早上《希尔斯顿星报》上的内容。"虽听到过布鲁克塞德的臆测，但这句话让我推测到她已经知道了报纸的内容。"那些新闻，"她擦得闪亮的嘴唇摆出不屑的表情，"那些新闻都是些没文化的人在杞人忧天，这些人既没知识，也不长记性。"她停顿了一下，伸出肌肉松弛的胳膊，把一个空威士忌杯子放在侍女的托盘里。"上帝爱我们，知道怎么指导我们这个国家里大多数人过上美好生活。"她那垂着眼袋的眼睛扫视了大家一遍。"不谈体育新闻、不谈天气预报，也不许谈政治。"

大家从宽大的厅门走出，穿过铺着地板的走廊，陆续进入灯火辉煌的餐厅。女主人仍在滔滔不绝地讲解规则，大家冻成一团，却只能频频点头，那庄重严肃的态度像新兵接受巴顿将军的检阅似的。我向李走过去，她还站在那台大钢琴旁边，钢琴上面盖着帘子，散放着几张乐谱，还有用相框镶起来的照片，其中一张里有一群红眼睛的人在不断地向女王伊丽莎白二世鞠躬问好，森德兰夫人也在其中。

李冲我微笑，小声说："不许谈政治，这话是说给基普·多拉德听的。他常常忘了自己身处何地就在饭桌上大谈特谈政治。逼得埃德温娜快要疯了。她绝对相信他的'谈话'能量。"

我也小声说："那怎么还请他来呢？"

"哦，我想一百年前他们有什么瓜葛吧，她蛮念旧的。"

"哦，有点像博尔贾教皇。"

"你头怎么了？"

"没事。有人敲了我一下。"

"严重吗？"

"有时候我真的会遭遇比较严重的事情。"我冲她微笑说，"听我说，告诉我，为什么埃德温娜——"

她把手指放在嘴唇前。"嘘——"李裸露着脖子和肩膀，穿着闪亮的灰色紧身长裙，走起路来沙沙作响。

我小声问："她一直叫我卡斯伯特，是你告诉她的？"

"不是，他有个舅公叫卡斯伯特，人们也叫他卡迪。她可能以为你俩有点关系。"

有人在拍手。是我们的女主人在向我们打招呼，当别人都往餐厅走准备进餐时，她看见我们俩还在窃窃私语。赶紧地，我们加入队尾。

我格外受到照顾，坐在马里恩·森德兰夫人左边那把有高靠背天鹅绒和圆形球状扶手的椅子里。她转过身来，隔着大马哈鱼和春鸡向我说起她卡陶巴山区的房子——一直以来她都居住在那里，不是马里恩·森德兰先生的财产，而是诺埃尔·兰道夫家的房子，埃德温娜·森德兰结婚之后也一直居住在这里——在镀着薄薄银色的餐巾套环上刻着即将磨掉的N-R，可以证明了这一点——森德兰夫人的那栋房子始建于一八五七年，砖房的门廊和立柱都漆成金色，原来名叫帕利斯特农庄。她慢吞吞地解释说，以前帕利斯特农庄总是闹鬼，代代都有丢失家禽或各式各样的家具的事儿发生。直到她拿到了马里恩的钱翻修了之后，情况才有所改善。

客人分散着坐开，都像红衣主教坐在自己的小宝座里开着会。他们可能早就知道女主人这栋房子原来的名字，所以对森德兰夫人滔滔不绝地宗谱式讲解，爱听不听，忙着吃菜了。从左到右，众人的位置不断地变换着：李从戴尔·范肖边换到蒂格斯法官旁，范肖夫人从我这儿换到班克旁边，班克夫人从保罗·麦迪逊神父旁边换到基普·多拉德参议员旁边，我们十个人仿佛环绕着这张深色的椭圆形餐桌在跳慢舞，假如这个晚宴能够再狂野一点的话——当然这不大可能，不过蒂格斯法官倒是常趁妻子不留意时，偷偷拿起漂亮的玻璃酒瓶子。那个拥有百货商店的寡妇缩成一团，她就是那个曾在舞会上告诉我耳朵不好、可以当她不存在的老妇人，此时她也如此这般地告诉给她那进食搭档；看起来她好像跟健忘的范肖聊得蛮开心，范肖正仔细地夹起珍珠洋葱，仿佛有点担心有人的眼珠子混在其中一样。喝鸡尾酒的时候，他就避开了我，现在基普·多拉德也避开我——可能多拉德认为他姐姐的儿子贾斯廷会让他觉得不自在，而我却总在他面前提到他。再者，蒂格斯法官整晚都对我特别友好——很显然，我们俩之前在法庭辩论的时候可没这么融洽过——在乔治·霍尔的审判之后，也就是蒂格斯退休之前，我一直视他为这个职业的耻辱，他对黑人的偏见和讨厌，让多拉德监狱里蹲满了无限期的犯人。

　　"为什么叫帕利斯特农庄呢？"我问埃德温娜——她坚持我这么称呼她，"是因为你这个特罗洛普也是诺埃尔·兰道夫家族的一员？"

　　她尖厉的笑声使得胸前红黄相间的钻石项圈来回摆动，也吓了我旁边的范肖夫人一大跳，她竟往甜点里放了盐。

　　"卡斯伯特，你我会成为朋友，"埃德温娜宣布，她紧紧按住我的手，松动的钻石扎进我的手指间。"曼格姆……曼格姆。你妈妈的闺名是什么？"

　　"科布。"

　　"哦，我不熟悉这个名字；但是个好听的英语名字。你一个希尔斯顿的警察居然还叫我特罗洛普。我要你叫我埃迪。"

　　我给她一个傻傻的微笑。"主啊，那些叫你'Ed'的人该怎么理解啊？"这又引起一阵大笑，我马上趁机抽回手来，紧抓住一个高脚杯——这些杯子上都刻着肥大的"S"，后面还有"N-P"，可能是森德兰夫人当年的嫁妆吧。我说："但是我得提醒你，埃迪，我是从电视上看到特罗洛普的，但不是你家的频道。那个频道节目很棒的，是一个知识频道。你的频道总放一些嗜血呀、流虚汗呀、淌眼泪的还有淫秽的节目，可怕地向大家展示富有家庭中的成员们互相欺骗，让老太太上喜剧角色，让大家熬夜玩着井字游戏——"

"哦，对对，我知道。"她拿起一只小春鸡翅膀使劲咬了一口，我也放下刀叉，拿了一只吃起来。"除了那些精神颓废和道德败坏的人之外，对正常人来说，七频道实在是没什么好看的。"

我说："但你还算幸运，在皮德蒙特还有很多人争着看你的频道。"

"我幸运？你自己解释一下吧。"

"哦，他们俗不可耐的品位供养你的高品位啊。"我冲着四周考究的家具不住地点头。森德兰夫人啜了一大口酒。"卡斯伯特，"这口酒她含了有一分钟那么久，好像在漱口，"卡斯伯特，资本主义可不是个厚道的体系。事实上它正好相反。我总是认为装腔作势实在是太蠢了，而我的很多熟人都这样。"保罗·麦迪逊张开嘴，她迅速地捅了下他的腰，不让他说话。"我大学时代的那些女生们，她们第一年卖化学原料，下一年卖南非原料，自由主义精灵是多恐怖的东西啊，她们不过是为她们自己买进'更好的东西'，就可以有钱赚。"

我在一个小面包卷上抹了点黄油，举起来："我也来尝尝他们的蛋糕和博爱吧。"

"好的，先生！"又一阵大笑声使得她耳边的短发摇摆不已，我原以为，即使是飓风也不能使她的那用发胶定型的蓝色发波颤抖一下。"哦，这太蠢了，无论我吃下去还是吐出来，都凭着我来到这世界的幸运，我吃下去了。我享受了别人的劳动成果，但我按章纳税，这足以证明我的博爱。"

白头发红鼻头的参议员基普·多拉德——像多利安·格雷笔下贾斯廷的未来画像——听见"税"这个词，在摇曳的烛焰之间，发表一通多重隐喻的讲演。"如果民主党人接管我们这个管理良好的州，他们很快会从企业里釜底抽薪，埋下像龙牙一样的通货膨胀和大众生活苦难的种子——"

"基普，你讨厌！"森德兰夫人用勺子敲着酒杯，我很惊讶杯子居然没碎。这个响声却吓到了参议员，他正唾沫横飞的一派正统地讲着"九头怪物"——民主党——然后，他一只好小声地跟班克夫人私下继续探讨。

我正说话的时候，有人从我旁边拿走了我的盘子。"别这样，埃迪，谈点好样的资本主义人士，那些慷慨的慈善家们怎么样？谈点在刻苦努力奋起向上的人们怎么样？难道那不是美国革命的目的吗？"

她说："纯属扯淡。"范肖夫人抬起头，吓得发抖，银色叉子上的豆子散落到大腿上；看见女主人如此盛怒，她赶紧偷偷地将豆子再抖到地上。"美国革命是为了保护中产阶级资本家免受贵族的剥削。美国内战是为了保护南方资本家不受北方人的控制，反之亦然。在佐治亚州奴隶们捡棉花，而移民们在马萨诸塞州做衬衫。两方都供有像保罗这样可爱的牧师，在骆驼和针眼之间为他们祈祷。"

我向前倾身到她耳根边低声说道："你知道我怎么看你吗，埃迪？一个马克思主义者。"

她笑了，用餐巾擦擦嘴唇，上面留下一个血红的印迹。"我不是，先生。我只是个诺埃尔·兰道夫家族的人，别外得了森德兰这个姓而已。"

"哦，我希望你的七频道别总是放映那些凶杀片。那样会煽动群众的，就仿佛有你像在狼人面前反射满月的光辉。他们一旦暴跳如雷，我就得去收拾烂摊子。"

"森德兰夫人，看起来卡迪对于人性的看法有些愤世嫉俗啊。"保罗在一支粗壮的烛台后面冲我们微笑。"他骨子里是个清教徒，相信原罪。"

埃德温娜冲保罗摇摇腿，具体说是摇晃着鸡腿。"保罗，你根本就不相信罪恶，可穿你那身衣服的人应该对此坚信不移才对，这可是苦难的源泉啊。"大家为这有伤风化的主题出自如此正统的口吻而哄笑起来。

我接茬道："是啊，保罗还没有堕落。所以他看起来比实际要年轻三十岁呢。"

很奇怪的是，保罗好像蛮受伤地脸红了。他转到蒂格斯夫人那边，让我感觉是不是自己说错了话。我往李坐的桌子的另一端看过去，在昏黄的烛光里，李边冲蒂格斯法官点头，边把酒杯举到嘴边。她转过头来看着我，好像感觉到了我的注视。她笑了。这个虚弱的法官还在滔滔不绝地讲着，不时突然大笑，像只被人卡住脖子的鸡，来回摇摆着瘦削秃顶的脑袋。这么多年，我已经见识过很多次他在法庭上为了自己一点儿不高明的笑话笑成这样。他的笑话是整个市政府的笑料，但不是他想象的那种笑法。他妻子打算拿走花碗旁边的玻璃酒瓶，她和蒂格斯两人暗地里进行着酒瓶的争夺战，最后还是她赢了。

李慢慢放下酒杯，看着我。所有的客人好像都静下来了，像老式壁画里的静物素描。但是他们没有意识到这个，又继续聊了起来。

回到客厅里品尝果子酒，李给保罗弹钢琴伴奏，他唱着《日本天皇》中的几首动画片歌曲，他一边唱着《给罪恶以惩罚》献给蒂格斯法官，一边冲我眨眼。法官又发出那种被卡着脖子的大笑，显然，在他的记忆里没有可怕的魔鬼。在《小柳树》这首歌结束的时候，百货商店的女主人打起了拍子。班克夫人像个孩子似的坐进缀满鲜花的扶手椅里，好像不打算马上起来，手伸向了巧克力的盘子。她轻柔地说："太美了。我喜欢颂诗。我认为布里格斯·卡德米恩葬礼上的颂诗简直感人肺腑。你们认为呢？我觉得是。"

多拉德参议员举起酒杯。"一个伟大的人，一个伟大的北卡罗来纳人，一个伟大的——"

"真美啊，优美的颂诗。你们都没看见那棺材上的鲜花啊，简直漂亮极了。埃迪，你关节痛没法参加葬礼真太可惜了。"

埃迪拿起银色的糖果碟子，放在她朋友的大腿上，结果，那碟子就那样一直放着，她朋友连一块高迪瓦巧克力都没给大家剩下。埃迪接话说:"休·安,我鄙视布里格斯·卡德米恩。而且我不是因为关节痛才不去的,我是肚子难受。我可不想坐在那听希尔斯顿人对他一生的牛屎经历而讴歌。"好在没有人为死者辩白。

戴尔·范肖,整晚都小心翼翼地躲避着我,此刻却突然穿过房间,用拨火棍拦住我,把我拉到一个角落里。"你听着,"他说,他摸摸上嘴唇——我记得联欢舞会那天他还蓄着的胡子现在已经刮光了。"抱歉在葬礼上打断你说话,但是你知道,当时那种情况是让人很不安的。你说我的一个货运职员偷了我公司的纸?我已经调查了。没有明显的证据能够证明这件事。你为什么那么肯定?"我们俩躲在高脚抽屉柜和圣诞树中间,他紧张地不时向外张望,好像想从正装里掏出淫秽照片给我看似的。在钢琴旁边,李和保罗在点唱歌曲,他们好像能把整个吉尔伯特和沙利文的歌曲信手拈来,一一演唱——大概这算是那些偏好英式的风流韵事的人所必备的素质吧。

我说:"范肖先生——"

"叫我戴尔吧,卡迪。"

"我为什么那么说,戴尔?因为我的侦探在威利·斯莱德尔仓库里发现了有一吨重的纸卷筒。那可能是你公司的假日津贴吗?"

他不耐烦地摇摇头。"我们的货存清单很完整。我已经调查过这个人。他记录良好。你们警察怎么还到人家仓库里去了?有人说他请了病假。得了流感。"

"事情远比那个严重。"但是我不打算继续告诉他到底有多严重,而只是告诉他说,"我们的警探认为是斯莱德尔谋杀了库柏·霍尔。"

范肖的眼睛睁得溜圆,死死地盯着我。"我的上帝,为什么啊?"他震惊了。"你们已经抓了斯莱德尔?"

"没有。他从家里逃跑了。看起来替你工作要冒很大风险啊。斯莱德尔跑了。还有乔治·霍尔,曾经在你公司开过卡车,是吧,现在还在死囚牢呢。"

范肖好一会才反应过来;等缓过劲,他的情绪转变了。"你到底想说什么,曼格姆先生?"我们俩很快又回到得互相称呼姓氏的地步。

我刚要回答，他又转过身去给李和保罗鼓掌，他们俩刚刚唱完《小围嘴儿》这首快歌。"现在我还想知道去世的孔茨先生的情况。为什么他的名片上有'纽瑟姆'的字样，而且还出现在库柏·霍尔的通讯录里。"

我们对视了一会儿。接着他小声说："我不知道。我想可能是克拉克想多卖点纸，就给了他名片。"

"但是霍尔从来没买过纸——无论是从你那里或其他什么人手里——奇怪的是他居然把这张名片保留得这么久。"范肖耸耸肩，我接着说，"奥蒂斯宣称他从来没见过库柏·霍尔。我可以相信他吗？你们很熟吧？"

他做出不明白我意思的表情，我提醒他说："奥蒂斯·纽瑟姆，那个城市审计官？就是那个负责跟你们签署合同向希尔斯顿提供纸品的人。奥蒂斯·纽瑟姆的弟弟珀利是我警局的职员，他以前总跟一个叫博比·皮姆的警察在一块儿，而博比的小舅子就是威利·斯莱德尔。这回你明白我的意思吗？就是这个奥蒂斯·纽瑟姆。你和奥蒂斯是好朋友吧？"

范肖系了条红色的腰带仿佛为了迎合这个季节，而此刻他的脸色涨成腰带的颜色。"我搞不清楚你这么说是想知道什么。"他留下我一个人，大步走向长椅，那里范肖夫人正用手捂着嘴打哈欠。我猜他根本也不想知道。他小声跟她说着什么。她急切地点点头，侧身下了长椅，从蒂格斯法官——他在讲一个没完没了的笑话，而他老婆则在旁边不断地修正情节——旁边溜出来把李拉到一边嘀咕起来。李透过人群看着我，向她问着问题。我点头示意，李面对范肖夫人摇头表示否定。

森德兰夫人告诉我哪里有电话可用，我退出来给警局挂了电话。我要海勒姆派人把我的奥兹莫比尔开过来，再把警车开回去，我可不想用警车送李回家。海勒姆回答说我现在还不能取车。我问他是否可以让我马上看到指纹报告。"五分钟之内。"他说，然后帮我接通了希尔斯顿警察局停车场，伊桑·福斯特还在现场调查。伊桑想向我证明他是对的，而我是错的。他总是想要这样的结果。我说："我觉得根本不是炸弹，事实证明也不是。"

"如果那些氢化物泄露出来而你来而防火墙的通风孔太多的话，你刚才就没命了。而且如果你打开暖风机，浓度可能会更大。会导致你昏睡不醒，然后撞碎这台新车，还可能撞死别人。"

"好吧，灌篮大夫。你都对。我钥匙链上的老兔脚已经救了我的屁股好多次了，看起来还是有倒霉事在啊。你在现场干这么长时间，辛苦了。我知道你用不着我谢你，但还是非常感谢。"

的确，不管是谁拿了我的钥匙，都可以打开车盖，往车头下面的控制系统里倒进去酸和氢化物，加热扇一旦打开，浓烟就会直冲我来。看来这个人对警局的停车场地形、我的车，还有我本人都非常熟悉；但他唯独不知道的是，我是个有着强烈行为习惯的人，甚至记得钥匙链放在哪个兜里。伊桑说："几个月前不是因为暖风机里散发氢化物而导致警车爆炸的事件吗？"

"齐克，可能是珀利·纽瑟姆干的。"

"你认为是他？"

"他自己一个人吗？我可不相信他有那个胆子。我猜想可能不只他一人。"

我让伊桑给我接通值班室的海勒姆·戴维斯，终于得到了盼望已久的信息。斯莱德尔的家里到处都是温斯顿·拉塞尔的指纹。虽然他在北佐治亚州北部有亲戚，但是他离开多拉德监狱后，并没到那里找个正式的工作。"好的,海勒姆,通知萨维尔，叫他马上集合他那拨人。那个狗娘养的拉塞尔人就在希尔斯顿，估计他现在还没跑远，恐怕贾斯廷得快点儿了。你赶紧接通他的电话，要珀利·纽瑟姆也参加行动。搜查他哥哥家。然后发通告——哦，把斯莱德尔家里留下的指纹跟珀利的存档文件对照一下。"

"你要针对珀利·纽瑟姆发出通告？要不要再等等，看他能不能出来执行任务？不过几个小时而已。"

"我有感觉，今天下午珀利提前下班，甚至都不肯做记录。他应该是跟他的伙计温斯顿在一块儿。"

"你认为他们俩想要杀你？他们这么做能得到什么呢，局长？"

"海勒姆，注意你那语气。替我跟玛莎说晚安。晚点再跟你联系。"

我转身返回客厅，范肖夫妇已经离开了，说范肖夫人头痛——我十分怀疑她头痛的真假，我的头痛才真是，虽然我一直喝酒想压制这种疼痛——结果，埃德温娜要求我们剩下的八位客人一起打桥牌。还让我跟她搭档。牌桌上，我总是在她贪婪地突然出牌想要大赚的时候拦下她，结果我们胜出，赢了三十八美元五十五美分。哦，我可是个桥牌好手，只是平时也没什么机会玩几把，只能在报纸上找点乐趣。从某种程度上来说，玩桥牌和我充满暴力的工作都给这个特罗洛普家人留下了深刻的印象，她甚至提议让蒂格斯法官给我们主持婚礼。我不得不让她失望，宣布说我太老了，实在无福消受跟她在一起的快乐，不过我还是抓住这个机会极力推荐一个极端享乐主义的单身汉——巴布·珀西。她说从来不认识他。我向她介绍说，尽管巴布的性格有些缺陷，但是他绝对是她的《希尔斯顿星报》最出色的记者，比那些经营糜烂小报的人强多了。她说："送他来见我。"我甚至想象着年老的女王伊丽莎白一世穿着吊袜带、身形修饰得十分可体，而满脑子的文艺复兴的思想，也会说出这样的话来。我跟她约定，如果她发誓我以后不必再忍受她那种蓬巴杜发型和卷曲的眼睫毛的话，我就一定把巴布带过来见她。

这种轻快的调情让时间流逝得更快，李已经在跟多拉德参议员和蒂格斯法官道别了。他们都怜爱地吻吻她的面颊。其实她也是他们中的一员，即使她嫁给了一个北方出生的自由党人，而这个人正试图从土生土长的本地人的儿子朱利安·D，也就是多拉德·刘易斯的手里抢夺州长的位置。用埃德温娜的话说——她是个纯粹的、不掺假的资本主义者——李不仅仅是其中的一员，而是唯一的一个。对于他们这些小地方的勋爵和夫人们来说，李是个跨国皇室的公主。只要她是白人，又极具教养，他们都愿意爱戴她，她嫁给了谁都不重要，因为他们不仅此生认识她，而且在她出生以前的几代人里，他们就已经相互认识，因为她是海文家的人。安迪·布鲁克塞德找不到合适的人结婚，包括圣母玛利亚，因为她附近可没有那么多基督教的选民，只有李可以强有力地帮助他，从那些曾经帮助过沃斯通、他的前任以及现在沃斯通的接任者的竞选团队手中抢夺州长宝座。作为州长候选人的妻子，李是绝佳人选。竞选要花很多钱，而她本人很富有，而政治需要出镜，她又很上镜。何况她在这个州里有众多亲戚和朋友。李·海文就代表了这个州。她的家族历史源远流长，跟这个州一样，充满传奇色彩：个体事业的兴旺与热心公益事务并重，丑闻、慈善、英雄史诗——她曾曾祖父创办大学，祖父挥霍无度，父亲拼死反抗共产思想……所有的一切，都是钱的历史，钱，钱啊。她归纳了一下，在她的名字下，这个州历经百年，慢慢地从穷困、愚昧中爬出来；她把这个州带进了工业时代，使它现代化、资产雄厚；她使北方佬对她顶礼膜拜，她将他们迁移到这里，又给他们盖起了购物中心。她是胜出的梦想。这难道就是安迪·布鲁克塞德要娶她的原因？那她为什么嫁给了他？他的成功当选算是李·海文为这个州所做的贡献吗？

站在大厅里，我看着她，身披黑色皮衣，弯腰抱住那个继承了百货商店的寡妇，保罗正准备送她回去。我看见保罗抓住李的手，不住地感谢她。听见他说："你捐出的支票对霍尔基金会有太大的帮助了；我们十分感激你，你的慷慨大方真超出我们的想象。"她说："能帮上点儿忙我感到很高兴。我和安迪一样都很关心这个事情……保罗，请你给我讲讲你刚才提到的新建康复之家的事情，可以吗？"

"哦，当然了！"保罗点点头，仍然攥着她的手好像就要吻上去了。

是啊，即使布鲁克塞德不爱她——我没有根据，只是出自嫉妒才这么认为——他怕也没有什么更好的选择。如果竞选是他为得到更多的战利品的冒险行为，那么他确实如李说的那样，需要有赴死的决心。

在大厅里，我正看着李，埃德温娜溜到我身后说："卡斯伯特，是你那脑袋的疼痛折磨你了，还是因为你要离开我去办那些更富刺激的案子折磨你？"

我叹口气，向她转过身去说："我的犯人大多数都很郁闷，埃迪。比他们自己想象的要蠢得多，穷得多，而且对你们这样的人极端仇视。"我扣好大衣。"你的电视节目使众多下层人昏昏欲睡，那些节目把我的犯人教唆得心胸狭窄而偏执尖锐，你知道我什么意思吗？"

她冲我咧嘴一笑，露出一排黄板牙，闪闪发光。"我们的节目就是那样的。为了让更多的人昏昏欲睡。祝你好运。否则，往后大街上都是拿枪乱跑的了，是不是？那对商业的影响可是很大的哦。"最后她握紧我的手。"哪，吻我一下，祝我晚安吧。"我照做了，一股滑石粉、甜酒和用亚麻布装着的香囊味道冲鼻而入。"你看那儿。"她向我指指窗户。"我的舞会迎来了季节的问候。我想看下雪，它就真的下了。"

雪片慢慢地飘落下来，落在门口长长的石阶上。我说："你看，你的愿望和天气有自然的联系，是不，埃迪？"

她拍拍黄色的钻石，冲我皱皱眉。"不是的。我一点都没有想过我想看下雪，或者其他大自然的什么风景，它就会马上来。我总是很理智地节制我想买东西的欲望。晚安，谢谢你今晚能来，请你把李·布鲁克塞德送回家——她告诉我说，你已经跟她约好了。我想她可能不愿意麻烦她的司机。"

埃迪苍老的灰色眼睛像钻石一样尖锐，但是我可不打算让她盯着我看。我说："谢谢你邀请我参加晚宴。我玩得非常开心。你是个有头脑的女士。你放纵自己，懒惰而不亲自管理报纸的业务，简直是个罪过。虽然你说在你人生的七十二年里，金钱除了能让你喘气之外就没什么大作用了，但没准儿你能给媒体的权威来一次挑战呢。"

我想自己的玩笑有点过，但是她转过我的话题。"金钱的威力就是媒体的威力——不需要有你的手印。"

我用她看我的眼神看着她。"哦，就算染黑手指也比你浪费整个生命呼朋唤友地玩牌强吧。"

她退后一步，用中间两根的手指抹抹嘴角。"啊……我认为在我们这个小团体中，完全没必要担心你的安全，曼格姆上尉。因为你身上有一种可爱的小家子气。好了走吧，把她送回家。"

森德兰夫人可能不为我担心，但我倒是蛮担心自己。我是说，我应该担心，应该多考虑起因和责任——我早就习惯了为所有的事情担心。不过我会下意识地拖延这些，直到意识到时，已经太晚了。我只

214

用了十分钟就开到了布里亚希尔，实在是太短暂了。我和李谁都没有说话，我在昏暗的车厢里感受到李就坐在我身边。我被这种亲密、熟悉的气氛激引起强烈的冲动。与此同时，一种自由却早已陌生的意识开始在我胸中翻滚。我穿着庄重、体面的衣服，开着这台没有名字、没有标记、有斯巴达风格的内部装饰和金属装备的警车。在车灯的光束中，希尔斯顿很少见到的雪花像飞蛾似的飞舞——所有这一切都使得这种亲密而又陌生的感觉更加强烈。不管是在她的世界或是在我的世界里，只要我们都默不作声地在这条昏暗的林中小路里蜿蜒前行，我们就是自由的。我们可以在夜晚流浪徘徊，就像天空的星星一样在我们的生命里兜起圈子。

但是我们并没这样做。我们穿过北希尔斯顿直奔布里亚希尔，在正常的时间里，我们到达了围着砖墙的大门口，拐了进去。院子里面的车道笔直而漫长，两旁灯光闪耀，像飞机跑道似的。道路两旁枝繁叶茂的梧桐树挡住我观察场地的视线，但我还是依稀记得原来横跨小溪的日式小桥，在眺望台上穿过阁楼可以俯瞰的池塘，还有一丛樱桃树和柳树以及它们掩映的大温室。我还记得这个房子，高大、宽阔、坚不可摧的白色房子，前面缀有十六个百叶窗——曾经有一个下午，李的妈妈大模大样地对我撒谎说她不在家，并在我面前轻轻关上门，我就站在台阶上数着百叶窗来着。

大路两旁的所有灯都亮着，房子里的大部分窗口也都透出灯光。车道的尽头是一个椭圆形喷泉，中间的地灯光亮无比。池塘里立有一个穿着紧身衣的年轻女人塑像，胳膊环抱着一头小鹿。池塘周围布满花丛——只是现在的十二月没有花开；我还记得原来开花时的样子，那种陌生的奢靡之风。

树木、砖墙和塑像因落满了雪，不见了踪影。我停下车，转向李。"谁在开晚会？你家所有的灯都亮着。"

她看着我，又不经意地看了眼房子，好像根本不认识这里似的。"哦，那些灯吗？没有人，没有人在家。"

"哦。"在我们周围，纷纷的雪花映亮了夜幕，也使得气氛温柔起来。所有的一切,灌木丛的轮廓、房子尖尖的棱角好像都幻化成无形。

她说:"哦,是里德一家人,但是他们现在可能都睡下了。"

"贝西·里德还在你家工作?"

"是啊,还有她的儿子和儿媳。你还记得她?"

"是啊。"我熄了火,聆听着四周的静寂。

她说:"贝西曾把那张你写的字条传给我。我妈妈开午宴的时候她上楼来给我的。一张你——"

"我在日式小桥边上等你。"

"是。"

我盯着自己的在方向盘上来回移动的双手。最后,我问她:"为什么你告诉布鲁克塞德今晚的宴会我会去?"

她也盯着我的双手回答说:"与其事后有其他人跟他说起,还不如我早早就告诉他。"

我想了至少十到十五个想要问她的问题,但是觉得每一个都堵在喉咙,只好又咽了下去。我们就这样坐着,看着外面的飞雪不断地刮在窗玻璃上,包围我们。我不用看她也感觉得到她的面颊和唇线,暗金色的头发打着卷垂在耳际,脖子上突显出蓝色的静脉血管。我能听见她的呼吸,和交叉双腿时磨蹭着尼龙袜发出的声音。我能闻出她黑色皮大衣吸入的冷空气。

我看着她。"我很不自然。"

她说:"我知道。"

我还一直攥着方向盘,听见她转动身子带动着椅垫的声音,感觉到她的手放到我手上。她的手指交叉握住我的,在大衣袖子上的扣子下紧紧地扣住我手腕,一股热浪从胳膊上升到我的胸口,又传遍了我的全身,化解了我身体的紧张。

她低声说着,我能听见她低微的喘气:"你的手真漂亮。好像它们能够建造、弥合和修整一切。它们能给所有的事情订立规矩,又能完美地完成任务。"

她握紧我的手,从方向盘上滑下来,低吟一声,把我拉向她。我用胳膊紧紧抱着她，嘴唇轻轻掠过她的头发，清新、凉爽的甜味冲进我的鼻子。她拧过头来，转过雪白的脖颈，在我想要亲吻她之前躲开了。

我们拉开距离，我双手捧住她的脸，注视着，长久地、近距离地、比过去还要亲密地注视着，想把这么多年的思念一次性看完，好像我们只能活过这一瞬间，那就让这一瞬成为永恒。我的手顺着她的脖子往下滑，搂住她的肩膀，抱住她，我们就像外面飘着的雪花，摔倒在座位上。

我拉开她的衣服，顺着胳膊往下脱，亲吻她散发着香气的乳沟，感受着她清新的体香和乳房与胳膊之间酥软的皮肤。她胳膊抱住我的脖子，手指插入我的头发里，在大衣里面敲打着我的后背，把我抱得更紧。她的身体跟我的嘴唇一样火热，我起身压住她，就像顺滑的流苏一样她轻盈地躺在我身下。我感觉到她在我颈间的低语，但是却分辨不出是我的还是她的呼吸声。

我只能看清楚她的眼睛：饱满深邃的虹膜边上环绕着金色斑点，颜色暗灰。她的眼角已经开始出现细纹，这是上一次我近距离看她时所没有的。我们接吻时，那双清澈的、年轻的大眼睛总是微微闭合。现在这双黑黑的眼睛，睁得大大的，充满了期望，直直地盯着我的眼睛。我的嗓音变得低沉、陌生，我伏在她头上说："我们过去也曾这样。"

她微笑着看着我说："我知道。我们很傻吧？"

我们的腿缠在一处，在狭小的空间里紧紧相拥。

她喉咙深处低吟道："我以前总想，如果我们这样会有什么感觉。"

"就像现在。"

她把我的手拽到她嘴旁，慢慢地亲吻着我的掌心。"你愿意跟我进屋吗？"

"不。"

我们的手都不能停下来。她把手伸进我敞开的衬衫里面，放在胸口。我把她罩衫的细带从肩膀上拉掉，露出高耸的乳房。她插在我头发中的手指在颤抖，把我抱得更紧。"那么就在这里，"她说，"那我们就待在这里。隐藏在大雪中。在车后座上。就像我们年轻的时候那样。"

我在她的乳房上抬起头来，低声说："那时我们还没有车……尤其是一辆警车。"

她笑出声来，她温柔的笑使她的乳房更加高耸，我的嘴唇吻到了她乳房的底部。

我说："我不是感觉到自己变得年轻，而是第一次感到年轻。"至少我是想这么说的，可能我是这么想的，因为她的手滑到我大腿根上，像在黑色羊绒上点燃了一束火焰。

第十二章

作为我妈妈的儿子，如果我出门，从来都不会在家里留一盏灯亮着。小时候，无论我们何时外出，哪怕只出去一小时，妈妈都会从车里下来再检查一遍是不是所有的灯、烤炉都关掉了，水龙头有没有渗水，电熨斗拔没拔插销，是不是所有的门都锁好了。通常是这样，在爸爸耐心的叹息声中，在我和姐姐维维安不耐烦的厌恶里，她还要折腾个两三次——甚至我们车都开了出去——她还在担心浪费水电，会不会引起火灾和水灾，我们只得返回去再检查一次，"只是为了确保无误"。

妈妈从来都犹豫不定。她总是忧虑会不会哪天我们家债务缠身，疾病降临，遭遇变故，好像连海里的鲨鱼都会游上岸来咬我们似的。仅有的几次度假，我们有钱可以在赖茨维尔比奇租个度假屋，她也从来不跟我们去踏浪，总是站在潮汐的尽头，如果海浪冲到脚底，她还会吓得后退。她就那样无助地看着我们的小脑袋瓜在浪里翻滚，恨不得伸出胳膊来将我们捉回去。"你们跑得太远啦！"她冲着咆哮的海浪无助地大喊。"马尔科姆，别把他们带那么远！维维安！卡迪！赶紧回来！"脱离了她的管束，我们拽住爸爸的胳膊，挑衅着她的担心。

作为我妈妈的儿子，我对危险有种本能的反应。从小，我对生命中的各种水颇有研究；我为水而思考，为情感的洪流而费心思，为突然袭来的坏运气和道德败坏而流眼泪。总之，如果说我曾经干过什么出格的事，那就是现在了，跟李·布鲁克塞德。我正在迎着汹涌的波涛游向广阔的大海。但是至少今晚，仰望满天的繁星，我相信自己能漂流到西班牙去。

在这种漂流的假想中，我停下警车，冲向我家大楼的入口，在雪地上踩出七扭八歪的脚印。大清早，河上区几乎没有几盏灯亮着——跟布里亚希尔相比，这里实在是个便宜地方——经过四家共用的过道时，我靠着一辆自行车抖抖小腿上的雪。我家在过道的另一端，能看到河景的一侧，在选择靠河还是靠车库时，我多花了八千块钱。我摸了一阵钥匙，本能可比兴奋来得更加强烈：我刚翻到钥匙，就知道门已经被打开了，我的肌肉突然一阵紧绷；打开门，发现我餐桌上方的吊灯、丁尼布长椅旁边的台灯、还有厨房里的灯都亮着，在我旁边，有个人已经把它们通通打开了。我摸着头上的包，关上门，突然感觉到身后厅里有人时，我暗骂自己居然没带呼叫器，更别说配枪了，浑身上下没一样能比我租来的黑色翻毛皮鞋沉重的东西。跟你说，面对情人时激动的心跳根本不能和现在这种焦躁不安相提并论，我的心简直要跳出嗓子眼来。我快速转过身，蹲在长椅后面，胳膊向上，又一次想起温斯顿·拉塞尔的卡罗来纳薄饼，感到有一大块燃烧的煤球冲我脸上砸来。

"是卡迪吗？"

"谁？"

"是我。"我顿了几秒，才认出在过道一端的公寓那儿站着的是诺拉·霍华德。她站在她家的门口，一手拿着酒杯，另一手拿着一个黄色便笺本。我帮她组装自行车那晚，她束着马尾——这事好像刚刚发生似的——现在的黑色鬈发松松地披在肩膀上，感觉像换了一个人。"天啊，你可吓死我了！"这回我小声说，"躲开灯光！"我弯腰快步靠向她，拉一下她牛仔裤的裤腿。她惊讶地照做了，顺势蹲在我旁边。

我冲我家的门打个手势,又低声说。"有人在我家里。"

她冲我摇摇头,一脸迷惑不解;接着她用平常的口气说道:"哦,不是的。是你的一个朋友——"

她还没说完,一个高大的身影,已经边走边说地出现在她家的门口。"诺拉?卡迪回来了?"我知道这声音和身影是谁了,但仍然吃惊不小,他冲我说话的时候我只顾盯着他看了。"你们俩怎么都蹲在走廊里,难道住现代公寓里的人都喜欢打电话到宾馆大厅跟我这样的老头子聊天?"艾萨克·罗斯索恩穿着短袜,在衬衫和短裤外面罩着带褶的法兰绒浴衣,朝我们俩嘟囔道。

诺拉站起身,擦掉洒在手上的酒,但我却没法动了,甚至艾萨克摇我都不行。他咯咯地笑着说:"瘦子,看起来你刚才去了假日狂欢宴会了。至少看起来你好像是穿着这身燕尾服睡了一个星期似的。你去哪里了?戴维斯中士说你兜里的和车里的玩意儿都联系不到你。"

他眼里满是悲哀,从上到下打量着我,事实上,他那些愤怒的语言击中我,使我站了起来,我感觉我那蓬乱的头发确实不大像样子。

"我去哪了?"从恐惧到放松,情绪在瞬间的变化使我愤怒至极。我使劲拽住他的衣领,狠狠地捅了他一下。"你去哪了,他妈的整整一个星期?别告诉我说你在这个女士的家里窝着,我派出了半个警局的人马满世界地找你。妈的!你到底去哪了!"

"我去了特拉华州,别那么夸张,瘦子。"艾萨克给诺拉一个安慰的微笑,好像因为她得跟一个疯子做邻居而该得到些抚慰。"诺拉和我只是在六个小时之前碰到的。但现在我们已经相熟了,是吧,亲爱的?你不在家,她就好心地邀请我——"

我大步走回我的公寓,使劲打开门。"你硬闯进我家了?"

"哦,没有。我可没那本领。你的门卫让我进去的。我告诉他我是你爸爸。诺拉善意地帮我圆了这个小谎。当然,作为一个情感细腻的人来说,我总是在钱包里装着你的照片,我把它拿给莫里森先生看了,他为我这种无限的父爱而深深感动。"他伸出手来在夹克上衣兜的位置拍拍胸口,他有什么充分的理由居然在一个陌生女人家里穿着浴衣,估计不是夹克被烟烧了，就是只有上帝才知道的多少年前就已经上烧烤汁了。

我问："特拉华州？"

艾萨克的女主人——也穿着短裤，但好在还穿着绿色的羊毛衫和牛仔裤——突然倒抽一口气。"我们的土豆皮！"马上跑回她屋里，还边跑边喊着，"别站在冷风里，艾萨克，卡迪，欢迎你也过来。"

我一把拦住他，把他拉到我家门口，推进门去。一个像老鼠的行李箱子——不用问，是他的；很明显，我家只是给这个来访者提供了个换衣服的地方——在地毯中间敞开放着。我指着它说："你失踪了一个星期后，突然大半夜带着箱子到我这儿，就为了告诉我，你去了特拉华州？"

他想了一会儿，解释道，他刚刚从特拉华州直接赶到多拉德监狱——乘坐"一个朋友"的车——他今天下午去见了乔治·霍尔，准确地说是昨天下午，因为现在已经是凌晨两点了，他晚上八点半往警局打了电话，是海勒姆·戴维斯接听的，后者告诉他我在停车场遭人伏击。我把呼叫器落在了办公室，还关掉了车里的电台。联系不到我后，海勒姆找遍了所有能联系到我的人，像贾斯廷、伊桑啊——好在没有我热切盼望见到的马里恩·森德兰夫人——之后，他和艾萨克都确信我有麻烦了，那个撬了我车的人又折回来收拾我，而且相信我可能已经躺在血泊之中，或者是在洗澡的时候突然中风，淹在浴缸里，得把玛莎·米切尔的后半辈子生命交给可怜的海勒姆了。"所以，"艾萨克整理着浴袍说，"我有种遇险的感觉，幸亏你没出什么事。但是我们得开车到这里查看一下。"他摘下眼镜，从箱子里拿出绒布擦擦，又带上。"而且，我觉得我们该藏起来，你这里就像监狱一样安全，当然这是另一种可能。"

"你和海勒姆·戴维斯打算藏在我这儿？"

"是比利，比利和我。"他拿起我长椅旁边的电话，开始拨号，鼻子离电话机只有一英寸远。"吉尔克里斯特。你怎么了，卡迪？"

他正说着，我听见从楼上传出一阵奇怪的声音。我顺着噪音看过去。"比利·吉尔克里斯特在我这儿，在我卧室里？艾萨克，你他妈的搞什

222

么名堂？"

"嘘——"这个老律师对着听筒，冲我挥挥肥胖的大手，"戴维斯中士吗？……是的，是我……对，我们找到他了……不不，他挺好的。好像是在什么晚宴上，回来得晚了点儿，哦，对，没办法回应呼叫器……好，不客气。那么再见。"他朝我转过身，透过眼镜盯着我。"戴维斯在挂念你。"

"我又不是迷路了，艾萨克。我不需要人家找我。"

"嘘嘘嘘！比利现在情况不太好，他无法入睡。"

"可能是吧，但是他打呼噜。你知道保罗·麦迪逊非常担心吉尔克里斯特吗？"

"那我们打电话通知他。号码是多少？"他又拿起听筒。

"老天，现在是凌晨两点钟。挂上。明天我打给他。"

"哦，是你说的他十分担心的嘛。卡迪，你没收到我寄给你的明信片吗？我从特拉华州写给你的；在上面我解释了我们在哪里。"

"没收到！我绝对没收到你的明信片。所以我当真感到十分奇怪。"

"小点儿声。哦，我邮寄出去的。比利知道一个人可以给点儿有用的信息，那人在发生枪击案的当晚，曾经跟乔治一块出现在斯摩克斯酒吧里。"

我打算上楼去弄醒那位不受欢迎的客人，但他话音一落，我停下来，随即我朝他转过身来。

"当天晚上吉尔克里斯特也在斯摩克斯酒吧？"

"只是巧合。这个伙计是比利的朋友，现在在特拉华州的监狱里，所以我们俩马上动身赶过去，想让他给我们提供点儿线索。"

我的思绪像一匹锁在起跑栅栏上的马，突然一跳。"一个叫登月脚巴特勒的家伙？"

"哈，你当真收到了我的明信片。"

但是没有，我确实没收到，从来没收到；很有可能是他根本没贴邮票。相反，用他的话说，我是"用脑子想的"，而且，事实上——他后来接受了——我独立梳理出皮姆枪击案的来龙去脉，跟他和库柏·霍

223

尔研究了几个月的结论十分吻合，他因为这点而对我另眼相看。当然，我们都找到了突破口——我是从威利·斯莱德尔身上引出一些线索。艾萨克那边是在库柏死了之后，通过比利·吉尔克里斯特得到了信息。

我回来的时候，诺拉和艾萨克已经就这个案子谈了几个小时了。从她嘴里听见这么长时间我一直追踪着的一堆名字，我还真有点儿不太习惯，这些名字都是她今晚之前从没听过的。但是艾萨克就是有招让她在很短的时间里对这些人物有了第一印象，并使人物栩栩如生起来。原来，他去敲诺拉·霍华德的门，想问她认不认识我，她告诉他，我从圣诞的早上开始就一直没回过家。对她来说他敲门的声音有些过大，她决定帮他骗过莫里森先生——关于我公寓的安全保护措施，我决定跟他郑重地谈谈——先进到我的公寓里。接着，她好心邀请艾萨克过去，这样比利可以睡觉，二十分钟后，艾萨克看见她正在研究州里关于酒吧的规定法案，决定聘请她出任霍尔案子的调查员。她告诉他，她对他的简历也略知一二，能够为艾萨克·罗斯索恩工作，将有助于她更好为通过酒吧立法案做准备。她毫不掩饰的崇拜之情瞬间迎合了这个老律师的自负，所以诺拉和他马上成为好朋友。很可能她会安排他住在另一个卧室里——我的卧室没床了，都是书。她的一双小儿女去她哥哥那儿，与她哥哥的孩子一起过圣诞，他们大概都在卡里皮尼饭店的大厅里席地而坐，玩得不亦乐乎。有关这个家庭的情况都是艾萨克亲口告诉我的，他很快感觉自己在霍华德家里就如同自己的家里一样舒服，他第一次拜访人家，就在屋里穿着袜子来回走动，还做了点儿家务——两人合作烹制了她称做"我们的"土豆皮。

"那女人真是聪明，"他告诉我，"在休斯敦搞税法实在是浪费，浪费。"

"她丈夫以前在航空航天局工作。"

"我知道，我知道，可怜啊，这个年龄就成了寡妇，还带着两个小孩。但是，她有充足时间和坚强的信念。她搬来希尔斯顿实属巧合，但绝对是个好主意。我们在上诉书中，准备向罗斯科法官提交二十八个疑点，其中只有二十四个是以前我想出来的。"他以惯有的彬彬有礼风度提出了这些问题。"我们从头说，但是首先……"

但是首先，如艾萨克颇有策略地提出，他想我应该"振作精神"。他拉住我胳膊，用他宽厚的拇指擦了一下我的嘴边，眼眉慢慢挑起，看着自己的拇指。"瘦子，你看起来有点儿……很明显。"

站在浴室的镜子前，我终于明白他的意思了，这就是为什么诺拉·霍华德那么奇怪地瞥了我几眼——说实话虽然她没有权力对我这个陌生人的私生活做出什么评论，可是当我看见镜子里的自己时，也感到沮丧、尴尬，甚至很有点儿犯罪感。上面不仅仅是口红印，我的嘴唇也肿了；而且脖子上还有一条血印子，衬衫上的饰钉不见了，领结也松垮地缠在脖子上。我看起来——甚至对艾萨克·罗斯索恩，这个据我所知可能还是处男的人——像是我已做了我做过的事。我得"振作精神"。

我穿过走廊走到诺拉家，问艾萨克，库柏·霍尔怎么看安迪·布鲁克塞德。他说他不知道，他和库柏从来不谈论政治，罗斯索恩对政治好像天生反感，但他知道库柏本人也热衷于哪天能够竞选公职，而且杰克·莫利纳也一直鼓励他那么做。我告诉他我为什么这么问他。

在诺拉的起居室里，就着啤酒吃着土豆皮，但我对艾萨克和他的新搭档还充满怒火。这明显不公平，我一直以来像个工作狂似地过着和尚一样清苦的生活，好不容易有个机会享受点儿个人乐趣了，结果每个人都翻天覆地地找我，埋怨我应该早点儿结束晚宴回家。为什么我就不能花上几个小时跟我喜欢的女人在一起，而没有一大堆人都来查问我的行踪？为什么在外边我跟一个女人做完爱，两个小时后还得听两个律师来分析与这个女人丈夫事业有关的一桩谋杀案的政治背景？为什么我不能回到家里接着回味我和李花了一个多晚上重续的旧日被打断的恋情，而不是发现我的床下藏着一个气喘吁吁的酒鬼？为什么我不能说，不，我不想在凌晨三点的时候计较这些问题，这个时候我还做着美丽的白日梦，梦里有我这半生以来最想得到的女人，她告诉我，今晚的做爱是她此生最销魂的一次。

哦，但是我不能说不，我得睡觉了。这可能就是为什么我很少有私人生活的原因吧。艾萨克·罗斯索恩刚一提到比利·吉尔克里斯特想躲避的人是温斯顿·拉塞尔时，我就完全清醒了，我马上给海勒姆·戴维斯打电话，要他把我为这个案子搜集的所有资料送来。这一刻，艾萨克承认我做得很好。这一刻，我告诉他，如果吉尔克里斯特找到他的时候，他能立刻送他来我这儿，也许我们能救下一条生命。

我不是指库柏·霍尔的命，我是指威利·斯莱德勒的。因为比利·吉尔克里斯特没有在艾萨克的宾馆出现，直到霍尔遇害的那天晚上——大约是"迦南暴乱"的时候。比利告诉给艾萨克的故事也就是这样的。事实也的确如此，因为我弄醒了比利，让他又重复了一遍。

吉尔克里斯特看起来非常恐惧，说话声音也很沙哑；显然，在他跟着艾萨克去北部的旅途中，肯定是几次偷偷溜去过最近的酒吧；而且，他明显没带任何换洗衣服。他骨瘦如柴，不住地颤抖，脸色发黑，窝在诺拉家的高靠背椅里，披了条电热毯，冲着我虚弱地一笑说："局长，这次可真是不容易。如没有保罗神父给我指出一条光明大道，我就不可能鼓起勇气去逃脱法律的制裁——对不起，霍华德夫人。这么多年来我都保持沉默，我对他们非常抱歉。"

我喝了口咖啡，我得承认这咖啡比我烧得好多了。

"你因为什么事情保持沉默，比利？"

"我顺手偷了那个警察的钱包。当然，当时我并不知道他是个警察，以为只是某个醉酒的红脖子到了斯摩克斯酒吧里，挑的座位正好在我那个熟人旁边，就是那个号称'登月脚'的家伙。"

我核对了一次我的记录。"那天晚上在斯摩克斯酒吧里，你趁博比·皮姆不断骚扰乔治·霍尔的时候顺手偷走了他的钱包？"

吉尔克里斯特点了点头。

"他是特意找乔治·霍尔的碴儿吗？"艾萨克突然问道。他跟诺拉坐在一张蓝色长椅上，还不时地共同在法律便笺上写下分析意见。

"啊？"

我重复了一句："皮姆是专门挑乔治的碴儿吗？"

"是啊。"他直起腰来。"对不起，我是说，他简直是在场中最丑陋的人，当时吉他手弹奏的时候，他就去点唱机里放唱片捣乱，没错，他就是霍尔家最另类的。是的，皮姆就是故意的。"

"皮姆认识霍尔吗？"

"这个我没有什么印象，上尉。我只是在一边看着。他们相互推推搡搡，皮姆被推倒了。我就上去帮忙扶他，顺手牵羊地拿了他的钱包，从他的裤兜里。随后就有关于他是警察的消息传出来——我是说后来我才知道他是个警察，老天，他居然还他妈的掏出了枪，抵在霍尔的鼻子下。你想啊，我刚刚偷了他的钱包，他就在酒馆里舞刀弄枪的。所以我想，'这发生什么事了吧？'而且我猜测登月脚一定在做生意——"

"比如闯进烟草仓库，然后再把货倒卖到州外去，是这种买卖吧？"

"对。唔……你们也听说了。"

"那么你认为乔治或皮姆都曾参与到这买卖里了？噢，比利，我希望你能尽一个公民的职责，配合警方的调查工作。"

他哼了一声，对我这个愚蠢的提议表示不满。"那是，我偷了一个死了警察的钱包，留了案底，我就不得不跟警方合作了，那当然。"

"博比·皮姆有没有以什么方式跟巴特勒说过什么话？"

"登月脚看见那警察掏枪后就赶紧离开了。"

诺拉问了一个问题："这里有证据显示，皮姆把枪口对准乔治的鼻子时，他说，'伙计，你他妈的就是个贱货'。你听到类似的话吗？"

吉尔克里斯特嘀咕着，往骨瘦如柴的肩膀上围了围毯子。"我不记得这些细节了！罗斯索恩已经拿篦子给我篦过了。哈，见鬼，对不起，我就给你描述一些当时的情景，行不？皮姆当时和那个黑人脸对脸的很紧张。"

诺拉往前靠了靠。"你描述的这个场景是皮姆在威胁乔治的生命安全，还是仅仅是你的感觉？"

"他没说让他跳舞。听着，你们是不是都有点醉了？看看我的手。"他晃得很厉害，根本说不清楚。最后艾萨克让他喝了一瓶健力士。吉尔克里斯特说有股机油味。你绝对想不到一个酒鬼还这么挑食。但他还是喝了。他所描述的打斗情形跟庭审记录较为相似。枪击之后，比利说他跟随人流走出了酒吧，看见皮姆躺在人行道上。等我乘着警车赶到时，他又溜回斯摩克斯酒吧，躲到了楼上，他还好心提醒那些违规掷骰子赌博的人，赶紧把地上的现金捡起来，否则警察来了就什么也不剩了。所幸富尔彻上尉并没找他们的麻烦。比利一直从楼上的窗口望着下面。他看着救护车开走了，富尔彻的人拥入酒吧，向那些还没来得及走的人询问情况。就是那个时候，比利注意到一个高大的白人从街对面的廉价小旅馆里跑出来，钻进街角停着的一辆白色福特车里走了。比利之所以注意他，因为他是白人，还飞快地跑向那辆车，而且推测他是不是得罪了黑人妓女或者是他的女朋友。那个旅馆虽然称之为"旅馆"，但当地人都叫它"凯妮妓院"，百分之十的住宿，百分之九十的卖淫。

诺拉快速地翻阅笔记本。艾萨克往前靠了靠，在纸上画着圈。她问："后来你确定这个人是温斯顿·拉塞尔？"

"是的，就像我说的，有流言说这个警察总在斯摩克斯酒吧附近转悠，并放出话来，想找到那天是谁偷了他朋友的钱包，有人以朋友的名义把他带到我这儿，我认出他就是那天我在那家小旅馆外面见到的那个人。"

诺拉说："你确定吗，比利？你看见他的时候天色已晚，而且他还在奔跑。"

"我确确实实看见他站在凯妮妓院的门口。"

我说："我相信艾萨克所说的,你拿了皮姆的钱包,里面有八百块钱,你花掉了。"

他湿润的眼睛悲哀地看看双手。"就在我生命中的那一天，我失去了自尊，曼格姆上尉。我迷失了。跟你说实话，我一不做二不休，飞到拉斯维加斯，挥霍掉了每一分钱。如果不是耶稣指引着我去——"

"噢。"我先发制人地打断他即将发表的重新做人的感言，这番话我跟希尔斯顿警察局的每个人都听过无数次了。"现在，据艾萨克所说的，你在皮姆的钱包里还发现了一把公共贮物箱钥匙。是吗？"

"是的。等我从拉斯维加斯回来后，就四处查找这是哪里的钥匙，后来我在罗利公交车站打开了箱子。"

"里面都有什么？"

"一只箱子。"

"箱子里呢？"

"六万七千七百六十九美元的现金。"

我看了看诺拉和艾萨克，他们俩冲我点点头。我说："这可是一大笔钱。"

艾萨克说："库柏曾跟我说，有传言说博比·皮姆并不像米切尔·贝兹莫尔向陪审团斩钉截铁地肯定的那样是个优秀警察，相反他是个小偷，是个强盗。我想出的第一个突破口就是去查他是否有来历不明的收入——他曾经给妻子买了个新冰箱，与人合资经营，开一个不正常的银行账户存款，诸如此类的。但是我们都扑空了。我们扑空了是因为那些钱被锁进在柜子里。"

比利说："我打开了箱子，看见了六万七千七百六十九美元的现金。"

我问他："你数过？"

"我把它藏了起来，数了又数。又重新锁上了柜子，也把钥匙藏了起来。现在还在我那里。我把它粘到了我办公室的抽屉下面。"

我说不对，事实上那把钥匙此刻已经被封在一个上面写有"B. 吉尔克里斯特"的信封里，躺在我办公室的文件栏中。"我希望你说的都是实话。"艾萨克说道。

"都是真的，"比利耸耸肩说，"曼格姆上尉也曾经帮过我。"这个惯偷又紧紧围了围电热毯，喝了几口啤酒。"所以，不管怎么样，我想拉塞尔一直在追踪消息，他追查死者的钱包，就是因为那把钥匙。他才不会是那种多愁善感的人，苦苦地寻找朋友的钱包留作纪念呢，你说呢？我也私下打听到了一些，那两个警察靠不正当的手段捞钱，我想说的应该就是皮姆和拉塞尔。登月脚巴特勒供出了我来，因为他们把他推到里头苦苦相逼。他曾帮他们俩联系买家——现在绝对是重量级的人物，有烟草，还有枪支弹药，都是听他说的。所以我知道这些现金绝对不是两个警察在车站的宾果游戏里赢来的，你们说呢？我后来又听说，登月脚溜了，像土遁了似的，没有一点儿踪影。跟你们说实话，那可是个特殊的人，我想警察应该从他那里得到什么消息了。"

我问艾萨克："登月脚在他的证词里确认了这件事？"他点头，从地上的一堆东西里拿出一个文件夹，冲我晃了晃。我说："好吧，比利，你找到了钱。霍尔审判后获罪一级谋杀，那么你呢？"

"哦，有一段时间我收手不干了，十分安静。后来我从几个妓女那里听说拉塞尔被捕了，被关进多拉德监狱六到九天了。我对自己说，'比利，现在你可以安心了'，就那时候我又开始注意到另一件东西。我做错了，但是我知道主会原谅我，感谢上帝，把我推进他的火里冶炼，然后在水中洗刷——"

"是的，很好，非常好，"我说道，"这个'另一件东西'是除了钱之外，你在箱子里发现的另一样东西？"

吉尔克里斯特打了个哈欠。"是的。一些带有警局标签的塑料袋子；大多数是瓶瓶罐罐，一些可乐，两三粒药丸。"他又打个哈欠，眼睛闪闪烁烁。"一些枪。我扔掉了枪。我从来不滥用枪的。这是我给自己订立的严格规矩。"他闭上眼睛，头歪倒在肩膀上。

诺拉说："好像我们应该让他回去接着睡一觉。"

我同意比利的渴求，可艾萨克不同意。他经常是日夜兼程，除非第二天早起有审判，他宣称"能量的高峰"是凌晨三点到五点。看起来诺拉·霍华德已经进入了角色；她来回浏览着手里的笔记，眼睛闪亮得像夜间出来到垃圾箱里找食的浣熊。

我打着哈欠，起身走过去，摇了摇吉尔克里斯特瘦削的胳膊。"醒醒，比利。好吧，你也卖了药丸——我们暂且不讨论你是否涉嫌贩卖警局没收充公财产的问题。"

艾萨克叹口气，扬手扇扇空中的烟灰。"好，我们先不谈这个问题。比利已经为他过去的生活忏悔了。"

吉尔克里斯特前后摇晃着，像是体力透支，又像喝啤酒上头，或者是宗教狂热。"我向至高无上的主忏悔，求得灵魂的救赎——"

我说:"对。我们不讨论这个问题。对不起我又提了这事。你卖了药丸。你怎么处理这六万七千美金了?"

他闭着眼睛回答:"我花了一些。在佛罗里达还弄丢了一些。"

"我猜想,你的意思是没有弄丢,而是赌输了吧?"

"是,都扔在那些马啊、狗啊、骰子和纸牌上了,你们都知道的那些。我想大概输了两万吧。我的意思是说,"他睁开眼睛解释道,"不是一次输光的,我去了几次。"

我说:"好吧,我们以后再证实。我也无法相信你这么拙劣,居然去了一次佛罗里达就输了两万美金。"

"主要是我酗酒太严重了。"

"我知道。"

"是的。我醒来之后发现自己坐在不知是飞往拉斯维加斯,还是飞往迈阿密的飞机上。"

"老天啊,你一定是患了严重的精神病。"我看见诺拉极力忍住笑,跳下长椅,往厨房走去。

比利端起啤酒瓶一饮而尽。"是暂时性眼前昏黑,保罗神父说这是酗酒的症状之一。"

"听起来好像是种富贵病。好吧,你输光了两万美金。剩下的那四万七呢?"

他提了一下自己的精神,露出了笑容,如果他那奇形怪状的牙齿还在的话,我想可能会用"灿烂"的这个词语来形容。"我得到拯救后,就把它给了上帝,以表达我的谢意,感谢他拯救了我。"

艾萨克一直等着这个问题。他直直地看着我的脸,轻轻地笑起来。"是啊,瘦子,那些戴罪的钱财洗涤了这头迷失羔羊的灵魂。"

我没理他。"好吧,比利。但我想你不是直接给了上帝吧?谁是中间人?"

比利说:"什么?"

艾萨克说:"三一教堂。他把这笔钱投在了募捐箱里了。"

"不是一块儿投进去的,"比利赶紧解释说,"几百元用于日常的弥撒，在星期天我投了两次。保罗神父说，你也不希望像伪君子那样在市场里做礼拜，为了获得嘉奖什么的。你知道。在你和上帝之间必须公平，所以我就帮你把它推展开来。"

诺拉站在厨房餐台旁边，一手拿啤酒，另一手拿百事可乐。我一边跟吉尔克里斯特说话，一边指着百事可乐。"让我把整件事理理清楚。你在教堂救济处住的时候，每一天都为三一浸礼教堂捐一点儿钱，直到把那四万七千美金都用完了，是这样吗？"

他羞怯地扭动着身子。"也不是。可能我也时常到处转转。"他抬起下巴。"但是我一从监狱出来就去马上补足。我跟罗斯索恩先生和这位女士说过的，交出钱来是赎罪的一种手段，但我的心还没有得到解脱。"他在努力搜索合适的词汇来表达自己的意思，于是站了起来，毯子抖落到地上。"那之后不久，我觉得可以轻松面对乔治·霍尔了。他的审判结果很糟糕，但是他对这两个警察却没说过一句坏话。在我看来，霍尔很清楚这俩人的来路，他们用枪指着他，却反而他妈的在枪底下送了命。我告诫自己，'比利，远离这些吧，你不知道事态如何发展，就不要强出头了，有些人怕是要疯了'。但是后来，保罗神父，你也知道的，他总是跟我谈论耶稣对此事的态度，他反对以牙还牙，认为邻居应该伸出援助之手什么的。而且我看到保罗神父总是跟一些人在一起，为乔治·霍尔做点事情，但还是有很多人看都不看他一眼。我看见霍尔的弟弟也在积极奔走，去斯摩克斯酒吧一遍遍地打听，组织游行什么的。但越临近霍尔进毒气室的日子，我越是浑身冒冷汗，我实在忘不掉这件事，又不敢去警局，也不敢向保罗神父坦白。我是个胆小鬼。"吉尔克里斯特深深叹口气。"所以我躲了起来。我想让自己好起来，不去过分承受这件事，我想时间久了，一定能得到解脱。但是我惊醒了。"他看着我说："因为你们插手了这事。"

我说："就是圣诞节前那个星期五，对吗？我很晚的时候过来，告诉你霍尔从州长那里获得了四个星期的缓刑，你还记得吗？"

他盯着我，眼睛放光。"那个缓刑根本不是州长批的，曼格姆上尉，是耶稣施予的。我十分肯定，所以才什么都跟你说。耶稣在那间屋子里已经告诉我了。"吉尔克里斯特打量着屋里的每个人，等待我们的答复。我们都点点头，他很满意，继续说道："耶稣告诉我，比利，你应该直言不讳，他就站在窗边说道：'比利，我很喜欢你供奉的钱财，但是跟乔治·霍尔比起来，我更需要他。不要无聊地要我拿你跟他相比。比利，你能做的，就是为乔治·霍尔做点事情，你该知道如果我是你，我会怎么做，比利，我会立马禁酒，离开这里去拯救将要在毒气室里冤死的人。因为我经历过那人生的最后一步，我知道那是什么感觉。'这就是耶稣跟我说的。"

艾萨克和诺拉庄重地点头，好像吉尔克里斯特在给他们朗诵耶稣门徒托马斯的引文。艾萨克甚至走过来，无精打采地靠在他椅子的扶手上，拍打着自己的膝盖告诉我："这就是比利做的事情。星期六早上，他去了库柏·霍尔的《与自由和正义同行》杂志社办公室，跟他讲了这些事情，并且把皮姆的钱包给了他。接着他跟随库柏开车去了罗利的公交车站，告诉他柜子在哪里。箱子还在那里，还有一万美金。后来库柏开车去州长官邸和他的示威前线，比利就乘公交车返回了希尔斯顿，并把钥匙粘在了桌子底下。"

这个老律师站起来，开始在屋里走来走去，那种姿态我曾经在市政府法庭的走廊上见识过多次。每次他都是以那种姿势在你身边走来走去，那嗓音能把你逼得大喊大叫。"星期六下午，可怜的库柏就被杀了，星期六晚上，比利从《与自由和正义同行》杂志社办公室回来时，就知道了。办公室的一个孩子告诉他我在皮德蒙特的住址，因为库柏把我的名字告诉给比利了。但是他从办公室出来后，发现有人在他前面停了车，像在抢车位。那人就是温斯顿·拉塞尔。然后他打了个电话给我。我借辆车就去见他了。"

我说："然后你和比利就继续追踪了，嗯……艾萨克？你们直接去了特拉华州，而不是报警？"

这个倔强的律师并没有理会我的抱怨，他拖了一下那条坏腿，转过身来。"哪，如果温斯顿·拉塞尔几天前刚从多拉德监狱里放出来，到罗利公交车站时，刚好看见了比利带库柏去开那个锁柜该怎么办？

233

要是他一路跟踪他们或者开始找机会去查那个箱子，该怎么办？要是他看见了他们在一起，该怎么办？那么现在的拉塞尔在哪里？很明显，他已经从你的手指间溜走了。"

我说："如果不是你这么自以为是，擅作主张，私下调查，他是绝对不会溜走的。"

诺拉惊讶地看着我，但艾萨克好像对我的怒气无动于衷，说："嘘……可怜的比利。"

我瞥了一眼在扶手椅上睡得正香的可怜比利。突然起了怜悯之心——大概是因为我已经得到了一点点有用的线索——就决定让吉尔克里斯特在我床上好好地睡一觉。我和艾萨克把他抬回我的公寓。在楼下的客厅里，我把急着回诺拉公寓的罗斯索恩拦住了。"等一下。现在我想不通，一直以来也都没弄明白的是，难道乔治知道皮姆和拉塞尔要干什么？那么比利猜测乔治也参与到他们买卖中的这个想法对吗？如果他确实参与进去了，那至少应该知道些内幕的——为什么乔治在法庭上，甚至庭审后，对律师、对他弟弟库柏没有这么说？"

艾萨克皱皱眉。"除了庭审记录的那些，乔治什么也没跟库柏说。"

"因为他只知道这些么？"

他没有回答。

"为什么乔治那么着急要见你？"

他也没有回答。这个老律师拉开进入走廊的门，但是我又给推上了。"艾萨克，你最好别再惹我。你到底认为我站在什么立场上？"

他胸前的浴衣被我弄皱了，他拉了拉。"你不是跟我们一条道，瘦子。我在为委托人工作，我要做的就是帮他跟我们这个州的法律抗衡；而你是为这个州工作的，直接归属那个我并不喜欢也不信任的州检察长管辖。我可不想让他得到现成的情报，何况这些还有可能对我的当事人不利。我有权决定什么时候保守这些秘密，什么时候跟你一起分享。"

我在他身边转了几圈，使劲拉开了门。"好吧，如果用得着我的时候记得叫我。"

234

"我会的。"他说道，向诺拉的公寓走去。

我躺在长椅里生气，但抵不住困意袭来。下一秒我模糊意识到有人围着毯子站在我身边。

再一会儿，我睁开眼，看见距我一英尺远的地方有两张小脸。一个小男孩和一个小女孩，都蓄着黑色鬈发，穿着航空航天局的蓝色毛衫，嚼着口香糖，跪在长椅旁边，很郑重地看着我，好像在寻找生命的迹象。女孩问道："你果真是警察吗？"

我努力使自己用正常的声音回答："是啊。你的圣诞礼物是不是一辆自行车啊？"她点点头。"那么我知道你是劳拉·霍华德。"她想了想，又点点头。"他是你的哥哥布赖恩吗？"

"我的小弟弟。"她强调道。

布赖恩往前挪挪。"现在该起床了。"我睁开双眼，看看这话是否在理。他是对的。阳光已经很足了。毫无疑问我穿着租来的礼服睡着了，后来当我回想时告诉自己，我那晚只是休息了下眼睛而已。我还打算梦见李呢，但是没来得及。我一宿梦见的都是乔治·霍尔。

布赖恩抬起胳膊肘放在椅子扶手上。他有着和他妈妈一样上挑的绿色眼睛。"我们昨天在帐篷里睡的。"他宣布，撅起沾满口香糖的嘴。

"唔。我听说了。你们喜欢吗？"

但是他只说了这么几句，然后就模仿摩托车发动的响声，掉头穿过打开着的门跑到走廊里去了。她的姐姐还比较爱聊天，如果再幽默点就好了。她问我："你总是穿着礼服睡觉吗？"

"你说谁？曼格姆上尉吗？当然。"另一张脸突然出现在我的视野里。是贾斯廷·萨维尔，他精神抖擞得令人讨厌。这个重案组组长正咧嘴笑着。"他总是穿着礼服，没日没夜地参加派对。我们在警局都叫他达佩乐·丹·曼格姆。"今天早上贾斯廷起来，异常地随便，他一身休闲打扮，穿着三件套的哈里斯花呢套装，像是从《故园风雨》影片中出来的。他小声对劳拉说："我们对他友善点儿，他是我老板。"

"他吗？"劳拉半信半疑。我就弄不明白为什么孩子们总是不相信我的级别。不管怎样，她换了话题。"妈妈说请你过去喝咖啡，再见。"

她像她小弟弟一样放下这句话后，就很快跑掉了。

我挣扎着坐起来，贾斯廷咧嘴冲我笑。"卡迪，我一直跟你说比利·吉尔克里斯特那里能榨出消息。"我瞥了一眼楼上。贾斯廷点点头。"还在打呼噜呢。刚才艾萨克已经把来龙去脉都跟我说了。告诉你，威利·斯莱德尔可能是那个接头人。"

现在的问题是，我习惯于独自醒来，而且应该是穿着睡衣在自己的床上独自醒来。我嘟囔道："等一下，好吗？你先压制一下想看热闹的心情，等我清醒一点儿。给我点儿咖啡。"

"那我们去霍华德夫人那里吧。"

"霍华德夫人那里？"

"真是个聪明的女人，还那么漂亮。"

"我哪里也不去，我得冲个澡，再来点儿咖啡。"

哗哗的水声也掩盖不住吉尔克里斯特的呼噜声。我冲好澡出来，贾斯廷欢快地递给我一大杯咖啡，又坐了回去。我坐在小凳子上，边听他说话，边从窗口俯瞰首口河。

"那么事情大概是这样的。皮姆和拉塞尔想扩大业务范围，打算往州外走私货品。货存清单的标价比警局仓库里的要低一些，所以得再弄些像登月脚巴特勒那样的小偷，多帮他们偷点儿东西，还需要威利·斯莱德尔那样的货运职员，可以利用范肖公司的卡车运输。我就知道斯莱德尔是关键。"

"我会再确认一下你纸上的这些名字，好吧？"我喝了一大口咖啡，"贾斯廷，你来我这里干什么？"

"亲自来确认一下。听着，艾丽斯还以为你已经死了。当然她遇事总是沉不住气。你可知道，三更半夜，海勒姆打来电话说你失踪了，我们会怎么样？他说你很不小心地被人击中头部，而且很可能在走路时会昏倒。你是自己去的那个晚宴吗？"

"是啊。你跟皮姆的遗孀谈过了吗？"

贾斯廷坚持将煎蛋饼递给我，并告诉我说，拉娜·斯莱德尔·皮姆在停尸间里看见她弟弟的尸体时悲痛欲绝。她根本不相信我们是在

236

首口河里发现了他，坚称她弟弟根本与手枪和仇人毫无瓜葛。她已故的弟弟和丈夫博比·皮姆都是暴力行为的无辜受害者。贾斯廷又给斯莱德尔在肯塔基州的妻子打了一次电话。她说很遗憾听说这个"可怜愚蠢的威利最终还是被人打了一棒子，就像以前每次一样"。

我问道："那是什么意思？"

"意思是，那个女人的原话是，'总是跟他那个不要脸的姐夫博比·皮姆和那个狼狈为奸的伙计温斯顿·拉塞尔干些见不得人的事'。"

"这个煎蛋饼太好吃了，"我夸赞道，"你从她那里还弄到什么有价值的线索吗？"

贾斯廷对着我冰箱里的东西扮了个怪相。"没有。这个前斯莱德尔夫人强调，她早就跟这个'笨蛋'划清了界线，她可不想再参与到他的事里。但是别着急，我还要找她谈谈。"他对着冰箱里剩下的德国炖肉直做鬼脸。"老天，这是什么？"

我没理他。"现在几点了？"

诺拉·霍华德把头探进我家的前门，回答我说："十点了。要咖啡吗？"

贾斯廷说："我想来点儿。"

来到她家的客厅里，艾萨克·罗斯索恩头发都立了起来，像戴着一个皮帽子，他坐在餐桌旁边抽着烟，鼻子都快碰到电脑说明书的目录上了。霍华德夫人——贾斯廷一直这么称呼，其实她比他还年轻一些——非常好客，有人恰巧经过她家的，她总是很高兴地打开门来迎接；可能这与她的意大利背景有关。

我靠在阳台窗边喝下了第三杯咖啡，看着她的孩子们在外面玩耍，他们在一寸厚的雪地里努力地堆着小雪人。艾萨克没有动静，贾斯廷在打电话，接着他去了厨房，摇摇头说："米切尔·贝兹莫尔不同意我们搜查珀利的申请。他说，奥蒂斯·纽瑟姆是他的好朋友，是个好人，也是市政府的高级官员，要告诉他，我们准备起诉他弟弟犯了几宗重罪可绝不是件容易的事。贝兹莫尔想让我们知道他这一辈子从来没做过让别人难过的事。他说，奥蒂斯疲劳至极，极为愤怒，根本一点儿

237

都不相信……咖啡太棒了，霍华德夫人。"

"叫我诺拉就行了。"

他冲她微微躬了躬身。

我说："贝兹莫尔是我们的地方检察长。"

诺拉说："我知道。"

贾斯廷说："我告诉他，伊桑在斯莱德尔农舍外面发现了珀利和温斯顿·拉塞尔的指纹时，他才在愤怒中放弃了立场。"

我问他："你告诉我们友好的地方检察长有关登月脚阿瑟·巴特勒储存的东西了吗？"

"当然。他说，我们应该除了嫌疑犯外再找出相关的证人，他的原话是，'去证明举证有效'。"贾斯廷手里拿着茶杯和茶托，好像在参加一个茶话会。"现在我们手中最为有力的证据就是珀利跑了。他肯定已经离开这个镇了。没有他和拉塞尔的任何消息。现在他们可能已经在曼谷或者瑞典了。"

诺拉转向他。"我听说，温斯顿·拉塞尔可不是喜欢瑞典或者曼谷那些地方的人。"

我说："贾斯廷眼光有点狭窄，他以为所有人都会往大城市跑。"

"他曾经跟我提过，"她说，"你是会利用假期周游世界的人。"

贾斯廷冲她笑笑。"哦，我也找过戴夫·舒尔曼谈了谈；他说，如果我们能够给出足够的证据，证明有人密谋剥夺了库柏·霍尔的公民权，那么联邦调查局就会对此案给予全力帮助。"

艾萨克从餐桌旁边嚷起来："如果说谋杀都不算密谋剥夺他人公民权，那我倒是想知道什么样的案子才算数！"

我说："主要是我们得证明这是一场密谋。除珀利到过斯莱德尔的家之外，我们还没有证据能把他跟霍尔或者斯莱德尔联系起来。事实上，库柏被杀的时候他正在警局值班室里。"

诺拉又给我倒了些咖啡，她居然第一次穿起了裙子——我的意思是这是我第一次看见她没穿牛仔裤。"如果要证明这是场密谋，根本没有必要证明他不在现场。"她停下，看着我说，"想听听一个局外人的意见吗？"

我说："局外人？昨天晚上，我记得你和艾萨克已经宣布联合起来为此案辩护了。"

她笑笑。"我的确是；但对于你们警方来说，这是个局外人的意见。"

贾斯廷说："我们可不是一般的警察。"

我说："你说说看。"

"你看，我不会穿着燕尾服睡觉。"贾斯廷说着转向诺拉，"你见过很多警察局长穿着燕尾服睡觉的吗？"

"以前是没有。"她告诉他。

"你怎么看？"我问道。

"星期天那天，当拉塞尔枪杀库柏时，是斯莱德尔在开车。必须有人开车，但那时斯莱德尔并没有意识到他陷入了什么样的处境，或者说他不知道车会发生故障。拉塞尔是确信车一定会发生故障的。我想，到了星期天，拉塞尔和纽瑟姆就已经决定要甩掉斯莱德尔了，一并处理掉那台车。所以，一得知你已经找到了斯莱德尔的尸体，他们就赶紧溜之大吉。纽瑟姆一定是同谋。到目前为止，任何关于斯莱德尔的官方消息都没有发布，只有你们警局内部人知道。"

贾斯廷说："非常在理。卡迪，你清醒了没有？你怎么看？"

我说："我早就醒了。难道我看起来不是很精神吗？"

诺拉笑笑。"跟昨天晚上相比，现在的你看起来好多了。"奇怪的是，当她把手放到我的手上拿走咖啡杯时，我感觉到了她手指的温柔，哦，她的触感对我来说是那么地似曾相识。而且那种感觉一定在我的眼里，因为我看到她从我的眼睛里感觉到了；我也从她的眼睛里同样感觉到了。然而，我们俩马上各自转移了视线。我最不想发生这样的事，我想，老天，我这是怎么了？难道是昨夜跟李还有残余的激情，抑或是没睡好觉过度精神，还是一旦我要打破自己的单身生活——因为太忙而没有时间寻找感情——我就会瞬间融化？

贾斯廷抬起头欣赏着诺拉家里的铜器。"上尉，今天总部有什么行动计划吗？伊桑和我想给你讲些小花絮。一方面，在你那辆豪华的奥兹莫比尔车上，我们发现了珀利和拉塞尔的指纹，所以那枚小炸弹一定是他们留给你的送别礼物。其次，《与自由和正义同行》杂志社办公室里的指纹不是他们的，墙上的涂鸦也与他们的笔迹不符。"

艾萨克从餐桌旁咆哮起来。"赶紧找到是谁闯进库柏的办公室，劫走了他的文件柜。我想拿回皮姆的钱包。我确定那个文件柜就是库柏存放那个钱包的地方。"

我走到他身旁，用手指敲敲桌面。"先让我们找到温斯顿·拉塞尔如何？如果我们能顺利找到的话。"

艾萨克的下颌扭曲了，他从双光眼镜上瞥我一眼。"你最好赶紧找到拉塞尔，我再上庭辩护的时候还需要他呢。"

"我也想要他，比你的辩护更重要。再说还不知道你能不能有那个机会呢。"

他又转回去看报纸。"我会得到的。"他嘟囔道。

贾斯廷穿好了他那件放在长沙发上的大衣。"我和伊桑还要给你送份礼物，"他说，"还记得我们在首口河里发现的白色菲尔兰福特车吗，就是里面有威利尸体那辆？哦，你猜怎么着？那车是七年前希尔斯顿警察局保管的无人认领的车。七年前，有人想办法接触到托管库借出了它，而且根本没打算归还，也没有人报告那车失踪。你猜还有什么？伊桑和我从那辆菲尔兰车上刮掉了一点漆。它原来并不是白色菲尔兰福特，它原本是辆蓝色福特车。我敢肯定，在霍尔案庭审的时候，米切尔·贝兹莫尔曾认为不存在的蓝色福特车，就是这辆。"

噢，这个消息足以让艾萨克·罗斯索恩蹦到热帽子烧烤店去点点排骨补补早餐了。贾斯廷和我起身离开，穿过走廊时，我取下我的大衣。比利·吉尔克里斯特还在睡觉。

要不是贾斯廷拦住我，非要给我搞场讲座，教我如何给玉米喷点粉状除虫剂的话，我们现在早在赶往市中心的路上了，也就不会听到电话铃声突然响起。既然这样，我将准备面临一个处境：我必须十五分钟后赶到市政府。电话是齐克·凯来布打来的。听起来他有点上气不接下气。

"局长，见鬼了，局长，赶紧来这里。这里全乱套了。二楼，有人死了。"

"发生什么事了？是亚伯勒市长吗？"二楼是市长和市议员的办公室，我第一个念头就是卡尔心脏病发了。

"不是，是审计官。奥蒂斯·纽瑟姆。他死了。他的秘书怎么也进不去他的门，就破门而入了。楼下的每个人都在乱转，混乱极了。"

"奥蒂斯·纽瑟姆死了？！是中风吗？"

"非常抱歉地告诉你，局长。我不知道你们以前是不是好朋友，但是这太惨了。纽瑟姆先生自杀了。"

"什么？老天！他们确定是自杀吗？"

"确实是。他从天花板上吊下根绳子，绞死了自己。他们一发现他就赶紧找来了迪克·科恩，但为时已晚了。"

"奥蒂斯留下什么字条了吗？赶紧下去问问有没有字条。"

"地方检察长说没有任何字条。他们几个人正打算去找他，所以是第一批进去的。地方检察长马上去找迪克·科恩。迪克放弃营救之后，又一个人当场昏厥，所以迪克还得马上救他。叫范肖，对，是叫范肖的。地方检察长说他是纽瑟姆先生的朋友。"

到了市政大楼，我钻出车门，看见米切尔·贝兹莫尔站在最高的台阶上，倚着一座同盟者大炮，愣愣地看向天空。半小时后我们再出来时，他还在那里盯着天。他旁边站的每个人都目不转睛地看着人行道上。台阶下面，一小队年轻的纠察队队员以松散的圆形队伍缓慢地向前移动。他们带着标语，目标就是希尔斯顿警察局。其中的一些人我也认识——护卫队里有三个人是海文大学的学生，还有两个迦南暴乱里的少年，马丁·霍尔和G.G.沃克。沃克有点不合时宜地咧嘴微笑，合着比博普爵士乐，很明显他已经改变了主意，因为以前他曾跟我吹嘘"抗议才不是他要干的事"。这个队伍扛着的大多数标语都写得一样："为霍尔兄弟讨回公道"。

我匆匆穿过他们并点点头，但是贾斯廷却在长腿的年轻的沃克先生旁边停下来，并告诉他："今晚八点排练，G.G.，到时见。"

"放心吧，没问题。"沃克说道，继续跟着队伍走着圈。

我问道："你们干什么？"

我们匆匆钻进车里，贾斯廷气喘吁吁地告诉我："G.G.代替你演《第十二夜》里的那个人物马尔瓦里。谢谢你推荐了他。不过他参加演出还问我要演出费，按台词收费。不过等着看好戏吧，他真的很棒。"

我转过身，回头看着沃克，他庄重地举着标语走着。"哦，他比我勇敢多了。有些人生来伟大，"我说，"有些人即便是反抗强势，也相当有可能取得成功。"

我注意到很多游行者都戴着竞选的徽章，他们穿着卡罗来纳浅蓝色上衣，上面印有布鲁克塞德的头像。

第二部分
类似清教徒

第十三章

关于市审计官的自杀，官方给出的结论是弟弟的邪恶给善良哥哥的公众形象蒙上了阴影，致使哥哥羞愧自杀。三个月之后，艾萨克·罗斯索恩把公文包摔到辩护台上，进行他的二次庭审。艾萨克有时会称是"我们"的新一轮庭审。我猜这个"我们"指的是他、诺拉·霍华德和乔治·霍尔。当然，乔治所能做的只是等待，而艾萨克得工作，他承认这工作是一种内心矛盾的活动，因为这使他没有时间发挥爱好——比如自学俄语，就能够读陀思妥耶夫斯基的小说了，因为他认为这个人的小说跟自己有共同的政治观点；他就是这么说的，不是"我跟陀思妥耶夫斯基有共同观点"，而是"他跟我有共同观点"。

不管怎么说，两周前他和诺拉向法庭提交了书面上诉书，一周之后，又得到口头答辩的机会。在距离州长特赦的缓刑最终期限还有七十二个小时的时候，州最高法院在几分钟之内就把库柏·霍尔为之奋斗了七年的正义之词宣布如下：他们把S.vs.霍尔l2179N.C案子拨回地方法庭重新审判，更换新的律师、陪审团和法官。这一次，艾萨克实事求是地走进来，从我这里穿过走廊。因为某种不寻常的原因，他认为诺拉去他皮德蒙特宾馆的房间工作"不太适宜",但是,躺在她家的浴缸里泡几个小时的澡——他宣称在浴室里想问题想得更清楚——一边抽烟,一边看大部头的《普通法观》,书因受潮都粘在一起了,对他来说却很合适。诺拉好像也不介意他赖在她家,她的孩子们把艾萨克当成一个从阁楼里找出来的奇特老娃娃——有时候他们会跟他玩游戏,有时就抛弃他改玩圣诞节收到的时尚玩具。他们经常请我过去吃饭,只是多数时候我都没空:我要么在市中心工作,要么跟李在一起,要么在家等李的电话。之外,那个埃德温娜·森德兰在她家派对上坚持举行的"一般性对话",在河上区 2-B 号家中的白橡树桌子旁尚未如约到来。相反能看到的情景是这样的:

诺拉:"艾萨克,翻回三百五十六页。在陪审团的裁定下面,蒂格斯法官没有向陪审团说明死刑不是强制执行。我们可以依据《综合法》的第一千款第十五条——布赖恩,求你了,求你了,你得吃点儿西兰花,就一口。"

艾萨克:"这绝对是我吃过的最好吃的意大利卤汁面条了。现在可以引用亨利·蒂格斯,这个野蛮的种族主义者在宣判前的指控中说的:'鉴于这些证人证实他们看见被害人罗伯特·皮姆一直不断地向被告人挑衅,考虑到证人们可能出自一种'——你听听,诺拉——'对被告人的同情以致得出错误结论。故此,裁定时,在某种程度上可以不用理会证人对被告给出的偏袒证词。'噢,上天啊!如果他那么说不是明显地违反第一千二百三十一款第十五条吗?真不知道还有什么比这更糟的。就因为证人们是黑人所以就转而相信他!简直是贬低黑人。蒂格斯在影响陪审团对证据的采信程度和对证人证词的信任度,等等,等等……真的,意大利面条简直是太好吃了!……另一方面我们也不能重拳出击亨利·蒂格斯,否则我们会遭到集体遏制,毕竟他在罗利还是有一些死党的。"

劳拉:"妈妈,你能不能听我说?如果明天我还没弄到四张绿色海报板,就不能做实验了,我可能要打上不及格的。"

诺拉:"亲爱的,板子在客厅的壁橱里。可能今晚卡迪会帮你做。

我相信他十分擅长做实验的。卡迪，好吗？哦，艾萨克，在辩护失利上大做文章以推翻以前的案底可能不那么保险啊。你认为呢？我觉得我们应该放弃这种想法。有太多的先例了。举个例子，你看，北卡罗来纳州的麦克莱恩案（一九九四年）。"

布赖恩："不许在桌子上放书，妈妈。你说的！卡迪，她说过，我们绝对不能把书拿到桌子上。"

艾萨克："诺拉，那个陈述的翻译稿在哪儿？"

是啊，一般性对话根本没有什么机会。我们的女主人和男主人在商店里谈话、读书、写东西，还经常在商店里吃饭。罗斯索恩和霍华德这一对精力旺盛的伙伴真该开着拖车带着他们的诉讼摘要驶向罗利。这些诉讼摘要都比《美国宪法》都长，都是基于他们把握十足的出发点。而最终的结果也正如艾萨克预计的那样，法庭撤销了原来对乔治·霍尔的审判，同意择期重新进行法庭论证。这个结果并不是因为偏见的审判和全都是白人的陪审团违背法律，法庭进行了第十四次修订法案，保证法律公平公证对待公民权利；也不是因为第八次修正案中反对残酷和不寻常的惩罚措施；而这个规定却被一个杀人犯的死刑判决所违背，且这个杀人案并非"天性异常凶残"、"事先预谋"、"冷静地深思熟虑"，而是有"相互打斗的事实"。关于这一点，艾萨克和诺拉给出的不是一级谋杀，而是判为二级谋杀。有四个案例极为相似，其中十五种结果都不构成谋杀，只是一般杀人罪——杀人者和受害者都是黑人；在六个案例之中，被告因为正当防卫而被判无罪释放——杀人者和受害者都是白人；还有两个甚至销了案——白人是杀人者而黑人是受害者。所有这些铁证如山的案子都不曾引出对审判过程公正性的质疑。

乔治一案之所以能够得到重新审判，是因为在七年前的审判中，他们违反了新的北卡罗来纳州的《综合法》第九款第六十一条：法律规定，公民有权到审判现场聆听陪审团审案进程。而且艾萨克有充分证据指证九号陪审员，一个叫达尔文·惠尔赖特的人，因为尊严以外的原因掩盖了事实，其实他是个聋子，这事直到他丢掉了工作，被一辆摩托车撞倒后,与他的耳鼻喉科手术大夫打官司时才露馅。当法庭询问他的身体上是否有影响他做出公正审判的缺陷时,他应该回答"有",却给出了"没有"的虚伪回答。在惠尔赖特先生的辩词中,声称他并不是有意要发伪誓,而是确实没听清楚问题。

就这样,艾萨克得到了重新审判的机会。法官也换了新的 ,是谢利·希利亚德森——在我们这里,这是个男人的名字,而且此人确实为男性,长得不太像个活人,眼神冷峻得像个死尸,身子瘦削得像只鹤。大部分律师都讨厌希利亚德森,只有艾萨克显得很高兴。他得意扬扬地摩拳擦掌,好像要把双手都烧起来似的。"如果我遇到的法官不得不少一样器官的话,我宁愿他少了心脏而不是大脑。谢利·希利亚德森是很有头脑的人。他对法律了解得相当透彻。哈,瘦子,我能感觉到!战斗的烽火迫在眉睫了!"

尽管罗斯索恩对战斗抱着一股狂热劲儿,但再次开庭的日子刚一定下来,他就递交了一份冗长的报告,要求延期开庭,并获得了批准。在这段时间里,我也成了他的刑事案被告之一。特拉华州成为另一被告,理由是我们延误时间,无法决定是否登月脚巴特勒能作为证人出庭作证。我作为执法官员,任温斯顿·拉塞尔在逃,造成无法传唤的后果。另外我还失职于对拉塞尔犯的两项一级谋杀罪没有认定。其实我比艾萨克还急于找到温斯顿,艾萨克给我的压力倒是微乎其微。我寻找他是为了霍尔,为了乔丹·韦斯特,也为了卡尔·亚伯勒,更为了我自己,因为尤为重要的是,我只有找到了他,我猜你们可能用的话是:才可以挽回希尔斯顿警察局的声誉。

一月,在与联邦调查局和司法部通力合作下,希尔斯顿警察局对这次的案子发出公告:警方以敲诈勒索、抢劫、销赃,非法使用州际公路设施,谋杀威利·斯莱德尔,阴谋剥夺库柏·霍尔的公民权而致其死亡等罪名,向拉塞尔和珀利·纽瑟姆提起公诉。

现在,我们终于可以还原出拉塞尔和珀利在希尔斯顿最后一天的情形了。十二月二十六日早上,迪马娄警官向珀利提及重案组从首口河里打捞上来一具犯罪嫌疑人尸体的事儿。当天晚上,珀利到位于市政府二楼的奥蒂斯办公室去找他哥哥，然后溜进希尔斯顿警察局，清空了自己的抽屉，泰特斯·贝克警官说："我根本没想那么多，以为他只是整理抽屉而已。"接着又偷走了泰特斯的警帽。他自己的帽子大概是落到了去停车场的路上。当时温斯顿可能也跟他一起。没有人注意到他们在旁边晃悠，因为警察彼此之间不大留神对方在干什么，而且他们俩都穿着警服。他们那个时候一定已经破坏了电源的保险盒，然后躲在停车场里等待，看他们是不是很幸运，而我是不是很不幸，会从黑暗里独自走到停车场另一端的车位去。他们确实很幸运。

接下来他们去了三一教堂救济处。珀利向三个人询问他们知不知道比利·吉尔克里斯特的去向，其间，温斯顿把一个黑人乞丐打倒了，因为他靠在了，准确地说是珀利的新车上，红色的庞蒂亚克菲罗，十分醒目。那时候,拦截拉塞尔和纽瑟姆的公告已经发给了每一辆警车。但没有人抓到他们。

十二月二十六日午夜时分，那辆新的红色庞蒂亚克菲罗里面两个身形高大的浅色头发的男人，已经脱下了制服，在二十八号公路出口的一个德士古加油站加油，然后向东逃窜。二月八日，这辆车被发现遗弃在南卡罗来纳州靠近斯帕坦堡的一个购物中心的停车场里。在那个时候，我们开始得到来自各地传回来的关于这两个通缉犯的消息：两个跟我们通缉令里很相像的男子开着一辆装甲车停在亚特兰大的一个叫做"温·戴茜"的超市外面。同一天，两个貌似通缉令里的男人在弗吉尼亚州丹伯里的一家"7-11"便利连锁店抢劫了一个女职员后，还试图调戏她。这一线索没有什么价值，因为真正的丹伯里抢劫犯逮到后，我看了看照片，他们倒是有几分像我手下的贾斯廷和齐克。俩人还同时被人看见出现在休斯敦和巴尔的摩。

慢慢地，消息越来越少，最后仿佛尘埃落定一般没了声息。珀利没有出现在他哥哥的葬礼上，没有跟他的亲戚朋友联系，没用过信用卡，也没去过医院。他就这么消失了。有时我感觉温斯顿像杀死威利·斯莱德尔一样把珀利也干掉了。我甚至还派出了一个小队去搜查首口河。三周之后，挖泥机挖出了一个巨大的、已经零散了的范肖纸业公司的纸筒卷，距离沃利发现福特车的地方有十英尺远。现在我可以解释那堆纸了：斯莱德尔必须把那堆纸藏在仓库里，然后把清空的大筒装满他同伴偷来的东西——枪支、烟草——然后运送给买主。很多事情也因此迎刃而解，但就是没找到那两个人，两个在看守所里受过职业训练、企图永远销声匿迹的两个人。杀掉一个陌生人不容易被抓到的，混迹在陌生人之中自然也不会被发现。这个世界到处都是陌生人。

到了最后，亚伯勒市长的嗓子已经沙哑了，因为他对案情解释了太多次，说我们还在尽全力追查，嫌疑犯并不在警局里——其中的一个在五年前已经被清理出警队了——就算有两个烂人，也并不足以让我们缴枪辞职。最后，连《希尔斯顿星报》都厌倦了警察凶手仍然逍遥法外的呐喊，《新闻现场》的卡罗尔·卡西·凯茵也对我失去了兴趣，不再把她的麦克风对着我，逼迫我承认"警队里出现罪犯就说明希尔斯顿警察局内部贪污、种族歧视和暴力在横行泛滥"之类的话。

事实就是事实，尽管令人感到痛心，温斯顿·拉塞尔和珀利·纽瑟姆以前确实是警察；同样痛心的事实是，他们不是我制造出来的。三月下旬，艾萨克的延期开庭即将到期，霍尔案的重新审判再次开庭了，我不仅承受着来自地方检察长的压力，还有来自他的上司州检察长，以及更高的上司州长方面的压力，我多希望有个人站出来，一个公路巡逻员，或一个联邦调查局探员，或一个航空安全警卫员，或一个好市民大声疾呼："嗨，我刚看见了你们在追踪的两个人。"但这不可能发生在希尔斯顿，因为我已经把希尔斯顿翻了个底朝天。我也把威利·斯莱德尔的农庄翻了个底朝天，甚至在它周围五英里的树林里也来回找个遍。我也不是第一个这么做的人。伊桑回去采集指纹时还曾摇摇晃晃地又四处寻找了一遍。很明显，拉塞尔和珀利跑路之前匆匆忙忙地回来过，好像要找什么东西，我也不确定他们找到没有。但能够肯定的是，他们对此物十分在意，却没来得及找到就被迫离开了。比如，仓库的地板已经松动，下面露出了十二支单口径散弹猎枪，六支十一点二五毫米口径自动步枪，两支口径为九毫米的机枪。在敞开的药柜里，我们还发现了一罐滑石粉粉末，里面含有咖啡因，还有一些倒进了厕所的水槽里。

在搜查斯莱德尔房子的过程中，我们还找到了一处收藏着三K党文件的书柜，里面有关于乔治和库柏·霍尔的剪报、一大堆脏兮兮的杂志、很多录影机设备和碟片——这张自制碟片里面的两个妓女我能认出来。我们找到一只上面印有多拉德监狱洗衣房标志的短袜，在一本旧通讯录里，已经去世的范肖纸业公司的销售员克拉克·孔茨的家庭电话号码下被画了线。壁炉里，有焚烧剩下的带血的碎布。厨房的木制墙壁裂缝里有血迹，可能是威利中枪之后倚着墙滑落到地上时留下的。在办公桌的一个抽屉里，我们发现前斯莱德尔夫人的几张用波拉罗伊德照相机拍摄的照片，应该是她没对威利，这个软蛋彻底死心前拍摄的裸照——这些东西跟结婚证、离婚协议还有三张她从默特尔海滩寄给他的明信片一块放在卡夹里。我们盯紧了这个农庄，防止温斯顿和珀利回来寻找他们想要的东西。但是他们没回来过。

我一直在当地新闻上刊载着拉塞尔和纽瑟姆的照片，以至于现在他们在这一片，就跟第一个拥有电视机的约翰尼·卡森似的家喻户晓了。两人都是大个儿，膀大腰圆，但是温斯顿的体积要更大些。两人都是金发，珀利蓄着黄棕色的长发，总是把那双愚蠢的蓝眼睛藏在飞行员用的太阳镜后面。温斯顿蓄着金红色短发，几乎没有眉毛，眼睛像鲨鱼似的死气沉沉。我梦里都在想着如何抓到他们。

斯莱德尔的姐姐拉娜，也就是曾经的博比·皮姆夫人，被警方叫去问话好多次了，以致她的律师向法庭控诉希尔斯顿警察局"过分骚扰"她，同时，她还要求警方归还威利的棕色敞篷车。这辆被遗弃在松山湖附近、已经被警方托管的车，里面有一个公文包，包里是两份圣诞礼物，这让我们能够相信斯莱德尔确实打算去前妻那里做点补救工作——一件是红色蕾丝罩衣和浴袍，另一件是简·方达体操练习的碟片。

奥蒂斯·纽瑟姆夫人至今对她丈夫的自杀还迷惑不解。贾斯廷已经花了几个小时在安慰她，也想顺便套她的话，问出珀利的藏身之处。她一边问，一边请他吃胡萝卜蛋糕，他已经吃了三磅了，可她还是不停地问："为什么奥蒂斯连张字条都不留给我，跟我解释一下为什么？我实在不明白他为什么要这么做，即便珀利犯了你们所说的罪。可是为什么他不找我倾诉一下呢？为什么不跟我说呢？"贾斯廷认同纽瑟姆夫人的问题，可他坚信皮姆的妻子对她丈夫和弟弟跟拉塞尔同流合污而毫不知情是在撒谎。

我们在报上刊登声明，说我们在寻找一个叫比利·吉尔克里斯特的先生，他说自己在罗利公共汽车站的一个锁柜里的皮包被盗；接着我们把比利送到街上当诱饵，推测拉塞尔会在街上潜伏。除了两个比利以前的酒友想抓他领赏外，别的倒没有什么动静。我请佐治亚警方帮忙在拉塞尔的老家四处搜寻，在去寻访他的亲戚时，他们都表现得十分愤慨，强调说他们早在二十年前就把他从家谱里开除了，从那时开始就对他的任何消息漠不关心，希望永远不知道更好。我还一路沿着范肖纸业公司卡车的行车路线搜寻，想找到沿途可能买下这些偷盗商品的买家。十个希尔斯顿警察局的警官用了一千二百零五个小时跟那些曾经见过这俩的人谈话，然而我们还是一无所获。

哦，情形也不都是这样。我们还是比一般人更多地了解了这两个人之间的关系；这些消息完全可以让那些试图打探别人隐私、对人性仍保有信心的人泄气。我们了解到他们威逼利诱欺凌妇女、收取回扣，也许只是为了取乐，而且他们跟三K党过从甚密。在珀利二十六岁撤销了他的银行账户时，他就只能靠警察的工资来过活。他洗刷过的坚硬的鞋子里还留存着河岸的泥土，仍湿着扔在壁橱后面。我们听说温斯顿在多拉德监狱监禁时，珀利去看过他十五次。温斯顿吹嘘说等他出去后有享用不尽的"荣华富贵"；他还曾吹牛说，他一出去就要把我干掉，报复我给他带来牢狱之灾。我们如此这般地追本溯源，还是没有挖出他们的栖身之所。他们的行踪成了谜。

但是我总认为我们一定会找到他们。我的新电脑里面的关系型数据库管理系统经理可是个比我有耐心的家伙，它一直不间断地每天搜索拉塞尔、皮姆和纽瑟姆的消息，把他们跟那些没有破解的抢劫案比照，还与威利·斯莱德尔标出的范肖纸业公司的卡车运输路线进行综合分析，然后给我提供出可能的日期、数字和行骗路线来作参考。伊桑·福斯特跟我的电脑一样耐心，他从斯莱德尔的大篷车里找到的头发和珀利家浴室梳子上的头发进行比对。但是我已经知道了那些人在偷窃、走私，至少其中的一个人被杀了。只是还不确定是谁下的手。

"为了钱，为了他们自己。这就是原因。为他们自己，为了钱。"米切尔·贝兹莫尔说，从二月起，他就在无数新证据的重压之下，从原先的立场——比利·吉尔克里斯特和登月脚巴特勒是撒谎的人渣，而皮姆和纽瑟姆是法律和政令的模范，转成现在的皮姆和纽瑟姆，还有拉塞尔和斯莱德尔，都是一群强盗，跟登月脚巴特勒和乔治·霍尔同流合污。他们都要为希尔斯顿警察局里丢失的任何一件东西，以及十年来希尔斯顿每个库房的失窃负责。根据地方检察长的新理论，威利·斯莱德尔之所以招致杀身之祸是"典型的分赃不均"。我们在贝兹莫尔办公室墙上那早已退了色的罗纳德·里根的照片下面一次一次地辩论，维护着法律的权威。

"什么钱，米切尔？比利·吉尔克里斯特已经得到了锁柜里的钱。现在你说拉塞尔和纽瑟姆杀掉斯莱德尔，是因为他不愿意告诉他们其他的钱财藏匿之处吗？我妈妈管那个叫自己拿自己出气。因为他们知道，想找到斯莱德尔藏匿的东西肯定很费劲。"

"他们找到了钱而且据为己有了。"

"那么他们为什么要杀了库柏·霍尔？"他是真的想这么说下去，但是苦于没有证据来证明是同一把枪杀了库柏和斯莱德尔。

贝兹莫尔思索问题时紧紧地抱住胳膊。"你可以假设一两种可能，曼格姆。拉塞尔自己开着车沿着——"

"我告诉过你。不可能。他根本不可能从这么远的距离透过车窗射击，而且还那么精准。不管这个狗娘养的得了多少次射击奖。"

"那么算他跟珀利·纽瑟姆在一起。也不对。好吧，那不可能。纽瑟姆那个时候正在市政大楼，对吧？"

我已经在很多场合指出了那个事实，但是贝兹莫尔是那种很固执的家伙，非要把那些根本没有用的信息整合在一起，直到他自己再次确认它们确实毫无联系。我只能站在那里，看着罗尼①。

贝兹莫尔用拇指戳着酒窝。"斯莱德尔星期六下午去参加了同学会。跟他姐姐一起。"

我站在窗边，抬手抚摩着锦旗上的流苏。"拉娜·皮姆在撒谎。"

"你还没有证明这个，也没有抓到重点。我假设拉塞尔独自开车，超车时看见了库柏·霍尔，换句话说，看见了一个车上贴有左翼思想标语的黑人，大概从电视上认识了他。我们也都知道拉塞尔是个暴力分子，还有暴力案底。很可能冲动之下他拔出枪来从窗口射向霍尔，只是出于冲动。属于瞬间爆发型。"

"哦，老天啊！"

贝兹莫尔摩擦着他的美国大学优等生荣誉学会的钥匙，绕着桌子来回转着圈，好像在测量桌角的尺度。"哦，你唯一的解释是假设他们之间有联系。这是你的第二个选择，也就是说霍尔兄弟跟拉塞尔之间存在联系——"

"如果你还能回想起来，我在很久之前就指出了他们之间存在联系。"

"你是指在最初发生皮姆凶杀案的时候。如果公交车站锁柜里的东西是事实，那么拉塞尔可能认为是库柏·霍尔拿走了锁柜里的钱。"

"那他为什么不亲自查明了再去行凶？对不起，那种推理不成立。"

"那么，拉塞尔和斯莱德尔可能就是想为皮姆报仇。毕竟，皮姆是他们的搭档，也是亲戚。有这种可能，纽瑟姆跟这件事毫无瓜葛。州政府也没有对霍尔行刑。所以，拉塞尔和皮姆就计划报复乔治的弟弟。这种推理是十分可能的。"贝兹莫尔想出这个解释，高兴地停住脚。

我说："真是可惜啊，他们居然没有去聆听你在《圣经》野营活动里给大家讲授的"主说，报复是我的"。你当时用这节课打动了他们，

---

① 罗尼（Ronnie）是罗纳德（Ronald）的昵称，这里即是指里根。

不是吗，米切尔？"

"我一点儿不觉得你的讽刺有意思。"

"不是吗？哦，这是一种获胜的尝试。"

他指着我，像宣传画里的山姆大叔那样。"听好，我知道这背后意味着什么。是你为了霍尔的事泣血悲伤。这就是整件事的本质所在。那个人是凶手，一个判了刑的凶手，其他人在他弟弟身上做与没做什么事都没法改变这个事实。"

我把他的手指头拨到一边，把胳膊推了回去。"我们现在只讨论为什么这事会扯上库柏·霍尔好吧，米切尔？"

地方检察长接着跟我抱怨说，州最高法院被那个"自负的犹太人"艾萨克·罗斯索恩给耍了，让他浪费那么多没用的时间和金钱为乔治·霍尔争取了重新审判的机会。这次甚至比第一轮获得一级谋杀的判定还容易。他攥起拳头，指关节咔咔作响。"这不是小事一桩，完全就是闹剧一场。"如果说原先的陪审团甚至不知道乔治居然认识皮姆，在这种情况下都给他判了一级谋杀，这次可好，他们知道乔治曾经"跟皮姆在打斗中扯伤鼻子"，就干脆直接把这案子转交给米切尔。可怜的皮姆——愉快的米切尔又毫无疑问地重复着开场白——可怜的博比·皮姆为了刚刚出世的孩子而疯狂敛财，居然在霍尔和登月脚巴特勒那样的劣等黑人的教唆下走上了犯罪道路。当然，我们的地方检察长也意识到不能向陪审团扔出他最爱的准确无误的定调，一个黑人男子枪杀了白人警察就是威胁了整个美国人的生活方式，除非他自己不得不弃这个特别的白人警察于不顾。但另一方面，这场上诉像是个弧线球，是有机会赢得比赛的，一个黑人小偷枪杀了雇用并且资助过他的白人小偷，这种行为会威胁到整个美国的生活方式。

"是的，是的，是的。"他做了几次颈部练习，又转头研究起天花板来。"斯莱德尔和拉塞尔是为了给皮姆报仇才杀了库柏·霍尔。这一点毋庸置疑。绝对没问题。"

我从他桌上拿起一张照片。照片上是在一个超豪华宾馆的宴会厅里，地方检察长骄傲地站在沃斯通州长和刘易斯副州长中间。我问：

"那为什么过了几天，拉塞尔和纽瑟姆又转过身来杀掉了斯莱德尔呢？"

接着我们又回到了"小偷们分赃不均"这条线上来。我把这张宴会的照片放下，旁边的几张里有他漂亮的妻子和六个活泼的孩子，大约一般高，在相机面前露出紧绷的笑容和结实的肌肉，好像他们都准备在最后一轮的拼字游戏里决一死战，答错了就得挨鞭子似的。

在我们整个讨论过程中，贝兹莫尔始终确信两点：首先，整个案子，偷盗、走私、谋杀都围绕着两个黑人霍尔和巴特勒，两个失踪的白人拉塞尔和纽瑟姆，和两个死人皮姆和斯莱德尔展开。"案子到此结束了，"他强调说，"我们就直来直去吧。戴尔·范肖跟我解释过——他主动来到我这跟我解释的——他绝对、完完全全对他公司的卡车牵扯其中毫不知情。"贝兹莫尔摆出个悲剧般的表情，盯着窗外。"而且奥蒂斯·纽瑟姆已经为此付出了代价。我不想再让他受任何牵连。"奥蒂斯都死了几个月了，他这么说让人觉得很奇怪。"他像父亲般地爱着珀利。奥蒂斯确实、确实不知道珀利参与了什么事，等他突然发现了一切，就好像掏空了他的生命一样。"贝兹莫尔用手使劲压在一摞文件夹上。"我们就不要再在他弟弟犯的事里扯上奥蒂斯了吧。"

"好啊，米切尔，都留着庭审时再说吧。"

但是米切尔根本没停下来，把他闲置的沙发用来当做陪审团的坐席来讲演。"奥蒂斯·纽瑟姆不是他弟弟的监护人，但可以说，他是因为弟弟带来的耻辱而死的。现在，我们祝福他在天上能找到安息的地方。"

到现在为止，我终于明白贝兹莫尔不是在跟我开玩笑。他是个既顽固又慷慨的猎人，但是他必须为道德的温度计而极力证实自己的观点，因为他依仗着它来测量别人，也包括他自己。我认识他这么多年，米切尔从来没有要求我，或者据我所知，要求任何一个希尔斯顿警察局里的人捏造证据，或者出庭作伪证来掩盖事实真相。他在法庭陈述的情况可能像污水一样不堪，但他确实是以一颗纯洁的心去工作的。所以我不会怀疑戴尔·范肖告诉米切尔说他确实曾参与了贪污和走私，还偷偷塞给他几千美金让他保密。我也不会怀疑奥蒂斯·纽瑟姆留了字条并承认所犯的罪行，却被他给撕毁了。这些都不可能。那么，我想我们俩最终会惊讶于一个结果：一颗正直的心要多纯粹才能被证实。

当贝兹莫尔跟假想的陪审团演练结束时，我说："我再告诉你一遍，你错了。我们现在要处理的不仅仅是这几个贪婪警察的问题。"

他卸掉胸饰，敞开马甲。"不会的，曼格姆。我们的任务也就是这些。仅此而已！这对你们来说还不够糟糕吗，希尔斯顿警察局的警官参与偷盗和走私？可能你才是那个真正贪婪的人呢。"他一屁股坐在椅子上，身子靠在绣着老鹰图案的垫子上，一副自以为是的表情实在让我抓狂。"你已经吃掉了太多无法消化的东西啦，不是吗？你找不到谋杀的凶器，没有目击证人，也无法找到自己好容易确定下来的两个嫌疑犯。"

一股热气从我体内蒸腾而起。"还有别的建议吗？"

"没了，你为这个案子已经投入太多的人力了，把我们整个警局的逮捕和审判数字都拖得下降了，下降了。"

"等一下，好吧，等一下！你在告诉我继续追查，找到他们，还是告诉我，放弃——"

"我是在提醒你，我们正在丧失赖以生存的国家方式，我们已经落后了。这些都让我很难堪。"他往前倾身，一拳打在桌子上。"你办事不力，还得我给你收拾残局！我就是告诉你这个，你最好尽快明白我的意思！"

我绕过桌子对着他，激动地喊道："滚你妈个蛋，米切尔！我他妈的累死累活地干，你他妈坐享其成还振振有词！"

他的面孔变红了，脖子上青筋突起。"在我拳头打过去之前你最好闭上你那张臭嘴。"

我们眼对眼地盯了一会儿，喘着粗气。但是他没打算打我，我也没想打他，我们俩都知道。过去这些年里，我们出现这种情况也不是一次两次了。问题在于得走出去，而他从来也帮不上什么忙。这次，情况更糟糕，我已经抓狂得无法兼顾我们两个人的情绪，所以我们俩就站在那里，盯着对方眨着眼睛，直到他的秘书闯了进来。可能是被我们俩的吼叫声吓到了，或者我看错了米切尔，他用脚踩了桌子下方唤人的按钮，无论什么原因，她说道："长官，您五分钟之内要出庭。"

我松了口气，说道："好吧，我也不想走，米切尔，但是我想你最好下楼去，自己掂量一下吧。最少得个一两分吧。我的特长是篮球。"这是我降低冲突强度的一贯手法，他这家伙太知道如何体面地接招了。

他很快把衬衫的袖子撸下来，穿上夹克，嘟囔道："独立作战是对的。我也确实没能从你们那里得到什么有价值的东西。这一点我完全可以确定。我确信得那么做了，说得到做得到。我可打算放弃乔治·霍尔的案子了，看来我最好能得到你的配合。跟我一起走？"

我根本不用回答他，因为他也没打算等我答复。

跟罗斯索恩一样，贝兹莫尔也一样好战。他们俩不仅都经历过战场上的尘土飞扬，也都品尝过胜利的美酒。但是这场游戏，战场是在法庭，陪审团是记分板，我想乔治·霍尔就是球了。这是一场米切尔和艾萨克之间的游戏，而我的任务就是看看那个年轻的黑人下场如何。因为我根本不相信他的命运会跟那两个恶棍拉塞尔和纽瑟姆一样。经过漫长的冬季，乔治·霍尔在等待着审判，而我却盼着好好休息。最后，慢慢地，他们给了我新的字谜游戏，都是些人们超级痴迷的拼图游戏，那些零散的片断之间往往会突然出现了一条贯穿的主线。

我总是婉拒诺拉和艾萨克一起吃饭的邀请，因为我要么在工作，要么在等着李给我打电话。在几个月漫长的冬夜里，一般我都以工作状态度过。有一半的夜里，我睡在办公室的长椅上，所以，玛莎·米切尔就在霍华德家里栖身了。那个家里，因为有像玛莎一样暴躁不安的"老处女"和罗斯索恩似的单身汉，就自然营造出了一种祖父母般的气氛。他们俩都不喜欢噪音，不喜欢早起，也不喜欢孩子，无法忍受对方，他们看起来都对河上区 2-B 那地方有难以掩饰的厌烦，因为那里早上七点会有孩子的吵闹声。玛莎很快就跟布赖恩和劳拉定下规矩，不能拽它的耳朵和尾巴，不能追它，也别想让它追他们，不许尖声喊叫，等等。但是，一旦定下了这些规矩，它采取了保护性的良性态度来跟霍华德家人相处。偶尔，它还偷偷爬上我的床，跑到人家的

258

门口去哀号。我非常怀疑他们给它喂了甜品，医生警告过我，不能让它吃太甜的东西。

跟我在一起的时候，玛莎总是一副怨妇般的冷冰冰的腔调。它抱怨得对，最近我真的没怎么在意它。保罗·麦迪逊说得没错，这些天我都没怎么笑过。李说得也正确，我开始掉体重。贾斯廷也说，我太过分"陷入"霍尔的案子里了；对于库柏的死亡，我好像抱有一种犯罪感，他这么认为。我也不知道他说得对还是错。我只知道，唯一能让我暂时忘记这个案子的瞬间就是李·布鲁克塞德在我怀里的时候，而且我也只有在思考霍尔这个案子时，才能暂时忘记我和李之间的感情。

李没那么多时间偎依在我怀里，即便她方便我怕也没有那么多的时间可以给她。现在我是单身，但时间都被工作占着，我要奋力保护几万人民远离抢劫、强奸、凶杀，至少我要努力使这些事情尽少发生。但李现在不行，她是有夫之妇，正在帮助她丈夫竞选州长，至少也总得陪在他身边去接近和认识那些内部人士，要穿上不同款式的礼服参观艺术展览，表现出乐善好施，参加数不尽的午宴、晚宴、舞会、打猎、欢迎宴会，还有基金募捐，为这个社会抹点好用的润滑油。我们俩之间根本没有时间去耳鬓厮磨、柔情蜜意。

我们俩也都不情愿地认为，我们见面就一定要干那事儿。但我们也不愿意想其他两种可能，至少我们目前都不愿意提及。对她来说一种选择是离开她的丈夫，要么在他竞选过程之中，要么在他成功当选之后，或者是失败告终之后；另一种选择就是我们要再次挥剑断情丝。我们俩为第二种选择努力了几次，但是她会在深夜打来电话，或者我们俩在鸡尾酒会后又拥抱在一起，也就宣告了我们的努力以失败告终。我们俩却从来没有讨论过第一种选择。在过去的几个月中，我们在我的公寓里仅做过几次爱，可是我们的这几次做得也不是很顺利，要随时注意走廊那边的那家"动物园"，劳拉和布赖恩会吃着香喷喷的微波炉爆米花过来使劲敲门要看有线电视，艾萨克也可能会在凌晨一点过来问我借本书，诺拉也会时不时地过来慰问我一下，让我觉得犯罪感十足。

我和李一般会选择开车出去，到一个不同寻常的地方，可以散步，也可以仅坐在车里。这个时候在外面谈情说爱也太冷了点。有时候，也不经常，我们会出城去。布鲁克塞德去波士顿的时候，我们俩在百慕大的宾馆里度过周末。我们俩分别乘飞机前往那里，因为我感觉卡罗尔·卡西·凯茵和她的《新闻现场》会在飞机场将镜头对准我们，或者马里恩·森德兰夫人或者一个民主党官员会突然出现在走廊一侧，当然还有其他几千种的可能性。事实上，那天晚上我在候机厅的半个小时里，遇见了一个从沿海城镇来的警察局长和阿特沃特·兰道夫夫人，她准备赶往科罗拉多去筹备孙女的婚礼，另外还有两个陌生人，说在电视的新闻里见过我。事实上，在皮德蒙特，太多的人认识李·海文·布鲁克塞德和我了。通奸让我第一次意识到自己是个——估计你们会说"公众人物"这个词；以前自己从来没这么想过，不管是贾斯廷形容自己的工作性质时用的什么"人民公仆"，还是什么"政府官员"，我都没有这么想过，尽管这种说法离得近点儿。如果我一定要解释一下自己的职位，我认为自己应该是维护法律权威的执行官。但是当然，这里是政府部门，处理着诸如贪婪、欲望、暴力等这些会让媒体大肆渲染的案件，所以我总会定期上报纸，在本地也算小有名气了。事实看来，李总是怕我被别人认出来，而我却在担心厕所里也会有偷拍者把镜头对准她。结果是，我们一方面缺乏隐私感，另一方面也确实没有时间——先把道德和名声撇到一边——我们只能靠电话来维系感情了。相当讽刺的是，我们仿佛又回到了当初在中学时代的样子；那时我根本不被布里亚希尔欢迎，当然现在也不受欢迎。

我去过她家两次，一次是单独前往，一次是以竞选基金的资助者身份去的；那简直是大错特错，两次我都早早离开。李的社交生活充实丰富。布鲁克塞德现在已经把大学的事务交给他的继任者打理，自己完全投入到竞选事务中，所以我们俩想要忙里偷闲地见上一面，一般也都是在公共场合。我不想以这种方式见到她，但是想看见她的欲望还是迫使我不得不去。她为我安排参加了这个冬天里几乎所有的大型活动：海文大学的情人节舞会、儿童博物馆收益晚会、癌症团体的自助餐会、迎接希尔斯顿历史重建的弦乐四重奏演出……每次我被邀请前去，都觉得难受至极。现在想要像过去那样，在别人家里顺其自然地与她相会简直太难了。李是个公众人物，与布鲁克塞德一起以双子星的气派被写在各大媒体上，现在要在她身边找到我的位置已经太难了，已经不像过去那个忠实的"老多宾"，绕着他所爱的女人身边转，尽管他的丈夫看来好像已经忘了旧日情事。我不喜欢这个角色。

另一方面，我也没有想象过自己顺着吊灯爬下来，能把李拽出欢迎宴会，并向大批民众挥着弯刀，大声喊着："退后，她是我的！"然后带着她从窗口跳出去，奔向我们的未来——我们的未来是什么？不管怎么说，我再也看不见她穿着牛仔裤，在河上区一边大吃冰凉的墨西哥玉米辣肉卷，一边看着《矿工女儿》碟片的样子了。而且，我也没法看着自己穿燕尾服过下半辈子，一杯红酒在手，在无穷无尽的聚会里赔笑聊天打发时光。打电话成了我们唯一的交流手段，可我们俩在电话里从来没讨论过将来。如果有单独在一起的机会，我们就做爱。如果是在公众场合，我们就凝视着对方。我们都不用语言表达。而且，有时候我会想这一切到底是不是真实的？

我没跟任何人提起李，在埃德温娜·森德兰讽刺过我之后，我更加小心不让任何人有机会猜测我们的关系。贾斯廷和艾丽斯参加了布鲁克塞德的每一个宴会，让我倍感焦虑，但是他们谁也没跟我说过什么。如果有什么事会让艾丽斯担忧，她会克制住，这一点我从不知道——我只知道她因为太关心我才为我担心——最后，我认为我为他们而太过小心翼翼了，或者他们太投入自己的生活而不会注意我。贾斯廷和我一样在为霍尔的案子奔忙；艾丽斯也在立法委员会干得有声有色，到处忙着讲演。人们也都乐于谈论她，还传出这样的谣言，说布鲁克塞德要提名艾丽斯为副州长；她对谣言毫不在意，布鲁克塞德也采取了同样的态度。我可不认为她是为了拓展她的事业才对布鲁克塞德虚假友好的，她绝对认为布鲁克塞德有可能成为继莱特兄弟之后北卡罗来纳州又一颗闪亮的政治新星，当年莱特兄弟虽然只让他们的飞行器在天空滑行了十二秒钟后坠落，却让俄亥俄州一片哗然。

现在，贾斯廷也成了安德鲁·布鲁克塞德狂热的追随者，主要是因为艾丽斯，当然也是因为他们慢慢熟悉了之后增进了了解，这样，我从他那又听来很多我根本不想听到的消息。贾斯廷认为他和安迪有很多共同之处；我想可能指的是上学时候的事吧，因为说实话，我并不认为他们的性格有什么相似的地方。布鲁克塞德可没有贾斯廷那样善良。而贾斯廷也没有他那样会招揽人缘、那样谋求远大前程的眼光，不仅不是战斗英雄，大学毕业后还曾经被关进了禁酒疗养院。他早已丧失的大男子气概重新建立起来，可能跟他们之间的友谊颇有关系，因为安迪正在教他驾驶他的塞斯纳小型飞机。现在，我开始怀疑贾斯廷·巴塞洛缪·萨维尔五世其实是挺有钱的主儿——那些他叫做旧账的钱——比当初他闹着让我给他提职哭穷的时候收入要多得多，但是他却不肯自己掏钱买个小型飞机。所以也得承认，他正好碰上了一个有飞机的人，他就用那种拜伦式的口气说，这叫"经历丰富"。贾斯廷天真的表现之一是，我当他的面说他是拜伦式的人，他居然还当成了恭维话。

同时，安迪，这个波士顿出生的人也在跟贾斯廷——他是希尔斯顿马术俱乐部的财务主管——学习马术。贾斯廷现在有了自己的马匹，马纳萨斯，是老卡德米恩留给他的黑色种马。事实是，贾斯廷能够斜着身子骑上那匹性格暴躁的畜生，我想，这是他表达勇敢的一种方式吧，或者至少也是对体育运动的热爱。他甚至还参加了水球俱乐部，尽管他们从来也凑不齐人去参加比赛。我以前从来都不羡慕他会骑马，后来我知道李喜欢骑马，这也是为什么布鲁克塞德想从贾斯廷那里学点技巧，因为李说贾斯廷是"希尔斯顿骑术最好的人"。这个城里可不是有很多人能得到这种荣誉的。我听说在布里亚希尔的围猎场上，贾斯廷骑着马纳萨斯赢得了一条狐狸尾巴，他聪明地在跳过五英尺高的栅栏走了捷径超过了所有骑手。他的先人们也是这样。那个老厄斯塔什·多拉德的爸爸超过他的队伍向荒野之地伸入得太多，结果被北方佬理所当然地砍了脑袋，而贾斯廷充其量也就是摔断了胳膊。我没有太同情他，他知道原因，这也许对他很公平。

我也深深为自己的处境感到不公平，这种感觉由来已久了，自从跟地方检察长或者艾萨克提及那些，诸如安迪·布鲁克塞德在库柏生命中最后一个小时里曾经跟他在飞机上讨论过政治问题的时候就有了，假设那个星期六他们正是在云层里做了这些事情。如果想在立法委员会上求得一鸣惊人这个目的，贝兹莫尔这个狂热的朱利安·刘易斯的追随者，肯定就会不顾一切地把刘易斯的反对派都抓进法庭里，控告他们在一宗重罪里故意窝藏证据。届时，如果想增加点更富戏剧性的效果的话，艾萨克也一定会邀请诸如布鲁克塞德这样的社会名流走上证人席。但是，此前我已经跟布鲁克塞德就关于星期六那次空中飞行的细节谈过两次，尽管我根本不满意他告诉给我的事实——我不相信库柏对州政府的未来有那么关心——但是我较为满意的是，他对他们分开之后的二十分钟库柏发生了什么的事情不得而知。我不知道，可能我目前最为真实的想法是，如果这个人不是李的丈夫，我会更加刁难他。从某种程度上说，他在我的负罪感里找到了庇护。

负罪感可能来自于那些腐朽的想法和冲动，却总是让我很焦虑。随着竞选事务的不断发展，我越来越替布鲁克塞德的生命担忧。我做的最糟糕的噩梦是有人要在希尔斯顿杀掉他，那就是我的罪过了。他又收到了两份匿名信。信的笔迹着实给伊桑·福斯特带来很大的麻烦，他不得不带着相关材料赶往罗利，找一个州调查局的笔迹鉴定专家帮忙。这个女士给出两点有价值的结论。她认为：其一，之前李和布鲁克塞德给我的那些信的笔迹与后来的信件，以及《与自由和正义同行》影印本上的字迹不符合；虽有很大的相似之处，但只是"可能"，就是不能确定。其二，根据笔迹，她觉得后两封信写得有些犹豫，仿佛是在模仿什么。这就令伊桑很担心。而我更担心是写恐吓信的那个人，最近这些日子中的某天，给布鲁克塞德这个聪明的大脑来个近距离狙击，而我却没能防范。我也不能强迫他接受警方保护，但是我要求他每次公开活动之前首先通知希尔斯顿警察局。这些也让我觉得很尴尬，我跟自己发誓，不可以利用工作之便，有探听他行踪的企图，除了李亲自告诉我他不在家外。我承认自己是在狡辩，我也承认我有两次违规，因为我迫不及待地要给李打电话。

我倒真是希望布鲁克塞德发现了我和李的事。我渴望她离开他而嫁给我。但是她说，他对此一无所知，也没有猜疑过，而且——这对我来说是最难过的事了——"好像也根本不介意。哦，卡迪，我是说，当然，安迪会介意，会很介意，但是他会认为这……不完全是个人的，也不能意味着就不……正当。这对我们两人都太正当不过了。难道你没看出来？"

"是的。"我们的这种状态与我跟他探讨他所领导联盟的政治本质时很像。我曾经问李："你会告诉他吗？"

她说："别让我去说。现在不合适。"

李是不是也听说了有关她丈夫婚外情的流言，我不确定。要是由我来告诉她似乎也不妥，所以我从来没提过。但我想，她一定有所察觉，而且她会以布鲁克塞德看待我们俩的态度来看待他的风流韵事。她也会介意，但是她的介意同样也不只是"个人"的问题。也许最初他们是相爱的，他们也曾因为嫉妒而关心对方，然而十年的公众生活早把他们私人生活中的棱角磨平了。李曾痛陈她十分想要个孩子而无法如愿的悲哀，但从来不提起他丈夫婚外情给她带来的伤害。最开始，在最为偏执的某个晚上，我不断地想，她跟我睡在一起时，是否和跟他在一起时感受一样。但事实根本不可能。她谈起丈夫充满敬佩，却又不附带任何的个人感情，好像他们根本不是婚姻关系，而只是政治盟友。这使我没有一丝嫉妒，也没有一丝罪恶感，所以不因此悲伤。大概我在暗暗自庆幸布鲁克塞德夫妇之间看起来更像一个永久而成功的政治婚姻吧。

我故意尽可能地躲开安迪·布鲁克塞德也无可厚非。我总是不太情愿给他的竞选总部打电话，但又不得不打。我要求他马上禁止杰克·莫利纳的行为，免得他一有机会就在公众场合宣扬恐吓信的事儿。

现在，杰克·莫利纳已经从海文大学信息学院辞了职，全身心地投入到布鲁克塞德的竞选事务中。他这个来自东部地区的、随和却也十分有影响力的人，是个曾经有着三十年党务活动经验的人物，他可不仅仅只是他的竞选事务助理，在他的联盟中更是有着核心的地位。杰克是布鲁克塞德所拥有的左翼分会、黑人分会、女性分会，以及大学分会的众多支持者中的一名非正式的协调者。他们一起弄起了一个巨大的竞选之树，乍一看好像他们团结一致如一棵橡树那么稳固。显然，他想告诉他的人，现在他有多少敌人，安迪就有多少敌人，他甚至还把恐吓信的复印件投给了《希尔斯顿星报》。

我曾经因为莫利纳的过激行为斥责过他，但是看来没什么用处。我问他，库柏的文件柜被盗时里面到底有些什么东西，又问他库柏在写完那篇海文"众议院"组织的文章之后有没有再深入调查过其他什么别的事情，他只是王顾左右而言他。可能莫利纳认为就算我不用为库柏之死负责，显然也在极力掩盖事实真相。不管怎么说，那天我把他叫到我办公室质问他我们能否同心协力破案子的时候，他那双犀利的黑眼睛没有一点和善的神采。

"没有考虑的余地，"他告诉我，盯着门后出现的挂肩枪套，"当革命者与警察同站在路障的一侧时，尤其没法同心协力。"

"那么，工业革命时算怎么回事？"

他根本不认为那有什么可谈的。"是的,那也正好验证了我的观点。"

我说:"我可从来没有亲耳听安迪·布鲁克塞德形容自己是个'革命者'。"

莫利纳的短发和整洁的套装丝毫不影响他那来自穿丁尼布时代的讽刺口气。关于他事业的实践工具，我从他口中得到一个颇为夸张的回答，并对他那带着方言的语气进行了重新阐释。我说:"我也不认为布鲁克塞德先生会愿意听到自己被形容为下等人的工具，或黑格尔式的人物，或什么其他称呼。他似乎有一种肩负使命、传递理想的历史观念。"

莫利纳看够了我的书架后转过身来。"是的。如果安迪·布鲁克塞德不认为自己是个英雄，那么他也就不会成为这么一个有力的工具，现在，他不是这样的吗？"这次他终于笑了笑。我不相信他的说法。

他靠在书墙上对我说："历史的进程不是由那些带着羽毛的英勇将军推动起来的；但他们以为这是自己的贡献。这种自以为是往往很有说服力。"

我说："那你们完全可以用全民公投来推翻现任政府呀。现在如果你想游行，就必须得到许可。而你不断地在公众场合近似疯狂地宣扬什么屠杀，你会在获益于羽毛将军之前，就丧失掉了那名将军。模仿三K党人那样偏激和捣乱对你没什么好处。"

"三K党人也在积极地阻止安迪。我可绝没有编造谎言。"

"我们已经对三K党人的行动进行秘密监视了，联邦调查局也参与进来。为什么你不能把那部分工作留给我们来做呢？"

他没法忍受领带紧箍在脖子上，就使劲把它拽松。"几年前，曼格姆先生，格林斯伯勒警方就说他们一直紧盯着三K党人的活动。他们就站在那里，近距离地看着三K党人枪杀了那么多民众。人们到警察局申请游行许可，那简直是个天大的错误。库柏·霍尔死了，乔治·霍尔还在死囚房的铁窗后面；但是你却坐在这张大办公桌的后面，循规蹈矩地贴着什么破纸片。整个世界都已经走向极端了。这个国家超过一半的死刑犯集中在南方的六个州里，他们中有一半以上是黑人，而那些黑人也是你们这些人准备屠杀的对象。看看那些档案记录吧。从一九三零年到一九六二年，密西西比州执行死刑的有一百五十一人，其中一百二十二人是黑人。佐治亚州也——"

"我不想跟你讨论这些数字，以及你对这些事情的理解。只能说你对我想法的理解太过于简单。"

"是你把他们送进了死囚房。就是这么简单。"

"我没有把谁送进过死囚房。"我说，"莫利纳教授。"他皱皱眉。"我找到了我能利用的东西，而你也找到了你能利用的东西。你找到了安迪·布鲁克塞德，而我找到了那个叫做'法律'的原则。可能这两者都没那么完美，但正如你所说的，都是革命事业的工具。"

他走到门边，开门时把旁边的皮套弄得一阵摆动。"我怀疑我们的事业没有什么共同之处。"

"我打赌一定有。你去跟周围的人打听打听，我绝对属于那种推崇传统民有、民治、民享的那类人。"

"如果你属实是这样的人，早就辞职了。你们的法律是为少数人制订的，也只代表了少数人的利益。"

"我为什么要辞职？我没见你打算帮助希尔斯顿当地的社会工作者珍妮特·马利竞选州长，也没看见你在游行中去擦亮她那个不受欢迎的指挥棒。"

他又说了些什么，改变了策略，冲我嘲弄地打个招呼，关门时把门把手弄得摆个不停。一个星期后，我在收音机里听到他在一个脱口秀节目里宣读一封恐吓信。所以我只好越级了，直接打电话给他的后台老板。

我告诉布鲁克塞德说，也许有那么一个乱开枪的好战低能儿存在，他可能没有想过要谋杀他，但听到了收音机里最为时髦的演讲，没准儿就会冲过去杀了他。

布鲁克塞德认为这种可能性不大，还补充说："杰克只想让民众知道我们到底在为什么而战。当然我也会跟他谈谈，让他收敛一些。"他很开心地笑笑。"哎呀，如果我有可能把那些右翼分子拉到我这边，我当然不愿意放弃。"

"我可不敢确定会带来那么大的变动。"

"哦，为什么不会呢？在博比被杀了之后。"——我猜他指的是罗伯特·肯尼迪——"一大堆他的支持者都把选票投给了乔治·华莱士。民众为了他的人性而选了他。那些极端保守主义者仍然在寻找约翰·韦恩吧？"他不时地还说个笑话。"所以我来了，从战俘集中营里逃了出来，穿过荆棘丛林，光着脚，拿着竹子做的长矛，吃着野狗，赤膊上阵，为了荣誉勋章，努力成为一个好公民，无可救药的大男人，是不？你认为呢？我能把布罗迪·奇克搬过来吗？从刘易斯那边釜底抽薪？"

"哦，警惕他高尔夫鞋上的鞋钉。"

我好像从来没听过布鲁克塞德以这么轻松的口气说过话。他说话的时候甚至是兴高采烈的。"能有什么事发生？让那些红脖子们帮忙选掉那个老木兰吧，让货币俱乐部远离他们，那些可怜的愚蠢家伙，那些婊子养的，更多地关注黑人而不是那些世世代代的有钱人吧。现在，那里就像彩虹一样花哨。黑人、白人、红脖子、各种肤色的女人。我告诉你，上尉，我已经准备让朱利安·刘易斯的老板提心吊胆了。那种感觉真棒！"

我确实笑了。"事情进展顺利我真是替你高兴。"妈的，事实是——艾丽斯是对的，与朱利安·刘易斯相比，他会是个更好的州长候选人。我不得不承认。

"告诉你的朋友艾萨克·罗斯索恩，千万可别输掉了霍尔那桩重审的案子。我们可以把死刑放到我们未来的工作中慢慢地解决掉。"

我们？显然，他已经把我归到了他的阵营中了。当然，我想是物以类聚、人以群分的原理，他有权利这么认为。我是说他知道我最好的朋友，贾斯廷、艾丽斯，早都已经倒向他的一方。但我没提起我跟他妻子的熟识程度。我说："艾萨克会为霍尔拼命的，会不遗余力的。但是他也无法帮你解决死刑的问题。刘易斯会用这个题目广为造势。他准备跟你面对面干起来了。"

"希望你能原谅我的粗鲁，卡迪，我在哈佛念大四的时候曾经在橄榄球大赛中得了十四分。那时，几乎没有人敢面对面地挑战我。"他说话的口气一点儿都不会让人觉得是在吹牛。

"我想问你点儿事。如果你当选州长，你会行使豁免权给犯人缓刑吗？艾丽斯·麦克劳德认为你能。"

"我成功当选时再回答你。我想问你点儿事。你加入警队时，死刑是与宪法相违背的，是吗？如果从来就没有这样的规定会怎么样？"

我说："如果你州长竞选胜出，回答了我刚才的问题后，我再回答你。"

他不经意间笑了起来。"十分公平。那么，你认识一个年轻人叫肯·莫兹的人吗？以前是你们那里的律师，就是那个被贝兹莫尔打败的人。"

"我认识肯，失去他我很难受。他很棒。"

"你认为他是个做地方检察长的材料吗？"

"当然。我会选择肯的。"

老天啊，他甚至还没赢得首轮竞选，居然就开始挑选内阁人选了。后来我才知道原来他的人气急升。他在《时代周刊》的报道里被誉为"聚光灯"，说他不仅横扫他的民主党对手哈罗德·德威特——来自州里西部的一个老政客——而且民意测验的结果是，他得到了来自独立派甚至还有一些共和党人的支持。一群国家杂志的记者们开始争相追捧，追着他裤脚走进工厂、学校、教堂和购物中心。我告诉他，在希尔斯顿范围内他出席任何公共场合，我都得计划派一辆不带任何标志的警车随行保护。也是因为这样，一些捕风捉影的花边新闻也交到了我手上。

他笑了。"你计划，是什么意思？从十一月开始你就已经派人跟着我了。我得承认只有在他们从我身后走上警车时我才能认出他们来。我想跟你说撤掉他们，但圣诞节后他们好像不跟着我了，我估计可能是你已经放弃了，或者另有打算……曼格姆？曼格姆？你在听吗？"

我说："我从来没派过任何人跟踪过你。"

"少来了。你找了个孩子在飞机场监视我和霍尔。还曾尾随我到那里，是不是？好像是开着辆最新款的庞蒂亚克车，要不就是一辆小别克车，红色的。我觉得应该跟他打声招呼。"

我又重复了一遍："我从来没有派任何人跟踪过你。"

"我告诉你，曾经有两三辆不同的车——一辆是黄褐色的旅行车，一辆是巡警车。我瞄了司机一眼，穿着制服。人高马大的，戴着太阳眼镜。在十二月份吧！"

我盯着布告板上珀利的照片。"是的。他的名字叫珀利·纽瑟姆。"

现在布鲁克塞德那边一声不响了。

我问："你没看新闻吗？"

"纽瑟姆和拉塞尔？对，温斯顿·拉塞尔。整个南部的警察都在找他们。"

"是全国的警察都在找。"

"他们也跟城市审计官有点瓜葛，你知道的，那个上吊死的。"

"对。我现在派个探员过去，希望你把能想起来的事情都告诉他。"

"除了刚才那些，我也不记得什么了。"他喘了口气说，"他妈的怎么搞的？他们为什么跟踪我？"

我说："我估计就像你说的那样，你确实让某些人坐立不安了。"

没有人能阻止我，我太想抓捕温斯顿·拉塞尔和珀利·纽瑟姆了。现在尤其急于把他们抓捕归案。因为现在我不仅要知道他们已经干了什么，还想知道他们将要干些什么。如果在我迷恋着安迪·布鲁克塞德的妻子时，他果真发生了什么意外，那么……他怎么看我我不知道，但是我确确实实知道，我自己会看不起自己。而且我甚至不愿意去想这种可能。

第十四章

　　贾斯廷不想别人干扰他们重案组的深入调查。他忙于从爱国者聚会那个角度想出突破口，或者至少告诉我他在忙什么。我再没看见他在警局附近出没，但他总说自己是个田间工作者，不适合坐办公桌。但从田间来的汇报也不频繁，贾斯廷不是个有组织纪律性的人，当你快忘那个案子来龙去脉的时候，他总会带着意想不到的线索出现，让你倍感惊讶。当然我是无论如何也不会忘了这个案子。整个冬天，贾斯廷都跟戴夫·舒尔曼通力合作，因为联邦调查局的人比我们掌握着更多的关于三Ｋ党的资料；他也跟南部贫民法律援助中心的三Ｋ党警戒处保持着联系，这个中心看起来消息更为灵通。他们必须提高警惕，因为三Ｋ党人已经轰炸过他们的总部，试图杀掉他们的首席审讯顾问。在三Ｋ党警戒处的相册里，贾斯廷找到一张照片，里面有十五个人，站在海文县北密林里的一个小木屋前。你可能认为他们就是一伙哥们儿，在周末搞了一次狩猎活动。他们都穿着野战服，脸上没有任何喜色，骄傲地举着自动来复枪、滑膛枪和手枪。这张照片摄于八年前，这是不是最近被标榜为未来的"卡罗来纳爱国者"？"卡罗来纳爱国者"

们之所以这么称呼自己，正如同其中一个成员告诉贾斯廷那样。真是非常感谢他，普雷斯顿·波普的堂兄，他被邀请参加十二月份的会议，会议的主题是"即使我们战斗至最后一人，也是北卡罗来纳州白人基督徒的爱国者"。

贾斯廷把我拽进实验室，给我看那些照片；他已经准备好了一个放大镜，还有六个用红笔圈出的、上面标注了数字的照片。"认出谁来没？"我对着模糊的照片仔细研究着。

他等不及了。"二号和七号，我在那天晚上他们'爱国者'会议上见过。七号是威利·斯莱德尔，二号是美国陆军中士查理·门尼，他正给大家讲野外生存技巧。戴夫·舒尔曼认出了就是他从美国军队里偷出弹药提供给三K党的。拍摄这张照片时，他正在津津有味地给大家讲解怎样大赚着纳税人的钱。"贾斯廷又往板子上贴了两张放大的照片。"你看，八号、九号——"我正看着，他拿出两张从照相馆照的照片，放在那两张放大照片旁边。两张都是希尔斯顿警察局的警官证照片——一张是罗伯特·皮姆警官，另一张是温斯顿·拉塞尔警官。跟在木屋前的两张脸一模一样。

贾斯廷说："怎么样？那个在门廊处的人？六号就是克拉克·孔茨，后来的范肖纸业公司员工，而且——"他又往上贴了另外两张放大照片。第一张，摄于晚上，画面显示一堆人在拥挤的停车场里的一辆车旁边聊天。贾斯廷指着一个瘦削的、蹲在地上的人说："这是我们的克拉克·孔茨先生。这张照片摄于四年前的十月十四号，在罗利的露天集市。其他这些人你也都认识了。二号，就是那个查理·门尼中士。还有可怜的威利·斯莱德尔、温斯顿·拉塞尔——时间是在他的两次牢狱之间。"

贾斯廷又拿出一张放大照片，拍摄的是同一个场景，但焦点落到这一群人所围绕着的车上。我拿着放大镜使劲辨认着司机的座位。我说："看起来好像是奥蒂斯·纽瑟姆。"

"不是他是谁？十月十四号。现在，你能想起来十月十六号之后在威廉斯维尔礼堂里发生什么事了吧？"

我记得十分清楚。那场音乐会是沃斯通州长的反对者们发起的集会，也是为了阻止他连任竞选，突然大量的催泪瓦斯弥漫了整个大厅。混乱中，很多人受了伤，还有一个被活活踩死。那人碰巧是全州少数几个黑人法官之一，是个自由派人士，也是沃斯通反对派的强有力的支持者。这次事故的责任人一直没有找到，有些黑人控告说是威廉斯维尔警察的自相残杀。当地一座黑人大学掀起了强烈的抗议活动。沃斯通州长甚至派出了州警卫队。媒体都对他的这一行动表示支持。三周后，沃斯通州长连任成功。

这时，贾斯廷往实验室的墙上投放了一张幻灯片：是一张放大的音乐会录像截图，画面快速扫过观众。"这个就是被弄死的黑人法官。你看那个家伙，他身后一排左边的那个是温斯顿·拉塞尔。我觉得催泪瓦斯不是主要目标，他们真正的目标就是这个黑人法官。"

这么模糊的画面实在令人难以下结论。很可能那天晚上，拉塞尔只因是个民乐的超级迷才去了音乐会现场，也可能他们那个小组围在车边正讨论他们刚刚吃过的一流的夏季南瓜，还可能那个司机根本就不是奥蒂斯·纽瑟姆。但是我打赌一定是他。

贾斯廷说："我打算带个线人再去一趟那个'卡罗来纳爱国者'聚会。我让普雷斯顿告诉他兄弟说，杰斐逊·罗伊·卡尔霍恩非常想加入他们为白人争取权利的活动，是严肃认真的。"

"难道上次你没告诉那些蠢货你的名字是杰斐逊·罗伊·卡尔霍恩吗？老天，难道你不认为这有点过火了？"

"没关系。我告诉他们我来自希尔斯顿，一个黑鬼走私犯把我的小弟弟捅死了，可是法庭却判他无罪释放。他们都贪了钱。"

我说："算了吧。你的疑点太多，容易暴露自己。"

"那是你这么看。如果是那些从来就不认识我的人，就根本认不出来。你觉得我当个'希尔斯顿演员社团'的主席如何？这就是表演天赋。我模仿乡下人极像的。"

我摇摇头说："等你胳膊好点再说吧。"

"我准备告诉他们说，我是被一个同性恋的嬉皮士打伤的。"

"嬉皮早都过时了，贾斯廷。"

"你以前也这么看三K党的。"

贾斯廷对表演实在是太狂热，甚至在希尔斯顿大剧院上演《第十二夜》时，他带伤上阵。由于他扮演的人物托比·贝尔奇先生是个好色斗狠的酒肉之徒，在表演打斗场面时不免会受伤。但是他在紧身上衣里灌了石膏，用背带缠紧红色的丝绸上衣，坚持上场表演。

在《第十二夜》演出的最后一个中场休息时，我竟然毫无先兆地得到了些有用的消息，这也令我十分迷惑，消息来自G.G.沃克的叔叔，我从来没有找过他。这些信息是有关安迪·布鲁克塞德和库柏·霍尔在那架私人飞机里的可能的谈话内容。

艾丽斯骗我把贾斯廷的妈妈和她在新剧开演那晚送到剧场，这场原定于圣诞节后第十二天上演的新剧，因放映问题，最终拖到二月下旬。所以，在这个下着雨的星期六，我坐满了整个三小时二十二分钟，看完这些带着对莎士比亚狂热崇拜的业余演员们在舞台上卖力的表演。他们在演出时没有剪掉一句台词，结果台下的观众十分困惑于大段大段难懂的伊丽莎白时代的幽默。尽管内容深奥，"希尔斯顿演员社团"的票房还是蛮有号召力的。首先，一半以上的坐席先被演员的家属填满；其次，他们毕竟是这个镇城里一个伟大的老传统——贾斯廷是第十四代传人——所以这个演出是希尔斯顿社会活动台历上必不可少的一项。亚伯勒市长和夫人都出席了。李和她的那一小圈人，包括埃德温娜·森德兰，还有那个百货公司的老寡妇都去了，结果她居然在不该鼓掌的时候不合时宜地鼓了掌出了丑。

埃迪·森德兰认为《第十二夜》的演得并不十分完美。布卢·兰道夫——被迫从两人私奔和滑雪旅行中回来，但从她闷闷不乐的表情来看，她仍在为此生气——看起来很像谢丽尔·蒂格斯，但声音却像秀兰·邓波儿，不过这都不如奥利维亚公爵夫人给我留下的印象深刻。这个奥利维亚夫人实在太笨，都分不清楚她倾慕有加的双胞胎维奥拉和塞巴斯蒂安两人到底谁是谁，而两人身高相差一英尺，体重相差三十磅，声音相差八度，形体上存在着本质的区别。扮演公爵的保罗·麦迪逊神父总是在该出场时忘事，结果其他人只好在台上来点即兴演出，说出诸如"我想今天公爵不太舒服"这样的废话来拖延时间，但没起到什么作用。

有些人说，整晚就看贾斯廷满场跳了。实际上最让我和其他观众感兴趣的是那个年轻的G.G.沃克先生，他扮演的是我推掉的那个角色，马尔瓦里，一个笃信清教的侍从，被别人愚弄以为公爵夫人想要嫁给他。而他诠释的这个角色好像跟原来的版本不一样，主要是因为他整个晚上都在攻击那些包含自己在内的酒鬼，唱着低俗下流的歌曲。正是他的盛气凌人，才使他们正直地喜欢他。一个看门人都忘了他真正的地位，而以为是奥利维亚夫人爱上了他才让他发狂的。他很轻易地躲开他们的欺骗——比如他们把他关在黑暗的茅屋里，他假装已经发疯了。马尔瓦里的那些开心的主人们觉得这一幕极为可笑。观众们看到这里也都捧腹大笑。

这个年轻的高起点演员 G.G. 沃克，一身黑装的首次登台亮相，我是说全身上下一片漆黑，让观众大为惊讶。然后他开始带领着观众跟着他走。G.G.能让观众们大笑，也能随时让他们停下来。他可能打破原有的台词，在台上即兴表演几个他的独家动作：原来的台词是"都去上吊吧！你们都是懒惰无用之人。我可不是跟你们一样的人"。结果我们听见的是，"你们都该去上吊！一群懒惰的蠢货。咳，我绝不跟你们同流合污"。但是他的表演实在太真实了，把这个喜剧演出了格。马尔瓦里在茅屋里蹲着，可一个乡下人居然认为屋里还满是阳光和灯光的时，我终于听见咯咯的笑声，观众席开始爆笑起来。接着，乡下人告诉他："夫人看上你了。我说，这里没有黑暗，只有无知。"G.G. 站起来，摇晃着茅屋的铁条，带着哭腔喊道："我说，这间屋子就像无知一样黑暗，尽管无知就像地狱一样黑暗。从来没有一个人像我这样被虐待。我跟你们是不一样的。"

没有人笑出来。

贾斯廷的妈妈佩吉·萨维尔靠近我轻声说："这根本不好玩。难道非得这样我们才认为这是喜剧？"

我小声回答："佩吉，我会把你的话转告给你儿子贾斯廷。作为导演，他该负全责的。"

一些观众对于这场剧直截了当地"打破传统"颇有微词。艾丽斯无意中听到蒂格斯法官跟他妻子说："我为什么整晚在这里坐着看这么无聊的剧？"但是大多数观众还是有礼貌地不动声色，在中场休息时，还有很多人有意走向在大厅里的卡尔和迪娜·亚伯勒夫妇，告诉他们说，整场表演确实精彩，好像市长夫妇是策划人似的。

没有人——包括亚伯勒夫妇——走到站在大厅里的黑人身边聊上几句。那里站了几个人，围成圈像是保护着一个几尺之外的冷气机，我就站在离那里不远的地方等着艾丽斯和佩吉·萨维尔从卫生间里出来。这时，一对中年夫妇带着三个十几岁的女儿走出来，我猜想可能是 G.G. 的父母和姐妹们。剩下的那些人我都认识。约翰·埃默里警官在那里，这是我第一次看见他没穿制服，而且他那副绝好的身材令我十分惊讶，他穿着现代流行的套装，配上打褶的裤子和一件底色为棋盘花格的衬衫。他略带羞涩地站在人群后面；我想，他还没能打进他们的圈子，目前还是个孤家寡人。他趁乔丹·韦斯特没注意就一直看着她，而她正跟一个年轻的精神分析师谈话，后者的眼神也很投入，我认得那年轻人，因为他在我市政府大楼办公室楼下的民众服务机构里做慈善工作。在他们身边，马丁·霍尔和埃里克从那群保卫冷气机的人中走出来，跟那三个十几岁女孩中年龄最大的一个聊天，而她的妹妹们不断地捅着她，还咯咯地笑出声来。手里拿着两杯红酒的人是 G.G 的叔叔汉密尔顿·沃克，身穿闪亮的棕色软毛皮夹克，搭配着短靴和帽子。

最近我和汉密尔顿由于工作关系有了几次接触，他的前任，已故的伍德罗·克兰尼总是满怀正义地称自己为希尔斯顿的"令人尊重的第一皮条客"。而汉密尔顿还是比较喜欢叫自己为"舞女服务的执行经理"。我有时候不经意会想，这个走廊里到底有多少人见过他手下的那些舞女们。我想象着他逡巡往复，边跟客户握手边说着："最近怎么样啊，约翰？迦南的姑娘可都惦记着你呢！"但是当然他肯定对这生意不那么在乎，他总是跟我提到他真正感兴趣的是一种"严肃的生意"，他这样抛投露面实在对生意不好。我也纳闷究竟为什么他会放纵他侄子不顾家族的生意而一头栽进了纠察队,还居然当上了业余演员。

在这节骨眼上,G.G.身着紧身衣,系着黄丝带在走廊里迎来送往。一般来说,不到演出结束演员都不会跟观众接触,可是这次之所以打破传统就是因为突然来了个黑人演员,才引起了一阵阵的骚动。

"嗨,嗨,看,影迷俱乐部啊!"G.G.闪身挤进家人的行列,鼓掌,搂搂肩膀,亲吻面颊。他们拥抱着他,在他耳边迫不及待地送上祝贺之词。"别害羞啊,听好,如果把我的亲笔签名给你,你一定会更开心的。往前来,看好啊。别都围咱们的明星啊。你们都喜欢这个?听好哦,这些照片有点怪异,我是说,你们怎么能相信呢?哦,来吧,爸爸,放松点。想想西德尼·波蒂埃,伙计,还有理查德·普赖尔和埃迪·墨菲①,那些花花公子都是演员嘛。还都是些富有的演员。都听话,好吗?太好了。是因为我表现突出吧。你们的座位都好吧?他们跟我说会留给我一些上等座位。妈妈,这是我的短裤。对!这才叫款式。怎么了,汉密尔顿叔叔?看起来蛮好的啊。好啦,我都累得不行了。最后一场我的戏份不多。要好好看哦。马丁,我的老天。就在这,哪也别去。不能每天晚上都听蒂娜·特纳的歌啊。"

他像无声电影《红海》里的情景一样,转身穿过人群离开了。艾丽丝从后面追上我。"是'希尔斯顿演员社团'的,"她指指他笑着说,"就是和其他人不一样。"接着她重重地拍了下我肩膀。"也就是因为这,曼格姆先生,我才爱上贾斯廷·萨维尔的。"

"谁正在争吵?"

"哦,别理他们。"她透过蓝色丝绸礼服轻轻拍拍肚子。"我希望——不会用太长时间——在我成了个大肚孕妇之前,让我继续信任你,悄悄地帮我搞清楚你们究竟耍什么阴谋,居然要派出我那个帅气的中尉丈夫到战场上厮杀,就像大卫王派出……他派了谁来着?我觉得应该

---

① 西德尼·波蒂埃(Sidney Poitier)、理查德·普赖尔(Richard Pryor)、埃迪·墨菲(Eddie Murphy),都是美国著名黑人男影星,其中西德尼·波蒂埃1964年以《田野里的百合花》获奥斯卡最佳男主角奖,成为美国历史上第一个黑人影帝。

是尤赖亚，但好像是希普，对吗？"

这些有关通奸的传闻涉及李了吗？走廊尽头到底是谁在跟亚伯勒夫妇说话？我说："是尤赖亚·黑普，巴兹西芭的丈夫。"

她盯着我。"你这个非宗教徒居然还这么了解《圣经》，真是难为你了。"

我拍拍她。"我还知道天文学呢，亲爱的，但我可不是你在引入这个资本主义体系时所讲到的那个什么共产党员。"

她说话时又使劲捅了我一下："亲爱的，你才是资本主义体系中必不可少的爪牙。"

"你知道"，我挠挠她捅我的地方说，"可能是怀孕让你变得这么暴力了，艾丽斯。"

"不喝酒，不喝咖啡，不喝可乐，不许接触煤气，就是这些让我变得暴力了，一会儿见。"她微笑着走开，为拉票四处活动去了。

我一会儿看看她，一会儿又看看李，这时听见身边有人礼貌地咳嗽了一下，是约翰·埃默里。他小心翼翼地跟我打招呼，我转过身来，看见他手腕在抽搐。"长官，有点事找您。"

我说："如果是关于烈酒、鸦片，或者淫秽照片，我们就去外面谈。"

他感觉自己要笑出来，但还是抑制自己，保持着风度。"不是的，长官，是关于库柏·霍尔的。"

"哈，约翰，我还以为你是来看表演的呢。"

他有型的下巴颤抖了一下。"哦，像《汉密尔顿雷特》和《李尔王》之类的片子还成，这种喜剧我不太感兴趣。"

"我觉得希尔斯顿演员社团可不敢挑战莎翁的悲剧。"

这回他确实笑了，看起来可能跟乔丹·韦斯特说话时还下了番工夫——我看见他向她倾身，还在她身边来回走了若干次——他整个姿势、动作，连说话声音都变了。"你知道的，如果要问我嘛，我情愿演《威尼斯商人》，或者《以牙还牙》之类的，能让人身心放松，还能**体现些主题性**，比如反闪族性格、性别压迫等等现代人还能够接受的观点。你知道，跟那些整出剧里全是些戴绿帽子的男人相比，这出剧也就只是衣服怪异了些。"

"我的老天，约翰！你把我打败了，兄弟。你怎么没加入贾斯廷他们啊？"

他尴尬地往后退。"不行，长官，我只是……"他又变回了那个谨慎的埃默里警官了。原来是他最近在海文大学里选修了一门古典戏剧的课程，来看剧之前已经大略了解了《第十二夜》的剧情。他是那种如果想换个电灯泡，就会到希尔斯顿图书馆里把每本关于电学的书通读一遍的人。就是在睡梦中，他都能顺利通过晋级中士的考试，但我从他嘴里听到的永远都是："我觉得自己还没准备好。"

在屋子的另一头，李隔着人群冲我笑着，然后转过身去继续跟迪娜·亚伯勒聊天。我突然有些热血沸腾。她真是比我更适合这种场合。

"有关库柏·霍尔的问题，长官，"埃默里警官说道，"我跟马丁·霍尔谈过几次，是他让我找 G.G. 沃克的。哦，昨天 G.G. 介绍我认识了他叔叔，汉密尔顿·沃克——我跟他说了库柏·霍尔通讯录的事。他来这是——"

"我认识汉密尔顿·沃克。"我回头瞥了一眼那个六英尺高的强壮汉子，尽管两鬓斑白，可还能算得上这个走廊里长相出众的人物。一个青年联盟的人在捐款桌台后面盯着他，他也感觉到了，表现出感兴趣的样子。

"长官。我查出的情况是：库柏·霍尔去访查那天夜里斯摩克斯酒吧霍尔枪杀皮姆这事时，有人就把他介绍给了沃克。而且沃克也确实开始帮忙调查。"约翰在他身后盯着他，好像要确保他的线人别丢了。"沃克可以作证，皮姆被枪杀时温斯顿·拉塞尔就在附近。"

现在我确定沃克先生没有离开我们的监视范围。我发现他也看着我；他走向 G.G. 的父母时眼光不时地瞟向我：兴致盎然，却又带点嘲讽的眼神。我说："在什么附近？"

这个故事艾萨克肯定愿意听，沃克给出的消息证实了比利·吉尔克里斯特讲给他的故事。约翰说："那天晚上，拉塞尔叫了一个姑娘到蒙哥马利旅馆的楼上。"蒙哥马利或者叫凯妮妓院——在斯摩克斯酒吧对面——比利看见拉塞尔在那儿的走廊里出现过。

"他们是一起开车去的吗？"

"不是。很明显，他看见她在街上，根据她说的——"

"那个妓女？"

"是啊，长官。他威胁她如果不跟他口交就逮捕她——"

"免费的，我打赌。"

"那女孩说她在楼上顶多待了十五分钟。"

"噢。"

"她告诉沃克说，他们俩都听到了枪声。拉塞尔从窗口探出头去，然后穿好衣服跑出了房间。"

"接着拉塞尔看见我跳出巡警车，在那个节骨眼上他断定皮姆已经回天无力了，他那时的犹豫，就像诗里说到的那样，更多考虑的是一个警察同事的退休金而不是他的英勇气概了。所以，他躲在蒙哥马利旅馆入口处等他的那些同事都撤离了才走出来的，恰好被比利·吉尔克里斯特看个正着。"我问："那个女孩是沃克手里的？"

"我估计是。"

"黑人还是白人？"

"黑人。"

"你从沃克那里知道她的名字了？"

"他才不愿意告诉我。他说，那女孩已经不在希尔斯顿住了。"

"她就是住在加德满都我也不在意。我想要她的供词。"最后一场的提示灯亮了起来，我走向汉密尔顿·沃克，却被约翰拽住了袖子。

他摇摇头说："局长。别去了。他不想跟你在公共场合说话。"

"哦，是吗？"我的目光穿过人群看着沃克，看见他回过头招呼一群亲戚，嘴角微微泛起笑意。我转过身，看见李·海文·布鲁克塞德正接受一对老夫妻的吻别。她也是我在公共场所不能交谈的人。

约翰说："是，长官。他想让你知道我刚才告诉你的那些就算是礼物了，他还有其他消息要告诉我们。但是下次就不免费了。他会直接跟你联系。我是来告诉你，今晚演出结束后，他约你一起喝一杯。"

"哦，太好了。我还以为他根本不想见过我呢。"走廊里，我们互相盯着对方。"是有关温斯顿·拉塞尔的情况吗？"

约翰皱皱眉。"他只是跟我提到说是有关库柏·霍尔的，他的原话是，'州长竞选简直就是典型的白人狗屎'。"

我说："好吧，约在哪里见面？去他家吗？"

不知道的人还以为他是忍住笑在跟我说的话："去斯摩克斯酒吧。"

人群又拥回座位，李听着那个百货商店的老寡妇默默独白时耐心地点着头。我捕捉到沃克的目光，就抬起手来打了个招呼像给他祝酒那样。他点点头，然后悠闲地踱进剧场里，继续观看着侄儿的表演：告诉那些在伊利里亚人婚礼上开心的民众，他根本不想接受他们简单的道歉，也不打算参加他们的派对，而且事实上，他甚至想报复这些粗心的人。我知道那种感觉。我想，这也是为什么贾斯廷想让我来演这个角色。G.G.跺脚之后，小丑唱着歌结束了表演。"雨每天都下"，这句台词真是个好结局，因为现在外面就下着雨，你能清楚地听见暴风雨刮过剧场的顶棚，好像从现在开始就定下计划，以后每天都这么执行似的。

如同演员社团和联欢舞会一样，斯摩克斯酒吧也是希尔斯顿的传统。如果松山酒馆那边挂出牌子来宣布什么因意外之事被迫关闭的话，斯摩克斯酒吧就应该是这个城里最古老的、还经营着的酒吧了。它从一九二七年营业开始，从来没关过一天门，除非前方宣布要打仗了。在四五十年代，它旁边的松山酒馆还是个废弃的侍从营时，这里就已经是人们自带午餐、喝酒休闲的地方。它一度被称为"斯摩克斯特色饭店"，在禁酒时期居然还大张旗鼓地招揽生意，当然也得益于他们和当时的地方警察局长约翰·韦斯利·多德——朋友都叫他"猪肉多德"——搞好了关系。很长时间以来，斯摩克斯酒吧都是希尔斯顿城里唯一的黑人酒吧，就像蒙哥马利也是唯一一为黑人开设的旅馆一样。

酒吧有着传奇的历史：一个来自芝加哥的神秘黑人富商，从包围圈中逃到南方，建造了这个地方，并以自己的名字为其命名，可能因为他老于世故，抑或是显示出带枪的英勇。两个海文大学的研究生为了庆祝小城二百周年庆典，考察历史后，以专题论文的形式还原了这段传奇经历。现今的历史协会出版的《古老希尔斯顿官方指南》一书中的内容就是从那篇论文中节选出来的，目前甚至还有人提议把斯摩克斯酒吧列入国家历史遗迹保护手册。就因为这个，如今的老板才不敢随意动工改造它。事实上，没有人真的知道当初斯摩克斯到底是人名，还是一种烹调方式，抑或是因为海文工厂的浓烟让人闻着像烟草的味道。然而，根据恺撒大帝时代的传统，酒吧的继承者采用了缔造者的名字，而且很多老客户只简单地记得斯摩克斯就行了。

历史协会对现代化对古老文明的冲击颇为担心。如同希尔斯顿剧团和联欢舞会，斯摩克斯酒吧也一直遵循着传统，用墙壁记载着的早已退了色的大事迹，让往昔的传奇经历保持着生命。最让斯摩克斯酒吧感到骄傲的是，它收藏着贝茜·史密斯①的亲笔签名照片。根据流传故事的讲述，她有一天开车经过城里，停下车，眨眼间喝下八盎司杜松子酒，一个当地的青年陪着她，可碰巧这青年手边正好有一把吉他，接着她开始唱布鲁斯，歌声一出，吸引了很多观众，一个男人从后门把她拽了出去，坐上满是尘土的车走了。在斯摩克斯镀镍收银台上方的架子上放着一个酒杯，据说，贝茜·史密斯就是用那个杯子喝得酩酊大醉的。如今看起来也算是保持着原样，墙壁也是老式风格，可能还刷了涂料。可以确定的是，没有人动过那个小圆铁桌，弯曲的木质雅座，黑色的顶棚风扇，镶嵌着已经模糊不清的镜子，铸铁的酒吧栏杆像老辛格缝纫机上的脚踏板，有二十英尺长。不知不觉中，时尚风情来来去去，几十年里能变换出上百样，很明显，斯摩克斯已经离时尚越来越远。用迦南地方的老话说，在斯摩克斯酒吧，人们长大成熟，再死亡离世，骨头堆了一地，在神的审判到来之前，没有人愿意离开。

---

①贝茜·史密斯(Bessie Smith,1894–1937)，美国二十世纪二十年代的黑人歌手，爵士乐历史上的一位悲剧性人物，她为爵士乐和布鲁斯两种音乐的发展，做出了巨大贡献。

传说，有些人在斯摩克斯死去，其中的一些人年纪并没有那么大，而且大多数人还不想死。今晚我到那里去，也是为了一个还不想死却已经在那里丧了命的人，虽然事实上皮姆是在外面的人行道上被打死的。

从一九二七年以来，斯摩克斯唯一变换的就是一批一批不同的客人。要说，也只是脸孔变了，肤色还是没有改变。可能因为这里是新南方，也可能是因为卡尔·亚伯勒是希尔斯顿的市长，但是，迦南地区还是很少有白人入住，就算有，他们也从来不去斯摩克斯喝酒。历史协会一心想要保护这栋古老的建筑，当然并不是因为他们喜欢去那里。我达到这个人声鼎沸的大屋子前走了一段路，抖了抖雨伞推开门。当我走向屋内后边的雅间时，感觉这里很安静。这使我突然想到，在这种环境里，皮姆向乔治·霍尔挥枪之前不被人注意到是根本不可能的事。

我一边走，一边打开记忆时，又一件事进入了脑海中：贾斯廷把G.G.沃克列入希尔斯顿剧团的花名册时，也许有些尴尬，但是对贾斯廷来说，最糟糕的应该是他们家的那些人会悄悄指责多拉德家族怎么出了这么个怪胎。另外，G.G.沃克以他十七岁的年龄，在那个舞台蹦来跳去，在走廊上来迎来送往，俨然一副主人的派头。我想，如果欧内斯特·海明威还是老东家的话，会气得起死回生的。老天，我虽不得不以维护法律的名义走进斯摩克斯，却倍感孤独。

G.G.的叔叔汉密尔顿坐在雅间里看着我走进来，他长长的手指像个小指挥棒似的，冲着我打了个漂亮的响指。他用至少对我来说几乎看不出来的信号，使旁边的女人马上乖乖地离开让出位置。这个女人也是穿着短裙，露出一双长腿，脚尖打了孔的高跟鞋，我简直不敢想象在阴冷的雨天她穿成这样。当她穿过街道走回街对面的蒙哥马利旅馆去时会冻成什么样——我打赌她一定得回到那里去。

我还没走到沃克跟前，酒吧的主人，或者说现在的"斯摩克"，也是大家熟知的法蒂，穿过桌子挤过人群向我走过来，那速度好像是在漂亮餐厅里的服务员要阻止一个醉汉向上扬盘子似的。他甚至伸出两只圆圆的胖手，好像准备接住空中的盘子似的，他高声叫道："晚上好啊！”

我说："晚上好，法蒂。"

"雨下得大吗？"

"快停了。"

"有什么事吗？"

"没什么。"

他长长地出了口气，换上笑脸，但仍喋喋不休地瞪着眼睛问这问那，跟着我到处转来转去。如果没有什么事情，没什么重大事情，在星期六的雨夜一个警察局长会跑到这里来干什么？过去三年里，我跟法蒂有过几次接触，都是调查他的违规行为，比如向未成年人卖酒、给客人提供赌博游戏什么的。他有充分的理由不喜欢我。他说："来点儿特别的？"

我说："嗯，一瓶百威啤酒吧。"

他看看我的眼睛想找出点儿线索。"一瓶百威？"

"嗯，或者米勒也行。"

他拦住一个女服务员，可能是因为她跟老板有相似的体形才被雇用来的，告诉她给我上啤酒。接着，好像得了健忘症似的又问了一遍："那么，真没什么事？"

我说："我还不知道。难道你有？"

他的眼神突然暗淡下来。"你直接告诉我吧，好吗？"

我点点头。"嗯，我想，为了健康着想，你最好减点体重。这对你来说是最大的问题。"

他根本不打算跟我开玩笑，就在那等着我可能给他开出的处罚条件。服务员很快端着酒回来，不知道的以为是我提前预订好了的。我在法蒂身边来回踱着步，穿过人群看见汉密尔顿略带嘲讽、似笑非笑地看着我们的一举一动，并用嘴吹着帽檐上的褶皱。可能他得用帽子来搭配各式各样的夹克——我好像从来没见过他不戴帽子的时候——也有可能他想用帽子来掩盖光秃秃的脑袋。

我慢慢踱进雅间，法蒂那个超重的身体终于轻轻颤抖着放松下来：

这个世界还是有道理可讲的。我来这里确实有事，但并不是他犯了什么错，麻烦可是汉密尔顿·沃克惹的。他颇为放心地把酒摆在我们面前，说道："百威来了。"然后马上消失了。

沃克用手指来回拨弄着搅酒棒，举起高脚杯，冲我点点头。"为我们的健康干杯。"

我倒了些酒，举起杯。"你好，对不起让你久等了。我得送朋友的妈妈回家。"

"我没特意等你。我本来就在这里。""这里"有种存在主义的味道。"是埃默里把我的口信带给你的？"

"是的。真是可惜，七年前你没有说服那个女孩出庭作证，说她当时跟温斯顿·拉塞尔就在街对面。否则，乔治·霍尔案子的审判结果会大有不同。"

"那又怎样？"嘲讽的笑意荡漾在他嘴边。

"那么，这次一定会有所不同。霍尔的案子已经获准重审了。"

"我听说了。"他抓抓鬓角，捡起桌子上的一张小卡片，敲着酒杯。"我听说，这次他可找了个好律师。"

"绝对是。现在那个女人在哪儿？埃默里说她已经离开了希尔斯顿。"

他轻轻弹着那张小纸片，落到我这边。上面写着一个女人的名字和电话号码；区号显示是华盛顿特区。

我说："谢谢。那么，事实上——"我看看卡片。"丹尼丝是在事发的时候告诉你她和拉塞尔的这段事吗？"

"事实上？"沃克轻啜了一口酒。"实际不是。我是事后很长时间才知道的。从丹尼丝的一个好朋友——另一个甜姐儿那里知道的，当时是在医院里，她那时才从'跟那个人的约会'中醒悟过来。"他放下酒杯，笑笑说，"这个狗娘养的猪。"

我也回笑道："因为他侵犯了别人，我把他给开除了。"

"我听说了。"

我拉开夹克，卷起右边的袖口，时隔多年，那块烧伤的痕迹还是

285

那么鲜嫩刺眼。我说："拉塞尔被开除后，给我送了这个当告别礼物。"

"我也听说了。"

"沃克先生，这城里发生什么事你都知道吧？"

他摘下帽子，敲敲帽檐；我注意到他的发际线有些靠后。他说："所有的事吗？哦，不是，长官，局长，绝对不是。他只听那些皮条客必须听的就行啦。"这个人嘴唇实在是带着一丝淫秽。"我不关心那些白人的事，比如说狩猎俱乐部又有什么新鲜事之类的。我只在商业方面还算关注一些白人的情况。比如我可以跟谁搞点买卖，谁会害我，或者我可以邀请谁过来喝一杯之类的。"

我又倒了些啤酒。"你知道我现在多想找到拉塞尔吗？真想马上抓到他。是他枪杀了库柏·霍尔。"

沃克啜了口酒，耸耸肩膀。"新闻上都说了。"

"难道你不信？"

"我信。拉塞尔，或者其他什么人都有可能。那个人确实死了，我相信……对不起，请等一下。"他突然站起身，走出雅间，貌似悠闲地穿过熙熙攘攘的人群，还不时地跟人鼓掌、拍后背。夜色里，喧嚣声此起彼伏，酒精味弥漫四周。人们跟着周围毫无理由地大笑，仿佛都不确定明天会怎么样。在靠着墙的一个高出地板的舞台上，三个年轻人在修理着那个巨大的扩音器电线。沃克装作碰巧遇见似的，在门口一个年轻的黑女人旁边停住了脚。这女人头发透红，搭配着短款毛夹克，脖子上绕着闪亮的项链，也穿着一双高得颇为危险的鞋。他微笑着倾身，跟她说了些什么，又拦腰搂住了她，转个圈，把她带出了门。

他走后，法蒂·斯摩克又给我上了些酒。"一瓶伏特加滋补酒。一瓶百威啤酒。"他想在雅间附近转悠看能不能打探点消息，但是，沃克回来后就直接告诉他"滚远点儿"，并边用手指关节敲着桌子，边跟我说，我们得马上进入正题，因为一会儿他得去做生意了。

我说："汉密尔顿，那些"护卫队"做的不是晚场生意吗？特定服务肯定是你的中间名字。"

"我的中间名字是海文。"他说出这个海文时的微笑着实令我吃了

286

一惊。"但是局长，我们就像个摆动的钟表。需求和供给。"

"对！"我拿起杯子跟他碰了一下。

他静静地回敬了我；我有点期望他说点儿"干杯"之类的话，可他没吱声。他可真是在研究"严肃的生意"。他说道："我这有东西可以卖个好价钱。"

我说："我们不收贿赂。也不会为什么东西付款。"

他说："那么？"

我略带讽刺地说道："我们希望公民们能够主动提供消息，配合警方的工作。他们能来做点什么，能告诉给我们什么有用的信息，我们都会十分感谢他们。怎么，你有有价值的消息要提供给警方吗？"

他缩回雅间里，蜷起一条腿，用胳膊抱住。手腕上垂下来一条金色表带。他摇摇头。"我从不关心政治。"G.G. 就是从他这里学来的这种处世哲学，当然，现在显然他早已偏离了。"民主党，共和党，右翼，左翼，黑人，白人，黄种人，正常人，同性恋人，他们都好色，你把他们脱光了都一个样。"

我说："这么说，你完全可以超越那些政治家。你所从事的可是最古老的职业。他们才属于第二古老的。"

这些话让他大笑起来；他坚硬的上排牙有一个大空缺，可能这就是为什么他总是微微咧嘴笑的缘故。他坐回长凳，手指轻轻地绕着搅酒棒转。"我是个商人，上尉。但是如你所说，我也有人类共同的弱点。我们都是女人生的，那种天然的纽带是无法斩断的。你曾有一个妈妈吧？"

"我认为这是个反问句。但答案是还在。"

"诺米·霍尔对我妈妈很好。即使是在麻烦不断的时候。后来，因为她儿子库柏·霍尔总在这附近出现，来向服务员查问有关他哥哥和那个警察的事，我就这样认识了他。有时候，他会跟那个白人跟班，叫杰克……莫德纳，一起来……莫利纳，像个意大利佬的名字。那家伙总是对安迪·布鲁克塞德为那两兄弟的事积极奔走而发表政治垃圾言论。那人简直是个疯子。"

"是个虔诚的信徒。"

"那又怎样？那时候，我还不知道那个叫丹尼丝的女孩在哪儿。但我跟库柏说我会帮他找。我果真找到了。然后我告诉给库柏。但是，晚上我打开电视，看见那个人已经被废了。"他抽出塑料吸管扔在桌上。"这就是与那个'信徒'有关的事情。我虽然处在保险业中，但不想卖给什么人大的保险单。也不卖给黑人。太多的人想证明是黑鬼们制造噪音，然后把他赶过去想制止制造噪音。我看见了一个信徒，也看见了女人们在松木盒旁大声哭喊。但是这个叫马丁的孩子——他跟 G.G. 总在一起的——却对霍尔非常忠诚。"沃克烦躁地摇摇头，好像对自己所表现出来的软弱很失望。"而且，我那么喜欢 G.G.，他是个疯狂的脸皮厚的家伙，但我还是非常喜欢他。"

"我也是。"

他点点头。"据我所知 G.G. 可没有不良记录。他妈妈想让他继续上大学。G.G. 读书很棒的，学习成绩总是很好。"

我点头表示肯定。"我也认为什么事都不应该影响大学学业。好了，我们谈谈政治问题吧。我记得埃默里警官跟我说，你有些关于州长竞选的消息。"

"还不确定，局长。我只是听到点口风。不久前，我遇见一个叫牙买加·都兰——"

"一个妓女吗？"

他笑了。"你也知道那个笑话？一个花花公子问一个女人：'跟我睡一晚，我给你两百万美金怎么样？'她有点惊讶，但她考虑了一下，最后说，'好吧'。花花公子说：'可我没有两百万美金，就二十美金跟我得了。'那么，现在她会扇他个耳光，尖声喊道：'你以为我是什么，妓女吗？'花花公子说：'女士，刚才我们都已经讨论过这个问题了。我们只不过是在价格上无法达成协议罢了。'"沃克的眼睛像煤一样乌黑发亮。"这就是你我要做的事，局长。讨价还价的问题。"

我用鸡尾酒餐巾抹了下嘴。"你指的是迦南那场暴乱里牵涉进 G.G. 的罚款吗？罗奇法官也列席了，多洛勒斯·罗奇。"他点头。

我说："罗奇法官在高等教育方面跟我的意见一致。"

他用手碰碰帽檐，仔细整理着。"你跟罗奇法官很熟？"

"工作上有联系。我们俩都很看重自己的社会责任，都会竭尽所能做惩前毖后、治病救人的工作。尤其是那些犯了错的孩子们……可以了吗？"

他对着帽子说："听起来是蛮随和的人。如果你对待其他事情也是那种随和的态度就好了。比如，对待成年人也该显示出点儿爱心和耐心。如果能把你随和的态度转移点儿给那些暴乱中的孩子，我将不胜感激。"

我说："情人们可不愿意用金钱来买回友谊哦。"

沃克奇怪地看着我。"这些都是爱情所要付出的各种代价。其中金钱是最便宜的了。你应该同意我的观点，是吗？会付出各种各样的代价。"他的笑容一闪而过，快得像湖里突然游过的水蛇。接着他用鸡尾酒搅棒敲敲我的手指。"现在，我可是讲理的。我不介意你的男孩子们偶尔把我的女孩子们带到城里去。你要信守承诺。"他在我面前挥着棒子。"但是不能一个月去两次，一周两次就更过分了啊。那对我们来说是一种困扰。你手下一些人曾经没事就来胡乱干涉我的业务。我不明白这些男孩是天生的，还是后天养成的，要么就是为了多得点津贴。但我清楚我可不希望增加我的日常开支。"

我说："可以理解。我也知道，把你的女孩运到城里我也得增加日常开支。我的预算也不多。我很同情你啊。"

"我希望你能同情我。我得好好算算……现在，我想我们在讨论牙买加·都兰吧。"

我点头。"对啊。我的人好像也没有介绍我们认识吧。"

这番话让他大笑起来。"从来没有吧。从一个真正有钱的……女士变成一个真正富有的妓女其实是挺难办到的事。大多时候，人们甚至都不愿意尝试。"

"这个牙买加是在你那个两百万美金的项目里面吗？"

"绝对一流，她可以列入我见过最漂亮的姑娘，虽然我见过不少姑娘。"

"她为你工作？"

这次他的笑容有些可怜。"不是。牙买加是半自由的，接客频率不高，只接待绅士，期间还要时常休息。但是她和我倒是——"他用上嘴唇磨蹭着杯口。"有一些共同利益。有时某个晚上我会邀请她来希尔顿酒店喝上一杯——"

我说："你邀请牙买加去希尔顿酒店，而约我来法蒂这里弄杯啤酒是吧？"

他张大眼睛。"我说，我就是想请那个女人去月球，她都能来。事实上，我曾经想邀请她去百慕大，告诉她我有多么喜欢百慕大，能乘船去就更好了。但她把我给拒绝了。这简直像杀了我一样难受。"他一提起百慕大，我也开始感到揪心。而且，好像沃克也注意到了。这种怀疑使得他又深入问道："你知道那种感觉，局长。那种女人是男人宁可趴在荆棘里都想得到的。"

他说："好吧，在希尔斯顿那个晚上，有些高调的白人来到休息室。首先，他们其中的一个人看起来认识牙买加，接着他给了她一个惊喜。看着那个人交了五千美金买个数字后，她冷若冰霜的脸笑了。"沃克叹口气，我猜想是因为他手下那些妓女跟这个神秘的牙买加收费差距太大吧。"那可是个大面包。"

我说："确实是比我值个夜班赚得多多了。那个数字是给自己用的？"

"不是，给另一个花花公子的。让她去找到他，跟他做爱。这家伙只是想让她同意在她房间里安装摄像机，这样他们做爱时，他可以通过摄像机看见全部过程。买家只要录像带。所以她领着那个花花公子，跟他做了一次。但是在她叫来人手取碟片之前，要我帮她拷贝一份当做纪念。她交出原件时候没有说出这个备份。"

我说："你凭什么认为我会对这个感兴趣呢？"

"你只要注意听。她和我，我们在喝酒聊天，讲讲家庭琐事，然后她说，这么长时间，她为了一个绅士而闭门谢客，他带着她去了布宜诺斯艾利斯……有些人会好好生活吗？所以她想把那份备份交给我，就算帮我的什么忙。她说，'为你的事业做点贡献'。这也可能说明牙买加对政治还颇有兴趣。可我没有。"

我喝光最后一口酒。"但我打赌，你能告诉我，在希尔顿，哪些人属于你说的政治上高调的白人。"

"我能告诉你哪个是跟牙买加做爱的人。你如果看完了这碟片，自己也能认出来。我估计你最感兴趣的一定是他，但如果我大老远跟她联系上了，牙买加会告诉你是谁雇了她。当然我不知道能不能联系上她。"

"你能形容一下那些白人政客吗？"

"是白人。"

"就这些？"

"金钱。"

"我的意思是高、矮、胖、瘦，头发什么样，戴不戴眼镜。你能认出他们来吗？比如，我给你些照片。"

他长长的、坚硬的睫毛下面一双眼睛略带思忖地看着我。"你看，我还是有这个问题，曼格姆先生。没有什么比你的人经常打断我管理日常生意更烦心的了。总是打来电话，说些什么他们无法违抗市政府的决定之类的话。你可以想象一下。"

我说话前考虑了一分钟。"哦，我也有苦衷啊。你也得为我着想啊。"

"帮帮忙吧。"他笑道。

"有太多的受害者了。悲伤的事实是，我却要为太多的案子和受害人烦恼不断，才被迫制定那些十分严格的条令，以确保警队内部廉洁自律。你知道我的意思吧，犯罪所引起的伤害最大的就是罪犯本身，就像家庭鸡奸、保镖服务、私自赌博之类的事情。时不时地，我还得提醒我的警员们，避免自己在生活中行使特权。告诉你吧，我马上就会加强管理。"

他下定决心，看看他的劳力士手表，说道："你问吧。"

"碟片在哪里？"

"我给了库柏·霍尔。就在这里给的。星期五晚上，大概半夜时分，是十二月二十三号。"

"等一下。那就是州长下达缓刑命令的那个晚上呀。"

"没错。库柏来到这里，大约半夜的时候，情绪高涨，因为他已经知道他哥哥获得缓刑。他说：'现在我又取得了一些进步。'所以我把碟片交给了他，他说：'汉密尔顿，明天早上我就要参与到政治中去了！'还说道：'我要改变这一切，为我们的民众真正谋取些利益。我要给大家买些好东西！'"

"就因为那盘碟片？"

他耸耸肩膀。"库柏像转动的摩天轮一样卷起了碟片，走了。星期六，我打开电视，他却已经倒在血泊之中。我的女孩子们都崩溃了，四处宣扬说，这简直就像马丁·路德·金和马尔科姆·X.^①，妈的。还想改变周围的一切？对啊，人啊。"沃克慢慢站起来，戴好帽子，对着雅间模糊的镜子里打量一番。

我说："我没有刨根问底的意思。你没有告诉库柏，还有另一盘碟片存在吗？那在谁的手里？"

"我告诉他，另外一个人还有一份，可那时我真的不知道在谁的手里。"

"你说，'那时'是什么意思？那么现在你知道在谁的手里了？"

"大概吧。还没有证实。从碟片里很难辨认出来。但是牙买加在希尔顿看见的那人有些像电视里播放的在市政府大楼里的那个人。"沃克比画了一个上吊的动作。

我尽量使自己的声音平静。牙买加指认出那个雇用她的人居然像我们市的审计官，那个自杀的奥蒂斯·纽瑟姆？

他笑笑耸耸肩。"我看差不多。"

他收起了法蒂找回的零钱，我却抓住他的手。"碟片里的男人是谁？"

---

①这两位美国政治活动家，都是一样的命运，被人枪杀。

"哦，那个人？"他嘴角溢出的笑容让我心一紧。"我还以为你不会问那人是谁，上尉。因为你已经心里有数了。我认为你一定……猜到了什么。那个上了牙买加的人？"他冲着我们旁边清洗脏杯子的胖女招待伸出食指，做出射击的样子。女招待穿着北卡罗来纳流行的浅蓝色纽扣长裙，扣子上都印着安迪·布鲁克塞德的头像。

我问沃克："你确定？"

他冲我笑笑。"是，我确定。黑暗中他们看起来都长得蛮像，但是如果要跟牙买加做爱，没有人愿意在黑暗中进行。"

我坐下，等着他离开。然而他还继续盯着我，我说："哦，谢谢你的啤酒。"

他拍拍帽子。"很高兴能与你共饮。"

沃克离开了，布鲁斯乐队开始演奏。饱满的鼓声像海中怪兽的心跳，隆隆响着去捉拿约拿。我走回斯摩克斯酒吧雅间里并没有人打扰我,在那里，甚至没有人怀疑我到访的含义。因为我在思考汉密尔顿·沃克是不是已经知道了我跟李的私情，或者至少已经开始怀疑了。他提到百慕大时，嘴角浮起的一抹嘲讽的笑意，我至今还记忆犹新。尽管表面上看我们是根本不和谐的一对，比如我和马里恩·森德兰夫人。她们的微笑对我来说都一样："我怎么知道的并不重要，只想告诉你，我们都已经知道啦。除了我能跟你分享的事实之外，我不想深究任何事。"

第十五章

在《第十二夜》轰轰烈烈上演以及乔治·霍尔的案子重审过程中，还发生了以下这些事情：

比利·吉尔克里斯特又一次摔下大篷车，失踪了。

我一直努力寻找拉塞尔和纽瑟姆。

我一直跟李约会。

我在希尔斯顿警察局努力地工作，严厉打击那些纵火犯、强奸犯，调查凶杀案、虐待儿童案、盗窃案、过失杀人案、挪用公款案、抢劫案、诈骗案、猥亵案、诽谤案，还有拎包、绑架、酒后驾车，以及处理那些愤怒的人想出来的各种各样发泄怒气所带来的严重后果。

另一方面，在蒙哥马利旅馆附近逮捕妓女却进行得比较低调。

安迪·布鲁克塞德愤怒地告诉我，他和库柏·霍尔在飞行期间绝对没有讨论过什么录像带的问题，更别提一个叫牙买加·都兰的妓女了。他到目前为止都没听说过这个女人的名字。到底是他妈的谁告诉我这些乌七八糟的事情的？我怎么能拿这些肮脏的事去问他这个体面人呢？

如果我手里有那盘碟片的副本，说话的口气就会硬气一些了，可惜我没有。库柏可能已经把副本交给布鲁克塞德，或者其他人都有可能——我们没办法证实，除非他们都在撒谎——或者在《与自由和正义同行》杂志社被盗那天起就失踪了。看起来似乎奥蒂斯的摄影师是威利·斯莱德尔，因为所有的录像器材以及碟片都是在斯莱德尔的农庄里找到的。斯莱德尔或者是把母带给了奥蒂斯·纽瑟姆——因为现在他们俩都死了，那种可能性也无从查实——或者给了其他什么人，又或者把它留在了农庄里，拉塞尔和纽瑟姆返回去寻找未果。我所能跟布鲁克塞德说的是，这个信息来源绝对可靠。布鲁克塞德可能更希望我在他的少儿不宜丑事暴露之前找到碟片才好。

汉密尔顿·沃克，我那个可靠的消息来源，颇为可惜地告诉我，他现在联系不上牙买加·都兰，或者说那个名字也不是她的真名。她可能正跟一个阿根廷商人，也可能不是阿根廷人，在环球旅行呢。然而，我们还是找到了一个汉密尔顿以前雇用过的小姐丹尼丝，她正在首都跟一个人拉生意，韦斯·彭德格拉夫马上飞过去做她的笔录。她告诉他说，她很乐意作证，当初皮姆被枪杀时，温斯顿·拉塞尔就在现场。她说，她非常痛恨温斯顿·拉塞尔，如果我们想让她证明是他开枪打死皮姆的也行。韦斯一直觉得自己够冷静，回来的时候还是很震惊。

让我十分震惊的是，布里格斯·玛丽·卡德米恩教授居然突然返回了希尔斯顿，她从西部那个大学辞了职，回来按照遗嘱接收她爸爸留给她的遗产。艾丽斯也十分震惊，但贾斯廷好像蛮正常。"她也没登报声明放弃财产。"他提醒我。就我和艾丽斯来说，以我们俩这种穷困的出身，似乎不应该对此事感到震惊。艾丽斯和贾斯廷为小布里格斯的"人品"争论不休，结果是他在我家的长椅上过了一夜，而她凌晨两点过来，又转战到我的卧室，我不得不从两点十五一直听到三点半，终于知道他们俩是：一、完全不可能调和；二、有沟通问题；三、深深爱着对方。

齐克·凯来布中士告诉我，他和南希·怀特警官也在热恋中。我一点不觉得惊讶。他们会很快有个孩子。但是我惊讶于他们这么快就要结婚了。这可是个好事。

一个军需品推销员总想让我买一些电子打火的手枪带在身边，以防将来出现种族暴乱。"仁慈的武器。"他这么说，但我跟他说如果在我办公室里，他让我在近距离拿他当靶子，我就多买些，他直白地拒绝了我。

多洛勒斯·罗奇法官给参与迦南暴乱中的孩子们每人判了一百个小时的社区服务。如果他们圆满完成任务，案底会自动消除。威斯特兄弟——他们典当行的玻璃被砸了——从法庭后面嚷了起来："你的意思是说，他们不用进监狱了？"法官回答说，这属于社会问题，监狱当然有用，但有时候并没有那么有效果，而且也不太人道。威斯特先生站在凳子上辱骂她，也被法官处罚，要么跟孩子们一起做一百个小时的社区服务，要么就交五百美元罚金。他不得不在破财免灾和跟黑孩子一起扫马路两者中选择了。看他的脸色青紫，张开的大嘴好像麻痹了一样。后来他弟弟交了罚金。

我派了约翰·埃默里和南希·怀特去监督那些孩子们，在他们曾经引发暴乱的东希尔斯顿打扫、维修和粉刷街区。其中有一个没有坚持下来。几周之后，他在偷窃邻居的电视机时，用一根铅条打了邻居。罗奇法官把他送到了州立感化院。后来她不无悲伤地跟我说："卡迪，这又是个败笔；是你，是我，也是这个混乱体制的败笔。"

老多洛勒从来都不是个快乐的法官，而且这种沮丧的情绪与日俱增。我跟她说，她已经不会从事物好的一面来看问题了；毕竟，他们那十一个孩子还是圆满完成了任务，迦南这个地方比过去干净多了，不是吗。他们把多年来在圣公会教堂旁边的杂草都清除了，还把教堂唯一屹立着的墙面重新刷上了当地黑人的历史，你在几个街区之外都能看得见，因为迦南卫理圣公会教堂——宽台阶还保留着——在一个小山顶上。在壁画里画着如下内容：贝茜·史密斯在斯摩克斯酒吧里正唱着歌；两个黑人孩子在国家军队的护卫下走进波尔克初级学校；

五个民权示威者盘腿坐在缅因大街上，希尔斯顿的警察正打算驱散他们，我的前任警察局长站在那里，左手拿着扩音器，右手拿着枪；一个从东希尔斯顿长大的热爱篮球的超级明星正在场上拼搏；科莱塔·斯科特·金①跟卡尔·亚伯勒市长握手致意；而库柏·霍尔的死亡场面也有描绘，他的头像红场中列宁的头像一般大，手在阳光下高高举起，好像要抓住空中的什么东西……在约翰和南希的帮助下，孩子们还建了两条木头长凳，用教堂古老的砖砌了一条小路，把邮筒和垃圾筒连了起来，命名为"库柏·霍尔公园"。

贾斯廷从他的线人普雷斯顿·波普那里得到消息，去年秋天，卡罗来纳爱国者组织曾经讨论过要等待一批军火，用来抵抗被污染的种族，但是那批已经付了款的枪械却没有到。那个失踪的供应商后来在十一月证实，从他身上留存的东西判断，就是我们在树林中发现的那辆遭遗弃车里的死人。经过查实，这个人跟温斯顿·拉塞尔曾经同在多拉德监狱里服刑，而且还是室友。

卡尔·亚伯勒市长任命了一个黑人代替奥蒂斯·纽瑟姆担任城市审计官，结果被布罗迪·奇克在他最新一期的有线电视节目秀里批评为搞"裙带关系"。

安迪·布鲁克塞德成为霍尔委员会发起的库柏·霍尔纪念活动的主要发言人。那天晚上，海文大学的报告厅里座无虚席，学生们挤满了大厅，结果连诺米·霍尔的妹妹都没能挤到家庭成员的席位上，只能站在大厅后面听着长长的赞颂挽歌。一个黑人摇滚歌手演唱了他特意为库柏所写的一首歌《我兄弟的守护者》，杰克·莫利纳宣读了从国家民权委员会发来的慰问电报。乔丹·韦斯特给大家介绍了艾丽斯·麦克劳德，而艾丽斯又把"我们下一任州长有力的竞选人安迪·布鲁克塞德"介绍给大家，可能他已经给民众做好工作称呼他为 A.T.B，就像F.D.R.和 J.F.K.一样②。

---

① 科莱塔·斯科特·金(Coretta Scott King, 1927—2006)：美国著名人权活动家、作家。
② A.T.B.是安德鲁·西奥多·布鲁克塞德的首字缩写；F.D.R 是富兰克林·德拉诺·罗斯福总统的缩写；J.F.K.是约翰·菲茨杰拉德·肯尼迪总统的缩写。

在发言中，布鲁克塞德没有提到霍尔所反对的死刑问题，但是我可以这么评价他：他最后的总结发言让大家群起附和："每当一个像库柏·霍尔这样的年轻人因暴力死亡，这个国家所留存的一点美好的东西也随之而去。每当他们因为仇恨而失声，整个美国也将失声。所以今晚，我们要鼓起勇气去附和那孤单的声音，直到我们迎来真正的自由和公正。今晚并不是我们对库柏·霍尔的怀念，建设美好的未来才是我们为纪念库柏·霍尔真正要做的事！"

可能是杰克·莫利纳起草的这篇稿子，这时他带头站起来大声鼓起掌来。

马丁·霍尔由于顶撞历史老师被学校开除了，约翰·埃默里警官想去跟学校谈谈，但是马丁却对他说："滚一边去。"

G.G.沃克在秋季学期被海文大学录取了，而且他还得到了多拉德奖学金，这项奖励是从一九二八年以来，每年颁发给评委所认定的六个北卡罗来纳州当地的在"精神、道德以及体能上都十分出色的男孩子"的。贾斯廷的妈妈，J.B.萨维尔四世夫人是评审委员之一。

我博士学位的口试已经很出色了；但是我的私生活一团糟，让我决定推迟一年做毕业论文。

我在市政府大楼里的民事庭外面看见了黛比·莫利纳——杰克的妻子；她在跟我认识的一个专攻离婚案的律师谈话。我突然有种不祥的预兆，她想离开杰克，嫁给安迪。后来那个律师告诉我，她到那里是为了给一个在医疗事故案子里的朋友作证的。

贾斯廷在外环沙洲的格罗乔卡岛上有一所小小的海边茅屋，是他的一个叫沃尔特·斯坦厄普的朋友，也是曾经的希尔斯顿警察局局长留给他的。我问他我可不可以周末的时候借用一下。情人节那天，李和我在那里度过，我们围着一条毯子在灰色的海滩上散步。

巴布·珀西告诉我，他还在研究兰道夫老兄和库柏·霍尔之间的联系。可能他是在研究这个问题，有一次我看见他在市政府大楼里跟在乔丹·韦斯特后面不时地傻笑，还不断地跟人家攀谈。她为了躲他进了女卫生间，而我却惊讶于他居然没跟进去。

马里恩·森德兰夫人，让我叫她埃迪，又两次邀请我去赴桥牌晚宴，但却一次都没请李去。第二次，巴布也穿着燕尾服，带着领结到场了。埃迪笑他模仿克林顿、尼克松以及里根都很惟妙惟肖——他大概是从"星期六夜间直播"节目里偷学来的。在基普·多拉德参议员离席之后，他还模仿了他。

一个星期之后，我带艾丽斯去庆祝生日，居然看见巴布和埃迪都在松山酒馆的午餐会上取笑别人的脑袋。当巴布为自己终于找到一个有钱又有闲的富婆能够对他帮忙甚多而感到荣耀时，我真替他感到羞愧，因为那个富婆已经七十二岁了。

一周之后，巴布赶出一篇文章，暗示说在二十世纪五十年代晚期和六十年代早期，海文大学一个秘密的叫"众议院"的学生组织曾经"恐吓和干扰"当地黑人和对民权运动抱有同情心的学生。这篇文章对以前库柏·霍尔在《与自由和正义同行》杂志上写的那篇文章一点都没有好处，它宣称，那个时候这个秘密俱乐部的成员包括前希尔斯顿的官员奥蒂斯·纽瑟姆和副州长朱利安·刘易斯。

朱利安·刘易斯发表声明表示否认。

巴布被《希尔斯顿星报》的执行总编解除了职务。

《希尔斯顿星报》的总编在跟马里恩·森德兰私下谈妥之后马上把执行总编解雇了。

报头赫然出现了新任执行总编的名字"小兰道夫·P．珀西"这也是人们第一次知道他的真名字，可能他的原名就是这个，也可能他在听埃德温娜·森德兰讲述的有关诺埃尔－兰道夫的帕利斯特农庄的历史之后，有意把"兰道夫"加入到自己的名字里。我跟埃迪说，看起来好像她已经把我甩到了巴布的睫毛上了。她告诉我，她的感觉是我已经"拿下了"。

我问："什么意思？"

她说："卡斯伯特，我的意思是，你不该再浪费你的生命——就像你以前笨拙地暗示我在浪费时间一样。"

我说："我只是希望你不要再用单张牌去赌四张王牌。"

在新一期的有线电视节目中，布罗迪·奇克神父表示资助朱利安·刘易斯竞选州长。其他那些宪法俱乐部里的每个人都这么做了，这意味着几乎这个州里的所有工商界领袖都倒向了朱利安那边。

卡尔·亚伯勒市长赞助安迪·布鲁克塞德。此外，还有那些白人、黑人，包括议会委员、体育明星、摇滚歌手和电影明星们。

在新的领导之下，《希尔斯顿星报》改变了战略，转而资助安迪·布鲁克塞德。

朱利安·刘易斯的首轮竞选获百分之四十七的选票。

而安迪·布鲁克塞德的首轮竞选获百分之八十九的选票，这也是在民意测验历史上的最高得票率。

"五警员"组以三胜五负结束了本赛季的篮球比赛。

艾萨克极力撮合我跟诺拉·霍华德的"约会"。

神经分分的艾丽斯告诉我说，她十分肯定自己已经怀孕了。

我还一直在跟李约会。

第十六章

那个职员，比·特纳小姐，每说一句话都像敲钟似的。"静一静，静一静，北卡罗来纳州海文县高等法院现在开庭。由尊敬的谢利·希利亚德森法官主审。现在请全体起立！"

控诉方起诉乔治·霍尔，第二次开庭——巴布说到这次审判总是这个口吻——每天都在慢吞吞地进行。希尔斯顿历史协会宣称他们一直致力于整理过去的旧资料，根据他们的说法，我们这个新建的高等法院（一九四七）绝对是老法院（一九一二年被烧毁）的"升级的复制品"，那个老法院从来没有被人们当做高等法院，只不过就是一所木头房子，简单地称为法庭罢了。那里的第二间房子还着了火，第三间房子被推土机清除了，当时爱国公民布里格斯·卡德米恩先生掀起了革新运动，大手笔地修建了希尔斯顿市政府大楼，随着时间推移，现在已经扩建成了附带很多建筑物的综合性办公大楼了，当然也包括我所在的警察局。在市政府大楼的卡德米恩画像里，他拿着卷起来的那幅建设蓝图在人们面前摇晃着。从这可以看出，他有意扩建新法院。推开圆形大厅厚重的双层大门，就可以看见他仁慈的面容和一个宽敞

301

的有四十英尺宽的天花板的大屋子，里面设有阶梯式座位，观众画廊，十六个铜制的树枝形吊灯和十六扇十英尺高的大窗。墙面、坐椅、吧台、橡木护墙板都粉刷成真正的联邦制统一颜色，坐席安装得都很舒适，陪审团席、证人席以及法官席都是由卡罗来纳精巧的工匠们用油亮的红木打造而成。公诉席和辩护席都装有华丽的真皮椅子。法官休息室里的墙上挂一幅罗伯特·E.李的真品油画。据把画挂在那儿的蒂格斯法官说，这是他从他曾姑祖夏洛特·维多利亚·蒂格斯小姐那里继承来的。在法官席上方，挂着用金色叶子装饰一新的北卡罗来纳州州封印。法官专用的小木槌装有银质把手。带有老鹰装饰的人钟是由麦金利总统私人赠予老卡德米恩的父亲伊诺斯的，就在希尔斯顿这儿，"钟老板"马克·汉纳①为伊诺斯举行赠送仪式，其实这东西最先就是汉纳赠给麦金利的，而总统也就借花献佛了。现在那个大钟还在滴滴答答地走着。

　　自然而然，随着时间的流逝，法庭的木头已经朽坏，黄铜失去了光泽，油画也早已退了色；现在凸在空中十英尺高的大窗户正好立在后建大楼的水泥墙边；信访间——很长时间以前我就在那里听艾萨克·罗斯索恩讲陪审团的故事——现在已经因为安全隐患问题关闭了。然而，如历史协会出版的手册告诉给读者的那样，高等法院看起来就像个建筑宝石一样讨人喜欢。建筑比例十分协调，空间设计合理，其象征含义也十分明显，坐在那里很容易有一种正义加身的感觉，会让你像蝙蝠一样盲目地认为人世间只剩下了这儿才是真理闪光的地方。

　　这是个显而易见的错误。我在那间屋子里看过太多的例子可以证明，原来正义也是看肤色的——她喜欢白人；也要看社会等级——她喜欢中上层。事实上，她一直是那样，是压在穷人身上的婊子，权力交易下的墙头草。如果你与强权联合，那么正义根本不会纠缠你；你压根不用出庭，就算你去了，结束之后你也根本不会直接走进监狱；因为根据传统法律游戏，下等人是罪犯，中等人去做陪审员，上等人

----

①马克·汉纳(Mark Hanna,1837–1904)，美国金融界人士、政客。

直接去当法官了。

根据传统，罪犯都是那些开枪杀人、跟配偶拔刀相向、误用了支票、打了某人的脑袋、偷了钱包，或者从加油站偷了一百六十二美金五十四美分的人。罪犯是那些走在大街上我们随时都可以抓的人。这就是以前法律通常叫做的非组织犯罪。它也绝对不会打扰那些有钱大企业的诈骗，或者政府官员犯错误之类的事情。"刑具免费"是俄克拉何马州电椅的标志，当然，一般来说也得取决于收益的程度。

蒂格斯法官曾把一个东希尔斯顿的女用人判了十年徒刑，只是因为她从雇主的办公室里偷了几美元钱——基于只要是钱丢了，就一定是她偷的理论；在同一个月里，一个北希尔斯顿的女士偷偷给丈夫下了安眠药，把他拖到车库丢在车里，让别克车的马达开着，直到他彻底死去，而蒂格斯法官只判了她缓刑五年和少量罚金，理由是这位女士听说了丈夫有婚外情打算跟她离婚，精神受到了严重伤害。从那以后，海文县的高等法院这些年来的案子审理大都如此，没什么大的改变。

但总的来说，正义对于它的老主顾还是青眼有加的。就如过世的老伍德罗·克兰尼当面告诉蒂格斯法官的那样："有钱能使鬼推磨。有钱人从来不会做错事。"

第一次庭审的时候，乔治·霍尔并不富裕。这轮开审，他仍然是穷人一个，但是这次他认识了一些人，或者说他们认识了他，再准确点说他们都听说了他的遭遇，这就足够让这次的庭审有所不同。我所说的"富有"，不是指有多少现金，我的意思是不是指他们过去所说的那些社会团体、政府、教堂以及新闻界，我指的是能量。第一次审判，乔治百分之百缺少那种渴望拥有东西的欲望。所以，在第一次庭审之前，还没有宣判和证实有罪，他就在海文县立监狱的牢房里跟其他五个狱友一起度过了十四个月。那个监狱并不是为"长期犯人"准备的，十四个月的嫌疑犯人也不该关到那里。那里没有设立咨询机构，没有医疗设备，甚至都没有锻炼的机会，只有不断地砸墙和挠地板的声音。

第一次庭审，乔治在走进法庭之前，根本没见过那个公派的助理辩护律师。而这个律师也只是当天早上才接到一份由另一个公派律师转手给他的乔治的档案材料。另外那个律师几个月前曾经约见过乔治，最终，在乔治拒绝跟米切尔·贝兹莫尔合作后，他终于失掉了耐心。米切尔会让霍尔有百分之十到二十的几率判成二级谋杀，如果控诉方会安排另一个客户——一个小恶霸，我确定他至少犯了两起强奸罪——向他提起三起强奸案的有罪起诉。然而乔治执意拒绝这样的交易，因此也打乱了法庭繁忙的日程，还惹恼了那些"只想帮他忙的"人。他在法庭上不允许打扰他们，除非他足够自信，能为自己辩护，或者在他们自己的法庭，他们要求他配合工作时，才能说话。

所以，乔治第一次在高等法院的庭审十分简短，没有任何预审动议，没有挑战，陪审员们没有争执，也没有要求增加新证据，也没有任何反对的声音，更没为这个既没钱又没有朋友的穷鬼浪费时间。整个庭审只用了两天，陪审团下结论也只用了十五分钟，我们现在已经都知道的，其中一个陪审员的耳朵当时出了问题，另一个用那个时间忙着写圣诞贺卡片。

但是现在，乔治第二次走进高等法院时，这次庭审已经进行了九天，还没到当庭自由辩护的阶段。辩护律师还在跟红木陪审团席位上的每一位争执不休。艾萨克·罗斯索恩甩出致命的问题——向评审小组提问就用了很长时间，我问他是不是在拖延时间——他可能是想拖到比利·吉尔克里斯特回来，或者我们找到温斯顿·拉塞尔。

"绝对不是。判决，"艾萨克挥动双手说道，"就在你挑选那十二个陪审员的时候就已经定下来了。所以在决定之前，候选人甄选十分关键。在你走进法庭之前就应该挑选好最好的陪审员，你应该聘请专人去深入发掘他们每一个人的背景了。如果乔治第一次庭审的辩护律师是我，我也一定会跟他们每个人坚持抗争到底。我会控诉他们愚弄大众，对黑人蓄意歧视。我第一件事就会声明这一点。"但是当然，如果艾萨克工作过度，而且是个还没拿到工资的公派辩护律师，他肯定没有钱去雇用私家调查员，也没有那份闲心去仔细分析调查结果，更不会让诺拉帮他干这么多活。也就是说他根本没有时间在乎那么多细节问题，也不会把别人也牵扯进来。

所以，乔治·霍尔的第二次审判跟之前的完全不同。在通过了安检设备之后，观众都冲向高等法院那安装舒适的旁观席位。现在，乔治的身份可是一位伟大殉难者——甚至还有一手摇滚歌曲专门写给他——的哥哥而且他聘请的律师也非常有名。他现在得到了各大社团、政府、教堂、新闻界以及广大民众的关心。在北卡罗来纳州，霍尔案件第二次庭审，是个只有站席的表演。谢利·希利亚德森法官罩着黑色袍子的细长胳膊坚定地向上扬起，像翅膀一样挥动着小木槌，宣布进行不公开审判，不许电视直播，不许吃零食，不许交头接耳，要保持举止文雅，会场干净整洁。

　　"我们现在，"希利亚德森威严地看了下面一眼宣布道，"将尽我们的绵薄之力维护人间正义。我们这里不是好色之徒为所欲为的场所，也不是所谓的媒体之类乱写乱报的来源。任何时候我看见有任何不妥之处，都会毫不犹豫地批评指正。"没有人怀疑这些。字字句句都像鹰钩鼻一样尖刻，如鹰眼一般犀利。

　　后来在第九天，我从后面的厚重大门溜进了法庭，给艾萨克·罗斯索恩带去了一件希尔斯顿警察局刚刚收到的匿名信作为意外礼物。进到里面首先看到的是乔治·霍尔的后背，笔直而硬挺，穿着出席库柏葬礼时的那件褶皱套装。海文县的治安官在两名全副武装的法警陪同下，把乔治·霍尔从海文监狱押解到法庭，乔治上周由多拉德监狱的警卫押送到县立监狱，庭审期间他也会一直关押在那里。第一天，洛奇治安官押送戴着手铐脚镣的乔治进入法庭时，全场震惊了。

　　洛奇治安官急忙说道，但是，但是，但是乔治·霍尔现在毕竟还是有死刑嫌疑在身的罪犯。治安官的紧张是对希利亚德森法官在他办公室开会时的反应，艾萨克告诉给我的，法官要求"所有中世纪时期的刑具一律马上从被告身上去除"。

　　霍默·洛奇嘀咕道："好吧，法官大人，如果他想逃跑怎么办？"

　　法官回答："你要拦住他。这也是你们为什么非要派四个全副武装的人守在法庭上的原因吧？"

　　艾萨克本人倒没有直接对镣铐提出异议，因为乔治带着它会博得陪审团的同情，也是因为这个，米切尔·贝兹莫尔同意拿掉。所以从第一天往后，庭审时乔治会被取下镣铐坐在艾萨克旁边，退庭时再戴上回去。

被告席的另一端坐着诺拉·霍华德。她身穿庄重的灰色衣服，黑色的鬈发安静地披散在肩上。在栏杆后的第一排，紧挨着乔丹·韦斯特坐着的是乔治的妈妈诺米·霍尔，她身穿黑衣，戴着黑帽，放在大腿上的双手紧抓着钱包，像她儿子一样坐得笔直。

我走进去，看见艾萨克正站在——毫无疑问，他故意的——控诉方和陪审团之间。看样子他会使席位上的一个陪审员局促不安的。我听说他已经进行完了一整轮审查，正在要求书记员比·特纳小姐再召集一轮。最后，艾萨克用尽了全部十四次强制解散权利，常人是不会用这个来攻击陪审团成员的，有时候也真是没有必要这么做。"只是预感。"他会说。或者"根据骨相学"，他愿意聘请一个女人，因为她有"一张慷慨的脸"，或者他能打动民众是因为他们是瘦弱体质者，或者他们的眼睛一直朝法庭上的大钟那儿瞄。他说，有人专门研究了一下那些死刑的强力拥护者的心理分析资料，结果显示，他们自己很可能是极权主义者，偏执狂，暴戾成性。艾萨克宣称，他渴望成为这样的人。因"嘴硬"，他拒绝掉一个长相慈祥的家庭主妇。他也不愿意帮那个之前被希利亚德森法官驳回上诉后仍频频找借口的外科医生成为陪审员。"道貌岸然，而且已经对乔治充满敌意"。艾萨克评价他时，他觉得大受侮辱。

无独有偶，控诉方检察长米切尔·贝兹莫尔——三件套细条纹布的衣服包着鼓胀的肌肉——也是来来回回地折腾着陪审员的候选人，极力使用他的权利来尽可能地除掉更多的黑人和那些自认为等级高的人，或者认为他是"吸血鬼"的人。比小姐，一个灰色头发体态丰满的女人，多年来一直像个主人似的管理着这个法庭，往往这时候会冲着双方无奈地叹气；我们这个可爱的法庭书记员本来像一只小鸽子，现在却不得不伪装成咨啬的小鸟。一个陪审团候选人刚刚被开除掉，她就迫不及待地翻开盒子查找下一个名字，好像一枚钥匙糟糕地掉在外面的厕所里一样。

那天下午我坐下旁听了一会儿，米切尔取消了一个黑人工程师出任陪审员之后，就剩下了五位女士——其中两个黑人和五位男士——其中三个黑人。我看见艾萨克免去了一位"不合格"的速记员，因为这位女士极力宣称，完全不知情的人才是最合适的人选，她不仅对霍尔有罪与否尚无定论，而且尽管住在希尔斯顿，拥有电视、收音机，也订阅《希尔斯顿星报》，但在过去的七年里，她所听到的、看到的，以及读到的东西，都与乔治·霍尔案子"绝对没有任何关系"。"夫人，"艾萨克鞠了一躬，说道，"看起来你很惊讶，尽管你心地善良，但是你好像对你的同城民众缺乏起码的关心啊。"

她挑衅似的笑了笑，回答道："谢谢。"

艾萨克说："谢谢你。请你回避。"

"请回避。"希利亚德森法官微笑了一下，说道。

接着米切尔反对一个年轻的基督教机械工，因为他承认自己笃信宗教，反对死刑，而且如果一旦罪名成立，罪犯被判死刑时他会无法接受。"哦，对不起，"他说，看着自己被清除后，他看了艾萨克·罗斯索恩一眼，"但是我觉得我一定得说实话。"

希利亚德森法官对他沉下脸。"当然了，年轻人，你难道不怕辩护席追究你的不诚实行为？"

艾萨克，这个老伪君子，眼含悲伤，摇摇头。

接着比小姐又叫了一位科蒂斯·麦克休，来自卡德米恩和惠茨通纺织厂的一位中年的中层管理者。他大声宣读誓言后很快就在陪审团席位上就座，好像急于试穿一双新鞋。控诉方——通过米切尔·贝兹莫尔——很快发现麦克休很得力，才放松下来有空喝上一口水。

在堆满了书的辩护席后面，艾萨克挨着诺拉·霍华德坐好，她递给他一小张纸时，他冲她点点头。接着他一瘸一拐走到台前。轻微的瘸，倒是能让一个已经坐在陪审团席的、参加过朝鲜战争的老兵不禁想到，"他是在战争中受伤了？"

这个老律师穿着擦得锃亮的鞋，衬衫跟他的头发一样花白，粗花呢的套装整洁一新，"显示出我不是个富人，但是绝对干净整洁"。他戴着一枚结婚戒指——十分荒谬可笑的是他担心不戴着戒指，陪审团会怀疑他"对诺拉有不良想法"。借来的一个西维坦俱乐部会员胸针别在西服翻领上——其中的一名陪审员就来自那个组织。一条崭新的领带上缀着微小的蓝色法兰西王室纹章图案——其中一名陪审员多年来一直致力于研究上溯至波旁王朝的历史遗迹。

科蒂斯·麦克休看着罗斯索恩一副漠不关心的样子慢慢走到台前。

"麦克休先生，"他低声咕噜道，"你刚刚告诉贝兹莫尔先生说，你完全有能力在这起案子中做到中立且公正无私。你脑子中没有什么疑问吗？"

"没有，先生。"麦克休说道，用手把长长的领带拉直。

"对于本场的被告乔治·霍尔，你知道些什么？"艾萨克指着被告席。

"就是我从新闻中看到的那些。几年前，他谋杀了一位警察，被判有罪，但是因为有人在第一次庭审中捣乱，现在此案又获得重审。"

"捣乱？"

麦克休耸耸肩膀。"你知道，这些毫无技术含量，还是不要理会吧。"

"啊，还有什么其他关于霍尔先生的吗？"

"没有了。哦，警方说他一个弟弟好像被人枪杀了。"

"一个？哪一个？"

"那个抗议者，库柏·霍尔。"

"那么，你对库柏·霍尔过去的反抗经历的了解会不会对我当事人，也就是被告产生偏见？"

"根本不会。"麦克休在胸前抱起胳膊，"我为什么要那样呢？"

"你不会。"艾萨克边走边说，"你认为杀了人还能被判无罪吗，麦克休先生？"

"当然了，战争之类的情况就可以。或者为了保护你的房子和家人。诸如此类。"

"在正当防卫中呢？"

"当然。如果情况就是有人无缘无故地把人打死打伤，那么我认为他必须向社会偿还这笔血债。如果一个人剥夺了他人的生命，那么他就欠了一条命。"麦克休冲着希利亚德森法官点点头，好像等着被召唤，希利亚德森也盯着他。"就像《圣经》中说到的那样。"

艾萨克点头。"在《圣经》的《利未记》里也说过可以蓄养奴隶，但是不能吃猪肉……那么，麦克休先生，一分钟之前，你告诉贝兹莫尔先生说，你十分确定自己从心里往外都没有一点歧视黑人的想法。"艾萨克微笑着重复这些句子。

"对啊。"他郑重点点头。

"那么，我对此十分满意。我想问些其他问题。"艾萨克俯身靠住台子，皱皱眉。"你有黑人朋友吗？"

他迷惑不解地问："你什么意思？"

他轻蔑地挥挥手。"没有吗？那么，一般的熟人呢？有没有曾经邀请过黑人去你家里吃饭？"

麦克休的脸扭曲了。"没有。但是在卡德米恩和惠茨通纺织厂我的分管区里有几个黑人员工，我跟他们一向相处融洽。"

"有没有跟他们一起去看过表演？或者一起出去喝杯咖啡，或者去其他的社交场合？"

迷惑使得这张脸更加紧张了。"没有。但只是因为我们没有共同爱好，也并不能说明我有你们所指的那种对黑人的偏见啊。"麦克休抓抓耳朵，咧嘴一笑。"我也从来没有邀请过一个巴西人吃过饭，那么意味着我歧视整个南美吗？"

米切尔·贝兹莫尔义不容辞地笑了起来，他挑选好的几个陪审员也笑了。希利亚德森盯着麦克休，不知道是对他的笑话还是那条领带感觉恶心，我看不出来。但是艾萨克也笑了，接着他说："哦，先生，这可能意味着你住在巴西，可能会受到歧视。"他又走了几步，停在已经坐在陪审团席位的两个黑人旁边。"麦克休先生，你对马丁·路德·金的生日成为国家的节日有何看法？"

麦克休先生看着法官。"我一定要回答这种问题吗，法官大人？"

我想，麦克休知道将会发生什么事了，因为他已经黔驴技穷了。我想，米切尔·贝兹莫尔也明白了艾萨克到底想把他引到哪里，因为他站起来，说道："法官大人！我觉得这个问题与整个案子无关。"

希利亚德森面无表情地看着罗斯索恩说："律师先生，除非你赶快把这个问题引到与案子相关上来，我希望你搭乘快速列车。"

罗斯索恩："法官大人，我现在要搭乘的这趟列车是他们过去称做的黑鬼列车；但是我会让它越来越快的。"

希利亚德森从埋头记的笔记本里，或是正在玩的文字游戏里抬起头说道："请快点儿。你可以继续问问题。"

艾萨克："麦克休先生？"

"不管怎么说，我对马丁·路德·金这个人了解得不多，我只能说，我还是能提出很多比他更为可贵和善良的美国人，他们的生日更值得作为国家的节日。"法庭后面坐席有人鼓起掌来，希利亚德森重重地敲了下槌子。

艾萨克："麦克休先生，在今年的一月二十四号，你有没有碰巧参加了便装三K党召开的成员大会，也就是在罗利市中心举行的反对马丁·路德·金节日的集会？"

麦克休："我可能是在那儿，很多人都在那儿。这也不能代表我是三K党啊。"

艾萨克还在来回走动。"那次集会上，一群黑人抗议者不是举着库柏·霍尔的照片，还喊着反对种族歧视的口号吗？那么当时的口号是这个吗？"他拿出一张诺拉给他的纸，慢慢地戴上双光眼镜读道："金已倒，还有库柏·霍尔。在他们身上发生的不也会同样发生在你们身上吗？"

麦克休："好像是吧，记不太清楚了。"

贝兹莫尔跳起来，决定帮麦克休先生一把，但又坐下了；因为据他所知，如果罗斯索恩真的知道了太多情况的话，他可能会找到当时麦克休身穿白色罩衣，手拿煤油罐的照片。

艾萨克回到辩护席，叹口气坐回椅子。"有正当理由的反对，法官大人。他存在歧视。"

希利亚德森看着贝兹莫尔，而后者则看着桌上整齐摆着的纸张。然后他抬头看看麦克休，或者是他的领带。

"你被清除了，谢谢你的配合。"

麦克休的脸皱了起来。"你的意思是我不能做陪审员了？"

"是的，你被清除了。"

"但是我有权利做陪审员。我推掉工作和其他事情来的，法官大人。"

又用了几分钟的时间和再次落槌，才把科蒂斯·麦克休拉出了陪审席。在那之后，贝兹莫尔和罗斯索恩——法官警告说他"非常想在他离开法官的坐席之前能看见他们俩把陪审员选出来"——又开始向一位六十三岁的农村寡妇提出问题，这次俩人觉得都可以采用。接着，艾萨克否决了一位东希尔斯顿的杂货商，他曾经被黑人暴徒打劫过。比小姐气愤地又找来十二个人。"艾伯特·博伦夫人！"她喊道。我看到艾萨克和诺拉翻开记事本，彼此激烈地讨论起来，好像在争论什么。

博伦夫人有点胖，有点邋遢，看起来好像四十多岁，年轻时可能是个漂亮的金发碧眼女郎，但是现在已经很难回想起来那是多久之前的事了。她还在因为没叫到她的名字而不开心。

"博伦夫人，"在了解到她是个全职家庭主妇，她的丈夫开了一家电料行后，米切尔笑着说，"请告诉我，你觉得第一次审判时，判定乔治·霍尔为一级谋杀，是对还是错？"

她深吸一口气，摇摇头，紧张地磨蹭着毛衫领口。"没有，先生。我没有什么想法。"

希利亚德森往她的方向瞥了一眼。"请回答问题，博伦夫人！"

她重复了刚才的回答，很显然，她吓得要死。

"并且，"米切尔笑笑，窄窄的下巴皱起来，"你觉得自己十分有信心能够不受第一次判决的干扰，充分聆听新的证据而做出判断吗？"

"是的。"

他开口之前又深深地笑笑。"法官大人，控诉方接受博伦夫人。"

311

他又一次带着微笑走到她身边，拍拍她的胳膊后回去坐下。

艾萨克还在和诺拉商量着，法官最后沉下脸说："你那边呢，罗斯索恩！"

艾萨克仓促地站起来，鞠了一躬。"法官大人，对不起。我认为地方检察长还应该再给博伦夫人个机会好好检查一下漂亮的牙齿。"他展示了模仿的本事，惹得观众阵阵大笑。

在陪审席上的这个女人仔细地研究他的话，好像很怕他吃了她。"博伦夫人。见到你很高兴。不好意思让你等这么长时间。就几个问题。你有孩子吗？"

"四个。"

"四个。"他看起来很担心，"如果你坐在这里听庭审，他们怎么办？"

她的肩膀放松了一些。"我最大的女儿已经十六岁了，她很有责任心。"

"那你一定以她为荣了。你丈夫特别喜欢高尔夫是吧，博伦夫人？"

突然转换的话题让她一震。"有机会他就会去。他工作很努力。"

"哦，我知道的。如今大家庭的开销可不小啊。你跟他一起玩吗？"

她的嘴扭曲了。"不。"

"你自己工作非常努力，我想。"他点头表示同情，"但是如果博伦先生确实想打高尔夫了，他会去哪里玩？是公众场所还是私人俱乐部？"

"我们参加了绿野俱乐部。"

"哦，那么，博伦夫人，那个俱乐部有黑人成员吗？"

"我不知道，不太确定。"

艾萨克像羊羔一样慈祥。"那么，根据绿叶俱乐部的规定，当你听说这个俱乐部没有一个黑人成员时，会不会觉得有些惊讶？"他没有等着回答，直接问道，"你在希尔斯顿有房子吗？"

她紧张回答道："在福克斯山区。"

"福克斯山区有没有黑人家庭？"

312

"我在福克斯山区不认识任何人。"

"你知道曾经有一次，福克斯山区联合会阻挠一户黑人家庭搬进你们的社区这件事吗？"

"是的。"

"那么，在那次会议上，你有没有反对那户人家进入你的社区？"

她摇摇头。"我没有，我什么都没有说，我丈夫——"

"是你丈夫组织的那次集会，不是吗？"

博伦夫人气愤地朝艾萨克皱眉。"是的。"

"法官大人！"贝兹莫尔从下面拎起椅子好像要扔出去似的。"博伦先生的观点与本案无关。"

希利亚德森说，他非常同意这种看法，艾萨克马上道了歉。接着他问这位女士，是不是得为这房子缴税款。

"我们上税。要交很多。"

"你认为你上缴这么多税款所办的公立中学怎么样？你认为他们经营得好吗？"其中一个已经当选的陪审员是一位中学校长。"还是工作糟透了？"

"他们做得还行，我认为。"

"你的孩子们上公立学校吗？"

"我最大的孩子已经上大学了。"

"希望他会一切顺利。那其他的三个呢？"

"在基督教会学院。"

"什么？"

"他们去了基督教会学院。"

艾萨克突然想起来那是什么。"啊，对了，那是基督教会学院，是个私立学校，是由基督信徒组织创建的，对对。我没记错的话，布罗迪·奇克先生是董事会主席。"他挠挠花白的头发。"我想想，那里的学费是一年四千八百美金，是吧，大约那些对吗？三个孩子，那是，天啊，可是一万四千四百美金一年！每年！再加上一个在大学的孩子！老天，博伦夫人，毫无疑问，你和你丈夫必须辛苦地赚钱！这可是一笔很大

313

的经济负担。"

她张了张嘴，又合上。"我丈夫认为孩子受到良好教育才最重要。"

"你认为我们的希尔斯顿公立学校就那么差劲吗？在基督教会学院有黑人孩子吗？"

"据我所知，没有。"

"那么据布罗迪·奇克先生所知就更没有了，我能确定。博伦夫人，这里的乔治·霍尔是个黑人，被控谋杀了一个白人。从内心深处来说，你认为这个事实会不会影响你对此案件做出公正判断，假如说是个白人谋杀了一个黑人，会有什么不同吗？"

她看着他，又看看自己的手，又看看他。"不会，我认为不会，至少我不会受到什么干扰。"

他严肃地看看她。"有数据显示，在这个国家里，如果一个黑人被控谋杀一个白人，那么比他谋杀了一个黑人的案件更有可能被判死刑。在一些州里，他有可能死了四十八次了。我的意思是，在法庭上，有很多人并不像自己所想象的那些拥有公正善良的心。"

贝兹莫尔向空中挥挥笔。"法官大人，我反对。罗斯索恩先生在提前做法庭总结陈词了。"

希利亚德森冰冷地看了一眼艾萨克。"辩护律师，我估计你还想放弃这个陪审员吗？"

艾萨克让法官、地方检察长和我都吃了一惊——可能还有在场的每个人——因为他摇了摇头。"不是的，先生，我没有。辩护方很高兴接受艾伯特·博伦。谢谢你，女士。"他又冲她严肃地点点头。她看起来十分迷惑。

高高地坐在红木法官席上的谢利·希利亚德森法官看看表，又看看墙上挂的伊诺斯·卡德米恩留下的老鹰大钟。"女士们先生们，奇迹终于产生，我们的陪审团又增加了一位新成员，但是今天时间已晚，另外两名陪审员的遴选推迟到明天早上十点继续进行。"他又用了五分钟时间提了一些要求，以及对已经当选的几位陪审员严厉警告了一番，就用一声尖厉的落槌声结束了这次庭审。

乔治转过身，在警卫给他戴上手铐的时候，跟他妈妈说了几句话。他们向边门走过去，两个年轻的黑人站起来大喊："乔治，这边！别紧张，乔治！"希利亚德森甩甩黑色袖子，朝他们俩威胁性地看了一眼后走了出去。

艾萨克跟那个冷若冰霜的比·特纳小姐交接工作时，她一直紧握着拳头抚摩着夹克上缀着的丝绸紫罗兰花瓣；不知什么原因，我站在辩护席边上等着他时，发现诺拉·霍华德对我态度也很冷淡。如果说他们的感情是真实的，那他们就一定处在低俗时期。我跟诺拉说道："艾萨克接受博伦夫人着实让我吃惊；在我看来她一点都没有同情心。"

诺拉说道："关于这个人，艾萨克是听了我的意见。对不起。"她整理好公文包就离开了。"

艾萨克还在跟书记员协商。"比小姐，我知道我们给你添了不少麻烦，让你费心准备这么多陪审员候选人，但是就如最高法院法官费利克斯·法兰克富尔特曾经告诫我们的那样，'自由的历史一直就是由忠于职守的自由护卫者们保护着的历史'。"

丰满的特纳小姐将铅笔插进整理得干净利落的白色卷发里，幸好她还算爱护自己的脑袋。她边说话边摇着头。"从来没人这么折腾过我，我也从来不知道还有你这样的人存在，非常感谢你让我大开眼界了，艾萨克·罗斯索恩。"她大步走开了——你可以想象一下鹬鸪走路的样子。

"很棒的女人。"艾萨克冲我咧嘴一笑。

"哦，看起来她恨死你了。诺拉怎么了？"

"诺拉吗？"他四处看看，"没事啊，怎么？"

"看起来她对我很不友好。"

他匆忙把材料塞进文件夹里，有几张还掉到地上。"哦，不会吧。你可没看见真正恨一个人是什么样子，最近你见谁了？……哦，我们的陪审团怎样？"他摆摆手。"还可以吧？"

我没有理会他对我缺席审判的间接评论——也许是站在他的生命角度发出的评论，也许是站在诺拉的生活角度发出的评论。我也摇摇手，问道："博伦夫人怎么回事？"

"我知道你的意思。但是诺拉预感到博伦夫人是个道德上摇摆不定的女人，很可能是受到她丈夫种族主义思想的影响，也有可能还受他的其他什么思想影响。所以我们希望博伦先生的醍醐思想能帮到我们的忙。"他耸耸肩，悲观地看看空无一人的陪审团席。"哦，谁知道呢。我们会努力。现在就只有等着……老天，那个校长，叫格尔德·林德奎斯特的？我想让他做陪审团主席。"

我往桌子上扔个塑料袋。里面是今天早上装在棕色信封里的一个钱包，邮件封面写的是给曼格姆，希尔斯顿警察局——没有说明，没有回邮地址，甚至没有指纹。"我有点儿东西你一定感兴趣，艾萨克。"

"是什么？"

"博比·皮姆的钱包。"

"哈！"

"有人匿名邮给我的，滑稽吧？吉尔克里斯特从皮姆那里偷了钱包，若干年后交给了库柏·霍尔，又有人从库柏那里偷走了它，几个月后再转寄给我。我想知道到底是谁，为什么要这么做？"

"你确定这是皮姆的？"

"是。驾驶证、信用卡、几张有趣的纸，有一张清单是用铅笔绘制的花费专栏，旁边标有人名缩写。"

罗斯索恩的胖手一把抓过包裹。"在这里？"

"别碰它！里面的东西已经在楼上了。我已经转交给贝兹莫尔了。这是控诉方证据。"

"给他了？他要是不给我看怎么办！"这种念头让他坐立不安了。

"他不会的。他不是那样的人。但是现在……"我从夹克里掏出一个信封。"这是那张单子的复印件。如果看到一个孤独的小孩望着面包时垂涎的样子，怎能忍心不给他尝一口呢，别跟我说太感谢了。"他一把抢过我手中的东西看了起来。"好像是一种有关工资收入和支出的随意记录，这两个家伙的肌肉相当地发达，仿佛需要买大量东西才能生存似的。我想，你肯定很高兴地看到那些你想看到的大写字母。但是我可不确定你要是猜不出来这些字母都代表了谁，还有没有那么开心了。'B'，博比和'W'，温斯顿，每人得三千二百五十美元。但是你往下看，最下面。"五百美金，G.H.律师，我实在忍不住怀疑'G.H.'，指的是你的当事人，乔治·霍尔。"

这个老男人的脸像公狗一样扭曲着，但是这种鄙视并不是冲着乔治·霍尔的。"五百美金。这帮狗娘养的！"他嘟囔道。

"不要啤酒，来点儿烈性黑啤。"艾萨克·罗斯索恩的瓮声瓮气的声音从他的厨房里传出来。"不管怎么说，这个罗伯特·艾略特几十年来一直是个职业刽子手。他曾亲手把三百七十多人送出这个世界。也因为曾经给很多名人行刑而声名大噪——其中就有那个露丝·斯奈德，就是当初林德伯格婴儿事件的绑架者，还有塞科和范泽蒂。后来不知怎么搞的，他却疯了，总是带着默哀的情绪，生命中的最后几年，他在全国各地宣扬反对死刑。"

我冲他大喊："他为什么默哀？他杀过无辜的人？还是因为生活在杀人的时代？"

"都有吧。"罗斯索恩拿着两杯黑啤，摇摇晃晃地走过来说，"昨天晚上我研究了一下塞科和范泽蒂案子的卷宗。告诉我是谁说的这话：'偏见并不是对宪法特别的违背，当然也不会影响控诉方的司法公正。'"

"不知道。"

"是奥利弗·温德尔·霍姆斯大法官，就是他。是那个伟大的霍姆斯！他否认在塞科-范泽蒂的案子里，法官明显的偏见是案子逆转的理由。这绝对会让你恶心得想吐，是不？"

"也不尽然，还比不上这个蛋卷恶心。它躺在垃圾桶里多长时间了？老天啊！"我帮他打扫了这个皮德蒙特宾馆套间的琐屑垃圾，这屋子除了有俯瞰希尔斯顿全貌的优点之外——如果艾萨克能把烟渍从窗户上洗掉的话——实在没有什么好处了。我只能看见烟雾蒙蒙的星星，废弃的海文烟草公司，再往下看是银色彗星酒吧闪亮的霓虹灯。

这个老胖子扑通一下躺在床上，烟雾缭绕地吸起烟来。他紧吸了几口说道："就因为那个问题，不是吗？我太知道了，就在那个法庭里，跟那些漂亮的人相比，长相一般的人连一半的胜诉几率都可能不到。"

我说："你怎么总期待生活里会有绝对的公平？"

"也没那么绝对，但我确实抱有希望，那就是法律会带来公平。"他伸出手拿起镶着银质相框的伊迪丝·基恩的照片，那是一个二十多岁的黑发姑娘，眼睛灵气十足。他把相框放到台灯旁边。"那时，老厄尔·沃伦甩出那句'分离但是平等'的话时，我就在他身边,问题却是——在实际执行中——确实公平吗？"

很明显，艾萨克又要开始跟我讨论多年来我们一直讨论不休的问题，一种比起其他社会娱乐在行的话题——他没有电视，我也从来没听他说过要去听音乐会，看球赛或者看电影。今晚庭审结束后，我把他送回家，接着他来了一句"就一会儿"，因为他想跟我谈谈。他已经开始说了："我们订些中国菜吧。"我也说道："要不下次吧。"

但是从现在这个状态，我意识到，我在这个窄小、脏乱的屋子里已经用了太长的时间跟他"谈话"。我已经长大成人，实在抽不出太多的时间来跟艾萨克·罗斯索恩长谈了。想到这里，我想起了儿时的时光——关于法律的信仰、鸟巢、邮票、陶瓷、象棋，还有那些标本昆虫在我眼中闪闪发光，就像阿拉丁进入了山洞里一样。现在，这个男人再也不曾跟我说，他没有时间答理我了，而是不忙时总会说"我们订点中国菜吧"——不管是"订餐"，还是什么奇特风味的食物，对我来说都是指——"来，我们坐下讨论一下，瘦子。"

我看他躺在床上，肥胖、凌乱，短裤上满是窟窿，彩格呢的罩衣围在膨胀的裤子边。他的脸明显老了。他什么时候变成这样了？以前脸上和手上一直都有这些老年斑吗？儿时遇见他的时候，他的头发就已经这么灰白了吗？我甚至都不记得这些了。

我从希尔斯顿中学毕业的那天，三个巨大的藤箱，通过联合包裹服务公司送到东希尔斯顿我们所住的双层公寓楼前。这是艾萨克寄来的，里面装满了书。他亲自挑选的四百八十本涉及各种题材的书，我相信他自己肯定也读过。里面的一张卡片上爬满了他大大的斜上体的笔迹。

卡迪。恭喜你。作为学生代表，我打赌你一定知道教育这个词意味着"去引导"。今天给你的这些动画书，就是帮你走上这条旅程。让你的旅途漫长而且愉快吧。要一直走，一直走，走到山那边。世界没有尽头。一直走，最后你会成为一个真正的男人，在漫漫黑夜里去指引别人前行。

你的朋友，艾萨克·罗斯索恩

　　我想知道他是不是认为我已经成为那样的人了。我知道他为我越来越忙碌而骄傲，而我却不知道何时他已两鬓斑白。我知道如果他没有在我的生命中出现，我一定根本不会去爬那些山，更别说超越它们。

　　我坐进满是凹坑的扶手椅里，说道："嗨，艾萨克。我饿了。要不我们给阿弥陀佛花园打个电话？来个龙虾酱汁？腰果鸡、一碗馄饨和排骨怎么样？"

　　"你得走了吧。"

　　"如果你都决定不用出席，我这个警察局局长还有什么话说？"

　　"再来个蛋卷，"他笑道，"拨打9652211。"

　　我订好餐，说道："那么，艾萨克，我们从另一个角度看。我们先不去想'分离但是平等'。我们确实在努力把法律引向公平，不是吗？"

　　艾萨克开心地咧嘴笑笑。"哈，现在你开始给我头头是道地讲起大道理来了，过去我得往你那个钙化的脑袋里投钱的。这还有一罐杏仁露，还有非法啤酒。"他开始无意识地拍起枕头和床头桌。我给他扔过去一包从桌子下面找到的切斯特菲尔德烟。他边打开那盒烟的包装，边说道："对，对于法律我们只能植下樊篱。但是樊篱也不会持续多长时间。就像那条拦住死刑的命令一样。因为植下樊篱的人还会把它们拔掉。"他来回走着，又拍拍这，拍拍那，我把找到的一盒火柴也扔给了他。烟雾升起，缭绕在他胸前。"我知道贝兹莫尔一定会在陪审员面前挥舞那面'蓄意谋杀，拖延时间'的大旗。如果乔治必须做一件事的话，我他妈的倒是希望他从皮姆手里抢下枪的那一刹那就一枪崩了他。"艾萨克挣扎着从床上起身，摇摇晃晃走向办公桌。"那个倒霉的记事本哪儿去了！"我看着他从摞满了废纸的桌子上来回翻找，突然发现他的手在微微颤抖。"谢利·希利亚德森坐在法官席上。有意思！哦，不是那样的。好吧，我们来了。"他拿住了记事本，开始拍打衣服口袋。

我在电话旁边拿起他的双光眼镜，递给他，他的胖手滑到页面底部。"咳，咳，好啦，在这里。希利亚德森自己说的：'从使用致命性武器上来说，法庭可以假定有恶意，但是并不能认定蓄意。蓄意和故意都基于事实而不是法律。'好。'这是陪审员而不是法官的责任去判定这次事件是一级还是二级谋杀。'"老律师把眼镜推到鼻子上，冲我皱眉头。"那么，老天保佑我，我没有得到无罪开释，我们走进审判进程中。我准备把谢利·希利亚德森自己的解释说明再还给他，他得告诉我的陪审团，他们不能把乔治·霍尔送进毒气室。"

"他们不用那样。但是如果他们想那么做就一定能成功。你能拦着人家想要干的事？"

艾萨克看看黑板上被他画了圈的已经选出的十二位陪审员。"我只是需要让他们其中的一位不想那么做，让他不管别人怎么请求或者影响他，他都不会改变主意。我想我能做到。"

我往前挪挪椅子。"艾萨克，告诉我。乔治参与走私了吗？"

老人略有所思地看看我。"他知道走私的事，是的。他认识皮姆和拉塞尔，是的。"

"他为什么不说出来？你会告诉我吗？"

"好的，"他宽大的手掌划过脸庞，"我现在告诉你。乔治之所以保持沉默，是因为他觉得这是在保护他的家人。你以前的那个同事温斯顿·拉塞尔在他枪杀皮姆后很快找到他，使他相信——我能想象到拉塞尔先生那副决绝的样子——如果乔治胆敢透露一个有关他们事的字，他会让法庭上的事变得更可怕。"艾萨克一瘸一拐走到窗边，向下看着整个希尔斯顿。"他很可能那么做。但是更重要的是——相信我，在庭审时，拉塞尔一遍一遍地跟乔治强调；在多拉德监狱里，他给死囚牢里的乔治传信——如果乔治不保持绝对沉默，拉塞尔发誓会杀了他家的某个人。乔治的妈妈，他的弟弟，他的妹妹。这就是他为什么不说出来的原因。"

我站起来。"哦，老天。乔治就这样信守了这么长时间？"

艾萨克长叹一口气。"从后来发生的一系列事件来看，拉塞尔真的不是信口雌黄，乔治的判断也是对的。老天一定要帮我们。"他回过身看着我。"问题在于他相信威胁，我得说，实际上，他谨守着这些秘密。即使在库柏为他的事积极奔走，以及后来请我出山，乔治一直都拒绝跟我或者库柏谈论案子的任何相关细节。甚至到了他将要被行刑的那天晚上，他都一声不吭。我从特拉华州回来之后才知道这些事。在库柏死后，乔治决定要见我。"

"你相信这些都是真的？"

"我相信他宁可去死也要保护家人。我也相信他杀掉皮姆是为了自卫。"他看看黑板上的名字。"我所要做的是让这些陪审员们也相信。"

我离开皮德蒙特宾馆时已经是深夜了。艾萨克没有把整个晚上用来讨论庭审，只是用了大部分的时间。他也谈了谈约翰·史密斯船长对普瓦塔印度人态度的转变、当今的中东局势、死海游历、雄蚕蛾的寿命——六天，大多数的时间都在为了求偶——甚至都不舍得时间停下来吃顿饭。

在我们伸出筷子去夹最后一只虾和一粒粘在碗边的豌豆时，可能就是蚕蛾的这种决绝的精神让他突然问道，他能否"问个比较私人的问题"。我说："当然。"

他向后靠回旧皮质阅读椅里，用纸巾擦擦嘴说："你打算什么时候结婚，卡迪？"

"那你是什么时候？我已经结过一次了，现在在努力要结第二次；订婚戒指都在抽屉里跟我的短裤在一起。该轮到你了。"

"我已经土埋半截了，我该跟谁结婚？但是你，生命里可留下好多呢，就算上帝也会愿意。你想独守空房，没人陪你吃早饭，就跟这一面墙的书做伴吗？你要像我这样过一辈子吗？"他手臂划过屋子。这可是个十分有力的论据。

我把最后一块排骨让给了他，但是他又传回来给我。"艾萨克，我该跟谁结婚？如比小姐，但我知道她已经爱你四十年了。还有其他推荐人选吗？"

他靠到我身边，用罩衣蹭蹭蛋卷，棕色的眼睛温暖明亮得像黑暗中的蜡烛。"是的，我有。"

"谁？"

"诺拉·霍华德。"

"啊，老天。"我站起来，走向厨房，"我就知道你会这么说。"

"你这么说也该有理由。"他在我身后大喊。

"什么？你听好，我甚至都不太了解诺拉，她也不了解我。"

"这么多月过去了，你怎么能——"

"况且，她好像也不太喜欢我。"

"绝对不是！"

我走回来取过垃圾桶，把我们吃剩的食物和垃圾都倒进去。"哦，真的吗？她还跟你说什么了？……听我说，只是因为我没有跟你说过我的私生活，那并不代表我没有私生活。"

"等一下！别扔了那个蛋卷。"

"好的，那就扔在椅子下面等着它烂掉。"

"你怎么生这么大气，瘦子？……给我讲讲你的私生活吧。你打算跟别的什么人结婚吗？"

"老天啊，艾萨克。不是，我没想跟'别的什么人'结婚。"我把没用的一点饼干包装袋和茶叶包顺手盖在纸盒上。

"为什么不呢？"

我不知道是什么让我忘掉了事实，但是确实有。"因为她已经结婚了，这个理由行吗？够了吗？"

"啊哈。"他重新点着一根抽了一半的烟，盯了我好一会儿说，"对不起。"

"没事。"我拿过一瓶麦芽酒，躺进老椅子里。

艾萨克把目光投到我身后的窗口。"我想，她一定不想……也不太可能离开她丈夫……在当下。"

我盯着他。"你这话什么意思？"

"我的意思是，非常抱歉，瘦子。我希望你能幸福。"

他看见我跟李在一起了？是的，有那么几次，但只可能是在纪念库柏活动之后的事。有什么人谈论我们俩了？也可能他认识埃德温娜·森德兰。可能诺拉在不太频繁地来我家的某次看见了李。或者，干脆他所说的"在这种情况下"根本就是顺嘴一说。我们俩都坐在那里默不作声一阵子，但他总是比我沉得住气。最后我说："这是很复杂而且微妙的情况。如果有什么人跟你说了什么，我希望你能告诉我。"

他像狮子一样叹口气。"你九岁时候我就认识你了。就在这个你现在坐着的屋子里，十八岁的你第一次心碎，咬着嘴唇不让自己哭出来。放手这该死的事情吧。"

"好了，好了。"

"所以，这么多年后，即使你不问我'是不是有人跟你说了什么'，我也知道她是谁。因为，上帝跟你同在，你都不用改变一点点。她不会离开布鲁克塞德的，这一点你难道不知道吗？"

"这与你无关！"

"好吧，好吧，你对。哈，谁知道呢。更别说像我这个老古董了。那么我相信小孩子那句话，'永远不要左顾右盼'。如果你就是这么想的，瘦子，那么就那么做吧。"他跳出椅子，向前倾身，拍拍我的膝盖。"现在问我一个私人问题吧。来吧。"

我冲他笑笑："你今年多大了？"

"就这个问题？这可没什么意思。我六十八了，或者是六十六之类的。这个问题不算太私人。"

这根本不是我想问的问题。最后我想问的是到底伊迪丝·基恩和他之间有着怎样的故事。但是我知道自己没有心情听完那个故事。

第十七章

第二天下午，我往市政府大楼外走，经过法庭时忍不住推开一条门缝往里看。米切尔·贝兹莫尔在做开场白。他拍打着他的那个美国大学优等生荣誉勋章的护身符，站在讲坛后面，把陪审员们弄得像祈祷的牧师。"我们这个州里出现了重担，女士们先生们，以我们这个善良州的名义，我骄傲地接受这个重担。我敬重这个包袱，因为我们的先辈把它放到我们的身上，让我去保护无辜的人，除非我们的国家建立起不可挣断的锁链。我们今天所起诉被告乔治·霍尔的每项罪名，到目前为止还没有证明为有罪，那么现在他就是无辜的。这也是美国制度所珍视的宝贵荣誉，我和你们大家一样重视这些。

"虽然我们不能在超出了正常怀疑的基础上定下罪名，那并不意味着放弃所有的怀疑，或者可能的怀疑；但如果我们是合理的怀疑，那么我们可以判定乔治·霍尔有罪。而你们的任务——你们对受害者、受害者家属，以及对我们所赖以生存的这个社会和国家都负有责任。"米切尔指着美国国旗和州的封印，像以前每次一样说，"因为，陪审员们，你们代表了国家——你们的责任就是判定乔治·霍尔一级谋杀罪名成立。"

他给每排人一个严厉的眼神以确保他们明白了自己的职责。"女士们先生们。控诉方在庭审过程中将要证明，乔治·霍尔存在故意且蓄意使用杀人武器剥夺了警员博比·皮姆的生命——一支九点五毫米口径的史密斯和维森左轮手枪是杀人武器。接着他故意用这把左轮手枪打死了皮姆警官。事实上他是故意开枪，也就是故意谋杀皮姆警官，是在时机成熟而且神志十分清楚的时候实施了犯罪。这绝对不是意外事故，也不是疏忽，或者什么体力下降无法抗拒的冲动。这是十足的头脑冷静、残酷的谋杀。"

贝兹莫尔转过身，朝着艾萨克·罗斯索恩轻蔑地摇摇手指头，而后者在笔记本上忙着记下什么，好像要反驳掉贝兹莫尔嘴里说出的每一个字——可能他在写信——"辩护方，"贝兹莫尔哼了一声鼻子，"则想要极力使你们相信是皮姆警官激怒了乔治·霍尔。而且毫无疑问，罗斯索恩先生想要告诉你们，皮姆警官根本不是闪亮的骑士，只是一个贪污腐败、残忍自私的人，甚至还是个罪犯。"

艾萨克站起来，向陪审团一倾身，用一个泛意哑剧的急切姿态摇头示意表示同意。几个人微笑了一下。贝兹莫尔绕过辩护席，艾萨克假装掉了铅笔，低头去捡。

"即使这样，"贝兹莫尔摆出一张冷脸，盯着陪审团，"即使这样！就算博比·皮姆是个可恶的人，就算那天晚上他没有控制住情绪，对于被告表现行为的出格，请记住，女士们先生们，博比·皮姆并没有得到今天这样的审判。他已经死了。他死了，因为乔治·霍尔谋杀了他。因为乔治·霍尔选择了跟他到斯摩克斯酒吧外面，选择把他杀死在血泊之中。这是他做出的选择。"贝兹莫尔停下，思考起来。他想让陪审团仔细考虑他的话，了解整件事情。他沙哑的嗓音带着真诚。"我们也有被激怒的时候。"他悲伤地看看坐在陪审团前排的一个年老的黑人。"在我们的一生中，可能有时我们会被虐待，也可能极为不公平。"他摇摇头，提高嗓音。"但是我们不能用谋杀来回报吧。我们不能都去选择那种动物界的丛林法则啊，那种——"

325

我大步走出法庭，走到室外，准备到市中心去。他还有二十分钟来做这场谋杀案的开场白。在希利亚德森宣布结束今天庭审之前，他们还用不到我的证言。贝兹莫尔结束后，艾萨克会要求，在控诉方自动停止对本案提出证据之前，推迟辩护方的开场发言。他总会提出延后审判。接着贝兹莫尔就会挨个招呼证人出庭，给法庭带来一片哗然：验尸官——是的，皮姆死于头部中枪。大学医院的外科大夫——是的，我从皮姆的颅腔里取出了一颗子弹。弹道检验师——是的，皮姆颅腔里的子弹是出自登记在皮姆名下的那把左轮手枪。是这把枪吗？对，是的。控诉方将把这个作为证物 A。接着，还有十分明显的证据——尸体，是被枪杀的尸体；证物A也包括尸体。是被谁，因为什么原因，接下来的会一一登场。

外面，空气清新，微风习习，碧空万里，四月末的一天绽放着浓郁的春天的气息。天空万里无云，空气清爽，树叶新绿，整个希尔斯顿变得生机勃勃，像特意修饰过一样。每一块还没有完全解冻的泥土上都抽出了橙红色的郁金香花、粉红色的杜鹃花，还有淡黄色的茉莉花藤蔓。我脱下呢子夹克，卷起衬衫袖口，深深吸了一口这北卡罗来纳的新鲜空气，迈着大步走向好长时间以来一直都没去的市中心。你可能会说，我又重整旗鼓去仔细审视我的城市了。这些原本都是在我刚刚被任命为希尔斯顿警察局长时的日常工作，那时我热情高涨地重组着我的部门。

我又回来了，成为《新闻周刊》报道的那样，"不屈不挠"。我曾经在大半夜里开着车，在商店门前和偏僻地区张贴海报：那家商店里有抢劫案，偏僻地区最近发生了强奸案。警员们一旦发现通知中所报道的案件线索，会第一时间跟总部取得联系。我总是听到抱怨说，"玩游戏"，但是我的游戏确实拦下了很多像温斯顿·拉塞尔那种算计和欺压人的老把戏，干那种开着巡警车在街道上扬长而过，混吃骗喝、强抢民女之类的事。白天我有时也会开着警车，检查巡查警员们是不是忠于职守，或者通过联络台考察他们是不是能够及时回应警讯，或者有其他警员尤其是女警官呼叫时，他们多长时间赶来救援，因为南希·怀特总是抱怨说，每次她呼叫救援，那些"慢腾腾的猪们"总是反应迟缓。她说得没错，他们都故意拖延。我解雇了其中的一个，给了另一个——珀利·纽瑟姆——严重警告。在最初的几个月里，对他们来说，我就是个煞星。很多人都不喜欢我。到现在还有人这样。当然，那些人好多早已经不在希尔斯顿警察局了。

在路上，我看见布伦达·默尔警官，在十字路口好心地给一辆来自亚利桑那州的车指路。我还看见泰特斯·贝克警官在帮一家女性成衣店检查门锁，那家店闭店装修，换上了"香蕉共和国，快点来啊"的广告。今天街上的每个人看起来都那么开心、友好、遵纪守法，好像二十世纪五十年代电影开幕式上的临时演员，在美国快乐城的人们面前，正仰头看到怪物似的天外来客在他们最漂亮的大楼上爬行。

在缅因大街和卡德米恩大街的交口，挨着一家高档啤酒营销店，希尔斯顿人坐在人行道边的绿色伞下，津津有味地品尝着卡布其诺咖啡和意大利冰淇淋。崭新的绿色广告上写着"乔治欧"。三年前，那里可是些金属凳子，堆在塑料餐桌旁边，外面的一块胶合板上写着"佐治亚比萨饼"。现在到处都在蒸蒸日上——这是新南方的颂歌。

我路过时有人叫我。

是保罗·麦迪逊神父，穿着黑衫，旁边坐着李·海文·布鲁克塞德，身穿浅玫瑰红丝质长裙，搭配着宽松黑色夹克。看见日思夜想的她坐在那里，我的心和膝盖都因兴奋而抖动；这样与她不期而遇，有点像往忧郁的情绪里突然注入了一股清新的活力。就像老帕蒂·克莱恩说过的那样，"你从我身边经过，我心一片凌乱"。当然我没有表现出来，这就是心灵最神奇的地方——它能在你狂热无比时还让你保持着风度，礼貌地跟人家握手。

李的钱包和鞋子的颜色都跟夹克衫搭配得当，我敢说这些东西都不是在希尔斯顿附近买来的，甚至这里最名贵的店也买不到。并不是说穿戴这些让她看起来不属于希尔斯顿，她看起来倒总是在哪里都十分合宜。她可以悠闲地坐在米兰和巴黎的咖啡店里，或者在我想象中的其他地方。当我经过这个漂亮的转角餐厅时，听见银铃般的笑声，然后就这样和她相遇了。

"你好。"她说道，握住我伸出去的手。

上两个星期我都没见到她。她去了棕榈滩拜访她的同父异母的姐姐。四天前，本来该在我们的"老地方"相见，她也没来。三月时，我在报纸上看到一则广告："水边休养所，低价七万九千九百美元。隐私性好，风景绝佳。"后来打听到是在松山湖背坡那边，没有多少人涉足那里，自从首口的印第安人离开城镇以后，几乎没有多少人去过那里。那是一所棕色屋顶的老房子，三室带有宽敞的壁炉，难看的顶棚，俗不可耐的松板墙，临水的门廊摇摇晃晃；且孤立隔绝，没有电，没有电话，有一片开阔的高地，可我喜欢。我买下了它，成交价七万一千五百元，余下的贷款月供三十年。李也喜欢那房子，现在我们每次开车去那里，都带着礼物。有时星期天我会独自过去，简单装修一下房顶和屋顶。在我们计划一起在那里过夜的时候，她却没有来。我凌晨五点终于放弃了，开车回到河上区的家里，在留言机里听到了留言。"卡迪，非常抱歉。安迪没有走！他现在在楼下。因为大暴雪，去纽约的所有航班都取消了。非常抱歉。我爱你。再见。见鬼！"

"过来一起吧，卡迪。"保罗·麦迪逊兴致高涨地喊道。上帝知道他把李带到这里是个多么仁慈的决定啊。这是要为日托中心添置设备？还是"心灵鸡汤"要用新餐具？也许是那个卡德米恩康复中心还需要一群医生？"不是，不是，快过来。坐下。最近怎么样？来点儿咖啡。"两个人正端着浓咖啡，等着再添。我说我现在很忙。李微笑地看着我坐下。

乔治欧的年轻侍者走过来，长得有点像菲利普·莫里斯里的侍者。我告诉他："Scusi. Vorrei una tazza grande di caffe Americano, prego."他一脸迷惑地向牧师求救。

保罗说："里奥格兰德属于美国吗？"

李向我微笑。

我重复说："你们都用大个的杯子盛装美国咖啡，那么给我也来一杯。"他无精打采地走开。"最近怎么样，李？再次见到你很高兴。看起来春天确实使这个小城旧貌换新颜了。"

她说道:"见到你很高兴,卡迪。我来了一阵了。你最近看见埃德温娜·森德兰了吗?我现在实在忙于竞选事务……"

我们就这种无意义的话题谈了五分钟,都尽量不看对方。接着保罗谈到了巴布·珀西炮轰领主俱乐部的事。李说,安迪很懊恼地认为,这个如此持有种族偏见的俱乐部怎么还能在七十年代的海文大学里存在。我说,他们凭什么认为,现在就不必召开那种兄弟联谊式的秘密会议了呢?微风吹过她丝质的长裙,吹散了她脖子边上垂下的金发。她的手指在深蓝色的浓咖啡杯沿上画着圈。

"卡迪,你简直是个隐士。我太想你了。"保罗说道,完全没有意识到"三人有点挤",而他就是"第三人"。"篮球赛你也放弃了,你不是那样的人啊。李,他在法庭上可是个狂野的人。"

"是吗?"李微笑道,"他看起来总是这么……冷静。"她的小腿慢慢地划过我裤腿。

"卡迪冷静吗?"保罗笑道,"他的神经就像大桥的钢链,总是那样。"

"是吗?"李笑道。

我喝完咖啡,站起来。"看,就怨你们,我要迟到了。李,很高兴再次见到你。保罗,别紧张。"我转回身,"哦,吉尔克里斯特回家了吗?"

保罗摇摇满是鬈毛的脑袋。"没有。我一直四处打听。皮特·扎斯洛说自从上次看见他经过银色彗星酒吧,给我打电话让我把他带回去之后,就再也没见过。"

"哦,我当初就跟你和艾萨克说过,我应该一直把他关到开庭。"

保罗整整衣领,悲伤地叹口气。"比利说,如果要真是那样他一定疯了。他跟我保证保持清醒;他一直信守承诺的。"

"哈,信守承诺。"我再次跟他们说再见,我为这杯美国咖啡留下五十美金后,走了。

我不想告诉李,其实我约会的地点就在不远的地方,在海文大街一个有着漂亮的前门玻璃窗的办公大楼的第一层。玻璃窗上贴满了卡罗来纳的蓝色招贴画，上面印着李的丈夫的照片，玻璃窗的顶部有红白蓝的旗帜，上写着："民主党的总部，支持布鲁克塞德竞选州长。"那里面，至少有一打的桌子上配有电话和电脑。年轻的男孩和女孩们坐在桌边，或盯着电脑屏幕，或讲电话、装信封。整个后墙上贴满了安迪的照片。安迪在空中摆出令人惊讶的姿势，好像要抓住足球，下面有众多的追随者；安迪在 F-4C 幽灵战斗机的驾驶舱咧嘴微笑；安迪身穿军队制服，在白宫接受荣誉勋章；安迪穿着阿兰岛毛衫在戴维营的一次会议上，跟众多认识的名人一起工作；安迪精神矍铄地跟一群建筑工人一起，欣赏着新海文大学医疗研究中心落成；安迪穿着衬衫扎着领带，在户外集会的讲台上倾身，红光满面地跟众多崇拜者和支持者握手，三分之二以上都是女性；安迪在库柏·霍尔纪念活动上的讲话受到不同年龄和阶层的黑人热烈欢迎。

我跟坐在第一张桌上的漂亮女孩说道："你看上去好像赢了全场——在右侧持球触地得分，库柏·霍尔则在左边。"

她从一本讲解中医健康的书中抬起头，用一种斯华西里人的微笑方式，友好地看着我。我根本不用费事把我的话翻译给她听。她把手放到书上说道："有什么事吗？"

"当然。杰克·莫利纳在等我。他到了吗？"

她指指走廊。"你去那里，穿过两个门，在大厅的尽头向右拐。在一〇一室。我想安迪也在那里。"

她甚至都没问我的名字。因为如果我是坏人，完全可能在夹克衫下面藏足够的炸药，把大厅里的一〇一室炸飞，一直崩到挂满壁画那个屋。是啊，就像莫利纳说的，"安全性真好"。

我走到那里，安迪不在。在一〇一室关着的大门里传出两个极为愤怒的声音。我听出一个是杰克·莫利纳，另一个我很快判断出来应该是他妻子黛比。她正在说，准确地说是啜泣着说："我不在乎。都这个时候了，我根本不在乎！"

"我打了四遍电话。"

"我在商场！听着，如果你想离婚，就去办手续吧！别再威胁我，杰克。别再这样了。我没法再忍受下去了！都结束了，但是我没办法改变过去！如果你实在想知道事实真相，好吧，如果我能，宁可不那样！"

我听见有东西撞到另一样的东西上，发出尖厉的声音。我伸手拽住门把手，听见她说："看在主的分上，别这样。"他一定是撞到了墙上，而不是她身上。如果他那么大劲地撞到她身上，我应该能听到她的叫声。

杰克的声音像鞭子一样尖厉。"我甚至不想看你那张脸，它让我无法忍受。这让我想废了你！"

"那你走吧！或者让我离开你！"

"可你是我孩子们的妈妈！"

我估计这可不是我要去查明为什么杰克·莫利纳急着见我，要跟我谈谈的时候。我不知道他要谈什么，但应该不是想跟我谈婚姻难题吧。我很快离开，随手关上大厅的门。有三件事很明显：杰克知道了他老婆跟布鲁克塞德的事；这段婚外情刚刚结束；这个事实没有对莫利纳有什么实质性的影响。我使劲想象布鲁克塞德夫妇会这么大吵一架：她跟他纠结黛比·莫利纳；他跟她谈我。我可不能那样。

回到大办公室，我在一张摇晃的桌子旁边坐下来。身边几个志愿者正在讨论什么安全保卫噩梦之类的事——在卡德米恩体育场举行的一场声势浩大的室外集会。一个身穿牛仔裤和海文大学毛线衫的年轻黑人出门的时候经过我身边，他胳膊下夹着一沓传单。"是曼格姆先生吗？我是埃里克·所罗门。来自霍尔的社团。警察来《与自由和正义同行》杂志社办公室调查案子时，我正好在那里，你还记得吗？"他等着我回想起来，接着说："首先，只是——你在'迦南十二少'的事情上处理得很好。惩罚他们给社区做义工。这么说是只想让你知道。"

迦南十二少？我还没意识到他们给自己起了个那么左翼做派的数字称号；听起来像是 G.G. 沃克的主意。我说："我也没做什么。多洛勒斯·罗奇是个好法官。像她那样的人太少了。帮我给迦南十二少带个话，可以吗？说我很喜欢他们弄的那个库柏·霍尔公园。"

他说会带到的，随后又补充说："我从报纸上知道，你认为还有一个警察参与了谋杀库柏，但还没有抓到。"

"还没有。"

他把传单挪到另一个胳膊下面夹着。"还记得我提到的，在库柏被杀的那天，我给他的留言机留言时，磁带用完了？你有没有见过那盘磁带？因为，我又仔细回想了一下——"

"有人已经提前拿走了磁带；我们再也没找到。"

"哦，可能就因为那个……我是说，我想起来这是库柏时常会搞的把戏。他先不接电话，等到留言机开始工作后再接听，你知道，就是类似如'等一下，我在'。这样，如果他想要谈话记录，他们说话的内容就可以完全录下来了。他曾经给我展示过跟罗利一个新闻记者的电话录音。但是，不管怎么说，我觉得你该听听那段电话录音。我只是有这么个想法。"

这绝对是个好想法。我对他表示感谢，还要了一张传单。上面宣称，霍尔委员会和进步联盟——海文大学学生政治社团——要联合三一教堂，举办一场公众论坛，主题是："卡罗来纳州的三K党：恶势力的爪牙？"发言者要讨论这个新纳粹主义的三K党组织，以及其他类型的白人至上的疯狂组织，是不是只是疯子；或者他们是"政府利益摆布下的木偶"——我估计两者都兼有之吧——发言的嘉宾有安迪·布鲁克塞德和格兰·德拉贡，一个前三K党员，现在退出组织，改邪归正了。会议由杰克·莫利纳教授主持。传单的封面是去年十月三一教堂对抗集会的新闻照片。照片里，库柏·霍尔伸出手保护着他身后的民众——其中一个人是保罗·麦迪逊——因为有两个穿军装的年轻暴徒正举起棒子。

埃里克告诉我："我们希望来的人越多越好。莫利纳博士说，这个叫格兰·德拉贡的家伙前一天会上电视台七频道接受采访，这样也会给我们增加人气。就是那个卡罗尔·卡西·凯茵的节目。"

我说："我打赌，她一定会要求他穿上长袍。"凯茵小姐现在有了自己的节目，是个模仿欧普拉·温弗里的地方脱口秀。根据卡罗尔打的广告，她不会忌讳去提问上她节目的"名人们一些前沿问题"——比如：

"沃斯通夫人，您和州长先生真的是如我们看到的那样婚姻美满吗？"还有，"亚伯勒市长，现在请您诚实地回答，您会不会有时希望自己来世做个白人？"我可从来没想过上卡罗尔·卡西·凯茵的节目。

埃里克刚刚离开，杰克·莫利纳博士推开大厅的门进来，站在那里，穿着老式斜纹棉布制服和破旧的花呢夹克衫，大口大口地喘着气，眼睛通过闪闪发光的镜片扫视着那些壁画，又隔着桌子看着我。他的妻子黛比没有跟他一起，可能是从另一个门离开了，或者还在后面的办公室里哭泣。他控制好情绪走到我跟前，但是怒火中烧的眼神看起来可不那么平静。"你不用来这里，"他直截了当地跟我说，"我正准备去找你。我记得你的警官说下午五点钟左右你才有空。现在才十点钟。"他看看表。他的两根手指划破了，还在流血。

我说："我就在这附近，就顺便过来了。找我什么事？教授。除了我能预测到的，你们策划在卡德米恩体育场搞一场集会，还有什么事？"我想他可能说布鲁克塞德又收到恐吓信，或者又被跟踪了；从几个月前他告诉我说纽瑟姆跟踪过他以后，就再也没发现有什么可疑的人在周围徘徊。也没再收到过恐吓信。

莫利纳极力想直接讲出重点，但是听起来还是喋喋不休。"是体育场出问题了吗？那些都是暂时的。要不我们换个地方吧？我跟你回市政府，好吗？听着，我现在得离开这里。"

我能理解他。但是我们到达厚厚的玻璃门前时，两个年轻的志愿者追上来向他讨教问题。我往旁边站站，但还是听到他们说准备列一个表，请些著名的自由派电影明星来参加这次公众集会。杰克说道："告诉她的人，我们配合她的时间来安排。她要哪天都行。"另一个志愿者问道："明天在希克里能走多远？"杰克说道："如果他们先挑事，等着看安迪怎么对付他们。如果他们那边没什么意外，而且观众也没什么精气神，安插几个托儿，怎么样？"

插几个什么？鼓掌的？开玩笑的？辱骂的？我想他们不至于在我面前说炸弹吧。可能都是起哄的吧，如果真是没有这样的人，还得配备，这么说他们还需要自己来煽风点火。看来，莫利纳理想中的纯粹主义不会再影响他事无巨细地掌管竞选事务了，自然，他的私事也动摇不了他为理想奋斗的决心。他拿过一些布鲁克塞德的宣传册装进马尼拉纸信封里，咬开一只魔力记号笔，以大写字体在封皮上写好"第一卫理公会教堂。1500 国王大街，9：30，霍尔委员会"，然后转手递给一个志愿者。"有人一定会在那里，"他告诉那个学生说，"先试试联络基姆。"

我说："你怎么不给我？我几个小时之内会跟艾丽斯·麦克劳德吃饭。她说会出席那个会议。"没等他们回答，我就径自拿过信封说道："好，我们出发吧，教授。"

杰克·莫利纳快步走出去。因为我的长腿跟我高傲的心灵一样桀骜不驯，所以曾经被称为"林肯式的"，但如今我几乎得一路小跑才能跟上他。他也根本不打算跟我说话。那正好，因为我头脑里有一些关于莫利纳的问题还没弄明白。其中之一就是他的笔迹。

我们快速经过乔治欧，顺便看一眼保罗和李是不是已经离开。他们已经走了。侍者看见我过来，赶紧躲开，不想再听我的意大利语，其实没说几句，可他还是听不懂。出于社交礼貌，我问莫利纳最近有没有见过乔丹·韦斯特。他说"没有"。我又问布鲁克塞德有没有提名副州长候选人。他说"我不负责那个"。自从他辞去海文大学的教职，我就曾经问过他，如果布鲁克塞德输掉竞选，他怎么办。他说"他不会输"。当然，我一直在考虑的问题是，他已经知道了自己的妻子和布鲁克塞德有染，为什么他不从竞选委员会辞职，而且好像比从前更狂热了。但我估计他的回答应该是：一宗通奸案不能影响他的辩证原则。而且很明显的是，在内心里，莫利纳十分崇拜安迪·西奥多·布鲁克塞德。天知道，我也有那种感觉。

我们几乎没怎么说话，就回到了市政府台阶下。或者说我在楼梯口之时，他就已经走到了台阶中间。突然他转过身坐下，好像那层台阶就是他要到的地方。下面，在人行道上靠近希尔斯顿的战争死亡将士纪念牌那里，有三个大学生年纪的纠察员正围着一个上面写着释放乔治·霍尔的标语牌子。他们大声地向莫利纳打招呼，他也向他们挥舞着双手。接着——走出大楼的人们都开始围拢过来——他突然间开始说起话来。"看……好吧,看,曼格姆。这样的风险可是够大的。我打算听从你的劝告,只希望我是正确理解了你的意思。"他炯炯有神的眼睛盯着我。

这种不同寻常的形象——我面前站着一位杰克·伦敦似的人物——是会让人不安的;我所能做的只是耸耸肩膀,跟他并肩坐在了台阶上。他好像确信我不会把针管插进他的静脉。他说:"刘易斯在那个该死的种族主义秘密大学社团里没什么地位。"

"真的,"我同意他的看法,"极端的种族主义会让所有人不安。"

"安迪打算继续努力干下去,把基调再降一点儿。如果他这么做,刘易斯会破产。"

我也同意他这种说法,补充道:"刘易斯想蹲低点根本不需要别人来推。可能这些已经提上议程。"

如果莫利纳的眼睛是激光,那么现在的我除了化作臭氧就什么都不剩了。他点点头。"我就是想讨论这个。"他转过头看看那两个纠察队队员。"我这么说吧。慎重再慎重——在私事上,好吗?安德鲁·布鲁克塞德并不总是那么高尚的人……过去大家所珍视的,像其他东西一样高看的……更加英勇的美德。处于他现在的地位其实很危险。"

老天!这个男人的超脱程度实在是很奇特。我刚才确实隔着墙偷听到了那场夫妻大战了吗?难道莫利纳不是因为婚外情跟老婆吵得那么凶——要不就可能是她想舍弃家庭生活去当个职业歌手之类的?不,我绝不敢相信。

我笑笑表示同意。"哦,是真的。你倒是没听说过戴着羽毛头盔的精明英雄。多数大英雄都是精力旺盛类型的家伙。他们头脑里早已想好了终点——比如像圣杯、金羽毛、莫斯科、月亮——然后直接高喊着冲过去,一路披荆斩棘、所向披靡。不对,慎重的英雄不会这样,是吧?"

他居然也笑了。他确实笑了。但是接着他双手使劲压在膝盖上,指关节咯咯作响。他咬紧牙关叹了口气。"好吧,如果安迪把屁股放在钓钩上，我们现在就得知道。我听说你问过他是不是库柏·霍尔给了他一盒碟片，里面是……"他稍稍退后了一点儿，"里面是安迪在跟一个应召女郎做爱，一个黑人女孩。"

现在如果他只是说"跟一个应召女郎做爱"，我可能会认为布鲁克塞德告诉他，说是我搞出这么荒谬的猜测，而且那是绝对没有的事。但是现在很明显，他——莫利纳——也对安迪没有把握，所以才来找我。但是莫利纳说"一个黑人女孩"，这就意味着要么布鲁克塞德告诉了他碟片的内容，要么就是他自己看过了碟片。因为我从来没有跟布鲁克塞德提到过都兰的肤色。当然，我早就开始怀疑布鲁克塞德在说谎——他有理由撒谎，可是汉密尔顿·沃克没有理由——我只是这么猜测。莫利纳是来找我确认这件事的。从他的下一个问题我知道了他这么问我的理由。"你很了解这盒碟片的内容？你知道还有其他副本吗？你手里有碟片吗？"

我低头看着他的平跟船鞋。要是先看他的衣着，再看他的皮鞋的话，那双擦得油亮的皮鞋会令我有些惊讶，它与衣着是多么的不相衬。我不禁看看自己脚上的科尔多瓦皮鞋，鞋面光亮如新，更别提新换的鞋跟和内里子。最后我叹口气。"杰克，你问了太多问题。不打算让我的嗓子休息了。如果我们想做点交易，那就像朱利安和安迪那样，我们俩实实在在的，好不？为什么不走上台阶到我办公室去。我和这些石台阶可没有什么亲近感。"我走进大楼，他跟在我身后。

由于霍尔的案子暂时休庭，大理石的走廊里堆满了人。敞开的大门里，身穿崭新的宽松亚麻布套装、头戴巴拿马帽子的巴布·珀西在笔记本上画着什么。法庭里，艾萨克和诺拉正往比·特纳小姐那儿堆材料。"真他妈的是个笨蛋，"杰克·莫利纳推了把巴布，嘟囔道，"一切都是那么突然，他就是个左拉。我承认！"

"嗨，最近好吧。《星报》回头资助布鲁克塞德了，是吧？你得为这个好好谢谢巴布啊。"

"库柏曾经花了几个月时间想说服珀西写点乔治·霍尔的事，但他一直找借口推辞。还哄骗他，库柏现在是个死人了。《人物》杂志发了一篇稿子。《时代周刊》也写了一篇。这不,珀西这小子突然一转眼就成了库柏·霍尔的官方研究者了。你看了他在《哈柏》上写库柏的文章没?"

"巴布还在《哈柏》上发稿子了?"

"是啊。《一个年轻人死亡的那天》。"

"开什么玩笑。"

"你自己看嘛。"他认真看看我问,"罗斯索恩觉得这次霍尔的案子胜算有多大?"

"比上次好多了。"我放弃等电梯,领着莫利纳走到楼梯间旁边。

"我听说,皮姆是他妈的罪犯。"

"是。但就像我们的地方检察长所说,他没机会接受审判。"

"会有那么一天的。我看罗斯索恩工作相当卖力。"

到了我楼上的办公室,莫利纳背靠着墙,毫不浪费时间地直奔主题。"首先,库柏没给安迪什么碟片。但是星期六他们在飞机场见面时,他确实跟他说起了这事,说他手里有一盘这样的碟片。"

我坐在椅子上,卷起午餐剩下的垃圾扔进垃圾桶里。"那么你的意思是,安迪就是因为这事才答应跟他见面的?或者我们可以这么说:你们的候选人十分有理由相信可能有这么一盘碟片存在?"

"是的。"他舔舔流血的指关节,"很明显是这样。"

"那么杰克,你怎么能做出这么……鲁莽的行为?是你安排他们见面的?"

他点头。"那天夜里我从监狱刚回到家,库柏就打来电话,实在是很晚了,他说他想见安迪。几天前我早就安排好了他们俩会面谈谈乔治的事。就是那时候安迪同意向沃斯通州长要求缓刑。当时库柏又说,他想提前给安迪透露些关于刘易斯那边竞选的内幕。"

我把椅子转到文件柜一边,拿出一个空的马尼拉信封放到桌子上。"库柏打电话时,有没有跟你提到那盘碟片?"

"没有。只说他们——"

"他们是谁?"

"他从来没说过名字，既没跟我说，也没跟安迪提过。只说帮助刘易斯竞选的人正策划一些能给我们带来毁灭性打击的事。我说我已经告诉安迪，让他星期六早上跟安迪联系，后来晚些时候我才知道他们就在当天见面。但是库柏告诉安迪说，他已经拿到了那盘碟片。他说得有模有样，让安迪相信确实有这么一盘碟片存在。"

"他没说碟片在哪儿？"

"说在一个安全的地方。"

"你跟库柏很熟，还曾跟他一起工作。以你对他的了解，哪里才是安全的地方？"

"我不清楚。"他看看已经止了血的指关节。"听着，你别以为是安迪让我来跟你谈这事的。是我自己要来的。"

"我知道。抱歉等一下。"我把外面的齐克叫进来，告诉他通知伊桑·福斯特如果有空，请他上来一趟。接着我又转回身说道："那么，库柏只是想提醒你们这些善良的人，说那些坏人正在搞阴谋吗？"

莫利纳当胸紧抱双臂。"他也想从安迪这里得到保证——任命民权服务机构，开展民权运动之类的事。他们还讨论了关于马上要召开的温斯顿塞勒姆会议上的发言稿。我的意思是，并不是库柏在敲诈安迪。事实上，安迪对库柏印象极为深刻。我猜他可能想……"

"让他加入竞选阵营，跟你们一样？"

"是的。我只是想让你打消那种愚蠢的念头，就是安迪会跟库柏的死有什么瓜葛。"

"我本来就没这么想过。"我看看软木板上温斯顿·拉塞尔和珀利·纽瑟姆的照片。"布鲁克塞德不可能谋杀库柏。他有很好的不在场证明。但是那个真正的凶手知道他在哪里，因为他一直跟踪他到了飞机场。而且他们杀掉库柏的原因，可能就是因为他们看见他跟布鲁克塞德在一起。"

"是那几个你们还在追捕的警察？皮姆的好友？是他们做了碟片？"

"很可能。"

他眼里冒着怒火。"那些人是为朱利安·刘易斯工作的？"

"为他吗？我不清楚。可能只是代表他。"

"这有什么区别吗？"

"有很大不同。"我从抽屉里找出一支黑色魔术记号笔。"好吧。他们刚刚会面后，库柏就被谋杀，布鲁克塞德从来没看过碟片？"

"没有。"

我抬头看他。"那么你呢？有没有看过？"

"我？"莫利纳用后背推上门，从我的办公桌走向窗口。他嘴边的皮肤变得苍白。我转回椅子，盯着他。他静静地问道："你怎么会那么想？"

"哦，一个原因是，你知道那个女人是黑人。"

他看着窗外的希尔斯顿城，夕阳把天空染成了金色。他说："安迪承认，他曾经……跟这个叫都兰的女人一起过了几个晚上。现在，你能告诉我，你是怎么知道这盒碟片的事吗？"

"可以。那个把这盒碟片给了库柏·霍尔的人又告诉了我关于这盒碟片的事。他就在星期五的深夜把碟片给了库柏。很显然，就在库柏给你打电话之前。"

"这个人怎么有碟片？"

"这是都兰小姐离开这个国家之前留给这位先生的礼物，很明显，她的归国日期还未确定。"

我看着莫利纳慢慢坐在我桌子对面时眼里的神采。接着他瘦长的脸明显轻松下来，也证实了我的怀疑。他放松下来是因为，他以为只有一盘碟片，而且"刘易斯那拨人"还没有拿到。这碟片直接从都兰转到库柏手里。他放松下来还因为他已经知道库柏的碟片在什么人那儿。因为他拿到了。我说："你对安德鲁·布鲁克塞德的忠诚给我很深的印象。"

他摘下眼镜，擦擦鼻子；没有眼镜挡着，那双黑色的大眼睛更显锐利。"我不是对安德鲁·布鲁克塞德忠诚，我是为了这个国家的社会正义。"

"你来这儿是想帮布鲁克塞德先生摆脱敲诈吧。"

"哦,我记得是你曾说过的,'我们要利用现有条件',"他戴上眼镜,"听着,曼格姆。我用了很长时间才接受,但是……美国不会再有战争了。三十年代的事实就可以证明。六十年代的就更有说服力了。在一个国家里,周转不灵的企业可以免税,破产的农民会为里根投票,那么这个国家就不会有无产阶级起义发生。资产阶级民主政治最大的诈骗在于他们愚弄穷人,让他们相信总有一天他们会由穷变富,过上好日子。所以……"他耸耸肩。

我也耸耸肩。"那么,如果他们没看见锁链,就更别提砸开锁链了。"

"是啊。"他悲伤地看着窗外,"哦……我们这边得到了很多人支持。我们也的确阻止了争斗的发生。"

"还不到时候。你知道,安迪·布鲁克塞德曾经有一次跟我说过,你不喜欢他,'杰克,只是认为我能比其他候选的大骗子强一些罢了'。"

"他说得对。"他伸出手来扶住椅子背。他戴着结婚戒指。他整理好思绪,向前倾身道:"找到漏洞后再填满是非常必要的。你能告诉我,那个给库柏碟片的人到底是谁吗?"

我摇头。"不行。我可以告诉你,他不会再跟其他任何人提起此事。但是那也帮不了你们什么忙,杰克。库柏拿到的是副本。原件还在别人手里。"

他在椅子里抽搐了一下。"你怎么知道?"

"我想,都兰小姐把原件给了一个叫威利·斯莱德尔的人,就是他在她的公寓里架起的摄像机。威利·斯莱德尔也被谋杀了。不知道凶手是不是已经拿到了原件,还是压根没找到。还有,我们也不知道是不是只有这一份副本。"我打开一包奶酪脆饼干。"我是说,除了你从《与自由和正义同行》杂志社办公室里库柏的文件柜中里拿走的副本外。"

他没有动弹。

我吃了一块饼干又补充道:"你强行闯进办公室后拿走了那个副本。还从留言机里取走了磁带,因为你意识到布鲁克塞德在星期六早上打给库柏的那通电话谈到了关于碟片的事。这肯定被他录下来了。"

他摇摇手，但是又把手压到胳膊下面。"这他妈的违反常规，曼格姆。"

我整理好桌边上散乱的文件，把马尼拉信封和黑色记号笔放在他面前。请他写出"曼格姆，希尔斯顿警察局"这几个字，我把记号笔递给他。"哦，再把'无神论者'写在底下怎么样。"

莫利纳和我僵持着看了对方一分钟。接着他软下来，说道："我为什么要写这些？"

"为什么你不该写？"

他皱眉，拔下笔帽，又慢慢地盖回去。"好吧。"

我说："事实是，杰克，我十分肯定在库柏·霍尔的文件柜里放着博比·皮姆的钱包和那盘碟片。从某种程度上，我分析如果是一般的小偷，皮姆的同伙，或者一个三K党徒盗走了这些东西，我可不相信他们还有时间如此诚心地想到要'为社会公正献身'，还有这么崇高的思想，最后竟然把钱包邮给现任警察局长，而这个局长正好是乔治·霍尔代理律师的好朋友。"

我们静静地坐了一会儿。

伊桑·福斯特敲门走进来。他得弯下身走过门槛。"什么事？"这是他特有的问候方式。我伸手取下搭在椅背上的夹克衫，拿出从布鲁克塞德志愿者那里带回来的大信封，上面有莫利纳潦草地写着圣公会教堂的地址。"伊桑，帮个忙。"

"什么事？"

"你把这个笔迹跟皮姆钱包包装袋上的笔迹比对一下，好吗？再跟我们拍下来的《与自由和正义同行》办公室墙上的涂鸦笔迹对一下。"我把大信封扔给他，他手在空中划过，利落地用拇指和食指夹住。"这里有重复的'TH'和'IST'，还有一个'K'。能弄出来吗？"

他说："可能吧。"然后离开。他甚至都没看杰克·莫利纳一眼，但是从现在开始的一周之内，他保准能够像艺术家一样马上画出杰克的肖像图来。

我说："教授，那些恐吓布鲁克塞德的信一直都是你在写的？还是你只写了后面的几封，只是为了吸引公众眼球？"

莫利纳脸上带着奇怪的笑容。"你现在就要逮捕我吗？"

我说："不。我现在是恐吓你。"

"你们这些臭警察从来都是这样。"他站起来，"听好，上尉，我一九七九年时可在格林斯伯勒待过。除非你抓过门钩上的枪向我射击，否则你想恐吓我还早得很。"事实是，我还真是有点佩服老杰克。"好吧，"他说道，"可能我得跟你交代一下，到现在为止，我还在用自己的工资给《与自由和正义同行》杂志社的办公室交着租金。那个文件柜是库柏的财产；那么从这点出发，也是诺米的财产。她可是我'十分要好'的朋友。而且实际上，那台电话留言机本来就是我的。那么，你还想怎么样？"

"哦，我们的账可以从这台法西斯留言机算起。妨碍司法公正。毁灭证据。拖延警方办案时间之类的。或者，"我笑着又嚼了一块饼干，"你可以跟这些'臭警察'合作的。"

他嘴边抽搐了一下。"我要怎么做？"

"其一，写下整个故事的前因后果，并签名以证明真实。最细微的情节也不能漏掉。其二，让布鲁克塞德也这么做。除非必须公开，否则我将视其为绝密文件。其三，此事就此罢手，帮我向媒体泄露少许故事情节来诱捕一些臭警察。"

莫利纳双手插进棉裤兜里，仔细思考着。"再捉一些臭警察有点儿看头。"

我把桌上的饼干渣抹掉。"我有一个预感，这很可能有用。"

第十八章

一个小时之后，杰克·莫利纳、我和贾斯廷，以及我们找来的《星报》记者一起开始编故事。巴布第二天就发了稿，还电报给了南部的《星期日报》。大意是希尔斯顿警察局把珀利·纽瑟姆列为谋杀库柏·霍尔和威利·斯莱德尔的首要疑犯。我们之所以这么做，是因为接到一位叫J.T.莫利纳的教授的举报，他和库柏·霍尔不断受到一名警察的威胁，现在确认为是珀利，他极力阻挠他们为乔治·霍尔的案子奋起反抗。

　　……根据重案组警长贾斯廷·萨维尔所说，莫利纳博士同时宣称，在库柏·霍尔被谋杀的三天前，纽瑟姆曾强行把他们的车拦到路边，隔着窗户用枪指着霍尔，扬言要威胁他们的生命安全……

我们说，在库柏·霍尔被杀现场附近，我们找到了珀利的车。我们现在也有证据指向纽瑟姆，认为他就是亲手开枪打死威利·斯莱德尔的凶手，尸体于去年圣诞节在首口河中被打捞上来。

换句话说，我们十分肯定的是，珀利·纽瑟姆警官是这两起凶案的主犯，也是亲手行凶的刽子手，还曾组织走私团体，并试图掩盖事实真相。在这篇报道中，贾斯廷认为，到目前为止纽瑟姆也有可能已经杀掉了他的同伙温斯顿·拉塞尔。《星报》还继续提醒读者说，首要疑犯的哥哥，前任城市审计官奥蒂斯·纽瑟姆于十二月二十七日上吊自杀。报道还补充说，珀利的妈妈克劳德·纽瑟姆夫人，已经因这些直指她唯一幸存的儿子的谋杀指控而精神崩溃。

星期天早上，我给巴布打电话表示感谢。他说："我记得你跟我说，不必相信那些火鸡粪，只管登出来就行。你在搞什么名堂，曼格姆？珀利·纽瑟姆根本就玩不了这副牌。难道堂堂一个博士居然到现在才想起来，在霍尔被杀的前几天他们遇到一个挥着枪大喊着'你这个该死的黑鬼'的臭警察吗？赶紧的告诉我，你们到底搞什么鬼呢？"

"去问莫利纳吧。他告诉你的事，跟告诉给我们的一样。他为什么要撒谎？"

"好吧，你就骗我吧。听着，伙计，你可以利用一个在媒体的朋友，但是你得记着这事。你可欠我一个大人情。"

我说："我已经把埃德温娜·森德兰的钱介绍给你了，不是吗。那可是个很大的人情。如果你想跟她求婚，我会替你说好话的。"

他说："你想都别想，这事没完。"我跟他说就这样吧，挂了电话。

星期天下了一整天的雨。上午我开车到松山湖的小木屋，把屋顶的大漏洞都糊上了硬土。下午我在河上区公寓的厨房里读报告，俯瞰首口河上阿特沃特·兰道夫那座还没有通车的大桥。玛莎到处乱窜，在它的小毯子上转着圈。电话一直响个不停。艾丽斯打来电话告诉我，贾斯廷飞到肯塔基州，又去跟威利·斯莱德尔的前妻了解情况去了。有两次我一接起电话就挂断了。第三次是李打来的。她说："星期五你突然经过时，我感觉心脏都停止跳动了。我简直无法呼吸。"我说："我穿过街道走到半路，看见你和保罗坐在一起，我的腿都开始打弯了。像没法走路了一样。"换句话说，我们愚蠢地重复着年轻恋人之间不着边际的情话。

后来，另一个女人打了一通令我倍感意外的电话，是布里格斯·玛丽·卡德米恩教授，这个曾经跟我谈婚论嫁的女人。现在我感觉就像在跟一个熟人随意地说话一样。看来，以前的我们也只是这种程度的关系。她说，打这个电话多少有点尴尬，我赶紧说，绝对没必要那么想。

她打电话来是询问库柏·霍尔的事。这么做的目的正好解释了为什么老卡德米恩的家庭电话号码会出现在库柏·霍尔的通讯录上。结果是，在小布里格斯接受了老卡德米恩那种沙文主义的遗嘱附属条款——我们没有讨论这个——她回家来继承遗产时，我们也没有讨论这个。律师交给她一份在老卡德米恩临死前几天记录下来的一封长信，明显是他在坟墓里还想继续做他女儿的主。我打赌，信的内容一定是建议她如何过好余下生命中的每一分钟，这些建议就是指导小布里格斯应该怎么使用卡德米恩家的钱财。那是一份这个老工业者没有直接写进遗嘱里的投资项目单。

她读给我听，遗嘱里有一笔两万五千美元钱，打算遗赠给库柏·霍尔，用以"支持他在海文大学里一个叫做'领主俱乐部'的秘密组织，继续研究种族隔离问题"。在书面建议中，卡德米恩还长篇累牍地讲到他这么做的基本理由："我从来没有上过大学，但我的确尊重人类的教育。一个很有优势的年轻大学生由于国家信仰的背叛而不得不像个盖世太保一样，鬼鬼祟祟地去恐吓那些体面的黑人，中伤他们的名誉，这种行为给我所热爱的美国生活方式带来了耻辱。库柏·霍尔的父亲蒂姆，曾经为卡惠纺织厂工作过，直到去世都一直勤勤恳恳。不能说我多么地赞同库柏的看法，但是我相信在一个公平的机会中，我要力所能及地帮助他搞研究，我会给他的杂志投些资金，因为他看起来是个那么聪明的男孩，对家庭忠诚，用自己的那盏灯去为北卡罗来纳州带来希望。两万五千美元。"

我说："我不知道是该笑还是该哭。听起来你爸爸相当崇高。管一个二十八岁的男人叫'聪明的孩子'，然后留给他一笔钱，支持他继续反抗种族主义。"

小布里格斯说，她也十分诧异于父亲对高等教育的尊重只限于男性。在我看来两个人又要为性别歧视大吵一架了。老卡德米恩在旁边的空白处给她留了言:"宝贝,这个人一定能和你这样的左翼分子臭味相投。"

他还亲笔写下的附言:"如果这个秘密俱乐部辱骂朱利安·刘易斯的话是事实,登报声明撤回我这次的捐赠。同时取消我的资助——第十八页第二款——把这笔钱投给他的对手。只要对手不是那个肯塔基州的穷小子布鲁克塞德就行,我不喜欢他。"

那么现在,由于库柏·霍尔的死亡,小布里格斯的问题在于,她不知道谁还在继续着他的工作?从"领主俱乐部"在《星报》上发表的连载看,好像有个叫兰道夫·珀西的人还在继续奋斗着,她还读了几篇他写的关于库柏·霍尔本人的文章,觉得他们俩应该是朋友。是这样吗?另一方面,如果她能找到一个跟库柏更为亲近的朋友,她就更不情愿直接把钱赠给一个职业记者。她打电话问我,哪个是库柏·霍尔能够放心的人,请他跟她商量一下这笔钱的具体用法。

尽管我欠了巴布的人情,但还是说道:"库柏肯定不希望你把钱交给兰道夫·珀西。"我让她跟民政服务部门的乔丹·韦斯特和《与自由和正义同行》杂志社办公室的埃里克·所罗门,或者库柏的妈妈诺米·霍尔联系。她说谢谢我提供线索,她会联系的。挂机之前,我说她能放弃西部的教职回来,我感到很意外。她说,并不是只有亚利桑那的天空才有漂亮的星星。我同意她的看法。我们都说,有机会会在希尔斯顿的某个地方见面的;但我们两都没有约定碰面的具体时间。

雨点像碎石块一样打在我的栏杆上。我想象着库柏·霍尔出现在老卡德米恩家里,为《与自由和正义同行》杂志筹措资助的样子。我想象这个无情的资产阶级大庄园主对他的工人和家人的横行霸道的家长作风,而库柏还不得不跟他巧于周旋。"我是蒂姆·霍尔的儿子。他在你这里工作过。"总体来说,要不是我的父亲也在他那里累死累活地工作,他不会亲自出席我母亲的葬礼;就为了那篇华丽的悼词,我爸爸就轻易遗忘了他二十五年来付给他的低额工资、超长的劳动时间和损坏的肺了吗?我想象着库柏走进那栋阴森森的大厦里的穹顶房间,聆听卡德米恩为纺织厂和北卡罗来纳州作献辞，他的两种热情超出了他的女儿和自己。毋庸置疑，库柏会跟他在政治方面争吵不休，但是卡德米恩最喜欢的也是这样针尖对麦芒似的争斗。你永远也不会知道这个狗娘养的会站在哪一边，因为他脑子中从来都没有原则这个概念。也许他的那句"我会关心自己"可以称为原则。跟卡德米恩在一起，一切都是私人的。他喜欢艾丽斯·麦克劳德，只是因为她是贾斯廷的老婆，他就毫不犹豫地把钱投给她倡导的州政府立法运动。他不喜欢他教区的牧师，就直接把自己的房子捐给了三一教堂。至于我？他曾经喜欢我，所以他在市议会上力挺我当上警察局长，他希望希尔斯顿某个人能够娶他女儿，阻止他女儿向外飞。而碰巧那时我也跟他有同样的想法。

现在很明显，他一定不喜欢他以前所知道的海文"领主俱乐部"这个秘密组织。所以他的去世对海文大学来说正是时候——否则他一定会撤回新建的纺织学院。对朱利安·刘易斯和安迪·布鲁克塞德也正是时候——因为他也不喜欢他们俩，半个世纪以来，除非布里格斯·蒙默思·卡德米恩抬举你，否则谁也别想在皮德蒙特出人头地。可是卡德米恩先生只会抬举他喜欢的人。

我打电话想看看艾萨克是不是在隔壁诺拉家里，这样我可以告诉他有关霍尔继承这笔捐款的事。没有人接听电话。我热了一罐辣椒，洗洗衣服，让玛莎吃点食，自己也随便凑合吃点饭，又打了一次。还是没有人接听。我打给巴布·珀西，告诉他我认为班尼·兰道夫——阿特沃特的儿子，已经人到中年——是他写"领主俱乐部"文章的背后消息来源。除此之外，当然，他从库柏那里淘来的一些。我提醒他，我可是最先向他提供了班尼这个名字的，当初巴布想为我找出班尼和霍尔之间的关系，还自己保密几个月不想告诉我。我说，现在我推测应该是老卡德米恩介绍库柏和班尼·兰道夫认识的。

"就算你说得对。"巴布羞怯地说。

就是这个班尼把学校里的那点肮脏的事透露给库柏的。可能因为他们在海文领主俱乐部时，他就不喜欢朱利安·刘易斯；要么就是他恨他的父亲阿特沃特——刘易斯的铁杆支持者，因为当初在南派恩斯岛时，他父亲一直让他处在救济中生活。

巴布说道："就算你说得对。"

"所以班尼·兰道夫现在给你提供消息。"

巴布说："我不能泄露提供者的身份。好了，别跟我啰唆，曼格姆。我跟一个女孩正谈着呢。"

我说："那我打算派个警察去查问一下那女孩的年龄，不会是埃德温娜吧？"

"不是，是你妈妈。她可是个野蛮女人。晚点再找你，臭警察。"他在电话里，学了一声猪叫，然后收了线。我在想那个女人可能是谁——他应该知道我妈妈早就去世了，但也许还不知道。

丁尼布的长椅上散乱地放着报纸，我躺在上面听着迪娜·华盛顿的歌曲睡着了。再起来的时候，看见外面仍然乌云密布，雨水淋淋。我出门穿过走廊去敲诺拉家的门，一个十多岁的女孩出来应门，自称是小保姆。对于这个称呼，十岁的劳拉强烈反对。女孩说诺拉出去了。站在她身后的劳拉说道："出去约会了。"

"不是约会！"她的小弟弟赖恩坚持道，并急急地冲向前，用橡皮战斧威胁着她。

"你是个怪胎。"劳拉告诉他，他没理她径直跑到走廊里去了。"怪胎，怪胎，怪胎。"小保姆在后面紧追不舍。

我说："劳拉，告诉你妈妈我来过，好吗？"

"她确实出去了，会很晚，"诺拉的女儿预测道，"我们可以把玛莎·米切尔抱过来跟它玩吗？"

"哦，我们也得让它睡觉啊，对吗？它今天感觉不太好。"

小女孩充满疑虑地看着我。"玛莎·米切尔要死了吗？"

"哦，到日子就会死了。这是自然现象。她的年龄也不小了。"

劳拉皱眉。"我爸爸没那么老，可是也死了。"

"我知道……你肯定很想念他。"

"是的。但有时候我也想不起来。"

我蹲下身搂住她，她的小细胳膊抱住我脖子。她用力搂着我持续了一秒钟，又很快松手，帮小保姆抓她弟弟去了。

在市中心，穿过市政府大楼前的街道就是治安官的办公室和县监狱。洛奇治安官和我并不算是朋友，他也最终不再跟我说明他曾经六次当选治安官，也不再提起他会把市警察局这个像二级附属机构的分支改编成县大队。治安官还把希尔斯顿当做他这个农业大县中间的类似小库房一样的小镇。他也一样还没有意识到县里的每个人都已经搬到了城里，快速转变为都市白领了。但是这么多年来，洛奇和我都知道为大战争省下枪支；日复一日，我们表面上都保持着热情。所以，当我星期天晚上造访时，值班人员竭尽所能地热情服务。这么晚了，居然也痛快答应了我想跟乔治·霍尔谈话的请求。那个助手将他的皮带向下拉到臀部的位置，邀请我跟他一起去提霍尔。我跟在他身后穿过钢铁门，走进黑暗的走廊，小便和臭汗的味道扑面而来。八个牢房里关着十四个犯人，大多数都是年轻人和黑人，几个在打鼾，一个在吹口琴，还有一个坐在角落里自言自语。乔治·霍尔穿着 T 恤衫和棉布裤子，从铁栏杆后面伸出胳膊，透过窗口望着走廊的尽头。

看守在他面前摇摇钥匙说道："乔治，从希尔斯顿警察局来的曼格姆局长到这里来看你。你上前一步，我给你开锁。"

乔治回头看着我。之前我只有两次如此近距离地看过他——一次是在他弟弟的葬礼上，还有一次就是那晚在斯摩克斯酒吧外面的人行道上。事实上，除了那短暂的几分钟，即使是在法庭上，我也从来没跟乔治·霍尔有过深层次接触。现在，我看到了一张跟库柏长相类似的面孔。我说："乔治，不介意跟我谈谈吧？"

要是库柏就一定会问"什么事？"或者"我有其他选择吗？"或者"那几分钟能谈些什么？"可是乔治一开口就说："不，我不介意。"他把满是肌肉的胳膊从囚室大门里撤回来，把门推向一边。他从衬衫口袋里掏出一副眼镜戴上，静静地等着看守打开铁门。

我们刚刚坐在拥挤、脏乱的"会客室"里，乔治就点上一支没有过滤嘴的骆驼牌香烟。我猜想，是不是因为政府一直告诉他，他们准备在两个月，或者两个星期后，这天或者那天把他送进毒气室里，所以政府规定监牢里不许抽烟似乎对他没太大作用。你不会失去了时间概念，因为他边抽烟，边坐在那里，盯着橡树钟表盘上的黑色指针，旁边墙上贴着禁止抽烟喝酒的标志。我打开带来的包裹，拿出两袋咖啡和四个油亮的油炸圈饼。

乔治的头发已经灰白。他弟弟被谋杀，他经历了两年的战争生活，在死囚牢待了七年，我得承认，这些对一个活人来说简直是太大的折磨。我表达着对库柏的同情，他边抽烟边问我洛奇如此对他是不是正确的。我换个话题说，艾萨克告诉我，在皮姆死后，拉塞尔是如何威胁你家人生命安全的。他盯着我，礼貌而简练地回答着，他喝了咖啡，吃了个油炸圈饼，对我是否说话好像满不在乎。最后我说："艾萨克说，感谢库柏曾经做过的那么多工作，他也应该告诉你了我们是怎么找到两个证人来作证，那晚拉塞尔在斯摩克斯酒吧外面的现场出现过？"

"是的，他已经都告诉我了。"

又一阵沉默，我接着说："乔治，你曾经不愿意跟警方合作。我并不是批评你，因为说不说是你的权利，但是如果当初你早点把这些事告诉我们，给我们提供他们的藏身之所，就能帮助我们早点儿找到拉塞尔。"他没有回答。

"如果你告诉我们，当初在多拉德监狱里，那个帮拉塞尔带话威胁你的人的名字，会对我们有很大的帮助。"他还是没有回答。我转回椅子。"你相信是温斯顿·拉塞尔杀了你弟弟吗？"

他小心地捻灭第二根烟蒂，用比库柏低沉、柔软的声音说道："是，我相信。在发生那事之前我就相信。"他向前倾身，把烟灰缸里的垃圾倒进垃圾箱里。

"当初拉塞尔告诉你，如果在第一次庭审中你泄露了他的名字——哦，他原话是怎么说的？他有没有明确说要杀了你的家人？"

乔治的目光绕过我，望着高处的小窗口。"他说，'我倒是希望是我能亲手杀了他们'。"他盯着外面的雨，"温斯顿是凶手。就是那样……"

"有时候我想，温斯顿生来就是这样的人。总的来说，现在你不为你妈妈担心吗？因为——"

"不会。他已经对我和我的家人造成了伤害。现在他能藏好自己就不错了。你已经在所有的报纸上通缉他。倒是你应该多加小心。"

"你认为他为什么要谋杀库柏？"

他走到放在金属架子上塑料盆里的黄蘖旁边。"因为他认为我已经供出了他，因此我才得到缓刑。"

"我不这么认为。我想，这与库柏发现了他的什么秘密，和对他来说，与至关重要的人有关。应该是有人指使温斯顿除掉霍尔。"

他温柔地一片一片摘掉枯死的叶子，说道："你明天能为控诉方作证吧。"

"不是为控诉方作什么证。是作为当时最先到达现场的警察出庭说明当时的情况，不是吗？你不告诉我，是怕我透露给控诉方代表律师。那样会影响你的防守堡垒吗？"

"我帮不上你什么忙。"

"我认为你能帮我很多忙。"

他慢慢地转过花盆，拔掉枯死的藤蔓。"比如什么？"

我说："我想知道，拉塞尔、皮姆，还有其他那些人，除了香烟和碟片，他们到底走私了多少枪支。那个卡罗来纳爱国者组织到底参与了多少。如果奥蒂斯·纽瑟姆或者宪法俱乐部里其他的什么人也参与了，那又是什么情况。"

"我不知道宪法俱乐部……哦，我已经答应艾萨克，除非他在场，否则我不跟任何人谈论这件案子。"

一件事可以肯定，如果乔治·霍尔说他不能说，他就一定不会说。在距离走进毒气室只有二十四小时的时候——为最后的行刑穿好新衬衫和裤子，被带进石头地板上只有一个坐垫的特别牢房里住最后一晚时，他都没说过一句话。

看守打开门，颇为不满意地看着咖啡杯，询问我们是否已经谈完。我告诉他，结束的时候我会通知他。霍尔甚至没看他一眼。看守离开后，我说道："我很难过，乔治，早先你觉得在这件事上没人可以信任，没人值得你倾诉。但现在，你把皮姆和拉塞尔的事告诉我吧。他们俩都是法律要——"

他粗壮的身体突然间因愤怒而紧张起来，我本能地站起身来。他说："他们就是法律。你也是。"

"不，他们不能代表法律。我也不能。法律不是人情。"我举起双手，"好吧，是有他妈的害虫混进来，我也知道让你辨别真伪很难。"

他故意长长地松口气，身体放松下来。他把一大把枯叶子倒进桌边的疤痕累累的垃圾桶里。他点点头。"对某些人来说，要坚持下去很难。"

"没错。"

他的一个手掌向下松开，让叶子散落。他慢条斯理的语气又恢复了平静。他说："艾萨克说，你爸爸就在卡德米恩纺织厂工作，是吗？"

"对。"

"我爸爸也是。一次我爸爸跟工友们驾车出去兜风。他说了些他们不喜欢听的事。"乔治在屋里慢慢地踱来踱去，"出去的时候还好好的，等回来时眼睛都睁不开了，一个星期都咽不下任何食物。妈妈说他们肯定虐待爸爸了，说，'去告他们，蒂姆，告他们'。所以他诉诸法律，结果又被痛打了一顿。旷工了一个星期。下次再有不好的事情发生时，他跟妈妈说：'你要求得到的太多了。差不多就行了，就那样吧。'他就这样任人欺负，忍耐再忍耐，一直到死。"

"我爸爸也是那样。也是一直那样忍耐，一直到死。"

乔治点头。"我见过很多人还没弄明白是怎么回事就很快死了。我还看过很多人叫喊着死去，在地上摸爬滚打。两年前，我曾看见过他们把一个人绑在手推车上，推进了毒气室，不得不绑着他，因为他一路哭喊着，像个刚出生的婴儿。但是我爸爸却死得很漫长，受折磨了很久。"他在窗前站定，看着外面的雨。

我说："现在我回忆，我爸爸一直在尽他所能地努力工作着。我相信你爸爸也是。"

乔治向窗外望着，陷入回忆中。"爸爸去世时，库柏还是个小男孩，九岁左右的样子。牧师对他说：'你长大后要做个像你爸爸一样的好人。'库柏却说：'我才不要。我不要在恐惧中长大。'当时就在爸爸的墓前，他当着牧师的面，脸上满是泪水。"

"是的，"我说，"我从来没见库柏怕过什么。你弟弟勇气可嘉。你也是。"

"我不是。"霍尔眨眨眼，摘下眼镜，擦了擦。他走回桌边，静静地坐下。"库柏十几岁时，他就叫我'监狱里没用的黑鬼'。他说：'你太蠢了，都分不清楚你那种斗殴和我这种抗争的区别。'他告诉我，说我这种蠢人只会选择另一种方式来抗争。"

我在他对面坐下。"你不能接受过失犯罪的判决。为了保护家人，你愿意接受拉塞尔的交易。但为什么你不接受地方法院检察长给你的条件，至少能让你逃脱接受死刑的危险？"

我看着他的双手在桌子上摊开，陷入了沉思。最后他回答道："有些事你能说出来，而有些事你没法说。就是这样。"

我出生在米尔大街上那栋双层公寓楼里的黑暗小厨房里。在慢慢长大的过程中，爸爸曾经告诉我很多妈妈从来不知道的"对他不好"的事，尽管我知道妈妈根本不赞成他这么做。他就是个胆小怕事、不太幸福的人，但他绝不是残忍的人——他对妈妈、姐姐和不打架斗殴时的我都很温柔。他从来不夸夸其谈，也不大喊大叫；只是在信仰出现危机的时候才会咒骂一番。他总会重复人家告诉给他的事——关于丛林中的小兔子、理论家、长头发、女权主义者、躲避征兵、波普的崇拜者、怪异的人、犹太人、北方的挑衅者和无神论者。他总会说什么卡德米恩纺织厂、地主、商店、支票里面的猫腻，和什么银行会执行、冻结、缩减，以及一直欺负他到死之类的话。但大多数时候，他只会谈论那些白人对黑人所犯下的罪恶。

长大以后，等我终于明白他说了什么的时候，就开始反驳他。我告诉爸爸，他是个愚蠢的偏执狂。我告诉他，他所认定的事实和坚信的理论其实都是错的。他鞭打我。我十四岁时，他说，如果我再跟那个犹太人罗斯索恩混在一起，他就用皮带捆住我。我一拳打在他脸上。妈妈大声哭喊，请求我们俩别这样。

我中学毕业的那天，又跟爸爸打了一架，因为我坚持不退还艾萨克送给我的那些书。我告诉他，艾萨克·罗斯索恩对我来说，远远比他这个父亲要亲切得多。他举起手时，我抓住他的手腕，一把把他甩到厨房的桌子上。他眼中的恐惧简直让我还想继续打下去，但是我忍住走开了。这次，妈妈跟着我走回房间，在门边站着大哭，然后问我，她能不能说点话。我盯着她。她抽泣着告诉我："你得原谅你爸爸。你得去求得爸爸的原谅。你难道不能不让他伤心地感觉到，因为我们对这些不熟悉，不能像罗斯索恩先生那样有能力送给你有趣的童话书吗？"

我把毕业的服装从衣架上拽下来时，身子还在颤抖着。我说："如果只是穷，并不能让你变成一个无知、偏执的种族主义红脖子！"我从书桌上面拽过毕业生代表的发言稿，冲她摇了摇说："我很穷！"

"不，卡迪。你不会挨饿受冻，你完成了学业，从来没有人这么说过你，你不该这么想。他已经尽他所能地满足了你。他一直在工作、工作，这样你和维维安才能生活得比我们更好。"她很长时间站在那儿，眼含热泪，不停地攥着廉价衣裙上的塑料带子。最后她说："卡迪，我求你，求你。今天就别跟马尔科姆一般见识了。其实，他一直以你为荣。请你去跟他道个歉。"我没有回答。她脸上的胎记转成了暗红色，她用手挡住它，悄声说道："如果你从心底不愿意这么做，儿子，那么我请求你为我这么做。他到车库去了。"她在身后静静地关上门。这是她要求我做的相当难办的事。我走进车库，他正坐在车上，擦洗挡泥板上的尘土，我向他道了歉。

我和他从来没这样打斗过。但时不时我还会很生气。我问他，以前是不是三K党成员。他否认了，现在我确定，晚上他跟同在卡德米恩工厂里工作的邻居在一起时，就是干些他一直宣称的事："看球赛"，

354

或者"出去喝啤酒"，不会策划什么黑人种族灭绝，不会烧毁十字架，也不会带蒂姆·霍尔半夜出去兜风。但是我爸爸毫无道理的言论、毫无道理的种族偏见，在我离开家单过之前一直让我心中不爽。我加入警队后，独自回到那个双层公寓楼去看望他时，他会从一个黑暗的小屋走到另一个小屋，好像在寻找我死去妈妈和姐姐的踪迹，每每这时，我也是一阵心酸。

星期一上午，在霍尔案子的庭审中，我最终在选出来的七位女士和五位男士组成的陪审团面前作了证。他们也被隔离在拉曼达别墅里。希利亚德森法官在拒绝了艾萨克请求更换审判地点后，就把陪审团隔离在了那里。他咆哮着说："罗斯索恩先生，我会尽我所能保护被告的法定权利不受世俗干扰，给被告一个公正的审判，在这个法庭我能胜任，在其他地方也一样。"艾萨克总是想多研究陪审团成员。中学校长林德奎斯特先生能够加入陪审团并作为主席，艾萨克很满意。另一方面，他从博伦夫人冷若冰霜的脸上看不到一点缓解的样子难过，同时也为其他陪审员脸上酸酸的表情担心。

米切尔·贝兹莫尔根本不想让我在证人席上待太长时间，只是想让我能够明确证实，当日我到达那个已经多次提及的"杀人现场"时，确实看见博比·皮姆在三十英尺外的地方流血而死，而乔治·霍尔手里拿着他屡次提的"冒着烟的手枪"。我想，米切尔自以为是地认为我就是控诉方的第一个目击证人。同时，诺拉·霍华德一直在辩护席上盯着我，而乔治则看着希利亚德森法官花白头发上方悬挂着的州封印，艾萨克则用橡皮圈和三支铅笔搭了个圆锥形的帐篷。

我念了十分钟证词，又回忆了当初的犯罪现场，地方检察长用犀利的、果断的领导式眼神，带着"我们都是法律和条令的专家"一样的用意问道："曼格姆上尉，如果让你来判断眼前的犯罪现场，你会做出何种推测？"

罗斯索恩（温柔地）："反对。"

希利亚德森法官（毫无兴趣地）："请改变措辞。"

我想，贝兹莫尔现在已经掉进了艾萨克布置的圈套里，他说道："曼格姆上尉，你是个专业的警务人员。那么，你可否用专业的知识来分析一下现场当时的情况？"

"我是个专业的警官。但是据我最近从新闻里获悉，很多人都不太信任我的专业知识。"

贝兹莫尔笑了起来，一拳打在手掌心里。"上尉，根据你亲眼所见，当你到达斯摩克斯酒吧外面时，以你的专业知识，会做出怎样的推测？"

曼格姆："一个人被击中。我跑向他，认出是罗伯特·皮姆。他还活着，但是已经不能说话和动弹。中枪的位置很致命。他头部被击中。"

贝兹莫尔："他被射穿了右眼，是吗？"

曼格姆："是的。"

贝兹莫尔："你难道没有马上猜测是谁枪杀了皮姆警官吗？"

曼格姆："哦，我并不敢确定我的第一反应，但是……是的。"

贝兹莫尔："是谁？"

曼格姆："乔治·霍尔。"

贝兹莫尔："那个人在这间屋子里吗？如果在，请你指出来。"

我指向乔治。贝兹莫尔转过身来，指着乔治。"你在指着被告，乔治·霍尔？"我说，是的。他又问我，乔治到底做了什么，让我认为他可能是凶手。

曼格姆："他坐在人行道上，旁边放着一把枪。"

贝兹莫尔："一把还在冒着烟的枪……你那时跟乔治·霍尔说话了吗？"

"说了。"

"你问没问他，是不是他杀了皮姆警官？"

艾萨克反对控诉方引导证人，法庭表示支持，控诉方改变了措辞："你当时跟乔治·霍尔说了什么？"

曼格姆："我走上前，警告他当时有权保持沉默，然后问他：'你杀了他吗？'"

贝兹莫尔:"被告怎么回答的,如果可能,请告诉我们他的原话。"

曼格姆:"他没说话,但是点点头。"

贝兹莫尔:"他点头表示同意,他杀了皮姆?"

"是的。"

"对于他的回答你感到意外吗?或者说这肯定了你先前的推测?"

"是后者。他问我,当时皮姆是否还活着,我告诉他是。那么当时有没有叫救护车。就在那时,另一辆警车到了——"

"谢谢,曼格姆上尉。可以了。非常感谢你的帮助,也因为占用了你的宝贵时间而感到抱歉。罗斯索恩先生,轮到你询问证人了。"

艾萨克摇晃着走向我,抚摩着崭新的白衬衫上的铜扣子。不知道的以为这是他这辈子第一次见我,而且也没想过跟我套点近乎。既然他装作不认识我,我只能盯着他脑袋旁边一尺的方向。"曼格姆上尉,占用你的宝贵时间我也代表被告向你表示歉意,尤其是我从报纸上得知,你的部门每天都在很努力地工作着——尽管目前还毫无进展——去抓捕那两个跟博比·皮姆一起偷盗、走私和敲诈的警察——"

贝兹莫尔快速站起来:"反对!"

罗斯索恩迅速地说:"——他们现在还作为谋杀被告的弟弟库柏·霍尔的嫌疑犯而被通缉,还有——"

贝兹莫尔:"反对!反对!与案情无关——"

希利亚德森:"反对有效。"

罗斯索恩:"——威利·斯莱德尔,他们的搭档也是罪犯。"

希利亚德森法官气愤地说道:"罗斯索恩先生,公诉人的反对有效!有效!你严重违反法庭秩序!如果你再提问,我会要求你改变措辞。据我所听到的,你刚才所说没有一点用处,我会要求不用记录,陪审团也不予考虑。"陪审团看起来十分懦弱。

比·特纳小姐津津有味地盯着法庭里的速记员——沃金顿老先生,把刚才的冲突部分删除。

希利亚德森法官稍稍平静了些。"如果辩护方有问题要询问这个证人,请问。如果没有,我想请过度劳累的曼格姆上尉退庭。"

357

罗斯索恩温顺地说道："是，法官大人。"艾萨克冲我点点头，礼貌、但不太友好。然后一瘸一拐地走回辩护台，那里展示着一幅斯摩克斯酒吧外的街道情景图，上面将我的巡警车、皮姆的尸体、霍尔的位置，以及蒙哥马利旅馆都一一标示出来。他短粗的手指离着地图大约一尺远的地方："曼格姆上尉，从你沿着波尔克大街巡视时听见枪响，到你把车停在斯摩克斯酒吧前面，大约用了几分钟？"

"最多两三分钟。"

"三分钟。皮姆躺在人行道上，一大堆人围观，警车停下，叫嚷声此起彼伏，现场很混乱，是吗？"他用手指指皮姆尸体所躺位置的周围区域。

"是的。当时很多人都站在人行道上围观。"

艾萨克手指滑过地图。"你告诉公诉人说，你看见霍尔在那里，坐在马路牙子上，低着头。那么也就是在这长长的三分钟之内，在混乱的围观人群里，他一点儿也没打算趁乱逃走，是吧？"

"没有。"

"他还拿着枪？"

"没有。枪放在他旁边，就像图里标示的那样。"

"他没打算藏匿枪支吧，或者用它来帮助逃跑？"

"没有。"

"你接近他时，他跟你说了些什么，曼格姆上尉？"

"是的。他说：'我不跑，请别开枪。'"

"啊。"艾萨克走向陪审团，背对着我问了下一个问题。"当时你用枪指着他吗？"

"没有。"

"没有吗？那么为什么他认为你会开枪？你当时穿着什么衣服？"

"我穿着警察制服。"

"啊……那么就是说，被告被动地坐在马路边，抬头看见一个警察过来，就说道'请别开枪？'……这是为什么？"

"我无法回答这个问题。我想，他可能是害怕我会开枪。"

"那是不是有这种可能，就是这么多年来，有太多的黑人已经被希尔斯顿的白人警察像这样给枪杀了？"

希利亚德森法官摇摇头。"辩护律师，鉴于证人已经完整地回答了你的问题，我觉得你也听明白了证人的意见，那么他就不该再推测被告当时的想法了。"

"好的，长官。"艾萨克从陪审团第一排的女黑人身上收回悲伤的目光，走回辩护台。"是的……那么，曼格姆上尉，你在证言中说到，你从人行道上捡起了皮姆的手枪，然后穿过人群，走到三十英尺外去检查伤者的情况。霍尔先生没有打算趁这个机会逃跑吗？"

"没有，直到我回来他都一动没动。我问他，是不是他开的枪，他点点头。"

"公诉人没有问过这个问题，毫无疑问，他是想让你赶紧回到调查工作中去，那么你是否问了霍尔先生其他什么问题？"

"是的，我问他脸怎么了。"

艾萨克皱眉说："你为什么问那个，曼格姆上尉？"

"因为他满脸是血。他的鼻子流血不止，鼻孔下方一处割伤。我又问了一遍，但是他没有回答。"

"你能从其他在场的人那里获得证实，霍尔先生之所以流血不止是因为他刚刚被罗伯特·皮姆严重欺侮所致吗？"

我想，贝兹莫尔会跳起来，但我还是接着说："是的，几个人说，在他开枪之前，皮姆和霍尔在打斗，皮姆把枪管插进他的鼻孔——"

贝兹莫尔跳得晚了。"反对——"

"是两个在斯摩克斯酒吧里的人说的。"

希利亚德森："反对无效。"

罗斯索恩："当时，你有没有问旁边的目击者，他们为什么打斗？"

曼格姆："没有。我的上司富尔彻上尉马上到了，指派我跟着皮姆的救护车去大学医院，我就去了。我在那里一直待到凌晨三点。"

"你后来有没有再问那些目击者关于皮姆欺侮被告的细节？"

米切尔的胳膊像火箭发射似的。"反对！"

"反对有效。罗斯索恩先生，请你注意用词！"

罗斯索恩："我会注意用词。你后来有没有继续追查他们打架的原因？"

"没有，先生。后来我没有负责这个案子。"

"啊。"罗斯索恩望了一会儿高大的窗子。"到达现场的第一个警察，一个第一时间知道现场情况的警察，你很快就从这个案子里脱离出来了？"

贝兹莫尔："反——"

曼格姆："我从来没有被指派参与这个案子。"

罗斯索恩："在你从来没有被指派负责这个案子之前，你没有问过霍尔先生本人，这个悲剧为什么会发生？"

这个问题让我停下来思考了一会儿。"我没有审问他。我们只是在混乱中有了几句对话，关于一个被打伤的人。"我停下。情况基本属实，但并不是因为混乱我才不问他问题。我说："事实上，情况很明显。我猜测——"

艾萨克把长满老年斑的手放在证人席的栏杆上，敲敲手指，准备让我进圈套。"啊，是啊！曼格姆上尉，那天晚上，你匆忙之间所做出的所有专业性假设，用专业眼光分析的被告给你留下的印象，以及根据你刚才向法庭陈述的事实，你当时到底怎么猜测的？你如何评估枪杀现场的周围环境？你认为乔治·霍尔是蓄意谋杀皮姆警官吗？或者说，你可能认为是——"

"反对！"米切尔快速绕过桌子向法官席走了几步。"证人的结论纯属道听途说，与本案无关，也无关紧要。"

"控诉方律师，"艾萨克转向他，"当时我反对你向曼格姆上尉询问现场情况时，是你给你的证人冠上专业人士的头衔的。我只是按照你的方式继续询问而已。"

希利亚德森表情冷淡地看着他们俩，挠挠鹰钩鼻子。最后他说道："反对无效。证人可以回答这个问题。"米切尔因为憋气而青筋涨起，但还是忍住。

360

我说："看起来应该是霍尔和皮姆之间有打斗，而皮姆又带有枪械，他们在抢枪的打斗中，霍尔抢到枪逼住了皮姆，然后开枪打死了他。"

我想想觉得好笑，艾萨克从来没跟我讨论过今天上庭要问我什么，我要怎么回答。同样有趣的是，他到现在也没问过我，我是不是会认为这案子属于正当防卫，因为我曾经跟他提过这案子有疑点。他也没问过我，在第一次审判后，警方是否调查过皮姆的死亡原因。其一，希利亚德森法官不允许他使用审问式的方法来提出新证据。其二，毫无疑问艾萨克希望贝兹莫尔能够掩盖皮姆－拉塞尔之间从事的抢劫、敲诈和走私的勾当，这样控诉方就能够有所保留，那么就像艾萨克在开场白里所说的，他会控告控诉方掩盖事实。不管怎么说，他现在正说道："你是不是认为皮姆试图用暴力手段逮捕霍尔，而霍尔在不断反抗？"

"不，不是的。没有一个证人描述说是皮姆想逮捕霍尔。"

"那么依你看，乔治·霍尔是事先预谋好，然后趁此机会行凶，用暴力手段杀死皮姆吗？"

"不，我不这么认为。"

艾萨克走开，站在乔治·霍尔身边。"那时候，你听说你的上司控告被告为一级谋杀，你没有感到惊讶吗？你只需要回答，是或者不是。你感到惊讶吗，曼格姆上尉？"

米切尔·贝兹莫尔紧紧地抱住胳膊。看起来他很生气，但强忍着，担心陪审团会被我的证词影响。我看着乔治，他的目光也正好投到我身上。我说道："是，很意外。"

艾萨克慢慢点点头。"是。我就知道你会这么说。作为一个专业警官，根据你对现有证据的了解，当得知这个人被判死刑，你觉得非常惊讶，因此才写信给州立监狱假释委员会反映情况，要求他们考虑给乔治·霍尔延长缓刑期的？"

米切尔上前一步，盯着我。我能预感到我将会在他办公室里度过一个漫长的、气氛不太友好的下午。确实,我能预计到,如果朱利安·刘易斯成为州长，而米切尔·贝兹莫尔成为州检察长，那么我就有机会实现我在累得透支时冒出的想法——我会离开警队去做个历史老师。

我说:"是,我确实给假释委员会写过信。"

"你认为霍尔被执行死刑是不公正的吗?"

"是的。"

艾萨克到现在也没冲我笑一下;陪审团也绝对不会怀疑到实际上他很喜欢我,更是十分信任我。"目前,我没有问题要问证人了。"

法庭进行再次询问证人环节时,贝兹莫尔这回冲我微笑;他有理由提心吊胆。他要求我再次确认,是霍尔把枪带出了酒吧,在酒吧外面距离打斗地点一百码的地方枪杀了皮姆,当时皮姆身上没有武器,他大约在三十英尺开外的地方被子弹击中,所以并不是在打斗过程中走火误伤。他还要求我证实,一个下了班的警察要逮捕罪犯也完全合法。要我承认当时我写信给假释委员会时,还不了解皮姆和霍尔之间全部的情况——尽管他没有问我这些'全部的情况'都包括什么。他问我:"曼格姆上尉,就在枪杀事件发生的几分钟之后,你开始询问霍尔,他有没有表现出不理智、情绪失控,或者说没有行为能力等诸如此类的表现?"

"没有。看起来他——"

"他杀死皮姆后的几分钟里,有没有显示出控制不住的暴力情绪?"

"没有,一点没有。"

"他向警察缴械是因为他知道自己枪杀了警察,我这么说对吗?他对自己做过的事十分清楚,是吗?"

"如果你的意思是,他是不是意识到自己开枪打死了人,我认为是的。"

"那么他有没有接着跟你说'我出于自卫杀了皮姆?'"

"没有。"

"为他要求假释是不是一定意味着对审判结果的完全否认?"

"不一定。"

"作为希尔斯顿警察局局长,你有没有为罪犯多次向假释委员会求情,而那些罪犯都是法庭已经确认犯了罪的?"

"是的，请求过。"

"几百次？"

"没有。大概二十多次。"

"那么你提出的申请是否意味着你对陪审团所确认的有罪持否定态度？"

"不是。"

贝兹莫尔走到我身侧，将下巴靠近我的脸。"当你被任命为这个城市的警察局局长时，你是否有责任维护法律的权威？"

"是的。"

"如果陪审团十分确定地判决被告为一级谋杀，而要执行死刑，这是不是合法？"

"合法。"我看着他浅蓝色的眼睛，感觉冷汗直冒。

"也就是说，"他说道，"你认为如果被判死刑——"

艾萨克紧走几步，听起来倒不像那么感兴趣。"反对。证人没有必要回答陪审团职责范围内的问题。现在他就是个职业警察。不管他对案子有什么样的见解，我们是否有兴趣倾听，都与本案无关。"

法官表示同意，并补充道，艾萨克应该谨记，他自己想用私人观点来影响陪审团也是不可以的。

贝兹莫尔笑着走回去。"曼格姆上尉，如果你的上司那天晚上没有及时赶到斯摩克斯酒吧外的现场，也就是你发现罗伯特·皮姆中枪即将死亡，而乔治·霍尔坐在一把冒着烟的手枪旁边，你会逮捕乔治·霍尔吗？"

"会。"

"暂时没有问题了。"贝兹莫尔向我表示感谢，好像我的回答正是他预料的一样。

我退庭经过辩护席时，没有一个人抬头看我。

第十九章

回到楼上，拉尔夫·费希尔中士告诉我，我的证词非常好。我说："对谁好了？对希尔斯顿警察局？"

他笑了，黑色的面颊点缀着青春痘留下的疤痕。"现在是对乔治·霍尔好。我听见你把希尔斯顿警察局说得蛮可怜的。"

"是啊，那么，拉尔夫，如果贝兹莫尔解雇我，我希望你来接替我的位子。"我递给他一份打印好的花名册。"你来看，星期五晚上你可以再挪用五个人。够用吗？"

"必须够用，不是吗？"拉尔夫被派去负责在三一教堂召开的公众讨论会的安全保卫工作，那场集会由霍尔委员会联合出资，围绕着"卡罗来纳的三K党：爪牙还是权利？"的主题，我是真心希望三K党不会全副武装地来破坏集会。

拉尔夫说："这个重生的格兰·德拉贡比那个信奉共产主义的珍妮特还让我担心。如果当初三K党人没有想要杀掉那个女人，尤其是后来看到她多么有能力折磨他们时，我想他们一定后悔当初的策划方案。"跟警局里的大多数人一样，他称呼那个社会主义者珍妮特·马

364

利——希尔斯顿警察局因她无数次扰乱公共秩序而逮捕她——为"共产主义的珍妮特"。

我说:"给珍妮特穿上一件防弹衣,如果她同意你这么做的话。别站在离格兰·德拉贡太近的地方;如果他的老朋友想用自动勃朗宁手枪阻止他讲话,我可不希望有什么不好的事连带到你身上。顺便给他也穿上一件。"

拉尔夫问道:"在罩衣上面还是下面?"但没等我回答就走了出去。

我站在值班室里浏览着今天的《星报》,贾斯廷悠闲地走进来。我问他,怎么这么快就从肯塔基回来了。他说,安迪把私人飞机借给了他。我说,安迪现在是你好朋友了,贾斯廷没理会,顺手递给我一个大信封。

南希·怀特在门口的桌边打印着报告,冲贾斯廷叫道:"嗨,伙计,我喜欢你的夹克衫。"

我说:"是什么,贾斯廷,汽油单子?"

"是前威利·斯莱德尔夫人签名的证词,她说以后别再那么称呼她,'叫我卡拉',我们带她乘飞机空中俯瞰这个绿树成荫的国家时,她这么要求的。"他笑道,扔给我一件老式的皮质飞行夹克,估计是从购物中心的古董店里淘来的。

"那么,卡拉说什么了?"

他倚在南希的桌旁。"说,是的。他们利用范肖公司的卡车走私偷盗来的物品。是的,他们还走私枪支。但是,其一,威利在整个交易中是最不愿意合作的搭档,他还是偏爱弄些恶心的碟片,然后掀起点儿种族争斗就够了。他是被他姐夫皮姆拉进去的。进去之后受到温斯顿·拉塞尔的威胁也不敢抱怨,而且他也需要钱来维持可卡因的嗜好。其二,在他被杀前两天,曾恐惧万分地打电话给卡拉,告诉她拉塞尔把他拉进去。她的原话是'狗屁',他,威利,'极度恐惧',想'得赶紧脱离'。他跟她提到他手里有拉塞尔想要的东西,而且说如果一直拿在手上才能保护自己。"

我说:"干得漂亮,有头脑,我敢打赌,他说的保险就是布鲁克塞德的色情录像带。"

"威利没有告诉她那东西是什么,她也一点儿不关心这个。她还跟他说,如果他最终因此而死,也是自找的,然后就挂了机。现在她说,如果她知道后来结果是那样,实在抱歉当初跟他说了那些话。"

"好的。去停好你的飞机,林迪,你停哪里了,房顶上?"

"没有,停在你的奥兹莫比尔上了。"他点上烟,"哦,卡拉说,当时是温斯顿的朋友查理·门尼中士介绍博比·皮姆和威利加入卡罗来纳爱国者组织的。她形容那个组织就是一群怪人、白痴,躲在森林里,摆弄着枪。"

"我喜欢卡拉,"南希说,"嗨,贾斯廷,我今早刚刚审完最后一个爱国者组织里的人。跟其他人一样,都有不在场证明,也不知道是谁杀了谁。他说,如果温斯顿和珀利一直在杀人,那也一定与卡罗来纳爱国者组织无关。'我们反对杀戮。'他跟我露出了那种最无赖微笑,说道:'明白了,女士?'他说,他已经好长时间没见到温斯顿了。"她用橡皮把纸擦出了洞。"单词'Uncooperative'有字母'a'吗?"

贾斯廷说道:"有。"他给自己倒了一杯咖啡,问南希有没有跟艾丽斯的产科医师约时间。她说没有。"别这样,南希!你得开始计划了。婚礼,度蜜月,休产假——"

我说:"如果她还不计划,这三项就会同时进行了。"

他们没答理我。贾斯廷说:"你和齐克对无痛分娩法感兴趣吗?现在有这种课程——"

南希吐口唾沫。"听着,伙计,我都生过十一个孩子了,包括双胞胎。我用针就行了,不需要上什么课。"

我看着卡拉·斯莱德尔证词的第一页说:"南希,你需要一个牧师。"

贾斯廷说:"为什么?她和齐克有你在旁边总在祈祷着。你总是撮合别人成家,卡迪,但是我可没见你对自己的事上点儿心。"

"你没注意到我已经怀孕三个月了?"

南希大笑。"是啊。如果齐克那俄克拉何马州的红皮肤亲戚没有很快出现的话,我可能早就背上背个婴儿在走廊里跌跌撞撞走路了。"她

366

站起来，给我们看她解开扣子的制服裤子。"我只需要一条大点儿的裤子。"她笑着摇摇头，我意识到，以前我只见过她咧嘴微笑，看到她这么大笑还真是第一次。我眼前突然闪现出一个镜头，她和齐克，以及两三个孩子在他们身边爬来爬去。一种嫉妒之情陡然升起。

当我读完斯莱德尔夫人对她前夫的恼怒之词后，南希和贾斯廷也察看完了卡罗来纳爱国者组织里温斯顿·拉塞尔的狐朋狗友的情况报告。贾斯廷一直在向南希提问，我让他把南希和埃默里都找过来，因为南希说，她想跟"洛伊德"在一起，就是那个"很难相处的人"的简称，我想她都已经不记得最开始为什么给他起这个外号的事了。南希改变对贾斯廷的看法也经历了很长时间。"嗨，局长，那个就知道工作的超级中尉警官是怎么回事，每件衣服都绣着他那个傻名字，是从好莱坞还是什么别的地方租来的衣服吗？他会突然就让我从案子里撤出来，然后就直接跟着嫌疑犯从他妈的窗户里跳出去了！"不对，其实他们俩也没用多长时间就发现双方有挺多共同点的：他们都冲动，桀骜不驯，鲁莽而不计后果，还带着点自负，于是很快他们就在对方身上看到这些共同点而惺惺相惜起来。他们俩也都喜欢当警察，这个就连我有时候都会反感的职业。

回到贾斯廷的办公室，我一屁股坐在他平时练习右腿的长凳上；曾经在我和疑凶之间，他突然跳起来为了保护我，右腿被打中。我说："贾斯廷·萨维尔五世，在霍尔这个案子上，我还得抓人。卡尔·亚伯勒现在已经不跟我说话了，今天早上，妈的州长又给我打了电话。"

"哦，为了他值得，普雷斯顿·波普泄密说，爱国者组织就把皮姆和拉塞尔藏匿在皮德蒙特。"

"如果我还可以用拇指夹，我就把他们都抓过来。说起那个普雷斯顿，我们什么时候从他那里得来的消息从'线索'改成了'泄密'？"

"他认为爱国者组织已经不信任他了。当初在他们起疑之前，你就该批准我多溜进去几次。"

"如果我当初同意你带着对讲器跟那些红脖子们混在一起，估计我现在看到是被吊在树下、在火中冒着烟的尸体。"

"哦，妈的。"

"是，妈的。"我趴在长凳上，抓住哑铃，做了几个举重动作。"另外，那些会议大都是宣誓之类的。我可再也不想要那些诸如比较黑鬼和高加索白人的大脑型号之类脏污的传单了；也不想看到什么这个人说他仇恨犹太人，那个人接了个恐吓电话之类的报告。我只想看关于卡罗来纳爱国者组织的详细分析报告，李将军。"

"巴克斯愿意这么做。但是戴夫·舒尔曼认为他们折起了帐篷——这次调查把他们吓得关了门。"他递给我一个标有"卡罗来纳爱国者"的文件夹。他把自己的电话信息本从大钉上摇了下来，在我看来这些东西好像挂了很长时间了。

我把哑铃弄得叮当作响，又放回架子上。联邦调查局控告前格林·贝雷中士查理·门尼抢劫联邦兵工厂，但是他们仍没有他跟当地白人勾结的证据。贝兹莫尔说，我们还无法采取行动。爱国者组织的律师宣称，卡罗来纳爱国者组织根本不是宣扬白人至上、准军事化的组织，跟三K党也毫无瓜葛，只是一个现代军事历史爱好者的社团组织：他们那一组穿着旧制服，在营地前面挥舞M-16s，以纪念"越南战争大撤退"的照片，据那个律师说更像当地殖民地俱乐部每年都会重演的革命战争戏码。老照片里的枪支都纯粹是为了演戏。门尼和其他几个成员都否认，说不知道那几个人可能犯了什么事，但是却无法否认他们认识皮姆、拉塞尔和孔茨——因为那时他们有合影。他们甚至不承认认识奥蒂斯·纽瑟姆——我们手里那张在停车场拍摄的照片太模糊，没法证明他们说谎。贾斯廷在他们身边安插的线人描述说，他们过着十分无聊的生活。我合上文件夹，扔回他的桌子上。我说道："看起来他们就是那样，像福克斯兄弟会似的，组织松散。"

贾斯廷靠回贴着"真理"标签的海文式椅子，叹口气把电话记录揉成粉红色一团，说道："普雷斯顿说，他风闻他们正在计划搞点什么。如果我们要搞个大型集会，要我说，他们就会直接来个突然袭击。如果我们能抓住他们的把柄，就很容易让他们交出拉塞尔。"

我爬下长凳。"你想学杰布·斯图尔特吗，给我一个时间，一个

368

地点，然后跟我信誓旦旦地说，我会在某地发现一群人在干违法的事，我可不是指弄点大麻，倒腾点黄色书刊，我是指他们扛着十三点七五毫米口径的机枪正搞军事演习呢，行吗？我是指，给我找到他们准备埋炸弹的计划图之类的。"

他把手放在后脑勺上想了一分钟。"要不我们再栽培一个恶棍警察去跟他们交易我们在斯莱德尔农庄地板下发现的枪支？"

"不行，将军。"

"老天，卡迪，你刚刚说道，我们得做点什么。我们就用斯莱德尔的枪去抓住他们的把柄。"他还在想着这个点子，电话响了起来。他听了五秒钟后，疯狂地冲我打手势，让我赶紧拿起隔壁的电话，按分机号十五。接通总机室，紧张像颗坏牙齿上的冰传遍了我的全身。贾斯廷做个口型："珀利·纽瑟姆。"

电话还没有接到我的桌上。我抓住齐克的衣领，让他赶紧放进磁带儿，录下十五号分机的电话内容。我拿起电话，听见了久违的缓慢、凶狠，还带着点儿自怜的嗓音："听着，萨维尔，我知道你们想干什么。那些报纸上的最后几行都是他妈的撒谎。我根本不认识什么莫利纳博士，他他妈的简直是个骗子。我从来没在库柏·霍尔面前掏过枪，也没打死他，你应该知道啊。斯莱德尔也不是我杀的。你们都想陷害我，是吗？"纽瑟姆好像呼吸有点问题。

贾斯廷极力装出冷静和友好。"不是，珀利，我们只是根据现有的证据这么说的。如果我们冤枉了你，那我们很高兴听听你的解释。你现在在哪里？"

"你们还想知道吗？"

"当然。拉塞尔和你在一起吗？"

"你告诉媒体说，你认为我已经杀了拉塞尔。你他妈的撒谎，塞威尔。"

"是萨维尔，珀利。"

"妈的。"

"你还跟温斯顿混在一起？听着，过去的这个月，我们大家都被你们俩给害苦了。你们俩让我们大家都没有好日子过。"

"妈的。让那个该死的曼格姆更难过。"

"是啊,今天早上州长还给曼格姆打过电话,说他准备派出国家护卫队,不管是死是活,都要抓到你。现在,曼格姆站在个人立场,他希望你死。我从来没见过他这样。地方检察长也是一样。我告诉你实话,珀利,我是说,你和我以前从来没有恩怨吧?控辩双方准备往你身上扣一级谋杀,再加上其他一千条罪,判刑一共得超过一百年,除非你愿意被判死刑。曼格姆说,他得活到有一天,透过毒气室的窗户,亲眼看见你被绑在椅子上,从嘴里和耳朵里吐出粉红色的泡沫而死。"

珀利听到这些不出声了,倒是也可以理解。在沉默的过程中,我想贾斯廷可能已经把他吓坏了,我们又得失掉线索了,但是最后,沉闷的嗓音又响起来:"两个人被杀时,我都不在现场,我能证明。我能证明很多事。"

"我们掌握的情况是,你策划了整件事。走私、藏匿,到现在的枪杀。拉塞尔是帮凶,但你是负责人。你和你哥哥奥蒂斯都是。"

"妈的,你这么说,我感觉你在打电话给拉塞尔,但我知道你做不到。"

"因为他已经死了?"

"他疯了,他就是个疯子。如果是他告诉你那些的,他真他妈的疯了!"

"好吧,珀利,你可能对。我希望他现在不是跟你在一起,而你却在大喊他疯了。据我的记忆,他脾气很差。另一方面,如果你溜出来给我打电话,他太精明了,一定会想到你要干什么——"

"我什么也不想干!"一阵严重的咳嗽声传来。

"珀利,你还好吗?你好像病了。"

"我要挂机了。"

贾斯廷赶紧说道:"珀利,听我说!用用脑子吧。如果温斯顿真是凶手,他会让你很意外地死去,让我们找到你的尸体。奥蒂斯已经死了。曼格姆就会把霍尔和斯莱德尔的案子都压在你和你哥哥身上,借机结案。我跟你直说了吧，如果你没杀过任何人，你最好的出路就是来自首，回来告诉我们你的态度。我会听的。我会让曼格姆别管这案子。我们直接跟贝兹莫尔谈。"

我们都知道珀利打这个电话时脑子里在打什么主意，否则他也不会打过来。但是他说："我不想再说了。你以为我是个傻瓜吗？我难道不知道你录下了这个电话？听着，塞威尔——"

就在这时，齐克·凯来布跑进屋，低声说着："在州内，付费电话，在落基山附近！"我差点抑制不住冲着分机大叫了出来，珀利简直就是个笨蛋警察，他应该知道电脑能很快锁定电话号码。但是，当然，我们派出落基山附近的巡警车到他打电话的购物中心时，珀利已经离开了。当地警察局派出了每个警察全城搜捕他和拉塞尔。他们空手而归倒也不要紧，因为他挂机时，告诉贾斯廷明天早上六点会再打给他，听听贝兹莫尔的吐口"考虑到他跟警方合作，对他是有好处的"。

我狠狠摔下电话，用尽力气大吼一声，平地跳出两英尺远，吓得齐克·凯来布睁大眼睛看着我。

贾斯廷冲进走廊，受过伤的膝盖撞到门角上，一下扑到我肩膀上。"他来了！我们钓到他了，卡迪！四天啊，谁能想到他还能看报纸。"

我说，我希望他和温斯顿已经分开了，因为温斯顿可不希望珀利溜回家给控诉方提供证据。"那也意味着珀利还是蛮聪明地逃开了温斯顿的掌控，温斯顿也不会蠢到让他的话成为呈堂证供。落基山，妈的！好吧，明天五点半在这里见。"

贾斯廷咧嘴笑笑。"老天，我可讨厌起早。"

我走回走廊里。"下个圣诞节，你会每天早上都这么早起，哼着摇篮曲时，罩衣外面搭着尿席子。嗨，如果是个男孩，你不会起名为J.B.萨维尔六世吧？"贾斯廷和艾丽斯都曾说，他们打算去问问未来孩子的性别，但是她绝不让他告诉给任何人。

"卡迪，别打算算计我。你就等着看吧。现在，如果是女孩，我喜欢凯瑟琳这个名字。如果是男孩，我喜欢安迪的中间的名字。西奥多。西奥多·萨维尔。你喜欢吗？"

我说，我认为可以。我憋住了没说，我认为如果艾丽斯仍然希望安迪·西奥多·布鲁克塞德会提名她为副州长的话，她会觉得那名字更合适。

像我妈妈经常告诫我那样，尽管有很多真实的事，但是你也不能照实说。

那天下午，我溜进高等法庭的后排，看见杰克·莫利纳坐在后排弯腰记着笔记，就顺势坐在他身边。艾萨克刚刚结束对米切尔那边的一个在斯摩克斯酒吧外面的目击证人的盘问，一个中年的黑人邮递员。他说：一是乔治先动手打皮姆，二是在打斗中，皮姆想撤出往门外跑时，他和其他两个人都没有拉住乔治。在询问过程中，艾萨克问他，想拦住乔治的动机是什么，他回答说，并不是因为害怕皮姆才去拉架，而是因为害怕乔治。"估计你跟白人在一起，你会输。他们是警察，你会输得更惨。"

艾萨克问："先生，当时你知道皮姆是警察吗？"

"不知道，我以为他就是个醉鬼。"

坐在媒体席位前排的巴布·珀西大声地笑了起来。

艾萨克也笑了笑。"哦，那也不能说明他不是警察。你怎么会认为皮姆醉了呢？他走路东倒西歪，摇摇晃晃，说话含混不清？"

"他自己待在斯摩克斯酒吧里，这就是主要原因。"不知道什么原因，这是第一个能激起希利亚德森法官像笑一样少见的反应——无声地哼了一下。"他大声说话，到处挑事，好像是故意的，你知道，就像在现场音乐会里突然开了自动点唱机似的。"

艾萨克要求他回忆一下。"那么回到打斗的场面。皮姆就站在那里，乔治就过去打他了吗？"

"不是，皮姆对乔治推推搡搡，骂骂咧咧的。"

"啊……你说过，皮姆从衬衫底下掏出手枪。那时，他跟乔治说什么了？"

那个邮递员看起来很尴尬。"你想让我直接说出来？"艾萨克点头。"皮姆把枪对准了乔沿的鼻子，大喊道：'伙计，你他妈的就是个贱货！’”

"那么乔治有什么反应？"

"哦，他只是盯着他，说，‘试试’……哦，他说道，你知道……"邮递员听到希利亚德森法官让他尽量重复能记住的原话。证人点点头，转向艾萨克说道："动手吧，操你妈的。"

我旁边的杰克·莫利纳小声说道："基督耶稣啊！皮姆拿着上了膛的枪指着他的鼻子，乔治才那么说！"我也知道，霍尔兄弟可没那么容易恐惧。

邮递员继续说道："后来又有猛烈的撞击声。我想应该是有人撞开了门，碰到椅子之类的。那白人四处看看，而乔治·霍尔拽住他的胳膊，狠狠地往下压，三次，四次，磕到桌子上，终于把手枪打掉。所以那个白人夺路而逃。"

再次开庭，贝兹莫尔又向证人核实他所说的重要事实。是乔治先推了皮姆而挑起了争斗，并猛拉墙上的唱机箱，还让皮姆离开酒吧。皮姆就这样跟着乔治穿过屋子表示反抗，乔治用拳头打了他。那三个男人本能地想去阻止乔治跟着皮姆，那个邮递员曾对乔治说："算了吧，算了吧，让他走。"

"那么霍尔，"米切尔拇指插进汗衫兜里，问道，"是不是知道你们想要阻止他射杀皮姆？"

艾萨克提出反对。"这个证人从来没有猜测说，霍尔会向任何人开枪！"希利亚德森认为反对有效，要求控诉方注意措辞，他把"射杀皮姆"换成了"手里拿着枪在后面追逐皮姆"。

"是的，长官，"邮递员回答，"霍尔明白。他说：‘你们都退后，就在原地待着。’"

在第二次盘问中，艾萨克问道，乔治是不是想用枪来摆脱他的威胁。不是的。那么，乔治嘴里说，"退后，就在原地待着"，你认为是乔治在威胁他们吗？

"不是，应该是他不想连累其他人受伤。"

他们结束问话后，我走向前，倚在分隔栏杆上，小声跟贝兹莫尔说，等庭审暂停时我要马上跟他谈谈；他看我的表情似乎是希望我准备跟他谈辞职的问题。我又让一个工作人员给艾萨克传了张字条；上面写着：珀利刚刚打来电话，打算投降。我挥挥手，诺拉微笑地看着我，态度有了转变。如果我要是没听见米切尔·贝兹莫尔喊出下一个证人名字的话，就可能直接走出法庭了。"控诉方传召阿瑟·巴特勒。"

我想象着自己的脸色肯定跟艾萨克一样，他由最初的震惊很快转为愤怒。整个春天，艾萨克都在跟特拉华监狱方面协商，暂时释放登月脚阿瑟·巴特勒作为辩护方证人，但是遭到拒绝。结果现在地方检察长突然传召巴特勒先生作为控诉方证人。艾萨克转过身，看我惊愕地盯着贝兹莫尔。倒不是米切尔瞒着我搞出这招让我生气，而是他居然能成功地调出巴特勒让我感到意外。而且，他的"游戏计划"显然在我和艾萨克的意料之外。控诉方要自己揭露警队里的蛀虫，而不是等着辩方来反攻。他把巴特勒找来应该就是为了这个目的。我从艾萨克的几次眨眼中能看出，他心中也在盘算着。乔治正四处张望，好像在寻找巴特勒的踪影。艾萨克向他低语，乔治听着，皱皱眉又点点头。艾萨克站起来，叹口气说道："法官大人，我们的名单上并没有提供阿瑟·巴特勒作为控诉方证人。"

贝兹莫尔站在法庭中间，指关节敲敲桌面。"法官大人，这个证人直到昨天才确定下来能够出庭。他正在特拉华州服刑；我们跟那边协调让他出庭作证，昨天是双方约定接手的日子。"

艾萨克要求接近法官席，在那里，地方检察长像丛林中的伏击者似的愉快地跳起来。我知道艾萨克打算申请休庭。而从米切尔拥抱他的样子来看，希利亚德森法官没有批准。

法警们押送着巴特勒先生走进法庭，艾萨克赶忙冲诺拉低声说了几句，而后者匆匆穿上了雨衣，迈着大步经过我走出法庭。登月脚穿着打褶的裤子走上证人席。肿胀的脚踝上已经卸下了脚镣，他一步一跳，也因此得了那个外号。阿瑟·巴特勒跟乔治·霍尔年龄相仿，但是看起来蛮年轻，浅棕色头发，下颚扁平，留点山羊胡子，小脑袋，小耳朵下面是细长的脖子，溜肩膀，又高又窄，身着紧身背心，外罩的夹克衫看起来蛮新的。他很入迷地听着宣誓的誓言，然后在证人席的边上坐下，手平放在膝盖上。《星报》的记者抓拍了这个姿势，第二天报纸的头条都是这张照片。

没有过多纠缠登月脚过去的经历、犯罪事实和现状，在确认完他的身份后，贝兹莫尔直接要求证人，用他自己的话来告诉我们他眼中的乔治·霍尔是什么样的人。

登月脚晃动细长的脖子，极力表示愿意实话实说。他没看贝兹莫尔，便直接开口说道："我跟乔治在中学时就认识了。我们在一个社区里长大，一起玩耍。他退伍之后回到希尔斯顿时，找个好工作已经很难了。我们俩都打过零工，后来他到了范肖公司做卡车司机——因为他有驾驶执照。我也试过一次，但是那人让我参加考试……"贝兹莫尔拦下他，把证人直接引到范肖公司的卡车司机那一类问题上。"那么，好的，我知道这三个人在搞点生意，必须要用一个范肖公司的卡车司机，所以，我把霍尔介绍了过去，这就是他和他们交易的开始——"

贝兹莫尔打断了在我看来像个冗长的排练词，说："你说的搞点生意是什么意思？"

巴特勒放松下来，他详细地解释道，他的意思是，这些人拥有大量的货物，包括香烟和色情商品，他们用范肖纸业公司的卡车运到州外，四处发货。地方检察长想知道巴特勒先生能不能告诉我们，这些人是怎么得到这么大量货物的。巴特勒先生说，据他所知，他们是从希尔斯顿警察局的储备库中偷盗出来，还有就是从"这个和那个花花公子"那里没收充公的物品——比如，以前小偷们偷来的非法物品。

"这三个人是谁？"贝兹莫尔难过地问道。

"哦，长官，他们是希尔斯顿市里的三个警察。我最先认识的是纽瑟姆和皮姆，然后他们把我介绍给拉塞尔。看起来后者是负责人。"

"你所说的是指希尔斯顿警察局的警官，珀利·纽瑟姆、温斯顿·拉塞尔和罗伯特·皮姆吗？"

"是的。珀利·纽瑟姆、温斯顿——"

"这些警官告诉你，他们用范肖纸业公司的卡车把偷来的东西走私到州外的？"这些有关几个警察的道德问题，对那些近几个月来已经读过报纸或者看过电视的人来说，已经不是什么大新闻了。但是巴特勒说道："他们直接告诉我，而且还展示给我看。"米切尔悲伤地低下头，仿佛是这些贪污犯的信息压得他那样。"为什么，"他缓过来，"为什么他们要告诉你，还展示给你和其他人他们犯的这些罪过呢？"

"是啊，为什么？"坐在高高法官席上的谢利·希利亚德森法官沉下脸色问道。

巴特勒转向法官。"噢，长官，警方那边的供货很少，他们需要一个能带来交易的好供货员，而那个人就是我，所以他们挑中了我。"陪审团主席听登月脚的自吹自擂不禁笑出声来。

贝兹莫尔也微笑道："那为什么你同意参与进来？"巴特勒认为，是他当时发生了点情况，而使他第一次见到纽瑟姆和皮姆警官。"你是什么时候，在哪里见到这些人的？"

"好像是八年前，在海文烟草公司的码头仓库里，大概是一个星期天的凌晨三点。他们在漆黑的夜里找到我。"

"那你们在夜色里都做了什么？"

"哦，我看见手推车里有两百个硬纸盒，还有另外三百个在大篷车里。有两个人，我喜欢抚摩他们。"他咧嘴笑道。陪审员博伦夫人一脸恶心的样子。

贝兹莫尔几乎从来不会幽默，他也知道自己缺乏那方面的天赋，现在只能搞点讽刺了。"巴特勒先生，我们是否可以推测为，那时候你还没有被海文烟草公司雇用，负责夜间转运这些货物吧？"

大多数观众都笑了，而法官却不动声色。登月脚承认说，那时他还没有加入公司。接下来的一个半小时里，贝兹莫尔逐步引导他这个固执饶舌的证人作证那几个警察是怎么扣押下所有的香烟，然后用强加给他最高刑罚来威胁他，给他们提供这一地区可能发生的抢劫案，还有那些他们打算扣押的非法商品的存储地点。在整个充满了推测、谣言和其他不相关信息的直接审问中，希利亚德森法官满怀希望地看着艾萨克，因为他已经没有耐心听下去了，可是艾萨克却没叫一声反对。

相反的是，他给乔治·霍尔写了几张字条。现在已经是下午三点半了，我猜艾萨克是希望贝兹莫尔在休庭之前得让登月脚——他也不急着赶回特拉华去——讲完这个故事的，这样他就可以用整个晚上来设计好下一次的庭审问题。

甚至米切尔也总转过头，似乎准备迎接艾萨克不可避免的反对声。他们都不做声，米切尔也极力想让巴特勒加快速度，在他偏离正题时，像赶苍蝇似的，不断地挥动胳膊纠正他。"现在别去管什么成人杂志了……""我们不用逐字逐句地回想那次谈话内容，巴特勒先生，讲个大概就可以了。"最后，他又讲回了乔治·霍尔。"那么，就是那个时候你把被告介绍给罗伯特·皮姆的？"

"是的，长官。皮姆的亲戚，叫威利·斯莱德尔，不是在范肖公司的货运部工作嘛，他讲了如果他们需要一辆卡车，但是现在必须得停下来，因为那个司机有了点麻烦。可问题是，拉塞尔无法相信威利·斯莱德尔认识的任何一个司机，那么我说，我可以找到一个叫乔治的，因为我们需要他，而他需要养家糊口。这就是合作的开始。乔治按照原定路线开往佐治亚，但是他们在半路上想让他停在他们想停的地方。但是威利对我说：'我不喜欢这些——'"

"等一下。你是不是直接认为，乔治·霍尔，在罗伯特·皮姆和其他人的教唆下，从北卡罗来纳州的希尔斯顿把那些偷的货物运出去，送到佐治亚州？"

巴特勒点头。"是的，长官，我就知道这些。他每次送货的报酬是五百美元。"

整个屋里开始窃窃私语，像风中摆动的麦浪。这些事对于法庭里的大多数人来说可绝对是新闻。显然，法官也是头一次听说，看鼻子的架势好像他在八月的大热天里，刚刚走进室外厕所。媒体席也是人头攒动。巴布·珀西把涂鸦本扔在一边，开始在笔记本上快速记着什么。我身旁的杰克·莫利纳惊得一动不动。乔丹·韦斯特也是。诺米·霍尔摇摇头，但是肩膀比刚才绷得更直地靠在椅子上。乔治没有转过来，还是盯着法官席上方的州封印。

贝兹莫尔向霍尔的方向伸出胳膊，说道："巴特勒先生，你是不是可以确认，被告明确知道他运送的货物是偷来的，或者说违法的物品？"

"哦，长官。"巴特勒挠挠小耳朵，"有一次，乔治跟我说，半夜时他开上了佐治亚公路线，突然看见四个人从九十四号公路下面的一个废弃汽车旅馆后面的树林里出来，然后爬上汽车，拽出六个大的旧纸箱子，拖下了车。我认为，乔治应该知道那个汽车旅馆绝对不是范肖公司的定点转运站。"

希利亚德森压住了底下的窃笑。"罗斯索恩先生？罗斯索恩先生，我知道这个证人的出庭没有事先通知你。我很想知道，控诉方的询问方式对于被告方能否接受？"法官的薄嘴唇拧在一起，好像咬到了黑胡桃里最苦的部分。里面明显的潜台词就是，除非他刚才打了个盹，或者没听到证人都说了什么，他这么长时间不做声，在希利亚德森看来，除了玩忽职守，没有别的理由。

艾萨克慢慢站起来，慢条斯理地说："法官大人，我非常感激您的周到体贴。谢谢。是的，控诉方确实没有通知我他已经从特拉华州'借来'这个证人。但是我衷心希望，巴特勒先生不会这么快就离开法庭，回到他北部的牢房里去，应给我们辩方个机会来盘问一番。假设是这样，我想，我们倒是可以倾听一下巴特勒先生跟这三个希尔斯顿警察局里臭名昭著的败类们亲密无间地合作故事。"看起来希利亚德森法官十分后悔，给了罗斯索恩说话的机会，因为这个老律师浑厚的男中音总会飘荡在这个屋子的每个角落。"法官大人，我被巴特勒先生娓娓道来的故事完全吸引住了，尤其是控诉方一直坚持要用证人'自己的话'——"

"好的，可以了，律师先生。"法官伸出两根手指示意他坐下，艾萨克就慢慢地再次就座。接着，希利亚德森转向米切尔·贝兹莫尔。"目前，法庭要求控诉方给出足够的证明，巴特勒先生所给的证词直接关系到罗伯特·皮姆的死亡和他生前穷凶极恶的生活。"

贝兹莫尔换了个位置。"绝对是，一定，法官大人。"他快速地问了下一个问题，好像希望速战速决。"那么你知道皮姆被杀的时候乔

378

治·霍尔还在从事着这个'交易'吗？"

"不是的，长官，他已经退出了。在一次激烈的争吵之后——"

"什么时候发生的争吵？是哪一天？"

"具体哪天不知道。大概在斯摩克斯酒吧外面，乔治枪杀了皮姆之前的三四个星期吧。也可能是六七个星期之前——"

"在那次争吵之后，你认为乔治是不是十分仇恨皮姆？"

出乎所有人的意料，罗斯索恩突然用拳头使劲地砸在桌子上。"反对。引诱证人！征求意见！"

"憎恨应该适度——"

"反对有效！"希利亚德森叹口气，放下心来。"删除刚才的回答。陪审团不予考虑。"

贝兹莫尔又试了一次。"在乔治·霍尔和罗伯特·皮姆有关系，到他枪杀了皮姆前的任何时候，乔治·霍尔有没有说过什么，或者做过什么让你认为他仇视皮姆？"

艾萨克："反对！往证人身上强加臆测。"

希利亚德森："反对有效。"

贝兹莫尔又抛出一个问题。"那时，乔治·霍尔有没有跟你表露过他对罗伯特·皮姆的感觉？"

登月脚看着双膝。"是的。说他不适合活着。"

乔治·霍尔猛地抬头。艾萨克倚过身去，用胳膊圈住乔治的肩膀，跟他说了些什么。

贝兹莫尔走到陪审团前面："'不适合活着'。他还说过什么？"

"他告诉我，如果他有能力脱离他，就会杀了他。"

贝兹莫尔静静地站起来，让这些话传遍法庭。艾萨克极没有耐心地拍着桌子。我动了下身子，能看见乔治的脸。他只是迷惑不解地看着登月脚巴特勒。接着，让所有人惊讶的是，地方检察长看看表，扔下了一个话题，他问道："罗伯特·皮姆被杀那天，你是不是跟乔治在一起？"

"哦，长官，那天晚上我和他在酒吧里喝酒，但是我没待到发生枪击的时候。"

艾萨克举手想表示反对，但是又很快放下，冲法官摇摇头。

登月脚巴特勒咧嘴笑道："你可能也想到会发生枪击事件，你看见博比·皮姆口吐酒沫，直接冲乔治的鼻子挥舞着九点五毫米口径的手枪。在酒吧里的每个人都在想，可能会有人开枪。"

突然一声叱喝声从旁观席传出来，我看见马丁·霍尔举起了拳头。希利亚德森狠狠地甩了几下木槌，紧急警告不许扰乱法庭秩序。登月脚继续在米切尔·贝兹莫尔面前滔滔不绝地讲着。"是的，长官。在皮姆走进来的十分钟后，两个人就像家猫一样掐在一块。但是那时候我已经走了，所以没有亲眼看见后来的事。"

我听见身后法庭的大门打开了。诺拉·霍华德匆匆赶回来，胳膊下面夹着个马尼拉大信封。

米切尔紧紧抓着证人席的栏杆，使劲控制着情绪说道："但是在这次争吵开始之前，当乔治·霍尔看见罗伯特·皮姆进入斯摩克斯酒吧之后，霍尔有没有跟你说过什么关于皮姆的话？"

艾萨克又一次表示反对，还是基于引诱证人。希利亚德森认为反对无效，因为被告当时在现场的语言对我们理解后来的一系列情况有很重要的参考价值。

"看法吗？"登月脚捋了捋山羊胡子，看看房顶，在椅子上动来动去，然后低下头。"哦，是的。他是说了点什么，是的，长官。皮姆走到自动点唱机那里，有人跟他争吵起来，因为他碰了几下，而当时有个现场表演，所以乔治对我说……"登月脚抬头看看贝兹莫尔，小心翼翼地又咽了下去。

米切尔点头。"他跟你说了什么？"

"说，如果他过来找碴儿，如果他他妈的敢骂我……我就宰了他这个狗娘养的。现在不做了他，以后也做掉他。我肯定要宰了他。"

希利亚德森对着一片寂静无声的法庭说道："抱歉，我没听清楚最后一句话。你能大点声重复一下吗？"

登月脚看看贝兹莫尔。"乔治说：'现在不做了他，以后也做掉他。

380

我肯定要宰了他。'"

"至少在枪杀案发生的十五分钟前，这些都是乔治·霍尔说的原话吗？"

"都是他说的。"

"也是发生在打斗之前的事？"

"在那之前，没错。"

"当时他这么说时看见了皮姆的手枪了吗？你看见了吗？"

"没有。他们俩打成一团后，皮姆掏出枪，我们才看见。"

"那么当乔治说，'我早晚宰了他'时，有没有——"

艾萨克拍了下桌子。"反对。"

希利亚德森宣布反对有效，补充道："没有证据显示，被告曾经说过这样的话，贝兹莫尔先生。"

米切尔道了歉，重新措辞问道："当乔治告诉你，'如果他敢过来骂我……我就宰了他这个狗娘养的'，他是什么口气？"

"抱歉，你说什么？"

法官说道："他的语气。比如大笑，愤怒地大喊之类的？"

登月脚闭上眼睛，好像在使劲回忆。"哦……很严肃。冷静。好像有点提心吊胆的，我猜。"

"那你说什么了？"

"我想不起自己的原话了，大概说了，'这可不是个好主意吧'。"

"什么不是好主意？"

"枪杀博比·皮姆。"

米切尔走到陪审团席前，又转回身对着艾萨克·罗斯索恩。"巴特勒先生，你是什么时候知道博比·皮姆已经被枪杀，而乔治·霍尔被控谋杀的？"

"凌晨吧，从收音机里知道的。"

"借用辩护律师的话，你听到乔治·霍尔杀了博比·皮姆时惊讶吗？"

巴特勒总是当着人的面搓手。"嗯，没有，不觉得惊讶。"

地方检察长看看表说道："谢谢。"然后坐下。

法官也看看表，又看看米切尔、艾萨克和登月脚巴特勒。接着他说："快到四点了。我们还可以继续。但是这么晚了，不能进行证人盘问了。休庭至明天早上十点再继续。"

比·特纳跳起来。在她身后，米切尔挥着胳膊，像焦急等待上厕所似的。"法官大人，法官大人！特拉华警方希望今天晚上就归还巴特勒先生！"

"哦，"希利亚德森像只站在高高的河沿上的黑鹭，说道，"控诉方律师，我认为，你应该对他们和他们的犯人表现出极大的友好，这样才能保护好我们北卡罗来纳州一直为人津津乐道公正正义声望。"

第二十章

休庭之后，我走到艾萨克和诺拉身边，问问他们准备怎么应对登月脚巴特勒的证词。他们说，先到最近的波哥酒吧再说。到了那里，他们准备研究一下，去年十二月，艾萨克和比利·吉尔克里斯特开车到特拉华州监狱里见他时，他给出了证词——也就是诺拉匆匆走出法庭取回来的东西。他们准备查找出米切尔结束盘问之后，扔在他桌上的文件里的巴特勒的证词，跟之前的有什么不一致。但是现在艾萨克不想讨论巴特勒；他只想听关于珀利·纽瑟姆的消息，还告诉我，如果我们一旦抓到珀利，一定要在第一时间给他机会让他跟他谈谈。我说："那你得排很长的队哦。"

离开波哥酒吧之后，艾萨克和诺拉准备去卡里佩尼吃饭，说如果我有空可以加入。我说我还有很多事要忙。诺拉说："谁不是啊！"艾萨克猛地把我拉到一边，小声告诉我准备给诺拉一个惊喜，给她准备了一个晚会，她还不知道呢，他希望我能去——尽管我没有被邀请——因为诺拉不是看上去的那样不喜欢我。

我说："要以此为标准，我可以到半个希尔斯顿市人的家里去参加晚宴：我都没有被邀请，而且也不是主人讨厌的客人。天啊，艾萨克。"

"不，不是，我是说，每个人都可以邀请人，而我打算邀请你，只是刚刚给忘了。去忙你的事吧，忙完了过来。"

我要做的其中一件就是，看着登月脚巴特勒被安全押送到希尔斯顿警察局的牢房，让他在那里有家的感觉。这个地方在过去几年里也招待过三十四个这样的犯人。登月脚对希尔斯顿警察局的记忆不知是好的还是坏的，他跟特拉华的护送者请求，让他夜里跟我们待在一起，而不是穿过街道送到县立监狱去。米切尔来的时候，我正跟巴特勒说，他做得很好，明天他一定得坚持住这个故事，可别让罗斯索恩哄骗了，而且，一直到明天，如果还有人来见他，他也一定得紧闭上嘴。

登月脚使劲摇着铁栏杆，好像在确认一下牢房是不是已经锁好。"我不想见任何人。请别让任何人来这里。"

"事实上，我想巴特勒是害怕霍尔，我这么认为。" 米切尔从监牢走回办公室时这么跟我说道。

我气愤得走得比他还快。"事实上，米切尔，我知道你对此心里早就有数。现在，我也有个想法，是关于为什么巴特勒害怕霍尔的。如果我在死刑案子里做了伪证，我也害怕跟我陷害的那个犯人关到一起。"

他的脖子涨得发红，紧走几步到我跟前，用食指戳着我的胸口。"你在暗示说，我收买证人？你是不是这个意思，曼格姆？你在指责我吗？"

我使劲甩开他的手。"别这样，好吧？你要是再碰我，别怪我不客气，米切尔，我是说，在我看来，巴特勒可能做伪证了。我可没说是你教唆的，也没说你知道他做了伪证。"

他双手当胸交叉紧抱，退后一步闭上了眼睛。"巴特勒说的是真话。他没有撒谎。他在收到传票时，告诉给当时办公人员的话跟今天上庭时说得一模一样。是事实，明白了吗？没有人贿赂他，也没有人恐吓他。事实就是，乔治·霍尔预谋杀人，计划好了然后实施。他是我们社会中的一个暴力的人格分裂者，这些审判，以及围绕着审判的所有事情都是我们这个社会暴力分裂的事实。霍尔在几年前就该被行刑了。

艾萨克·罗斯索恩现在编织的美好幻想也绝对不能抹杀事实真相。霍尔夺了一条命，他就欠了一条命。就这样吧，曼格姆。"

我们现在在他的办公室外面，但是我伸出胳膊拦住他，不让他开门。"我知道你相信那些。但是真实的情况是——你想知道真相吗？霍尔，他的弟弟，以及那些支持他们的人都是你的眼中刺，是你们疯狂了。你疯了，你害怕罗斯索恩，因为他已经打败你三次了。"

"就算是这样——"

"真正的事实是，你已经在报纸上承诺下了那个宏伟的四十四个'努力达到'死刑犯的指标，所以你没法忍受现在只执行了九个人。而且你放话说，让霍尔成为第十个，你需要霍尔。"

"是北卡罗来纳州需要霍尔！"

"北卡罗来纳州需要的是正义，而不是胜利！如果你想知道事情的真相，你听好，乔治·霍尔一直受到拉塞尔的威胁。如果他不闭嘴，他的家庭就会遭殃。他确实闭嘴了，可拉塞尔还是杀死了他的弟弟。我们到现在也不知道为什么。"

米切尔快速地摇摇头。"对于霍尔的故事我一个字都不相信。那些都是他事后编出来的，让自己看起来像个英雄。没有人进了毒气室还能再出来，仅仅是因为他弟弟受了些模糊不清的威胁。乔治·霍尔知道他根本无法逃脱。我也不会让他逃掉。我会在这次愚蠢的再判中牢牢地盯住他。你可以告诉你的朋友罗斯索恩，霍尔会直接回到属于他的死囚牢的。那时罗斯索恩可以计算着日子！"很有意思的是，他可以接受一个像奥蒂斯·纽瑟姆那样的人，为了他弟弟而羞愧自杀，但是他却无论如何接受不了一个像乔治·霍尔那样的人，为了保护他弟弟的生命而不惜牺牲自己。

他推开办公室的玻璃门，上面写着"海文县，地方检察长"。被他撞见正在读泡沫剧杂志，他的秘书赶紧站起来，递给他一沓信息便条来转移他的注意力。其实，他根本没看她，更别说递过来的纸条了，他大步走过她的桌子，使劲关上内间的办公室门。门旋即又打开，贝兹莫尔鼻音浓重地命令我说，我今晚就"关于萨维尔在上午对纽瑟姆说些什么"打电话给他，还补充说他得跟中尉先谈谈。我建议他，如果珀利愚蠢至极地相信能在电话里跟中尉讨论谋杀嫌疑人的交易，我们就顺着他说，只要能抓他回来，怎么承诺都行。

"我绝对不承诺做不到的事。"米切尔带着典型的检察长的表情，迅速说道。

"那么，你在弄来登月脚巴特勒的时候，都跟他承诺了什么？"我反问道。地方检察长说，他给我五秒钟滚出他的办公室。

我很快出来，开车前往卡里佩尼饭店。

那天晚上，诺拉哥哥的饭店停止了对外营业。金色和银色的气球在房顶上飞翔，聚酯薄膜的横幅拉在立柱和拱形门上。吧台上方的窗户和后墙上也挂着大型彩带。他们拼出"恭喜你，诺拉"。一个做成希腊寺庙型的巨大白色酥皮蛋糕上——后来知道是高等法院的大楼——也写着"恭喜你，诺拉"。桌子都拼到一起，摆成两个 L 形，旁边坐着二十多个人，他们热闹、欢乐地喝着红酒，吃着诺拉哥哥准备好的马沙拉白葡萄酒、小牛肉以及罗马洋蓟。她哥哥邀请每个人到他的饭店里来庆祝，因为在那个星期五，诺拉·安吉拉·卡里佩尼·霍华德得知，她已经通过了北卡罗来纳州的律师考试。

晚宴十分成功，歌曲、红酒大量供应，一大帮孩子们热闹非凡，还有一支"金色老年"的舞蹈队。诺拉姑姑的第二任丈夫拉着手风琴，得到了客人们的一致好评。她的孩子，劳拉和布赖恩给她展示了新公文包，来自法律图书馆的三个朋友做了卡通风筝，艾萨克·罗斯索恩用意大利文朗诵了一段但丁《神曲》中遇见比阿特丽斯的一段诗——他说，为了纪念他能遇见"最美丽的罗斯索恩和霍华德的综合体"。后来，诺拉赢得了一个小香槟瓶子。事实上，我跳那个极耗体力的献给杰伊·李·刘易斯的吉特巴舞时已经"气喘吁吁"了，这就是那三分钟年轻人的消遣时光带给我的体会。

来参加晚会的人里有乔丹·韦斯特，她坐在来自人权服务部门的一个年轻的黑人精神分析师旁边。他整晚眼睛都没离开她；这是一种大多数人看到乔丹的时候或多或少都会有的反应。看着他们在一起，我突然想起杰克·莫利纳曾经跟我说过的话，如果我不相信库柏对私事没有一点兴趣，只要问问乔丹·韦斯特就行了。那么，现在这个新出现的男人看起来对私事很是感兴趣；每次她跟他说话的时候，他都像在听用叉子敲出的调子。看他们跳着一段慢舞的样子，让我想起如果约翰·埃默里看见这个场面，一定会抛开羞怯向她做出邀请。我跟他们坐了一会儿，谈谈审判，谈谈登月脚巴特勒的证词——她认为这些纯属捏造，包括乔治参与走私——又谈谈诺米·霍尔对艾萨克充满信心，相信他会为她儿子讨回公道。

我说："我也希望如此。"

乔丹看着我。"诺米不是希望如此；她坚信一定会。对她来说，库柏是为乔治而死。只有拯救乔治才会让库柏的灵魂得到救赎。我，不认为库柏……"她声音开始颤抖，年轻的医生轻轻握住她的手。"我也不那么想。库柏是为乔治和所有那些像他那样的，甚至从未见过面的人活着的。但是他没来由地就死了，只是……仇恨。"大家都不做声。最后，她抽出双手，站起来，我以为她示意我离开，于是我也站起来，她很快抓住我的手，说道："今天听到你的证词，才知道你当初曾经为了乔治的案子给假释委员会写过信。艾萨克总是跟库柏说，他对你的看法是错的。我想，如果他听到了你今天的证词，他会知道当初艾萨克是对的。"

"哦，有些事，他没有错。我并没有很好地保护好他。"

她没有跟我争论。我跟阿诺德医生握握手。他向她转过身去，我离开他们独自走开了。

我跟诺拉又跳了三支舞，我说累了，找了个桌子的最边上的角落坐下，她接下来的舞伴——我想——是她嫂子的表亲，艾萨克在我身边拉个凳子坐下。"瘦子，"他说道，舔着指头上白色的糖衣，"都是可爱的人。"我表示同意。我们一起待了会儿，他做出悲惨的表情。"卡迪，告诉我，你觉得比利已经死了吗？现在我们都知道珀利·纽瑟姆快回家了，可能拉塞尔也快了，但我现在总有不好的预感，他们挟持了比利。"

387

我说，希望不是这样，但很有可能。"当然，保罗·麦迪逊认为，吉尔克里斯特拿的钱比他所说的多，可能跑到拉斯维加斯或者迈阿密弄可卡因去了。"

"哦，保罗可是个虔诚的人。他总是很乐观。"艾萨克耸耸肩膀说，"我，我总是想到链锯和血泊。"

"你急于得到吉尔克里斯特的证词吗？"

艾萨克眼里更显悲哀。"瘦子，瘦子，你怎么能这么实用主义呢？我是喜欢比利。"我们都不作声了。接着他说："我已经找到那天晚上跟拉塞尔在蒙哥马利旅馆里的女孩了。"又一阵沉默。"你想知道在庭上时，你说的最伤人的话是什么吗？'追赶'。'乔治抢到枪之后追赶皮姆。'"

"可'追赶'是事实啊。"

"'追赶'只是道听途说。你当时根本不在场，我怀疑某一个想要保护斯摩克斯酒吧的人当时跟你描述场面时说的，'然后他就追赶他一直到门外'。很有意思的是，怎么希利亚德森法官也会允许一点的谣传和一点草率结论。开庭之前，他在内室教育我们一通。你知道他说话就跟咬开硬糖似的。"

艾萨克惟妙惟肖地模仿起来——大多数优秀的上庭律师都是极好的演员——真是不可思议，他是怎么把他的大肚子、闪族语气和圆润的男中音拿捏成谢利·希利亚德森那种简短、略带鼻音的男高音的。他大口喝下一杯水威士忌，说道："'先生们，在我的法庭里，法律条文必须，也一定将会尊重事实真相。在那——我毫不客气地称做神圣的——追求中，法律只是正义的公仆，永远不会成为正义的主人。我们三个人在这里要追求事实真相。不是判定谁有罪，也不是宣布谁无罪开释，我们要的是事实真相。律师们，懂我的意思了吗？'很自然地，贝兹莫尔和我像短跑的小狗似的赶紧点头，然后跑进法庭去唇枪舌剑，你来我往，围追堵截，像每个疯狂的律师一样。当然，法官是个很好的讲演者。"

我说："我同意他的看法。"

"我站在乔治·霍尔那边。"他笑道，"但是总的来说，你的证词很有用。"他拍拍我膝盖。"陪审团似乎认为你很有道德魅力。"

我用手绢擦擦前额和脖子。"可能因为，他们分析出来，认为我说的是事实。我现在担心的是登月脚巴特勒怎么办。"

艾萨克翻翻兜，没找到烟。"啊，登月脚先生。我倒是对他为什么要这么给出证词感兴趣。可能我明天上庭要做的大家也都不感兴趣。可怜的登月脚巴特勒。出卖灵魂是永远不会安宁的。买者不可能永远守住这个秘密。所以，贝兹莫尔在开庭时威胁你了，是吗？"

"你看到了？非常感谢你在他要问死刑问题的时候，成功地让他闭上嘴。否则我就得回答——"

"为什么？"他脱下夹克，解开衬衫袖子，抓起诺拉的蛋糕。"你的信仰不用接受审判；乔治·霍尔的行为才需要审判。我建议你，如果以后你也遇到同样的情况——你就避免表现出来对事实的自满情绪，或者也别总吹嘘你的社会主义理论。"他的手指在我鼻子前面来回晃动。

"我觉得米切尔·贝兹莫尔、州检察长和那些司法官员早就很了解我的社会哲学理念。"

他笑道："哦，很了解跟必须了解可不一样。这也是为什么我从来都不让我的当事人说那些我不该知道的事。"

"比如他们确实有罪？"

"哦，不是。那些他们必须告诉我；那会对辩护更有帮助。我是指那些——他们哄骗了一个朋友给出了虚假的不在场证明，或者他们准备贿赂陪审员、逃缴保释金之类的。"

我咧嘴笑了。"我对死刑的保留看法是不是跟逃缴保释金是一个类型的？为什么，你甚至比我还保守——"

"没有，这位先生！我可绝对没有。"他深邃的黑眼睛冒火似的看着我。"我对那个问题的看法绝对是毫无保留。简单地说，我看不出绞刑和私刑有什么区别。就是骨子里反对。"他抓过餐巾胡乱地擦擦脸。"而且，我可能会添加点数字来说明。控诉方大多都用了私刑，也判了太多的死刑。"

"那都不一样，在基督徒看来。"

"是，确实。小道具和小布景都是无形的。"他伸手拽住布赖恩跳着追逐的气球，递给孩子。"是谁这么说来的？'谋杀和死刑并不是相悖的，而是滋养这类审判的手段。'"

我和布赖恩都不知道答案，律师告诉我们，是乔治·伯纳德·肖。"你怎么理解，布赖恩？"他问这个五岁的小孩子。"谋杀和死刑并不是相悖的，而是滋养这类审判的手段。"在预料之内，布赖恩说，对于这个问题他不明白。"哦，"艾萨克说道，"比如我杀了人——"

"谁？"

"你不知道的某个人。一个人。比如当时我疯狂了，枪杀了他。比如你是警察。你该怎么处罚我呢？"他向布赖恩倾下身，颇感兴趣地等着他的回答。"你会反过来再杀了我吗？"

布赖恩用脑袋顶了几次气球。"我会一直让你坐在那里，直到你说'对不起'。我会把你放进一个船里，然后把你一个人送到大海中间去。"

艾萨克很认真地想想。"好吧。这是个好办法。"

"接着……"他等了一下又说，"等你回来的时候，你必须要对那个人的家人很好，因为他们很伤心。"

艾萨克敲敲自己的前额，略有所思地点点头。"布赖恩，你脑子真聪明。但是假设我不想对他们好呢？假设我还是个坏人呢？"

布赖恩绕圈走着，大声说道："那么你得再回到船上去，去把整个大海都清理干净，那时你就会悲伤了！"突然，他听到他妈妈的叫声，飞快地钻到桌子底下去了。

虽然诺拉整晚都在舞池里，做着有氧运动，但也不至于上气不接下气。她掀开桌布，在结束之前给布赖恩来了个"十分钟警告"。接着，她向艾萨克倾下身，从后面拥抱住这个老人。她看起来很高兴。他也抱住她，轻轻拍着，告诉她，她有一个很棒的大家庭。

她说："他们不都是吗？你看，我刚刚又想起了一个不一致的地方。事实上，巴特勒今天的证词至少有五个地方，跟他在十二月份时给你的那份证词相互矛盾，也跟你从贝兹莫尔手里拿到的那份审判前的记录相矛盾！"

我说:"天啊,你的意思是说,你在做着土豆泥时还想着案子吗?"

她扳直身子,从脖子上拨开黑色卷发。"上尉,我在想这些事的时候还可以做着土豆泥,嚼口香糖,看着孩子,闻闻咖啡是不是好了。多重重点技法,你当时应该在修女学校时学过的。"

"我从来没见你嚼过口香糖。"

"我是说,我可以做,不是说我就那么做了。"

艾萨克笑道:"甭想跟一个律师争论。"

我告诉诺拉:"在我看来,你那种能文能武的才能,让你光上法庭实在是浪费了。任何一个像艾萨克那样的乡巴佬都能左右陪审团和法官。但是在还活着的人中有多少人可以付出双倍时间来遛狗?"

她咧嘴笑道。"哦,你可以算是一个。"

音乐负责人——我想,应该是诺拉最大的侄儿——播放出格伦·米勒的《月光小夜曲》。我说:"每次吉米·斯图尔特弹奏这曲子时,琼·艾丽森都会略有所思地摸摸耳垂,而这时候我会觉得十分享受。还记得那电影吗?还有她把所有的零用钱都攒了起来,给乐队买了辆车的情景?伟大的女人啊,再跳一曲?"

诺拉冲我笑笑,但是拉着的却是艾萨克的胳膊,把他从凳子上拽起来。"来吧,我的搭档。"

这个男人看起来很尴尬,我从来也没见过他这样。他往后退,一个劲地摇头:"哎呀,诺拉,不行。我干不了这个。我不会跳舞。"

她使劲地拽着他。"每个人都能跳,保持一个姿势就好。"

布赖恩从桌子底下看着他们,咯咯地笑出声。"妈妈好像要跟一个白头发的老大熊跳舞耶。"艾萨克盯着诺拉的脚,上下打量,微笑着冲我们挥挥手。我敢说,他是我这辈子见过的跳狐步最差的人了,但是他好像还蛮陶醉。

一曲终了,他蹒跚着过来跟大家道别。然后问我,从这里怎么去"物美价廉"汽车旅馆,那可是米切尔·贝兹莫尔不顾希利亚德森法官要求北卡罗来纳州保持良好形象的指示,给押送登月脚巴特勒的特拉华州护卫人员安排下榻的宾馆。我估计,艾萨克想去那里套点消息。他还可能到县监狱去探访乔治·霍尔，然后看看有没有可能跟登月脚巴特勒谈谈，最后他会与一包切斯特菲尔德烟、一品脱威士忌酒、一大袋开心果和那个黄色的笔记本为伍熬个通宵。

艾萨克走后不久，我也离开了饭店，直奔河上区的家里，放上阿丽萨·富兰克林的唱片，并开始听留言。一个是多拉德监狱的典狱长卡彭特打来，问我明天能不能抽出时间跟他谈谈。但他没说是为什么事。我给米切尔·贝兹莫尔打个电话："贝兹莫尔，是曼格姆。我说了我会打电话。你现在在哪儿？"

"我跟妻子和孩子在一起。"地方检察长接起电话先告诉我这些。我跟他说，我听到些流言。"我是说，我们现在在床上。"

"所有人吗？六个孩子也都在？简直难以想象的场面。"

"曼格姆，马上给我闭嘴。现在已经十点三十五了，你不知道吗？"

"我没意识到，但是能想象到，米切尔。"

我边听他说话，边把玛莎该吃的药丸放进它的奶酪饼干里。米切尔想让我知道，州检察长让他通知我，告诉萨维尔跟珀利说，如果他明天中午之前回来自首，向警方交代全部事实，并同意为控诉方作证，那么控诉方会考虑他的认罪态度。我笑着说，珀利会觉得我们给他的这个答案很模糊。"他可以读出字里行间的意思嘛。"米切尔不耐烦地说道。

"写好的字珀利都读不出来，更别说字里行间了。给我明确具体的东西，否则他不会自动回来的，米切尔。"

"萨维尔可以暗示他——暗示，而不是直接说出来，或者用任何方式描述出我们的否定——说，控诉方在威利·斯莱德尔的控诉中可以排除控诉他的一级谋杀罪。"

"那库柏·霍尔的案子呢？"

"州检察长很恼火，非常恼火。市政府的名誉、法律执行、公众信任度都受到了威胁。我们现在控诉纽瑟姆和拉塞尔。他们是这些谋杀案的元凶，他们的动机就是贪婪、恐慌，而不是政治。州检察长希望这些乱糟糟的事情能够悄悄地处理好。悄悄地，快速地，简单地。现在这事已经给公众留下了很坏的印象。"

"是啊。尤其是威利·斯莱德尔、库柏·霍尔，还有奥蒂斯·纽瑟姆那些人。他们都留下了脏口。"

他的声音骤然提高了三倍，我猜是不是他老婆把听筒给堵上了。"上一次，奥蒂斯让我们难堪！政治也让我们难堪！你懂我的意思吗？"

我不遗余力地赶紧附和着。"那么坦白跟我说，米切尔。你想让我藏匿证据吗？"

他气急败坏地对着听筒说："我绝对不是那个意思。我只是告诉你，你根本就没有任何证据。"

我尽量让自己耐着性子，提醒他道，我们有足够的理由怀疑奥蒂斯·纽瑟姆，一个市政府官员：一、跟戴尔·范肖公司有业务往来，范肖公司通过他以高额利润把纸制品卖往全城的各个角落。二、说服范肖对奥蒂斯的弟弟珀利非法借用卡车的行为睁一只眼，闭一只眼。三、奥蒂斯没有阻止他弟弟和狐朋狗友的走私行为。四、给他们的走私行为提供枪支。五、跟极端分子合作挑起公共事端，威胁他们的政敌。六、很有可能，几年前奥蒂斯参与了威廉斯城报告厅的毒气事件。七、很有可能他还参与计划恐吓安迪·布鲁克塞德，让他退出州长竞选。八、我们有足够的理由怀疑，就算奥蒂斯事先不知情，他们在杀掉库柏·霍尔之后，他也一定是知情不报。通过这八条我就可以在起诉书上，写上有我胳膊那么长的犯罪条目。

贝兹莫尔在电话里的反应就好像是，在我整个说话过程中，他一直在厨房里吃小吃。"你根本没有证据起诉奥蒂斯。"

"看在耶稣的分上，米切尔你实话实说，你认为他为什么要自杀？办公室里有什么不如意的事了吗？"我在灶台边上绕来绕去，把电话线抻来抻去，免得弄倒物品。

"曼格姆，没有人做了你想象的那种冷酷无情的事，也没有人那么做了之后还会自杀。一个好人，在看见自己亲手养大的弟弟犯了不可饶恕的罪过，这个好人被绝望笼罩着，然后放弃了生命。"

我静静地坐在小板凳上，平静地说道："我尊重你对奥蒂斯的感情，但他绝对不是你口中的好人。我告诉你，我可以给你一个证人，她能证明奥蒂斯·纽瑟姆曾经雇用她去敲诈安迪·布鲁克塞德。"

他马上警觉起来。"怎么敲诈的？"

"纽瑟姆雇了一个人去引诱布鲁克塞德，还录下了他们性交的过程。而威利·斯莱德尔负责处理录像碟片。"

他问我手里有没有碟片。我说没有。那我是怎么知道这盘碟片的存在的？我告诉他，我不确定这碟片的存在。那么我手里有没有证人。我告诉他，她现在不在这里。是汉密尔顿·沃克告诉我这个女人的存在的。汉密尔顿·沃克？那么这个证人是个黑人妓女？他弄出个像临死前的长长叹息。"曼格姆，你可吓死我了。从一个皮条客的嘴里得来的二手消息，你就可以控告一个死人，一个已经不能为自己辩护的人，告人家勾结妓女，密谋用色情录像带去勒索海文大学的校长，一个州长的候选人！要告，你去告吧，我可不打算管这事！下次别拿这么肮脏的假消息来骚扰我！"

"那如果我弄来了碟片呢？"

"那只能说，安迪·布鲁克塞德道德败坏，我为他的妻子感到遗憾。你总弄不出一盘碟片来证明是奥蒂斯雇用她的吧，要是那样，我就相信你。行了！这个问题告一段落。"

我从阳台往外望去，看着首口河中月影婆娑。我说道："你只告诉我一件事。你和范肖发现奥蒂斯时，有没有看见一张字条？"

贝兹莫尔倒吸了口气——我从电话里能听出来——说道，你知道我们从来没见过一张什么字条。

"我们是没有，没错。但可能有人抢在我们之前拿走了。"

他丢下话筒挂断了电话，那声音就好像话筒离电话机有十尺之高。

珀利在第二天早上六点四十三分再次打电话给贾斯廷——我们很快追踪到，他是从罗利火车站对面的麦当劳餐厅里打来的——他气喘吁吁，咳嗽得比昨天更严重了。跟我一样，珀利也对州检察长的提议嗤之以鼻。估计是从有线电视上学来的名词，他居然要求"限制豁免"。贾斯廷说："可以。"他要求小罪过上可以适当减刑，给他机会证明自己的清白，因为他已经被洗脑了。贾斯廷说，他完全相信珀利被洗脑了，而且他也可以向地方检察长强调。珀利要求"保护性看管"，防止温斯顿·拉塞尔的袭击，这一点我倒是不怨他。事实上，他希望能在另外一个州，拥有一所新房子和新名字，因为他听说，联邦调查局曾经给一个为起诉黑手党作证的证人提供过这样的待遇。贾斯廷说，因为温斯顿不属于黑手党，我们还得讨论后才能答复他。他要求萨维尔能公开声明，报纸上关于他是杀人凶手以及幕后元凶的说法纯属无稽之谈，还要向他妈妈澄清事实。贾斯廷说，他很高兴这么做。珀利要求跟地方检察长和州检察长私下谈谈，还要请个医生和律师。贾斯廷说，他会看着办的。

"好吧，"珀利喘着气说，"我属于自首，属于自愿的，一定要记录在案。"

"没问题，"贾斯廷告诉他，"那么，温斯顿现在哪里？"

"他不跟我在一起。他病了。我们俩都病了。我在几个星期之前就已经离开他了。"

"他在哪里？"

"我要挂机了。下午两点你来卡陶巴购物中心一楼，站在喷泉边上，可以吗，赛威尔？你自己来，还要带着签着名的合作条款。"

贾斯廷看看我在黑板上写下的潦草字迹，这是布伦达·默尔在跟罗利警方调度员通话过后，从对讲机里告诉给我的消息。"麦当劳餐厅，罗利汽车站，最多五分钟到。"贾斯廷冲我摆出知道了的标志，然后像一个牧师在死者床边祈祷一样温柔地说道："你就在那里等着吧，珀利。听声音你病得可不轻。你得马上看医生。我可不想这个时候让你从罗利搭汽车过来。"

"妈的。"珀利嘟囔一句，马上挂上电话。罗利警察局的巡警车直接冲上金色拱桥前边的路沿。柜台后面的女孩说，是的，一个高个金发的男人几分钟之前刚刚离开；她想他可能是急着去赶公交车了。后来知道，并不是那样的，因为罗利的警察拦下了两辆公交车，挨个检查了乘客都没有发现珀利。警方人员请女孩描述一下他的外貌。她说，他看起来好像走路不太稳，发着烧，精疲力竭，衣衫褴褛还很脏——"像一条病入膏肓的病狗"。大家难以置信珀利会骨瘦如柴。她说，他翻遍了全身的兜，才凑够污秽的零钱买个蛋挞。十二月时，珀利曾从银行账户中提取了九千美金。很显然，他在跟温斯顿·拉塞尔逃亡过程中，并没有预算花销好。

在法庭上，包括贝兹莫尔不断站起来声明反对，罗斯索恩把证人席上的登月脚巴特勒足足盘问了三小时四十分钟。我没有全程陪听，陪审团也没有听全，因为希利亚德森法官把十二个陪审员分四次派了出去。他实在是忍受不了地方检察长或者辩护律师，就案件中引证的这句或者那句证词是不是能保证有效裁决，辩方律师所做出评论是不是可取，理由是否充分以及应该接受什么惩罚等等这些问题争来争去。我第一时间溜达到高等法庭，跟很多人挤在一起，我听到艾萨克让登月脚再重新回忆一下他长长的、坚持不懈的、毫无功德的犯罪道路。他提的问题是，是不是他去年因为偷监狱委员会的烟和糖果被当场抓获而并没有在特拉华州提前释放。

站在证人席上，身穿与昨天一样的短夹克和满是褶皱的裤子的登月脚看起来很是难受。"是他们陷害我的。我做得真正糟糕的事是我打翻了一堆碗碟，被他们抓个正着，被拘禁了五天。"

老律师轻拍着像希尔斯顿电话簿那么厚的一摞纸——可能就是希尔斯顿的电话簿，因为即使抢劫了银行的威利·萨顿的犯罪记录都没有那么厚——他问到一些类似这样的问题："巴特勒先生，你现在为什么在监狱服刑？……两年前，你在希尔斯顿因为窝藏赃物而被捕，是吗？……在那之后的一年，你是不是被控有三桩入室盗窃罪，因此在多拉德监狱又多待了十八个月？……那么去年可不可以说是你最倒霉的一年？……巴特勒先生，我看了下你青少年时期的犯罪记录，我不得不说，我简直服了你。在你十八岁之前，就有过九次小偷小摸，四次非法使用车辆——换句话说，就是偷盗车辆——两次无照持有枪支，还有偷钱包、商店内偷窃、扰乱公共秩序、携带麻醉品。要不，为了节省时间，你直接告诉我们你没犯过的事吧，先生。比如你有没有做过伪证？"

贝兹莫尔很自然地反对这个问题。他旋风一样转到辩护台边，大喊道："行了，罗斯索恩先生，马上停止这个问话！法官大人，我强烈抗议辩方律师以审问的形式，无端侮辱和诋毁我方证人。"

艾萨克在地方检察长面前挥挥逮捕记录："我根本不需要诋毁他！他过去不光彩的记录就是事实！没有哪个条令规定证人还享有豁免尴尬的权利。根据第五次修正案，巴特勒先生自己还在接受审查。而你，贝兹莫尔先生，你不顾那个事实，把这个人带到庭上，我还想问你，是怎么说服他来作证的，来给大家讲这些抢劫、走私、倒腾色情光碟和偷盗仓库的故事——"

"你敢暗示说——"

"先生们！先生们！"希利亚德森法官重重地敲着锤子，使得比小姐不住地回头张望。"直接跟我说就行了，不要互相诋毁。如果你们俩确实有合理的论点，我会再次解散陪审团，听听你们的理由。如果你们想打架，找别的地方去。"

贝兹莫尔："法官大人，我要求把最后一个问题从庭审记录中删掉。因为它滑稽、偏激而且不足取。"

希利亚德森："最后一个问题是什么？"

速记员沃金顿，尽管年纪很大，但一分钟仍能敲进去一百九十五个字："'比如，你有没有做过伪证？'"

法官要求删除这条记录，而且提醒艾萨克说，如果他只是想用这个问题来反映证人的性格，那么到目前为止我们基本已经能分析出来了。艾萨克说，登月脚的性格，他的正直、诚信度实在有待考虑，但是他同意"我们已经有足够的材料可以对所有的问题进行全盘考虑"。

对于巴特勒，我也基本可以得出结论了，于是离开法庭，去楼上跟新到任的城市审计官讨论预算问题。我知道他一定会抱怨我的预支太大，而且他也知道，我会争辩这点预算我还嫌少。齐克在办公桌前看着报纸上的租房信息；他告诉我，贾斯廷那边还是没有珀利的消息。

我回到法庭，看到艾萨克——总是不断地向眼镜上哈气，然后再用蓝色的手绢擦拭干净——正在说："巴特勒先生，现在很明显，你对那晚斯摩克斯酒吧发生的事已经记不清楚了吧？你是不是对你喝醉了、乔治喝醉了、你穿了什么、乔治穿了什么、那晚你说了什么、还有什么人在场、什么时间、什么样的天气、你坐在哪张桌子跟前，等等，所有这些情况你一律想不起来了，是吗？但是，你却试图让大家相信，你可以一字一句地回忆起七年前的那个夜晚，乔治对你说过的那几句话？"

巴特勒先生说，这个情况不同，因为一个人说他要杀掉另一个人，这会是一直"留在脑中的重要信息"。

艾萨克转过身，背对着辩护台说道："那么你的意思是，今天你在这场谋杀案的庭上所做出的证词也是很'重要'的了？"巴特勒说，当然是很重要的事了，艾萨克仍然背对着他说道："你跟我在刚刚过去的两个小时里，一直都十分真诚地对待着这件很重要的事，而且我站在离你很近的位置，对吧，巴特勒先生。那么请问，我的领带是什么颜色的？"登月脚说，他认为应该是蓝色的。艾萨克转过身，向他展示出一条红色带红点的领带。登月脚辩解说，听见的和看见的不能同日而语。艾萨克要求他重复一下昨天下午地方检察长问他的最后一个问题。登月脚说，当时贝兹莫尔问他，当乔治说到他要杀掉皮姆时，是不是一直在笑着。

"不是的，长官，应该是他询问当时霍尔先生的语气。"艾萨克请速记员读出地方检察长的最后一个问题："借用辩方律师的话来说，你当时听见乔治·霍尔说准备杀掉罗伯特·皮姆时，是不是很惊讶？"

艾萨克叠好手绢，悲伤地叹口气："我觉得大家都会很惊讶于你的选择性记忆力，巴特勒先生。看起来，你对七年前的事比七小时前，甚至七分钟前的事记得都牢啊！"在接下来的时间里，这个老律师终于让登月脚承认，那天晚上，事实上，他根本不是跟乔治一起去的斯摩克斯酒吧，只是碰巧在那里碰见了他，就坐在一起喝了点酒。实际上，他从来没有在任何时间里跟乔治一起去过那个酒吧。

艾萨克交叉抱着胳膊说道："巴特勒先生，昨天你说过，'乔治和我十分要好，小时候就总在一起玩'。是吧？你们是好朋友？"

"是的。"登月脚看起来已经很累了，但还是很配合。

艾萨克微笑道："乔治的姐姐叫什么名字？"

巴特勒说："记不太清楚了。叫'圆点'吗？"

"哦，不对，长官，是纳塔利。"他转身看看米切尔·贝兹莫尔，而后者不是在自己桌子边走来走去，就是在辩护台边上徘徊不已。在整个庭审过程中，地方检察长一直都站着——要么在屋子里迈着大步，要么将闪亮的鞋后跟饰物摆来摆去。艾萨克做出祈祷的姿势，怒喝道："贝兹莫尔先生，能不能请你坐下？别再四处走来走去行吗？"

地方检察长颤抖一下。"如果不是你总挡着我看着证人，我何必这么动来动去的？"

艾萨克："你非要看着证人吗？还是他必须得看着你？你是在担心他接收不到你的信号？"

米切尔一拳打在手掌里。"法官大人！这种讽刺的口气太过粗暴！我要求把刚才那句话从庭审记录里删除。删掉记录！"

希利亚德森法官的脸扭成一团，我想，双方的律师又得被召回内室了——像给柴房换个开关似的——但他只是擦了下脸，然后面无表情地说，把刚才那句话从庭审记录里删除，辩方律师要远离证人，不准再做无端猜测，控诉方除了必要的离开席位外，请限制在自己的桌子跟前。巴布·珀西笑起来，结果也遭到法官的警告，如果媒体代表想继续留在法庭上，请停止制造不合时宜的噪音。"如果你想看喜剧，年轻人，去看个电影吧，而不是来法庭看审判。"巴布、米切尔和艾萨克都一一道了歉。

最后，艾萨克仍转回去询问登月脚跟他好朋友乔治·霍尔的亲密友谊："乔治的妈妈叫什么名字？"

巴特勒记不得诺米·霍尔的第一个名字了。也不记得乔治爸爸的名字、乔治上中学时女朋友的名字、乔治养了十三年的爱犬的名字、乔治的生日、乔治开了六年的摩托车的材质和颜色、乔治在家里卧室的位置，甚至具体哪个楼都不记得了。他也不知道在战斗中，乔治被叫做"双刃大砍刀"的地雷炸掉了两根脚趾，不知道他小的时候右边大腿的后侧就留下了烧伤的伤疤，他甚至不知道他爸爸已经去世了。

登月脚倒在椅子上，烦躁地拉拉山羊胡。"我是说过，我们一起出去；但我们交往有限，他也不能把所有的私事都告诉给我吧。"

艾萨克像演悲剧似的慢慢摇摇头。"告诉你他爸爸去世这事太'私人'了，那么跟你透露说要杀个人就不'私人'了吗？"

"我就是赶巧那时候正坐在他身边嘛。"

"啊哈。以你的说法，在斯摩克斯酒吧的那天晚上，任何一个从乔治身边经过的陌生人，也会恰巧坐在他身边，乔治都会从他那讨根烟然后跟他说：'哦，你看点唱机边上那个喝醉了的人吗？我打算宰了他。即使不在今晚，但总有一天会要了他的命。'是吗？"艾萨克转向陪审团，满面悲伤地举起双臂。霍尔一动不动直挺挺地坐在辩护席上，双手交叉放在桌面。艾萨克指向他的黑框眼镜，对巴特勒说道："在斯摩克斯酒吧的那晚，乔治戴眼镜了吗？"

贝兹莫尔站起来，轻轻抖着裤子，兜里的硬币咯咯作响。"法官大人，请要求罗斯索恩先生不要阻挡我看着证人！"

艾萨克："法官大人，请让巴特勒先生回答这个问题！这是个很简单的问题。"

巴特勒的简单回答是，他已经不记得那天乔治究竟戴没戴眼镜。他问巴特勒，能否记得在那晚的什么时候，他看见皮姆和霍尔争论起来，他决定逃离现场，而不是留下来保护、劝架，或者帮助他的好朋友，并且他明知道在一个白人警察和霍尔之间的这场争吵肯定是种族矛盾。贝兹莫尔表示反对，法官宣布反对有效。登月脚说道："我一直待到他们争吵到最后。"那你能准确说出，那天是什么时候你抛弃儿时伙伴的？他说，好像是皮姆掏出枪，戳乔治鼻子的时候。

艾萨克脸上满是不屑的表情。"你认为谨慎可比勇气更为重要，是吧先生？逃跑一直就是你的风格，不是吗？一个朋友的生命受到了威胁，你会怎么办？去帮忙劝架，打电话报警，尝试用一切办法来阻止暴力行为，还是尽快地远离是非之地？"艾萨克没有等他来回答，也知道他根本无法回答，接着说道："你曾告诉大家，你跟皮姆和他那一伙人一起工作，作为供货员。那么皮姆来斯摩克斯酒吧不会是来找你的吧？那晚是不是你约皮姆到那里的？"

登月脚断断然否认。

"那温斯顿·拉塞尔呢？要么就是你打算去见他？"

"我没有去见任何人的。"

艾萨克看起来半信半疑。"要么就是当时皮姆是跟你在争吵？有这种可能性吗？登月脚说，他从来没跟皮姆，或者他们那伙人的任何一个有过冲突。"那你为什么要逃跑？"他摊开双手，问道，"实际上，果真如你所说的那样，你跟罗伯特·皮姆很要好，跟乔治很要好，为什么你不试图去化解他们的争吵？"登月脚说，这不关他的事。"啊，对了。你的任务只是提供商品和名字，是吗？"接下来艾萨克想知道，在他们的交易过程中，巴特勒是否曾看见温斯顿·拉塞尔开过一辆蓝色的福特车。登月脚说，对，他有；是他开着。那晚在斯摩克斯酒吧外面，他有没有看见那辆车？贝兹莫尔认为此问题与本案无关，所以表示反对，法官认为反对无效。巴特勒说，不记得是不是看见这辆车。艾萨克突然加快了询问的速度。"你是否曾经陪着乔治·霍尔一起上路运送这些走私物品？"

"没有，长官，我从来——"

"哦，你没有。那么，你曾经是否确实看到乔治·霍尔往车上装货物，或者看见其他人把那些非法货品搬上范肖公司的卡车？看见他们一箱箱地搬上去？"

"我当时不在仓库——"

"不，你没有。那么，你曾经确实看见皮姆，拉塞尔，或者什么其他人直接把运送那些走私货物的劳务费交给乔治·霍尔吗？"

"没有，我从来——"

"哦，你没有！"艾萨克没有停顿，直接转移到另一种问题上，突然问道："巴特勒先生！你昨天上庭之前，是不是有机会跟贝兹莫尔先生见面谈谈过？这位地方检察长有没有走来走去？你有没有找个时间跟他讨论你上庭时的证词？"

登月脚回忆说，在过去的四十八个小时里，关于上庭的证词，他跟地方检察长有过两三次的谈话，他跟地方检察长的白人助理尼尔·萨德勒——包括萨德勒把他从特拉华带出来——米切尔·贝兹莫尔的硬币还在叮当作响，像个逃跑的头羊。他突然转身，大喊道："法官大人！看在老天的分上！罗斯索恩先生明明知道在庭审之前，控诉方律师去见证人是很平常，也完全合法的程序。可是他现在在这里问这个问题，明显是暗示控诉方行为异常！"

艾萨克猛地回击："我绝对没有这种含义！当然，你要是实在想这么认为——"

希利亚德森又一次把陪审团解散，他们比预计的多了的多次运动的机会；他们离开屋子时，都带着像小孩看到奇异事情一样的表情。然后法官把双方律师叫到法官席位前教训他们俩，用让其他每个在法庭里的人都能听见的大嗓门说道："耐心是我们永远都应该珍视的东西，要用微笑面对悲伤。但是先生们，我发现，这次庭审中，耐心好像已经离我们大家远去了！"米切尔好像对艾萨克提交给他和法官的那些材料颇为担心，我想，法官可能允许这些材料作为呈堂证供，因为他已经让比小姐将袋子里的东西拿去核实了。

陪审团重新回到坐席，艾萨克蹒跚地走回辩护席，诺拉又交给他另一捆打印好的材料。他从头到尾地大略翻了一遍，拿着走到证人席，此时的登月脚还是悲伤地坐在那里，盯着自己的鞋子。"巴特勒先生，这些是你在两周之前提供给地方检察长助理萨德勒先生的证词，是吗？这里是你的签名，对吧？"

他仔细看了一遍，承认是自己的签名，但是不确定是不是两周之前签的名字；如果公证处说明是，他可以接受。艾萨克退回来，微笑道："先生，你的记性的确不太好，但我还是想问你，你以前见过我么，在这次审判之前的什么时候？"

经过一阵批评指责之后，这种和善的态度，让登月脚感觉好了很多，他咧嘴一笑。"哦,我们在特拉华监狱里见过。"

法庭里一阵骚动,艾萨克嘟囔道:"我们是在会客室里,而不是邻近的囚牢见面的,是吗?"观众里有人笑出声来。

"是的。你们还给我带了一盒清凉香烟。"

"那是在去年的十二月二十四号,平安夜里,我跟你的一个朋友比利·吉尔克里斯特一起去的,对吧?"

"是的。你们还带了一大包牛奶糖果。"巴特勒一脸眷恋地回忆着。他看看四周,观众们也似乎都对他和罗斯索恩两个月前的见面颇感兴趣。艾萨克又递给他一份打印好的材料,问他上面是不是他的签名。回答说是的。这些是他在去年十二月二十四号提供给罗斯索恩的证词吗?回答说是的。

艾萨克两只手上各拿了几张纸,叹口气,突然转过身,而米切尔——喘着粗气——跺着脚绕着桌子走了一圈。"控诉方律师,能不能请你按照法官大人的要求回到你的坐席?"

米切尔哼了声鼻子,使劲喘口气。"好的,好的。"他向后转身,坐下。

"巴特勒先生,我有一事不明,"艾萨克微笑道,"昨天,你在庭上把乔治在跟皮姆打斗之前说过的话一字一句地复述给我们听——如果我用错了词,沃金顿先生可以提醒我——'如果他过来找碴儿,如果他他妈敢骂我……我就宰了他这个狗娘养的。现在不做了他,以后也做掉他。我肯定要宰了他。'是这样吗?"绝对一点儿不差,甚至连语气都一模一样,这从现场观众在不住地点头就知道。巴特勒同意他的说法。艾萨克慢慢拿下眼镜,稍稍浏览了一下控诉方在庭审前提供给他的材料,略有所思地抿着嘴。"好吧,现在,我给你读读你两周之前给尼尔·萨德勒先生的供词。问:'那么说,乔治已经计划好枪杀皮姆了,是吗?他仇视他,一直在寻找着机会。在打斗之前他是怎么跟你说到皮姆的?'回答:'大概他是个蠢货之类的。'问:'他难道没说过要给他点颜色看看的话吗?'回答:'是的,说过那样的话。说,如果他过来找麻烦,我就给他点颜色看看。'问:'你觉得当时乔治疯狂地想要杀掉皮姆，是吗？'回答：'是的。'那么现在，"艾萨克透过眼镜瞥了一眼巴特勒，"这些都对吗？都是你在两个星期之前跟地方检察长的助理说过的话吗？"

"哦，是的。如果那上面是那么写的话。"

"上面就是这么写的。"艾萨克打开第二捆材料。"好的，去年十二月，我之所以不辞劳苦地跑到特拉华州监狱去见你，是因为我听说那晚你也在斯摩克斯酒吧，尽管在七年前的审判中你从来没有出来给出这些当时的原话和目击证词，用你的原话说，你认识我吗？"登月脚辩称，他已经不记得了。艾萨克说："是的，我忘了，你只能记住七年前的事了！好吧，你不介意读一下用红笔画圈的段落吧？"他把材料递给巴特勒，指指上面。

巴特勒舔舔嘴唇，默读了几个词。我开始担心可能他不识字，但是他点头，说道："你想让我把这些都念了吗？"艾萨克说是的。登月脚抓了抓小耳朵，清清嗓子，诵经一般慢慢地读起来，在不敬的地方，歉意地停了停。"开始时是这样，巴特勒，接着，皮姆故意挑事的时候看着我，说了几句，你知道。没有人愿意惹事。大多数人都不理会，陆续出去了。但是乔治却跟我说：'那个狗娘养的怎么来这里，还把其他人给撵走了。'我告诉他：'皮姆小肚鸡肠，爱喝酒，还是个白人。甭理他。'他说道：'他要是敢跟我这样，我就一拳把他打倒在地上。'然后他就站起来，走到自动点唱机那去了。"登月脚看着罗斯索恩说，"这就是你画红圈的地方。"

艾萨克拿回材料，摇了摇，另一只手拿着第一份材料。"巴特勒先生，这次你要来作出抉择了！你发誓说，乔治跟你说了什么。还签署了两份供词，但内容却大相径庭。那么，是其中的一个是真实的，其他两次都是谎言？还是三次都在撒谎？！霍尔说过'我迟早要宰了他，因为他根本不该活着'这样的话吗？或者说，他像你在向控诉方回答时一直坚持说明的那样——"

贝兹莫尔："反对！与本案无关！"

希利亚德森："反对有效。"

艾萨克:"——对你说,'我得打倒他'?或者他确实说过,如你告诉我的,'我得过去阻止他,别让他搅得别人都玩不好。如果他敢过来搅弄我,我肯定还击'之类的?这跟,'我就坐在这里,找个最佳的机会,谋划和计算好了,杀掉他'可完全不同,不是吗?不是吗,巴特勒先生?"

"我想是的。"

"或者,霍尔什么都没跟你说过?"

登月脚在椅子上坐立不安,沉闷不语。"我估计,他好像都说过。"

艾萨克厌恶地把材料扔在辩护席上。"你估计,可能他都这么说过!你估计!好吧,估计还不够,根本不够。"艾萨克从未走过这么快,继续对他进行盘问,而登月脚已经明显缩回椅子里,大声喊道:"我没估计!我知道的!我知道你是乔治·霍尔的朋友。你们都是乔治·霍尔的朋友。我当初把你当朋友简直瞎了眼。"这个老人转脸看着米切尔·贝兹莫尔。"你把这样一个亵渎法律正义的证人带到法庭上来,我真替你羞愧!对不起,法官大人!"艾萨克盯了贝兹莫尔好一会儿,又看看登月脚,然后长叹一声,蹒跚地走回自己的椅子,坐下。"暂时没有问题了。"

我不知道米切尔再次询问时会怎么应对,因为韦斯·彭德格拉夫敲了我的肩膀,要上楼一趟。但是媒体的民意和走廊里的闲言碎语都认为,原告方估计做什么也弥补不了了,登月脚巴特勒这轮肯定是中了罗斯索恩的招了。

那天下午,控诉方请来了现已退休的原希尔斯顿警察局的法医检验员,他作证说,他检验了乔治手上的氮斑,证明确实是他开的枪,而且他开枪时并没有喝醉,说明他有完全的行为能力。艾萨克询问道,你是否检了霍尔的视力。老医生怒气冲冲地回答,没人要求他检查那个。控诉方又找来了一个在枪击事件发生的一年前,在棒球场跟乔治打过架的人。这人作证说,乔治的脾气很暴躁。在后来的庭审中,这人承认,当日是他往乔治头上倒了啤酒。乔治曾经的两个雇主也被请到法庭上来,他们证实说,当时解雇乔治是因为他毛病太多,总是无缘无故失去踪影。后来在艾萨克的盘问中,他们解雇乔治是因为他是那种高傲的黑人。控诉方还试图拿出那天在救护车里，皮姆临死前说话的录音带。艾萨克反对出示这个证据，因为当时他一定情绪激动而不具有真实性，法官认为反对有效。控诉方还想以同一目的出示皮姆尸体的照片，但这次反对无效。他做出法庭抗辩。就这样，贝兹莫尔就使劲地煽风点火，罗斯索恩就往上浇冷水，而陪审团就在安全的席位上看着这场表演。

后来是巴布·珀西给我讲了当天下午的情形，他说，据他估计，会有六个人认为罪名成立，两个赞成当庭释放，四个尚在犹豫不决中。他并没有说为什么这么推想，我也没时间听他细说，因为我是从大学医院打的电话。我给他打电话，是想还给他一个他曾说过我欠他的"大人情"。

我告诉他，我们已经抓到了珀利·纽瑟姆，贾斯廷明天准备登报声明这个消息，我可以给《星报》这个早晨报道的优先权。巴布询问我们是不是要把犯罪嫌疑人押送回希尔斯顿警察局。我说，暂时不会，我们会把珀利安排在大学医院的一个特护病房里，因为他得了急性支气管肺炎。

第二十一章

多拉德监狱的典狱长扎克里·卡彭特也没跟我聊多长时间。毕竟他管理着比海文大学学生还多的寄宿者，收留着比在整个皮德蒙特县的地里还多的农民；还在自己的工厂——为北卡罗来纳州的每个州立机构，从精神病院到盲人学校，制作亚麻布和缝制制服——里掌管着比卡德米恩纺织厂高峰期招录的还多的流水线工人。很有可能，在乔治·霍尔正睡觉的县立监狱里，他用的床垫和枕头，是多拉德监狱里做的，穿的裤子和衬衫，也是多拉德监狱里做的，甚至看守们也戴着多拉德制造的帽子都是。

每次看见多拉德监狱，都让我想起那种地处偏僻的男爵私人城堡，中世纪的味道十足——他们自己种麦子，做布料，用灰浆砌砖，给病人诊疗，给死人下葬。或者说，那里就像一个十九世纪的乌托邦农场；只是，公众对它不太完美的批评总是毫不客气。跨入线内，一条路直接引导着你走进洞穴中一个个大门紧锁的独立囚室，没有水，没有厕所；反抗者直接被领到盐酸氯丙嗪室。多拉德监狱的工人们，如果到了自由市场上一定毫无竞争能力，他们甚至都没有加入工会，一个月二十五元的工资对他们也毫无诱惑力，还不如给他们放两天假来得高兴。他们没有选择不做工作的权利，生产出来的东西也直接交给州里。州政府再把左手里的东西卖给右手，据说，在这个过程中，就会有一些微妙的东西落入了私人腰包里。事实上，监狱里有个尽人皆知的秘密，卡彭特典狱长的前任去世时十分富有：犯人们不断地传播着那个古老的监狱笑话，说他卑鄙到往电椅上撒图钉。

一个在那里工作的上了年纪的模范囚犯，给我滔滔不绝地讲着卡彭特和他的前任之间的巨大不同，因为我得在典狱长的办公室里等着他，而他去处理死囚牢里的犯人因为狱方阻碍了公共收音机的节目收听而骚乱了。这个模范囚犯说："卡彭特先生是个工作努力、诚实可信的人。你可能也恨他，某些人都有自己的理由，但我一直在这里待着，有时候一待就是一天，上尉，这个人是绝对不会骗你的，他不会对你撒谎。"

这对我来说可是个好兆头。等他最终回到办公室里时，他那高大、灰白、朴实无华的身躯坐在专有的石凳上，石凳也是监狱自己制造的。他说话一般没有开场白，除了说"天变热了"，而我接道："是啊，我觉得上帝把春天和秋天都带走了；一年就剩下两季了。最近你没有注意到？"

"没有。我就是出去也分不出来哪个月跟哪个月不一样。"他往前挪动，用火柴点亮一个带着黑色大碗的管子，皱着眉头看着我。"听着，你要我往前回想，我总是推脱过去。现在我有点儿想法。"

"你躲过了两个问题，扎克。"我坐在他对面的一把无花纹的木椅子上。"一个关于温斯顿·拉塞尔，一个关于朱利安·刘易斯。"

他吹了吹管子，点了一下头。"你想知道温斯顿在这里服刑时，都有谁来探视过他。好，我给你个名单，但可能不全。"

"哦？还有人不愿意将自己的探视写进记录的？"

"是啊。"他将手伸进口袋鼓鼓的灰色夹克衫里，抽出一张纸递给我，上面是打印好的日期和名字。我看见奥蒂斯·纽瑟姆三次——最后一次是拉塞尔被释放的前一天。第一次记录，在非常靠近表格开头的位置，时间是在温斯顿刚刚进监狱之后，奥蒂斯和威利·斯莱德尔一起来探的监。我正考虑着这个问题，卡彭特桌上的对讲机响起来，东区七号的一个犯人洗澡时试图割喉自杀，现正在送往罗利医院的路上。卡彭特轻声嘟囔一句，又坐回石凳上。"可怜，愚蠢的孩子。"他叹口气，再也一声不吭。

"还有一个问题，扎克。"我从来访者名单中拿出一页。"你为什么现在把它给我了？"

他抓了下管子的尾端，以防烧红的管子碰到他灰红色的脸颊，然后转换了话题。"另一件事是，为什么在拦下霍尔行刑的那天晚上，朱利安·刘易斯会亲自来？"

"因为布里格斯·卡德米恩死了，是吗？"

"我想，那只是个借口。但刘易斯来，是因为州长派他前来。他本人对给不给缓刑都无所谓，也用不着期望沃斯通会不会通融。在我看来，乔治是死是活与他一点关系都没有。不用太带个人感情，我觉得那样也不好。"卡彭特悄悄地晃着身子，侃侃而谈，我们俩身边的呼叫器、电话、机器设备和犯人的喊声此起彼伏。有时候他会停下来，缓慢地选择词语，好像在费劲地找出那些伤害力最小的词来描述他不喜欢的事。"也与政治无关。现在，州长方面还是强烈主张死刑的。他认为这也代表了整州人民的心声。"

"现在，处以死刑好像确实越来越流行了，是吧？尤其是在南方。所以，他为什么要逆流而上，给霍尔缓刑呢？"

卡彭特看向窗外。"州长认为，如果能制造点什么事，让这个叫安迪·布鲁克塞德的家伙在公众的立场公开反对死刑，那么他们就可以把他踢出下一任的州长竞选。乔治·霍尔的案子就是让布鲁克塞德先生必须选择那个立场的压力。但当时他还没有明确表态。乔治的时间也越来越近了，所以——"卡彭特把炭灰倒进一个脏兮兮的金属碗里。"所以，州长认为得把事情缓和一下，给霍尔的支持者一些时间去强迫布鲁克塞德必须作出选择……这就是缓刑的来由。"

"我的天啊，扎克。是谁告诉你这些的？"

他说:"是州长告诉我的。"

"沃斯通州长亲自告诉你,他命令缓刑就为了竞选战争吗?"可悲的是,我听到他告诉我这个事实时,并不是十分惊讶。

"我和鲍勃·沃斯通是多年的朋友了。"卡彭特看着我,下颌紧绷着。"这还不是他告诉我这个故事的关键所在。他主要想知道,刘易斯强烈地要求缓刑,这其中到底跟他竞选州长的活动有什么联系。后来他听说,刘易斯跟卷入乔治案子里的一些人有联系。但是,内情他一点儿也不知道,他告诉刘易斯,他也绝对不会再跟他透露任何事情了。"卡彭特薄薄的嘴唇上溢出一抹淡淡的微笑。"当然,到现在事与愿违。那个律师逆流而上,给乔治争取了重审。我想,如果什么事涉及了政治,就可能两边都得利了。"

"是罗斯索恩。"我说道。

一个穿制服的女人探头进来说:"厨房里的火灭了,一个患有严重癫痫病的患者在会客室犯病了,牧师已经在外面等候了。"卡彭特向她说了声谢谢,当她走了后,他又接着用缓慢的语气继续着刚才的话题。他说:"我不知道到底该怎么说。但是最近我一直问自己,究竟这些腐败所为何来?"他粗大的手指放在肚子上。"就在这座大楼里,我已经把很多人送进了死刑室,就是这条路,我曾安排送走乔治。还有一个女人。整个过程中,我们都在等待着一个电话来阻止。在这条路上,有些人,我是领着走进行刑室的,他们唱着颂歌,吹口哨;一个伙计还信誓旦旦地说,州长的命令一定会到。有些人,被我们拖拽着,哭泣着走进行刑室的门。有些人在忏悔。还有些人到临死还强调自己的清白。总之,我们永远都不会知道还有什么。"

卡彭特离开摇椅,走到厚重的窗户前面。下面,犯人们在除草、撒花籽、捡碎石。他冲这几个人点点头,然后叹口气。"你知道吗,卡迪,那扇门哐啷一声关上后就没有什么不同了。他们都会尿裤子,流淌出一样颜色的鲜血,手握拳头使劲拽住椅子。很多人看着看着就会呕吐,甚至逃跑了。我也总是有同样的感觉。"他冲我转回身。"下个月,我又得将一个黑人男孩送上死亡之路。到现在也没有任何组织为他的自由而抗争。估计以后也不能有。他会按时被处以死刑。就是那个烟酒店抢劫案，其他人给控诉方作证，说他扣动了扳机。可能是他干的。我也不太清楚。有可能是他。有人操控了这个系统，说四年之内他就会被释放。他的智商测试是七十五。我通知他行刑日期时，他微笑着说：'是的，长官，我明白。'第二天，他又问我，他什么时候可以回家看妈妈……我想，我已经厌倦这种生活了。"

我问他，是不是想放弃了。他瞥了一眼这个昏暗的大房间，耸耸肩膀。"可能我根本没有选择。"呼叫器又响起来。我边站起来边说："你是说，如果我需要，你还会再次帮我作证的是吗？"

他对着呼叫器指示说，让牧师继续等一下，派过去一个警务人员。他指着墙上挂的沃斯通州长的照片。"鲍勃·沃斯通给我的这个工作，"他的嘴唇薄成一道灰线，"是。如果你需要，我会帮你重复刚刚说过的话。"

"你知道我现在想什么吗，扎克？我觉得博比·皮姆和温斯顿·拉塞尔那天晚上是被人派到斯摩克斯酒吧去杀霍尔的。"

他擦了擦脸上丑陋的伤疤。"我从来都不介入私人事件，除非他讲给我听，但乔治·霍尔从来没有讲过。他到底参与了多少，知道多少你手底下那几个腐败警察和城市审计官那伙人的肮脏交易——我也不知道答案。与我有关的就是，我得知控诉方认定他有罪并判了死刑。而我要按章行刑。"典狱长的蓝眼睛里抹上一层迷惑的悲伤，他转过身背对着我。"但是，如果没有那些超出你、我，还有鲍勃·沃斯通的申诉……在上帝的天堂里，我还有什么理由杀掉乔·邦德这头可怜的小笨羊呢？"

在我的安排下，贾斯廷在卡陶巴购物中心见到了珀利，当时，他在彩虹喷泉旁边的长凳子上蜷缩成一团，就像罗利的女招待形容的那样，肮脏污秽，骨瘦如柴，贫病交加。他差点儿因为肺病丧了命。他的皮肤薄如白纸，而且高烧烫人，喘气也断断续续，贾斯廷扶着他上车时，他还严重地左右摇摆。还没来得及送到大学医院，珀利就昏死了过去，但在那之前，他还是讲了点故事，用贾斯廷的话说，就是不停地表达着自己如何可怜，中心意思就是温斯顿·拉塞尔疯狂了。是温斯顿把他带进了地狱，跑路，躲藏；躲藏，跑路。幸亏有了报纸和电视，他才知道警方不辞辛苦地跑到佐治亚和阿拉巴马州通缉他们俩。温斯顿不允许他们住汽车旅馆，或者购买零食，甚至不能开车进城。他都从偏僻的地方偷车和食物。他们曾在荒无人烟的三个不同的废弃木屋里躲藏着，还曾藏在一个阿巴拉契亚山里的靠近田比斯迦的国家森林中。在那里，一个远足者在露营，温斯顿开枪打死并掩埋了他。温斯顿简直是疯了。那晚珀利试图逃跑，但遭到温斯顿的一顿毒打。温斯顿是他认识的最卑鄙的人；他根本不在乎珀利的饥饿、生病和恐惧。他拿走了珀利身上所有的钱。还告诉珀利，如果他敢泄露消息，就会让他从人间消失，像当初干掉威利·斯莱德尔一样。温斯顿简直什么都不在乎。他不在乎珀利病得越来越重，甚至不在乎奥蒂斯已经自杀；他们看到这个消息时，他居然说他不足为重。有一天，温斯顿把虚弱、无助的珀利扔在小屋里，用铁条封上门，开着车去偷食物。他根本没想到，发着高烧的珀利还能有力气跳出窗口，还能走三十英里走出山林，甚至聪明到找到路。但珀利还是成功逃跑了，不是吗？而且珀利打算把整件事和盘托出，因为这些根本不是他犯的错，没有人告诉他事情会演变成这样，他所做的只是一直跟着走，可他走累了，再也跑不动了，而且温斯顿确实是疯狂了。我站在重病监护室的床脚边，小声跟贾斯廷说："好吧，继续。"我们达成一致，我不参与审问，因为珀利对我有强烈的反感——交换条件里也写明了。他躺在那里，满脸通红，瞳孔深陷，往日粉红丰满的臂膀如今干瘦灰暗，胳膊和鼻子上插着各种管子。贾斯廷往前挪挪椅子，按下录音机的键子，柔声说道："珀利？如果我说得对，你就告诉我，好吗？"他躺在枕头上点点头。贾斯廷友好地轻轻拍拍他，说道："好吧。温斯顿杀了库柏·霍尔。你当时并不在场。他告诉你，是他干的，是吗？"

珀利试图润湿嘴唇好开口说话，但他的声音像从很远的地方传过来似的。"是威利·斯莱德尔告诉我的。当时是威利开的车。"

贾斯廷点点头。"那么我们往前回顾一下。当日你跟踪安迪·布鲁克塞德一直到湖边机场，你替奥蒂斯一直在那里监视着，当你看见布鲁克塞德跟霍尔见面了，就赶紧给奥蒂斯打电话，因为你觉得——"

珀利不耐烦地打断他，低声赶忙说道："我当时什么也没想。只告诉奥蒂斯说我看见了他们，然后他打电话给农场，告诉给温斯顿。温斯顿过来后说奥蒂斯告诉他，马上干掉霍尔。"

贾斯廷点头。"你在车里说，那天一大早，库柏·霍尔打电话给奥蒂斯，说他找到了一盘关于安迪·布鲁克塞德的碟片。还说，他看见了副本，听到了一些媒体一定感兴趣的关于刘易斯的负面消息。他想让奥蒂斯安排他跟刘易斯见个面，是这样吗？"

我惊讶地看着贾斯廷。这么说，当时库柏·霍尔既给左翼，又给右翼这两方面都施加了压力；既联系了布鲁克塞德的成员，也通知了刘易斯的成员，为了更加确保他想为他的人民所争取的利益。老天，这人天生就是个富有胆识、谋略的伟人。

贾斯廷继续道："奥蒂斯十分担心霍尔是在为布鲁克塞德做事，之前已经派了某些人打入了自己的内部，尤其担心有人已经向他透露了什么消息。"

"温斯顿说，奥蒂斯十分害怕。给我点儿水，赛威尔。我要烧死了……"

当贾斯廷把纸杯从他嘴边拿走后，珀利虚弱地从嘴唇上沾点水，滴在烧红的脸颊上。"你听好，奥蒂斯从来没有预谋杀掉霍尔。他从来没这么跟我说过，我可是他亲爱的弟弟。威利也不知道这件事。温斯顿杀了霍尔之后，威利吓得都他妈的行为怪异了。他原来以为只是跟着就行了。他告诉我，温斯顿冲他喊着：'超过他！'然后就从窗口直接开枪打中了霍尔。温斯顿是个疯子，赛威尔。"

"是的，是的。你躺好。"贾斯廷帮着珀利躺回到枕头上。"但是你在车里告诉我的，温斯顿恨库柏·霍尔，是吗？我是说，库柏的哥哥杀了博比·皮姆，而博比是温斯顿的搭档。"

珀利嘟囔着。摇摇头。"我猜的。我不知道。所有的事都一片混乱。就是因为钱。你知道吗？在罗利，有人拿走了钱。"

贾斯廷说，是，我们都知道。"那么，温斯顿从多拉德监狱出来后，就直接去了公交车站的锁柜。博比把钥匙放在了钱包里，而温斯顿却没找到那个钱包。"

"温斯顿直接去找了拉娜——"

"他认为皮姆的妻子会跟踪他？是她拿走了钱吗？"

珀利的呼吸有些虚弱，被一阵咳嗽打断。"起初……后来他花钱雇了一个人在车站盯着那个锁柜。这人后来往农场打电话给温斯顿……说有个流浪汉总在那附近转悠——我们后来发现是一个叫吉尔克里斯特的人——他刚刚来过，为霍尔……打开了锁柜。温斯顿顿时暴怒了。"

"那个人怎么知道那是库柏·霍尔？"

"认出他了……从电视看见他……所以我趁他上飞机的当，钻进了他的斯巴鲁车里，博比锁柜里的箱子在那里，但是已经空了。"纽瑟姆费力地喘着气。

"那么你离开飞机场之前，把那个公文包交给了温斯顿，而他毁了它，是吗？而且你搜查了霍尔的车，想找到那盘碟片的副本，但是没有找到，是吗？"纽瑟姆虚弱地点点头。"珀利，坚持一下，珀利。告诉我布鲁克塞德的那盘碟片的事。温斯顿杀了斯莱德尔之后，你们俩也没能找到那碟片的原件，是吗？"

"找不到碟片……威利藏起来了。没法说。可能他想上交了吧。我说：'别杀他，温斯顿。不要。'"

"那么奥蒂斯有碟片的副本吗？"

"我不知道。请让我安静会儿。"珀利烦躁地把头转来转去，喘着粗气。"喘不过气了……喘不过气了……"

贾斯廷关了录音带，起身去找大夫。

"纽瑟姆不会死吧？"我问道。半小时后，一个年轻的医生怀疑地看了我一眼，好像埋怨我不通情理。我看着她。我们站在走廊里，倚着重病监护室的办公桌。我说："如果他情况危急，我们得马上带着录

414

音机回到他那儿。"

"不，你不能去。"这个年轻的女孩大概只到我的腰，白色夹克衫的袖子放长到手关节上，牙齿上还带着牙套，看上去对匈奴王阿提拉倒是蛮信仰的。"谁也不准进去。纽瑟姆先生的体温是摄氏三十九点五度，现在他正在吸氧，情况不太稳定，而且很严重。"她双手交叉，补充道，"但是，他不会死的。"

我问她能否确定，她说，她能确定的是，今天再也不允许警察进入重病监护室了。

我问："那明天呢？"

她说："差不多吧。"

我冲她叹口气："大夫，所有的事情都直指那一种假设。"

"那为什么你还不满意呢，曼格姆上尉？"

"为什么？"我拍拍桌上的便携式电视机，里面正上演着七频道新闻。"因为历史就是一个装满了不可预知文明的破旧、脏乱的大垃圾场。"我看见她夹克衫领口的扣子上也有布鲁克塞德的画像，就指着它，补充道："还有他们的构想者。"可能我们俩可以继续聊聊枪杀和政治，但是一个男护士推开我们俩后面办公室的双层门，冲她喊道："大夫！请拿强心剂！"这个小个大夫急匆匆经过我，像个短跑选手似的一溜烟跑了。坐在门边、守了整夜的韦斯·彭德格拉夫还得赶紧抽回双脚，以免挡了她的路。

我对贾斯廷说了声"哦，见鬼"，他正蹲在墙边，好像很悲伤。"我们回局里吧。晚点儿再过来。到底那盘母带在哪里？"

没人回答我。

我又问道："你知道，这个老笨蛋珀利居然不相信是奥蒂斯下的命令去杀掉库柏的。但是跟你打赌，就是奥蒂斯下的这个命令。温斯顿是疯狂，但他并不傻。他知道乔治没有出庭指证他，就没有理由杀掉库柏，而且，他也不可能只因为一时的冲动就杀掉一个来钱道路上的重要人物。最重要的是，他也绝对不会让斯莱德尔坐在身边，只有他们两人在同一艘船上时才会这样。对吗，李将军？"

贾斯廷仍然没有回答，我碰碰他的皮鞋。"嘿，振作点！珀利已经给了我们奥蒂斯和他们那帮政治伙伴们的直接线索。我这里还有卡彭特提供的来访者名单。我们都知道温斯顿发誓要杀掉我和珀利，而我和珀利还在希尔斯顿。我打赌，温斯顿看了我在亥特拉斯角拍摄的大照片，他一定会来这里找我们。那时我们再设计抓住他。"

贾斯廷毫无兴致地点点头，不想提醒我，他多么讨厌我那张大照片，或者猜想在我们抓到拉塞尔之前，他都可能把我打倒。我们离开医院——门厅上方还悬挂着贾斯廷爸爸画的一幅画——我试图跟他说霍尔的审判。艾萨克真有那个能耐，能证明乔治从来都没有为皮姆和拉塞尔运送过赃物？要果真如此，他就会力保乔治无罪释放，那么米切尔就会又输了一回。

贾斯廷嘟囔了几句我没听清楚的话，就进了我车里。开往市中心的途中，我兴高采烈地指给他看希尔斯顿大剧院的石头围墙，现在爬满薰衣草和紫藤蔓。"是啊，很漂亮"，他看都没看一眼就开口说道。

"天啊，你怎么这么冷淡沉静？孩子，到底怎么了？现在事情正向有利于我方的势头发展。我想让你跟布恩取得联系，帮他们找到那个木屋子，把那个可怜的露营者的尸体挖出来。"

"好的。"

"你到底怎么了？"

他耸耸肩膀，摇摇头。我没再问。可能是看到他爸爸创办的、后来也在那里逝世的大学医院有些触景伤情了。更别提那次他喝得酩酊大醉开着车载着他爸爸，结果出了车祸导致他爸爸突发心脏病的事了。在那之后的几年，贾斯廷自己在同一家医院住了几个月，大夫们从他的颅腔里取出了一颗子弹。总之，一来到这里，他的脸色总是不太好。

但是，他终于决定告诉我的是，并不是大学医院让他感觉不爽，也不是珀利，更不是他现在正负责侦破的两个案子。他真正担心的是艾丽斯。

我整个身体冷得像遭遇了冻雨似的，赶紧盯着他，结果错过了海文转往缅因大街的路口。"天啊，不是啊，"贾斯廷赶紧解释道，"她很好，孩子也很好——我们刚刚做了 B 超。不是，不是，没有什么大事。是布鲁克塞德。她昨天遇见他。"他咬了咬牙。"他已经决定提名哈罗德·德威特取代她成为副州长了。"

"哎，妈的！就这事？"

"这事还小？！你能相信吗？在那些全无慈悲心的成员里，布鲁克塞德居然说德威特是最重要的！"

事实上，我可以理解。德威特是个政党机器人，在这个州的半个西部地区很有人脉，而且什么社会关系、钱财，以及过去二十年的社会经验都比艾丽斯·麦克劳德积累得多。这些都足以让布鲁克塞德向以前那些"无慈悲心的成员们"道歉。副州长的职位可以让德威特有充足的理由接受道歉的。

拐进市政府大楼的地下停车场里，我说道："一帮政客。他妈的。她怎么办？"

"比我强点儿。我对布鲁克塞德简直愤怒至极，还自以为我们私交甚笃呢。"

我说："嗨，那又怎么样？这又不是私事。"

他密实的长睫毛张得大大的。"你在说笑吗？这当然是私事了！所有的事都是私事。你想啊，如果艾萨克·罗斯索恩赢了，那十二个人决定不把乔治送进毒气室，那不是个人的事吗？布鲁克塞德是她的朋友，而他在已经做出决定了才告诉她。我是说，他这种做法不对。"

"如果这是私事，他一定会选择艾丽斯；我肯定他一定喜欢艾丽斯胜过哈罗德·德威特。"老天，我怎么替安迪·布鲁克塞德辩护起来了？

"我为你卖命工作，卡迪；我是说，我极力想冲破家庭圈子。很多人如今还是不赞成李嫁给一个——"

"白人？……自由党人？……战争能手？……袜子上还拴个带子的人？"

"哦，赶紧闭嘴。"贾斯廷感觉好了很多。

我开进车位，问他道："嗨，你们俩今天过来和我一起吃饭吧？告诉艾丽斯，炸鸡蛋，炸薯条，炸火腿，我们再给你放点紫花苜蓿幼芽。

417

我们一起看《史密斯先生去华盛顿》让她看看她其实是躲过了一个多大的污水坑。"

最终贾斯廷笑笑说："那我来做饭。但是艾丽斯还好。是我觉得难以接受。她倒是也没怎么期待。你知道艾丽斯的：她根本没什么人脉。她太年轻，而且怀着孕也没法大规模参加竞选。后面的事也太多，如此之类的。总之，布鲁克塞德是找足理由做出这个决定的。"我发现他不再叫他"安迪"了，都改回到"布鲁克塞德"了。"他倒是建议她做执行秘书。"

"是让她每天给他倒咖啡吗？下去吧，我好锁车。"我一阵倒腾，把车停在电梯旁边，出车门前还仔细地往四周看了看。现在我仍能感受到温斯顿·拉塞尔在水泥墙后面，或者蹲在汽车的挡风板背后伺机行动。我快速走到电梯口，按下按钮，等待电梯开启。"她怎么回复布鲁克塞德的？"

"我告诉她，答复他接受。"

"是啊，但她告诉他，需要考虑。"

"对。她得知道自己的看法。你知道，比如像对死刑的看法——应该能对他产生影响。但是，听好，"贾斯廷慢慢地走进电梯，"执行秘书在某种程度上来说比副州长还有权力。你知道，里根当加利福尼亚州长时，米斯是他的秘书对吗？"

"那也是推荐的？"

"我是说，艾丽斯说，米斯是个很有能量的人。"

"我知道，J.B.。当初艾丽斯给我们俩念米斯如何花费大量时间去游说州立法委员，不让他们废除死刑的时候，我在那儿听着，等到知道死刑已经必须废除了之后，他和里根还在投票表决的前一天，把一些黑人送进了毒气室。你看，这就是很有魄力的代表。告诉艾丽斯，抓住这个机会。"

电梯中途停站，看见一个男人站在外面，我身上一阵紧张。是海勒姆·戴维斯中士，他薄薄的白发梳理成旧式的模样，一只手上拎着午饭的纸包，另一只手上是运动包。六月里的这几天有着八月的酷热，可他的制服还是那么板板整整。

"你提前了一个小时吧，海勒姆？"

他拎起运动包，看起来有些尴尬。"我正在上默尔警官的课，上尉。"

"布伦达在上课吗？讲什么？"

"增氧体操，"贾斯廷解释道，"我们在休息室里看着电视跟简·方达练习。谁跟着学都行。"

"我还真是刚刚知道。"

贾斯廷咧嘴笑道："当老板很闭塞吧，哈？"

海勒姆给我们看当地晚报的首页新闻——一小段新闻评论，所持观点比我怀疑的噱头报道要保守些。大标题是："布鲁克塞德挑中了德威特"，但那不是它想让我们看的。要我们看的是在底下的一小条："格兰·德拉贡取消了上凯茵的节目"。根据文章所说，复活的原三K党领袖原定今天晚上要做客卡罗尔·卡西·凯茵的节目谈谈放弃三K党的心得，如今又再次声明放弃了；而且他同时取消了今天的电视节目和明天在三一教堂举行的讨论会。卡罗尔·卡西的继任嘉宾将会是柯克·尼布松，海文大学同性恋社会活动的主席，还有布罗迪·奇克夫人，天主教家庭主妇俱乐部的主席。我说："哦，听起来蛮有意思。我想：那些三K党的孩子们一定告诫过格兰·德拉贡，如果他想开始漫长的新生活，还是老实点儿的好。"

电梯到了我们那层，我走出来，看见布伦达·默尔和穿着毛裤的约翰·埃默里正往休息室走去。

贾斯廷说："明天晚上在三一教堂，布鲁克塞德是主要发言人，那里也会吸引很多观众。艾丽斯说，是杰克·莫利纳鼓动她去参加的。她估计也是莫利纳推荐她做执行秘书的。杰克还保证会把她的一些观点合并进他在卡德米恩体育馆的讲演当中。

我早就建议过布鲁克塞德的竞选委员会别参与这些体育场外的大型集会，但是他们偏不听。他们不仅说服了一位著名的左翼电影明星出席，居然还有其他三位电影明星和一位摇滚歌手都同意免费演出。那地方将会聚满围观的群众，他们甚至不知道是谁要竞选州长，更不介意谁能胜出了。我打了个私人电话对他说，明天晚上对我们来说会是个安全噩梦；可他却告诉我："莫利纳会全权负责。他会安排好一切的。"我现在跟贾斯廷说："莫利纳博士最近好像成了掌舵人了，不是吗？简直成了忠心耿耿辅佐皇帝的大臣了。"

贾斯廷皱皱眉。"我不太喜欢莫利纳这个人。"

"哦，哦。你只是不太喜欢他的穿着吧。"

"我不喜欢你穿的衣服倒是真的。"他轻拍我衬衫前襟——哦，那只有百分之五十棉——他又用力推了一下我的肩膀。"但我还是十分爱你。别紧张海勒姆，希望你姐姐现在好点儿了。"

"贾斯廷是个好人。"海勒姆若有所思地点点头，我们望着萨维尔五世快步走下楼去，他爸爸的旧公文包在手里来回换着。"我以前一直不理解，你知道的，有这样的家庭背景，他当初怎么还进了警队。"

我说："是啊，我以前也一直认为，他就是跟我们一样的，是在贫穷的农村混迹讨生活的人。但是，事实上，他参加警队是因为他很适合当个侦探。"

"我可从来没说过他是'讨生活'的。"海勒姆挺直脖子，紧卡着衣领，像只生气的小鸟。"我也不是你说的农村人。我是从罗利来的。罗利是个城市。"

"但是你确实有很多农村亲戚，不是吗？"

"我没有！"

"至少还有两个呢。你有两个孩子。"

他的脸色青紫，我都能感到那种热量。我向他道了歉。

我走下楼，到卡尔·亚伯勒的屋里，他想知道为什么作为希尔斯顿的市长，他必须得从电视上得知，希尔斯顿警察局已经控制住了珀利·纽瑟姆。我又道了歉。我还向李道了歉，不该因为她丈夫布鲁克塞德甩掉了艾丽斯而迁怒于她。我看见办公桌上的字条，米切尔·贝兹莫尔跟我说，我应该向他道歉，因为我总是犯拼写的错误，从a到k。我还向多洛勒斯·罗奇法官道歉，她给我打电话，讨论要派马丁·霍尔做义工，因为他从学校被开除后，需要社会的帮助，而我在电话里

420

居然没听出她的声音。李又打回电话来道歉说，不该在我向她发脾气时候跟我生气。这时巴布·珀西没敲门就晃进我的办公室里，事先也不打声招呼，不过，好歹他还没说对不起，要不我可真是疯了。他一屁股坐在长椅上，嘴里啧啧有声，命令我道："打开空调。天啊，我实在太讨厌南方了。"他把粉色的衬衫从裤子里拽出来，上下扇着。"登月脚已经回特拉华了，可我一直都没有机会接近他。而且，那个该死的小医生把珀利·纽瑟姆看得那么严实，我蹲了那么长时间都没能见到他。"他卷起袖子，挠挠胳膊。"但是，她倒是挺对我脾气，下次我再到大学医院，就约她出来。"

"干吗还那么腼腆？为什么不在走廊里见到她时，就直接撕开她的裙子？"我抓了一把比萨口味的爆米花，走到窗口去喂鸽子，"巴布，你她妈的把鞋给我从沙发上拿下去！"

"嗨，太酷了，上尉……你知道的，我午饭的时候采访了你那个伙计罗斯索恩。为了霍尔这案子，他简直像个苦力。他说，他早就不在乎这种工作状态了。说这案子将是他接手的最后一个了。你相信吗？"我耸耸肩膀。"我也不信……听好。我曾问他，到底谁是他的英雄。他说：'甘地、埃莉诺·罗斯福，还有你，曼格姆。'"他哼了下鼻子，大笑起来。

我捡起掉下的爆米花碎渣放进嘴里。"明天再问问艾萨克，他就会告诉你是西塞罗和圣女凯瑟琳。去吧，巴布，滚出这里。"

他抬高双腿，避免意大利的鞋跟碰到我的椅子扶手。"曼格姆，你很令人着迷。我想，你一定听惯了人们这么夸你吧，啊？就是你那个伙伴艾丽斯·麦克劳德太差劲了。我听说她跟布鲁克塞德是一伙的。但是，我们分析一下，他还需要德威特充当减速火箭，解释那些难懂的话，最近以来，他一直想把那些有点活心思的都赶回左边去。你听没听在夏洛特的那场演讲？据说听起来可像格洛里亚·斯泰勒姆。"巴布还在抱怨，但我可没兴趣再听了。我在想着布鲁克塞德把那些有点活心思的都赶回左边去；想着杰克·莫利纳为他的州长候选人尽心尽力地工作。我突然有了点想法，大喊出声：我已经确定，绝对是莫利纳从库柏的办公室里偷走了那盘碟片，怕他落入对手的手里。那就意味着，碟片就在他的手里，也意味着，我突然意识到，他自己可以用来对付布鲁克塞德。用它来获得政治利益，就像库柏当初一直努力争取的那样。莫利纳为了他们的事业，打算敲诈他自己支持的候选人。

"你哼什么呢，曼格姆？"

我把余下的爆米花撒掉，关上窗户。我说："乌托邦式的社会主义理想。"

"是啊，那是令人发笑的暴动。"巴布从长椅上坐起来，从口袋里拿出梳子，在他的大背头上压出了波浪来。"你听着，我给你透露点事。但你要记得还我人情哦。"我说，如果那帮不上我什么忙的话，就别再当这个城市的新闻记者了，更别说我当初还把你推荐给了库柏·霍尔和领主俱乐部，你也是靠着那几篇报道才红遍全国的。他用梳子梳梳眉毛。"相信我，朋友。我可是个媒体明星。以后可是要得普利策奖的。那么，你到底想不想听？在罗利，我一直私下里放了几条线——用我们的专业术语就是——广泛铺垫深层喉舌。"他用梳子轻轻拍了下鼻子。

我在转椅上用爆米花袋投了个漂亮篮。"直中咽喉，嘟嘟？就你那想象力，我是说，你就别跟人家抢普利策奖了，我看你直接就得诺贝尔奖吧。"

"很可能啊。"他坐在椅子里挥了挥手，"从州长官邸传出个大消息，说宪法俱乐部的实际操控者打入沃斯通身边，隐藏了很长时间，帮自己的支持者刘易斯打听消息。我得到的消息是，戴尔·范肖和阿特沃特·兰道夫唾沫横飞地大肆渲染乔治·霍尔要反击了，如果当初沃斯通州长听了朱利安·刘易斯的劝告，事情一定不会演变成今天这样。你觉得这消息如何？"

我说："他们因为沃斯通特施缓刑而担心不已。他们也害怕刘易斯会输给布鲁克塞德。"

"我的线人告诉我，最近他们呕心沥血地试图打击布鲁克塞德的选票。有消息说，十个宪法俱乐部的成员打算每个人投入十万美金给刘易斯助选。我有这十个人的名单。其中的八个是领主俱乐部的成员。戴尔·范肖也是其中之一。伙计，你想，如果我都有十万美金了，我还会把它投到别人身上？"

"如果你能用这十万美金联络上政府里的人，你就有可能再赚上百万美金，还可能更多，那样你就舍得投资了。"我问巴布，消息中有没有提到为什么沃斯通被迫得支持刘易斯。他告诉我说，在公众场合，州长总是对他的副手很冷淡，事实上他曾经跟他也是很友好的——当然我们无从知道，也毫无关系，很可能是如今挑中了刘易斯的那个后台老板，是在若干年前一手扶持起沃斯通的那个人。

"在政客问题上，我跟埃德温娜想法一样，"巴布补充道，"她跟我说，我从来没有参加过竞选。我只是充当支持者。"他用手抬起一半屁股，满不在乎地放了个屁。"不管怎么说，那很可能的。所谓的二重唱吧。我听一些资深人士放出风来说，从特拉华来的登月脚那家伙会在庭上指证霍尔。我跟州检察长说起这事时，那电话打了不知道多少。"

我慢慢点点头说，当初刘易斯担任州检察长时候，现任的州检察长是他的助理。而且，希尔斯顿的地方检察长助理尼尔·萨德勒——那个曾经去特拉华监狱里问询过巴特勒的人——在去跟米切尔·贝兹莫尔工作之前，曾经是现任州检察长的办公室职员。好，可能他一直在牢牢监视着米切尔。但是，艾萨克·罗斯索恩要求身在特拉华的阿瑟·巴特勒出庭这件事触及红线时，特拉华的高层给罗利的高层打过电话，罗利方面就指示他应该怎么做。他们想要的就是迅速给乔治·霍尔执行死刑。

巴布梳理着鬓发和眉毛，很想知道为什么刘易斯那帮人要骂霍尔是"狗娘养的苍蝇"。我告诉他说："因为如果你不把那点脏事藏住，就容易脱钩，影响了政治上的制冷系统啊。"

"别跟我拽文。你就是个臭警察。他们藏什么？"

我把扎克里·卡彭特给我的字条拿给他看。"巴布，这一辈子你到底想得到什么？"

他仔细想了想。"一个更大的阴茎，一辆保时捷和一次普利策奖。

一个聪明漂亮的像玛利莲·梦露似的的女人，像露丝博士那样有思想，烹调手艺跟我妈妈一样精湛。"

我笑道："除了长相和烹饪手艺，剩下的埃德温娜都占全了……那么影响力呢？未来，你想在这个州里扮演什么样的角色？倾倒一个团体？"

"我就不能只要车和女人吗？"

"你看看伍德沃德和伯恩斯坦他们就是榜样。"我叫他去问问朱利安·刘易斯，他们这么卖力地反对给霍尔缓刑，是不是受了他那两个好朋友奥蒂斯·纽瑟姆和戴尔·范肖的影响。我还建议他去问问戴尔·范肖，为什么他的朋友奥蒂斯不嫌费事地去多拉德监狱探访温斯顿·拉塞尔，为什么他让自己的卡车给那些卡罗来纳爱国者们运送走私的枪支；如果他作为第一个到达奥蒂斯·纽瑟姆自杀现场的人，是不是曾经毁掉了死者的什么字条。

巴布张大了鼻孔——一种新闻记者惯有的好奇心升起的表情。他赶紧从椅子上拿下双腿，站起来，整理下领结。"我怕了你了。但是你和我都要，臭上尉，如果布鲁克塞德输掉了竞选，你我都要遭殃。据谣言说，刘易斯那帮人已经掌握了什么东西，他们在十一个小时之内就要快速、准确地把他踢出局。当然，没人知道那是什么东西，也可能纯属胡扯。我还在书上听过各种关于安迪好色的谣言：他没有做过什么战俘，也没念过哈佛大学。他在海文的时候猥亵过一半的女学生。他从海文的所有承包商那里收取佣金。还说他的姐姐是个同性恋，老婆是个瘾君子。现在我不在乎那些事是不是真的，希望他最好——"

我站起来。"如果那里面有什么事是真实的话，现在早就泄漏出来了。就像班尼·兰道夫把领主俱乐部的事告诉给你一样。"我打开门，示意他赶紧离开我的办公室。"顺便说一下，不管怎么说，那个俱乐部除了起草过一个海文大学不招收黑人学生的规定，还搞过什么事吗？"

巴布记下了这个线索，退到走廊。"是的，那个俱乐部干过挺多事。他们互相帮助，买下了整个北卡罗来纳州。"

"那也不属于犯罪，巴布。那就是世界运转的方式。"

他摇摇头，笑道："曼格姆，可别那么愤世嫉俗。那样会输得很惨。听好啊，如果你认为你已经在这些烂事里陷得太深，你就会找到生命的含义。但是如果你揭开了一个低劣团伙，还会有另外一个伺机而动。而我呢，只是对那些脏事的不同类型很感兴趣。伙计，你相信人类是有原罪的吧。那会让你在很多问题上找到解释。星期天想打篮球就给我打电话。晚点儿再联系。"

这是个新世界。这是我经过休息室时突然有的想法。休息室里，我手下一半不用值班的警员们，身着耐克运动服，拎着哑铃，跟着简·方达的葡萄藤步伐和阳光胳膊的健身操在锻炼身体。而我第二个想法就是，赶紧下楼到伊桑·福斯特的实验室去一趟。他还像往常一样待那里，细长的后背弯在显微镜前。

"灌篮大夫？有个问题：你还记得那个我们在威利·斯莱德尔的大篷车里取出的公文包吗？我们检查了里面的东西，其中有一张简·方达的体操碟片吧？你后来有没有播放出来？"

他转过身来，皱皱眉。"我当时让萨默斯检查的。怎么了？"

"让他马上找出来，好吗？往我家里打个电话。"

一个小时之后，福斯特打到我家里，电话一通，他马上向我道歉。是的，当时奥古斯丁·萨默斯打开了碟片播放了一会儿。但并没有完全播放出来；碟片的开始就是体操课程的录像，他就又放回盒子里，与其他一些我们从大篷车里找到的东西一起，都还给了斯莱德尔的姐姐拉娜·皮姆。我告诉福斯特，找人马上申请搜查令，去她家，如果那盘碟片还在她那里，赶紧取回来。还有，告诉皮姆夫人，说珀利·纽瑟姆现在在大学医院里，她可以去探望。

大约九点三十分，伊桑带着碟片亲自来到河上区。拉娜·皮姆一直都没有打开那个公文包，也根本没看过那碟片，想把它邮回给威利在肯塔基州的前妻。她也没有反对警方把碟片再次带走。伊桑穿着希尔斯顿警察局的衬衫和短裤，一路小跑就过来了。他住在离我三英里远的地方，但是我猜想，如果你以前是个体育明星，那么很难不利用这么好的机会来锻炼一下身体。他来时，贾斯廷正在我的厨房里清洗那些他带到我家做饭用的厨具；他对待他那些厨房设备简直就像外科手术工具，毫无疑问，那些东西都价值不菲。他和艾丽斯两人刚刚给我展示完他们下午买进的婴孩衣物。就在伊桑按门铃的前一分钟，艾丽斯刚刚到走廊那边的诺拉家里，跟诺拉和他家那个几乎永久性的房客艾萨克·罗斯索恩聊天去了。结果是，我很庆幸艾丽斯不在家，因为我不想让她从我的电视机上看到那种录像带快进时出现的画面。前半个小时的画面不是那个公文包子上的内容，也不是那个标签上的内容，而是和成百上千的简·方达锻炼身体的录像带一样的东西。突然，画面上不再是简在给大家展示胳臂练习动作，而是，两个长相不错的人，白人男性和黑人女性，男的身上戴着一块劳力士金表，女的戴着绿宝石的戒指，他们赤身裸体地在一堆昂贵的枕头上面翻云覆雨。汉密尔顿·沃克对牙买加·都兰的评价一点不错；她真的不仅仅是长得惊人的美丽，而且还有其他很多地方也令人惊奇——她用的东西看起来都相当奢华，从她公寓中的家具就能得知一二。

"老天！"贾斯廷喊道，"老天啊，是布鲁克塞德。"接着他又喊道："老天！"我把声音调小，这些事都在我的预料之内。几分钟之后，又回到简·方达的画面，告诉大家在做猴子弯腰的动作时要注意呼吸。接着布鲁克塞德和都兰又回到画面上；然后是体操练习，如此反复几次，我快速浏览完成。我关掉录像机，把碟片锁进办公桌的抽屉里。"哎，"我叹息道，"你们怎么看？"

伊桑·福斯特脸上满是怒容。"我觉得，我老婆一直在支持着一个富有的白人浑蛋。是谁做了这碟片？"

贾斯廷说："跟这个白人浑蛋竞选的另一个富有的白人浑蛋。"

我走向冰箱那边。"是啊，两个白人浑蛋互相竞争的制度就是我们所说的美国民主。这不是更显伟大吗？我得喝点儿威士忌酒。灌篮大夫，你想来一杯吗？"

"威士忌？"贾斯廷问道。就像所有被改造好了的酒鬼一样，他特别喜欢看别人喝酒。"你从来不喝威士忌的，卡迪。我没记错的话，你除了啤酒外可是什么都不碰的。"

最后，我可算是找到了那个某人作为圣诞礼物送给我的老酒瓶。"我还有很多事你都不知道，萨维尔。"

我们给伊桑简短地讲了这盘碟片的来历后，他顺着我丁尼布的长椅伸展开四肢，裸露着粗黑的胳膊地躺在上面——从这头到那头占了个满——眼睛盯着房顶。他说："好吧。库柏·霍尔拿到了都兰这个女人的这盒副本碟片，然后他同时找到布鲁克塞德和奥蒂斯。布鲁克塞德同意跟他交易。但是奥蒂斯·纽瑟姆不同意跟他合作。相反的是，奥蒂斯很快给他弟弟的伙伴温斯顿打了电话，告诉他赶紧杀掉库柏·霍尔。"

贾斯廷说："噢，如果你那么说，你老婆就应该继续拥护布鲁克塞德了。相对来说。"

"可能吧。" 福斯特对政治不太感兴趣。"好吧，如果你对的，那么这个叫杰克·莫利纳的人现在拿到了霍尔手里的副本。珀利告诉你，斯莱德尔藏匿了原件。他把原件刻在了这个简·方达的体操碟片里。那么，他有没有刻一盘给奥蒂斯·纽瑟姆呢？有没有刻一盘给朱利安·刘易斯呢？他有没有刻了上百个副本——"

我脱下鞋，两只脚互相蹭起来。"朱利安·刘易斯一定会让他的那些百分之百地在后面支持他竞选的老朋友失望了。因为现在，他已经完全卷入案子里。在霍尔死了之后，这是很明显的突破口。然而，我敢打赌，是刘易斯像挤出化脓的虱咬疖子一样甩掉了我们的城市审计官。即使他们告诉奥蒂斯，好好用用脑子，我确定他们肯定在头脑里还有别的东西，除敲诈手段、色情录像带和谋杀外。当年尼克松的水管工都没有这么样四处活动枪杀对手。"

"据我所知是那样。"福斯特嘟囔道。

贾斯廷从阳台上抽完烟走回来，说道："那么就是刘易斯冲奥蒂斯发了火，结果他就上吊自杀了。就像那个为亨利二世杀了贝克特的骑士，没得到感谢也就算了，居然还成了杀人凶手。"

"你为奥蒂斯·纽瑟姆感到不值吗？可是贝克特毕竟是被杀了，不是吗？库柏也死了，不是吗？！"

我的电话响了。我想有可能是李。我正琢磨贾斯廷和伊桑都在屋里，我能跟她说什么，或者怎么找个理由能拿着电话上楼去，而不让他们俩起疑。但电话不是李打来的。通话时间也不长。那是个男人的声音，低沉而略带颤音，说道："是你吗，曼格姆？"

"是我，你是谁？"

"你快死了，狗娘养的浑蛋。我马上就做掉你。先通知你一声，因为我马上就去找你了，你听懂了吗？"

我说道："我知道了，温斯顿。"但是电话里只剩下忙音一片。

第二十二章

我们不得不假设温斯顿·拉塞尔还在希尔斯顿，而且还想干他所提到的事情。这使我极为愤怒——用这词我算是客气的——不得不这么继续假设下去，尤其是贾斯廷和伊桑强迫我马上搬进办公室里，每天生活在警方的严密保护之下。"你得待到我们找到他为止。"贾斯廷在我冷静下来之后告知我这个决定。那时候，我唯一的想法就是钻进我的车，满大街地搜查那个狗娘养的浑蛋，一直找到揪出来打死为止。然而，我却不得不回到办公室里。我把珀利·纽瑟姆挪到了大学医院里一个安全隐秘的房间，配备了两个警卫。我还说动了诺拉，带着孩子去她哥哥那里，否则拉塞尔知道了她是乔治·霍尔案子的合作律师，又住在我的走廊对面，可能对他们不利。

艾萨克却不听劝告，坚持住在皮德蒙特宾馆，还振振有词地说："他根本没兴趣杀我，我躲什么。你抓到他的时候告诉我一声就行了。我要传唤他。"他对温斯顿扬言要杀我，弄得我警觉性顿时提高的事实显然缺乏兴趣，居然在夜里两点钟，拎着一扇排骨和一堆有关戴尔·范肖和我在多拉德监狱里从扎克里·卡彭特那里听来的消息的问题摸进了我家的门。你来看看这个人的行为：他毫不客气地喝着啤酒，看看我那块黑板，然后像个不耐烦的老师把笨学生的作业擦掉一样，把我的黑板擦干净。我在凌晨两点把他轰了出去，然后懊恼地在长椅上继续与玛莎睡觉，而玛莎今天脾气也不大好，一个劲在我脚边磨蹭。

与此同时，贾斯廷把他的线人普雷斯顿·波普从被窝里拎出来，带着他和其他几个警员连夜搜查拉塞尔。他们没有找到他。但在凌晨四点，他们在希尔斯顿的一个双层公寓里，搜查到十五个卡罗来纳爱国者们，他们正穿着战斗的制服，围着一张饭桌摆弄着枪支，这显然不是一般的社交聚会。这群人里有那个前中士查理·门尼，几个月前贾斯廷曾听过他的报告，因某些原因他早被清除出联邦军队了。这个双层公寓是他小弟弟的。还有一个是他弟弟的好朋友，威利斯·塔特，那个在霍尔获得缓刑的夜晚，在多拉德监狱外面攻击示威者的年轻混混儿。

贾斯廷的意外到来显然打他们一个措手不及，他们正在策划当天晚上要在三一教堂里召开的反三 K 党的集会上进行破坏——传单散放在屋子里，还有一些斧子，九毫米口径的手枪，自制的煤油炸弹。屋子里还放有大量的大麻。贾斯廷以非法持有麻醉品和枪支逮捕了他们，然后马上联络到了联邦调查局和联邦烟酒枪支管理局，他们到来后把东西全部带走了。在赃物中，有来自白人印欧抵抗组织和南部白人骑士组织的宣传读物，一本号召少年儿童 "跳上三K党的大篷车" 的宣传小册子，一本教你如何污染水资源的技巧手册，一份隐形帝国里伟大的提坦将要给那些能接受圣命杀掉反基督的杰西·杰克逊的人授予荣誉勋章的传单，一架 MAC-10 机枪，两支没有刺刀的短枪，四个军用手榴弹。

我花了近两个小时对这些卡罗来纳爱国者们进行分化打击——只是审问——威利斯·塔特崩溃了，他承认说，他们不仅打算冲散三一教堂的集会，而且温斯顿·拉塞尔也会参加。事实上，拉塞尔在那天的早些时候还在那个双层公寓里露过面。在那种这个州里的每个警察都在寻找他下落的情况下，他们告诉他不能久留；他们要有团体精

430

神。塔特也不知道拉塞尔现在藏在哪里，其他那几个人应该也不知道。相信我，如果他们知道，一定会告诉我的。我十分逼真地吓唬他说，如果不说实话，另一个选择就是跟其他人一起判定为阴谋策划一级谋杀——例如枪杀库柏·霍尔和威利·斯莱德尔等人。尽管他们入会时都发过为事业誓死奋斗的誓言，然而到了这个极度恐慌的时候，每个人都胆战心惊，口不择言地为自己百般辩护。唯一一个例外的就是那个前中士门尼，高大、瘦长、极有韧性，灰白的头发下面一张多毛的脸。他对自己带出来的这些人的表现极为不满，嘴里骂着"他妈的浑蛋"，一掌把一个打倒在地，又冷酷地一脚把另一个踹倒，再一拳打在第三个人的鼻子上。我们赶紧把他拉住，早上七点顺着街道把他送往县立监狱里。那时，艾萨克·罗斯索恩也早早地来到监狱，跟乔治开个早会，讨论当天要进行的庭审问题。艾萨克后来说，那天把门尼送到那里的决定是为了证明："连我都无法预料的命运，所以我情愿把它归为——从理论上说——兵来将挡，水来土掩，何况这时候上帝还能干点什么。"很自然，这个老律师并没有把我算进那些侥幸成功的人里，他只是把查理·门尼添进了他要传唤的证人名单里。

中午，在最高法庭里，控诉方暂时压下了对乔治·霍尔的起诉。米切尔·贝兹莫尔没有让拉娜·皮姆出庭作证，也没再请来一位像登月脚巴特勒那样的神秘证人。他甚至对控诉方最后的证人都没有亲自进行盘问，而是交到了他的助理尼尔·萨德勒手里，这位助理把博比·皮姆以前的邻居带到庭上作证说，在皮姆死前的几个月里，总流露出一种"滑稽和紧张"的神情，他买了一条攻击性的猎狗，因为"他很害怕会有人突然冲出来袭击他"。到了米切尔的第二次庭审时，艾萨克把询问的机会交给了诺拉。她引导着这位邻居作出证明，他从来没有在皮姆家的周围看见过乔治·霍尔，也从来没有听皮姆亲口说过他百般防卫的人就是乔治·霍尔。另一方面，他倒是经常看见温斯顿·R.拉塞尔出现在皮姆家附近。有一次深夜，他看见他帮着皮姆往车库里抬着很重的木头箱子。

地方检察长的助理接着把法蒂·斯摩克，斯摩克斯酒吧现任老板带到证人席位上，老调重弹地证明是乔治先在酒吧内挑起了争斗。法蒂还宣称，他曾经听到乔治说过，他要杀掉皮姆，但是在诺拉的询问中，他在回忆时间、地点，以及当时乔治的原话时，前后出现了矛盾。诺拉还问法蒂，他因为在公共酒吧内从事一些赌博游戏而罪名成立后，是不是没有缴纳保释金。他没有否认。看起来他只是为了提高斯摩克斯酒吧的知名度才出席今天的庭审似的。就是因为这件案子，给斯摩克斯酒吧带来了很多生意，但是他说，不可能有太多的好事，他拍拍腰围，里面可能全是冰淇淋或者炸鸡。艾萨克站起来，也拍拍腰围，表示同意。

最后，我从诺拉那里得知，控诉方一直到最后都没有再问任何问题。米切尔·贝兹莫尔坐在公诉人的桌子后面，交抱着胳膊，一声不吭。艾萨克也一反常态地摆弄起铅笔尖上的橡皮。大家都在紧张期待着场面上双方突然爆发点什么事，可惜最终也没有出现。但是米切尔肯定想了很多。今早八点，我到他的办公室里，给他播放了贾斯廷对珀利·纽瑟姆的审问录音。他从头到尾地听完，拳头不断地敲击着墙面。他攥紧拳头，手指头扎得由红转白，再变成他喜欢的国旗蓝色。播放结束后，他马上穿好夹克套装说道："我去一趟医院。"我告诉他，贾斯廷一直在大学医院，还有两个布恩来的公务人员，他们想让珀利提供更多关于毗斯迦山森林的信息，他们好找到温斯顿埋葬那个露营者的准确地点。

地方检察长对我的话没有一点反应，径自走了出去。

后来贾斯廷告诉我，贝兹莫尔对待珀利·纽瑟姆的样子，与我们俩当时审问珀利相比，简直就像是恋人的爱抚。珀利在受到打击而强烈咳嗽时，重病监护室的护士试图把贝兹莫尔推出去，谁知道反被地方检察长生生扔出门外，他还告诉韦斯·彭德格拉夫说，如果还有人再敢中途闯进来，就停他的职。再次开庭前米切尔及时赶了回来，好像比走的时候老了五岁。他一直沉默不语，一个可能是，他的好朋友奥蒂斯·纽瑟姆的事实真相终于水落石出了。另一种可能性，当然就是他也明白了朱利安·刘易斯那帮人的真正目的。尼尔·萨德勒明显是他们指定的人选。或者说，他终于把两件事情合二为一了。不管是哪种可能性，我中午在法庭看见米切尔走路的样子，就好像是有人踹到了他的肚子。法蒂离开证人席后，他慢慢站起来，盯着法官希利亚德森头上的封印看了好长时间，然后简洁地说道："法官大人，控诉方没有任何问题。"

艾萨克惊讶地看看他，但还是快速地向他深鞠一躬，转向法官席位，向法官大人要求，为辩护方做出当庭裁决。"我申请，法官大人，鉴于控诉方目前已经没有其他事情需要陪审团做出判断，因为他们没有再次提交新的证据，去证明一种合理的怀疑，那就是乔治·霍尔预谋刺杀罗伯特·皮姆罪行的真实性。所以，我提请为被告做出直接裁决。"艾萨克真诚地站起来，一步一拐地走到法官席位下面，伸出胳膊，好像法官会像给孩子糖果似的把判决书递给他。希利亚德森法官只是摸摸鼻子，宣布休庭，午饭之后重新开庭，那时会告诉他他的决定。

我把艾萨克和诺拉拉到街对面，到波哥酒吧快速吃了点儿东西。我应该说是约翰·埃默里、南希·怀特，还有我，三个人把他们俩弄到那里的，因为现在的我整天都在两位保镖的监控之下，他们的手时刻放在手枪皮套上，随时准备应对突发事件。怎么看都觉得我像当初的恺撒大帝或者休伊·郎，真是一曲悲歌啊。所以我们三个不得不在六月的酷热中等着约翰和南希在波哥外面一番检查，就好像温斯顿大白天地敢在这个平时新闻记者、执法者和律师云集的餐厅里吃饭似的。

等我好不容易穿过中午闹嚷的人群走进餐厅时，艾萨克走路开始打晃，然后突然失去平衡摔倒在地，把我们所有人吓了一大跳。

"我没事了，不用管我。"我和诺拉把他扶到角落里的一张桌子旁边，让他坐下。他松开领结，挣扎着想要捡起刚才一直拖在地上的烫绒夹克。"该死的空调把我弄伤风了。我没事。"他脸色灰暗，直流虚汗。我从镜子里瞥了一眼，发现自己没比他强多少；我现在可不是上了年纪缺少睡眠，也不是年轻人精力旺盛，所以根本不应该一天只睡三个小时。

"他身体根本不好；他都要垮了，"诺拉解释道，递给艾萨克一杯水，"这案子简直要了他的命了。他从来没上床睡过觉，一直都靠着威士忌和烟来维持——"

"噢，他五十年来一直这样。"我解释道。这时艾萨克抓住一个侍者的夹克，让他马上给他拿来杰克·丹尼尔威士忌酒。我说："对他来说，健康从来都没有优先权。"

"手头的案子永远第一也是唯一的特权。永远是这样的。"他向诺拉摇摇手指头，说这是"艾萨克书"里的真经。

"不，不是这样的。"她告诉他，轻拍他的肩膀，缓解他的紧张情绪。现在，诺拉看起来非常显眼，因为这里通常来说只是聚集了一些希尔斯顿的男人们，天南海北地聊着生意经，或者来段愤世嫉俗的评论。我至少认识围观群众中的一半以上的人，包括那些在后面桌子上的：巴布·珀西、杰克·莫利纳和卡尔·亚伯勒市长。我挥挥手，很快卡尔走到我们的桌边，告诉我他"非常高兴"我们果断地逮捕那些卡罗来纳爱国者们。这是从他那里得来的最高表扬。他走回去之后，我问艾萨克："你猜，他妈的他们三个在一起干什么？其中哪一个都不该出现在另外两个身边。"

艾萨克痛苦地抿了口威士忌。"有意思。"他说道，然后住口，呆呆地盯着桌布，直到侍者端上来我们点的午餐，应该是波哥的特色菜吧。

"什么有意思？我最后问到艾萨克，他还有些精神恍惚。"什么'有意思'？巴布的新伙伴？你的身体健康？还是所有的摆设？"

"我在想可怜的奥蒂斯·纽瑟姆。"

"你的意思是，他和这个城市里一个领袖级的人物一起干着偷盗、贪污、凶杀、窝藏、非法持械和准军事化的极端行为——"

老律师叹口气。"不是，我的意思是，如果我分析得没错，有趣的是一个虚假品质——忠诚，导致了奥蒂斯的毁灭。他对朱利安·刘易斯和戴尔·范肖的忠诚。在大学校园的俱乐部里，因为他对黑人的仇视态度给他们俩留下了深刻的印象，他们开始走在一起。因为忠诚，他向范肖放开了整个城市的纸制品交易权利。他要忠诚地保护自己的弟弟，于是要求范肖对他弟弟非法用车睁一只眼闭一只眼。"

我切断牛排。"对啊。忠诚地策划敲诈和刺杀——"

"我刚才猜测的只限于奥蒂斯的私人动机，而不涉及政治。这些足够导致他自杀。然而，我想，范肖的动机应该既不是私人的，也不属于政治的，他关注的是经济利益。"

"实话说，艾萨克，我根本不介意他们的动机到底都是什么！"

诺拉看了我一眼。"你知道，你可是个十分易怒的人。"

"一个凶手还在逍遥法外，对吧？这让我有些急躁了。"

艾萨克耸耸肩。"他已经在外八个月了。你怨我们干什么？"

"少跟我来这一套。"

我们都嘟嘟囔囔了几句就停下了，然后又谈了谈米切尔的情况。喝咖啡的时候，诺拉问她的搭档，三十分钟后再次开庭，谢利·希利亚德森会做出什么样的决定。他说道："他不会支持我要求直接裁决的提议，而是要求我们继续辩护。现在，亲爱的，"他拍拍她的手，"具有讽刺意味的是，控诉方并没有提出乔治参与走私这个问题，我怀疑希利亚德森可能结束这个问题的讨论。那么，这其中隐含的意思就是，在乔治和博比·皮姆之前的关系中并没有提到有什么过节儿，那么，乔治预谋行凶的观点就根本站不住脚,尽管我，"他停下推敲词语，"拆穿了登月脚巴特勒，老谢利也不会在考虑乔治和皮姆因为小事而起争执的可能性。"

我说："难道这不是控诉方费尽心思想举出事实证明有可能吗？那怎么就成了讽刺的事了呢？"

"我倒是情愿认为，"艾萨克狡黠地笑笑，"他们因为太过狂热而后悔了。"

诺拉注意到我一直留意她盘子里没吃过的薯条，就把它倒进了我的盘子里。然后她提议说，如果侍者忙得过来给我们结账的话，我们就该回到法庭去了。但艾萨克告诉她，坐下再喝点咖啡。他一边瞥着门边，一边嘟囔道："好吧，好吧，好吧，他们在哪里？"

很自然，我无法回答"谁在哪里？"

侍者走过来，手里没拿账单而是一张纸，上面潦草地写着几个字：

"曼格姆上尉，请你来卫生间。巴布。"我往那张桌子看了看，确实只有卡尔和莫利纳坐在那里。所以我找了个理由离开。"我跟巴布·珀西在厕所有些事情。"

"你看来一点都不介意动机问题，"艾萨克笑道，"我不会要求你仔细研究珀西先生的。我们一会儿见吧。要小心，瘦子。"

"多睡点觉。"诺拉建议道。

在男厕所里，巴布正在看着墙上的涂鸦。我冲他哼了声鼻子。"在找什么呢，巴布，一个免费工作吗？"

"是啊，这就是我为什么把你叫到这里来的原因。你听好，曼格姆，谢谢你昨天晚上派人通知我，萨维尔打掉了该死的三K党的消息。"

"那是意外收获。到底是谁告诉给你的？"

"萨维尔，他喜欢让自己的照片上报纸。"珀西解开那条时尚的裤子，开始小解。"我们能不能严肃一会儿？"

"我们可不可以等到你撒完尿再说？……巴布，我们他妈的为什么要在这里见面？还有，你他妈的怎么跟市长还有布鲁克塞德那个信仰社会主义思想的首相挤在一起？"

"你告诉我，让我未来在州里发挥一些作用。倾倒一个团体。所以，朋友，我现在就在努力地干呢啊。"他拉好裤子，咧嘴冲我笑道。"热爱这个国家。我只有几个问题想问你。"

"不能去我办公室？"

"等不及了。好吧，我拿你的问题去问朱利安·刘易斯，他脸都绿了，极力否认曾经阻止州长给霍尔特赦缓刑。但是我得到消息说，私下里，他唱得可是另外一个曲调啊。我又拿你的问题去问范肖，他的脸也绿了。所以我只好坐下，再仔细想想还该补充点什么——"

"我不愿意认为，是我在逼着你折磨你自己的，巴布——"

两个我认识的律师走进了厕所，走到我们身边，并排着小解，又整理好上庭穿的服装。

他们走了之后，巴布把脚放到水槽里，打算好好涮涮沾满了泥的鞋。"曼格姆，我得说，很随便地说，总体来说朱利安·刘易斯在他的危险而捉摸不定的事业中是胜任的，对一个人来说，与耶稣和布罗迪·奇克同行于水面之上，那也是——"

"是个问题。"我倚在水槽边上，看着他掏出梳子梳理头发。"这就是你跟卡尔，还有杰克·莫利纳一直在讨论的问题？要把这个州拱手送给安迪·布鲁克塞德？"

"你他妈的说得对。我把我能想到的事都他妈的和盘托出了，只要我能办到的。"

我看了他一会儿。"你这辈子还从来没给出去什么吧。你要是上了公交车，不管多拥挤，你都不会给特蕾莎嬷嬷让座的，我还不知道你。"

他拍拍脑袋，把梳子折好放回夹克口袋里。"曼格姆上尉，你为什么不让上帝把山羊和绵羊分开呢？你有把事情过分简单化的趋势啊。你绝对不是自己想象的那么纯粹。我也不是像我宣称的那么愚蠢。"他拿出一个细长的钱包，我看见一张他青少年时期的快照，鬈发顺着肩膀披下来，胳膊里搂着一个花样女孩，女孩的手里扬着"弹劾尼克松"的标语，看起来是学生时代典型的迷惘表现。"多漂亮的头发，"我说道，"我是说，你的头发。"

"我为吉米·卡特剪掉了。那时候我是个真正的崇拜者，曼格姆。现在，听起来觉得惊讶吧。"

我承认。"那个女孩是谁？你的初恋？"

他叹口气。"你说是桑迪？是啊。现在斯坦福大学教经济学呢。我从来也没进入过她的内裤里面。"

"在我看来她好像没穿什么啊。"

"嗨，别那么低俗。"他一把抢回照片。

"别那么低俗？"我抬起胳膊，"巴布，这可让我大开眼界了。看来我得认真点了。如果你能维护一位女性的尊严，如果你能为政治削发明志，那么你怎么可能会把国家和上帝放在保时捷和普利策前面？"

他咧嘴笑笑，把钱包塞回夹克里。"为什么不能两者兼得呢？我支持布鲁克塞德当选，他就欠了我人情。好吧，我来开导你一下。"

"管好你自己就行了。"

巴布说，刘易斯那帮人，很明显明天要跟布鲁克塞德那帮人会谈，到那时，两帮人肯定剑拔弩张。"他们闹闹嚷嚷说，给安迪准备了汽油榴弹。他们肯定以为，一定能把安迪踢出竞选。其实，我们这边给他们准备了更多礼物。协商，就是我们双方所能做的。所以你看，曼格姆，这就是交易。"

"啊，这就是交易。我在想着，为什么我们俩非要到这里来谈这些事。为什么市长和杰克·莫利纳就不能来这里，跟我们一起呢？"

"卡尔是个理想主义者。"他说。那肯定不是事实，但是我想，对他来说，也算是美好的愿望了。那么，这个交易就是，巴布和杰克于上周谈了很多：巴布同意加入布鲁克塞德阵营，带刘易斯那帮人手里掌握的准备对付布鲁克塞德的恶心玩意儿一起投奔过去。至于杰克那边，他跟巴布发誓"我绝对跟你肝胆相照"，并告诉他说，他知道的那些所谓"恶心玩意儿"是一盘碟片，里面是安德鲁·西奥多·布鲁克塞德，"一个新南方的新领袖"，并没有像当初他领取荣誉勋章时候那样，准备好带领新南方走向辉煌。巴布小心地眨眨眼："据莫利纳说，一些刘易斯的人秘密地拍下了安迪跟一个黑人妓女的事。你知道的，像约翰·肯尼迪那样被严重地损害了自由形象。"

我大笑道，问他是不是相信真有这盘碟片存在。

"据可靠消息，我更愿意相信教皇曾博英格兰女王一笑，但杰克说，他已经把问题算了进去，否则你早就告诉他了，是吗？你是不是已经知道这事了？"

我点头。"是，我早就知道了；问题可能不在这里。如果你知道了，那么可能在明天的七频道里播放点片断什么的。"

"伙计，我只告诉你，我已经选好立场了。杰克知道，我不会折腾好色的安迪那伙人了，可如果谁要是跟他们作对，我会毫不客气。所以说，盖子还是扣着的好。因为如果盖子没有打开，我没准还能听到点什么别的小道消息。你看，卡尔·亚伯勒在那里，可他什么都不知道。"

我说，像卡尔·亚伯勒这样的居家好男人不知道这些事情也很正常。尽管，他的担心一直以来与他持有的理想主义沾不到什么边，但是他也不希望把一颗定时炸弹跟所有的鸡蛋一起放在篮子里。我问他，杰克·莫利纳有没有告诉他，为什么他会认为有"存在的问题"。

"莫利纳说，事情在于你不告诉我实话，或者你能告诉我多少。他说，如果你告诉我的话，那么事都是真的。"巴布拍拍我前胸，"那么多人都对你尊敬有加，让我着实很吃惊，曼格姆。所以：一是到底里面有什么内幕？二是那盘见鬼的碟片还有副本吗？"

我想了想告诉他，据我知道应该有两个副本，但是当然可能刘易斯的人手里有，那么他们可能再复制出很多。在我看来，如果刘易斯确实有一个副本的话，现在就应该有什么消息透露出来了。所以他们有可能还在寻找着。但是，如果巴布想看看那碟片，可以让杰克·莫利纳放给他看，因为莫利纳手里有一个副本。他在霍尔死后，从他的文件柜里拿走的。巴布吹了一个口哨。"库柏·霍尔吗？！等一下。我有点蒙了。但我不相信是库柏·霍尔制作了这碟片。"

我说，不是他弄的。然后，我决定了一些事情。我知道我不让巴布·珀西说的事，他一句也不会泄漏。他以后还得靠着我获得内幕消息呢。更为有趣的是我意识到，尽管这家伙就知道傻笑，可我还是信任他。我是说，我不能告诉他我姐姐、我的狗、我的车，以及我的私人生活，但是我可以告诉他新闻。所以，我给他讲了那盘碟片的来龙去脉。在我讲述的过程中，他简直忘了呼吸，只是有时突然大吸一口气。我说，如果我可以证明刘易斯和那些制作碟片的人之间有什么直接关系的话，那么他就不单是为竞选的事操心了。巴布耸耸肩膀。"可你到现在还没有找到这种直接联系。如果他确实有副本,他的手下就会说,是别人用棕色的包装纸给他邮寄过来。而且朱利安也会说他根本不知道这些事，还会假装对此事表示极大的震惊。"

我耸耸肩。"另一方面，他会吩咐他的手下丢掉那些麻烦的东西，赶紧躲开泼来的脏水，也不会顺带威胁布鲁克塞德。实话说，巴布，艾德莱·史蒂文森现在在哪里？"

"你已经以你的发型赢得了观众，连照相机都喜欢你了。"他从镜子里瞥了一眼自己的头发，温柔地摸了摸。"好吧，谢谢你，曼格姆。你给我的消息比我自己想象的要多得多。"

"所以你又欠了我一个人情。不客气。只要在征得我的同意之前别瞎写就行了。"

"没问题。顺便说一句，罗斯索恩对这件事知道多少？"

"可能比你知道得还要多。他的思维很敏捷。"

"他要是知道了，在法庭上会闹起来。我得赶紧回去找个好位置。回头见吧。"他拍拍裤子，移向门边，又转回来。"嗨，你提到说有两盘那样的碟片。你知道另一盘在哪里吗？"

"是啊，我知道。在我手里。"

"你手里？"巴布眼眉上扬，"只是为了在旁边看热闹？或者你让我告诉布鲁克塞德那帮人，你有什么条件？你想在巴尔的摩大厦里解决吗？"

我咧嘴笑笑道："你知道我想要什么的。我想给这个州营造一个平等、自由、公正的氛围。"

巴布冲我摇摇头问："你不要别的了吗，上尉？"

我没有理他，冲远处的亚伯勒和莫利纳友好地挥挥手，便走回自己的桌子，发现诺拉独自坐在那里，表情激动地喝着啤酒。她冲我微笑着问道："什么事，嗑药检验？"

"你听过雅尔塔吧。特伦特立法会议，凡尔赛条约，这就是波哥的厕所条约。那个老胖子呢？"

她抬眼看我，眼里直闪光。"卡迪，艾萨克简直是个奇人。你知道刚才是谁走过来要求谈一谈吗？是尼尔·萨德勒和州检察长，天啊，是州检察长！他们想要为乔治讨论一下让我们在无罪申诉和二级谋杀之间作个选择，如果我们选择后者的话，他们马上就会放弃一级谋杀的控诉。"

我坐下来。

"真的！"她说道，"问题是这样，艾萨克知道这一切都会来。他就在这里等着他们来呢。"

"那米切尔·贝兹莫尔呢？"

"他没跟他们一起来。"

"当然了……对一个如此保守的人来说是很难接受。"

我问诺拉，控诉方态度转变这么快，说没说什么理由吗。她说，他们给出了很多理由。"但是我打赌，现在艾萨克正在地方检察长的办公室里，磨着他们说出真正的理由呢。"她眼里闪着胜利的光芒，从崭新的公文包里拿出一张纸来。上面是艾萨克为2179N.C.控诉方控诉霍尔案子拟好的证人名单，包括珀利·纽瑟姆、拉娜·皮姆、查尔斯·门尼中士、地方检察长助理尼尔·萨德勒、戴尔·范肖先生、多拉德监狱的典狱长沃登·扎克里·卡彭特，还有北卡罗来纳州的副州长朱利安·多拉德·刘易斯。"

她高兴得笑出声来。"老天，我简直爱死了他。你猜他会怎么做？和他们讨价还价将蓄意谋杀换来无罪申诉！"

约翰·埃默里大步走进波哥，冲我扬了扬手表。我拉开诺拉的椅子，把公文包递给她。"亲爱的，在上帝的绿色地球上，没有东西能使这个老人偶尔放弃向陪审团申诉的机会。"

第二十三章

"陪审团的女士们先生们。今天是星期五，时间是有点晚了，大家也又热又累，我们都准备好，马上散场去找些清凉的东西好好解解渴，我也需要坐下来放松放松这条坏腿。我知道你们这十二个善良的人都想要马上站起来。甩开那些硬板凳！

"所以，虽然是个胖胖的迟钝的老律师，我还是尽量用最简短的语言来做我的开场陈述。但是估计不管怎么简短，控诉方都不会喜欢。因为他们根本不想让我说！他们根本不想让你们任何人听到我的辩护词！今天下午，他们只想让乔治·霍尔回到法庭里举起手来说道：'好吧。我不再跟你争论了。只要不被判死刑，你们怎么着都行，听你们的。'哦，上帝啊，你们根本不了解乔治·霍尔，上帝啊，他们根本不了解我！"

艾萨克·罗斯索恩雷鸣般的男高音在法庭四十英尺高的屋穹下面轰然响起，在十六个水晶吊灯中间穿行。人们都被强烈的呼喊声惊醒。他们也就是为了这个才来法庭的。这个高大的老人——根据今天的《星报》报道——"做出了最后的辩护"。他把手放在烫绒夹克兜里，昏暗深邃的眼睛闪闪发光，慢慢地，他从乔治的身边走过，穿过地方检察

442

长米切尔·贝兹莫尔的桌子，后者坐在那里像鱼钩一样紧绷着身子，脸颊绯红，旁边是他的助理尼尔·萨德勒，再旁边是脸上带着苍白微笑的州检察长的助理。

"不，先生们，他们根本不想听。"艾萨克向米切尔倾过身去，悲伤地摇摇头，慢慢地一瘸一拐的，将右边那条伤腿上的鞋子拖到地板上来回走动着，经过身着黑衣、坐在那里一动不动的诺米·霍尔，经过媒体席位上咧嘴笑着忙着记录的巴布·珀西，经过比·特纳小姐的桌子，经过老沃金顿先生和他的录音机，经过一整排的海文大学法学院的学生席位，然后来到陪审团前，静静地把手放在栏杆上。艾萨克看着陪审团成员的每一张脸，跟每一个人郑重地点头。女人，男人，黑人，白人。目光最后停在了那个当中学校长的陪审团主席林德奎斯特脸上。那个上了年纪的农村寡妇，此时停止了往坐在她身边的黑人男子身上靠；博伦夫人紧张得一直都没让钱包离开过她的大腿。艾萨克叹口气："女士们，先生们，如果控诉方会有这样的想法，他们就是也根本没了解你们！你们这几个星期以来，一直在牺牲自己的时间和金钱坐在那里，他们却一点都不在乎你们听没听进去乔治的故事，他们就是这样为所欲为地误导海文县的民众。难道不是这样吗？我已经跟你们在一起几个星期了，我看见你们都在真诚地、勤奋地履行着这个伟大的州政府赋予你们的权利。那种公正无私的审案的责任，就是要寻找事实真相，找到它，然后还它公正！"

"这个老伪善家，"我悄声跟坐在我身边的艾丽斯·麦克劳德说道，"今天中午他还跟法官要求，直接作出裁决，然后撤销案子呢。"

"估计是陪审团不知道怎么做出直接裁决。"艾丽斯小声回答，挣扎着想摆个舒服的姿势。她现在怀着孕，开始抱怨种种的不舒适——从消化不良，到热得起痱子，再到她的丈夫。最后，她放弃了，离开的时候嘟囔道："都是贾斯廷和这个小浑蛋给我闹的，可他们倒跟没事人似的。今晚在三一教堂见吧。"

我坐在那里想，可能他们已经知道宝宝是个男孩了；要不，哪能管一个小姑娘叫"小浑蛋"呢？这么一溜号，我错过了艾萨克的几句话。

443

我估计其他人也错过了。此时，法庭里座无虚席，一片肃静，尽管现在已经很晚了——三点四十五分——下午的太阳已经从西面窗口射进闷热的阳光来。在三点三十分时，法庭审判终断，到现在一直没有再次开庭，因为所有的律师都先隐退到了地方检察长的办公室，然后又回到法官的内室。大厅里的每个人都在猜测他们在那里发生了什么事。我肯定是猜不出来了，也没有机会问。有件事很明显，庭审没有结束。据艾萨克所说，这只是刚刚开始。

齐克·凯来布半个小时前走进我的办公室，说道："你要我通知你的，现在比小姐正在楼下宣布开庭。"我整个下午都在跟联邦调查局、州调查局和特警队的官员谈话，还有在监禁室里那些卡罗来纳爱国者和他们的律师，大声嚷着说多洛勒斯·罗奇法官设定的保释金太过分了。他们强调说，她这个信奉新民主派的黑人女法官故意用"颠覆种族歧视的罪名"来压制那些全副武装的白人至上者。

等我从旁门溜进法庭的第一排时，谢利·希利亚德森已经在给陪审团训话了。他郑重地给陪审团解释说，他已经宣布，对于辩护方提出的直接宣判的提议，他不予支持。此时，艾萨克站起来，平静地接受了法官的决定。"所以请注意，"法官说道，他摸摸自己的鹰钩鼻子，好像在一边翻阅着电话簿，一边宣布，"鉴于控诉方律师要求法官，在这种情况下，以证据为基础，控诉方不再向被告提起死刑控告，而是准备接受有罪辩护为二级谋杀。"

这个消息一经传出，整个法庭有点像受惊的鸽子奋起直飞那样的慌乱。有些观众大声喝彩，有些观众欷歔不已。新闻记者跑出去打电话。我想，妈的，艾萨克到底是放弃了无罪申诉，我对这个结果有些失望。就在这时，老律师慢慢站起来，走向法官席，地方检察长的助理萨德勒也站起来，跟在他身后。他们谈着什么，希利亚德森法官点了几次头，嘴角却无法解释地扁了几下。等两方律师各自回位后，希利亚德森敲响小槌，使法庭安静下来。"我明白你的意思了，律师，"他对罗斯索恩说道，并郑重地说出几个字来，"辩护方不接受二级谋杀吗？"

艾萨克把手放到乔治·霍尔的肩头，摇摇满是白发的脑袋。"法官大人,完全正确。辩护方将会继续提供证据,证明不是二级谋杀。或者说,没有任何级别的谋杀。"

我屏住了呼吸。他要宣战了。

在争议台上到底发生什么事了?我从诺拉嘴里得知的最后消息就是,州检察长的交易是给个"二级谋杀",辩护方停止辩论。

"律师先生,你现在准备好做开场陈辞了吗?"

"是的,法官大人。如果法庭允许我开始。辩护方已经准备妥当。"

所以说,大战才刚刚开始。艾萨克想要信守承诺,让这个开场白简短一些,只是对他来说比较短——我曾经听过他的开场陈词用了两个小时——他尽量多讲一些,我都不知道该死的他到底在说什么。

现在,他已经把十二个陪审员都笼罩在他低沉的嗓音里。"现在,辩护方不必再提供什么证据,也不用再说什么。辩护方不用证明乔治是清白的。一个走进法庭的清白的人,除非控诉方证明他有罪,否则他就是清白的。所以我可以告诉大家,你们马上回到陪审员内室里扪心自问:'我确实听到了确凿的证据来说明乔治·霍尔犯了蓄意谋杀罪吗?'再问问自己:'除去其他合理的假设,我确实相信在法庭上提出的证据能证明乔治·霍尔犯了蓄意谋杀罪吗?'再好好回想一下你们在庭上的所见所闻,问问自己:'确实有人给我摆出了确凿的证据证明乔治是蓄意谋杀皮姆的吗?除了那个说话嘟嘟囔囔,前言不搭后语,证词前后矛盾的酒吧老板法蒂·麦克默生先生外,他的故事是编造出来的,他是为了给自己的酒吧招徕生意才出庭作证的。他的证词可信吗?还有那个登月脚巴特勒先生,他来到这里宣称自己是乔治最好的朋友,却连他最基本的生活情况都不知道吗,那是证词吗?这是个寡廉鲜耻、劣迹斑斑的恶棍,他那些犯罪记录我都不好意思麻烦我们的特纳小姐拿过来,因为怕太沉伤了她的后背!"

个头矮小的比小姐横了艾萨克一眼,好像在跟他说,她能很轻松地一手拎起登月脚的犯罪记录,另一手再拎起他。他冲她歉意地笑笑。

接着他走到证人席位,向公诉台伸出手去。"问问你们自己,控诉方很好地证明了自己的观点了吗?没有,根本没有!他们当然没有。你们知道，我也知道。另外，就连他们自己也知道。七年前，他们来到这里，给我当事人强加上死刑。现在，那个判决被否定了。谢天谢地，太及时了！扔掉那个不公正的审判。一个月前，他们再次来到这里，再次控诉我当事人死刑。现在，是的，他们却决定放弃一级谋杀了。为什么？因为他们知道，他们根本没有足够的证据！为什么他们无法证明？"一字一句，艾萨克的嗓音回荡在整个法庭，"因为那根本不是事实！"

他的双手悲伤地划过脸庞，平静地说道："因为去证明一个谎言是很难的。不是不可能，就如悲伤的历史书告诉给我们的那样；但是会很难。你可以隐藏真相，塞住她的嘴，压制她，给她点好处，把她锁在黑暗之中。但是真相可以穿越锁头，透过缝隙，直到让人们知道她的存在。"他抬起手指向明亮的窗口，好像要把真相透过窗户拉进来。"现在你们就可以听见真相的声音了。"

"阿门！"有个女人喊叫起来。

希利亚德森重重地落了槌。

艾萨克并没有把目光移开陪审团。"辩护方将要证明，乔治·霍尔没有违反任何等级的谋杀罪行。属于正当自卫而无罪。我们将要证明这些，尽管法庭并没有要求我们这样做。因为，这个法庭，这个真理的殿堂，我毕生在这里为法律献身的地方，已经被谎言蒙蔽了。现在，我将要清洗这一切！"

"好样的！"年轻的 G.G. 沃克从坐着的六个"迦南十二少"中站起来，大喊一声。他们大声的鼓掌也带动了其他旁观者。希利亚德森抓起槌子使劲敲打，直到脱了手。比·特纳小姐不得不下去捡回来。法官弓着腰站起来，像个严厉的守望者。"再说一遍！"他激动地喊道，"我要清净这个法庭。罗斯索恩先生，我要提醒你，控制自己的情绪，注意开场陈词的范围，因为这与总结陈词是不同的。"

"是的，法官大人。"艾萨克又挪动到陪审团席前，边说边配合着左手敲打着右手的掌心。"各位陪审员们，真相到底是什么？果真是蓄意吗？是的，就是这样。但并不是乔治·霍尔，而是罗伯特·皮姆。

把枪带到斯摩克斯酒吧的并不是乔治，而是皮姆！这难道不能充分证明罗伯特·皮姆包藏的祸心吗？就是那样的！这不仅是预谋对乔治·霍尔进行严重的身体侵害，而且事实上也造成了他严重的身体侵害，不是吗？大家看看乔治的脸！七年后的今天，他的鼻孔还残留着难看的伤疤！在那样的情况下，难道被告不会认为自己的生命已经受到了威胁？为什么？在斯摩克斯酒吧里的每个人都相信！就连那个为控诉方作证的劣迹斑斑的证人都确信无疑！就连那个当时逮捕他的 C.R. 曼格姆警官都相信！"

几个陪审员点点头，艾萨克顺势说道："他们当然相信。因为那是事实。"他的胳膊轻蔑地挥向贝兹莫尔的桌子。"所有从地方检察长那里说出的关于'决不让艾萨克·罗斯索恩使你们相信，乔治是被无法控制的冲动左右才犯了罪的'；至于'警察近在眼前'的那句话，那更是荒谬，如果一个警察已经到达现场，乔治绝对不会开枪的。"

艾萨克转过身，一拳打在比小姐的桌子上，还好没有把她吓得跳出椅子。"噢，一个警察当时就在乔治身边。他就在那里，把这支口径为九点五毫米的左轮手枪插进了乔治的鼻子！"他顺手抓起作为证据的手枪，拿给陪审团看。"看看这把肮脏的东西。很恐怖吧，是吗？如果一个醉醺醺的人拿着这个东西指着你的鼻子，还说着，'伙计，你他妈就是个贱货'，那是多么可怕的场面？我来告诉你当时会有多么可怕！我会担心我可能马上就要死啦！"

他把左轮枪还给比小姐，说道："我这辈子从来没想过什么无法控制的冲动这个问题……如果我们同意，自我保护也属于无法控制的冲动。"他停下来，捽散开一个手绢，拍拍前额。"西塞罗，"他说道，好像他刚刚想到这个名字，"你们中的某些人还记得中学时代的拉丁文课吗？恺撒大帝时代的那个罗马律师？"陪审团主席冲他微笑着。

"噢，就是西塞罗，从人类可以记载的文明开始，就已经在法律中提出了正当防卫的必要性。西塞罗说道：'我们并不是从书本中学来的法律，因为实际上法律体现在我们每个人的身上：如果我们的生命受到了威胁，任何一种逃生的手段都是可取的。这才是自然界的第一法则。'"

他的手把握十足地扶着陪审团前面的栏杆。"那种自然界的法则也适用于我们这个州。你们必须相信的是，在当时那种情况下，对于乔治来说，那时那刻，他会合理地产生一种用致命性手段——置对方于死地，才能来阻止自己可能马上到来的死亡，或者说严重伤害。如果是这样，那么乔治枪杀罗伯特·皮姆的行为就属于正当防卫，那么被告就不该被控谋杀……现在！"艾萨克拍拍栏杆，退开几步说，"控诉方带来的精神分析师来告诉你，顺便说一句，他在一个四十三分钟的访谈之后说，乔治是个带有危险冲动的暴力成性的人。那么，首先，在我们这个国家里，我们不会因为这个人有危险的冲动就把他扔进监狱里，只能是在确认他犯了罪之后。其二，这些危险的冲动到底表现为什么样？"艾萨克掰着手指头数着。"一、乔治曾经在棒球场，阻止一个带着种族歧视思想的流氓往自己身上泼啤酒。二、他试图阻止罗伯特·皮姆警官对一个摘掉了手铐的十八岁的嫌疑犯进行殴打，还将他摔到水泥墙上。顺便说一句，那个嫌疑犯后来因为证据不足而被释放。三、他试图阻止罗伯特·皮姆对自己进行死亡威胁。如我即将证明的是，那天乔治所做的只是尽力保护自己，保护他人。这是法律的本质，也是这个州的法律所赋予他的权利！"

地方检察长助理小声地跟州检察长助理说着什么。艾萨克停下来，盯着他们。"先生们，对不起。我确信现在是我在发言。除此之外，控诉方已经申请保持沉默了。现在再提起控诉恐怕已经晚了吧。"

在法庭里一片笑声中，我能清楚地分辨出巴布·珀西的哄笑声音。

艾萨克走过来。"我们也可以带着我们自己的精神分析师来告诉你，乔治跟艾伯特·史怀哲一样都是舍不得打苍蝇的。但是我不想费那个劲，也没有必要。"他冲着控诉方的桌子摇摇手绢，再塞回夹克衫里。"相反的是，我想让大家听一听乔治在美国军队里挥官的话，他会告诉你，乔治是个善良、勇敢的士兵，曾经为了保护国家而英勇负伤。我也会让你们听听来自乔治所在教堂的牧师评价，相信我，这个人绝对比登月脚巴特勒，这个所谓的好朋友更了解乔治的生活。你

448

也会听到来自多拉德监狱典狱长的证词，他会告诉你们即使乔治在接受了不公正的死刑判决之后，心理承受着巨大压力，在死囚牢里度过了七年的非人生活，还有四个即将行刑的不眠之夜，他都没有表现出一丝所谓的暴力倾向。即使已经被绑在毒气室里的凳子上，因为自己抵抗暴力侵害却不得不接受的死刑处罚，在这之前的几个小时里，他仍然没有表现出一丝所谓的暴力倾向。所有的暴力一直在另一边……在另一边。"

他头低下了一会儿，等再次抬起来时，泪水模糊了双眼。如果这是个诡计，那我从来没见过他演得如此逼真。静静地，他说："我将要向你们证明，乔治·霍尔不是凶手。绝对不是。相反，乔治·霍尔是个高尚的人，他能够为了保护其他人不受侵害而宁愿牺牲自己的生命。"艾萨克的目光穿过法庭，落在了诺米·霍尔身上，她的脸上涕泪在横流。整个法庭里，大家都带着询问的眼神，互相看着对方，引起一阵骚动。

艾萨克靠向陪审团一边，沿着栏杆一步一步挪动，像温柔地投递着手榴弹似的结束了他的演讲。"女士们，先生们，辩护方要提请陪审团注意，我们要用充分的证据，专家的见解、证词，以及目击证人出庭，来证明乔治·霍尔没有预谋行凶，没有蓄意杀人，他没想过要杀人，就在开枪射向皮姆的时候，也没有想过要置他于死地。辩护方提请陪审团注意，是罗伯特·皮姆，在他穷凶极恶的伙伴温斯顿·拉塞尔的陪伴下，事先预谋蓄意谋杀被告的。皮姆走进斯摩克斯酒吧就是为了那个目的，他故意找碴儿也是为了那个目的，他那个目的没有得手只能说运气不佳。或者说，因为上帝开眼了。控诉方试图杀掉乔治·霍尔没有成功只能说运气不佳，或者说，因为上帝开眼了。乔治·霍尔成了牺牲品——跟在这个民族浴血抗争的历史中牺牲的人一样——为了抵抗偏见，为了政治利益，更为了国家力量。那就是事实真相。"艾萨克胸部起起伏伏，乏力地喘着气。"那就是真相……也是辩护方之所以没有选择妥协的原因。"

没有人挪动半分，直到艾萨克一瘸一拐地走回椅子。接着，三个海文法学院的学生齐齐站起来鼓掌。其他人开始附和，法庭到处充满了掌声。在他们当中有乔丹·韦斯特和保罗·麦迪逊神父。希利亚德森法官重重地敲击木槌，高声宣布法庭休庭至星期一早上。欢呼声过后，他走下法官席，要求辩方律师到他的内室。乔治举起带着手铐的双手向他妈妈挥手致意，然后由警卫员带着出了边门。大家都离开了控诉方的桌子，只有米切尔·贝兹莫尔还坐在那里，挺着僵硬的后背保持着那样的姿势，直到法庭里的听众都走光了。

我看了他一会儿，走上前去。他抬起头，又低下。"怎么了，米切尔？"他没有回答，紧咬着下唇不说话。我拉出来一把椅子，抬脚踩上。"我从来没想过你会放弃一级谋杀，更别提有罪控诉了。不过看起来也没有什么。如果罗斯索恩没有跟你协议好，为什么——"

他笑起来，我觉得那应该是狂笑。"是罗斯索恩策划好的，是他策划好的。但不是跟我。所以滚到一边说风凉话去，曼格姆。去跟州检察长说去。我已经不在游戏里了。"

"我有那种感觉。"接下来的庭审肯定不会轻松，却会十分公平。"听着，我十分抱歉当初那么说你。"

"滚到地狱里去。"他站起来，胡乱地把材料塞进公文包里。"你找到温斯顿·拉塞尔了吗？"

"还没有。"

"那你怎么还有闲心坐在这里看庭审？"他又变得十分生气，好像是一种奇特的自我安慰法。"十分钟之内来我办公室一趟。"

"联邦调查局的人在我的办公室里，等着我处理卡罗来纳爱国者的事呢。"

他的脖子直挺挺地卡在掉了扣子的领口上。"联邦调查局，把他们赶走就是了。我要你十分钟之内来我办公室，拿一张捉拿戴尔·范肖的逮捕令。"

我伏在膝盖上，盯着他。"天啊，米切尔……我的天啊，天啊。你就是不听我的。但是你信了珀利·纽瑟姆的话。跟我说说，好吧？奥蒂斯在自杀之前留下了什么字条吗？"

他砰的一声合上公文包，锁好。"曼格姆，你和你那帮人都他妈的该进地狱。"

"米切尔，又不是我要把你卷进这个案子里来的。也不是我要诱骗证人，隐瞒事实，持械走私，行凶杀人的。他们都是你们那帮人干的。"

他拎起包一下打过来，我赶紧偏头躲开。"赶紧过来拿逮捕令，听懂了吗？隐瞒重罪证据；非法使用州际公路——"

我打开夹克衫，掏出今天下午三点准备申请的逮捕令。一张是逮捕戴尔·范肖的。我递给贝兹莫尔。"你看。要不再加上阴谋煽动，或者在谋杀事实之后附个什么的？"

在给我签署命令的十分钟里，他没有说话。离开之前拽了一下我的椅子。"那些你都没有证据。所以先别管了。"

"米切尔，等一下。那些跟罗斯索恩交易的人可不希望范肖先生会因为这么多罪名被捕，顶多就是从汽车窗户里扔出点糖纸，意思意思得了。如果你还打算在刘易斯的新政府里当个州检察长的话，我觉得，你最好别做得这么绝。"

"你说的那些我都不在乎。"他拎着公文包经过我走出门去。

"好吧，"我对着来回摆动的门叫道，"你只在乎犯罪。看起来那才是事实真相。"

第二十四章

"到底怎么了，卡迪？我们到底在干什么？"李的声音里糅杂着顺从、生气和希望。"我在你的留录机上留了三次言。可你从来没回过家。现在你也不打算去小屋了吗？"

"李，嗨，别这样！……天啊，等一下。"

齐克·凯来布正巧打开我办公室的门。"局长。你那个牧师朋友麦迪逊神父问你，他们能否为今天晚上在三一教堂的集会向警方申请更多的保护措施？还说，因为安德鲁·布鲁克塞德会出席，他的委员会担心发生群众性的突发事件。他在五号线上。"

"把他转给拉尔夫·费希尔。他是负责人。拉尔夫不在吗？"

"他在。但是麦迪逊神父想跟你说。"

"好，齐克，告诉他，我很忙！"我指指听筒，用另一只手示意他出去，把门带上。我说话的时候，玛莎·米切尔也吠了起来，跟着齐克跑了出去，齐克自然没想起来给我关门。"李，还在吗？对不起啊。河上区现在正处于二十四小时的监控之中。但是，如果你不介意让埃默里和怀特警官也围坐在火堆旁边，跟我们俩一起玩扑克的话，我可以马上到小屋那边去。这些孩子现在直接听从卡尔·亚伯勒的命令，甚至连我上厕所都跟着我！不过据我所知，你也没回过家。"

"我现在在家里……我以为今天晚上我们可以在小屋里过夜，只是想想，我有点失望。"

"他要去哪里？"我们俩都避免用布鲁克塞德的名字。

"他做完三一教堂的演讲之后就直接飞往纽约。"

"我也会去教堂。要不你也去那里如何？至少我们可以在那里找回从前的记忆。怎么样，李？我这个建议如何？"

事实上，我现在想念李的样子，比办公室里摆在我身边的任何东西都更清晰更急切。那时候，我看见她在松山湖的小屋里，她把我的旧蓝色羊绒衫穿在衬裙外面，头发上沾了白灰，帮我紧紧地扶着梯子，而我则仔细地修补着房顶的漏洞。我看见她站在厨房的木头桌子旁边，一枝一枝把那些昂贵的黄玫瑰插进带着蓝色斑点的咖啡壶里。"李？你能安排好吗？"

她发出哼哼声。"我看看……你是那个头发带烟草亮色，眼睛带卡罗来纳的湛蓝色的男人吗？"

"听起来像是海文烟草公司的广告。你就是因为这些才喜欢我的吗？我看起来像家庭主男？……该死的。敢情你是自由了，我还在全副武装的监控之中。"我转过椅子，把脚搭到窗台边。

"噢，也不是完全自由。我还得去参加北卡罗来纳艺术社团的晚宴。但是十点就能结束。原本打算在那之后我去小屋里等着你。"她笑道，"但是，因为你根本去不了，我就只能根据你的时间表再找个机会了。"

我也笑了。"哎，这简直就是陷入热恋中的年轻人的表现。他们总是有很多自由时间。"

有人敲门，贾斯廷把头探进门来。"跟你说点儿事。"

我点头。他闪身进门，钻进卫生间里，我对着听筒说："好了，我得挂了。萨维尔中尉来我这里了。"

"噢，我该向他问好的，他今天早上在狩猎俱乐部的表现真是太酷了。我想，安迪确实需要德威特这件事不会让他难过吧。他是从一个政治世家出来的，应该明白这些的。"

"可别把我掺和进来，亲爱的。你们俩找一天早上，在马背上好好谈谈就行了。穿梭在你们家族的树木之间时好好辩扯一下。"

她的笑声温暖地冲进我的耳朵。"我爱你，卡迪。"

贾斯廷转回屋里，用纸巾擦擦手。

我说道："我也是。"

李调皮地说道："你不会认为我们之间只有性爱吧，是吗？"

"当然不只是这样了。好吧，跟你聊天很开心，治安官先生。别把裤子掉了。"

她咯咯笑道："至少在我见你之前别掉，如果我能见到你的话。"

"好的，你会。我会一直想着的，日日夜夜。"

"撒谎，曼格姆局长。如果你会那样，我也就不会爱你啦，再见。"

我冲贾斯廷转回身。他说道："你想什么想得日日夜夜的？"

"温斯顿·拉塞尔。"我告诉他。

"迪马娄刚从你公寓里打来电话，告诉南希说他愿意继续给你做替身；他把你所有的 CD 都放了一遍，把屋里所有的灯都打开，喝光了你的啤酒，还准备弄个舞会。他说他简直生活得像个国王。"

"告诉南希，让迪马娄的爪子别碰我的组合音响。"

"你怎么能让南希来给你当护卫呢？我是说，虽然我自己不歧视妇女，但是——"

"她越过我直接跟市长申请的。她和埃默里受命把我烦到死为止。找我干什么？十分钟之内，我要和联邦调查局的人去米切尔那里开个会。"

他把纸巾扔进垃圾桶里。"布恩重案组刚刚找到了露营者的尸体。是个白种高加索人。被从后面开枪打死。珀利没有撒谎。"

除了这个关于露营者的恶心消息外，他还告诉我，一个"爱国者"在审问过程中已经承认，温斯顿昨天从武器堆里面拿了一支口径九毫米的来复枪和一个望远镜。还一个消息：皮特·扎斯洛说，他在银色彗星酒吧附近的一个公用电话亭附近看见一个人有点像温斯顿。灰色的 T 恤衫和牛仔裤也符合"爱国者"们描述的服装。而且，皮特说，他还拿着一个粗呢布包。

贾斯廷从一个塑料袋里拿出一件希尔斯顿警察局的防弹衣，扔给我。"如果你离开这个大楼，就穿上它。"他向门口走去，拍拍墙上挂着的枪套。"把这个也带上！让你带上可不只是背上就行了，我是说，上了膛带着。"

我把防弹衣扔到长椅上。"查到温斯顿给谁打电话了吗？"

"电话公司说无能为力。这个州里还有人会跟他通话真让我很惊讶。贾斯廷看看墙上挂着的三一教堂的地图，上面清楚地标示着拉尔夫·费希尔监控的位置。"卡迪，你相信那些'爱国者'的同伙们今天晚上会为他们抗议吗？"

我抿了一口百事可乐。"我不认为他们还有什么同伙了。如果有，他们早晚也会进我们警方布下的天罗地网。拉尔夫从局里带走了十个人，从治安官那里要了四个，州巡逻队调来四个，其中两个人牛高马大的。我倒是希望他们那些同伙能来。"

他的手顺着地图摸索着，从三一教堂的周边一直摸到了老墓园的位置。"我的曾曾外祖父就埋在这里。厄斯塔什·多拉德。你知道的，是个州长。"

"我知道他建造的那个监狱。"

"噢，他也不是那么坏的……你怎么预测的？朱利安会用那盘碟片对付布鲁克塞德吗？"

我耸耸肩膀。"我不认为那个朱利安手里有碟片。"

他的手还在地图上一动一动地测量着距离。"那怎么处理我们手里的碟片？好好想想。那个挑起录像带事件的人自杀了。那个负责录制的人也被谋杀了。碟片里的女人也离开这个国家了。如果把这碟片给米切尔——哦，会怎么样？"

"问题是，这是凶杀案的证据。"我为晚餐预订的肉丸看起来一点也没有吸引力。"此外，你不是恨布鲁克塞德吗？"

贾斯廷微笑道："那么你是情愿让我的表兄朱利安当州长吗？艾丽

455

斯肯定不愿意。他轻轻地拍拍地图，转过身，转换了话题。"我跟拉娜·皮姆谈过。她带着个哭闹的孩子一起过来的。她现在非常害怕，要求警方保护。皮姆夫人去医院看过珀利之后，终于相信是拉塞尔杀掉了她的弟弟威利。"

"她能帮我们找到拉塞尔吗？"

"她也不知道他在哪里。她现在处在恐慌之中。当然，她仍然否认博比做过什么坏事，还对艾萨克·罗斯索恩表示气愤。说他在为那个杀死了她丈夫的黑鬼卖命，居然还想要她出庭作证。她说：'我不知道这些事都是怎么发生的。我们都是规规矩矩的人。威利也不是个坏人。博比也不是坏人。'"

"是啊。没有人是坏人。"

"那么，拉娜·皮姆知道多少她丈夫跟温斯顿干过的勾当？"

"我觉得应该是不多。很明显，他根本不知道箱子里装满了钱，或者有碟片。但是她承认当时是撒了谎。在库柏·霍尔被杀的那天下午，她弟弟威利并没有跟她在一起。她说，在警方从河里发现了威利的尸体以后，她也一直坚持做不在场证明，是因为接到了拉塞尔的恐吓电话。"贾斯廷走到窗边，将身子伸出去抽着烟。"她说，她希望拉塞尔永世在地狱里受苦，如果有机会，她十分乐意亲手杀了他。"

"可能会吧。"我把装肉丸的盒子扔进垃圾箱里。"很可能，那天晚上在多拉德监狱外面的人群里，拉娜也举着牌子，上面写着：'毒死乔治·霍尔。'这可能已经给她的孩子留下了一些抗争的榜样，在未来的十年里，他们可能会举着父亲殉道的遗像，沿街游行呢。"

贾斯廷的拇指沿着肩章的皮带擦了擦。"像我奶奶经常说的那样，白人垃圾比任何东西都垃圾。"

"说实话，李将军，我倒是没看出来，你们那些穿金戴银的联邦英雄和那些蒙着被单、戴着头盔在夜里巡逻的白人垃圾们有什么本质区别。你赶紧去把皮姆夫人保护起来，给警方做出庭证人。把她的电话监控起来。马上去！"我生气地按响通话器，告诉齐克，通知米切尔一声，我马上下去。

"老天啊，你跟我发什么火啊？"

"你的那帮人着实让我烦心。"

贾斯廷咧嘴笑笑。"你终于知道，当初他们把我放进疯人院时，我的感受了吧？"他掐灭烟蒂，扔向天空，烟蒂在太阳下面划出一道轨迹。"温斯顿要么是藏在你公寓外面的什么地方，要么就是在对岸的哪个屋顶上，他做好准备透过窗口给你一枪。他可没有那个闲心再跟拉娜·皮姆惹点事。好吧，我先走了。艾丽斯说晚上你会去三一教堂。拜托你，千万别走路去那儿。"

"不会的。"

"布鲁克塞德讲演稿的最后一段是艾丽斯写的。如果你喜欢的话，就告诉她一声。待会儿见了。"他拍拍海报上猫王的肚子，走了出去。

我向窗外望去。大大的太阳如同红色的火球，正坐在海文烟草公司仓库大楼的肩膀上，好像这座建筑如巨人般扛起了它。

我坐着市长的加长车赶往三一教堂，身上穿着防弹衣，带着手枪，南希和约翰开着一辆巡警车跟在后面，前面还有一辆警用摩托开道。我们从市政府大楼下面的停车场隐秘地开了出去，现在这里已经被希尔斯顿警察局完全监控起来，四处灯火通明，好像返校节大会似的。

卡尔靠在车座上，阳光洒满了他全身，他平静地抽着古巴烟，因为他的车里是他仅有的几个可以抽烟的地方。

"迪娜最近怎么样？"我问他。

"挺好的。今晚要在布什女子大学的毕业晚会上讲话呢。她还想问你，什么时候能再请她跳舞。"

"噢，告诉她除了希尔斯顿俱乐部的联欢舞会，我们再找个别的地方跳。"

他大笑起来，我们拐上卡德米恩大街，他从车窗向外望去。

"卡迪，我对这座城市有着很深的感情。我喜欢看每一座大楼。尽管这里有很多遗留问题，还有新难题不断产生，它看起来没有那么漂亮，没有艺术感，也不像其他卡罗来纳的城镇一样过分夸张，但是它一直在努力着。它一直努力着让自己更加体面。"

我点头。"有时候是的。选你当市长就是个很好的例子。"

"我就是这个意思。"他挠挠有些谢顶的脑袋。"我是市长。我父亲在海文县扛过烟草，他的父亲是个雇农。他父亲的父亲是个奴隶的儿子。"

我说："我家族的历史还没那么源远流长，只局限在工厂和农庄里了。"

他冲我笑笑。"但是你总是很会猜的，不是吗，你猜他们不是奴隶。"我们停在兰道夫办公大楼前的一个十字路口，这里一大帮黑人和白人下了班，正在等信号灯。他们都盯着我们的车队看着，卡尔摇下车窗冲他们挥手致意。"市民们，大家好啊。谢天谢地今天是星期五，是吧？看起来我们也会有个阳光灿烂的周末啊。"

大多数人都微笑着说道："你好啊，市长先生。""最近还好吧？""不用紧张。"

我们继续开车，卡尔说道："你看，这就是希尔斯顿的人民。我不想让那些该死的媒体，像卡罗来纳爱国者那些渣滓们一样诋毁我们的希尔斯顿，或者说什么这次审判里藏匿的猫腻就是希尔斯顿的本质之类的话。我希望，每个在监狱里的人都应该在那里，剩下的每个人都能够自由地享受生活。"

我说："我们正在为此而努力……关于这次庭审，我想你已经听说了——今天发生了蛮多奇特的事，都直奔米切尔的脑袋去了。"

市长弹了弹烟蒂。"你感到惊讶吗？米切尔·贝兹莫尔跟一个恐龙玩心眼。他太自律，太不通情理，也太——"

"诚实？"

"我想说的是'天真'——对于一个高官来说，所以事情才会变成这样。然而他的政治观点还是无懈可击的。现在，另一方面来说，罗斯索恩——"卡尔咯咯笑道，捻捻胡子，"如果他们哪天想弹劾我了，把罗斯索恩给我弄来。"

"具体细节我不太清楚，就是那个州检察长亲自出面跟艾萨克做了个交易。你听说什么了吗？"

458

"我听说他们不想让罗斯索恩继续辩护了，但他告诉他们，如果对方撤销所有控诉，他就停止。所以他们就径直奔向非预谋故意杀人了。"

"哦！他拒绝了？"

"是啊。但是我猜想，最后他们还是妥协了一点儿，准备做二级谋杀控告。"他看了看烟蒂。"比小姐认为还是得召集证人。"

我猜对了，三一教堂钟楼的红石尖顶比山尖还高。"比小姐是你的内线，卡尔？"

"不予回答。"他咧嘴笑笑，"昨天你跟巴布·珀西在波哥的厕所里搞什么名堂呢？"

"你还问我？倒是你和巴布、杰克·莫利纳成了布鲁克塞德阵营的亲密小团体了。巴布说，你以前一直和刘易斯心贴心的，我们就叫它互相式的监控吧。"

他摘下眼镜看着我。"我们就是吧。肮脏的竞选总有隐讳重要事情的手段。有时候，选民们会因为个人的私事而大做文章，而不去好好想一想他们真正应该担心的东西。"他把眼镜戴好。"你明白我的意思吧？"

"应该吧……在我们之间，卡尔，"我转向他，他眼镜反射的阳光刺得我直眨眼，"你到底怎么看安德鲁·布鲁克塞德？"

市长拍拍放在我们中间打印好了的讲演稿。"我真正的想法是，这个人总有一天会成为总统。"

"但是你个人到底怎么看他？"

"没想过。"

三一教堂始建于镀金年代，气势恢弘，因为建造者从来没有想过这个国家哪一天会出现石头、木材、玻璃、金属、劳动力或者金钱之类的短缺，更别说会缺少那些富有的基督徒来填满教堂的长椅和缴纳高昂的保养费了。所以现在，保罗·麦迪逊就得花费一半的时间四处化缘，方能凑够钱来修理玻璃、围墙和更换木头。他再用剩下的一半时间去动员人们能够一心向善，坐在教堂里安心礼拜。冬天，三一教堂是没有暖气的。今晚，尽管打开了风扇，和双层窗户的玻璃排灯——三一教堂还不是很舒服。但也不能全怪天气，因为里面挤着二百多左翼和右翼的居民、二百多海文大学的学生，还有讲演者、新闻记者和一个希尔斯顿警察局派出的四人夜班小组。现场的气氛也不算舒服，因为主题还在探讨之中："卡罗来纳州的三Ｋ党：恶势力的爪牙？"

美国社会共产主义工人党在最后一分钟被取消了讲话资格，他们的人正在外面台阶上无精打采地整理东西。我听说是布鲁克塞德禁止了他们。他们的标语上写着："资本主义＝三Ｋ党！"我们一组人到了之后，再没有人出来跟他们争论什么了。骑在马上的两个高大的巡警互相聊着天，他们的马匹也在安闲地摇着脑袋。拉尔夫在门廊处加派了两个警察，剩下的都明显地散布在教堂里面——多数人都在讲演者和观众之间。

在拱形的门廊里面有一组陈列着上百幅大照片的展览，同样也是毫无生气。一九一九年，一个白人暴徒把一个黑人烧死；一九三五年，白种的男人、女人和孩子咧嘴笑着看着一个受私刑而死的黑人；一九六一年，该死的反种族隔离示威游行者在一个爆炸焚毁的公共汽车旁边；一九六六年，一万两千人的全副武装的三Ｋ党员在罗利的街上游行；一九八三年，联盟骑士和纳粹分子在皮德蒙特一个军事训练营里大肆庆祝希特勒的生日；格林斯伯勒警察看着三Ｋ党人把共产主义工人党的游行者横扫在地；库柏·霍尔的尸体被抬上希尔斯顿救护车。下面是由联邦调查局提供的按照案子展示的照片，主题有鞭打、暴徒结社、爆炸纵火等内容。

我们走过这些照片，约翰·埃默里的下颌绷紧了，南希难受地咽了口唾沫说了句"都是些小孩子在看着那个黑人被烧死！"就直接奔进厕所去了。贾斯廷和艾丽斯夫妇也在看着展览。我们聊了一会儿，约定过后再好好聊聊。等到计划制订后，每个人的计划都发生了剧烈的改变。

大会在五点召开，由来自当地美国公民自由协会和全国有色人种协进会的教授和律师主持的研讨会正式开场。直到晚上七点，这次大型的群众集会才有一个黑人州立法议员和一个被三Ｋ党谋杀的颇有名气的民权活动家的妻子公开发言。接着，霍尔委员会的杰克·莫利纳教授安排了三个来自反三Ｋ党组织——宪法权利中心，反三Ｋ党组织，以及 B&B 反诽谤同盟——的代表和三个来自白人权利组织的代表发言。发言的还有布罗迪·奇克、亚伯勒市长，还有直到七点半钟才定下来要发言的主讲人安德鲁·布鲁克塞德，但他七点四十五分还没有到场。布罗迪·奇克正在上面大谈着国内现在存在着比三Ｋ党还可怕的道德与社会标准观念不合常规惯例的人，说这样更为可怕。

我已经听过太多这样的发言了，于是走出教堂的门廊，却被南希·怀特拽住胳膊。"局长，我希望你就坐下保持安静为好。"

约翰·埃默里身着整齐的制服，交叉抱着胳膊站在一旁。我注意到他手腕上带着一条黄金的细链子；毫无疑问是受了新搭档的影响。南希也是第一次整齐地穿上了制服，打好领带。约翰冲她转过头。"我希望你也坐下，南希，要不就回家吧。如果你没跟市长撒谎，今天你也不会来这里。"

"洛伊德，别在我面前给我说这个。市长也没问过我是不是怀孕了。就算是，跟他也没什么关系。再说了，我还没显形呢。"

"真的吗？如果我是你，就该减肥了。"

我的这对保护伞就这样一路跟着我走过石阶，不断地拌着嘴。从敞开的大门向里看去，大量的群众都挤在大屏幕前的讲台过道里。在演讲者的头顶上，悬挂着比真人还大的铜十字架。两边都悬挂着一人多高的圣徒照片——其中一张是一九一五年一个犹太商店的管理员利奥·弗兰克在亚特兰大附近被处死，还有一张是上个月乔治·霍尔戴着手铐脚镣被带上最高法庭的照片。

抵达之后，看见这些照片，我跟保罗·麦迪逊说，我感觉放置这些东西有点太鲁莽了，而他的回答却是："对很多人来说，三Ｋ党只是个无味的笑话。可这些照片一点都不滑稽。"看起来他就像个金发的唱诗班小子，保罗现在倚在门边，认真地听着演讲。台上，那个黑人立法议员正冲着美国白人政治组织的官员挥着手。"你难道不敢坐在这里，告诉大家说，你不相信暴力吗？你参加布罗迪·奇克的电视谈话节目时曾说过：'我一手拿着好书，另一只手拿着好枪！'你敢否认这些吗？你就是个纳粹！"

人群中一阵呼喊，赞成者有之，反对者亦有之。

美国白人政治组织那帮人，今天一反常态，没有像以往那样全副武装，而是穿成了商人的模样，他们回答道："我们的开山始祖给予我们携带武器的权利！你们这些自由主义的胆小鬼在河的下游贩卖着这个国家，你们没资格剥夺我们的权利！"

人群又是一阵骚动。身着衬衫，打着领带的杰克·莫利纳一下子跳起来。他瘦长的身子剧烈抖动着，大声喊道："肃静！我们不能按规矩来吗？谢谢大家配合！我们已经离题太远啦。史密斯莱先生要给出的讲演内容是：在我们这个州里，是不是权力机构利用种族主义在加大白人和黑人之间工资的巨大差异，就像早些时候他们禁止的民粹主义运动和工人运动那样，为了维持他们政治和经济的统治？这些才是我们今天想要讨论的问题。"

来自全国白人进步协会的史密斯莱先生挥挥手。"整个国家的权力机构里总有那么一小撮社会主义分子、无神论者和纽约犹太人！"

"噢，老天，"我对埃默里说，"我得去街对面，到油炸圈饼店里弄点咖啡喝。"

"我也去。"他跟南希·怀特异口同声地说道。

"好吧，我们都去。"我只好妥协。

外面的景色很漂亮，也很凉爽。即使时间这么晚了，太阳还没有落山；天空里布满橙色和紫色的云块。珍妮特·马利，十五年的市议员，也是共产党的候选人，是个跟我差不多年龄的宽额头、满头银发的女士，她的微笑比说话甜美多了。她正从三一教堂的石阶上下来，我看见在人行道上她的身旁围着一小圈奇怪的路人，而她的党徒们冲她挥舞着标语。她看见我时，停下了说话。我在约翰和南希的陪伴下，冲她挥挥手。她大喊着："这是背叛！卡迪·曼格姆，你为什么不把那些该死的纳粹们都赶到墙边去，还费劲跟他们谈什么？"

"晚上好，珍妮特。我可没打算跟他们谈，我得去弄点儿油炸圈饼吃吃。"

"帮我带话给杰克·莫利纳，说他是个可恶的犹大！"

我再次挥挥手说："我会转告他的。"

我从另一边的人行道上回过头来看她时，发现一辆绿色的行李车慢慢地沿着街道行驶着。起初我没太在意，可五分钟之后，我跟约翰和南希坐在油炸圈饼店的窗户旁边喝着咖啡的时候，这车又转了回来。接着，我看见一辆加长的灰色美洲虎停在教堂门前。我能看到坐在车后座的布鲁克塞德闪闪发亮的头发。当我再次看到行李车时，布鲁克塞德的司机正快速下车，兜转回来准备给他开车门。只见那辆行李车快速绕着墙角转个弯，轮胎摩擦地面时，发出尖利刺耳的巨大响声。

"妈的！"我大喊道。

我一下子冲出商店，在约翰和南希还没反应过来时，就冲到街道中间。行李车的后门砰的一声打开了。一些冒着烟的东西从窗口扔出来，直接向纠察队员飞去，几秒钟后，到处一片烟雾。一些穿着伪装服的人从行李车后面冲下来。他们挥舞着棒子，登上台阶，向珍妮特那伙人冲过去。在我身后，约翰和南希被街上的人流冲撞着。两个高大的巡警挣扎着让自己的马匹在尖叫的人群中保持镇定，可是酸性的气体弥漫得到处都是，什么都看不清楚。

布鲁克塞德已经钻出美洲虎，干站在那里。我绕过司机，一把把布鲁克塞德摁倒在地。就在我接近他的一刹那，突然感到胸前一阵沉闷、尖利的疼痛，摔倒在地。跟着就是一阵噼噼啪啪的枪响。

"小心！"布鲁克塞德大喊道。他转过来，向我伸出胳膊。

南希和约翰终于冲到了我身边。

我又听到一阵枪声。布鲁克塞德猛地向上蹦起，又扭曲着落下来，一半身子已经闪进了车里。他的胸前一片刺眼的血红。我疯狂地冲着南希大喊道："趴下！趴下！"

我看见她脑袋顶在美洲虎车的一侧，双手猛地甩向身旁，手指间鲜血直流。

约翰拔出枪，几乎站起来直直地射出去。"我在上面！"他大喊道。

我爬到南希身旁，把她的头放到我胳膊下面。两个高大的巡警在塔楼敞开的窗户里向外开着枪。我能听见大钟撞到一起的巨响。教堂的大门一冲而开，两名警察马上冲到混乱的人群中去，掏出手枪，冲天鸣枪。

我站起来，顺着台阶跑进教堂。约翰想抓住我，却没够到。"局长，停下！回来，妈的，局长！"

烟雾中，人群横冲直撞，大部分都往人行道的方向跑去。我分开人群，一步步费劲地冲进大楼里。通往钟楼楼梯的大门在教堂后面挨着告解室旁边。可我打不开。我端向它，捡起一根跟我差不多高的烛台，用沉甸甸的底座顶开了大门。我用眼角的余光看到，人群在推搡着，还有一些人大声尖叫着。拉尔夫·费希尔和他们的人尽力拦着人群。我看见贾斯廷从中间的走廊里跑过来。我跑上楼梯，听见杰克·莫利纳的声音："请大家坐回去，请坐回自己的位置。"我听见远处警笛声响起。

钟楼的楼梯陡峭、螺旋而上。我总感觉自己在遇见他之前在楼下时就已经见到了。但是我当时从来没想过他会是谁。

等我到了顶层，开始呕吐起来。天台上空空如也，但是大钟还在摇晃着，人早已不见了踪影。地上放着粗呢布背包，一顶棒球帽和空啤酒罐子。我抬头四处看看。黑暗中，我看见在钟上方的后墙上，有一个开着的小窗口。绳子的一头系在铁栏杆上，另一头垂在窗边。我穿过施工架，蹦到窗外。天台很大，夕阳此刻也马上要消失，到处是阴影。但是我看到了温斯顿·拉塞尔。他正穿越倾斜的石板，来复枪从他肩膀上滑落下来，顺着天台的边缘咣啷一声掉在下面的地上。

他伸手去抓住枪，但没抓到，大吼一声"妈的！"跳上天台，沿着雨搭逃窜着。

我从绳子上脱手，跳到天台上时，他已跑得不见了踪影。我站起身，跨过栏杆，伸出手来保持平衡，以最快的速度使劲地跑着。如果我没穿着运动鞋，那天可能就死定了。

我转过陡峭的石板，脚下松动的石板咯吱咯吱作响，沿着边缘艰难地跑着，终于看见我脚下五英尺下有一个救火平台。我跳到平台上，爬上梯子，看见一扇大窗户被砸得粉碎。我从枪套里拔出手枪，从破碎的窗口跳了进去。

此时我正在三一教堂的法衣室里，一个在祭坛旁边平时牧师们放置衣物和贮存做弥撒的用具的地方。

温斯顿·拉塞尔站在屋子中间一个长条桌子旁边。他右手拿着一把弹簧刀，左胳膊勒住了保罗·麦迪逊的脖子。

第二十五章

他很高，差不多跟我一般高，但体格健壮，自从上回我最后一次见到他后，监狱和逃遁在外的生活已经把他隆起的肚子削减了下去，又把多余的肥肉锻炼成了肌肉。他的胳膊已经晒黑，有很多汗，有的地方皮已磨掉，露出鲜肉，牛仔裤上沾满了泥巴和尘土；汗水贴着头皮，顺着泛红的头发流到眼睛里。他眼睛睁得像鲨鱼似的又大又圆泛出蓝白色的光。看见我时，他嘟囔着退后一步，手臂勒紧了保罗的脖子。保罗光秃秃的头顶才到温斯顿的肩膀。

"好吧，温斯顿。退后，你让他走开！"我用前臂紧紧靠住那支口径九点五毫米的左轮枪。

"曼格姆！"温斯顿把保罗使劲一拉，低吼一声，"我打中你了。"

"没有，你没打到。"

后来，伊桑·福斯特从金属防弹衣里面取出了子弹，它距离我的心脏只有八分之一英寸。

他哼了下鼻子："在你喊警察时打中的，我才不会失手呢。"

我的火腾地蹿了上来，感觉皮肤都要烧焦了。我只有一个念头，

466

就是杀掉他。我喘了口气。"我说，让他走。"

保罗脸色发紫，像要窒息似的低声说道："卡迪，走开。他已经丧失理智啦。"

我说："站在那别动，保罗。这就是那个杀掉了库柏、威利·斯莱德尔的人，温斯顿·拉塞尔。他的同伙珀利已经全都交代了。"

温斯顿浑身一颤。接着却笑了，露出一口小白牙，是我见过的最恐怖的笑容了。"那个号啕大哭的笨蛋回家跟你大哭了一场吧，哦，曼格姆？"

"太对了。我们已经掌握了珀利，也得到了那笔钱。把刀子放下。你已经被捕了。"

他大声笑着。

我在想：保罗肯定是因为听到了窗外的混乱，才冲到窗口看看出了什么事。温斯顿就这样抓住了他，接着又很可能是锁上了大门。所以，我现在指望不上任何别人，我不能让他们知道我们在这里。我能听见教堂外面的喊叫，鸣笛以及奔跑的脚步声，但是都没有朝我们这边来的。

我上前一步，抓紧了枪。

保罗看上去比温斯顿和我都镇静得多。他说道："卡迪，不要向他开枪。"

温斯顿又一次大笑起来。他手在保罗的下巴底下锁住他的喉咙，快速地在他脸上划出一道深深的口子，然后又一下，在脸上划出一道十字。保罗的脸上顿时鲜血直流，一直流到温斯顿的手上。

我大喊道："你这个该死的浑蛋！"

保罗因为疼痛张大了嘴，接着又紧闭了起来，用鼻子出着气。他的手毫无生气地垂在身侧，眼睛看着我，清楚而又明亮。"卡迪，不要，"他静静地说，"让他自己放弃吧。"

"闭嘴，浑蛋！"温斯顿把刀子侧过来，慢慢地绕着保罗的喉咙表面划着。刀子所到之处留下了明亮的血印子。保罗喘息着，但没有喊出声。

温斯顿继续笑着。"你拿到了照片吧，曼格姆？马上放下枪，要不我就割断这个浑蛋的喉咙。"我们盯着对方，他再次举起刀，手在剧烈地抖动。"我是认真的，赶快！别跟我耍花招！"

我点头。"好吧，温斯顿。"我还是盯着他，慢慢地伸开手臂，把枪扔到地上，他得绕过桌子才能捡起来。他飞快地拽住保罗的头发，使劲地把他的脑袋撞到桌子上，然后闪身去捡枪。

拖着血迹，保罗滑下桌子，抓住一条镶着金十字的红色圣带。他终于倒在了地上。

温斯顿用枪口对着我的脑袋，边穿过屋子退到残破的窗口，边收起刀子。他一步跳上救火逃生通道。"这次，我不会再打偏了，"他哼哼鼻子，从眼睛上抹掉汗水，"就在博比的地方来一枪吧。滚到地狱里去吧，我的上尉。"

他微笑着扣动了扳机。

枪"咔嗒"一响。

他狂躁地再次扣动扳机，用最快的速度扣动了多次。他的眼睛开始翻白。

"你难道忘了吗？"我微笑着往前靠近他，"我不喜欢上了膛的枪。"

我冲向他，他赶紧将枪向我砸来；枪柄正好打在我眼睛上面，一下子把我打倒在地。我一骨碌站起来，抹掉眼睛上的血迹，在后面追赶他。他在救生梯子上滑了一半，就蹦到了地上。我也直接跳了下去。我穿过在三一教堂的回廊，在他身后三十英尺紧追不舍。我们绕过救济处，穿过长长的停车场。我看见他跳过石头墙，翻进了公墓里。那件可恶的防弹衣让汗水贴在我胸前，像背着沉沉的大铅板。我以前在军队倒是总背着沉重、酷热的东西跑来跑去，现在我喘着粗气突然想起来往日情形，好像又回到了年轻的时候。

夜色中，月亮已经挂在了天边，像太阳一样巨大橙黄。但是墓地里满是老树，我根本看不到他躲到了哪里。虽然我无法穿过倾斜的墓碑看见他，可我可以听得见。怎么能听见呢，你可能永远都不会忘了，人来自丛林。若想无声无息，你永远也做不到。我听见他在石头中间喘息着。最后，他想爬过一个小坡，结果撞在一个扁平的墓碑上，他骂了一句，摔倒在地上。就在这时，我从后面打倒了他，出现在他面前。我撕碎了他的衬衫，抓住他的脖子制住他。他第一拳打到我的膝盖上，我一趔趄，他又当胸打过来，一拳打在防弹衣上。推搡中，我扭住他的脚，我们俩一起顺着山坡滚落下去。他的喘气灼热并带着酒气。我感觉到他的拳头已经分辨出了防弹衣，想在后面腰的位置把它解开。我伸手卡住他的喉咙。

他胡乱地挣扎着抓我的脸，但没有成功，只好松开手。现在，他后背靠着一个大墓碑，四周围绕着低矮的铁栏杆。刻着字迹的墓碑在月光下闪闪发光。他蹲着喘着粗气对我说："来吧，曼格姆。"

我也蹲下，对着他招手。"来吧，你个狗娘养的！"

我冲向他，他从口袋里掏出刀子，对我挥舞着。我感觉到刀刃已经划开了我夹克衫的袖子，割破了我的胳膊。他又挥了下刀子，从我的脸侧划下去。"好啊，曼格姆，"他喘着气，喷着唾沫，"再来点！"

我的脑子像要裂开一样。我冲着刀子直扑过去，疯狂和快捷的程度吓得他愣一下。趁着这个机会我赶紧抓住他的手腕，把他反摁在墓碑的围栏上，而刀尖也直插入我的大腿。在手指间我感受到他手腕一松，刀子落地。我们都倒下了。我骑在他身上，用胳膊肘顶住他的鼻子，直到我感觉到软骨已经松软下来，骨头好像都轰然倒塌似的。接着我们俩尖叫着互相踢打。我膝盖压住他腹股沟，把他拉起来，挥动拳头直击他的脑袋。我一直打，一直打，直到感觉到手上湿滑，沾满了从他皮肤里渗出的鲜血。我松开手，他直直地倒在草地上，嘴里吐出粉色的泡沫。

我颤抖着，一脚踢在他脑袋上。"站起来！"

他挣扎着蜷起一条腿，对我哼着鼻子。我拉住他身前的带子。他摇晃着，睁着血淋淋的眼睛看到我，冲我吐出红色的软骨。我又一拳打在他脑袋上。我手上的伤口疼痛不已。他顺着我的腿，倒在了我脚下，又翻过身去，躺在地上。

我的双腿也像水一样软了下去，我也倒下，趴在他身边，心里感

469

觉好像有什么危险的事情发生了一样，每一次喘气都像刀割似地痛。我什么也看不见，手上也沾满了自己的鲜血，湿滑得很。我试图挣扎着站起来，但做不到。我想给自己止血，但也做不到。我放弃了，脸侧向草地的一边，感觉眼睛里面是越来越明亮的红色。接着，我脑子里升腾起一种可怕的感觉，眼前一片漆黑。

突然，一阵响亮的警笛声冲进我的耳朵。靠一只手，我爬着跪起来。越过围着墓地的石头墙，我眯着眼睛看见巨大黑暗的东西正向我飞过来。这东西刮着树枝，在地上发出隆隆的响声。这个模糊的东西原来是匹马。马上的人喊着："卡迪！"

他使劲地甩着马鞭，马头不住地摇晃着。看起来好像是骑警的马匹，骑马的人确是贾斯廷。身后，我听见汩汩的呻吟声，什么东西重重地倒在地上。我看见了温斯顿，蹒跚地转着圈，手里拿着那把刀。

贾斯廷的枪里闪过一道光。枪声在我四周噼噼啪啪响起。我爬起来，看见温斯顿倒在地上，后背拱起，好像心脏病发作了一样。他的手捂着肚子。贾斯廷跳下马，越过我，伸出胳膊。我能看见从长长的枪筒里冒出的烟。他跨在温斯顿的身上。我听见在墓地大门周围的人都朝这边跑过来，手电筒光闪个不停。

我的喉咙灼热难忍。"他死了吗？"

贾斯廷放下枪，低头看看。接着他又补了一枪。温斯顿的下颌粉碎，胸部猛地一阵起伏，然后就停下不动了。

贾斯廷说道："现在应该是死了。"

我冲他斜着身子，盯着温斯顿的身体。我恢复了喘气，终于咳嗽了出来："你这个该死的浑蛋，你杀了他！"

"我不在意。"他说道。我挥拳冲他的脸打过去时，他抓住了我倒下去的身体。

他们费了很大的劲才把我抬进救护车里，因为他们在没弄清楚三一教堂里到底发生了什么情况之前，都不想让我这个见证人就这么走了。贾斯廷蹲在担架旁边。我一直赶他走，他就一直跟我说，拉尔夫已经控制住了局面，南希和布鲁克塞德已经被火速送往大学医院了，他也不知道他们是不是还活着。他在保罗·麦迪逊追赶我的时候发现了他，也看见了法衣室的窗户被砸得粉碎。保罗可能没什么大事，也很快被送到大学医院去了。那些费劲把我弄上担架的救护车护士们也都没告诉我关于南希的情况，或者是有多少人受伤、严重的有多少。也不让我使用他们的电台来查明情况。我听见一个人说道："这个该死的人真是疯了。老天！是你们警察把他打成这样的？"

"他是我们希尔斯顿警察局的局长。"贾斯廷说道。

"别耍我了，伙计。局长一般都在办公室里坐着！可这个家伙身子都烂了！"

我试图阻止他们说我，可他们还是停不下，倒是给我扎了一针。过一会儿我才意识到，他们给我输的是氧气和血。我因为失血过多和心脏衰弱以致休克了。我醒过来的时候，脑子里混沌一片，发现自己躺在大学医院的急救病房里，身上插着管子连着静脉输送着血液。我的右手打了石膏。我想让自己睁开一只眼睛。一张越南人的脸倾斜在我上方。我的身子猛地向上一动。"别紧张。"那个人嘟囔道。接着我看见他穿着白衣服。站在他旁边的是贾斯廷，身上残留着我的血迹。

"南希还活着。"贾斯廷说道。他用手扶着我的肩膀。"她还好……但是孩子没了。"

"啊，老天。"我合上眼睛，"那……布鲁克塞德？"

"他还在手术室里，情况很糟糕。"

温斯顿打来的第一枪打中了我的防弹衣。布鲁克塞德转过身来，想保护我，结果第二颗子弹从左侧打进了他的身体，就在心脏底下。子弹还保持完整，在围心囊的位置，现在他们在实施开心手术，努力修补损坏的组织，力争在心脏崩裂之前赶紧把弹片取出来。一堆外科医生已经在里面忙活了两个多小时了。

第三颗子弹在布鲁克塞德倒下的时候，擦着他脖子蹭了过去；第四颗子弹打在了南希厚厚的枪带上；子弹一偏，从侧面打进了她的身体，正打在盆腔上面。这样一偏才救了她的命，却没能挽救胎儿。我苏醒过来时，南希已经由手术室送到了康复病房，但是还没有恢复知觉。

贾斯廷说道："一个手术室的护士告诉了他有关布鲁克塞德的情况。那真是一个漫长的手术。"他退后些，让医生给我大腿上缠绷带。"他们一直没有放弃。他也很坚强，一直像个斗士……你知道，每个人都认为这是一场针对他策划的刺杀行为。"

我讲起话来还是疼痛难忍。"他也这么……认为。"

他怎么能不认为自己是刺杀目标呢？但是"小心"，他曾跟我说过的，在第一声枪响过后。本能地，他在我面前张开胳膊。你下一刻想做的事是不能预演的。一个英雄——即使出于本能也是英雄。

贾斯廷还在说："根据约翰·埃默里的描述，好像是安迪脸朝着你扑过去，如果当初不是这样的话，那颗子弹当时就会从正面直接把他打死。"

一个护士从屏风后面走进来，把那个越南医生叫了过去。后者告诉我："别动。我马上回来。"

他离开之后，我问贾斯廷："李在哪里？"

他看着我，迷惑道："李？她在这里。"

"在哪里？"

"在医务长办公室里。等待室里来了大批记者。艾丽斯跟她在一起呢。那个保罗·麦迪逊，老天！那个该死的狗娘养的浑蛋把保罗的脸……"

"保罗现在好多了吧？"

"是啊。不是很好，但还可以。外部伤害不严重，但可能是脑震荡。"

我想点头。"他一直让我赶紧走开……好像他想把温斯顿感化过来似的。"

他胳膊在沾了血迹的夹克衫前交叉着。"你手里拿着把空枪就进去了，是吗？居然还救了你的命。我知道你喜欢这种讽刺。"

我在想，如果我当时从口袋里拿出子弹，把枪上了膛，那么现在是不是温斯顿还活着，而保罗已经死了？

"齐克在楼上呢。我想去看看他现在怎么样了，好吧？"贾斯廷又想拍拍我的肩膀，但马上抽回手去。他的眼睛转为深蓝色。"说说你想说的话吧，上尉。"

我冲他眯起眼睛。"你知道我想说什么，中尉先生。拉塞尔已经归案了。已经被缴了械，逮捕归案了。"

"他拿着那把刀，就在你身后三英尺的地方。"

"不是开第二枪的时候吧？"

贾斯廷直直地看向我，眼睛一动不动，接着又静静地喘口气。"第二枪是为南希打的。他要了胎儿的命。他居然冲一个女人开枪，一个怀着孕的女人。"

"那是你的理由。"

"我认为这一个就足够了。"

"我知道你的想法。但这并不够。"

"是你，你会怎么做？"

"我也不知道。可现在的结果是，你被停职了。"

"好吧。"他拍拍我肩膀，走了出去。

贾斯廷并没有如我想象的那样说了很多理由，因为我也在考虑。我并没有对此事做过多的交代。他没跟我说，这是他第二次救了我的命，他也没说，温斯顿谋杀了库柏·霍尔以及其他三个人，包括一个没出生的婴儿；而且如果他不死，也许别人还有可能因他而死。他没说我当时应该有理由相信，温斯顿在后面追赶我，可能再次伤害我，因为很明显，尽管我自己无法相信，但他还能再次抓到我，那个比猪还笨的温斯顿。

两个年轻的医生走进来要给我再缝几针。我同意了，继续想着自己的事。

一会儿工夫，韦斯·彭德格拉夫带来了罗利警方关于教堂袭击事件的调查报告。珍妮特·马利被一个从绿色大篷车里冲出来的暴徒挥着棒子打成了脑震荡。还有四个纠察队队员也被暴打，一个过路人的锁骨被打碎。两个骑警打死了一个流氓，把另一个暴徒的肋骨打断。

有十个人因为吸入烟雾受了点小伤。三个跑回大篷车里的恶徒也受了轻伤，他们在逃跑过程中，车撞到了路中间的栏杆上。现在十二个人全部都已经抓捕归案；所有的证据都指向卡罗来纳爱国者组织。那么可以推断，要么是拉塞尔知道他们策划了袭击事件，要么就是他劝说他们当个挡箭牌。我想应该是后者。

至于我的伤势我比想象得要幸运得多。一个半小时后，伊桑·福斯特在走进急救室，我们的法医迪克·科恩也没精打采地进来站在他身后。

"就是那个距离救了你，还有那个防弹衣。"伊桑用大拇指轻轻压在我胸前。"幸亏温斯顿站得远了点儿。你这辈子第一次穿防弹衣吧？居然还出去吃油炸圈饼！亏你想得出来！"他看看我的胳膊，又看看腿。"你这个笨蛋乡巴佬。人家往你身上泼煤油，向车里扔炸弹，你居然还以为自己很精明，警惕性很高呢。"

我小声嘟囔："你总是对的，灌篮大夫。"

"现在的你看起来就好像有人在你身上使用了缝纫机。"

迪克·科恩出示了证件，然后向那个越南医生询问我的伤势。最严重的是三个刀伤，伤口失血过多；已经有八个人给我献了七品脱的鲜血。沿着发际线缝了十四针，嘴唇下面三针，眼睛上方五针，还有前臂和大腿上大约三十多针。我右手上的几块骨头骨折。除了这些之外，剩下的就只是挫伤、青肿、撕裂，左臂可能永远无法恢复到以前的健康状态了，还有左边耳鼓可能受了点小伤害。

"听起来没那么糟糕，"伊桑说道，"这次他终于可以趁机过个周末了。"

科恩挠挠脖子。"用毫无保护的关节直接对付折叠刀，老天！曼格姆，又一次，你为什么不等待后援呢，像你总跟大家强调的那样？"

伊桑的大手温柔地转过我的头，查看着伤口。"拉尔夫让我转告你，他自己感觉十分可恶，居然忽略了检查那个塔楼。我现在就想知道，是谁告诉拉塞尔你会去参加那个集会的。我想，他可能在那个楼梯平台上等了你两三个小时了。"

贾斯廷回到屋里。"南希已经醒了。但是齐克告诉她孩子已经没了的时候，她几近精神崩溃。"

　　迪克·科恩恨恨地哼出声。"是啊，我听说那些人里有人失去了婴儿。这才是最让人难受的事。"

　　贾斯廷皱眉。"他们正使劲把齐克拉出她的房间。他们发现把这个六英尺七英寸的切罗基弄到病房里来实在是个错误。"

　　我们又一阵默不出声。科恩问贾斯廷："安德鲁·布鲁克塞德现在怎么样？"

　　"还在手术室里，但子弹已经取出来了。估计有五十多个新闻记者和摄影师都等在走廊里呢。市长也在那里。杰克·莫利纳——"

　　我说道："谁在代表我们发言？"

　　"目前还没有人。"

　　我问道："我可以起床吗？"

　　越南医生说："我们马上会把你送到病房。明天早上你就可以起床了。"

　　"我可以离开吗？"

　　"等你能走路就可以离开了。"他这么答复我。

　　我告诉伊桑·福斯特，我想让他代表希尔斯顿警察局去发表声明，强调一下，我们已经做了完整的准备，所有的暴徒都已被绳之以法，还有——他拦住我说："我知道怎么说。"

　　迪克·科恩认真地摩擦着关节。"你们的勇气对我来说太麻烦了。我得回一趟布鲁克林。'水牛比尔'还在这里骑着他那匹该死的马呢，一匹该死的老马。"

　　贾斯廷静静地说："我知道那里的地形。汽车进不去。骑马是最快的方法了。"

　　科恩耸耸肩。"当然。还有什么？"

　　伊桑瞥了贾斯廷一眼，又看看我。"我想，我们都得庆幸那天萨维尔及时赶到。还真是精准。那是你的三点五七型枪，不是吗，萨维尔？不是曼格姆的吧？"他从防风上衣的口袋里掏出一把左轮手枪，打开。

"我在教堂的地板上发现了这把枪。"他打开弹膛,"这把枪还没有开过火。事实上,它根本没有上膛,这简直是致命的疏忽。"他走到放在柜台上的我的一摞血衣旁边,那些都是护士从我身上一刀刀割下来的。伊桑拿起我背在肩上的枪套,把左轮手枪插了进去。接着又拎起带血的防弹衣,仔细看了看,抠出了破碎的弹片。"结案了。"他说道。

科恩掏出黑色笔记本,快速翻着。"根据拉塞尔的尸检报告,他肚子上中一次三点五七型手枪,子弹穿过颈部,而且曾被暴打,主体硬膜血肿,最关键的是他那个鬼脑袋里血管破裂。一定是个暴徒。在那之后居然还有劲向你举起刀!胸腔旁边的几根肋骨粉碎。天啊,曼格姆,你都干了什么,跟他打了半场?"

伊桑看着我说:"对于一个笃信和平、平时都不佩戴枪支的人来说,你可绝对是个有暴力倾向的人。赤手空拳地把人打成那样可不是很容易的哦,而且打得也够难看的。"

科恩打个哈欠。"那么这就是温斯顿·R.拉塞尔?没人性的东西。一个行尸走肉,都烂成那样了,最后还是需要两颗三点五七型子弹结果了他。真他妈的令人难以置信。"他捡起自己的黑包。"局长,我们怎么记录这件事?"

我看看伊桑,又扫过贾斯廷看看我头上的闪亮的夜灯。没有人说话。科恩清清嗓子,等着答复。

我说:"就写,疑犯拒捕,被开枪击毙。"

科恩把笔记本放回夹克衫兜里。"被追捕的警官?"

"对。"

476

第二十六章

　　一个护士正推着轮椅送我回病房，我看见艾萨克·罗斯索恩顶着个三角形白头发，笨拙地，一瘸一拐地绕过走廊的拐角走过来。经过我们时，他错乱的眼睛还是直直盯着前面。我叫住他，他转回身，一下扑倒在我的轮椅上，发出可怕的呜咽声。他的领尖已经歪到了一边，衬衫也从褶皱的裤子里滑落出来，短袜堆叠在脚踝上。"啊，哈，哈，我亲爱的瘦子啊！"他快速扫了下我全身，盯着我眼睛，接着——令那个年轻的黑人护士惊讶的是——他吻了我额头一下。"看看你，看看你。我得大哭一场。"

　　"你还会哭？"我小声说道。他轻拍着我的头发，磕磕绊绊地一路小跑而去，深深的叹息声传遍了长长的走廊。

　　黑暗中，这个老律师一直站在床边，跟我聊着天，直到我睡着。是艾丽斯给在皮德蒙特的他打了电话，把三一教堂的事原原本本告诉他。到了医院的走廊里，巴布·珀西又告诉他更多情况细节。护士见赶他不走，就只好自己先行离开。而他开口的前几句话居然是，他听说温斯顿·拉塞尔已经死了，感觉十分不安，他有这种反应我一点都不惊讶。

"你这个该死的老家伙，"我虚弱地嘟囔道，"你只关心你那该死的传票。"

"才不是。"我感觉到他叹息穿过我的手心。"不是的。我在意是因为我并不相信杀戮。不管什么原因。我为任何一个……任何一个必须承受这一切的人感到悲伤。"

"每个人都必须要承受一些事情。"

他拍拍我的腿。"你想谈谈这些吗？"

"我也不知道……"

他坐回去，等待着。过了一会儿，我问他，他是不是十分希望温斯顿能出庭作证。他说，不是那么迫切；其实在我们之间，除了乔治自己的证言，其他人的都没有那么至关重要。

"那么为什么要半个州人的传票？"

像过去一样，他让我自己好好想想："我这么做是为了吓唬他们的。"

"我听说你已经成功了。"

"是啊。"

"听说他们已经放弃控诉一级谋杀，改成了过失杀人指控。"我伸了伸残破的手，在胸前重新找了个舒服的位置。"你拒绝了。那么为什么他们会放弃一级谋杀？如果他们不想让证人……"

我能听见他掏口袋的沙沙声。"噢，只有一个证人是真正最有用的。就是那个我得去传问，虽然不情愿，但我不得不去传问能交代我委托人经历的人。为了把死刑从他身上拿掉，为了把要执行死刑那恐怖的某天从乔治的生命里永远剔除掉，所以，即使有人将那个人的名字从证人名单里拿掉，我也会把那个名字再添进去。"

"是朱利安·刘易斯。"

"没错。一个名字将毒气室里的死亡威胁消除了。"他把椅子挪近我。"啊，卡迪，在这个世界上，有人在思考，有人在欢笑，有人在难受，也有人在哭叫。这个老家伙，他来来回回地走来走去……有人告诉我说布鲁克塞德先生还处于危险期。多可悲的事。那么一个生机勃

478

勃的人……我猜想是他卷入了你们的夙怨里了？"

"不是我的，是温斯顿的。"

"呜呜呜……但是很明显，每个人都把这次事件认为是针对布鲁克塞德的刺杀行为。"

"随他们怎么想。"

"为什么不是呢？更刺激。可能也更有用。"他静了一会儿。接着问道，"布鲁克塞德夫人现在怎么样？"

"不知道。"

"你想让我去找她吗？告诉她点什么？"他碰碰我的手，"让她知道你现在还好？她现在一定也在大学医院里。"

"不用麻烦了。艾丽斯肯定已经告诉她了……但还是谢谢你。"窗户外面，一架飞机划过夜空。

"我希望你再次出庭。星期三可以吗？"

"要问我什么？"

他略略笑道："我想问你的问题绝对没有你现在看起来的，和为什么看起来的这么严重。"

"你为什么不为了乔治接受过失杀人的指控呢？"

黑暗中，他划着了一根火柴，我的鼻子又闻到了熟悉的烟味。"为什么我要接受？或者说，为什么乔治要接受？"

我说，因为过失杀人会比二级谋杀的刑期短很多，而且一旦陪审团认定有罪，他们肯定要把乔治再送回监狱，关的时间会更长，最重要的是，乔治没法否认确实是他杀了皮姆。

在我身旁，小小的红色火苗亮了又暗。艾萨克圆润的男低音像外面的夜空一样平静。"根据法律，杀人并不一定是犯法，是吧？这得依据杀人者的精神状态，他的目的，或者他的选择来定。在乔治这个案子里，正如我星期一准备向陪审团说明的那样，他的目的是为了挽救自己的生命。"

我昏昏欲睡，嘟囔道："从心里说，我们都知道乔治当时也是有其他选择的。"

艾萨克紧攥着我的手。"从心里说，我们都有选择。我们却不是总能那么选择。"

我振作起精神，告诉他，是的，毕竟，我确实想跟他谈谈这个问题，我给他解释了一遍墓地里发生的一切。他听着，静静地点头，说道："好的。官方的解决办法是解雇贾斯廷；纯理论的解决办法是起诉他犯罪。"

"我当时已经失控。我把那个人往死里打。"

"不，你没有那样。那只是医理臆测。"

"我试图那么做的。"

"啊，目的！难道不是因为拉塞尔想杀你吗？在你们的打斗中，难道你不是在拯救自己的生命？"

"不是。我当时就想杀了他。我已经疯了。"

艾萨克双手捧住脸，月光照在他的手上。"疯了……我给你讲点儿事，瘦子。我年轻时是个公共律师，刚刚从法律学校毕业，接了一个案子。委托人是个叫伊迪丝·基恩的女孩子。一个黑白混血儿——他们那么称呼她。她枪杀了一个白人，理由据她所说是因为那个男人强奸了她的小妹妹。她冲他开了六枪。她绝对是想杀了他。可我当时不想为她申请精神疯狂丧失行为能力的控诉，也不想承认她有罪。当时的我十分自负，我想，我能钻个法律的空子，为她进行无罪抗辩。可结果是，我根本没帮上她的忙。

"不管出于什么原因，我输掉了官司，她被判了死刑。要是她没有进监狱就好了，在那里她待了几个月之后，每个看见她的人都会承认，她确实是疯了。当然，她没有被执行死刑，而是被送进了精神病院……她死在了那里。那里的另一个疯子打死了她。

"瘦子，我想告诉你的是，法律条款是很纯洁的东西——就像你作为警察局局长所做的逮捕记录一样纯洁。但是法律的精神却像水一样混浊，不断地有生命有机体在里面生长。对的和错的都在吼叫，真相和谎言有时候都会被无限放大，那么你必须十分小心，不要为了拯救一个而杀掉另一个……你好好考虑一下。"他向我倾下身，用手轻轻抚摩我的头发。"以后再想。现在,好好睡一觉。"

半夜时,我在冰凉的病床上醒来,睁大眼睛,发现我可以挪动胳膊。我能站起来。我能走路。尽管有些瘸。我的衣服已经被扔掉了,但是有人从我办公室里带来了我的制服,叠得整整齐齐地放在桌子上。我用了漫长的十分钟穿上希尔斯顿警察局的卡其布裤子,再套上衬衫。我站在卫生间里的镜子前看着自己。一切都那么陌生。

我费力地走进寂静的外边,在白炽灯通明的走廊里,我看见贾斯廷就在我的门外,坐在塑料椅子上,看着联邦调查局送来的档案。他抬起头。"是海勒姆把你这套上尉的制服送过来的。他总是认为,你应该穿着它。想穿上鞋子吗?在你壁橱里的架子上。"

我跟在他后面回到屋里,他帮我穿好鞋,系上鞋带。"你看起来不太好。"他挺直身子。"在 'ingenium ingens inculo latet hoc sub coupore',是贺拉斯说的。"

"什么?他说这些是什么意思?"

"'在一个红脖子乡下人的破损的外表下是一颗仁义之心。'"贾斯廷的微笑中洋溢着因我活来下的满足感。他根本没有想过,他救了我,我就又欠了他一次人情。就像他根本不认为,当时他冲着拉塞尔开了第二枪有什么不对。妈的,我也不知道这是什么,一种奇怪的粗心大意来自哪里呢?——可能是与生俱来的。

我说:"那么替我告诉贺拉斯,万事万物总是对我十分照顾。"我沿着走廊慢慢走着。

"你不要往那边走。"贾斯廷在后面跟着我说,"你要不就是被护士值班室里的人拦住,要不,就是跌进巴布·珀西和他那整整一公升的小道消息里。"他坐回椅子里。"这还有一个你能感兴趣的讽刺。你就是这个时间里的英雄。霍雷肖在桥上,科里奥拉努斯在大门旁。如果你认为那是一篇辞藻完美的散文的话,你就应该听卡罗尔·卡西·凯茵的晚间新闻。你的一只手就让大街变得更加民主和安全。"

我转过身说:"我猜,那就是让你成为为自由价值而战斗的人。"我们互相看了一会儿。然后,他敬了个礼离开了。

第三部分
风和雨

第二十七章

院长室设在医院的一个老式厢房里。我敲敲门，保罗把门打开。在这个大屋子远处的一角落里，李正倚在窗边望着窗外，外面是美丽的田野和海文大学哥特式围墙。在她身后，街灯把古旧的金色砖墙照得闪闪发亮。她身穿黑丝长裙，带着珍珠项链；不知道的人以为是有人刚刚把她从晚宴上叫到这里来的。她皱着眉头，转向门口，但没有挪动一步。在我们中间长长的距离里隔着柔软的扶手椅、擦得锃亮的木栏杆、台灯和毯子。在小小的橡木装饰上，放置着贾斯廷爸爸的画像。

保罗前额上伤口四周的头发已经刮掉了。面颊上贴着一块纱布，还有一块贴在黑色衣领上方的脖子上。"卡迪！"他喘着气，"你还不能四处走动吧？"他把我往走廊里拉。"我上楼来看看你，但是他们说你已经睡下了。亲爱的上帝，你身上都满是绷带了，还不好好休息？"

"我没事，都是些划伤和淤肿。"

"谢天谢地。非常抱歉我没能帮上什么忙。那个人为什么要杀库柏呢？他疯了吗？"

"我想是吧——如果你承认魔鬼就是疯子的话。但他缔造了一个能干的帮凶，不是吗？对那些把拉塞尔玩在股掌之上的人来说可是件好事。"保罗黑色制服上还留存着血迹。我扶在他瘦削的肩膀上。"非常抱歉把你也卷了进来，保罗。你也有了亲身经历了，跟那些他们让你为研讨会准备的东西不太一样吧？"

"卡迪，事实上，那些东西就是他们为你们准备的。我是说，死亡。"他的手碰触到脸颊上的伤口，故意挤压了一下，好像在确定什么。接着，他轻轻地摇摇头，向屋里走去。"我刚刚跟李·布鲁克塞德坐在这里，等待着听安迪的状况。他还处于危险期，但目前情况稳定，这是刚刚收到的最新通知。"

我跟着他走了进去，目光越过他的头顶，穿过房间落到李的身上。我跟他说："布鲁克塞德已经顺利地挺过了手术。子弹已经取出来了？"

保罗点头说："现代外科手术的奇迹，这是医生刚刚告诉我的。我告诉他：'我要跟奇迹这个单词的发明者争论一番。'医生大笑起来。他以为我在开玩笑呢，但是他们却备受鼓舞。现在，他们告诉我们说，安迪的手术成功率很低，只有千分之一。"

李轻轻地绕过桌子，向我们走过来，低声喃喃道："安迪喜欢这种概率。"她走到房间中央，停下，伸出手来。"卡迪……"

我走近她，抓住她伸出的手。"李……我非常抱歉。"她的脸上毫无血色，灰色的眼睛下面露出了我从来没见过的黑眼圈。她的另一只手抓住我的手腕。我们就那样站了一会儿，她退后一步，手指头温柔地从我手中抽出来，横在胸前抱住另一只胳膊。

"我得谢谢你，卡迪。我们都应该谢你。保罗说，是你一直追赶着那个开枪打伤了安迪的人。"

我说："那个人已经死了。"

保罗走上前来。"还是经过了一番搏斗的呢。卡迪救了我的命。"他指指自己的伤口。"那种野蛮人。他是受雇于类似三 K 党的组织吗？记者都说——"

我拦下他。"保罗，请原谅。你不介意吧？我想跟李谈谈。"

神父很快转身出去。"噢,对不起。我还得去重病监护室检查一下。好的,顺便去弄点咖啡喝。"

他关上门,屋子里像雪后一样静悄悄的。我们就那样站着,看着对方,精神放松,全身疲软。然后,她轻轻地说道:"你活下来了。"

"是。我想让你知道的是——他被枪击中的时候,我就在他身边。他的第一反应就是……就是保护我。我不是说因为是我他才那样做。我的意思是,因为我在他旁边。"

她点头。"是的。他很勇敢。"

我摇摇头。"那不是勇敢。那是……美德。"她又点点头,但是没有说话。最后我说:"你还好吗?"

她抬起下巴,好像吞下了什么东西。"刚才,我觉得他可能挺不过去了。因为他们告诉我,情况不乐观。但是现在我确定,他能……"她试图微笑,"……赢。"

"你还好吗?"

两行眼泪悄悄涌出,像断了线的珠子。她转身走开,坐在壁炉架旁边的扶手椅上。

她盯着空空的壁炉。"我非常爱我的第一个丈夫。"我第一次听她这么说感到十分惊讶,接着好像掉进了痛苦的深渊。我等着她继续往下说。她那顺滑发暗的金发上的反光刺疼了我的眼睛。"在那场大火之后,"她说道,"他们把我带到尼斯去……辨认尸体。"她以前从来没有跟我提起过那个年轻的法国人,那个二十七岁、死于宾馆大火中的登山队员。我知道其实是我自己不情愿问起他。她抬起头看着我。"我不想再次体验那种伤痛。我不允许那样的事再次发生在我身上。"

我站在那里,扶着椅子的靠背。我的声音有些沙哑。"但你不是说了嘛,他们都认为安迪会挺过去的。"

她的眼泪夺眶而出。"噢,卡迪……现在我不想提安迪。我在说我们。"

我走近她;她伸出双手,拉住我没有受伤的胳膊。我终于问出了那个不想问她的问题。"你会离开他吗?"

她的手一紧。"不会。"

"因为发生了这件事？"

她仰起脸看着我。"不是。你从一开始就知道答案。"

慢慢地，我抽出自己的手，向后退去。

她说："我不能。"

我低头看着她："你可以，只是你不想。"

她的双手落在大腿上，手上的戒指闪闪发光，老式但仍然漂亮。"不，我不会。"她清楚地回答。

"因为你爱他？那我会尊重你。因为他需要你？你需要他？为了一个婚姻的承诺？如果是这些，那我尊重。"我的手指紧紧抓住壁炉架的边缘，心痛得连胳膊都在颤抖。"但不要为了他的政治前途。"

她刷的一声站起来，眼睛明亮而湿润。"这不仅是他的。这不仅是政治。对我来说，那也不是什么职业。"

"那你告诉我，究竟是什么？"

她看着我。"我不知道你是不是能理解我的意思。我感觉十分……我好像是继承了一种责任……不管我的……私人感情如何。"

"老天。"我急速地踱来踱去，头有点晕，我扶住了一把椅子的靠背，慢慢调整着呼吸，使大脑清醒些。

"你难道不明白吗？"

我冲她点点头，红着脸，提高了嗓音。"是的，我能理解。这是他妈的高尚责任。你所继承的，李，就是他妈的一笔钱。因为你的曾曾祖父想出了一个他妈的简单方法，让一大堆愚蠢的笨蛋去抽烟。这就是你继承的东西！剩下的都是她妈的浑蛋。"

"卡迪，别这样。"

我穿过屋子，朝门走过去。"看，我以前就这么走过去，还记得吗？曾经有一次，你要求我理解你。很长时间以前。一年之后你回来，一年已经太晚了，你回来跟我说，你错了。现在，你还是错的。"我的脸和她一样烧得发烫。

她用手捂住喉咙。"你为什么这么残忍？"

我从嗓子眼里挤出话来。"因为我疯了，而且大受伤害！因为我们失去了对方。因为我爱你。"

　　她伸手抓抓头发。"我也爱你。"

　　"那么我们为什么要这样？"

　　她已泪流满面，眼睛死死地盯着我。最后她说："我想，我们这么不诚实，是不是离死不远了。"

　　我轻轻关上门，门把手是黄铜色的。

第二十八章

从星期一早上，艾萨克·罗斯索恩开始召集辩护方证人算起，时间又过去了三天。现在媒体席位只剩下一半人了。新闻记者已经舍弃了庭审这个题材，转而去跑更新的关于安迪·布鲁克塞德在"三一教堂恐怖事件"之后的"为生命而战"的后续报道了。这位候选人仍然在强化保护中，现在大学医院的走廊像个军营，用三脚架撑起了帐篷，拿雨衣当了铺盖。星期六傍晚，我打算偷偷溜出医院时，还是被新闻记者们手里的像嗡嗡作响的大黄蜂一样转来转去的数码照相机给包围了。可能是由于在那天跟李的谈话中饱受打击，我一直反应木讷，就那样直直地站在他们的铁架子下面，像个雕塑似的，无精打采。巴布告诉我："关键时刻显美德。我十分同意你的看法，三一教堂的真正英雄是安迪·布鲁克塞德，在大火熊熊燃烧的时候，他的第一反应却是拯救其他人的生命。保罗·麦迪逊神父在生命受到威胁时，第一反应是感化要杀他的人。都是些好人啊。"

我走出医院，看见李在走廊里跟啜泣的戴尔·范肖夫人说着话。我和李的目光穿过人群，落在彼此的身上。接着，我转过身，离开了。

490

在跟《著名女性》杂志作访谈时，我得知《人物》杂志上刊登一张当时在墓地里，我被抬上救护车的快照——在有关布鲁克塞德的报道旁边。埃德温娜·森德兰邮了几份简报给我，我用菠萝形吸铁石贴在了冰箱上。她还用蓝色字母组合成图案留了几句话："卡斯伯特，你现在让全城人激情四溢，我嫉妒得不得了，有空过来一起玩桥牌吧。爱你的，E.N.-R.S."一些报纸对我的英勇行为给予了赞扬——还配上标题，"打击三K党的杰出上尉"；也有要我引咎辞职的，在一个左翼周刊的一篇文章里，在大标题"把今天还给我"的下面，把我说成一个"乡下村夫"。我马上取消了这本杂志的订阅。卡罗尔·卡西·凯茵的脱口秀节目给尚在医院的南希·怀特打了电话；看起来，齐克对打电话的人不是很友好。周末，媒体的焦点笼罩着我们，好在马上就消散了；或者说，它们都在安迪·布鲁克塞德的病床上空盘旋着，正在等待他的新闻。

所以，到了星期一，大家被迫在没有全员出席的情况下，开始在法庭上撕毁控诉方华丽的外衣。控诉方桌子后面呈现出破天荒的拥挤。居然坐了四个公诉人，其中三位——地方检察长助理、一位州律师、州检察长助理——他们都警惕地看着地方检察长米切尔·贝兹莫尔。希利亚德森法官提醒他们说，他们中只有一位可以对每位证人进行提问，而艾萨克趁此机会更要充分借用辩方这种受压迫的窘境来大做文章。"别催我，贝兹莫尔先生。我又老又瘸，而且我也没有一个营的兵力来帮忙！"这确实看起来像场不公平的战斗：一边的桌子旁，是穿着整齐的高贵血统的美国男士们；而另一边呢，一个年轻的意大利女人，一个年老的犹太人和一个被指控谋杀罪的黑人。

控诉方十分满意地表示，他们可以把温斯顿·拉塞尔的尸体扔给艾萨克·罗斯索恩的狗，只要他能确定拉塞尔已经没有什么朋友还活着了——当然是更没有身居高位的人了——那么他在去世之后的六天里，这个州里没有任何一个灵魂会看得起他。比如卡罗来纳爱国者就十分愿意出庭指证拉塞尔的全部罪行，他们知道他从治安官办公室的一个助理那里窃取内部消息，比如，我星期五的行踪。他们一直迟迟不跟警方合作的唯一原因就是，他们对他害怕得要死。温斯顿就是希特勒，其他每个人都必须是个合格的德国人。

珀利·纽瑟姆还处于危险期。已经有人告诉了他温斯顿的死讯。他跟贾斯廷，在警队里面他只跟贾斯廷说话，一再说明温斯顿就是个撒旦，很容易从坟墓里再爬出来。在珀利的床头，贾斯廷还录下了那些人更为肮脏的勾当，可那些人当初却都被他奉为偶像。他附带着链接上了很多其他人，包括他的哥哥奥蒂斯，他的朋友皮姆，范肖纸业公司，卡罗来纳爱国者组织，还有他自己。全都交代结束后，珀利把自己交给了铁面无私的米切尔·贝兹莫尔，想求得他的从宽处理，可结果他还是在威利·斯莱德尔的谋杀案里，被指控为一级谋杀。第二天，珀利自己也死了。

后来根据诺拉说，在希利亚德森法官内室的电视机前，所有六个案子的庭审律师围在一起，对量刑结果争吵不休，像一个来自天主教道德协会的审查派对。尽管希利亚德森法官最终宣布，碟片本身可以作为呈堂证供，但是考虑到个别律师的反对，适当收回自己的看法。不知道是法官觉得那些律师的意见比较客观，还是他本人比较多愁善感，总之就是这样。诺拉告诉我，结果倒是蛮令人满意。"如果他们相信珀利控诉拉塞尔的话，那么他们也该相信他说的关于皮姆的罪行。那么，我们要做的是，指出既然大家已经相信他之前所给的供词毫无半点虚言，那么有谁还会质疑拉塞尔罪行的真实性？"

所以，整个星期以来，每个证人出庭时，艾萨克都努力地把温斯顿·拉塞尔跟博比·皮姆的名字连在一起。艾萨克像一条池塘里的老鲨鱼，游刃有余地穿梭在那天发生在斯摩克斯的故事里。有些证人出庭的时间很短，如果陪审团没有明白他们的证词的话，那么艾萨克的目的简直就像个巨大的水晶球一样真实透明；确实，多数陪审员看他的眼神，还真是有点看着水晶球的意思。在简短的证词里，扎克里·卡彭特不仅证明了乔治在服刑期间表现温顺，而且还讲述了温斯顿·拉塞尔在服刑期间的情况，与乔治的表现完全不同，并出示了来看温斯顿的一些来访者的名字。此时，控诉方简直要停止呼吸——尼尔·萨德勒的脸都绿了——好在霍尔获得缓刑的那个晚上朱利安·刘易斯和典狱长的谈话内容压根儿没有被问起。

接下来，一个上了年纪的验证中心的验光师被传唤出庭；他所做的只是当庭说出他给乔治·霍尔做眼部检测的日期，和对乔治的眼镜度数给出证明。在尼尔·萨德勒的抗议声中，这个地方检察长的助理被迫走上了证人席位。他要交代到底通过谁的安排，他可以对登月脚巴特勒进行询问，多长时间进行一次。当艾萨克要求他摘下眼镜时，他看起来更为气愤。这个老律师从展台上拿起了一把左轮手枪，在萨德勒的鼻子下面挥动着，接着他背过身，在屋子里踱着步，转过身来，突然举起胳膊，大喊道："萨德勒先生，我手里拿的是什么？"

尼尔迅速答道："一把枪。"

"再看看。"艾萨克从证人席旁边走开，快速把枪塞进夹克里，空空如也的手还在装腔作势地比画画。萨德勒使劲眨眨眼睛，接着又戴好眼镜。艾萨克说："谢谢。可以了。"

白人至上的沙文主义者查尔斯·门尼也被传唤出庭，在县监狱的监禁生活里，他黄褐色的头发已经灰了大半边。艾萨克向他询问时，萨德勒半个身子向前倾斜出来。这个前中士承认，现在他被指控走私枪支，在和一个叫"北卡罗来纳爱国者"的组织进行恐怖主义活动。很明显，门尼认为自己是属于那种极不爱说话的人。在被问到他是否曾经在佐治亚州的一个叫克里斯威尔的小镇装运过枪支时，他说道："没有。""你确定吗？""是的。""好吧，除了今天在法庭上，你是否还曾跟被告乔治·霍尔在一个屋子里待过？""没有。"

"也从来没有在范肖纸业公司的办公室里，跟老板戴尔·范肖先生一起和乔治·霍尔谈过话吗？"

"没有。"

"你确定吗？"

尼尔·萨德勒站起来。"证人已经回答了这个问题。"

艾萨克冲着陪审团耸耸肩膀，接下来几个问题的回答都是"不是"，艾萨克很快就让门尼中士退庭了。这轮询问没有什么太大的波澜。

接下来，戴尔·范肖先生被传唤出庭。他紧了紧领带，快步走下过道，看起来富态而且正气十足。州检察长助理站起身来，两只拇指缠绕在一起，此时艾萨克正悲伤地盯着证人。老律师说，他只有几个问题。前两个都非常简单，第一个：范肖先生是不是范肖纸业公司的老板？是的，没错。第二个：乔治·霍尔是不是曾在他的公司里做司机？他"认为是那样的"。

下面的问题很快袭来：七年前，乔治·霍尔是否曾跑到范肖的办公室里告诉他，在乔治驾车开往佐治亚州的克里斯威尔途中，从卡车上掉下来的摔坏箱子里看见有来复枪的事？范肖脸色蜡黄，回答说，他不记得有过这次谈话了。那么他能否记得，当他跟乔治·霍尔谈话时，查尔斯·门尼是不是走进了屋子？范肖摇摇头。

"那么，你的回答是'没有'吗？"

他没有反应，艾萨克转向法官席。"我要求证人回答这个问题。"

而此时的范肖却盯着州检察长助理。州检察长助理站起来，要求近前跟法官说话。他快速冲到前面，艾萨克也走过去，他们开始窃窃私语起来。范肖——交叉着双腿，脚上浅黄色的皮鞋不停地颤抖——极富耐心地看着他们。

希利亚德森要求两位律师安静下来。接着他解散了深受两位律师争吵困扰的陪审团。他挠挠嘴角，紧盯着戴尔·范肖。接着他说，鉴于范肖本人目前也在接受与这个案子相关罪行的起诉，那么他想知道，范肖的证词会不会在接下来的庭审中对控辩双方产生影响。二十分钟过去了，法官摇摇头。"我还是认为，如果强迫证人回答刚才的问题，是严重违背第五版《权力法案修正案》的相关条款。所以，控诉方反对有效。辩方应放弃这个问题。"

等陪审团成员回来后，艾萨克悲哀地一瘸一拐地走回证人席，温和地询问戴尔·范肖："七年前，你有没有跟已故的城市审计官奥蒂斯·纽瑟姆、罗伯特·皮姆、温斯顿·拉塞尔，以及查尔斯·门尼一起策划让乔治·霍尔当替罪羊的事？"

"绝对没有。"范肖脱口而出，甚至比州检察长助理的抗议声来得还快。"反对！反对！这是赤裸裸的诬蔑，法官大人！罗斯索恩先生为了辩方的利益传唤了这个社区一位优秀的公民，结果现在他却反过来控诉这位证人阴谋策划谋杀被告，这说得过去吗？"

尼尔·萨德勒也站起身来支持他的上司。"法官大人！罗斯索恩先生现在正在努力地用一大堆不相干的东西来分散我们大家的注意力！到底是谁在接受审判？这个问题到底与被告枪杀罗伯特·皮姆有什么关系？"

"请坐下，萨德勒先生。"法官赶紧说道。

艾萨克耸耸肩。"范肖先生所做的只是说'不是'。"

希利亚德森向前倾斜身子。"证人可以不回答这个问题。反对有效。撤销这个问题。"

艾萨克举起胳膊，摇摇晃晃地走向陪审团前的栏杆，嘟囔道："我放弃！"

"罗斯索恩先生！"希利亚德森冲他挥动木槌。

就这样，戴尔·范肖没有澄清任何问题就退庭了，但至少一些陪审员已经差不多知道——对法官来说，他从陪审员们的表情就能看出来——范肖隐瞒了很多事情，这也是艾萨克之前就想达到的效果。

艾萨克在那之后一直坐在椅子上冥思苦想，直到希利亚德森再次询问，他站起来要求传唤丹尼丝·马布里，一个穿着端庄、长相漂亮的黑人女子。她就是汉密尔顿·沃克告诉我的那个妓女，我派韦斯·彭德格拉夫特意到华盛顿特区提取的证词。她发誓说，在皮姆被枪杀的那个晚上，温斯顿·拉塞尔曾经把她叫到他停着的车上——一辆蓝色福特车——逼迫她把他带到蒙哥马利旅馆的房间里，要她跟他口交。就在那时，他们同时听到下面的大街上一声枪响；他迅速跑到窗边察看，接着很快穿上衣服，跑出了房间。

艾萨克·罗斯索恩："你在旅馆的房间对着哪里？"

丹尼丝·马布里："下面就是斯摩克斯酒吧。等我走到窗边时，看见一个人躺在人行道上。还有一辆警车。旁边围着很多人。"

艾萨克："你是否看见温斯顿·拉塞尔也在下面的街上？"

丹尼丝："不在。我没再见过他。直到很多年以后，在这个法庭里我跟他又见了面。"

"他在这里因为侮辱你的一个女性朋友而接受调查的，是吗？"

米切尔·贝兹莫尔站起来。"反对。与本案无关。"

"反对有效。"希利亚德森给予支持。

艾萨克："我撤销刚才的问题。还有一个问题。那天晚上,温斯顿·拉塞尔在你的房间时，有没有向你展示他带了枪？"

"是的。"她的目光飘向庭外。"他让我舔它。"

在问询中，米切尔·贝兹莫尔强烈质疑马布里小姐作为一个诚实女人的可信度。他强烈疾呼，我们是不是应该相信一个口口声声喊着凶手的女人，而且她曾经是汉密尔顿·沃克那个臭名昭著的希尔斯顿皮条客手下的一个妓女。

丹尼丝回答："我不会因为你是个律师，就叫你骗子，所以你也不该因为我是个妓女就认为我在撒谎。"身着浅绿色的尼龙套装，坐在法庭上的汉密尔顿·沃克听到这些，大声笑了出来。

接着米切尔指责她，因为五年前她的一个妓女朋友被拉塞尔侮辱，所以她今天来到法庭编造这个故事就是为了报复他。

她否认。"如果我想报复拉塞尔，就会让这些事情早在那个星期天登上报纸了，根本不用等到现在。"

米切尔厌恶地大嚷："那么就是说，你在告诉大家，在当时如你所描绘的那种犯罪情况下，这个男人居然还向你亮明了身份？"

她看看米切尔，好像他身上有蛆虫在爬。"我知道温斯顿·拉塞尔是谁。我们大家都知道。我们都有理由知道这个名字，还有他那张脸。就算化成灰，我也认得他。"

米切尔固执地继续问道："当时在蒙哥马利旅馆的房间里，你有没有亲眼看见下面街上发生的枪击案？"

"没有。"

"那么，你实在没有什么再能帮助我们了。没有其他问题了。"

接着，一个前斯摩克斯酒吧的女招待，一个大约六十岁的丰满老妇人被传唤出庭。她作证说，那天晚上在乔治·霍尔进酒吧的一个小时之前，登月脚巴特勒一个人已经在那里了，他还在厕所旁边的付费电话上打了好几个电话。他从她那借了打电话用的零钱，但是一直没有归还。在控诉方问询中，米切尔·贝兹莫尔用他那一贯的讽刺语气问道，经过了这么久，她怎么能记得那天的细节情况。再次开庭时，艾萨克随便问了一些问题来测试老妇人，结果证明，她确实记忆力很好，至少比那个巴特勒先生要好得多。

艾萨克下一个要传唤的证人充满敌意。以至于希利亚德森法官要一直劝说她。但是拉娜·皮姆还是很固执，企图保护博比和威利；她把责任全都推到了温斯顿和乔治身上。这种矛盾的做法让她很困惑，因为根本瞒不过艾萨克。坐在那里的是个痛苦而紧张的年轻女人，抹着廉价的化妆品，头发染成浅黄色，身穿控诉方要求她特意穿着的黑色紧身衣，以便所有人都知道她失去了丈夫的现状。艾萨克将她盘问了一个多小时，这期间，她只要在这个颇为简单的腐败警察故事叙述过程中有一点点的偏离，牵扯到政治问题的话，控诉方马上就会出面解救她。当然拉娜·皮姆不知道谁在为她掩饰，为什么要帮她隐瞒。但她确实知道很多的内幕，比以前告诉我们的要多得多，在一连串掺杂着同情、陷害和控诉的狂轰滥炸中，艾萨克的问题让她想逃离，却还是被迫把曾经隐瞒的事实公布于众了。

"我觉得没必要提醒你吧，皮姆夫人。上帝知道，我对你的遭遇深表同情。你唯一的弟弟被残忍地杀害！……同样地，乔治·霍尔唯一的弟弟也被残忍地杀害了！而且是被同一个人杀害！但是，假设当初果真是温斯顿·拉塞尔把你弟弟领上了邪路，难道他就不可能也在你丈夫博比身上种下魔咒吗？

"皮姆夫人，如果你相信温斯顿可能在你家的车库里储存过赃物，你敢保证博比不知道其中的阴谋吗？七年前，你告诉警方，那天晚上你丈夫出去打保龄球了。可现在你又说，他在家跟温斯顿·拉塞尔一起吃饭。温斯顿打过几个电话。还接了几个电话，其中一个你认为是来自奥蒂斯·纽瑟姆。那么接下来，拉塞尔和你丈夫，都全副武装，各自开着车，在同一时间里到达了同一个地方，迦南的斯摩克斯酒吧，那里可绝不是你口中的保龄球馆。那么现在你还认定，他们没有事先在家里阴谋策划这件事吗？

"好吧，皮姆夫人。我们接受你发过誓给出的证词，说皮姆当天并没有喝酒，没有去过酒吧，没有暴力冲动，在迦南没有任何熟人，他也不认识什么登月脚巴特勒，也根本没有原因去那里寻找乔治·霍尔。如果要驳斥我刚才说过的话，那就请解释一下，为什么博比会在迦南的一个酒吧里假装醉酒，粗暴地跟乔治·霍尔挑起争斗？

"啊，我亲爱的夫人。当知道你遭到凶残的拉塞尔的恐吓时，我真是为您捏了一把汗啊。那个人，就在你丈夫死亡当天，还冲到医院去威逼你撒谎！难道他没有让你撒谎吗？难道他没有让你对那天晚上他跟皮姆在一起的情况保密吗？难道没有吗？"

艾萨克从哭泣的皮姆夫人身边经过，走到控诉方的桌子前面，告诉他们："你们可以盘问证人了。"但他们根本不想跟她扯上什么关系。米切尔·贝兹莫尔最终还是问她，罗伯特·皮姆有没有说过他要杀掉被告。她说，没有，他根本没有理由杀他。从来没那么想过。她只知道那边坐着的人——乔治·霍尔——枪杀了博比，而博比死了，可那个人却还活着。米切尔说，他只能对罗斯索恩先生傲慢、残忍和不人道地对待一个刚刚失去丈夫的妇女的态度向她表示歉意。

而艾萨克则要求刚才那些话必须从记录里删除，因为"没有根据，没有事实"，并要求贝兹莫尔道歉。两个律师就此争论不休，希利亚德森法官只好允许皮姆夫人退庭，又针对这些问题，他宣布暂时休庭，第二天早上继续。诺拉说，在内室里，希利亚德森问艾萨克，鉴于法官非常非常希望这个案子不要拖到下周，那么艾萨克能不能息事宁人。而这时，州检察长助理没弄明白法官的意思，还以为法官这么说是为了袒护他们，甚至边轻拍法官的肩膀，边说："我非常同意，谢利。我都跟老婆说好了，星期天飞圣基茨呢。"诺拉说，希利亚德森严肃地盯着他，使霍克斯看起来蛮尴尬的。

事实上，我倒是不介意坐在法庭上。这可以让我名正言顺地在

498

市政大楼里进进出出，顺便好好抽查一下我的希尔斯顿警察。我有一个好借口，因为根据海文大学医院急诊室的坦大夫给我做的诊断，而且卡尔·亚伯勒和市议会已经命令我必须放假养病。同时，卡尔还要求我推荐一个代理局长；我推荐了伊桑·福斯特，伊桑却说，如果他要是在办公室附近看见我，一定会把我挡在门外。有些人奇怪，我为什么没有提名贾斯廷做代理局长；连他妈妈都一直追问我，可艾丽斯没问过。

我倒是希望星期五我会第一个被传唤出庭，但是没有。再次开庭时，桌子上多了个大电视式的监视器，对着陪审团。艾萨克解释说，他要给陪审团展示一段临终遗言。贝兹莫尔表示反对，被宣布反对无效，于是这种史无前例的庭审方式被获准通过。工作人员把大窗户上的遮光布拉下来；诺拉把碟片插进机器，画面上出现了珀利·纽瑟姆，头枕在医院的枕头上。在我看来，陪审员们似乎更重视他的证词——可能是人之将死其言也善吧，以下只是其中的一些情节：

"……所以温斯顿和博比非常依赖乔治·霍尔，因为他们需要一个能跑北佐治亚州线路的司机。博比已经几次威胁过霍尔。他们让博比再去说服他，还跟他说，如果他不同意，就找他麻烦。他们还让登月脚去做他的工作……霍尔不知道斯莱德尔和孔茨也参与其中了……霍尔只需要在克里斯威尔多停几站，然后去散散步……抽抽烟。他们告诉他，车上只是一些烟草。当然，他也只跑了几次……我听说的是，霍尔撂挑子不干了，结果整个事情就乱了套。"

接着屏幕上出现了对话片断，在画外贾斯廷说："你提到的奥蒂斯是指你的哥哥，已故的奥蒂斯·纽瑟姆吗？"

珀利睁开眼睛。"是的。"

"当时你哥哥奥蒂斯·纽瑟姆谈论关于乔治·霍尔的问题时，你在场吗？"

"是的。"

"还有谁？"

"博比、温斯顿、还有查理。"

"你提到的查理，是不是指查尔斯·门尼？"

珀利猛烈地咳嗽了一阵，点点头。"是的。"

"你们都说了什么？"

珀利嘟囔道："是温斯顿说的。他说乔治·霍尔会坏了大事。箱子从卡车上摔下来时，他看见了里面装了枪。接着查理说，他确定霍尔肯定认出了他。所以，温斯顿说，我们得马上做掉他。"

"他指谁？"

"霍尔。乔治·霍尔。博比说没有问题。温斯顿说，我们计划一下，引诱霍尔做出拒捕的样子。"

"引诱？"

"引诱霍尔参与打斗，然后他们装作要逮捕他。把他追到开阔的地方。这样他们就可以开枪向他射击了，装出被迫开枪的样子。"珀利咳嗽了一下，局促不安地扭动着身子。

"结果事情办砸了。"

"是啊，肯定是了。温斯顿简直疯了。他告诉我，他在杀掉威利时居然还狂笑不止。我说，不该有人死。可他还笑个不停。"

第二十九章

陪审团回到了假日别墅，不用再看或者再听关于这个案子的任何事情，没有人——除了希利亚德森之外——敢相信他们这十二个人在两周之内，只能老老实实地待在宾馆房间里，把生活中仅有的几件事都必须禁绝，比如绝对不能看电视。当然，艾萨克和诺拉认为，至少他们已经听说了关于三一教堂中埋伏的消息。按照艾萨克计划的那样，我肿着脸，带着石膏和绷带出现在法庭上，给出了一个鲜活的例子，让大家看看这就是温斯顿·拉塞尔干的好事。所以，当诺拉·霍华德身着白色纯棉袍子，轻轻站起来，说道"辩护方再次传唤C.R.曼格姆"时，我小心地一瘸一拐地走上前，她用看似是介于恐怖和悲伤之间的那么一种眼神看了我一眼。"曼格姆上尉，需要帮忙吗？我们十分抱歉让您在这种情况下还出庭作证。"我找个舒服的姿势坐在椅子上。她叹口气说："温斯顿·拉塞尔对您进行野蛮袭击的新闻——"

"反对！！"米切尔·贝兹莫尔终于再次出声了，像德国制造的警笛一样响亮。

"反对有效，"希利亚德森说道，"霍华德小姐，请直接提问。"

诺拉冲陪审团摇摇头，向法官道了歉，然后问我，我现在身体是不是有任何的不舒服而不能进行下去。我说，我可以继续。

"我们非常感激您，曼格姆上尉。在纽瑟姆先生自首并给出供词之后，希尔斯顿警察局已经开始了周密调查。那么在为期六个月的费尽人力、物力、财力的调查之后，所找出的证据是不是跟事实吻合呢？"

"是的，吻合。"

"那么，现在已经死去的温斯顿·拉塞尔是不是被控谋杀威利·斯莱德尔和库柏·霍尔呢？"

贝兹莫尔又站起来，兜里的硬币叮当作响。"法官大人，我不知道霍华德小姐到底想说什么。这些都跟本案无关。"

诺拉询问她是否可以跟法官大人谈谈。她在前面谈了很长时间，陪审团也就利用这段时间仔细研究着我的伤势，看起来好像很感兴趣。等诺拉回到座位上，希利亚德森法官宣布，反对无效。

我说，是的，现在拉塞尔确实被警方控诉为谋杀斯莱德尔。

诺拉迅速地抛出一连串问题，仅仅只留给我对每个问题回答'是的'的时间。"曼格姆上尉，你的重案组同事是在首口河边，从一辆打捞上来的车里发现了威利·斯莱德尔被枪杀后的尸体，是吗？那辆车是福特，而且有人故意毁掉了车牌号码，掩盖了原来的颜色，是吗？经过调查之后，证明那原来是辆蓝色的福特车，也就是七年前，有人从警察局的稽押储备库中偷盗走的，而那时候，正是温斯顿·拉塞尔最有条件接近储备库的时候，是吗？"

"是的，夫人。都对。"

"那么，很有可能阿瑟·巴特勒所说的拉塞尔驾驶的那辆蓝色福特车，还有丹尼丝·马布里所说的拉塞尔正坐在斯摩克斯酒吧附近的一辆车里的那辆车，就是你们打捞上来，载着威利·斯莱德尔尸体的那辆车吧？"

"我想，非常可能。"

"也就是乔治·霍尔告诉给警方的，他看见罗伯特·皮姆朝着跑过去的、当时停在斯摩克斯酒吧外面人行道的那辆福特车吗？"

"我已经说过了，是的，就是那辆车。"

她跟我保证说不会麻烦我太长时间。她走到挂着斯摩克斯酒吧外面街道的示意图旁边，伸手指着图上一处画着红圈的地方。"曼格姆上尉。当你抓到坐在人行道边上的乔治·霍尔时，他有没有戴眼镜？"

我仔细想了想，试图想象坐在人行道上那个仰着脸看着我的乔治的样子。我说道："如果我没有记错，应该是没戴眼镜。"

她告诉米切尔·贝兹莫尔，该他提问了。但是米切尔好像根本不在乎我。三一教堂灾难之后，他只对我说过，我该被解雇；还说，如果布鲁克塞德死了，他绝对不会罢休，一定会把我赶下台。在那之后就没再跟我说过话。现在，他也根本不愿意往我这边看，他敷衍地问道："上尉，你无法确定当时被告有没有戴着眼镜，是吧？"

"对，不确定。"

米切尔好像瞬间卸掉了敌意，用他惯有的讽刺口吻紧追不舍地问道："大家都知道，曼格姆上尉，他可能一直戴着三副眼镜，三副眼镜，还戴着一个双筒望远镜！是吗？"

我严肃地看了他一眼。"不是的，先生。就算他被皮姆打得满脸是血，我想，如果他戴着三副眼镜，我也是能看得出来的。"

诺拉微笑着伸出胳膊，扶着我走下证人席。

中午休庭过后，艾萨克·罗斯索恩认真地站起来，说道："现在，我们要传唤被告乔治·霍尔。"

乔治·霍尔把手放在《圣经》上宣誓后，静静地坐在证人椅子上，观众席里一阵骚动。我想，人们看到他灰白的头发和眼镜片后面塌陷的双眼——与七年前坐在这里的那个黑发闪亮的年轻人相比，大家肯定感到震惊。这种强烈的对比使得观众们不禁多看了几眼，其内在的含义是："你再也不会被送回监狱去接受死刑了。"

乔治回答每个问题时，口气都不疾不徐，但很是坚定。如今在这个场合给大家讲述自己的情况对他来讲，也不是个容易的事，但他并没有结巴，只是在缓慢地选择合适的词语。他不是在为愉悦别人隐藏什么，也不是为自己辩护选择词语，更不是以任何方式去强调什么而满足他们的兴趣。他没有丝毫隐瞒，而是自我释放了。七年来，他的整个世界都被禁锢在那个丝毫没有隐私的铁栏杆后面的恐怖小屋里。然而，生活在其中，他也找到了生活的重心。

艾萨克坐在辩护席后面，双手静静地按住桌角。过了很长时间他才开始说话。"请告诉大家你的全名和家庭住址，好吗？"

"蒂莫西·乔治·霍尔。希尔斯顿市，米尔大街一百二十号。"

"霍尔先生，你最近一次回到米尔大街的家里，是什么时候？"

乔治老实地回答："七年两个月零十二天之前。"

"从那之后呢？"

"在多拉德监狱，除了到这里外，就在监狱。"他头转向朝着县监狱方向的窗口。

"为什么你会一直待在监狱里？"

"我被判为一级谋杀，等待执行死刑。"

"因为指控你谋杀了罗伯特·皮姆吗？"

"是的。"

"乔治，你认为自己确实犯了罪吗？"

"不是的，先生，我没有。"

艾萨克看了他一会儿，叹了口气。"乔治，七年两个月零十三天之前的晚上，你到过迦南的一个叫斯摩克斯的酒吧吗？"

"是的，先生。"

"自己去的吗？"

"是的，先生。"

"你肯定不是跟登月脚阿瑟·巴特勒一起去的吧？"

"我自己去的。巴特勒已经在那里了。他走过来跟我聊了一会儿。"

"你去酒吧是为了杀罗伯特·皮姆吗？"

"不是的。"

"你有没有在某个时候，跟登月脚巴特勒说过你打算杀掉罗伯特·皮姆的话？"

乔治摇摇头。"那个人在撒谎。我不知道他为什么要么说，但他确实在撒谎。我从来没有说过他在供词中所讲的那些话。"

"那天晚上你为什么去斯摩克斯酒吧?"

"去喝点啤酒。因为有点小事儿烦心,没想通。妈妈不让我在家里喝酒——所以我就到斯摩克斯去喝点啤酒。"

"乔治,你能用自己的话告诉我们,那天你究竟为什么事烦恼?"

乔治静静地,眼睛却无比坚定地看着艾萨克,给大家讲述了两个白人警察皮姆和拉塞尔怎么强迫他答应,让他在为范肖纸业公司开卡车经过的正常行进路线中多加几站,还要走些"其他线路"。他不知道他们正在走私偷来的赃物。登月脚告诉他说,他们从北卡罗来纳州大量买进香烟,然后运到州外去卖个好价,其他司机也都这么干着呢。是的,他知道这是违法的,但是他们是白人警察,而且跟他说,如果他要是不跟他们合作,就会难为他。他回到希尔斯顿后已经丢了几个工作了,他很害怕再次被解雇,或者因为一些小毛病被扔进监狱里。

"你不想被解雇,是因为你要供养妈妈和小弟弟吗?"艾萨克问道。

"我们都在工作,"乔治说道,"但是,库柏那时候在上中学,我不想让他再打工了。他是班长。"他突然地补上了这句话,好像因为忘记了告诉给罗斯索恩,而且自认为律师还需要知道这个事实似的。

霍尔说,在那个夏夜之前,他只干过两次,去了佐治亚州的克里斯威尔,等他"散步"回来的时候,看见在他的卡车后面,有三个人正从破损的箱子里面抬出 M-16 来复枪运到一辆汽车的后备厢里。他躲起来,他们也没有注意到他。在返回希尔斯顿的途中,他一直在想着那些枪支意味着什么。所有他能想到的都是库柏从他那些政治会议上带回来的文章和报道。那些文章是关于卡罗来纳的三 K 党,他们的准军事化营地,在皮德蒙特的所作所为,还有很多警察也牵涉其中。库柏总是讲起这些。任何时候只要乔治讲起来他在军队里的白人排长的好话,诸如他是个怎么体面的家伙,对人和气之类的,库柏都会勃然大怒。他给乔治看那些关于三 K 党的文章,还说:"这就是白人的真实样子!这才是!"

艾萨克问道:"你没有想过跟库柏谈谈你在克里斯威尔看到的

情况？"

　　乔治低头看看自己的手。"事实上，罗斯索恩先生，我觉得让他们知道我也参与其中的事，我会感到羞愧。"他僵硬地坐在椅子上，廉价的黑色套装包在身上发出摩擦的响声。"但是同时，我又觉得不该就这样当什么事没发生一样。等我把卡车开回车库里，我还一直这么想着，我不能让他们这么下去。就像登月脚说到的其他司机们那样置若罔闻。我不知道他们中的哪一个是，他也不告诉我。我给他打了电话，他只是对我一阵大喊大叫说：'不许跟任何人提起一个字。'"

　　"乔治，你有没有想过去警察局？"

　　他的嘴扭曲着。"没有。"

　　"为什么？"

　　"让我去控告他们内部的人吗？"

　　"所以，你把卡车开回了范肖公司，然后……"

　　"我想，应该可以跟我的调度说一说。所以我四处找他，但没找到。接着我看见范肖先生从车里出来，准备回办公室。他一直对我不错，不过以前也没有什么机会看见他。我认为这是他的公司，他理应亲自到警察局去讲明情况。"

　　"那么你有没有走近范肖先生，把整件事情告诉给他？"

　　州检察长助理提出反对，被法官否决，还警告他，如果他想挑战这个直接证词，可以在审问环节中继续。艾萨克又重复了这个问题，乔治说，是的，他跟范肖说了这些情况。起初，范肖先生表现出很震惊，他说他会"深入调查"。但是，当另一个人走进他的办公室里时，他就显得十分不安起来。那个人就是乔治认出来曾在克里斯威尔卸枪的其中一人。

　　"那个人现在在法庭里吗？"

　　"是的。"乔治指着前中士查尔斯·门尼。

　　范肖匆匆地打发了乔治，告诉他把看到的都忘掉，他会处理一切的。"我看着他的眼睛，范肖先生的眼睛，知道他在撒谎。那是一种十分强烈的感觉。所以我只能回家了。没有人在家。待了一会儿我就去

506

了斯摩克斯酒吧。登月脚过来了，坐下，安慰我说，别发疯了，别惹那些白人警察不高兴。"

他们大约谈到午夜，这时罗伯特·皮姆走了进来，开始用自动点唱机骚扰别人。

艾萨克问道："你在那里看见皮姆觉得惊讶吗？"

"是的。但我没想到他是冲我而来。他大喊大叫，像醉了一样。我走向他，跟他商量把点唱机关掉，因为有别人在上面表演。我说，为什么他不赶紧离开呢。他推了我一下，说了句'黑鬼，你敢跟一个白人这么说话'之类的话"。乔治攥紧了拳头。

艾萨克点头。"就这样开始打斗起来了吗？接着他就从皮带上掏出枪来，猛戳你的鼻孔，说道，'伙计，你他妈的是个贱货'了吗？"

乔治摇摇头。"我不记得那些原话了。"

"好吧……那么，当你从他的手里抢过枪来，皮姆就往外跑，你跟着他，那么你跟着他跑到人行道边，是为了杀掉他吗？"

"不是。我只是看见他跑了出去，就跟在后面跑。但等我看见他好像是急匆匆地跑向那辆蓝色的车时，我知道温斯顿·拉塞尔有一辆蓝色的福特车，就在那时，我突然意识到，他们就是冲着我来的，从我看到的那些可以判断出来。所以皮姆转身跑回来时，我认为他一定是取了枪回来，我就开了枪，只是开了枪。"乔治突然憋了口气，停住，然后低下头。

现在艾萨克转过桌子，走向乔治。"你说，你认为罗伯特·皮姆取了枪回来。你没看见他有枪吗？"

乔治摘掉眼镜。"那时候天很暗了，我的眼镜在打斗中掉了。看得不是很清楚。"

艾萨克又往前挪了挪。"为什么你不捡起眼镜，再戴上，然后再去追皮姆？"

"我没想到。"

"那么就是说，你盲目地开了一枪，只是为了阻止他返回来杀你？"

控诉方认为这个问题是引导证人，获得支持。艾萨克只得换种问

507

法。"你开了那枪时，有没有认为自己的生命受到了威胁？"

乔治仔细地戴好眼镜。"我不能说就像你说的那样，但当时就想到了这些。我根本没来得及想就开了枪。就那样有时候还不一定来得及。在战斗中，我知道很多因为不够迅速的例子。"

"你知道很多战士，因为反应不够敏捷，防卫不及时而丧了命，是吗？"

艾萨克的手碰到辩护席旁边的椅子扶手上。"乔治，为什么在第一次审判中，你不向法庭说出这些情况？为什么你从来没有提到过走私的事呢？"

乔治的脸绷紧了。"温斯顿·拉塞尔在我入狱后的第一个晚上就找到了我。他说，如果我泄漏了他的名字，或者范肖公司的卡车，他会让审判对我很不利。他说，如果我不供出皮姆，不说出我们互相认识，他们就不会起诉我为一级谋杀。他还说，既然我已经告诉法庭那辆福特车的存在，直接说那辆车是皮姆的就行了。"

艾萨克点点头，继续问道："你同意了，是因为你认为他的办法能比较好地为自己辩护吗？"

"不是的，"乔治深深地吸了一口气，"他说，如果我走漏了风声，他就会让我的家人陪葬。他说，他会用一把刀子，慢慢地把他们折磨死。"

"这些是他的原话吗？"

他点点头。"这是原话，我确定。"

"你的家人，他是指，你的妈妈、姐姐和小弟弟吗？"

"是的。"他的目光找到他妈妈；他妈妈的双手捂着脸。

"他跟你点了名字？"

"是的。"

"你相信他会兑现威胁，用一把刀子谋害你的家人吗？"

"是的。"

"他有跟你重复过这个威胁吗？"

"是的。"

乔治说，那是在他被判死刑之后，温斯顿又一次到县监狱找到他，告诉他，他知道乔治的姐姐和两个小孩在格林斯伯勒，那个"承诺"对他们也适用。直到后来，乔治已经进了死囚牢，还曾有个叫格雷·菲斯克的无期徒刑犯人给他传了温斯顿·拉塞尔的口信："我信守我的承诺，你信守你的承诺。"

"你相信这个口信。"艾萨克对着陪审团，"你从来没有告诉给任何人？"答案是，没有。"在你行刑前的那个晚上，他们为你理发，给你换衣服，把你带到毒气室旁边的小屋里，还给你找来了牧师，你都没有跟任何人提起？"

乔治静静地抬起头。"我刚刚说过，罗斯索恩先生。我相信那个人会承诺他说过的话……而且我相信只要我不说出来……他就不会……"他摘下眼镜，盯着自己的手。"但库柏还是死了。"

州检察长助理没法阻止乔治更改这个故事内容；我也不认为他会像米切尔那样对这个案子如此重视。但是他们没有再给米切尔尝试的机会。

有人猜想乔治·霍尔会是最后一个证人。但艾萨克·罗斯索恩总是说，在庭审的最后，他会带来一个从来没有提到过的证人，让大家更为清楚地看到，他们兜了一个大圈，被一种强烈的冲动驱使着，去看看正义到底干了什么。星期五早上，他带来三个神秘的旅行者。第一位是一个年轻的红发女郎，自我介绍叫曼蒂·施沃纳，来自密苏里州的圣路易斯。她身着漂亮的粉色套装，手包放在大腿上，她告诉陪审团说，七年前，她是城市审计官奥蒂斯·纽瑟姆的秘书。在皮姆被枪杀的第二天早上，她十分清晰地回忆，一份写有这则新闻的报纸放在了她的桌上。温斯顿·拉塞尔，一个常来的访客疯了似的经过她冲进纽瑟姆先生的办公室里，戴尔·范肖先生也在里面，他们三个冲着彼此大喊了一阵。当时她十分好奇，为什么纽瑟姆先生会对拉塞尔先生那么大火气，为什么拉塞尔先生会一直喊着"霍尔不会再讲话了！"还告诉纽瑟姆先生类似"冷静"和"把你和你朋友的嘴都闭上"之类的话。接着，拉塞尔先生临走时，使劲摔上门，把墙皮都震掉了，玻璃也弄得粉碎。

尼尔·萨德勒若有所思地问施沃纳夫人，现在她是否还是秘书。她说已经不是了。为什么，因为她被解雇了？她高兴地回答，不是，她自动离职，嫁给了施沃纳神父，圣路易斯联合路德教堂的大主教。

第二个外市的证人其实离得也不远。一个来自多拉德监狱的、叫格雷·菲斯克的囚犯。能出来一趟，即使只是个早上，他都十分高兴。很明显，多年的监狱生活已经严重损坏了菲斯克先生的声带，因为他已经习惯于小声说话，希利亚德森不得不两次要求他重复一下当初温斯顿·拉塞尔让他带给乔治·霍尔的口信。菲斯克补充道，他不明白那句"我信守我的承诺"是一种死亡的威胁，当然他也没有把这话告诉典狱长。

艾萨克的最后一个证人岁数很大了，四肢已经无力，但是面色红润，举止自信。他说，他叫莱姆·特里利斯，住在圣彼得斯堡一家他自己出资兴建的欢乐托老中心里，过着十分开心快乐的生活。

艾萨克笑着说，要马上就去找一下这个地方的资料手册来看看。"现在，特里利斯先生——我得说，特里利斯中士，你在希尔斯顿警察局服务了四十三年，大约在七年前退休，对吗？"

"是，没错。他们让我离开的。"

"哦。七年前的七月十二日，星期天的凌晨一点钟，你是不是在这个楼里的希尔斯顿警察局总部值班？"

特里利斯四下看看，想要核实一下他是不是在正确的地方。"是的。那天我是希尔斯顿警察局值夜班的中士。我在接待处。"

"那天晚上，就是乔治·霍尔因为谋杀罗伯特·皮姆而被逮捕的那天晚上，有没有人曾经跑到警察局接待处，向你要求给乔治·霍尔带点儿东西？"

"是的，先生。"特里利斯直直站起来，摆正他那已经有些过时的宽领带。"那天凌晨，一个十多岁的黑人男孩跑过来，问我能不能跟乔治·霍尔说几句话。说他是他的弟弟。哦，我说很抱歉，霍尔现在在监禁室，而且，我也不能让他去那边。后来他问，我能不能帮他把一个包在普通的手绢里的小东西带给他。我说，当然，但得检查。"特里利斯找到比小姐的位置，冲她挥挥手。

"拿好了吗？"

"是的，先生，准备好了。"

"手绢里是什么东西？"

"就是一副普通的眼镜。男孩说，他已经去了枪击现场，想去了解一下发生了什么事，有人告诉他说，他们在桌子下找到一副眼镜，男孩认出眼镜是他哥哥的。他说，他哥哥得戴上眼镜才能看清楚。所以，能不能麻烦我把这东西转交给嫌疑人。"

艾萨克点头。"那个男孩是乔治·霍尔的弟弟，库柏吗？"

"他说他是。我记下了这事。你可以去查看纪录，如果他们还保留着那东西的话。"

艾萨克说："我确实查了纪录……后来你怎么做了？"

"把眼镜带到监禁室，给了嫌疑人。"

"当时乔治·霍尔说了什么？"

"说，谢谢，然后戴上了眼镜。"

"谢谢你，特里利斯中士。我没有问题了。"

法官询问米切尔·贝兹莫尔有没有问题，他擦了擦结婚戒指，摇摇头。

艾萨克·罗斯索恩慢慢走回自己的椅子。"现在，"他静静地说道，"辩护方暂时没有问题了。"

很明显，州检察长助理已经认为米切尔·贝兹莫尔能够做出辩论总结，而不需要任何提示，因为中途休息时，他已经离开了法庭没有再回来。

米切尔像往常一样站在陪审团席旁边。还是像以前一样，来回晃着鞋跟。但这次他并没有像往常那样开场——大喊着，被告在撒谎，被告律师是个骗子。他捂住嘴，又突然放开，说道："伟大的英国法学家布莱克斯通很久以前曾说过，所有文明的法律条令都可以用一条规则来概括。一条简单的规则。那就是，我们应该诚实地活着。我们不应该伤害任何人。应该给每个人他们应得的东西。

"要记住它，请把在这个法庭里听到的任何事情都忘掉。要记住它，而忘记我。"他拍拍胸膛，又面向辩护席。"忘掉罗斯索恩先生。他是个杰出的人。一个杰出的人，一个伟大的律师。但是，现在他所说的一切都完全的、绝对的与本案无关。我现在也是完全的、绝对的与本案无关。把我们俩都放到一边去。把同情、偏见，还有个人情感都放到一边去。把政治和政治家都放到一边去。就像《圣经》中所说的那样，他们都是'龙应在美丽的宫殿里'。他们在这里没有任何能量。"米切尔冲着各个方向挥动着胳膊，好像无法确定龙会在什么地方埋伏着。艾萨克放下铅笔盯着他。

米切尔绷紧胳膊，倚在陪审团前面的栏杆上。"把其他一切抛开，只记住那条简单的规则就好。陪审团的女士们、先生们，你们扪心自问，你相信乔治·霍尔是在诚实地活着吗？他难道没有伤害过一个人吗？他有没有偿还罗伯特·皮姆的应得之物？不管罗伯特是不是真的有罪，难道他就应该得到子弹穿眼，尸横人行道边的下场吗？问问你们自己，我真的相信纽瑟姆先生所讲的这个荒谬的故事吗，一个偏执得发狂快要死了的家伙，一个自己负罪在身、绝望地想把罪责推到已经无法反抗了的、死去的同伙身上的人，这样的人所说的话你们也能轻易相信吗？即使他的故事是真的，也绝对改变不了大家坐在这里想要判定的事实真相。如果你秘密地计划要杀掉我，但在实施之前，我却反而决定要杀掉你，而且我确实杀了你，那么我应该被认定为谋杀罪。如果因为我洞悉了你要杀掉我的图谋，而勃然大怒，认为我有权利杀掉你，而我确实这么做了，那么我应该被认定为谋杀罪。如果我说，'好吧，我没有戴眼镜，所以我十分幸运地打中了你的眼睛而不是其他地方'，我仍然是应该被认定为有罪的！"到了这时，米切尔黑着的脸上泛着血光，好像刚刚杀过人似的。

他又迈着惯有的军队步伐，从陪审团席位的一头走到另一头。"难道一个绝对遵守布莱克斯通简单规则的人，能像乔治·霍尔那样，在打斗结束之后还会追着罗伯特·皮姆一直到人行道旁边，用枪杀了他吗？如果我们姑息乔治·霍尔的这种行为，那我们美国人民过的会是一种什么样的生活？整个国家都是持械的暴徒了。国家会充盈着野蛮的呼叫。到时候我们会怎么样？成了充满欲望、不计后果的动物，一个欺压另一个。'种瓜得瓜，种豆得豆'。"米切尔顿了顿，边沿着铁栏杆走着，边抬手把结婚戒指放在下颌上蹭了蹭，又围着州检察长助理的桌子绕着圈。

"如果我们不对乔治·霍尔的谋杀行为做出惩罚，如果我们不把惩罚他作为一种公众责任，那么我们如何向这个国家里那些破坏法律和制订法律的人交代？难道我们要说，一切都是不稳固的，没有什么是真实的吗？我们要怎么教导自己的孩子？难道告诉他们，没有什么对与错的分别吗？我们又怎么跟自己交代？

"我们的国家不是君主立宪，也不是军政府。我们的君主就是宪法。我们的军队就是法律。可是我们必须严格执行法律，它们才能保护我们。"检察长甚至没看一眼坐在公诉人台前自己的助理尼尔·萨德勒，就大步走了过去，在艾萨克前面停下。

"我曾多次听到过罗斯索恩先生高谈阔论地跟陪审团谈'仁慈'。今天可能他也会再次谈起。请记住这一点。控诉方并不是仁慈的敌人。正义也不是仁慈的敌人。没有正义，仁慈也就失去了意义。我们惩治罪犯并不是为了以牙还牙，而是为了维持文明群众脆弱的纽带，建立一个民主的社会。对一个社会来说，惩罚破坏安定和谐的行为是十分必要的。要铲除那些转播病菌的因素。要改革，要禁止。"米切尔转过来，冲艾萨克摇摇手指头。"是的——没有理由要道歉，不能让任何人说服你——让犯罪的人得到应得的惩罚是我们的权利和义务。'正义支撑一个民族！'"他的胳膊在颤抖，他迅速放下胳膊，深吸一口气，慢慢地让自己平静下来。接着他摇摇头。"惩罚错误并不残忍，也不自私，更不能说原始野蛮。这个高尚民族的法律，这个高尚民族的法律并不'残忍和不通情理'。这些法律被其他国家羡慕，给那些被压迫的人民带来希望。它们是照亮整个世界的明灯。作为陪审员，去维护这盏明灯的火焰是你们神圣的责任，你们要保护它，让整个美利坚永远不陷入黑暗之中。乔治·霍尔非法夺去了一条生命。他是有罪的。认定他的罪过是你们的责任。你们当初的誓言就已经把这个责任赋予了你们。正义需要你们这样做。我以正义的名义，恳请你们中的每一个人做出公正的判决。"

一些观众鼓起掌来。我觉得米切尔应该没有在意。他大步走回自己的座位，猛地拉开，砰的一声坐下。慢慢地，希利亚德森白白的长脖子扭过来看着麦金利总统通过博斯·汉娜赠送给卡德米恩父亲的那个大钟。他转回头，宣布道，由于时间已经接近了十二点，大家该去吃点午餐了；所以他宣布休庭一个小时后我们再进行辩护方的辩护总结。艾萨克·罗斯索恩无精打采地坐在椅子上，食指指肚轻轻滑过鼻梁。

第三十章

艾萨克在走廊里，躬着腰，背靠着墙上挂着的卡德米恩画像，盯着大理石地板发呆。我叫他一起去吃午饭，他说不饿，他已经告诉诺拉，他不在时也要继续下去。

"你在担心吗，艾萨克？"

他叹口气，挺直身子。"我总爱担心……但是米切尔·贝兹莫尔并不是每次都那么出色。他已经吸引了陪审团的注意力。我担心他会有影响。"

"你打算怎么说？"

"还没想好，瘦子。"他理了一把头发。"你一只手能开车吗？带我去趟墓地行吗？"

我知道他指的什么；我以前总跟他去那里。这一次也跟从前一样，我在下面的小路上等着，他一瘸一拐地穿过北希尔斯顿的草地，走到伊迪丝·基恩的墓碑前待上十分钟。他倚着墓碑坐下，上面神秘的碑文对小时候的我来说一直是个谜："去向一个更好的地方"。在他身后，用大理石做成的海文方尖碑在秋日的阳光里闪闪发光。

艾萨克一直轻轻地抚摩草地，口中念念有词。最后他站起身来，拍拍伊迪丝·基恩的墓碑，用草帽拍拍身上的草屑，再蹒跚地走回小路。我为他打开车门。"好点吗？"

"好多了。"他点头。

"等一切都结束后，"我发动车子，说道，"你该离开这里到个更好的地方去散散心。你一直打算去罗马的。"

他轻哼出声。"我要是打算去罗马，就好好研究一下吉本①。"他吸了口烟，我把手上的烟灰掸掉。"另外我还得找个工作。把这个窗户打开好吗？"

我按下键。"你该退休了，你已经老了。身体也不太好，你还——"

他盯着我，摇摇头。"你才身体不好呢，我不是指你现在伤筋动骨的样子。现在诺拉——"

"别跟我提这个，艾萨克。"

"她已经爱上你了。"他简单直接地说了出来，"这让我十分伤心。"

我告诉他，我也有让自己伤透心的事。他拍拍我膝盖，盯着外面一晃而过的墓碑。"我们知道什么？"他最后说道，"我们跟谁去说伤心的事？……诺米·霍尔都从来没有跟我提起过。"他叹口气，合上眼睛。"啊，亲爱的上帝……让我能顺利地做完这件事吧。"

"罗斯索恩先生？你在听吗？我想问你，你是否现在做辩护总结？"希利亚德森法官俯瞰着辩护席后坐着的无精打采的老律师，他正低着脑袋，闭着眼睛。"律师先生？你是否——"

"谢谢，法官大人。好的。"艾萨克睁开眼睛，站起身来，边说话，边脱掉皱面条纹的夹克衫，仔细搭到椅子背上。"今天上午，"他伸手卷起白衬衫的后襟，说道，"十分感谢贝兹莫尔先生对我雄辩能力的夸奖。那么也请允许我来夸夸他。过去这么多年里，我很多次跟我们的

---

① 爱德华·吉本（Edward Gibbon，1737－1794）：英国著名历史学家。

检察长一起，就在今天这个陪审团席位面前，讨论犯罪的问题，"艾萨克深吸了一口气，腮帮子也鼓起来，"为了那面伟大的古老旗帜争论不休，还把身穿的皮带解下来，向我们展示他曾经处死了四十个犯人的辉煌业绩，告诉大家，如果我们不是这样以眼还眼，以牙还牙，歹徒们就会在大街上撒野，我们的开国先辈们会在坟墓里哭泣！就好像是说，当初反对死刑的会议从来没有在本杰明·富兰克林的家里召开过一样！"

他停下，郑重地摇摇头。"但是今天，贝兹莫尔先生并没有那么做……从来，我从来没有听他讲过这么精彩的陈词。我为他对自己的信念深信不疑的精神所感动。"他穿过法庭，静静地走到坐在那里、正皱着眉头的米切尔面前，轻鞠一躬。"我确实很感动。"

米切尔抬起头，又低下。

艾萨克慢慢转过身，做出法庭解说员很喜欢的那种双手高举、敞开胸怀的姿势，提高声音，加快了说话速度。"我感动，是因为我们的公诉人给我们被告方注入了能量。他要求你们把偏见和政治观点都放到一边。是的！就这么做！"

"他要求你们以正义的名义行使权力。对，我也恳请你们这么做。在这里我不会为乔治·霍尔请求什么仁慈。如果他只是想请你们开恩的话，我们今天也不会来到这里！乔治就会在七年前的第一次庭审之前接受协议。此番也会在庭审进行之中接受另一个协议，像那些已经供认的凶手一样，用正义来交换仁慈，求得比乔治在监狱里的刑期要短得多得多的仁慈判决，他们一天也不想在死囚牢里度过，而乔治却一个人待在比你们的陪审团席小得很多的铁笼子里，度过了饱受精神折磨的漫长的七年时光，其间没有同伴，只有死亡的威胁如影相随！想想这些吧！想象一下，一天，二十四个小时都待在那个小间里。现在，再来想想那六万两千小时的痛苦时光。"

艾萨克停下，盯着陪审团，接着转回身指向辩护台。"想象一下保持沉默的勇气，但是最终拒绝了轻度惩罚的有罪控诉。现在，来想象一下，乔治·霍尔有多么渴求公正的到来。"

他又停下来，松松领带。"并不是因为他用痛苦赚取了公正，尽管这是真的。也并不是因为七年前他受到了不公正的待遇，尽管上帝知道那是真的。那是因为，作为这个国家的公民，他生来就有权利要求公正。这是他与生俱来的权利！"

乔治的眼睛跟随着艾萨克，看着老律师蹒跚地走向他，又走到公诉人的桌前。

"是的，贝兹莫尔先生，在一个自由的社会里，去追求公正是我们神圣的责任。对每个人都是！为了这个目标，是的，我们不必惧怕国王和军队的权威，而是抬起眼睛发挥语言的力量，相信我们的宪法，我们的《权利法案》。"他粗壮的胳膊像一支长矛，直指着法官头顶那幅镀金的封印。"《权力法案》最初就是由一位来自北卡罗来纳的代表提出的，作为制订宪法的绝对前提。《权力法案》是从伟大的盎格鲁——美利坚大法中汲取的精髓，法律面前人人平等的精髓。"

走回到陪审团前面的铁栏杆，艾萨克说话的语气像是在给陪审团讲述一件他们生命中听到的最重要的事情。而且事实是，我想，他确实十分肯定。"如果曾经或是无论何时，法律被滥用，法律面前人人平等的原则被破坏。如果曾经或者无论何时，量刑不公平——对那些穷人、外国出生的人、少数民族，和那些不友好的、默默无闻的人——那么惩罚就是残酷和不正常的。陪审团的女士们、先生们，如果我们说那些最高法则被侵害，莫过于曾经两次对乔治·霍尔先生的起诉事件了。如果说那种惩罚是残酷的……那就是乔治·霍尔在死囚牢里度过的七年时光……默默地等待死亡来临……为了挽救他所深爱着的人的生命。"

艾萨克弯着腰，他的衬衫湿透了贴在身上。他低着头，白头发快要碰到栏杆了，他很长时间没有说话，只听见心跳的声音。慢慢地，他挺直后背，抬起头，双手在胸前攥紧。

"控诉方律师说得对：法律一定是一盏燃烧着的明灯；但是它必须要照亮整个世界。它必须把权力，财富和社会地位放到一边。它必须要照耀着各种肤色的人民。法律因为这个人的信仰以及那个人的性别不同而有所歧视，没有在不同的方言和种族面前做到一视同仁——那些法律就是对这个法庭和我们良心的一种嘲讽。正义也会跟着悲哀。"

他走回自己的椅子，抓起桌上一本翻开着的厚厚的法律书。"不管法律条令有没有被实施，只要它的精神被篡改，它就是无效的。那么，就如贝兹莫尔先生的那本《圣经》所说的那样，那就是白骨堆中支离破碎的语言。"他手一松，书一下滑落到桌子上。巨大的响声回荡在屋子里，他转身面向陪审团。"我们国家最伟大法律的精神，就是那么简单的一句话。'我们坚持正义，对得起自己的良心。'你们知道我说的这句话吧？"

陪审员们都看着他。我看见那个农村寡妇无意识地点点头。"对，"艾萨克告诉她，"良心告诉我们得承认，乔治·霍尔跟你、我，跟坐在法官席位上的希利亚德森法官，跟在罗利的沃斯通州长，以及跟在华盛顿的总统先生一样，都是生来平等的。良心告诉我们，作为和我们一样平等的人，乔治·霍尔有权利避免因为是黑人而遭到的恐吓、威胁和嘲笑。乔治早就已经不相信他自己还有这样的权利了。两百年的历史作为见证，为什么他会怀疑自己的权利？怀疑自己是否有这样的权利，当自己走上法庭去对抗权力人物的罪行时，还可以满怀希望有人能给自己主持公道。怀疑自己是否有这样的权利，当他受谋杀罪名威胁时，他可以保护自己和深爱的家人。

"跟我们所有人一样，他有权利在一个警察要枪杀他时不会那么恐惧；他有权利不必在那些权力人物利欲熏心的秘密交易里扮演可怜的牺牲者角色；有权利不因为自己是个穷困的黑人，打官司时就只能得到敷衍了事的结果。难道一个白人警察可因自卫枪杀一个黑人而不必负上法律责任，那么反过来黑人在遭遇这种情况时，就一定要被认定为死罪吗？我们要求在法律面前人人平等的权利。那才是你们陪审员们真正应该守护的一把熊熊燃烧的火炬！因为，如果你们剥夺了乔治的权利，就是剥夺了其他所有人的权力——这些人可能来自你们中间，来自你们的邻居，甚至有一天是你的孩子们。"

艾萨克沿着栏杆移动着，一直站到博伦夫人的正前方；他悲伤的黑眼睛直直地盯着她的眼睛。"用你们的良心看看乔治·霍尔……看看他把这件事告诉给老板的勇气。他满以为——令人悲伤地，不明智地相信——他的老板能够正确地处理。你们都知道，乔治·霍尔跟你们说的都是事实。就像你们知道登月脚巴特勒在说谎一样，那天晚上，就是这个胆小的犹大打电话给皮姆和拉塞尔，告诉他们在哪里能找到乔治。你们知道为什么那两个警察那天晚上去斯摩克斯酒吧找乔治了吗？是想故意刺激他引起打斗，然后假装他拒捕，最后借此名义杀掉他！"博伦夫人也一直盯着他的眼睛，直到最后他低下头，轻拍栏杆，像在拍自己的手。

"但是乔治·霍尔并没有蓄意谋杀罗伯特·皮姆，即使在罗伯特·皮姆故意侮辱他的时候也没有这么想过。理智可以告诉你们，如果他蓄谋杀掉皮姆，他就会在桌子下面找到眼镜，带好了才能准确开枪杀掉皮姆。乔治当时所做的一切都是为了挽救自己的生命。你们已经听了一个，一个，又一个证人的证言之后，应该知道，在当时的那种情况下，乔治很自然地相信他的生命受到了威胁！这些是上帝都知道的事实。"

艾萨克退后一些，举起胳膊扫过陪审团。"用事实给我们的力量，大家一起站起来。站起来打破偏见和谎言的镣铐，摆脱这些让这乔治在死亡的威胁中度过了七年黑暗时光的罪魁祸首。最后的钥匙在你们手中。请用它打开大门，给乔治·霍尔自由。"

他的双手像带着手铐似的手腕紧贴着，接着放下胳膊，一动不动。屋子里回荡着他那老气、沙哑但仍然动听的大嗓门。"给乔治自由。如果你们回去商讨，我相信你们一定会做出这个选择。你们会听到事实的巨大翅膀在要求自由。你们会在这片土地上听见正义的歌声。而且你们十二个来自北卡罗来纳州的陪审员会因为曾经实践了穿越整个国家的誓言而感到自豪：我们坚持正义，对得起自己的良心。我们生来平等。"

没有人鼓掌。没有人喝彩。也没有人动弹。

最后，希利亚德森询问，辩护方是否已经结束陈述了，艾萨克点点头。控诉方的反驳很简短。米切尔只是简单地说，就算当时乔治·霍尔有些视觉障碍，那也不能排除谋杀的嫌疑，还有，罗伯特·皮姆已死，他也有要求正义的权利。米切尔回到座位上之后，法官交握着双手告诉陪审团，接下来只剩下宣布他的指令了。这些一共用了半个小时。首先，希利亚德森告诉陪审团，他们并不是法官。而他才是坐在那里负责解释法律、保证所有程序能够公正进行的法官。其二，他们也不是警察，不用他们去进行调查研究。他们的作用只在于，根据庭审过程中控辩双方所提供的证据，得出一个合理的结论，那就是控诉方所诉被告的罪名到底成不成立。

　　希利亚德森抿了一小口水，瞥一眼他在庭审过程中一直记录用的笔记本。然后，他开始给他们讲解法律条款。他合上本子，然后详细解释了谋杀和误杀的不同级别、正当防卫和蓄意谋杀的不同含义，以及目的和动机的内在联系等等。他告诉他们，七年前的第一次审判结果对此次审判没有任何影响；同时，这期间被告方所遭受的苦难也不会记入量刑的考虑范围。州法院呈现的那个旁证足以证明被告有罪，如果他们确信在合理质疑之外，这个证据被视为对被告是极其有益的，那么它也可以证实被告无罪。证人的可信度就由他们自己来判断，如果他们认为哪个证人不可信，就应该适当考虑他给出的证言的真实性。控诉方须承担证言不实的后果，如果他们怀疑这个证人，可以申请不予考虑。

　　最后综合起来的结果就是：如果陪审团相信乔治·霍尔所说的是事实，那么他们可以得出被告由于正当防卫而罪名不成立；如果他们不相信他的故事，那么就可以认定他罪名成立。希利亚德森询问他们是不是还有疑问，他们这个已经跟其他人分开、成为了一个小组的十二名成员互相看看对方。没有，没有任何问题。希利亚德森冷冷地看了他们每个人一眼。"仔细掂量一下自己的责任，"他谨慎地说道，"这可不是儿戏。我希望并且要求你们要合法行事。"在下午两点二十五分，他送出了陪审团。

"上帝，你能相信那个谢利·希利亚德森吗？"市政府大楼的地下室走廊灯火通明，在一排自动贩卖机排成的小吃店里，巴布·珀西拉开椅子，坐在我旁边，嘟囔着问道。"我打赌他在电冰箱里睡觉。撒出的尿都是冰棍。"巴布咬了一口热狗，边嚼边扮着鬼脸。我们旁边还有其他九十个记者也趴在桌边。跟我一样，他们都在等着消息。陪审团还没有回来。到目前为止只有一点动静——他们在四点半的时候，索要阿瑟·巴特勒证言的原稿。艾萨克和诺拉陪着乔治一起待在法警办公室里。米切尔·贝兹莫尔当然回到了自己的办公室里，筹划着起诉戴尔·范肖。我每隔两分钟看一次表。我看着自己的蛋糕片，问道："你猜结果会怎么样，巴布？"

他瞥了一眼自己的手表，猛地喝下半罐子鲁特啤酒。"如果他们在十五分钟之内返回——我敢说，十分明了，有罪。如果在四十五分钟之内，我敢说，无罪。现在……"他打了个嗝，"你可欠我的。赌钱的。黑人陪审员那边肯定没有什么问题。至于那些白人嘛，哦，我们还是称呼这案子里面的那些为高加索人吧，他们看起来可不像你能把姐姐嫁给他的那种人。"巴布撕开一包花生，一颗一颗扔进鲁特啤酒里。"但我们坦白说，曼格姆，没有人强迫老乔治一直把那个狗娘养的东西追到大街上去，再射死他。就算当时他没戴眼镜开的枪，我还是害怕他戴上眼镜后再用枪指着我。但是他的证言还是有点优势的。从头到尾都非常真实。这就是人们喜欢的黑人。"他又喝了一口酒。

"巴布，跟你这样的家伙在一起实在让人精神振奋啊。"

"我愿意奉陪哦。"他咧嘴笑着，"有一件事情我确信，压力肯定是有的，得好好调整。伙计，星期五的时候是五比五。陪审团可不想他妈的再浪费一个周末了。还可能是一个天气晴朗的周末。如果你没有被那些文件材料淹没，我们可以考虑投几个篮。现在的你看起来跟这里的食物一样糟糕，曼格姆。那块蛋糕能吃吗？"

我说不好吃，并补充道，这蛋糕摆在那里只是个象征而已。事实上，我是——尽管我从来没有跟任何人说起过，也从来没有人问过我——在庆祝自己的生日。

"算了吧,"巴布说道,颇有些志趣相投的感觉,"那么,弄个好吃点的,伙计,我希望他们快点出来。我还有个晚餐约会呢。"

"跟谁,埃德温娜·森德兰?"

"不是。是辛迪……之类的名字吧。"

是珀西的同事,一个穿着跑鞋,把我们隔壁桌子上付费电话弄得叮当作响的年轻人。他跑回来宣布说,安德鲁·布鲁克塞德度过了危险期。现在他已经在大学医院的自己房间里,半个小时之内,他会发表公开声明。巴布和其他剩下的人都随着年轻人走了出去,好像他扫空了他们的钱包似的。

我独自回到法庭里,轻轻地沿着倾斜的过道走向栏杆处。在静静的法庭里,一些人仍坐在那里等待着。在辩护席后的第一排,诺米·霍尔跟她的妹妹和牧师坐在一起。一个护卫员跟法庭的记录员沃金顿先生在聊天。我登上台阶走上法官席,比·特纳小姐正站在那里,轻快地把法官的材料敲进电脑里。

"比小姐,你认为结果会怎样?我们得一直等到星期一吗?"

她当胸抱住双手,满是皱纹的小脸转向我。"不会,"她蛮有信心地说道,"我问陪审团主席,他们是否要订餐,他谢绝了。我估计他们已经得出结果了。"

比小姐像往常一样,对她的高等法院里进行的一切都信心十足。在五点四十二分,她要求我们在座的所有人起立,尊敬的谢利·希利亚德森法官坐在他高高的皮椅子上,一动不动地等待着陪审员们回到法庭。在儿子身后坐着的诺米·霍尔两手紧扣,捂着嘴。米切尔坐在离他的助理尼尔·萨德勒先生最远的桌子一角。屋子的另一边,艾萨克一手扶着乔治的胳膊,一手握着诺拉的手。但他的眼睛却死死盯着陪审团。我也看向那边,可没看出什么名堂来。他们的脸冷若冰霜,头都转向那个当中学校长的陪审团主席。博伦夫人仍然像开始时那样紧紧地攥着她的钱包。

"陪审员们,你们已经有了一致的结果吗?"

格尔德·林德奎斯特,一个五十多岁、长相普通、稍稍有些胖、有点脱形、还有些谢顶的陪审团主席站起身来。他清清嗓子，大声说道："是的，法官大人，我们已经有了一致的结果。"他伸手递给比小姐一张折好的纸，她站起来，从他手中接过来，面无表情地扫了一眼内容，踮起脚尖递给希利亚德森法官。

"被告请起立。"

乔治、艾萨克和诺拉都站了起来。

法官朝着陪审团主席方向转过椅子。"陪审团，你们怎么说？你认为被告的罪名是否成立？"

主席瞥了一眼其他陪审员。几个人冲他点点头。接着他转向乔治·霍尔，看着他。艾萨克心里有数了。"罪名不成立，法官大人！"这一句话石破天惊，震耳欲聋。艾萨克伸出手来搂住了这个黑人的肩膀。

说出了这句话时，林德奎斯特脸带微笑，做了一个奇怪的动作，向乔治挥挥手打了个招呼，好像他们刚刚见面。

各种声音混成一片。马丁·霍尔呼喊："好样的！"诺米·霍尔的妹妹轻声啜泣："感谢上帝！"其他人则欢呼鼓掌。希利亚德森耐心地等待着大家再次静下来。乔治还在那站着。我看见他冲着陪审团点了两次头。那十二个陪审员也开始一阵骚动，看看屋里，又看看窗外的天气，再看看他们的手表；他们即将回归到自己原来的普通人生活中去，掩饰起这几天来的庄重，好像他们自己也为这段时间里自己的牺牲精神感到尴尬。乔治·霍尔转过头来，跟诺拉握握手，跟艾萨克握握手。就在他转身之后，我才第一次发现他好像已经老了二十岁。他又转过身来，走到木头栏杆边上，一把抱住自己的母亲。

第三十一章

乔治·霍尔终于走出高等法院，走向了未来的新生活；同一天安迪·布鲁克塞德也走进大学医院的休息室里，投入到先前那些反对者、而如今已经成为他的铁杆拥护者的怀抱中。那些人都是拉娜·皮姆口中的普通人，都是嫉妒特权、怀疑智商的人。可他们原来也是那种禁不住魅力诱惑的人，禁不住一个被击中心脏时有足够勇气、有足够的魔力站起来，完好无恙地走出来的奇人的魅力。

今天我又老了一岁，除了巴布，好像没有人知道这些。我自己一个人在家喝着啤酒，耐心地整理着一箱旧材料，分拣着以前的信件——一些是我前妻谢丽尔写来的，信里的"i"都用心形代替；一些来自李的，信里仿佛还带着她身上淡淡的香水味道——我坐在客厅的地毯上，看着电视里晚间新闻报道的安德鲁·布鲁克塞德的即兴新闻发布会。他脸色苍白，但还是帅气地站在一大堆麦克风后面，胳膊搂住站在身边的李，给大家讲述着这次生死历程中的磨难和幸运。他说，自己一直以来就告诉选民们，他是一个用心在搞竞选的候选人，现在终于有照片来证明自己说的是事实了。他跟大家轻松地开着玩笑，大概是他从康复病房里转出来时，李讲给他听的。李冲他笑着，在镜头前亲吻着他。

玛莎·米切尔跑开了；它以前就看见过我这样的情绪，估计猜到我要想办法让它赶紧睡觉，因为它这么大年龄花费的兽医费用可是在日渐提高。我把啤酒罐子跟信一起扔进垃圾筒里时，它生气地大叫起来，又赶紧一溜烟跑到楼上去了。

我自己也无法忍受。并不仅仅是因为伤口的疼痛和石膏的挤压；我无法忍受房间里的任何东西。无法忍受我的公寓、我的工作，或者希尔斯顿，或者布鲁克塞德搂着李的胳膊，或者我自己。所以我在门上留了个条子，取出我的车，钻进去开了出来。我用最快的速度往机场公路上开了两次。我挑出了杰莉·李的磁带，开到最大声音，一路上我一直听着他的强重音，如白色垃圾的速度，像乡村沙子一样沙哑，像把刀子一样粗鄙。我就这样一直听，直到厌倦了他的噪音和怒气，直到把自己弄得精疲力竭。我终于掏出了杰莉·李的《凶手》，那可不是艰难行驶中的好背景音乐。

我顺着路一直开下去，驶向多拉德监狱。车停在砂石车道上，我在车里坐了很久，抬头看着夜色中的塔楼。乔治·霍尔已经不在那里了。那曾经意味着什么。扎克里·卡彭特还在那里，兢兢业业地工作着。那曾经意味着什么。最后，我掉转奥兹莫比尔车头，开回了希尔斯顿。沿途的路灯闪烁着，与天上的繁星交相辉映。我认出这一路上的每一座大楼，里面的人们都过着安逸的生活。那些过去都是有意味的。

我又放上阿丽萨·富兰克林的碟片，告诉她，"我们回家"。

那个字条我是留给贾斯廷和艾丽斯夫妇的。早些时候她打来电话询问，他们想要一起过来看电视是不是方便。这也是我们之间必须要走过的一步，因为自从他结束停职返回工作岗位之后，贾斯廷跟我一直在避免跟对方有所接触。所以在字条中，我告诉他们，钥匙放在老地方。但我刚走到走廊里，就听见摇滚乐的声音。等我打开门来发现自己已走进一片充满蓝色和金色气球的世界，对面至少有二十来号人冲我大声鼓掌，他们都来自希尔斯顿警察局，他们围到我身边大声唱

526

着"生日快乐！"阳台拉门上也用彩条喷上了同样的祝福。在地毯中间，立着一台像墙一样大、上面系着蓝色蝴蝶结的电视机，现代超薄款式，黑色外框，杜比音响装置。布伦达·默尔和韦斯·彭德格拉夫穿着一人多高的纸筒外套，模仿着我在一张新闻照片里穿着雨衣、站在市政府大楼台阶前的样子。有人往我手里拍了一张卡片，"力量与你同在"。下面是一百三十八名希尔斯顿警察局警员的全体签名。

"难道不觉得有点压抑？"拉尔夫·费希尔从厨房里喊道，"那可是五十八英寸屏幕啊！迪马娄和贝克用大篷车拉回来的。"

音乐声中，我大声向一大圈人问道："你们不是用我的信用卡弄来这些东西的吧？"

伊桑·福斯特站在装满了瓶子和罐子的塑料桶旁边，将约翰·埃默里递过来的一杯啤酒传给我。他拍拍自己的手表。"伙计，你迟到了两小时三十一分钟。"

我向大家举起杯子，感谢他们。

厨房里，贾斯廷把一大碗家庭装薯条倒进我的搪瓷煎锅里，油星溅得到处都是。碗台上，热帽子烧烤店的盒子里堆满了油腻腻的骨棒。贾斯廷转头看着我，举起手。他冲我点头，我也点头回应，接着他笑了起来。"你看，晚会都快结束了，"他说道，"你留了字条吗？'把自己留在家里。'那句话什么意思？人要想找个陪伴嘛，一般出去转转比较好——"

"我没想到来了这么多个伴。"

艾丽斯摇摇摆摆地从厕所里出来，她的太阳装堆在身前。她说："你来到这个世上我真的很高兴。"她想亲吻我，但是够不到，我只好弯下腰。她眼睛滴溜一转。"当我知道有人出生时，都没法跟你形容我有多么高兴。"

"嗨，伙计，过来把这油腻的东西拿走，"贾斯廷喊道，"把这甜面包从中间掰开，要不汉堡就滑出来了。"

十点半左右，除了艾丽斯和贾斯廷夫妇，其他人要么回家，要么返回警局工作了。约翰·埃默里开车去了医院，去探望南希的病情，还陪伴着一直都没有离开那里的齐克坐了一会儿。跟伊桑同路来的贾斯廷和艾丽斯留下帮我打扫卫生。

十一点刚过，诺拉·霍华德来敲门，带来了一个包裹和上面插着蜡烛的意大利蛋糕。艾丽斯冲她吹着口哨。"上帝啊，你看起来太漂亮了！但是皮肤好像晒黑了！"她拉起诺拉的手放到自己的肚子上说道："我一直在想，你生过孩子，你当初也像这样吧。现在你又变回原样。你们那些家伙跟霍尔家那帮人去哪里庆祝了？"

"在松山湖别墅。可我估计没有人再会去那里了。那里人的态度，跟他们的食物一样……个人看法啊，贾斯廷……有点差劲。"诺拉把蛋糕递给他，把滑落的白色肩带拉好。"艾萨克去了霍尔家里。他让我把这个给你。"袋子里是一本上千页的爱情诗选。

"这可是个奇怪的礼物。"艾丽斯说道。

诺拉说："我的上帝，看看那电视！他们都说电视很大，但是——"

贾斯廷把电视的三脚架挪到墙边："快点，赶紧打开。七频道十点半上演《卡萨布兰卡》。或许你有点累了，卡迪？"

"没有，事实上，我现在感觉好多了。"

"我们就是想过来看《卡萨布兰卡》的。"

我说道："好吧，但我已经看过了。"

贾斯廷开始卸掉我旧电视上的底托。"哦，你也喜欢《卡萨布兰卡》吧。你总是对这种十分高尚的东西爱不释手。你可是目下无尘的，伙计。"

"哦，老天！"我把碟片放进新机器里。"现在这东西正看着你呢，伙计。现在这东西看着你呢，伙计！"

"看！"贾斯廷咧嘴笑着，"他喜欢那部电影。"

我突然想起来，我有一点喜欢这电影。我说道："好吧，你猜对了。事实上，如果我能再找到一盘空碟片，我打算复制一盘。"我打开装满碟片的抽屉，在他们身后找到那个伊桑·福斯特给我之后就一直藏在那里的碟片，上面标着"简·方达体操练习"，巴布还开玩笑说，我能拿那个东西换下整个巴尔的摩大厦。我从盒子里抽出碟片，关上抽屉。

艾丽斯在我的真皮吊椅上来回晃动着，诺拉把我长椅上的垫子都扔在地上。我拿起一块蛋糕，看着她们俩。艾丽斯和诺拉互相咧嘴笑着，好像有什么秘密似的。

几个广告过后，战争世界的那个黑白宇宙的画面布满了整个大屏幕。朗诵者用极其真诚的语调说着："并不是每个人都能直接去里斯本……"

我把体操练习的碟片滑进了录像机里，并按了录制键。

我送艾丽斯和贾斯廷夫妇回家后，开车穿过城里，开上卡德米恩大街，直奔市政府大楼。海勒姆·戴维斯在桌子旁边阅读着《圣经》。"我希望你的晚会很圆满。这里一切正常，"他轻轻地告诉我，"一切都井然有序。你应该去睡觉，卡迪。"

我说："好的。"我轻拍着他拿着《圣经》的手。"记住我也在为你祈祷，海勒姆，好吗？"

这个老中士把眼镜推到鼻子上，看看我。他摇摇头。"我总是这样，"他说，"你回家吧。"

但我还是先开车到了东希尔斯顿。在枫树林，一些商店的窗户上都挂着安德鲁·布鲁克塞德的海报。我把车停在马路沿边，看着海报。"你的候选人。你的州。你的选择。"

我从小长大的那个双层公寓楼也被纸板覆盖住了。我爸爸曾经坐在车里弯腰练习，并一干就是几个小时，发誓至少这辈子一定要干一件漂亮的事，结果把车道弄得到处是裂缝和小洞。最东边，迦南大多数的人都睡了，但在米尔大街上，诺米·霍尔家里几乎每盏灯都亮着。附近的斯摩克斯酒吧里传出的音乐声回荡在夜色里。

斯摩克斯酒吧所在大街对面的山顶上，纪念库柏·霍尔的壁画闪亮着，每个迦南的人都能看见。库柏的手伸出去，就在画中太阳的下面，好像他刚刚把太阳升到了那个位置。在壁画的底座上，血红的玫瑰花丛里长出了绿草，正朝着破损的围墙上生长着，长到壁画的颜色里去。

结尾

> 在很久很久以前，世界开始了，
>
> 随之而来的"嘿"、"嗬"，风与雨，
>
> 但他们是一个整体⋯⋯
>
> ——《第十二夜》

十月里的一个晚上，在卡德米恩体育场里，有三万多人参加了"黑夜之星"布鲁克塞德的集会。很多观众可能是来看那些摇滚歌手和好莱坞明星的，或者只是看见别人都来了，自己也来凑个热闹。但是，当布鲁克塞德站在镁光灯里告诉他们说，那些旧势力的代表们并没有拥有北卡罗来纳州，真正的主人是我们自己时，台下的民众都欢呼雀跃起来。当他告诉他们，旧势力的代表们可能已经意识到他们无法把安迪·布鲁克塞德从竞选中刷掉，也无法买通他退出竞选，更别想用死亡来威胁他放弃时，所有人站起来，大声喝彩。

接着他谈论了很多沃斯通州长所做的错事。但他并没有提到州长至今没有计划拦下乔·邦德的行刑，而这孩子再有两天就要在多拉德监狱被执行死刑。在他这个被掌声打断了三十多次的演讲过程中，布鲁克塞德对这个二十岁的黑人——他亲口承认是他的伙伴枪杀了那个烟酒商店的老板，看起来他也没有意识到自己将要面临死亡——马上要进毒气室里的遭遇只字未提。

在乔·邦德被行刑的那天晚上，多拉德监狱外面只有几个抗议者到场；他们中间有默默地跟妈妈站在一起的乔治·霍尔，还有他的堂弟马丁。保罗·麦迪逊举着蜡烛，大声念诵着祈祷的文章。我也在那里，因为要等着艾萨克和诺拉。他们现在在里面，都坐在长凳子上，这样见证人可以透过玻璃看见犯人被绑到金属椅子上。老律师告诉诺拉说，他对每一个可能跟他合作，为当事人进行死罪抗辩的合作者都有一个要求：那个要求就是她一定要亲眼目睹，如果她输掉了官司，她的当事人将会怎样悲惨地死去。

在警卫室里，乔丹·韦斯特默默地站在我身边，跟刚刚结婚的精神科丈夫手挽着手。我认得出那些为霍尔守夜的人的面孔，他们围成一个小圈，举着蜡烛，摆出"停止杀戮"的造型。但是，今天来的人远没有曾经为了乔治，或者说在乔治以前的人，或者更早以前来的人多。就像杰克·莫利纳跟采访他的独立撰稿人说的："我们知道，今天我们代表不了大多数。但是，那些令人讨厌的思想怪异的人也不会长久下去，我们要大声疾呼：'停止吧！听听我们的声音。停止奴隶制度。停止种族灭绝。停止战争。'"

那个年轻的女记者认为执行死刑根本就与种族灭绝沾不上边；再说，今天这个犯人的行刑当初也是通过公平审判后的判决结果。

莫利纳眼镜上反射着蜡烛的光芒。"今天晚上，这个国家的社会体制正在接受审判。"接着，他把手放在标语上面，告诉她一些关于整个国家被执行死刑的犯人的民族、收入水平、教育、智商指数的数据，还有执行所在地以及原因。但是记者并没有记录下来，而是在几分钟之后离开了。

"我现在连新闻都上不去了。"他看着她开车离开时对我说道。他举起标语牌，走回到那一圈人里面。

后来扎克里·卡彭特告诉我，乔·邦德"静静地走了"。

法医的记录上写着，九时二分四十五秒，毒气室关闭。九时四分三十三秒，氢化钠气体进入盛有硫酸的大缸里，释放出气体；九时五分五十一秒，犯人吸入毒气；九时零九分，犯人显出痛苦的样子。九时二十一分十秒，心跳停止。九时三十五分，气体活门打开，排净气体；九时五十八分——犯人被抬出来，宣布死亡。

我扶着诺拉上车时看看她的眼睛，她根本不需要跟我说些什么。

印第安式的夏天过得缓慢而又脏兮兮，拐带着秋天也成了一样的灼热，直到大片的枫树叶子跟破布似的纷纷掉落在社区里时，天气才凉爽一些。在市中心，空荡荡的大街上弥漫着柏油马路烤焦的味道。在空调房门的后面，人们的生活在改变，如果他们确实在改变生活的话。新闻也在不断地更新，那是当然。人们很快忘记了乔治·霍尔，转而关注起戴尔·范肖的案子。在这个漫长无聊的夏季日子里，质疑声像一只慵懒的苍蝇飞遍北希尔斯顿的千家万户，人们都在猜测，像范肖这样有社会地位的人真的能进监狱吗？或者说，他的律师团会不会让他成功脱罪？阿特沃特·兰道夫相信他们能做到。然而银行家和那个毛巾公司的老板却不是很确定。准确地说，是我从佩吉·萨维尔那里听说了这些事。在范肖被捕后，阿特沃特和他的朋友们很明显认为我跟他们不是一路人，我也就没有再被邀请参加俱乐部的丰收舞会。

另一个被俱乐部里的人津津乐道的话题是布里格斯·玛丽·卡德米恩，她捐赠给海文大学几百万美金修建一个天文馆；很有讽刺意味的是，新楼的施工架就在草坪对面，在她爸爸生前盖起的纺织实验馆旁边。所以，尽管有老卡德米恩附加条款的限制，他的孩子还是想出了这个能为她的星星做点事情的好办法，也给这些遗产找了个好归宿。我估计，他一定会佩服她想出的这个诡计。她还听从了乔丹·韦斯特的建议，把两万五千美金捐给了库柏·霍尔的《与自由和正义同行》杂志。上次我还听说，那个在海文管理着课堂和办公室的G.G.沃克还跟她谈起如何更好地使用那个老人的捐赠。

谈起捐赠的数千美金，有一天保罗·麦迪逊打来电话说有"重大消息"。比利·吉尔克里斯特跟我们撒了谎。他根本没有把他宣称偷盗出来的几千美金全部都捐给三一教堂的救济处。"你知道，卡迪，"神父承认，"我想，即使一点一滴的，我也绝对会发现每天我们的现金花销量在增长。"比利不但没有像他告诉我们的那样把钱捐给上帝，居然藏了三分之二的钱财在教堂的创建者T.C.W.波尔克先生的地下室里。此举在保罗那么善良的人来看，也"有点过分"了。但是，比利的神父听说这只迷途的羔羊还活着，仍然是发自内心地高兴。因为保罗收到了一封来自迈阿密的信，说比利带着钱飞到了那里——他曾经对基督都发过誓要誓死忠诚，结果都变成这样，就更别提对艾萨克·罗斯索恩的承诺了。他飞到那里据说是逃避他所说的"热量"——这话的意思，我估计是指温斯顿·拉塞尔对他"无微不至"的追杀。根据保罗所说，综合这些原因，他对比利带着钱南飞的行为并没有过多指责。

在我们失去联系的几个月里，他从报纸上看到："不管怎么说，约翰（原话如此）·霍尔的一切事情都比较顺利。"而且，"某个警察抓出了拉塞尔（原话如此），跟你说实话，保罗神父，在伤口缝合之后——一条简讯描写了他的刀伤——威胁解除的感觉真好。"据比利说，他受良心的折磨，终于遭到了报应，在二月的每一天里，他都经受着折磨，几番挣扎之后，终于翻然悔悟。仿佛一条小道绕过佛罗里达的狗迹马踪。在这条小道上，像比利自己解释的那样，他好像看见自己已经"哗啦一下吹散了所有的东西"。这就是为什么——这是除了曾经有一次听到过救赎的召唤之后——他写下了这封信的原因。保罗神父能不能用平信给他寄几百美元，好让他有钱搭车回到三一教堂呢？保罗说可以，也确实给他寄了钱。还盼望着有一天，比利·吉尔克里斯特还能在弥撒上再次扛起圣米迦勒的旗帜。我说："那是扯淡。"他说："那是一种信念。"

可能是受那句历经了时间考验的名言"有舍才有得"的影响，三一教堂的一级幸运奖，那辆保时捷车奖给了马里恩·森德兰夫人。她没自己留下那部车倒是让我很惊讶；那车也很符合她的档次。另一方面，她甚至都没有时间扯下车钩子上的丝带，当然也根本没把它开

533

到《希尔斯顿星报》外面送给巴布。毕竟血缘关系比老年疯狂迷恋的冲动要重要得多，埃迪把保时捷送给了她的侄孙子，他那个好声色犬马的妻子布卢·兰道夫·森德兰，几个月来，驾着名车几次超速。"那个婊子都没碰过一下。"巴布大叫着，十分生气于那个幸运奖怎么跟他似的那么保守。他也没有获得普利策奖。

我也不再总见到巴布了。在霍尔案子判决之后，他马上辞去了《星报》的职务，成了安德鲁·布鲁克塞德的新闻秘书。"给我们十年时间，"他预测到，"我们要在哥伦比亚特区的白宫草坪上滚动复活节的彩蛋。华盛顿，我来啦！到那时，希尔斯顿算是个什么小破地方！以后见，曼格姆。在布恩威尔老老实实待着。"

艾丽斯·麦克劳德，一个意志坚强，政治野心也极强的女性，于十二月初立法淡季时进了产房。生产极为迅速，贾斯廷还没准备好用心理助产技术拍下过程以期日后留念，孩子就生出来了。

"这就像我们在山里的时候一样。"艾丽斯疲惫地咧着嘴低声说着，一点也不像她一贯的风格。第二天早上，她告诉来自《星报》的特别报道记者说，她在州立法部门已经主持了两个委员会，但是她打算辞去那里的全部工作。在那之后，她考虑竞选国会议员。贾斯廷的妈妈和我一起喝着像纯杜松子酒似的汤，站在贾斯廷爸爸贾斯廷·巴塞洛缪·萨维尔四世的肖像下面，大家一起举杯，喝下了七磅两盎司酒，共同庆祝卡斯伯特·麦克劳德·萨维尔一世的出生。

孩子的父母在他出生之前一直叫他"伯蒂"，等当他终于哭喊着，像太阳一样火热地滑落到人世间时，他毛茸茸的脑袋闪烁着光芒，头发跟艾丽斯豆蔻似的头发一个颜色，我当场就给他送了个外号"科珀"。这个"科珀"也是他希尔斯顿警察局每一个教父们的荣誉。他后来成了希尔斯顿警察局的常客，起初穿着宾恩套装蹲在贾斯廷的胸前，后来就坐在一辆手工制作的木头婴儿车里，估计那车可能是多拉德家族最古老的东西了。"我不喜欢塑料的。"贾斯廷说道。但科珀跟我却有共识。每当我这个教子看到我时，总会偷偷地喜欢我送给他的那些嗡嗡作响的塑料玩具和音乐机器人，我们俩也总是一起讨论电脑足球，还可能是电子显微镜。

贾斯廷和我再也没有谈论过温斯顿·拉塞尔。但有时候我会梦到那个晚上的橘黄色月亮和扭曲的墓碑。每次看见南希悲伤的样子，就会想起温斯顿空旷的眼神。我可是她和齐克婚礼上最好的嘉宾。

至于我的生活，就是工作，读书，再工作。对戴尔·范肖进行预审时，我作为见证人也参与其中，艾萨克·罗斯索恩博士，现在他已经被海文大学授予荣誉学位，米切尔·贝兹莫尔气得都拽掉了领口的扣子。当我决定站出来指证戴尔时，罗斯索恩博士说，对他来说，这个案子"绝对是最后的案子"，所以在把案子移交给他的搭档之前，诺拉和他计划要把我"雪藏"起来。有时候我会想，艾萨克和马莎都会拯救我，他们也永远都会靠着午夜里的小吃过活，还会在烟雾缭绕的皮德蒙特互相哼鼻子。艾萨克一周会去霍尔家里一次，去看望伊迪丝·基恩一次，而我比以前更有规律地常去看望他了。

十一月的时候，秋天终于席卷了整个希尔斯顿，就在短短的三天里，整个城里被落叶染成一片红色。人们又能够呼吸了，从空调后面出来，走上人行道，开始兴致勃勃地谈论足球和当今的政治。在一个有霜的日子里，我突发奇想，买了一辆意大利自行车，骑回了河上区的家里。在骑到最后几个街区时，我跟在一辆拥挤的校车后面，等劳拉和布赖恩·霍华德跟着一帮小朋友从车上下来。等他们下来时，我走过去，疯狂地按着自行车上的喇叭。

"他真的是警察局长。"劳拉跟她的朋友说。

接连两个星期了，这些狂热的运动者们——像我手下新提拔的中士约翰·埃默里——对我抱有很大的希望。我骑到市中心再返回来，有时甚至穿过首口桥，骑到十五英里以外的在松山湖林间的小屋去。我锁好车子，再驾着奥兹莫比尔回来，像往常一样。我打算卖掉小屋，尽管每个人都夸我说，在水边置业实在是很有眼光，应该再观望一阵子。但是，当然，我无法跟大家解释说，我在这里除了钱之外还投入了很多别的东西，而且损失惨重。

在十一月的第一个星期二，外面有些阴冷，灰蒙蒙的天空下着毛毛细雨，安德鲁·西奥多·布鲁克塞德当选为北卡罗来纳州新一任州长。那天晚上，诺拉过来送给我一瓶香槟酒，用它来交换个机会跟我一起在巨大的三菱屏幕电视上看竞选。州长竞选首先进行，随后，卡尔·亚伯勒波澜不惊地成功打败布罗迪·奇克连任希尔斯顿市长。同样也跟卡尔竞争的共产党候选人珍妮特·马利在投票结束之后的二十分钟里，做了她的"下次再燃战火"的演讲，表示竞争失败。朱利安·刘易斯跟布鲁克塞德一直纠缠到大半夜，但是最后，他还是做出承让，带着最为人称道的多拉德家族的魅力。在支持者们的一片哭喊声中，他对他们表示感谢，当他告诉他们应该高兴欢呼时，他的喉咙哽咽了，"正如有人说的，因为明天毕竟是另外一天！"而后，他准备去百慕大休息一下，然后回来——和蔼可亲地笑笑——找一个工作。

　　激烈的竞争，没有对刘易斯的最终揭露：他为了掩饰朋友的罪行，利用权力干预司法；也没有了对布鲁克塞德的——用莫利纳的话来说——不检点行为做最终的曝光。这些故事都没能在第七频道的《新闻现场》、《星报》，或者其他媒体上登载。不知道是不是因为两个阵营达成了谅解，或者是因为媒体自己达成了君子协定，更有可能是埃德温娜·森德兰——她拥有这个州大部分媒体的大部分股份——帮助巴布掩饰一切。这个我不能肯定。正如当初李将我和布鲁克塞德做相互介绍时，我告诉布鲁克塞德的那样，在这样一种势力交织的局面面前，我不会靠近它。

　　当刘易斯开始做他的认输讲演时，诺拉和我打开了香槟，将软木塞从阳台的栏杆间射入夜雨之中。我们为一个英雄的四年任期干杯，甚至为一个伤者干杯，但不是为别人骂他"一如既往的自大狂，寂寞无声的小偷"而干杯。这时，卡罗尔·卡西·凯茵领着我们走进布鲁克塞德的庆祝会的直播现场，庆祝会在沃尔特·雷利爵士宾馆举行。那场景布置得就好像是时代广场上的欧洲胜利日。杰克·莫利纳还是热情地与人拥抱着，即使他的妻子黛比没有在场的迹象。诺拉跪着走

536

近电视屏幕，指着人群中的贾斯廷和艾丽斯说：贾斯廷，穿着燕尾服，站在北希尔斯顿的圈子里；艾丽斯靠近主席台，正和一群油滑的地方领导人聊天，她支持布鲁克塞德跟以往一样强烈，即使她不想做他的执行秘书也是如此。保罗·麦迪逊神父也在人群中；虽然他的疤痕难看地闪闪发着亮，但他仍然像一个从某个豪华宫殿的天花板的壁画中化身下来的智慧天使一样，在人群中穿梭。

当乐队奏响以布鲁克塞德为主题的歌曲《早晨中的卡罗来纳》时，这个新入选的州长从窗帘间走了出来，像一个星星穿过乌云出现在主席台的后边，他的那些竞选战士立刻向他冲过去，兴奋地做着各种滑稽动作，激动的叫喊声甚至都淹没了卡罗尔·卡西在疯狂人群中的叫喊声："这真是太令人高兴了，太令人高兴了。"

安迪·布鲁克塞德炯炯有神的眼睛注视着大家，双手伸向那些伸向他的手，头发梳理得油光发亮，脸上泛起迷人的微笑，全身都光芒四射。他闪闪发着光。我不知道用什么辞藻来描述一个人的荣耀方式。当他走向麦克风时，整个房间都被他的光彩照亮了。"今天晚上……今天晚上，你们这些人，你们兴高采烈的这些人为北卡罗来纳州赢得了胜利！今夜将成为过去，明天，随着太阳的升起，将会像凤凰一样飞腾起来！我们将在那儿，我们一起，见证辉煌！"

李站在他身边，跟其他人一起鼓着掌。她十分漂亮。看起来也在为他高兴。

我注意到诺拉瞥了我一眼，又看回屏幕；接着，她深吸一口气，抬起肩膀，放下遥控器，膝盖着地转过身来对着我躺着的长椅，我的香槟酒杯放在我那件希尔斯顿警察局的毛衫上，玛莎的下颌枕在我光光的脚上。外面，雨还在下。打在窗户上，像时间一样坚定。

"听着，"她歪着头，笑着说，"你为什么不给我一个机会呢？来嘛，你难道不想打赌看看如果真有了五亿美金，我也会变得很漂亮吗？"

在她身后的屏幕上，布鲁克塞德夫妇谢绝了一颗明亮的钻石，走了出去。

我笑了，她冲我点头。"好样的，"她说，"你在笑啊。会笑了可是个很好的标志呢。"

香槟泼到了我手上；我赶紧吸到嘴里，凉爽而甜美。

"噢，亲爱的，笑可是我们在地狱里的一个希望。也是唯一的希望。"

诺拉说："卡特伯斯，如果你可以把你下个三十或者四十年的时间给我，我会证明给你看另一个事实，到时候你就不会相信这些了。"

雨还在顺着阳台往下淌，为冬天的大地保持着温暖的气息。

图书在版编目（CIP）数据

死囚的优雅 ／（美）马隆（Malone，M.）著 ；王春，张蕾译.
—北京：新星出版社，2010.7
ISBN 978-7-80225-987-4

Ⅰ.①死… Ⅱ.①马… ②王…③张… Ⅲ.①长篇小说－美国－现代 Ⅳ.①I712.45

中国版本图书馆CIP数据核字(2010)第119042号

Time's Witness
By Michael Malone
Copyright © 2002 by Michael Malone
This edition published by agreement with Sourcebooks, Inc.
Through the Chinese Connection Agency, a division of The Yao
Enterprises, LLC.
Simplified Chinese edition copyright © 2010 New Star Press
All rights reserved.
著作权合同登记图字：01-2006-9993

死囚的优雅

(美) 迈克尔·马隆 著；王 春 张 蕾 译

责任编辑：吴 超
责任印制：韦 舰
装帧设计：谜·视觉

出版发行：新星出版社
出 版 人：谢 刚
社 址：北京市西城区车公庄大街丙3号楼 100044
网 址：www.newstarpress.com
电 话：010-88310888
传 真：010-88310899
法律顾问：北京市大成律师事务所

读者服务：010-88310800 service@newstarpress.com
邮购地址：北京市西城区车公庄大街丙3号楼 100044

印 刷：北京凯达印务有限公司
开 本：910×1230 1/32
印 张：17.375
字 数：483千字
版 次：2010年7月第一版 2010年7月第一次印刷
书 号：ISBN 978-7-80225-987-4
定 价：36.00元